Über das Buch:

Als wir Tyler Jones und sein Squad 312 das letzte Mal erlebten, arbeiteten sie perfekt zusammen (oder rasteten aus), während eine intergalaktische Schlacht tobte und eine uralte Superwaffe das Universum zu vernichten drohte. Natürlich ging alles total schief.

Aber wie sich herausstellt, ist nicht jedes Ende ein Ende, und das Team hat noch eine Chance, sein eigenes umzuschreiben.

Der Auftrag für Zila, Fin und Scarlett (und MAGELLAN!): Freunde finden, Feinde finden und Geschichte schreiben? Klar, kein Problem.

Der Auftrag für Tyler, Kal und Auri: sich mit zwei der meist gehassten Schurken der Galaxis zusammentun? Ähm, okay. Das auch.

Aber können sie die Galaxie wirklich retten?

Dazu bedarf es schon eines Wunders ...

Amie Kaufman wuchs in Australien und Irland auf und hatte als Kind das Glück, in der Nähe einer Bücherei zu wohnen. Heute lebt sie mit ihrem Mann und ihrem Hund Jack in Melbourne und schreibt Science-Fiction- und Fantasy-Romane für Jugendliche. Sie liebt Schokolade und Schlafen, hat eine riesige Musiksammlung und einen ganzen Raum voller Bücher.

Jay Kristoff verbrachte den Großteil seiner Jugend mit einem Haufen Bücher und zwanzigseitiger Würfel in seinem spärlich beleuchteten Zimmer. Als Master of Arts verfügt er über keine nennenswerte Bildung. Zusammen mit seiner Frau und dem faulsten Jack-Russell-Terrier der Welt lebt er in Melbourne. Jay Kristoff glaubt nicht an Happy Ends.

Weitere Informationen zum Kinder- und Jugendbuchprogramm der S. Fischer Verlage finden Sie unter www.fischerverlage.de

Amie Kaufman · Jay Kristoff

AURORA ERLEUCHTET

Aus dem amerikanischen Englisch
von Barbara König

FISCHER Taschenbuch

Der Fischer Kinder- und Jugendbuch Verlag hat sich zu einer nachhaltigen Buchproduktion verpflichtet. Gemeinsam mit unseren Partnern und Lieferanten setzen wir uns für eine klimaneutrale Buchproduktion ein, die den Erwerb von Klimazertifikaten zur Kompensation des CO_2-Ausstoßes einschließt.

Weitere Informationen finden Sie unter: www.klimaneutralerverlag.de

MIX
Papier | Fördert gute Waldnutzung
FSC® C014496

Das digitale Hörbuch ist unter dem gleichnamigen Titel im Argon Verlag erschienen und im Buchhandel erhältlich.

Erschienen bei FISCHER Kinder- und Jugendtaschenbuch
Die englischsprachige Originalausgabe erschien 2021
unter dem Titel »Aurora's End. Aurora Circle 3«
bei Alfred A. Knopf, einem Imprint von
Penguin Random House LLC, New York

Satz: Dörlemann Satz, Lemförde
Druck und Bindung: GGP Media GmbH, Pößneck
ISBN 978-3-7335-0761-9

Für die Mitglieder unserer Squads,
ohne die wir verloren wären:
Amanda
Brendan
Und nun auch noch Pip.

Alle Bände der *Aurora Rising*-Trilogie:
Band 1: *Aurora erwacht*
Band 2: *Aurora entflammt*
Band 3: *Aurora erleuchtet*

Weitere Bücher von Amie Kaufman bei Sauerländer:

Die *Isles of the Gods*-Dilogie:
Band 1: *The Isles of the Gods*
Band 2: *The Heart of the World* (erscheint im Herbst 2024)

Die *Undying*-Dilogie zusammen mit Meagan Spooner:
Band 1: *Unearthed. Weiter, wenn ihr euch traut*
Band 2: *Undying. Wir werden euch finden*

Das solltet ihr wissen

▶ **Aurora-Trilogie**

▼ **Besetzung**

Aurora Jie-Lin O'Malley – das Mädchen, das aus der Zeit gefallen ist. Vor Jahrhunderten war ihr Kolonie-Schiff, die *Hadfield*, auf dem Weg nach Octavia III. Inzwischen wissen wir, wie gut es ist, dass sie ihr Ziel nie erreicht hat. Denn den Kolonisten dort sind sehr schlimme, sehr … botanische Sachen passiert. Ihr Dad gehörte leider auch dazu.

Darüber gleich mehr.

Auri hat angefangen, prophetische Visionen zu haben und telekinetische Fähigkeiten zu entwickeln, nachdem sie sich dem Squad 312 der Aurora Legion angeschlossen und sich ganz allgemein in eine kleine, aber entschlossene Superheldin verwandelt hat. Ihre Kraft hat sie den Eshvaren zu verdanken, einem geheimnisvollen Volk, das vor Äonen das Ra'haam besiegt hat.

Die Eshvaren wussten, dass ihr uralter Feind nur schläft, und so haben sie eine Waffe zurückgelassen und dafür gesorgt, dass der Trigger dieser Waffe lernt, mit ihr umzugehen.

Im Echo, einem übernatürlichen Trainingsort, hat Auri gelernt, ihre Kraft zu beherrschen – und mit ihrem Freund Kal noch anderes eingeübt. Dann ist sie wiederaufgetaucht, bereit, das Ra'haam zu besiegen, nur um festzustellen, dass jemand anderes bereits die Waffe gestohlen hatte.

Der syldrathische Kriegsherr, auch bekannt als der Sternentöter, der ebenso zum Trigger ausgebildet wurde, hatte die Waffe benutzt, um die Sonne seines Heimatplaneten zu zerstören. Und bedroht nun auch die Erde. Ach ja, und es hat sich herausgestellt, dass er Kals Vater ist. Das war ein Gespräch, das nicht ganz so optimal gelaufen ist.

Wurde zuletzt gesehen: an Bord der Waffe, einem Raumschiff aus Kristall, im Kampf gegen den Sternentöter, um dieses mächtige Schiff – das Planeten zerstören kann und bei dessen Anblick jeder sofort die Hosen voll hat – unter ihre Kontrolle zu bekommen.

Tyler Jericho Jones – der Anführer, der zum Flüchtling wurde. Als Tyler der Aurora Legion beigetreten ist, hätte er sich nicht träumen lassen, dass sein Squad einmal aus dem Bodensatz der Legion bestehen würde. Genauso wenig wie er sich vorstellen konnte, auf der Flucht vor der halben Galaxis zu sein, Banken auszurauben und Schiffswracke zu plündern, ganz zu schweigen davon, sich mit der fiesesten syldrathischen Kriegerin zusammenzutun, der er je begegnet ist.

Habe ich Kals Schwester Saedii schon erwähnt? Dieser Junge hat mehr als eine Leiche im Keller.

Jedenfalls hat Tyler seine taktische Begabung und unvergleichlichen Grübchen dafür eingesetzt, um zusammen mit seinem Squad Octavia zu entkommen und nach Emerald City zu fliehen, wo sie ein dickes Bündel Geld, einen Kasten voller geheimnisvoller Gaben sowie die Schlüsselkarte zu einem sehr, sehr edlen Schiff erbeutet haben. All das wurde, lange bevor all dieser Unfug seinen Anfang genommen hat, für sie hinterlegt.

Gerade als sie dabei waren, die Blackbox der *Hadfield* zu stehlen, wurden sie von der bereits erwähnten syldrathischen Kriegerin Saedii gefangen genommen. Einen Kampf mit dem Drakkan in der Arena später wurde Tyler zusammen mit seiner neuen syldrathischen Feindin von der Global Intelligence Agency (auch bekannt als die GIA) gefangen genommen.

Er hat Einiges in Erfahrung gebracht, unter anderem wie Saedii

in Unterwäsche aussieht und auch, dass er und Scarlett keine Terraner sind, wie sie gedacht hatten, sondern dass ihre Mutter eine syldrathische Wegewanderin war.
Wurde zuletzt gesehen: auf der Flucht mit seiner neuen Freundin-Feindin Saedii.

Kaliis Idraban Gilwraeth – der missverstandene Krieger. Vom Höhepunkt, im Squad 312 eine neue Familie zu finden, und der Liebe mit der übernatürlichen Waffe Aurora, bis hin zum Tiefpunkt, als Sohn des Sternentöters entlarvt und aus dem Squad rausgeworfen zu werden, war bei Kal in letzter Zeit eine Menge los.
Er wurde ausgestoßen, weil er vergessen hatte, das winzige Detail zu erwähnen, dass er der Sohn ihres Erzfeindes ist, um dann in den Schoß seiner Familie zurückzukehren. Doch – überraschende Wendung! – er ist Aurora treu geblieben und hat an ihrer Seite gekämpft, als sie gegen seinen Vater angetreten ist.
Wurde zuletzt gesehen: an Bord der Waffe der Eshvaren, während er von übernatürlichen Kräften angegriffen wurde.

Scarlett Isobel Jones – die Fabelhafte, die, die meine Persönlichkeit programmiert hat, Licht meines Lebens. Sie weiß auch, wo man mich ausschaltet.
Die Worte »wenn sie sich mehr Mühe gegeben hätte« sind öfter in ihren Zeugnissen der Academy aufgetaucht als bei jeder anderen Kadettin zuvor. Aber ihr verblüffendes Einfühlungsvermögen (oder nicht so verblüffend, wenn man bedenkt, dass ihre Mutter eine syldrathische Wegewanderin war, was Scarlett aber nicht weiß) und ihre absolute Loyalität ihrem Zwillingsbruder

Tyler gegenüber haben dazu geführt, dass sie mit dem Squad 312 durch die Galaxis gestürmt ist, ohne sich dabei nur einen Fingernagel abzubrechen.
Während sie auf der Flucht waren, hat der Squad eine Ansammlung von Gaben im Dominion-Depot vorgefunden, die dort, Jahre bevor sie überhaupt der Aurora Legion beigetreten sind, für sie hinterlegt wurden. Scar hat das beste Geschenk erbeutet – eine Halskette mit einem Diamanten. Und die sind, wie wir alle wissen, die besten Freunde eines Mädchens.
Nachdem Tyler von der GIA gefangen genommen wurde, haben Scarlett und die anderen weitergemacht, um Aurora dabei zu helfen, die Waffe vom Sternentöter zurückzuerobern, die Erde zu retten und endlich das Ra'haam zu erledigen, bevor es aufwacht und sich die Galaxis einverleibt. Kein Ding.
Wurde zuletzt gesehen: wie sie kurz davor war, mit Finian (!!!) zu knutschen (!!!), was aber im letzten Moment durch seine Erkenntnis vereitelt wurde, dass es sich gar nicht um einen Diamanten an ihrer Kette handelt, sondern um ein Kristall der Eshvaren (!!!).
Ach ja, und dann ist alles in die Luft geflogen.

Finian de Karran de Seel – der, der einem echt ans Herz wächst, sobald man ihn besser kennengelernt hat. Als betraskisches Technikgenie des Squad 312 hat er seine Loyalität immer wieder unter Beweis gestellt.
Seine Schale mag vielleicht nicht mehr ganz so rau sein, aber seine Klugscheißerei kann man ihm nun aus seinen toten, kalten Händen reißen. Schließlich war das Letzte, was er, Scarlett und Zila am Ende des zweiten Bandes gesehen haben, ein greller Lichtblitz inmitten einer riesigen Schlacht im Weltraum, um die

Erde vor einem sehr schlecht gelaunten Sternentöter zu verteidigen.
Wurde zuletzt gesehen: wie er seinen lebenslangen Traum, einmal Scarlett Jones (!!!) zu küssen (!!!), mit seiner Erkenntnis über ihre Halskette unterbrochen hat. Der Junge steht sich echt selbst im Weg.

Zila Madran – die mit den Ohrringen. Und dem Gehirn von der Größe eines Planeten.
Obwohl Zilas Squad sie lange Zeit für eine totale Soziopathin gehalten hat – und zu ihrer aller Verteidigung muss gesagt werden, dass sie doch eine sehr ungesunde Vorliebe dafür gezeigt hat, ihr Disruptorgewehr auf Töten einzustellen –, wissen wir inzwischen, dass sie als Kind zusehen musste, wie ihre Eltern getötet wurden, als sie sie beschützen wollten, und sie seitdem ganz allein in der Galaxis ist.
Sie hat echt krasse Sachen zustande gebracht, darunter auch, den Squad 312 aus der Gefangenschaft auf Saediis Schiff zu befreien. Und auch gelernt, sich von der Theorie in die Praxis zu begeben, und langsam, aber sicher scheint das Eis zu schmelzen.
Wurde zuletzt gesehen: wie sie während der Schlacht, um die Erde zu retten, zusammen mit Scarlett und Finian in ihre molekularen Bestandteile gesprengt wurde.

Catherine Brannock – die gefallene Kameradin. Beste Freundin von Tyler und Scarlett und die Pilotin des Squad 312, war Cat »Zero« Brannock ein Ass, das seinesgleichen suchte.
Als der Squad von Octavia geflohen ist, wurde sie vom Ra'haam verschlungen, aber das war nicht ihr letzter Auftritt. Nun ist sie Teil des Ra'haam, und es hat ihr Wissen benutzt, um Au-

rora, Tyler und den übrigen Squad zu verfolgen. Und es ist auch nicht darüber erhaben, ihr vertrautes Gesicht einzusetzen. Als Tyler in Gefangenschaft geriet, hat sie ihn als Teil der GIA verhört.

Wurde zuletzt gesehen: wie sie einen Haufen Raketen auf Tylers Lieblingsgesicht abgefeuert hat.

Caersan, Archont der Ungebrochenen – jede Familie hat einen, und er ist der von Kal. An dieser Stelle ist es hilfreich, wenn man über die politischen Verhältnisse der Syldrathi Bescheid weiß.

Also, die Syldrathi sind in Kabalen aufgeteilt, okay? Die Wildgeborenen sind die Krieger (Nomen est Omen und so), und als die Syldrathi ein Friedensabkommen mit den Terranern und Betraskern geschlossen haben, da haben die Krieger, nun ... sie hätten gerne weitergekämpft.

Ein Teil von ihnen hat sich die Ungebrochenen genannt und einen syldrathischen Bürgerkrieg unter der Führung von Caersan, Archont der Ungebrochenen, besser bekannt als der Sternentöter, angezettelt. Seinen Namen hat er sich durch den Raub der Waffe der Eshvaren verdient, für die Auri trainiert hat, und dann hat er die Sonne seines Heimatplaneten in die Luft gesprengt. Diese gewaltige Machtdemonstration hat alle davon überzeugt, ihm schön aus dem Weg zu gehen, während er seinen eigenen Leuten den Krieg erklärt hat.

Sein Sohn Kal wollte nichts mehr mit ihm zu tun haben und ist abgehauen, um unter falschem Namen der Aurora Legion beizutreten. Wie toll das gelaufen ist, haben wir ja gesehen.

Seine Tochter Saedii hat ihm die Treue gehalten, und als sie und Tyler von der GIA gefangen genommen wurden, hat er klar und

deutlich zum Ausdruck gebracht, dass er bereit ist, die Erde in die Luft zu jagen, um sie zurückzubekommen.
Wurde zuletzt gesehen: wie er im Kampf gegen Auri mit übernatürlichen Kräften um die Kontrolle besagter Waffe ringt.

Saedii Gilwraeth – die schreckliche Schwester. Während Kal zusammen mit seiner Mutter Caersan in frühen Jahren verlassen hat, beschloss Kals Schwester, zu ihm zu halten. Nun dient sie ihm als eine seiner Templerinnen und führt das Kommando über ein riesiges und schreckliches Kampfschiff und einen bedeutenden Teil seiner Flotte.
Sie ist wunderschön, sie ist tödlich, und um ihren Hals hängt eine Kette mit den Daumen früherer Bewunderer. Man sollte es sich also gut überlegen, bevor man sie anbaggert.
Nachdem ein paar Ungebrochene Kals Namen bei einem Streit in einer Bar auf Sempiternity mitbekommen hatten, hat sie den Squad von Emerald City bis zum Wrack der *Hadfield* verfolgt, wo sie dann alle gefangen genommen hat. Danach kam die ganze Sache mit dem Kampf gegen den Drakkan, und dann wurden sie und Tyler von der Global Intelligence Agency hinter Schloss und Riegel gesetzt. Die GIA, korrumpiert durch das Ra'haam, hat versucht, einen interplanetarischen Zwischenfall loszutreten, um die Aufmerksamkeit von ihren schnell reifenden Brutstätten abzulenken. Das ist alles ziemlich kompliziert.
Widerwillig gesteht Saedii ein, dass Tyler während ihrer Flucht ganz nützlich war.
Wurde zuletzt gesehen: wie sie zusammen mit Tyler Jones die Flucht ergriffen hat.

Die Eshvaren – die geheimnisvollen Aliens. Vor Äonen haben die Eshvaren gegen das Ra'haam gekämpft, um zu verhindern, dass die alles Leben in der Galaxis verschlingen, und sie haben gewonnen.

Na ja, fast.

Eigentlich ist das Ra'haam nur untergetaucht und hat etwa zig Jahrtausende gewartet, um seine Kräfte zu sammeln.

In dem Wissen, dass sie nicht mehr da sein würden, wenn es in die nächste Runde geht, haben die Eshvaren dafür gesorgt, dass die Galaxis mit Hunderten Spezies übersät wurde – alle zweibeinig, alle aus Kohlenstoff und fähig, miteinander zu kommunizieren, ein bisher unerklärliches Vorkommnis, welches zur Gründung des Vereinten Glaubens geführt hatte. Wissenschaftler werden sich ohne Zweifel als Nächstes der Frage zuwenden, wer denn die Schöpfer geschaffen hat.

Bekannt für ihre wunderschönen Kristall-Artefakte, ihren flexiblen Umgang mit der Zeit und ihre allgemeine Rätselhaftigkeit, haben die Eshvaren das Echo erschaffen, wo sich Aurora von einer gestressten Zeitreisenden in eine übernatürliche Kriegerin verwandelt hat, die nur ein einziges Ziel hat.

Die Eshvaren haben Auri gesagt, dass sie die Kraft, die sie brauchen würde, nur heraufbeschwören könnte, wenn sie sich von allen Bindungen an ihr altes Leben lossagt. Aber am Ende ist Aurora klargeworden, dass diese Bindungen dafür gesorgt haben, dass sie überhaupt kämpfen wollte.

Wurden zuletzt gesehen: oder eher nicht, da sie seit Äonen ausgestorben sind.

Das Ra'haam – der unbarmherzige und unbeirrbare Feind.

Das Ra'haam versucht seit undenklichen Zeiten, die Milchstraße zu erobern, und nach seiner letzten großen Niederlage gegen die Eshvaren hat es sich auf zweiundzwanzig Brutstätten zurückgezogen. Auf diesen unbedeutenden Planeten konnten die letzten überlebenden Samen langsam unter der Oberfläche wieder gesund werden. Niemand hat damit gerechnet, dass diese nervigen Terraner den Planeten Octavia kolonialisieren würden, was das Ra'haam zu früh aus dem Schlaf gerissen hat. Da hat es die Körper der Kolonisten in Besitz genommen – darunter leider auch Auroras Vater – und sie benutzt, um die terranische Gesellschaft zu unterwandern.

Ein paar Jahrhunderte nachdem sie zuerst infiziert wurden, haben die Kolonisten von Octavia sich immer mehr Macht angeeignet und kontrollieren nun die Global Intelligence Agency, also die gruseligen Geheimagenten, die für die Sicherheit der Erde zuständig sind.

Sie werden von Princeps angeführt, der geistig nichts anderes als Teil des Ra'haam ist, aber im Körper von Auroras Dad steckt. Diese einzelnen Agenten können die Sporen, die man braucht, um andere zu infizieren, nicht selbst bilden – sie sorgen nur dafür, dass die Brutstätten, die Planeten, auf denen das Ra'haam fast wieder zu voller Stärke nachgewachsen ist, nicht gestört werden.

Und irgendwann werden diese Brutstätten blühen und bersten und ihre Sporen durch die Raumfalten auf jeden bewohnten Planeten in der Galaxis schicken. Dort werden sie alles intelligente Leben infizieren und es in die riesige vereinigte Intelligenz, die das Ra'haam ist, aufnehmen.

Damit ihr Geheimnis gewahrt bleibt, bis die anderen einundzwanzig Brutstätten bereit sind zu blühen und zu bersten, hat das Ra'haam Jagd auf Aurora und den übrigen Squad 312 gemacht und Tyler und Saedii gefangen genommen. Das hat einen interplanetarischen Zwischenfall losgetreten, der dazu geführt hat, dass der Sternentöter gedroht hat, die Erde in Stücke zu sprengen, wenn die GIA ihm nicht seine Tochter zurückgibt, und zwar sofort.

Wurde zuletzt gesehen: wie es Tyler und Saedii verfolgt, als die abgehauen sind. Aber eigentlich ist es überall.

Magellan – oh, hallo, das bin ich. Ich will nicht lügen. Mir ging es schon mal besser. Als Aurora die Raumsonde der Eshvaren berührte und ich dabei in ihrer Tasche war, hat mich das fix und fertig gemacht. Deswegen musste ich mich umhören, um diese Infos für euch zusammenzusammeln. Gerade bin ich, äh, auf dem Land, wo ich viel Platz habe, um mich zu bewegen.

Aber vielleicht bin ich bis zum Ende der Geschichte wieder da, um die Lage zu retten? Das klingt wie etwas, was ich tun würde …

Aber jetzt, schnallt euch an, meine Freunde, denn es geht wieder los.

Es war einmal eine Gruppe von Irren, die sich weigerten, auf ihren total intelligenten Uniglass-Freund zu hören …

Teil 1

Ein Drachen, der im Sturmwind tanzt

I Zila

Mich kann wenig überraschen. Egal in welcher Situation ich mich auch befinde, ist es mir zur Gewohnheit geworden, die Chancen im Hinblick auf alle denkbaren Ergebnisse abzuwägen. Nur so kann ich sichergehen, dass ich auf alle Fälle vorbereitet bin.

Nichtsdestotrotz bin ich äußerst überrascht festzustellen, dass ich noch am Leben bin.

Schockiert verbringe ich sechs Sekunden mit offenem Mund und langsam blinzelnd. Dann halte ich zwei Finger an meinen Hals, um meinen Puls zu überprüfen, der etwas schneller, aber ohne Zweifel vorhanden ist. Das legt nahe, dass ich hier keine unerwartete Version des Jenseits erlebe.

Interessant.

Ein Blick aus dem Cockpit-Fenster enthüllt gar nichts – keine Sterne, keine Raumschiffe, nichts als Dunkelheit. Instinktiv überprüfe ich unsere Sensoren, sowohl die Langstrecken als auch die Kurzstrecken sind ausgefallen. Seltsamerweise ist nichts von der riesigen Schlacht zu sehen, die eben noch um uns herumgetobt hat, kurz bevor sich die Waffe der Eshvaren in die Luft gesprengt hat – ein Ereignis, das nur mit unserer vollkommenen Einäscherung ausgehen konnte.

So unmöglich es auch erscheint, die gesamte syldrathische Armada ist zusammen mit der terranischen und betraskischen Flotte sowie der Waffe einfach … verschwunden.

… *Interessant?*

Nein. Beunruhigend.

Ich lasse mich von meinem Training leiten und weise das uralte Navcom unseres syldrathischen Schiffes an, alle sichtbaren

Sterne zu katalogisieren, alle Raumfaltentore und andere Wahrzeichen oder Erscheinungen, um uns über unseren derzeitigen Standort zu informieren.

Warte mal. Unseren.

Ich knipse das Funkgerät an. »Finian, Scarlett, seid ihr noch …?«

»Am Leben?«, höre ich Finians etwas wackelige Stimme.

»Sieht so aus.«

Eine Welle der Erleichterung überflutet mich, und ich versuche nicht, sie aufzuhalten. Es ist nicht effizient, gegen solche Gefühle anzugehen. Es ist besser, ihnen ihren Lauf zu lassen.

»Ich bin ganz schön durcheinander«, fährt Finian fort.

»Sind wir nicht gerade … explodiert?«, fragt Scarlett.

»Lass mal sehen«, antwortet Fin.

Ich höre ein leises Quietschen. Einen sanften Seufzer. Ein langer Augenblick vergeht, und gerade will ich nachhaken, als Finian sagt:

»Ja«, berichtet er schließlich. *»Wir sind eindeutig noch am Leben.«*

»Ich ermittle gerade«, teile ich ihnen mit, als das Navcom Laut gibt. »Noch einen Moment, bitte.«

Als ich das Steuerungssystem überprüfe, runzle ich die Stirn. Nicht nur ist keine Spur von der riesigen Schlacht zu sehen, die uns eigentlich hätte umbringen sollen, sondern auch die Planeten des terranischen Sonnensystems sind verschwunden. Kein Neptun, kein Uranus, kein Jupiter.

Tatsächlich kann ich weder in der Nähe noch in der Ferne irgendwelche Sterne sehen.

Kein Sonnensystem.

Keine Sterne.

Wir haben uns … bewegt.

Und ich habe keine Ahnung, wo wir sind.

Interessant UND beunruhigend.

Ein neues Symbol taucht auf dem Display des schlecht funktionierenden Sensors auf und zeigt an, dass sich etwas hinter uns befindet. Unsere Triebwerke funktionieren nach wie vor nicht, wurden während der großen Schlacht außer Gefecht gesetzt, also schalte ich unsere rückseitigen Sensoren ein und blicke in die unendliche Weite hinter uns.

Dort …

Das heißt …

Ich, äh …

Ich …

Hör auf damit, Legionärin.

Ich atme tief ein und setze mich aufrechter hin.

Ich verstehe nicht, was ich dort sehe.

Ich fange damit an, das zu katalogisieren, was ich wahrnehmen kann, so wie das jede Wissenschaftlerin tun würde.

Die Messwerte der Sensoren zeigen an, dass immense Schwankungen im gravitativen und elektromagnetischen Spektrum stattfinden, Quantenteilchen hallen im Teilraum wider. Doch als ich unsere hinteren Kameras einschalte, kann ich im Sichtfeld kaum etwas erkennen.

Tatsächlich gehe ich fälschlicherweise zunächst davon aus, dass unsere Übertragung nicht funktioniert. Alles ist vollkommen schwarz. Und dann leuchtet in der Ferne ein schwaches Licht auf, ein leichtes Aufblitzen auseinanderfallender Photonen. Und in ihrem flüchtigen violetten Widerschein erblicke ich etwas, was man nur beschreiben kann als …

Es ist ein Sturm.

Ein dunkler Sturm.

Er ist gewaltig. Erstreckt sich über Zigtausende Kilometer. Abgesehen von dem kurzen Aufblitzen der Photonen ist alles *absolut* schwarz – eine ölige, siedende Leere, so vollkommen, dass das Licht schlichtweg darin erstirbt.

Ich weiß, was das ist.

»Ein Sturm«, flüstere ich. »Ein Sturm aus Dunkler Materie.«

Sein Vorhandensein ist schon seltsam genug, wenn man bedenkt, dass wir gerade noch am Rande des terranischen Sektors waren, wo solche räumlichen Anomalien nicht vorkommen. Noch seltsamer hingegen ist, dass ich noch etwas anderes sehe. Ich stelle auf Vergrößern ein, und mein Verdacht bestätigt sich. Steuerbord befindet sich eine Raumstation, die sich silbern vor dem brodelnden schwarzen Sturm abhebt.

Es ist ein klobiges, hässliches Ding, eindeutig im Hinblick auf Funktionalität gebaut und nicht auf Schönheit. Sie scheint beschädigt worden zu sein – große knisternde Blitze gleiten über ihre Oberfläche, grell und weiß. An der Seite, die uns am nächsten ist, tritt Dampf aus: Treibstoff oder, wenn die Crew Pech hat, Sauerstoff und Stickstoff. Wie warmer Atem an einem kalten Tag wird der Dampf in diese endlose aufgewühlte Dunkelheit hineingezogen.

Wenn sie terranisch ist, dann ist die Ausstattung dieser Raumstation geradezu archaisch.

Aber das erklärt nicht, warum sie überhaupt hier ist.

Oder wie wir hierhergekommen sind.

Nichts davon ergibt einen Sinn.

»Zila?«, sagt Scarlett. *»Was geht da draußen vor? Kannst du die Waffe der Eshvaren sehen? Wie sieht es mit der feindlichen Flotte aus? Sind wir in Gefahr?«*

»Wir …« Ich weiß nicht, was ich auf ihre Fragen antworten soll.

»Zila?«

Von der Station erstreckt sich ein dickes Kabel aus glänzendem Metall. Es ist Hunderttausende von Kilometern lang, dreht und windet sich, aber ist fest in der beschädigten Anlage an dem einen Ende verankert. Am anderen Ende, ganz am Rand dieses tobenden Sturms aus Dunkler Materie, hängt ein riesiges quecksilbriges Segel, das über einen rechteckigen Rahmen gespannt ist. Seine Oberfläche wirbelt wie öliger Schlick. Auf meinen Bildschirmen erscheint es winzig, aber die Tatsache, dass ich es überhaupt sehen kann, deutet darauf hin, dass es gewaltig sein muss.

Wenn ich es nicht besser wüsste, würde ich annehmen …

»Unbekanntes Flugobjekt, ihr befindet euch in terranischem Sperrgebiet. Weist euch aus und nennt den Sicherheitscode, oder wir werden auf euch schießen. Ihr habt dreißig Sekunden Zeit.«

Die Stimme knistert durch das Cockpit, barsch und misstönend. Mein Puls beschleunigt sich, was nicht hilfreich ist.

Ich kann kein anderes Schiff sehen. Woher kommt diese Stimme?

Abgesehen davon, dass ich keinen Sicherheitscode habe, weiß ich nicht, ob es sich um Freund oder Feind handelt.

Nicht dass die Anzahl von Freunden unseres Squads zurzeit besonders groß ist.

Ich drücke auf den Schalter für die Funkverbindung des Squads und sage eindringlich: »Scarlett, bitte komm umgehend auf die Brücke. Diplomatie ist gefragt.«

»Unbekanntes Flugobjekt, bitte weist euch aus und nennt mir den Sicherheitscode. Wird dem nicht Folge geleistet, wird das als feindliche Absicht verstanden. Es verbleiben noch zwanzig Sekunden.«

Ich suche das Bedienfeld ab und strecke mich – jeder Syldrathi über zwölf ist größer als ich –, um auf den Knopf zu drücken, der unseren Kanal von Audio auf Video umstellt. Ich muss herausfinden, wer uns da anspricht.

Das Gesicht, das meinen Bildschirm ausfüllt, ist von einer schwarzen Atemmaske bedeckt, der dicke Schlauch schlängelt sich außer Sichtweite. Die Maske verbirgt alles unterhalb der Augen des Piloten und der Helm darüber alles andere.

Der Pilot ist ohne Frage Terraner, höchstwahrscheinlich ostasiatischer Abstammung, Alter und Geschlecht lassen sich aber nicht bestimmen. So seltsam diese Situation ist, vielleicht kann ich mit einem Terraner vernünftig reden – schließlich gehören wir derselben Spezies an.

»Einen Augenblick, bitte«, sage ich. »Ich habe gerade das Face unseres Teams einbestellt.«

»Den Sicherheitscode«, verlangt der Pilot mit zusammengekniffenen Augen. *»Und zwar sofort!«*

»Verstanden«, sage ich. »Ich habe keinen Code, aber …«

»Ihr seid in terranisches Sperrgebiet eingedrungen! Ihr habt zehn Sekunden Zeit, uns den richtigen Code zu nennen, oder ich werde auf euch schießen!«

Um mich herum flackern überall Warnsignale auf, Lichter blinken, und syldrathische Schriftzeichen leuchten, während ein Lautsprecher mich anbrüllt. Ich verstehe die Wörter nicht, aber ich weiß, was er sagt.

»WARNUNG, WARNUNG: RAKETEN IM ANFLUG!«

»Fünf Sekunden!«

»Bitte«, sage ich. »Bitte wartet …«

»Zünden!«

Ich beobachte, wie ein winziger Lichtpunkt auf unseren Bildschirmen auftaucht.

Wir haben keine Triebwerke. Keine Steuerung. Keine Abwehr.

Wir sollten sowieso schon tot sein. Zusammen mit Aurora und der Waffe verbrannt sein. Aber irgendwie ist es ungerecht, ein weiteres Mal sterben zu müssen.

Das Licht kommt näher.

»Bitte …«

Die Rakete schlägt ein.

Feuer ergreift die Brücke.

BUMM!

2.1 Scarlett

Schwarzes Licht brennt weiß auf meiner Haut. Ich kann den Klang um mich herum schmecken wie Metall auf meiner Zunge, ich höre Berührungen, fühle Gerüche, während alles, was ich bin und war und je sein werde, auseinandergerissen wird und wieder zusammen, zusammen und zusammen …

»Scar?«

Ich öffne die Augen und blicke in ein anderes Augenpaar.

Groß.

Schwarz.

Hübsch.

Finian.

»Bist du …?«, frage ich.

»War das …?«, sagt Finian.

»Seltsam«, murmeln wir beide gleichzeitig.

Ich sehe mich um und erlebe ein merkwürdiges, unheimliches Schwarze-Katze-Gefühl von Déjà-vu, das mir wie eine Spinne über den Rücken läuft.

Wir stehen im Korridor vor dem Maschinenraum, genau dort, wo wir vor einer Minute gestanden haben, als uns die Waffe der Eshvaren mit ihrer ganzen zerstörerischen Wucht eins in die Fresse gegeben und sich dann in winzige Kristallteile gesprengt hat. Aber Freude über Freude, wir sind tatsächlich noch am Leben. Das ist aus verschiedenen Gründen eine gute Nachricht. Als Allererstes, offen gesagt, wäre es nicht gerade schlau vom Universum, einen Arsch wie meinen verkommen zu lassen, indem es ihn in einer feurigen Explosion in den Tiefen des Weltraums einäschert. Mal ehrlich, so ein Hintern kommt nur so etwa einmal in einem Jahrtausend vor.

Zweitens bedeutet das, dass der Junge, der vor mir steht, auch nicht tot ist. Und seltsamerweise ist mir das viel wichtiger, als ich vor ein paar Stunden noch zugegeben hätte.

Finian de Karran de Seel.

Er ist überhaupt nicht mein Typ. Hirn statt Muskeln. Komplexe bis zum Ende der Galaxis. Aber er ist mutig. Und klug. Und während ich so dicht neben ihm stehe, komme ich nicht umhin zu bemerken, wie ihm das weiße Haar ins Gesicht fällt, wie weich seine bleiche Haut ist und diese Lippen, die ich fast geküsst habe, als wir kurz davor waren zu sterben.

Das habe ich nur deswegen gemacht.

Weil wir echt kurz davor waren zu sterben, stimmt's?

Wir starren einander an, sind uns darüber bewusst, wie eng wir beieinanderstehen. Keiner von uns bewegt sich. Er sieht mir in die Augen, und ich öffne den Mund, doch zum ersten Mal in meiner Erinnerung habe ich keine Ahnung, was ich sagen soll, und das Einzige, was mich vor der Peinlichkeit bewahrt, sprachlos zu sein, wo ich doch nichts kann außer reden, ist Zilas knisternde Stimme über Funk.

»Finian, Scarlett, seid ihr noch … ?«

»Am Leben?«, sagt Finian mit etwas wackeliger Stimme.

»Sieht so aus.«

Und da ist es wieder. Das gleiche unheimliche Schwarze-Katze-Gänsehaut-Gefühl. Das Gefühl, als …

»Ich bin ganz schön durcheinander«, sagt Finian.

»Sind wir nicht gerade … explodiert?«, frage ich.

Wieder trifft sein Blick meinen. Ich kann diesen Beinah-Kuss zwischen uns spüren, und ich weiß, dass er das auch tut. Und ich kann sehen, wie er sich wappnet, tief Luft holt.

»Lass mal sehen«, antwortet Fin.

Ich spüre die prickelnde Spannung, als seine Fingerspitzen meine berühren. Er nimmt meine Hand in seine und sieht mich eine weitere Sekunde lang fragend an, und er ist überhaupt nicht mein Typ, aber ich rücke noch immer nicht von ihm ab. Und jetzt lehnt er sich näher ran und noch näher, und obwohl wir jetzt nicht mehr kurz davor sind zu sterben, küsst er mich, o Schöpfer, er *küsst* mich, und wie ein Stromschlag fährt dieses Gefühl durch meine Lippen, durch meinen ganzen Körper. Ich spüre, wie ich mich an ihn dränge, seinen Kuss erwidere, das Prickeln, als seine Hände über meine Hüften gleiten bis zu dem Hintern, den auch das Universum nicht gewagt hat zu vergeuden, und ihn genau richtig drückt.

Tja, Finian de Karran de Seel. Ach, du lieber Himmel.

Wer in der Galaxis hätte je gedacht, dass du es draufhast?

Unsere Lippen trennen sich, und als er sich von mir abwendet, um noch mal ins Funkgerät zu sprechen, tut mir das richtig weh.

»Ja«, berichtet er. »Wir sind eindeutig noch am Leben.«

»Ich ermittle gerade«, sagt Zila. *»Noch einen Moment, bitte.«*

Das Funkgerät kommt knisternd zum Schweigen und lässt uns allein. Fin und ich halten einander noch immer in den Armen, und dieser Kuss hängt jetzt zwischen uns, und wenn einer von uns nun nicht gleich etwas sagt, weiß ich, dass wir wieder anfangen werden. Unter den gegebenen Umständen wäre das keine gute Idee.

Ich werfe einen Blick auf seine Hände.

Jup. Noch auf meinem Hintern.

»Weißt du, als Zila gesagt hat ›Noch einen Moment, bitte‹, war das nicht damit gemeint, de Seel.«

Er lacht nervös und lässt los. »Tut mir leid.«

»Muss es nicht.«

Und ich stürze mich auf seinen Mund, nur ein kurzes Aufeinandertreffen, hart und heiß. Beiße auf seinen Lippen, als ich mich von ihm löse, damit er weiß, wie hungrig ich noch bin.

»Aber wir müssen herausfinden, was zum Teufel da gerade passiert ist.«

»Ja.« Er atmet tief ein und tritt einen Schritt zurück und fährt sich mit seinen metallenen Fingerspitzen durch seinen weißen Haarschopf. »Ja, das müssen wir.«

Wir sind noch immer im Korridor vor dem Maschinenraum, noch immer sind die Türen verschlossen. Die Luft ist erfüllt vom scharfen Gestank von verbranntem Plastahl, verschmorten Kabeln und Rauch. Als ich durch das Sichtfenster gucke, kann ich sehen, was die Schienenkanonen mit unseren Triebwerken angerichtet haben, als sie uns getroffen haben, und ich kenne mich damit zwar nicht so gut aus, bin mir aber ziemlich sicher, dass Triebwerke nicht in fünfzig Einzelteilen daherkommen.

»Das brauchen wir, um zu fliegen«, sage ich.

»Es kann keiner behaupten, dass du nicht auch ein Gearhead hättest sein können.«

»Doch, jeder Ausbilder, den ich an der Academy hatte, zusammen mit meinem Tutor und dem Leiter der technischen Abteilung.«

Finian grinst und sieht sich um. Sein dunkler Blick fährt über die Decke, den zerstörten Maschinenraum. Und dann wandert er auf meine Brust. Sein Mund steht offen, und ich kann praktisch sehen, wie seine Augen hinter den Kontaktlinsen glasig werden.

Jungs und Brüste, aber echt jetzt.

»Hey!« Ich schnipse mit den Fingern. »Ich weiß, sie sind grandios, aber wirklich jetzt, konzentrier dich auf das, was wir zu tun haben, de Seel.«

»Nein.« Er tippt an seinen Hals. »Deine Kette. Weißt du noch?«

Ich greife nach meinem Hals. Nach der Kette, die wir im Dominion-Tresor vorgefunden haben, als wir in Emerald City waren. Für jeden von uns war eine Gabe im Tresor hinterlegt worden, was wir Admiral Adams und Battle Leader de Stoy zu verdanken hatten. Tyler hat neue Stiefel bekommen, Kal das Zigarillokästchen, dem er sein Leben verdankt. Finian hat einen Kugelschreiber gekriegt, über den er sich herrlich aufgeregt hat. Zila hat Ohrringe in Form von Falken erhalten. Und ich habe eine Diamantenkette bekommen, auf der die Worte *Halte dich an Plan B* eingraviert waren. Kurz bevor wir in unsere Bestandteile gesprengt werden sollten, hat Fin jedoch erkannt, dass es gar kein Diamant ist.

»Es ist ein Kristall der Eshvaren.«

Und ja, das ist merkwürdig. Wir haben in der Raumfalte schon einmal ein Kristall der Eshvaren gefunden – die Raumsonde, die Auri ins Echo geführt hat. Aber das erklärt nicht so wirklich, warum die Kommandanten der Academy mir eine Kette mit dem Zeug gegeben haben.

Und warum sind wir nicht tot?

Das Adrenalin, das durch meinen Körper pumpt, weil wir fast gestorben sind, uns fast geküsst haben und dann eindeutig nicht gestorben sind, uns aber *eindeutig* geküsst haben, klingt allmählich ab, und meine Hände zittern. Aber mein Blick wandert noch immer über Finians Körper, während er sich im Korridor umsieht, auf diese genervte, verwirrte Art, die er an sich hat, als hätte das Universum beschlossen, ihm ganz gezielt Unannehmlichkeiten zu bereiten. Blass wie ein Geist, mit seinen pechschwarzen Augen, umhüllt von seinem silbernen Exoanzug, steht er mit geneigtem Kopf da.

»Nicht dass ich mich beschweren will«, sagt er vorsichtig. »Aber wir befinden uns mitten im Kampf zwischen zwei Kriegsflotten im terranischen Sektor auf einem syldrathischen Schiff ohne funktionierende Triebwerke. Selbst wenn wir die Explosion der Waffe überlebt haben … sollte uns jetzt nicht irgendein eifriger terranischer Pilot in die Luft sprengen?«

Ich runzle die Stirn und drücke auf das Funkgerät.

»Zila? Was geht da draußen vor? Kannst du die Waffe der Eshvaren sehen? Wie sieht es mit der feindlichen Flotte aus? Sind wir in Gefahr?«

»Wir …« Ihr versagt die Stimme.

»Zila?«

Und ich sehe Finian an und kann es in ihm spüren, so wie ich es auch selbst tue. Dieses unheimliche Gefühl, das uns wie eine Spinne über den Rücken läuft. Dieses Gefühl, dass wir …

»Scar, dieses Gespräch kommt mir nur … *allzu* vertraut vor.«

»Ich weiß, was du meinst.«

Stirnrunzelnd schüttelt er den Kopf. »Es klingt verrückt, aber ich habe eindeutig ein Gefühl von …«

»Déjà-vu.«

»Was zum Teufel ist ein *Déjà-vu*?«

»Das ist eine Wahrnehmung. Wenn du den Eindruck hast, dass du etwas schon einmal getan oder gesagt hast.«

»Oh. Okay.« Er nickt entschieden. »Ja. Das habe ich eindeutig. Aber die Betrasker nennen es *tahk-she.*«

»Ja, ich weiß. Aber auf Terra nennen wir es *Déjà-vu*. Das ist Französisch.«

»Ich kann kein Französisch.«

»Bleib bei mir.« Ich zwinkere ihm zu. »Dann bringe ich es dir bei.«

Zilas Stimme drängt über Funk: *»Scarlett, bitte komm umgehend auf die Brücke. Diplomatie ist gefragt.«*

Und wieder überkommt mich dieses Gefühl. Dass wir diesen Augenblick schon einmal miteinander gesprochen, erfahren, erlebt haben. Und darüber hinaus, dass es sehr, sehr schlecht zu Ende gegangen ist. Ich strecke die Hand aus, und Fin ergreift sie, ohne nachzudenken, und zusammen rennen wir den Korridor entlang. Während wir laufen, muckt und zischt Fins Exoanzug, unsere Stiefel stampfen über das Metall, als wir die Treppe zum Cockpit nehmen.

Zila sitzt im Pilotensitz und sieht etwas mitgenommen aus, was bei ihr bedeutet, dass sie kurz vor dem Nervenzusammenbruch ist. Auf den ersten Blick scheinen unsere visuellen Systeme ausgefallen zu sein – auf allen Bildschirmen ist nichts als Dunkelheit zu sehen. Keine Planeten, nicht einmal *Sterne*, was etwas …

Nein, Moment mal. Ein paar Kameras funktionieren wenigstens noch. Ich kann eine kleine, schwerfällige Raumstation auf einem der Bildschirme sehen, von der ein schweres Kabel ausgeht in diese sonst so vollkommene Dunkelheit.

Das ergibt keinen Sinn …

Vor ein paar Minuten waren wir noch inmitten einer tobenden Schlacht am Rande des terranischen Sektors. Wo sind die Flotten? Warum ist diese Raumstation aufgetaucht? Und warum sind dort draußen keine Sterne zu sehen?

Zila trifft meinen Blick, als ich sie fragend ansehe, und ich *weiß*, dass das irre klingt, aber ein Teil von mir weiß auch, *weiß*, *WEISS*, dass …

»Ich nehme an, dass auch du das Gefühl hast, dass sich dieser Augenblick wiederholt«, sagt sie.

»Das ist Französisch!«, erklärt Fin.

Auf dem Bildschirm erscheint ein Lichtblitz. Nur für ein paar Sekunden leuchtet ein flüchtiger, violetter Widerschein auf. Aber mir dreht sich der Magen um, als mir klar wird, dass da draußen nicht nur Dunkelheit herrscht. Da draußen ist … so eine Art Sturm. Ein öliges, siedendes Aufeinanderprallen dunkler Strudel, so groß, dass mir fast der Kopf platzt.

Fin blinzelt: »Ist das …?«

»Ein Sturm aus Dunkler Materie«, murmelt Zila. »Ja.«

Ich werfe einen Blick auf die Sichtanzeige des Funkgeräts,

den Geschmack von verbranntem Metall auf der Zunge, während leuchtende syldrathische Schrift über den Bildschirm läuft. Ich kann die Gesichtszüge einer Terranerin ausmachen – weiblich, jung –, aber ihr Gesicht ist fast ganz durch die Atemmaske und den Helm verdeckt. Zwei Abzeichen aus Diamanten sind an ihren Kragen geheftet, die sie als Leutnantin ausweisen, aber sie trägt eindeutig keine Uniform der Terran Defense Force. Mein erster Eindruck ist, dass sie es mehr als draufhat. Aber ihre Stimme klingt doch ein klein wenig unsicher.

»Hört mal … ihr müsst euch identifizieren und den Sicherheitscode nennen. Ihr habt noch zehn Sekunden.«

Eigentlich wird der Squad 312 ja wegen galaktischem Terrorismus gesucht, also beschließe ich, etwas vage zu bleiben, was unsere Identität angeht. Ich streiche mir das Haar zurück, lege mir aus meinem Repertoire eine entspannte Haltung an und schnurre ins Mikrophon.

»Ich kann Ihnen gar nicht *sagen*, wie gut es ist, Sie zu sehen, Leutnantin! Wir dachten schon, das war's. Unser Schiff ist beschädigt, unsere Triebwerke funktionieren nicht, und wir brauchen Ihre Hilfe, over.«

»Das hier ist Sperrgebiet«, antwortet die Pilotin, noch immer etwas unsicher. *»Wie seid ihr hierhergekommen? Und was, zum Teufel, ist das für ein Schiff?«*

»Das ist eine *echt* lange Geschichte, Leutnantin.« Warm und freundlich lächele ich sie an. »Aber unser Lebenserhaltungssystem spielt hier leider nicht unser Wunschkonzert, wenn Sie uns also anbieten könnten, uns in Schlepptau zu nehmen, lade ich Sie zu einem Drink ein und erzähle Ihnen die ganze Geschichte.«

Es folgt eine lange Pause, während ich die Kiefer zusammenpresse.

»Also dann«, sagt die Pilotin endlich. *»Ich werfe euch ein Ab-*

schleppseil rüber und bringe euch ins Dock. Aber eine falsche Bewegung, und ich sprenge eure Ärsche quer über das ganze Sonnensystem, ohne weiter darüber nachzudenken.«

Ich muss lächeln. »Das sind großartige Nachrichten, Leutnantin.«

»Danke schöööööön!« Finian taucht hinter mir auf und winkt. »Sie sind so weise wie Sie schön sind, meine Dame!«

Die Pilotin erstarrt zu Eis. Das, was ich von ihrem Gesichtsausdrucke sehen kann, verhärtet sich. *»Ihr habt einen verdammten Betrasker an Bord?«*

Plötzlich ertönen um uns herum überall Alarmsirenen, rote Lichter blinken, und syldrathische Schriftzeichen leuchten auf, und ein Lautsprecher bellt:

»ACHTUNG, ACHTUNG: RAKETE IM ANFLUG.«

Eine winzige Lichtspur taucht auf unseren Radarschirmen auf. Ich sehe die anderen an, hilflos und außer mir. Wir haben keine Triebwerke. Keine Steuerung. Keine Abwehr.

»Oh, scheiße …«, flüstere ich.

»Scar …«, sagt Finian leise.

Das Licht kommt näher. Unsere Finger berühren sich.

»Habt keine Angst.« Zila runzelt die Stirn. »Es tut nicht wirklich weh.«

»… was?«

Die Rakete schlägt ein.

Feuer ergreift die Brücke.

BUMM!

2.2 Scarlett

Schwarzes Licht brennt weiß auf meiner Haut. Ich kann den Klang um mich herum schmecken wie Metall auf meiner Zunge, höre Berührungen, fühle Gerüche, während alles, was ich bin und war und je sein werde, auseinandergerissen wird und wieder zusammen, zusammen und zusammen …

»Scar?«

Ich öffne die Augen und blicke in ein anderes Augenpaar.

Groß.

Schwarz.

Hübsch.

Finian.

»Bist du …?«, frage ich.

»War das …?«, sagt Finian.

»Seltsam«, murmeln wir beide gleichzeitig.

Ich sehe mich um und erlebe ein merkwürdiges, unheimliches Schwarze-Katze-Gefühl von Déjà-vu, das mir wie eine Spinne über den Rücken läuft.

Wir stehen im Korridor vor dem Maschinenraum. Und Freude über Freude, wir sind tatsächlich noch am Leben.

Aber …

Moment mal …

Sind wir nicht gerade …?

Ich sehe Finian an und bin mir bewusst, wie eng wir beieinanderstehen. Er sieht mir in die Augen, aber ich habe keine Ahnung, was ich sagen soll. Zila bewahrt mich vor der Peinlichkeit, sprachlos zu sein.

»Finian, Scarlett, seid ihr noch …?«

»Am Leben?«, sagt Finian mit etwas wackeliger Stimme.

»Sieht so aus.«

Und da ist es wieder. Das gleiche unheimliche Schwarze-Katze-Gänsehaut-Gefühl. Das Gefühl, als …

»Ich bin ganz schön durcheinander«, sagt Finian.

»Sind wir nicht gerade … explodiert?«, frage ich.

Wieder trifft sein Blick meinen. Ich kann sehen, wie er sich wappnet, tief Luft holt.

»Lass mal sehen«, antwortet Fin.

Ich spüre die prickelnde Spannung, als seine Fingerspitzen meine berühren, und dann küsst er mich, o Schöpfer, und wie ein Stromschlag fährt dieses Gefühl durch meine Lippen und …

»Hör auf«, sage ich und reiße mich los. »Nein, hör auf, Fin … warte …«

Ich sehe ihn an, und er blickt mich genauso verwirrt an wie ich ihn, und irgendwie, irgendwie weiß ich genau, was er gleich sagen wird.

»Scar, ich habe eindeutig ein Gefühl von …«

»Déjà-vu.«

Er blinzelt. »… das ist Französisch.«

»Du kannst kein Französisch«, sage ich, und mir dreht sich der Magen um.

Er löst sich von mir, das Deck scheint unter meinen Füßen zu schwanken, und während er sich umsieht, habe ich das Gefühl, einen großen Klumpen Eis im Bauch zu haben. Noch stehen wir im Korridor vor dem Maschinenraum, noch ist die Luft erfüllt vom scharfen Gestank von verbranntem Plastahl, verschmorten Kabeln und Rauch. Als ich durch das Sichtfenster gucke, kann ich sehen, was von den Triebwerken noch übrig ist, und ich weiß, ich kenne mich da nicht so aus, aber dieser Ort, dieses Gespräch, irgendwie …

»Was *zum Teufel*, Fin …?«

Mit gerunzelter Stirn sagt er: »Das haben wir schon einmal erlebt.«

»Aber … das kann nicht sein …«

Er hebt eine blasse Augenbraue, und trotz allem ringt er sich noch ein Lächeln ab. »Scar, glaub mir, ich habe mir schon so oft vorgestellt, dich zu küssen, dass ich es auf jeden Fall merke, wenn ich es zweimal am selben Tag gemacht habe.«

Eine Stimme kommt über Funk. *»Scarlett? Finian?«*

»Zila?«

»Ist bei euch … alles gut?«

»Ich habe keine Ahnung.« Finian presst die Kiefer zusammen, und dann wird seine Stimme fester. »Hör mal … das klingt vielleicht verrückt, aber ist auf deinem Bildschirm eventuell gerade eine alte, ramponierte Raumstation zu sehen? Ein Sturm aus Dunkler Materie? Und ein terranisches Kampfschiff, das droht, uns in unsere traurigen kleinen Einzelteile zu sprengen?«

»Soll ich das so verstehen, dass du gerade das Gefühl hast, diesen Augenblick schon einmal erlebt zu haben?«

Fin sieht mich an, die Lippen zusammengepresst.

»Beim Schöpfer …«, flüstere ich.

»Wir sind gleich bei dir«, sagt Fin.

Das Adrenalin, das durch meinen Körper pumpt, weil wir fast gestorben sind, uns fast geküsst haben und dann eindeutig nicht gestorben sind, uns aber *eindeutig* geküsst haben, wird nun durch das Gefühl ersetzt, etwas zu erleben, was schlichtweg unmöglich ist. Meine Beine fühlen sich an wie Pudding, meine Gedanken rasen. Aber ich strecke Fin meine Hand hin, und zusammen rennen wir den Korridor zum Cockpit entlang. Wieder finden wir Zila im Pilotensitz vor, wieder sieht sie etwas mitgenommen aus. In einem Meer sternenloser Dunkelheit kann ich die schrottige Raumstation sehen und die wütende terranische Pilotin.

Wieder.

Wieder.

Aber anstatt ein winziges bisschen unsicher zu klingen, ist die Pilotin jetzt völlig von der Rolle. »*Was in drei Teufels Namen geht hier vor?*«

Zila sieht Finian an und kaut dabei auf einer ihrer langen Locken rum.

»Eine zeitliche Verzerrung?«, sagt Fin.

»Eine bessere Erklärung fällt mir nicht ein«, antwortet sie.

»Scheeeeiiiße«, flüstert er. »Der Ouroboros-Effekt?«

»Das ist reine Theorie.« Unser Brain schüttelt den Kopf, wirft einen Blick auf die Raumstation, kurz flackert ein violettes Licht in dem dunklen Sturm dahinter auf. »Und trotz unseres Kurses in Temporaler Mechanik an der Academy hätte ich das für undenkbar gehalten.«

»Hört mal«, sage ich und werfe den beiden einen wütenden Blick zu. »Den einzigen Kurs in Temporaler Mechanik, den ich je besucht habe, habe ich damit verbracht, mit Jeremy und Jonathan McClain zu flirten …

(Exfreund Nr. 35 und Nr. 36. Pro: Eineiige Zwillinge, insofern war einer heißer als der andere. Kontra: Eineiige Zwillinge, insofern waren sie im Dunkeln leicht zu verwechseln. Ups.)

»… und falls es euch noch nicht aufgefallen ist, ist da eine sehr verärgerte Pilotin …«

Das Funkgerät knistert und schneidet mir das Wort ab.

»*Das hier ist terranisches Sperrgebiet*«, sagt die eben erwähnte Pilotin. »*Ihr habt fünfzehn Sekunden Zeit, den Sicherheitscode zu vermitteln, oder ich schieße!*«

»Wir scheinen gerade eine zeitliche Verzerrung zu erleben, Scarlett«, erklärt Zila. »Du, ich, Finian, unser Schiff … so absonderlich es auch klingt, scheinen wir wieder und wieder dieselben Minuten zu durchleben.«

»Zehn Sekunden!«

»Es ist eine Zeitschleife, Scar«, sagt Fin. »Wir befinden uns in einer Art Zeitschleife.«

»Die mit unserem Tod endet.« Zila nickt. »Und dann sind wir wieder in dem Moment, in dem wir angekommen sind. Wie der Ouroboros. Die Schlange aus der ägyptischen und griechischen Mythologie, die sich in den eigenen Schwanz beißt.«

Ich sehe die beiden böse an. »Das ist *unmöglich*.«

»Es ist äußerst unwahrscheinlich«, stimmt Zila zu. »Aber sobald man das Unmögliche ausgeschlossen hat, ist das, was übrig bleibt, egal wie unwahrscheinlich …«

»Ich habe euch gewarnt«, spuckt die Pilotin. *»Ich werde jetzt schießen!«*

Um uns herum ertönen überall Alarmsirenen, rote Lichter blinken, und syldrathische Schriftzeichen leuchten auf, und ein Lautsprecher bellt:

»ACHTUNG, ACHTUNG: RAKETE IM ANFLUG.«

Eine winzige Lichtspur taucht auf unseren Radarschirmen auf. Ich sehe die anderen an. Wir haben keine Triebwerke. Keine Steuerung. Keine Abwehr.

»Hab keine Angst«, sagt Zila.

»Es tut nicht wirklich weh«, murmelt Fin.

Meine Hand greift nach seiner, kalt und hart spüre ich die Angst in meinem Bauch.

»Wehe, das stimmt nicht«, atme ich.

»Tja, falls nicht … wollen wir noch ein bisschen knutschen?«

BUMM!

2.3 Scarlett

Schwarzes Licht brennt. Ich kann den Klang schmecken, während alles um mich herum auseinandergerissen wird und wieder zusammen, zusammen und zusammen …

»Scar?«

Ich öffne die Augen und sehe vor mir ein anderes Augenpaar.

Finian.

»Was …?«, frage ich.

»Das …«, sagt Fin.

»Scheiße«, murmeln wir beide gleichzeitig.

Ich sehe mich um, und wieder krabbelt mir das Déjà-vu-Gefühl über den Rücken. Wir stehen wieder vor dem Maschinenraum. Und Freude über Freude, wir sind tatsächlich noch am Leben.

Wieder.

Ich sehe Finian an, und obwohl das alles nicht sein kann, bin ich mir immer noch bewusst, wie eng wir beieinanderstehen. Ein wiiiinziger Teil von mir erinnert sich noch an das letzte Mal, als wir das gemacht haben, als dieser bleiche, schöne Junge mich in etwa fünf Sekunden küssen wird. Aber der Rest von mir, der *vernünftige* Teil, brüllt gerade meine weiblichen Reize an, endlich Ruhe zu geben, denn wen interessiert das, wenn wir das bereits getan haben, Eierstöcke, die Sache ist die, *WIR HABEN DAS BEREITS GETAN.*

»Was zum Teufel, Finian«, flüstere ich.

»Finian?«, knistert eine Stimme. *»Scarlett?«*

Fin drückt auf das Funkgerät, spricht schnell. »Wir sind da, Zila.«

»Wieder«, sage ich.

»Ich schlage vor, dass ihr schleunigst nach oben kommt. Schnell.«

Das ist alles so undenkbar, dass sich meine Beine in Pudding verwandeln, meine Gedanken rasen, während Fin nach meiner Hand greift und wir den Korridor zum Cockpit rennen. Wieder finden wir Zila im Pilotensitz vor, die siedende Dunkelheit, das flüchtige Aufblitzen, die Raumstation. Alles ist genauso wie beim letzten Mal, und beim Schöpfer, wir haben das alles schon einmal gemacht, *WIR HABEN DAS ALLES SCHON EINMAL ERLEBT*.

Aber dieses Mal …

»Wo ist die Pilotin?«, fragt Fin. »Die Terranerin, die auf uns geschossen hat?«

»Ihr Schiff ist da draußen«, Zila nickt. »Ich kann es auf unserem Radar sehen. Aber sie hat keinen Funkkontakt hergestellt.«

»Wartet …« Ich starre Zila und Fin an, und meine Gedanken rasen so sehr, dass mir der Kopf weh tut. »Du … Ich dachte, du hättest gesagt, wir wären in einer Zeitschleife.«

»Ja, das ist die plausibelste Erklärung angesichts der gegenwärtigen Datenlage.«

»Aber sollte sie uns dann nicht inzwischen angebrüllt haben, um den Sicherheitscode zu bekommen? Sollte sie nicht wieder und wieder das Gleiche tun?«

Zila kaut auf ihren Haaren rum und starrt auf den winzigen Punkt auf unserem Radarschirm. Sie tippt schnell etwas in das flackernde Bedienfeld und murmelt etwas vor sich hin.

»Interessant.«

Die Alarmsirenen erwachen zum Leben, Lichter blinken, syldrathische Schriftzeichen leuchten auf, und ein Lautsprecher bellt.

»ACHTUNG, ACHTUNG: RAKETE IM ANFLUG.«

»O Schöpfer, nicht schon wieder …«, murmele ich.

Meine Hand greift nach Finians.

Er drückt sie fest und sieht mir in die Augen.

Zila starrt auf das Kampfschiff auf dem Radar und kaut noch immer auf ihrer Haarlocke rum.

»Sehr interessant.«

BUMM.

2.4 Scarlett

Schwarzes Licht brennt, während alles auseinandergerissen wird und wieder zusammen und zusammen …

»Scar?«

Finian.

Ich schaue ihm in die Augen, während es um uns herum dunkel wird. Die Alarmsirenen ertönen, das inzwischen allzu vertraute Bellen kommt aus dem Lautsprecher, und mir rutscht das Herz in die Hose.

»ACHTUNG, ACHTUNG: RAKETE IM ANFLUG.«

»Okay«, seufze ich. »Jetzt bin ich echt durch mit diesem Tag.«

»Scarlett? Finian?«

»Wir sind hier, Zila«, meldet sich Fin zu Wort.

»Die Pilotin ist kurz davor, wieder auf uns zu schießen. Diesmal war sie noch schneller.«

»Hör mal«, zische ich ins Funkgerät und versuche, nicht einfach loszuschreien, bis meine Stimme in eine Million Bestandteile zerfällt, zusammen mit dem Rest meines Körpers. »Vielleicht habe ich mich nicht mit Temporaler Mechanik beschäftigt, vielleicht bin ich einfach blöd, aber wenn wir in einer Zeitschleife gefangen sind, sollte dann alles um uns herum nicht *exakt* genauso ablaufen?«

»Meine Messwerte stimmen damit überein«, sagt Zila. *»Die gravitatonischen Ausbrüche in dem Sturm, die Energiesignaturen, die Quantenfluktuation – alles an dieser Situation ist jedes Mal genau gleich.«*

Ich spüre die prickelnde Spannung, als Fins Fingerspitzen meine berühren. »Du weißt, dass du nicht blöd bist«, sagt er mir. »Ich weiß nicht, warum du dich immer so runtermachst.«

Ich sehe auf das graue Metall um uns herum. Die blinkenden Kugeln, die sich in den großen, schönen Augen des Jungen widerspiegeln, der meine Hand hält. Und dann sehe ich es.

Denn, ja, ich mag nicht das Brain dieses Squads sein. Aber wenn wir tatsächlich in dieser Zeitschleife gefangen sind und uns jedes Mal anders verhalten und diese schießwütige Pilotin da draußen sich auch jedes Mal anders verhält, dann gibt es nur eine Erklärung.

Sobald man das Unmögliche ausgeschlossen hat, ist das, was übrig bleibt, egal wie unwahrscheinlich, die Wahrheit.

»Die Pilotin steckt zusammen mit uns in der Zeitschleife«, sage ich.

»Du bist eben mehr als ein hübsches Face.« Fin lächelt.

»Sehr lustig.«

Sein Lächeln verblasst etwas, als ich auf seine Lippen blicke. Und als ich meinen Mund an seinen drücke, als er mich zurückküsst, wird mir klar, dass es schlimmere Arten gibt zu sterben, wieder und wieder und wieder.

BUMM.

3 Tyler

»TYLER!«

Um mich herum sind die Wände aus Regenbogen.

Unter mir bebt der Boden.

Ich habe den Mund voller Blut, und über mir ragt ein Schatten auf, so gewaltig und tief und dunkel, dass ich weiß, er wird die Galaxis verschlingen, wenn ich es zulasse.

Das muss ich verhindern …

Ein syldrathisches Mädchen kniet über mir, wie ein Heiligenschein strahlt hinter ihr kaleidoskopisches Licht. Sie ist schön. Strahlend. Jünger als ich, und doch irgendwie älter, und ihre Augen sind violett, und ihr Haar sieht aus wie gesponnenes Gold, und ich weiß, dass sie mir alles bedeutet, ohne zu wissen, warum.

»TYLER!«

Die Stimme schallt aus meiner Vergangenheit, aber in meine Zukunft hinein – ein anderes Mädchen, das ich mal kannte, aber nie wirklich, schreit jenseits der Grenzen von Zeit und Tod. Und ich weiß, dass sie versucht, mir etwas Wichtiges mitzuteilen, aber das syldrathische Mädchen vor mir streckt ihre Hände nach mir aus, und sie sind voller Blut (meinem Blut), und das goldene Haar tropft rot und …

»… noch kannst du das alles in Ordnung bringen, Tyler Jones …«

»Ich kann nicht …«

»Tyler Jones.«

Vielleicht ist dort nichts.

Dort ist nichts. Ich …

»Tyler Jones!«

Ich öffne die Augen, und grelles Licht durchbohrt meinen Schädel. Angesichts der Silhouette über mir zucke ich zusammen.

Ein syldrathisches Mädchen, wie die aus meinem Traum gerade eben, wunderschön und strahlend. Aber während ihr Haar dort Gold wie das Licht der Sterne war, ist es nun schwarz wie die Nacht, genauso wie der Streifen über ihren Augen und auf ihren geschürzten Lippen.

»Endlich wach«, sagt Saedii und hebt eine dunkle Augenbraue leicht an. »Ich habe mich schon gefragt, ob du den gesamten Krieg verschlafen willst.«

Mein Schädel dröhnt, und das Licht ist viel zu grell. Ich spüre, wie das Brummen der schweren Triebwerke mein Pflegebett erzittern lässt. Auf meinem Arm klebt ein Pflaster, in meinem Mund ist der metallische Geschmack von Wachmachern, und es riecht nach Desinfektionsmittel. Es tut ein wenig weh zu atmen.

Mir wird klar, dass ich mich auf einem Schiff befinde. Schwarzes Metall. Syldrathisches Design. Aber das Licht ist grau, nicht rot, also sind wir wohl in der Raumfalte …

»B … beim Schöpfer«, huste ich. »W … was ist passiert?«

»Ist das nicht offensichtlich?« Saedii lehnt sich in ihrem Stuhl zurück und hebt ihre langen schwarzen Stiefel, um einen scharfen Absatz auf der Kante meines Pflegebetts abzulegen. »Du bist fast gestorben, Tyler Jones.«

» … wo bin ich?«

»An Bord meines Schiffs. Die *Shika'ari*. Tja …« Sie blickt sich kurz um und wirft sich einen dicken schwarzen Zopf über die Schulter. »Jedenfalls ist es jetzt mein Schiff.«

»Das Letzte, an das ich mich erinnere … das war der Kampf auf der *Kusanagi*.« Ich stütze mich auf einem Ellbogen ab, mein Kopf dröhnt wie eine Kriegstrommel. »Wir sind aus unserer Zelle ausgebrochen. Deine Leute haben angegriffen.« Wieder zucke ich zusammen, meine Erinnerung ist verschwommen, der seltsame Traum geht mir noch nach. Ich fühle mich, als wäre ein schwerer Frachter über mich hinweggedonnert.

… noch kannst du das alles in Ordnung bringen …

»Wir sind geflohen … in Fluchtkapseln?«

»Die terranischen Feiglinge auf der *Kusanagi* haben auf deine Kapsel geschossen.« Saediis spitzer Eckzahn schimmert, als sie höhnisch grinst. »Aber da war ich schon an Bord der *Shika'ari*. Unser Abwehrschild hat ihre Rakete abgefangen, bevor sie dich treffen konnte. Aber dadurch, dass sie in nächster Nähe explodiert ist, wurde deine Kapsel manövrierunfähig, das Lebenserhaltungssystem war zerstört. Du warst kurz davor zu sterben, als wir dich gerettet haben.«

Sie hebt eine geschwungene schwarze Augenbraue.

»Aber wir haben dich gerettet.«

Unsere Blicke treffen sich, ihre Augen sind schwarz umrandet, ihre dunkelviolette Iris zerfließt zu Grau. Ihre Gesichtszüge sind scharf gezeichnet, vollkommen ebenmäßig, kalt und gebieterisch.

»Du hast mir das Leben gerettet.«

Sie neigt den Kopf. »So wie du auch mein Leben gerettet hast.«

Da spüre ich ihre Gedanken. Ein vorsichtiger Versuch, um sicherzugehen, dass alles, was wir in der Gefängniszelle an Bord der *Kusanagi* miteinander geteilt haben, auch wahr ist. Ihre Enthüllung über das syldrathische Blut, das durch meine Adern fließt, sitzt wie ein kalter Splitter in meinem Kopf. Gedanken an die Wegewanderin, die meine Mutter war und von der mir mein Vater nie erzählt hat, wirbeln wie Rauch.

Ich kann mich an die anderen Wahrheiten erinnern, die wir geteilt haben. Die Wahrheit über ihre Herkunft. Der Name ihres Vaters. Die Lügen ihres Bruders. Aber bevor ich mich über den Verrat meines Freundes aufregen kann, wandern meine Gedanken von Kal zu Auri und dann zu Scarlett und …

»Die Erde«, zische ich und setze mich auf. »Die Ungebrochenen befinden sich im Krieg mit der Erde.«

»Ja.«

»Wir müssen sie aufhalten! Ein Krieg in der Galaxis ist genau das, was das Ra'haam will.«

Saedii zuckt mit den Schultern, schürzt die schwarzen Lippen. »In diesem Fall ist das Glück uns hold.«

»Wo zum Teufel sind wir eigentlich?« Ich stehe vom Bett auf und mir schwindelt, als ich auf die Füße komme. »Wir müssen …«

Saedii steht auf. Sie ist so groß, dass wir fast auf Augenhöhe sind. Sie legt eine Hand auf meine Brust und bringt mich zum Stehen. Ich kann ihr Haar riechen, den Duft von Leder und Lias-Blumen und Spuren von Blut. Ich kann mich erinnern, wie sie mich auf die Wange geküsst hat, als wir uns verabschiedet haben. Wie sich mich angesehen hat, ihre Stimme in meinem Kopf, als ich ihre Flucht ermöglicht habe.

»Du bist mutig, Tyler Jones. Ein aufrichtiger Mann.«

»Wir leiten gerade den taktischen Rückzug ein. Der Kampf mit der *Kusanagi* war verlustreich. Nur die *Shika'ari* und ein weiterer Kreuzer sind uns erhalten geblieben. Und beide Schiffe haben erheblichen Schaden genommen.«

»Ich muss mit meinen Leuten vom Aurora-Kommando sprechen«, beharre ich. »Mit Admiral Adams und Battle Leader de Stoy. Das Schicksal der gesamten Galaxis …«

»Du solltest dich um dein eigenes Schicksal kümmern, Terraner. Und nicht um das der Galaxis.« Ihre Hand auf meiner Brust bewegt sich, drückt fester zu. »Schließlich bist du jetzt mein Gefangener. Und deine Leute waren nicht besonders gastfreundlich, als ich bei ihnen war. Mein gesamter Führungsstab ist der Meinung, ich hätte dich in der Fluchtkapsel sterben lassen sollen.«

Ich erinnere mich an meine letzten Minuten in Gefangenschaft. An die Konfrontation in der Nähe der Kapseln, an diese

Augen, einst braun und nun blau, an diesen bohrenden Blick. An die Absichten des Feindes, an die Stimme einer Freundin, die mich anfleht zu bleiben.

Tyler, geh nicht …

Cat …

Ich liebe dich, Tyler.

Saedii sieht mich forschend an. Ihre Hand liegt noch auf meiner Brust. Ich kann ihre warme Haut unter der terranischen Uniform spüren, die ich gestohlen habe. Sie hat sich die Zeit genommen, wieder die Uniform der Ungebrochenen anzuziehen – stilvolles, scharfes Schwarz mit noch schärferen Kurven darunter. Ich kann mich noch an ihren Anblick in der Abstellkammer erinnern, wenn ich es versuche, als sie sich bis auf die Unterwäsche ausgezogen hat, aber ich will es nicht versuchen. Denn die, die das Blut der Wegewanderer in den Adern haben, können gegenseitig ihre Gedanken lesen, und das Letzte, an das ich jetzt denken möchte, ist …

»Was ist mit der *Kusanagi* passiert?«

»Sie hat den Rückzug angetreten, nachdem sie schwer beschädigt wurde.« Sie neigt den Kopf zur Seite. »Warum interessiert dich das überhaupt?«

»Auf dem Schiff waren Terraner«, antworte ich. »Meine Leute.«

»Geht es dir um deine Leute? Oder um deine Geliebte?«

Tyler, geh nicht …

»Cat ist nicht meine …«

»Aber sie war es.«

Ich nicke, muss schlucken. »Aber das ist nicht mehr Cat.«

»Hmmm.«

Saedii rückt näher an mich heran, wiegt sich wie eine Schlange und beobachtet mich durch den Schleier ihrer langen schwarzen Wimpern. Wenn ich es versuche, dann kann ich es in ihr spüren – den Rausch der Schlacht, der wir gerade entkommen sind, den Nervenkitzel, den ihr der Geruch von Blut und Rauch und Feuer bereitet. Fast so, als sei sie … davon betrunken. Ich weiß, dass gerade viel Wichtigeres auf dem Spiel steht, aber ein Teil von mir kommt nicht umhin zu bemerken, wie gut sie aussieht, erinnert sich daran, wie wir Seite an Seite gekämpft, wie ihre Augen geleuchtet haben, und mir schlägt das Herz bis zum Hals.

Saedii drückt ihre Fingerspitzen in meine Brust.

»Bei uns Wildgeborenen gibt es ein Sprichwort, Tyler Jones. *Anai la'to. A'le sénu.*«

»Ich spreche kein syldrathisch.« Finster blicke ich auf ihre langen schwarzen Fingernägel, die nun fest gegen meine Haut drücken. »Und das tut weh.«

»Lebe für den Moment«, übersetzt sie. »Denn morgen werden wir sterben.« Sie kratzt mit ihren Fingern über meine Brust, und ihre Nägel bleiben am Stoff hängen. »Wir, die wir für den Krieg geboren wurden, verschwenden unsere Zeit nicht mit Belanglosigkeiten. Die Große Weite weiß, wann unsere Zeit zu Ende geht.«

Ich nicke und versuche, nicht an ihren Körper zu denken, der sich jetzt gegen meinen drückt. »Wir haben auch so ein Sprichwort. *Carpe Diem*. Nutze den Tag.«

Ihre schwarzen Lippen verziehen sich zu einem Lächeln. »Unseres ist besser.«

Ich zucke zusammen, als ihre Fingernägel sich tiefer in meine Haut graben. »Hör auf.«

»Dann zwing mich doch.«

»Ich meine es ernst«, knurre ich und schiebe ihre Hand weg.

Als meine Haut ihre berührt, greift sie blitzschnell nach meinem Handgelenk.

Ich keuche, als ein plötzlicher Schmerz meinen Arm hochschießt, der mich meinen brummenden Schädel vergessen lässt. Sie versucht, mir die Arme auf den Rücken zu biegen. Ich mache mich frei und gehe mit erhobenen Händen ein Stück zurück. »Saedii, was zum Teufel ist los …«

Aber bevor ich den Satz beenden kann, schließt sie auf, ihr Lächeln verwandelt sich in ein Zähnefletschen und übt einen Scheinangriff auf mein Gesicht aus. Und schneller als ich gucken kann, legt sie die Hände auf meine Schultern und versucht, ihr Knie zwischen meine Beine zu rammen.

Zum Glück hat Saedii das schon ein paarmal mit mir abgezogen – da hatten meine Jungs kein Glück, aber, tja, man lernt nie aus. Instinktiv wehre ich ihren Tritt ab.

»Bist du verrückt geworden?«, will ich wissen.

Sie zieht die Faust zurück, um mich zu schlagen, aber ich verlagere mein Gewicht und weiche aus. Ich nutze ihren Schwung aus, stoße sie in den Rücken und sorge so dafür, dass sie in die Wand kracht. Wütend wirbelt sie herum.

Ihr Tritt trifft mich im Solarplexus, und ich stolpere über das Pflegebett, knalle auf den Boden und grunze, als ein schweres Gewicht auf mir landet.

Saedii sitzt rittlings auf meiner Brust und drückt meine Handgelenke nach unten. Wie ein schwarzer Vorhang fallen ihr die Zöpfe übers Gesicht, als sie sich über mich beugt, mit zischendem Atem. Ihre blasse Haut ist violett verschmiert, und erschrocken stelle ich fest, dass ihre Lippe aufgeplatzt ist. »Beim Schöpfer, das tut mir leid, ich …«

Und mir verschlägt es die Sprache, als sie, ohne Vorwarnung, ihren Mund auf meinen drückt.

Mir rasen etwa tausend Gedanken auf einmal durch den Kopf. Ich erinnere mich daran, dass das die Frau ist, die abgetrennte Daumen früherer Verehrer um den Hals trägt, nur so aus Jux. Wildgeborene, zum Blutvergießen erzogen, Tochter des Sternentöters höchstselbst. Ich erinnere mich daran, dass sich die Ungebrochenen mit Terra im Krieg befinden und dass ich – theoretisch – hier ein Gefangener bin, sie hat mich erobert, sie ist mit mir verfeindet. Da draußen tobt ein Krieg um die gesamte Galaxis, und hier, auf mir, liegen zwei Meter einer syldrathischen Kriegerprinzessin.

Das Problem ist, auf mir liegen *zwei Meter einer syldrathischen Kriegerprinzessin,* und all diese Gedanken tun sich schwer, Gehör zu finden.

Saediis Kuss ist hungrig, drängend und ihre Finger umfassen fest meine Handgelenke, während ihr Körper gegen meinen brandet. Ich muss ihren Kuss erwidern, und ihre Gefühle, ihre Gedanken, ihre Lust überschwemmen mich und nähren meine eigenen. Ihre Zöpfe fallen mir übers Gesicht, ihre Hüften reiben gegen meine, während sie an meiner Unterlippe saugt und dann draufbeißt. Und zwar fest.

»Au«, zische ich und wende mich ab. »Was ist bloß …«

Sie küsst mich wieder, lacht gleichzeitig und fletscht die Zähne. Aber jetzt kann ich Blut schmecken, ihr Blut und meins, und Schmerz zuckt durch die neue Wunde an meiner Lippe.

»Geh von mir runter!«

»Dann zwing mich doch.«

»Ich meine es ernst!«

»Ich auch, Tyler Jo …«

Sie keucht, als ich mich aus ihrem Griff löse und sie von mir schiebe. Aber blitzschnell kracht sie wieder in mich rein. Ihre Hände greifen nach meinem Hals, während wir miteinander ringen, keuchend, blutend auf dem Boden herumrollen. Sie ist stark, schlank, windet sich wie eine Schlange in meinem Griff, doch endlich bekomme ich ihre Handgelenke zu fassen und drücke sie mit meinem Gewicht auf den Boden.

»Beim Schöpfer, komm mal runter!«, brülle ich.

Schweratmend liegt Saedii unter mir, mit zerzaustem Haar und feurigen Augen. Sie wickelt ihre Beine um mich und leckt das Blut von meinem Kinn. Und ich kann ihre Gedanken in meinem Kopf spüren, während sich ihre Lippen zu einem dunklen, neckischen Lächeln verziehen.

Würde ich ja, wenn du das wirklich willst.

Ich schnappe nach Luft, als sie auf meinen Hals losgeht und mit ihren scharfen Zähnen meine Haut ritzt.

Aber das willst du gar nicht. Oder, Tyler Jones?

Sie wickelt ihre Beine noch enger um mich herum. Und ich weiß, dass das verrückt ist, aber ich weiß auch, dass sie die ganze Zeit in meinem Kopf ist. Sie kann meine Gedanken buchstäblich spüren und … sie hat recht.

Saedii lacht, und wieder treffen unsere Lippen aufeinander, und sie befreit sich aus meinem Griff, damit sie ihre Hände unter mein Hemd schieben kann, mit ihren Fingernägeln über meine Haut fahren. Sie küsst mich hungrig, und ihr Verlangen färbt auf mich ab und vertreibt jeden anderen Gedanken aus meinem Kopf. Unsere Hände sind überall, sie reißt mir das Hemd vom Leib, und dann bleibt uns die Frage erspart, wie weit wir wohl gehen würden, als es leicht unter meiner rechten Handfläche vibriert.

»Äh …«

Allmählich lassen wir voneinander ab, und mein Herz klopft wie wild. Während ich zögernd meine Hände von ihr nehme, kann ich meinen Blick nicht von ihr lösen.

»Ich glaube, … das ist für dich.«

Seufzend schlägt Saedii auf den Funksender auf ihrer Brust.

»Berichte.«

Tja, die Sache ist so – eben habe ich ein wenig gelogen. Ich spreche Syldrathisch längst nicht so fließend wie Scar, aber gut genug, um einem Gespräch folgen zu können. Während ich wieder zu Atem komme und mir das Blut von den Lippen lecke, lausche ich der leisen und widerhallenden Stimme ihres Stellvertreters. Ich glaube, er entschuldigt sich für die Störung, aber Saedii schneidet ihm das Wort ab.

»Erien«, schnauzt sie, mit blitzenden Augen. »Sprich.«

Ich höre ein paar Wörter, die ich gut kenne. *Nachricht. Schlacht. Terra.*

Da sieht Saedii mich an. Wir werden daran erinnert, dass unsere Völker sich im Krieg befinden, und die Stimmung schlägt allmählich um. Sie zieht ihre langen Beine weg, und ich löse mich von ihr und setze mich auf dem kalten Metallboden aufrecht hin. Als ich mir mit der Hand durchs Haar fahre, merke ich, dass meine Finger zittern.

Ich kann ihr Blut auf meinen Lippen schmecken.

Saedii möchte wissen, ob es Neuigkeiten über ihren Vater gibt. Die Antwort ist stockend. Mit einer geschmeidigen schlangenförmigen Bewegung kommt sie auf die Füße. Ich kann *keine Geduld* und *in Rätseln* verstehen. Wieder fragt sie nach dem Sternentöter.

Das einzige Wort der Antwort, das ich verstehe, ist *weg*.

Da klopft mir das Herz bis zum Hals. Unglaublich. *Unmöglich.* Der Gedanke erfasst uns, während Saediis Augen weit werden – dass irgendwie, entgegen allen Erwartungen, der Mann, der den syldrathischen Heimatplaneten zerstört hat, vielleicht …

»Weg?«, zischt sie ungläubig auf Syldrathisch. »Tot?«

Die Antwort ist negativ. Ich bekomme Wörter wie *Chaos* und *Rückzug* mit. Etwas Schnelles über *Terraner* und *Betrasker* und …

»Bei der Großen Weite, Erien, nun sag schon!«, fordert Saedii.

Der erste Paladin bittet um Entschuldigung, redet weiter. Und als Saediis Blick meinen trifft, höre ich drei Worte. Worte, die mir das Herz bis in meine Stiefel rutschen lassen. Worte, die das Ende bedeuten könnten.

Sternentöter.

Waffe.

Verschwunden.

4 Tyler

Ich sitze in einem Stabsquartier mit dreizehn Kriegern der Ungebrochenen, und das Einzige, was ich weiß, ist, dass mindestens zwölf davon mich umbringen wollen.

Ehrlich jetzt, was Saedii angeht, bin ich mir noch immer nicht so ganz sicher.

Als ich darauf bestanden habe, sie zu dem Treffen mit ihrem Führungsstab zu begleiten, war ich überzeugt, dass sie nein sagen würde. Schließlich bin ich theoretisch hier ein Gefangener. Ein Außenseiter. Ein *Feind.* Sie hat mir gesagt, ich soll im Bett bleiben und mich ausruhen.

»Ich bin selber ein halber Syldrathi«, habe ich ihr gesagt. »Und ich weiß besser über den wahren Feind Bescheid als alle anderen hier. Mit den Ungebrochenen wird hier ein Spiel getrieben, und nur ich kenne die Regeln. Ein Bett ist das Letzte, was ich jetzt brauche.«

Sie hat mich nachdenklich angesehen und sich das Blut vom Mund gewischt. Die Erinnerungen an diesen Kusskampf oder was auch immer das eben war, stand noch zwischen uns. Ich kann immer noch ihren Körper an meinem spüren. Und wir wussten beide, dass mein Spruch über das Bett nur die halbe Wahrheit war.

»Das hier ist kein terranischer Vergnügungsdampfer, der mit Feiglingen und Schwächlingen bemannt ist«, hat sie mich gewarnt. »Das hier ist ein Kriegsschiff der Ungebrochenen. Im besten Fall wird die Mannschaft dich mit Verachtung strafen. Im schlimmsten mit mörderischer Feindseligkeit.«

»Dass du dich so um mich sorgst, hätte ich nicht gedacht, Templerin.«

Da kneift sie die Augen zusammen. Saedii ist genauso sehr auf Taktik bedacht wie ich – sie konnte sehen, welche Falle ich ihr gestellt habe, und nie im Leben würde sie zugeben, dass ihr mein Wohlergehen am Herzen liegt. Also hat sie verächtlich ihre Zöpfe über die Schulter geworfen und ist aus dem Raum stolziert, während ich ihr hinterherhinkte.

Tyler Jones: 1
Saedii Gilwraeth: 0

Die Stimmung ist angespannt, das rote Licht im Besprechungsraum grau in der Raumfalte. Holobildschirme von allen wichtigen Nachrichtensendern der Galaxis sind auf die Wände projiziert, Hunderte von ihnen, und berichten leise im Hintergrund, so dass die Ungebrochenen sich ungestört besprechen können. Sie knien an einem ovalen Tisch aus dunklem Lias-Holz, Saedii an einem Ende, ihr Stab um sie herum, und ihr Stellvertreter Erien hockt ihr gegenüber.

Ich sitze mit dem Rücken zur Wand und kaue auf der Bisswunde auf meiner Unterlippe rum.

Ich kenne Saediis Offizier Erien bereits von meiner Gefangenschaft auf der *Andarael*. Ihr erster Paladin ist ein großer, gertenschlanker Mann. Sein schönes Gesicht ist durch eine hakenförmige Narbe unter seinem einen Auge entstellt. An seinem Gürtel trägt er eine Reihe von abgeschnittenen Syldrathi-Ohren. Um ihn herum sind kampferprobte Kriegsveteranen und Jungspunde, feurig und heißblütig. Sie sind alle schwer bewaffnet und stecken in schönen schwarzen Rüstungen, die mit eleganten syldrathischen Glyfen verziert sind. Ihr Haar ist so frisiert, wie es ihrem Rang entspricht: Je mehr Zöpfe sie haben, desto höher ist ihre Befehlsgewalt. Auf jeder Stirn prangt die Glyfe der Wildgeborenen: drei gekreuzte Klingen.

Die Stimmung ist … merkwürdig. Als würde sich eine Meute menschenfressender Tiger zum Tee treffen. Jedes Wort und jede Geste ist voller verhaltener Feindseligkeit. Ich habe das Gefühl, dass es jederzeit zu einem Blutbad kommen könnte, aber zwei Dinge schweißen diese Leute fest zusammen.

Erstens sind sie alle Ungebrochene.

Leute, die nie um ihr Leben kämpfen mussten, werden nie verstehen, wie sehr es einen verbindet, wenn man gemeinsam in den Krieg gezogen ist. Was es heißt, sich gegenseitig den Rücken freizuhalten, gemeinsam zu töten und zu bluten – das geht über Familienbande hinaus. Und als ich mich im Raum umgucke, sehe ich genau das: Leute, die mehr zusammenhält als Blutsbande, deren Verbindung ein Leben lang im Feuer des Krieges zusammengeschmiedet wurde.

Und zweitens ist da natürlich Saedii selbst.

Ich kann erkennen, dass jeder der Wildgeborenen in diesem Raum sie liebt. Sie hasst. Sie fürchtet. Sie anbetet.

Selbst wenn sie nicht die Tochter des mächtigsten Archonten der Ungebrochenen wäre – ich habe Saedii im Kampf beobachtet. Schiff gegen Schiff, Frau gegen Mann. Und ich weiß, dass sie ihre Position nicht innehat, weil sie Daddys kleines Mädchen ist. Sondern sie sitzt am oberen Ende des Tisches, weil sie sich diesen Platz erobert hat.

Als wir zusammen den Raum betreten haben, haben mich zwölf Augenpaare angeschaut, als wäre ich die Vorspeise. Ein Wort von Saedii, und sie sind direkt zur Sache gekommen. Bloß, dass die Sache nicht gerade gut ausschaut.

Wie ich schon sagte, meine Syldrathischkenntnisse sind nicht so gut wie die von Scar, aber gut genug. Und während ich Saediis Kommandostab lausche, die unzähligen Berichterstattungen auf den Bildschirmen beobachte, fange ich an, nach und nach zusammenzufügen, was bei der Schlacht um Terra passiert ist.

Eine gewaltige Flotte der Ungebrochenen, größer als alles seit dem Untergang von Syldra, die sich außerhalb des terranischen Sektors sammelt.

Die terranischen Streitkräfte, die sich als Reaktion darauf zusammenziehen.

Die Betrasker, die sich auf die Seite ihrer terranischen Alliierten stellen.

Archont Caersan, der die Herausgabe seiner Tochter verlangt.

Also, in den letzten zwei Jahren hat Terra die Ungebrochenen wie ein rohes Ei behandelt. Unser letzter Krieg mit den Syldrathi hat zwei Jahrzehnte gedauert, und da wir unbedingt einen weiteren vermeiden wollten, haben wir sogar weggesehen, als Caersan die syldrathische Sonne zerstört hat.

Aber die terranischen Regierungen wusste nicht einmal, dass die GIA Saedii in Gewahrsam hatte – das Ra'haam hat sie ja auch gefangen genommen, um Unruhe zu stiften. Insofern konnten sie natürlich der Bitte des Sternentöters nicht nachkommen. Stattdessen haben sie ihn höflich gebeten, sich aus dem Staub zu machen, sonst würde er ihre Flotte in die Fresse bekommen.

Das hat Caersan nicht gefallen.

Ich kann jetzt Aufnahmen von der Schlacht sehen, und wie jedes Mal bei ihrem Anblick schlägt mein Herz ein wenig schneller – dieser gewaltige Speer aus Kristall, in allen Farben des Regenbogens, groß wie eine ganze Stadt. Und während die Flotten der Ungebrochenen und der Terraner und Betrasker aneinandergeraten, pflügt er sich wie ein Hai, strotzend vor Kraft, durch das Blutbad. Die Nachrichten sprechen von einer »Wunderwaffe der Ungebrochenen«. Aber nach dem, was mir Saedii auf der Kusanagi erzählt hat, weiß ich, dass es sich nicht um ein syldrathisches Schiff handelt.

Es wurde vor Äonen von den Wesen gebaut, die das Ra'haam bekämpft haben, als es beim letzten Mal versucht hat, die Galaxis zu verschlingen. Das uralte Volk, die Eshvaren, die irgendwie immer ihre Finger im Spiel haben, seit ich Auri aus dieser Kryokapsel gerettet habe. Es kommt mir so vor, als sei das eine Ewigkeit her.

Der Gedanke an sie schmerzt. Ich frage mich, wo meine Schwester ist und der Rest des Squads 312, bete zum Schöpfer, dass es ihnen gutgeht und sie nicht in diesen Irrsinn reingeraten sind. Aber so schwer es mir auch fällt, das alles beiseitezuschieben, haben wir in Wahrheit größere Probleme. Wieder und wieder sehe ich in den Nachrichten, wie es sich abspielt: die Waffe, die *Neridaa* – die einzige Hoffnung der Eshvaren, die sie der Galaxis hinterlassen haben, um das Ra'haam zu bekämpfen –, die wie eine neue Sonne inmitten der Schlacht auflodert, dann die Explosion, die die Hälfte der Schiffe um sie herum zerstört, und dann …

Ist sie weg, als hätte sie nie existiert.

Keiner weiß, was passiert ist. Warum sie verschwunden ist oder wohin. Doch das Verschwinden des Sternentöters zusammen mit dem Kraftausbruch seiner Waffe hat dazu geführt, dass die Schlacht zum Stillstand gekommen ist.

Die Ungebrochenen haben aufgehört zu kämpfen. Die stark geschwächten Reihen der terranischen und betraskischen Flotte haben sich hinter ihre Verteidigungslinie zurückgezogen. Und nach ein paar Stunden angespannter Pattsituation haben sich die Ungebrochenen durch das Raumfaltentor begeben und das Sonnensystem verlassen.

»Rückzug«, sagte eine anmutige Frau in der schwarzen Rüstung der Paladine.

»De'sai«, knurrt jemand anders.

Das ist das syldrathische Wort für Schande. Ich sehe, wie es im Raum widerhallt, während die Hälfte der Versammelten zustimmend murmelt und die andere unsicher schweigt.

Damit Krieger wie diese den Rückzug als Option überhaupt in Betracht zu ziehen …

Ich fange an zu verstehen, was Caersan ihnen bedeutet. Er ist nicht einfach ihr Anführer. Er ist ihr Vater. Der Mann, der sie vor einem schändlichen Friedensabkommen mit Terra bewahrt hat, vor den »Feiglingen« in der syldrathischen Ratsversammlung. Und sein Verschwinden trifft sie wie ein Messer mitten ins Herz.

Zähne werden gefletscht. Harte Worte werden gesprochen. Ich bekomme *Unruhen* und *Templer* und *Putsch* mit. Einer der jüngeren Paladine schlägt mit der Faust auf den Tisch – für einen Syldrathi ist so ein Ausbruch eigentlich undenkbar.

Und dann ergreift Saedii das Wort.

Ihre Stimme ist ruhig. Streng. Kalt. Ich verstehe *Ehre* und *Vergeltung*, *Vater* und *Wahrheit*. Ich verstehe, was sie ihnen sagt. Saedii hat vor, zur Armada der Ungebrochenen aufzuschließen, das Kommando zu übernehmen, um dann zur Erde zurückzukehren und herauszufinden, was mit dem Sternentöter geschehen ist.

Ihre Stimme beruhigt die überhitzten Gemüter.

Die Prinzessin der Ungebrochenen, die zum leeren Thron des Königs vorrückt. Aber …

»Das ist ein Fehler, Saedii«, seufze ich schließlich.

Alle Augen wenden sich mir zu. Ein Paladin mit eisengrauem Haar wirft mir einen bösen Blick zu, seine Hand wandert zu den wunderschönen Kaatklingen auf seinem Rücken. Er spricht fließend Terranisch, aber mit schwerem syldrathischen Akzent.

»Wie kannst du es wagen, so mit der Templerin der Ungebrochenen zu sprechen, so'vaoti?«

»Genau.« Eine Frau mit stechenden Augen schaut mich finster an und wirft Saedii dann einen Blick zu. »Wer ist dieser Abschaum, den wir aus der Müllkippe der Großen Weite gezogen haben?«

Ich antworte, bevor Saedii für mich sprechen kann. »Mein Name ist Tyler Jones. Sohn von Jericho Jones.«

Ich kann sehen, wie mein Name im Raum widerhallt.

Bevor er in den Senat eingetreten ist und für den Frieden gekämpft hat, hat mein Vater unnachgiebig gegen die Syldrathi Krieg geführt. Und hat ihnen eine blutige Nase verpasst, ihre schlimmste Niederlage in der gesamten terranisch-syldrathischen Auseinandersetzung.

»Und wenn wir schon dabei sind aufzurechnen«, fahre ich fort. »Ich bin derjenige, der das Leben eurer Templerin gerettet hat, als die *Andarael* von der *Kusanagi* getroffen wurde. Und ich habe sie dann aus einer Gefängniszelle befreit, bevor sie sie zu Tode foltern konnten. Von euch hat mir da niemand geholfen.«

Erien zeigt die Zähne, die spitz gefeilt sind. »Ich sollte dir deine Zunge rausschneiden, du terranischer Schnösel.«

»Vielleicht könntest du die Hälfte drinlassen?« Ich zeige auf meinen Mund. »Außer du willst den syldrathischen Teil auch entfernen?«

Daraufhin verengt er seine Augen zu Schlitzen. Er wirft Saedii einen Blick zu, die ihm zunickt. Das Wissen um meine syldrathische Abstammung zieht wie Rauch durch den Raum.

»Tja, wenn du überhaupt Hand an mich legen kannst, Großer.« Ich rücke ein wenig näher an ihn ran, so dass Erien seinen Blick wieder auf mich richtet. »Oder hast du etwa vergessen, dass ich eigenhändig einen Drakkan erledigt habe?«

Okay, normalerweise bin ich ja nicht der Typ für einen Schwanzvergleich. Normalerweise lasse ich meine Taten sprechen. Aber ich weiß ganz genau, dass die Ungebrochenen Stärke respektieren. Überzeugung. Und vor allen Dingen Tapferkeit. Also blicke ich Erien einfach an, während die Luft zwischen uns fast den Siedepunkt erreicht, bis ein jüngerer, männlicher

Templer ihn am Arm fasst. Er berührt ihn nur für eine Sekunde. Sie wechseln einen Blick, tauschen sich wortlos über etwas aus.

»Besh'mai«, murmelt der junge Mann. »Osh.«

Mit flackerndem Blick wendet sich Erien Saedii zu.

»Vielleicht«, sagt sie und leckt sich über die aufgeplatzte Lippe, »magst du erläutern, welchen Fehler ich hier gerade mache.«

Ich schenke ihr ein halbes Lächeln, Grübchen inklusive. »Ich dachte schon, du fragst mich nie.«

»Das war keine Frage, das war ein Befehl.«

Finster blickt sie mich an, ihr schwarzes Haar fällt ihr übers Gesicht, als sie den Kopf neigt. Aber an dem Leuchten ihrer Augen, dem schwachen Aufflackern ihrer Gedanken kann ich spüren, dass Saedii … ein wenig amüsiert ist.

Mir wird klar, dass eine Templerin der Ungebrochenen mit Speichelleckern nichts anfangen kann. Gute Anführer können das nie. Saedii liebt den Kampf. Ihr gefällt es, angetrieben, herausgefordert zu werden. Und so wie ihr Blick immer wieder zu mir wandert, gefallen ihr auch meine Grübchen.

Mal ehrlich, das kann ihr wirklich keiner vorwerfen.

Tyler Jones: 2
Saedii Gilwraeth: 0

Als ich mich den unzähligen Displays an der Wand zuwende, wirft mir Erien einen finsteren Blick zu. Mit zusammengekniffenen Augen suche ich so lange, bis ich finde, was ich brauche, und zeige auf den Nachrichtenüberblick. »Die Übertragung von *GNN*-7. Kannst du die aufrufen?«

Einer der Paladine wirft Saedii einen Blick zu. Mit einem leichten Wink stimmt sie zu. Die Übertragung wird größer, bis sie die ganze Wand einnimmt. Ein Chellerianer spricht gerade, seine blaue Haut ist grau in der Raumfalte. Sogar in Schwarzweiß ist sein Lächeln umwerfend, und sein Anzug kostet bestimmt so viel wie das Bruttoinlandsprodukt eines kleinen Mondes. Der Name LYRANN BALKARI und Schlagzeilen in Dutzenden von Sprachen laufen über den Bildschirm. Die Nachrichten sind grausig.

»Ein Angriff von rigellianischen Rebellen auf chellerianische Besitztümer im Colaris Sektor«, liest Saeddi die Schlagzeile und hebt eine Augenbraue. »Und?«

»Rigel und Chellaria streiten seit fünfzig Jahren um Colaris. Das chellerianische Konsulat hat gerade ein Friedensabkommen geschlossen, nach *jahrzehntelangen* Verhandlungen. Und Rigel fängt einfach so plötzlich an, chellerianische Schiffe in die Luft zu jagen?«

Ich wende mich einem anderen Display zu. »Das da. Bring das mal näher ran.« Ich zeige auf eine weitere Übertragung. »Das auch.« Es sind kleine Meldungen. Wenn man nicht richtig aufpasst, kann man sie leicht übersehen, inmitten des Lärms und des Durcheinanders beim Angriff der Ungebrochenen auf Terra. Aber es sind Dutzende davon. Und ich passe auf.

Kolonieschiff der Ishtari durch einen Angriff von Gremps in der Raumfalte zerstört.

Nachdem sie sieben Jahre lang geruht haben, sind in dem Dreier-Grenzkrieg zwischen den No'olah, dem Antarri-Kollektiv und Shearrr plötzlich wieder Kampfhandlungen ausgebrochen.

Auf drei hochrangige Angestellte des Dominion ist von Agenten ihrer größten Konkurrenten, dem Pakt von Shen, ein Attentat verübt worden.

»Ablenkungsmanöver«, sage ich und sehe mich im Raum um. »Provokationen, die dafür sorgen sollen, dass ein Dutzend verschiedener Völker in ein Dutzend verschiedener Konflikte gezogen werden.« Mein Blick fällt auf Saedii. Die Bisswunden an meinem Hals brennen vor Schweiß. »Genauso wie deine Entführung die Ungebrochenen in einen Krieg mit Terra und Trask gezogen hat.«

»Der Krieg mit Terra war für uns nie zu Ende, Terraner«, knurrt Erien. »Wir waren einfach nur auf andere Beute aus.«

Ich beachte ihn nicht, richte meinen Blick auf Saedii. »Du weißt, wen ich hier meine.«

»Dieses … Ra'haam, von dem du gesprochen hast.«

»Es hat die GIA unterwandert. Und die GIA hat Agenten in jedem Sektor der Galaxis.« Ich zeige auf die Nachrichtenübertragungen und gebe mir Mühe, nicht so zu klingen, als würde ich zur Aluhut-Fraktion gehören. »Mit guter Planung, kann es das durchaus zustande bringen. Und es plant das seit *Jahrhunderten*. Es will, dass sich die Galaxis im Krieg befindet. So beschäftigt und abgelenkt ist, dass niemand merkt, wer uns wirklich bedroht, bis es dann zu spät ist.«

Saedii und ihr Führungsstab tauschen sich auf Syldrathisch aus. Stellen Fragen. Eine kurze Erklärung zum Ra'haam, zu den Eshvaren, der Waffe. Ich spüre ihre Skepsis, ihre Verachtung, als sie mich ansehen. Saedii kann mir in den Kopf gucken. Sie *weiß*, dass ich die Wahrheit sage.

Aber trotzdem …

»Dieses Unkraut, das irgendwo in den Schatten vor sich hingärt, ist für uns nicht von Bedeutung«, erklärt sie. »Sondern unser verschwundener Archont.«

»Das ist ein und dasselbe Problem, Saedii.«

Mit ihren scharfen Fingernägeln trommelt sie auf den Tisch. »Ich gehe mal davon aus, dass du hier nicht nur wie ein verwaistes Bâshii rumplärrst, sondern einen Plan hast?«, sagt sie mit blitzenden Augen.

»Meine Kommandanten in der Aurora Legion«, sage ich und ignoriere ihre Stichelei, »die *wissen* etwas. Diese Stiefel, die ich trage? Der Fehlerteufel in der Sohle, der uns aus der Zelle befreit hat? Der hat *zehn Jahre* im Dominion-Depot auf mich gewartet. Wurde dort vom Aurora Kommando hinterlegt, bevor ich überhaupt der Legion beigetreten bin.«

»Willst du damit etwa sagen, wir müssen die *Terraner* um Hilfe anbetteln?«, höhnt Erien.

»Die Aurora Legion ist neutral«, beharre ich. »Mit uns führt ihr keinen Krieg. Wenn ich mit Adams und de Stoy sprechen könnte, herausfinden, was die beiden wissen …«

»Terra ist unser Feind«, sagt Saedii. »Trask ist unser Feind.«

»Die ganze *Galaxis* könnte dein Feind ein, wenn du es zulässt, Saedii.«

»Zulässt?« Sie lächelt, fährt mit der Zunge über ihre Zähne. »Wir *lieben* es.«

»Die Klinge wird stumpf, wenn sie zu lang in der Scheide schläft, Halbblut«, sagt mir der Kriegsveteran. »Wenn dein Blut rein wäre, würdest du das verstehen.«

»Aanta da'si kai«, murmelt ein anderer und berührt die Glyfe auf seiner Stirn.

Wir sind für den Krieg geboren.

Ich seufze und schüttele den Kopf, während ich Saedii ansehe. Ihr Lächeln wird noch breiter. Mir wird klar, dass sie das hier genießt. Das gibt ihr einen Kick. Kampf. Konflikt. Diese Leute wurden dazu erzogen, Konflikt als den Weg zur Vollkommenheit zu betrachten. Vielleicht behält sie mich deswegen an ihrer Seite.

Ich kann sehen, wie ihr Blick zu den Bisswunden an meinem Hals wandert. In meinen Gedanken spüre ich das Aufflackern von Verlangen. Aber das hier ist kein Spiel, und ich bin erschöpft, und ich habe Angst um meine Schwester und meine Freunde, und ich fühle mich so, als würde ich seit einer Ewigkeit rennen und mich nicht vom Fleck wegbewegen.

Und das Schlimmste ist, dass ich noch immer diesen Traum spüre, diesen Traum, der mich hier aus dem Schlaf gerissen hat und noch immer durch meinen Schädel hallt, während sich der Raum ringsum zu drehen beginnt und ich eine Hand gegen meine schmerzende Stirn drücke.

Um mich herum sind die Wände aus Regenbogen.

Unter mir bebt der Boden

»Geht es dir nicht gut, Terraner?«, fragt Saedii.

Ich lasse die Hand sinken und knurre: »Mir geht es bestens.«

Ihr Lächeln ist jetzt so breit, dass ich ihre gefeilten Eckzähne sehen kann. »Wenn du wieder ins Bett gehen willst …«

»Hier geht's nicht um mich«, blaffe ich aufbrausend. »Du machst genau das, was das Ra'haam will. Es benutzt dich, Saedii.«

»Ich lasse mich nicht zum Spielball machen.«

»Dann benimm dich nicht so. Du bist klüger als das.«

»Und klüger als du. Vergiss nicht, wessen Gefangener du bist.«

»Und wessen Gefangene du jetzt noch wärst, wäre ich nicht gewesen.«

»Du hast deine eigene Haut genauso gerettet wie meine.« Saedii neigt den Kopf, fängt meinen Blick auf. »Glaub ja nicht, dass ich dir deswegen einen Gefallen schulde, Junge.«

»Ich will keinen Gefallen«, schnauze ich. »Ich will, dass du dich nicht wie eine *Idiotin* verhältst.«

Saediis Lächeln verschwindet. In meinem Kopf blinkt eine Warnung. *Technisches Foul. Ein Strafpunkt.*

Tyler Jones: 2
Saedii Gilwraeth: 1

Hoppla. Da bin ich wohl zu weit gegangen …

Die Temperatur um mich herum fällt um einige Grade ab. Ich kann sie plötzlich nicht mehr in meinem Kopf spüren, als hätte sie zwischen uns eine Eisentür zugeknallt. Und mit einem Blick auf ihren ersten Paladin spricht die Templerin.

»Es hat den Anschein, als wäre unser Gast nach all seinen Strapazen ermüdet.« Sie wirft sich einen Zopf über die Schulter. »Sieh zu, dass er wohlbehalten in einem angemessenen Quartier untergebracht wird.«

»Saedii …«

»Dein Wille, Templerin.«

Sie wendet sich an den Rest des Führungsstabs und fängt an, Befehle auf Syldrathisch zu geben. Doch mein Blick ist auf Erien gerichtet, der nun aufsteht und über mir aufragt. Sein schönes Gesicht ist hart wie Stein, verunstaltet durch seine Narbe. Sein silbernes Haar ist zu sieben dicken Zöpfen geflochten, jeder von ihnen mit einem vertrockneten Ohr verziert.

»Los«, sagt er.

Ich sehe Saedii an. Aber sie ignoriert mich jetzt, hat ihre Gedanken vor mir abgeschottet. Ich hätte mich nicht von meinen Gefühlen mitreißen lassen sollen. Das war unklug – ich habe sie in eine Ecke gedrängt, und sie hat sich freigekämpft.

Mein Kopf dröhnt, während ich auf die Füße komme, mit geschlossenen Augen. Die Luft ist erfüllt vom Klang der Triebwerke und dem anschwellenden Strom des galaktischen Krieges. In meinem Kopf hallt noch die Stimme aus meinem Traum.

»… noch kannst du alles in Ordnung bringen, Tyler Jones …«

Aber ich weiß nicht, wie.

Beim Schöpfer, ich weiß nicht, *wie.*

5 Finian

Die terranische Pilotin jagt uns noch drei weitere Male in die Luft, bevor sie schließlich aufgibt. Jedes Mal sind Scar und ich wieder in dem Korridor vor dem Maschinenraum. Jedes Mal drückt Scarlett ihre Lippen auf meine, während wir in einem weißglühenden Plasmaball explodieren.

Vielleicht ist das hier einfach eine Art von universeller Gerechtigkeit. Endlich kann ich Scarlett Jones knutschen, und dann implodiert die Wirklichkeit, weil das schlicht zu unwahrscheinlich ist.

Aber nachdem unsere neue Freundin zum achten Mal abdrückt, Scarlett und ich wieder vor dem Maschinenraum erscheinen und auf das Unvermeidliche warten, passiert nichts. Keine kreischende Alarmsirenen. Keine Rakete im Anflug. Nichts.

Mit geneigtem Kopf steht Scarlett da. Wartet.

»… Sie bringt uns nicht um«, murmelt sie.

»Fortschritt!« Ich grinse wie ein Idiot. Und nicht nur, ehrlich gesagt, weil wir diesmal nicht in die Luft gejagt werden.

Scar versucht zurückzulächeln, aber ich kann sehen, dass ihr das alles zu schräg ist. Das kann ich ihr echt nicht vorwerfen. In den letzten Wochen hat sie ihre beste Freundin, ihren Bruder und jetzt anscheinend auch noch ihre ganze Wirklichkeit verloren.

Ich greife nach ihrer Hand, wickele meine Finger um ihre und drücke sie sanft. »Ich weiß, dass das verrückt ist«, sage ich leise. »Ich habe, genauso wie du, das Gefühl, irre zu werden. Aber was immer das hier auch ist, wir werden es herausfinden, okay?«

Daraufhin gelingt ihr ein echtes Lächeln, und trotz all des Irrsinns um uns herum lässt das mein Herz höherschlagen.

Beim Schöpfer, sie ist so schön.

Scarlett rückt näher an mich ran und küsst mich sanft auf die Lippen. »Du bist süß.«

»Aber sag's nicht weiter. Ich muss meinen Ruf als Klugscheißer aufrechterhalten.«

»Na, dann komm, Klugscheißer«, lächelt. »Wir wollen zu unserem Brain.«

Zusammen rennen wir zur Brücke, finden Zila vor ihrem Bedienfeld. Ihr Blick ist auf die flackernden Displays geheftet, ihre Lippen sind geschürzt.

»Lagebericht?«, fragt Scar, ganz effizient, während sie durch das Cockpit schreitet, und sie klingt für einen Moment genau wie ihr Bruder.

Unser Brain sieht nicht von ihren Monitoren auf. »Räumlich sind unsere Koordinaten identisch mit den ersten acht Manifestationen. Wir befinden uns Hunderttausende Kilometer entfernt von der Schwelle eines gewaltigen Sturms aus Dunkler Materie. Ausgehend von unserem flüchtigen Blick auf die Sterne hat unser Navigationssystem errechnet, dass wir in der Nähe von Sigma Arcanis sind.«

»Aber wir waren doch im terranischen Sonnensystem.« Scarlett schaut auf die gewaltige Ausdehnung vollkommener Dunkelheit, in der immer wieder seltsame Lichtblitze aufflackern. Ihr Gesicht ist blasser als sonst. »Wie sind wir hierhergekommen?«

»Das weiß ich nicht. Aber ich werde es herausfinden.« Zila tippt auf ihr Armband. »Ich habe den Timer eingeschaltet. Wir müssen so viel Informationen wie möglich über diese Kreisläufe sammeln. Im Moment sind wir bei vier Minuten und sechs Sekunden.«

»Was ist mit unserer schießwütigen Freundin?«, frage ich.

Zila sieht den Monitor an, als hätte er sie persönlich beleidigt. »Diesmal gab es keinen Funkkontakt. Aber wie Scarlett schon vermutet hat, wie immer diese zeitliche Anomalie auch beschaffen ist, deutet das Vorgehen der Pilotin darauf hin, dass sie es auch durchlebt.«

Wir zucken alle zusammen, als das Bedienfeld vor Zila anfängt, Funken zu sprühen. Das Schiff war schon uralt, als wir es von den Wegewanderern bekommen haben, und was wir gerade durchgemacht haben, gibt ihm den Rest.

»Die Raumstation, der Sturm aus Dunkler Materie dahinter und die externen Daten, die ich bekomme, sind alle identisch«, fährt Zila fort. »Die einzigen Variablen in dieser Gleichung scheinen unser Handeln zu sein und ihres. Sie hat wohl entschieden, dass es nicht zielführend ist, uns in die Luft zu jagen. Das sind gute Nachrichten. Die Definition von Irrsinn ist, sich immer wieder genau gleich zu verhalten und ein anderes Ergebnis zu erwarten.«

»Dann ist es ein Fortschritt«, murmelt Scar. »Wenn sie verstanden hat, dass wir alle in dieser merkwürdigen Situation gefangen sind, dann können wir versuchen, mit ihr zu kommunizieren.«

»Wir müssen da anders herangehen«, erklärt Zila. »Finian, wie schätzt du unser Umfeld ein?«

Ich unterdrücke den Impuls, eine flapsige Bemerkung zu machen, denn dafür haben wir keine Zeit. Unsere ballernde Ballerfreundin könnte jede Minute wieder loslegen. Ich weiß, dass es keinen Sinn macht, aus dem Fenster zu gucken – eines der Hauptmerkmale von Dunkler Materie ist, dass man sie selbst nicht sehen kann, nur das, was sie mit ihrer Umgebung anstellt. Stattdessen blicke ich prüfend auf das funkensprühende Bedienfeld und die Daten auf den Monitoren.

»Nun, das ist ein riesiger Sturm aus DM. Einer der größten, die ich je gesehen habe. Die gravitativen, elektromagnetischen und quantenmechanischen Schwankungen sind jenseits der Norm. Aber wir sind weit genug davon entfernt, so dass wohl keine negativen Auswirkungen zu erwarten sind.«

»Und die Raumstation?«

Ich überprüfe unsere Kameras. »Keine Ahnung. So eine Station habe ich noch nie zuvor gesehen.«

»Sie ist terranisch«, murmelt Zila. »Genauso wie die Pilotin, die uns angefunkt hat. Aber das Design ist vorsintflutlich. Und sie ist ernsthaft beschädigt. Ich glaube, da entweicht Plasma aus dem Atomkern.«

»Wenn das also ihr Zuhause ist, hat sie größere Probleme als wir.«

Zila sieht mich nicht direkt an, ihr großes Hirn läuft gerade auf Hochtouren. »Was haltet ihr von diesem Segel da draußen im Sturm?«

Ich zucke mit den Schultern und sehe mir das riesige Kabel, das von der Station abgeht, sowie das winzige leuchtende Rechteck am Rande des Sturms genau an. »Also, das sieht aus wie ein Quantensegel.«

»Ein was?«, fragt Scarlett und schießt mir einen warnenden Blick zu, jetzt bloß keinen Witz darüber zu machen, dass sie bei dem Kurs an der Academy gerade ihre Fingernägel lackiert hat.

Da ich Scarlett auf keinen Fall verärgern will, antworte ich ganz diplomatisch: »Das ist eins von diesen idiotischen Dingern, die ihr Staubkinder damals ausprobiert habt, als Terraner und Betrasker gerade ersten Kontakt aufnahmen. Ihr wart erst bereit, euren Fehler einzusehen, als der Krieg vorbei war. Aber eure Theorie war, dass man Energie aus Stürmen aus Dunkler Materie sammeln könnte.«

Die Art, wie Scarlett mich anblinzelt, lässt nur den Schluss zu, dass sie, ja, tatsächlich ihre Fingernägel lackiert hat, als sie uns dieses Zeugs im Grundkurs Astrometrie beigebracht haben.

Da war sie sicher sehr aufmerksam.

»Hör zu, Dunkle Materie ist sozusagen der gravitative Klebstoff, der die Galaxis zusammenhält, okay?«, sage ich. »Und wenn Ströme davon aufeinanderprallen, dann passiert auf der subatomaren Ebene eine Menge Scheiß. Diese Lichter, die man da draußen sieht? Das sind Strahlungsquanten, heiße Dunkle Materie. Da entsteht mehr Energie, als ein Stern erzeugt, der zur Supernova wird. Ihr Terraner dachtet, ihr könntet sie nutzbar machen.« Ich zucke mit den Schultern. »Klingt theoretisch gut, aber in Wirklichkeit ist die Energie zu instabil, und dann fängt die Dunkle Materie an, richtig gefährliche Sachen zu machen, wenn man sie beherrschen will. Das mag da draußen also so aussehen wie ein Quantensegel, aber das kann nicht sein, denn so blöd sind auch Terraner längst nicht mehr.«

Zila starrt nachdenklich durch das Sichtfenster und kaut auf einer Haarlocke rum. Scarlett lässt sich neben sie in den Sitz rutschen.

»Okay, lassen wir mal diesen ganze mega-nerdigen Kram beiseite«, sagt Scarlett, sieht mich an und verdreht die Augen. »Wir wissen noch immer nicht, was hier los ist. Lass uns mal die Situation verändern. Wenn diese Pilotin nicht mit uns reden will, dann reden wir eben mit ihr.«

Zila stellt den Funkkontakt her, und unser Face kämpft erst einmal mit der Funkanlage. Ich starre einfach auf diesen riesigen Sturm aus pulsierender Dunkelheit und auf die winzige Station am Rande. Ich kann es einfach nicht fassen.

»Terranisches Schiff, bitte kommen. Terranisches Schiff, bitte kommen. Hörst du uns?«

Keine Antwort. Zila und ich wechseln einen Blick, während Scarlett es noch mal versucht.

»Hör zu, wir wissen, dass das verrückt klingt. Aber ich schätze mal, dass auch dir das alles inzwischen nur allzu bekannt vorkommt. Und da du nicht mehr auf uns schießt, wird dir wohl langsam klar, dass wir vier hier irgendwie alle zusammen mit drinhängen. Was immer das auch ist. Was sagst du: Wollen wir gemeinsam versuchen, es herauszufinden?«

Wieder keine Antwort. Scarlett spricht mit ihrer Ganz Vernünftigen Stimme.

»Du hast bestimmt genauso viel Angst wie wir. Wir wollen nur reden, okay?«

Noch immer keine Antwort. Dunkle Energie lässt den Sturm aufleuchten, tiefviolett inmitten dieser siedenden Spiralen unergründlicher Dunkelheit. Und gerade als ich mich frage, ob Scarlett auf die eine Person in der Galaxis gestoßen ist, die ihrem Charme widerstehen kann, erwacht der Videobildschirm knisternd zum Leben, und ein maskiertes Teufelsweib erscheint und schießt uns mit zusammengekniffenen Augen einen tödlichen Blick zu. Jetzt, wo ich mir sie genauer angucken kann, wird mir klar, dass sie ganz schön jung ist – kaum älter als wir. Und wie ein Teufelsweib sieht sie eigentlich auch nicht aus. Eigentlich eher so, als würde das Ganze hier sie noch mehr umhauen als uns.

»Oh, hallo«, sagt Scar und schenkt ihr ihr schönstes Lächeln. »Wir müssen wirklich aufhören, uns so zu treffen.«

Der Blick unserer neuen Freundin wird kalt, und sie guckt auf eine Art, die nicht besonders freundlich aussieht.

»Was zum Teufel geht hier vor?«

»Eine sehr gute Frage«, antwortet Scarlett und strahlt noch immer übers ganze Gesicht. Keine schlechte Idee, denn das Teufelsweib hat noch immer alle Waffen, und wir haben noch immer keine Waffen. »Geradezu eine hervorragende Frage, die wir unbedingt erörtern sollten. Darf ich vorschlagen, dass wir es gemeinsam versuchen? Denn wir sind sehr erpicht darauf, nicht ein weiteres Mal zu sterben.«

Schweigend vergehen die Sekunden, die Frau hinter der Maske ist nicht zu ergründen. Aber schließlich hören wir ein mächtiges *KAWOOM*, und das gesamte Schiff erzittert unter unseren Füßen. Ein weiteres *KAWOOM* erschüttert unseren Rumpf, und ich werde fast von den Beinen gerissen und muss die Hände ausstrecken, um nicht das Gleichgewicht zu verlieren.

»Im Namen des Schöpfers, sie schießt wieder auf uns?«

»Nein.« Zila blickt auf ihre Sensoren und schüttelt den Kopf. »Sie hat unser Schiff mit Abschleppkabeln gesichert.«

»Öffnet eure Luftschleuse«, befiehlt die Pilotin. *»Ich komme an Bord. Wenn die Tür aufgeht, erwarte ich, dass ihr mit hocherhobenen Händen so dasteht, dass ich euch alle sehen kann. Ansonsten geht ihr wieder hops. Hört ihr mich?«*

»Laut und deutlich«, antwortet Scarlett. »Bis gleich.«

Unser Face dreht sich in ihrem Sitz um. Sie strafft die Schultern, holt tief Luft und nickt auf eine Art, die mich wieder an ihren Bruder erinnert.

»Na dann. Dann rollen wir mal den roten Teppich aus.«

»Warte mal, wir wollen sie einfach hier reinlassen?«, frage ich und sehe mich in der Kabine um. »Ich will ja niemandem zu nahetreten, aber die Frau hat uns heute schon neunmal umgebracht.«

»Achtmal« korrigiert mich Zila.

»Ach so. Na, dann ist ja alles gut.«

»Hinter dieser Maske und unter diesem Helm ist es schwer, ihren Gesichtsausdruck zu deuten.« Scar zuckt mit den Schultern. »Aber wenn sie nicht reden wollte, würde sie nicht zu uns rüberkommen.«

»Ich will nicht behaupten, ich würde verstehen, was hier passiert«, sagt Zila auf dem Weg zur Tür. »Aber diese Pilotin ist ein Teil davon. Wir *müssen* mit ihr reden.«

Ich tausche mit Scarlett einen Blick, und wir folgen unserem Brain die Treppen hinunter. Während wir in die Ladebucht stapfen, versuche ich, mir ein Reim auf das alles zu machen.

Ich bin nicht so genial wie Zila, aber ein Luschi bin ich auch nicht, und nichts davon ergibt einen Sinn. Während ich mir Gedanken mache, ob wir mit heiler Haut davonkommen, nagt die Sorge um Auri ebenso sehr an mir – was zum Teufel ist mit ihr, mit der Waffe, mit der gesamten syldrathischen Flotte passiert?

Tobt die Schlacht weiterhin am Rande dieses Systems? Ist die Pilotin deswegen so nervös? Wir haben gesehen, wie die betraskische Flotte Terra gegen die Ungebrochenen verteidigt hat – seit wir vor fast zwei Jahrhunderten den Krieg zwischen uns beendet haben, sind wir Verbündete. In der Galaxis gibt es keine zwei Planeten, die sich so nahestehen wie Terra und Trask. Warum ist sie also durchgedreht, als sie mich gesehen hat?

Wir erreichen die Bucht. Das Licht ist trüb, der Geruch von verbranntem Plastin hängt in der Luft. Durch das Plexiglas der Luftschleuse kann ich das terranische Kampfschiff direkt hinter uns sehen. Genau wie bei der Station ist mir die Bauweise völlig fremd. Aber ehrlich gesagt habe ich größere Sorgen.

»Hört mal«, sage ich. »Das letzte Mal, als ich Flygirl unter die Augen gekommen bin, hat sie uns in unsere Bestandteile gesprengt. Vielleicht sollte ich mich ein wenig, ihr wisst schon, zurücknehmen?«

»Sie weiß sowieso, dass du hier bist«, gibt Zila zu bedenken.

»Sie weiß, dass etwas nicht stimmt«, korrigiere ich sie. »Wir wissen nicht, wie viel sie noch weiß. Vielleicht sind wir ja diejenigen, die diese Anomalie verursachen. Vielleicht weil wir Auri ausgesetzt waren oder der Waffe oder der Explosion oder irgend so was. Vielleicht spürt Flygirl nicht alle Nebenwirkungen. Wir wissen es nicht.«

Zila neigt ihren Kopf leicht zur Seite und gibt mir wortlos zu verstehen, dass sie das für unwahrscheinlich hält.

»Was passiert, wenn ich sterbe und ihr nicht?«, frage ich. »Geht dann für alle wieder alles von vorne los, oder bin ich einfach weiter tot? Es gibt zu viel an dieser ganzen Sache, was wir noch nicht wissen. Und ehrlich gesagt, will ich nicht, dass mir jemand ins Gesicht schießt, okay?«

»Da ist was dran«, sagt Scarlett zustimmend.

»Optimistisch«, murmelt Zila.

Wir hören ein Klacken vor der Luftschleuse, das unseren Gast ankündigt. Ich verstecke mich hinter einem Stapel Kisten, eine Hand auf dem Disruptor, der bei der Academy zur Standardausrüstung gehört. Wir schweigen alle drei, als das Schloss aufdreht, aber die Anspannung lässt mich nicht los, während ich die Luke durch einen Spalt in meinem Versteck beobachte.

Scarlett und Zila behalten ihre Hände schön oben, und ich versuche, locker zu stehen, den Disruptor entspannt im Griff zu haben. Was nicht leicht ist, denn wieder und wieder geht mir, wie das Schlagen einer Trommel, durch den Kopf:

Was. Ist. Hier. Los.

Mit einem Summen geht die Luke auf und offenbart eine schmale Gestalt, die Zila von der Statur und vom Körperbau gleicht. Sie trägt einen schwarzen Fliegeranzug, einen Helm und eine Atemmaske und hält in einer Hand eine schwere Waffe.

Ihr Einstieg ist nicht gerade freundlich. »Wo ist der Betrasker?«

»Hallo«, versucht Scarlett es. »Schön dich kennenzulernen. Ich heiße Scar…«

»Wo ist der Betrasker?«

Okay, es war einen Versuch wert.

»Hier bin ich«, seufze ich. Bevor noch jemand erschossen wird, stecke ich meine Disruptorpistole zurück und strecke meine Hände hoch über eine Kiste, um zu zeigen, dass ich nicht bewaffnet bin.

»Komm ganz langsam raus«, befiehlt sie. »*Gaaanz* langsam.«

Ich gehorche mit hocherhobenen Händen. »Weißt du, normalerweise wollen mich Leute erst ermorden, wenn sie mich ein bisschen besser kennengelernt haben.«

Ich versuche es mit frech, aber ich kann hören, wie meine Stimme zittert. Vielleicht bin ich schon so oft gestorben und irgendwie zurückgekommen, dass mein Körper nicht mehr mitkommt. Er weiß, dass er, eher früher als später, wieder erschossen werden wird, und das gefällt ihm gar nicht.

Ich betrachte die Ausrüstung der Offizierin – ihre Uniform habe ich bisher weder an der Aurora Academy noch in der Terran Defense Force noch bei der Global Intelligence Agency gesehen. Sie ist hauptsächlich schwarz, abgesehen von ein paar silbernen Abzeichen. Das Einzige in Farbe an diesem Outfit ist das Bild auf dem Helm: irgend so ein großer Vogel mit ausgebreiteten Schwingen und blitzenden scharfen Klauen.

Ich kann mir terranische Vögel nie merken. Ein Kanarienvogel vielleicht? Ein Pelikan?

Nee, das ist nicht richtig.

Aber ich kann sehen, dass auf der Brusttasche unserer Besucherin der Name KIM steht und sie ein Leutnantin-Abzeichen auf der Schulter hat. Leutnantin Kim also.

Nett, dich kennenzulernen.

»Also«, Scarlett lächelt. »Wie ich schon sagte, ich heiße Scarlett. Dass hier sind meine Wissenschaftsoffizierin Zila und mein Ingenieur Finian. Es freut mich, dass wir …«

»Auf die Knie«, befiehlt Kim. »Hände hinter den Kopf verschränkt. Und zwar alle. Langsam.«

Scarlett weiß ganz genau, wann es an der Zeit ist, die Klappe zu halten, und wann es sich lohnt zu reden. Schweigend lässt sie sich aufs Deck sinken, und Zila tut es ihr nach, mit einem leicht entrückten Gesichtsausdruck, der besagt, dass ihr Gehirn auf Hochtouren arbeitet. Mein Exoanzug surrt und zischt, als ich mich schmerzvoll neben sie auf die Knie fallen lasse.

»Was trägst du da?«, fragt mich Leutnantin Kim. »Ist das ein Kampfanzug?«

»Für den Kampf gegen die Schwerkraft«, sage ich ihr. »Ich brauche ihn, um mich fortzubewegen. Da sind keine Waffen drin, falls das deine Sorge ist. Allerdings gibt es einen integrierten Flaschenöffner.«

Zila spricht, als wären wir nicht schon mitten im Gespräch. »Die Raumstation zieht ein Quantensegel hinter sich her, das sich am Rande eines Sturm aus Dunkler Materie befindet.«

»Das unterliegt der Geheimhaltung«, blafft Leutnantin Kim.

Zila lässt ihren Blick herumschweifen, als könnte sie durch den Schiffsrumpf gucken. »Mein Kollege Finian meint, es versucht, Dunkle Energie zu gewinnen.«

»Außer dass das niemand mehr macht«, sage ich. »Nirgendwo.«

»Nirgendwo«, flüstert Zila. Wenn ich ehrlich bin, klingt es ein wenig gruselig, wie sie das sagt.

»Ich stelle hier die Fragen, verdammt nochmal«, knurrt Leutnantin Kim. »Wer hat euch geschickt? Gehört das Bleichgesicht zu einem Sonderkommando? Wie habt ihr uns hier draußen gefunden?«

Scarlett versucht abzuwiegeln. »Leutnantin, ich gebe dir mein Wort …«

»Dein Wort?«, höhnt Leutnantin Kim und richtet die Pistole auf mich. »Ihr zwei arbeitet mit diesem Schwein zusammen, gegen eure eigenen Leute? Und fallt Terra in den Rücken? Wisst ihr nicht, was sie in Kriegszeiten mit Verrätern machen?«

»In Kriegszeiten?«, ich blinzele. »Bist du betrunken? Wir sind …«

»Halt's Maul, Bleichgesicht.«

Ich blinzele wieder. *»Bleichgesicht?«*

»Nirgendwo …«, flüstert Zila wieder.

»Was zum Teufel ist mit der los?«, will Kim wissen und wirft Zila einen bösen Blick zu.

Scar winkt ab. »Ach, das macht sie manchmal.«

Zila sieht wieder die Offizierin an und nickt Richtung Luftschleuse. »Dein Kampfschiff. Das ist das alte Pegasus-Modell. Mark III, nicht wahr?«

»Alt?«, höhnt die Pilotin. »Süße, das Schiff ist so neu, dass die Farbe noch nicht trocken ist.«

Zila nickt. *»Nirgendwo.«*

»Warum wiederholst du das immer wieder?«

»Niemand macht das mehr. *Nirgendwo*«, sagt Zila leise. »Aber für kurze Zeit haben die Terraner tatsächlich versucht, Dunkle Energie zu gewinnen. Genau genommen als wir damals mit den Betraskern Krieg geführt haben. Als wir zum ersten Mal die Raumfalte erforscht haben.«

Endlich verstehe ich, was Zila andeuten will, und mein Gehirn setzt aus.

Das kann nicht ihr Ernst sein.

Das kann nicht sein.

Außer …

»Ich erkenne ihre Uniform nicht«, flüstere ich. »Und die Raumstation ist so altmodisch ….

Das. Kann. Nicht. Wahr. Sein.

»Nirgendwo«, nickt Zila. »Nirgendwann.«

»Beim Schöpfer«, flüstert Scarlett.

Leutnantin Kim reicht es anscheinend, und sie hebt ihre Waffe. »Ihr sagt mir jetzt sofort, was hier los ist. Oder ich fange an zu schießen.«

»Du wirst mir nicht glauben«, versichert ihr Zila.

»Wetten doch?«

»Welches Jahr ist gerade? Jetzt?«

»Ist das dein Ernst?«, spottet Leutnantin Kim.

»Bitte«, sagt Zila. »Tu mir den Gefallen.«

»Das Jahr 2177.«

»Wir sind aus dem Jahr 2380.«

Stille. »Du hast recht. Ich glaube dir nicht.«

»Ich habe dich gewarnt.« Zila zuckt mit den Schultern.

Meine Gedanken rasen, Das-kann-nicht-sein ringt mit Das-ist-ja-so-cool. Und in meinem Hinterkopf flüstert eine kleine Stimme: *Es war unmöglich, diese Explosion zu überleben. Genauso wie weitere achtmal in die Luft gejagt zu werden. Und von einem Augenblick auf den anderen hier zu landen, wo auch immer zum Teufel das auch ist.*

Ich kann genau den Moment erkennen, in dem sich Leutnantin Kim verabschiedet. »Also gut. Das hier geht weit über meine Gehaltsklasse hinaus. Ihr kommt jetzt mit mir mit.«

»Ganz offensichtlich spürst auch du die zeitliche Verzerrung, Leutnantin«, beharrt Zila.

Kim ignoriert sie und tippt auf ein Mikrophon an ihrem Hals. »Gläserner Pantoffel, hier ist Kim, könnt ihr mich hören?«

»Genau wie wir wiederholst du immer wieder diese Begegnung«, sagt Zila.

»Pantoffel, hier ist Kim, könnt ihr mich hören?«

Noch immer keine Antwort. Die Leutnantin flucht leise vor sich hin.

»Wenn wirklich das Jahr 2177 ist«, lässt Zila nicht locker, »dann befindet sich Terra mitten im Krieg mit Trask. Eure Station ist schwer beschädigt. Wir können unsere Identität nicht nachweisen. Wenn du uns an Bord bringst, auf eine militärische Versuchsstation in Kriegszeiten, dann kann das nur böse enden.«

»Ich habe nicht darum gebeten abzustimmen«, schnauzt Kim und winkt mit der Pistole. »Bewegt euch.«

★ ★ ★

Mit vorgehaltener Waffe scheucht uns Leutnantin Kim ins Cockpit. Mit einer Art Fernbedienung an ihrem Handgelenk fängt sie an, unser beschädigtes Schiff Richtung Raumstation abzuschleppen. Langsam und mühsam, aber Kim scheint zu wissen, was sie tut. Trotzdem sind Kampfschiffe nicht dafür ausgerichtet.

Zila, Scar und ich knien mitten im Cockpit, die Hände hinter dem Kopf verschlungen. Kim ragt hinter uns auf. Ab und zu versucht sie, die Station über Funk zu erreichen.

Die schlechte Nachricht ist, dass sie von Mal zu Mal wütender darüber wird, niemanden zu erreichen, und die Frau hat uns heute schon ein paarmal umgebracht. Die gute Nachricht ist, dass wir uns flüsternd unterhalten können, während sie wie wild vor sich hinflucht.

»Hat Zila das ernst gemeint?«, murmelt Scarlett und lehnt sich näher zu mir ran. *(Wie kann sie so gut riechen, schwitzt sie nicht?)* »Durch die Zeit reisen?«

Fast unmerklich zucke ich mit den Schultern und werfe unserem Brain einen Blick zu, aber die ist wieder in Gedanken versunken. »Ich weiß es nicht. Es klingt verrückt. Aber ich habe keine andere Erklärung dafür.«

Sie kaut auf ihrer Unterlippe, die Augen weit aufgerissen und besorgt.

Das ist schlimm, schlimm, schlimm.

Wenn das Jahr, das das Staubmädchen angegeben hat, stimmt (was nicht sein kann, weil man nicht in der Zeit reisen kann), dann befinden sich Terraner und Betrasker im Krieg. Und werden das noch weitere zwei Jahrzehnte sein. Und ich werde zu einem Militärstützpunkt gebracht, der der Geheimhaltung unterliegt, zu einer Station, die am Rande eines Sturms aus Dunkler Materie dahintreibt und sich mitten in einer Katastrophe befindet. Zilas Ankündigung, dass das hier »böse enden« wird, ist wahrscheinlich die Untertreibung des Jahrhunderts.

Egal in welchem Jahrhundert wir uns auch befinden …

Nichts davon spreche ich laut aus, aber das muss ich auch nicht. Scarlett lehnt sich schweigend an mich, drückt ihre Schulter gegen meine.

»Ich bin einfach *zu* charmant«, murmele ich. »Bestimmt lassen sie mich in Ruhe.«

Leutnantin Kim hebt die Pistole. »Du. Halt's Maul.«

Ich halte das Maul. Und drücke meinerseits meine Schulter gegen Scar und tröste mich, soweit ich kann, mit dieser Berührung.

Cat ist nicht mehr da. Tyler ist nicht mehr da. Auri und Kal sind nicht mehr da.

Nachdem ich so viele Jahre allein war, ist der Squad zu meinem Clan geworden. Tausende von unsichtbaren Fäden verbinden mich mit ihnen allen auf eine Art, die Terraner nie werden verstehen können. Stets bin ich mit ihnen im Einklang, habe sie immer im Blick. Das mache ich ganz instinktiv. Ein Betrasker ohne Clan ist sich jeden Moment bewusst, ein Staubkorn ohne Bindungen inmitten eines unendlichen Universums zu sein.

Ich habe diesen Schmerz gespürt, als mich meine Eltern von der Außenwelt abgeschnitten und zu meinen Großeltern geschickt haben, fernab von der Verwandtschaft, weil es für mich ohne Schwerkraft einfacher war. Meine Großeltern waren in

Ordnung – sie haben sich freiwillig dafür entschieden, konnten jederzeit wieder nach Hause zurück. Und ich? Meine Verbindung war gekappt, auch wenn es niemand laut ausgesprochen hat.

An der Academy habe ich jeden Tag den gleichen Schmerz verspürt, immer umgeben von anderen Leuten, zu denen ich nie eine Bindung hatte.

Aber der Schmerz, meinen Squad zu verlieren, einen nach dem anderen, ist noch schlimmer.

Ich will nicht auch noch Scar und Zila verlieren.

Wir brauchen fast eine halbe Stunde, um die Station zu erreichen, und auf dem Weg dorthin können wir zum ersten Mal den Sturm aus Dunkler Materie richtig sehen. Seine Ausmaße sind überwältigend, Trillionen von Kilometern breit, und ich fühle mich wie ein Insekt im Angesicht des Schöpfers.

Der Sturm ist ganz schwarz, so dunkel und vollkommen, dass es weh tut, ihn anzusehen. Aber hin und wieder leuchtet er auf, das unregelmäßige Pulsieren Dunkler Energie, dunkles Violett verwandelt sich in blutrotes Schwarz. Seine Ränder winden und drehen und verknoten sich wie Schlangen aus Rauch, so groß wie ein ganzes Sonnensystem. Aber innerhalb weniger Augenblicke erstirbt das dunkle Licht, und die Dunkelheit bricht wieder an.

Das riesige Metallkabel, das von der Station in die pulsierende Dunkelheit führt, ist Tausende von Kilometern lang. Als wir näher kommen, kann ich klarer sehen, wo es hinführt – ein gewaltiges Gebilde inmitten des unsichtbaren Chaos. Die Oberfläche ist flach, metallisch, wogt wie Öl auf Wasser. Ein Zeugnis für den absolut atemberaubenden Irrsinn unserer Geiselnehmer.

Ein Quantensegel.

Diese Station, diese Anlage – es muss ein Vermögen gekostet haben, sie zu bauen. Und die Sache ist, wenn diese Dinger wirklich funktionieren würden, hätte man eine unvorstellbar große Energiequelle. Aber in Wirklichkeit ist es so, wenn man ein Quantensegel in einem Sturm aus Dunkler Materie aufzieht, dass man sich genauso gut seine liebsten Körperteile mit Freyan einschmieren und direkt in die Höhle des Caladian marschieren könnte. Man wird sich ohne Zweifel und ohne Frage einer todgeweihten Erfahrung hingeben oder vielmehr sie geradezu munter herausfordern.

»Diese Leute sind geistig *vollkommen* umnachtet.«

Wir nähern uns der kompakten Station immer weiter an. Aus dem beschädigten und geschwärzten Rumpf dringt noch immer Dampf raus. Sie ist schlichtweg hässlich, als hätte sie jemand gebaut, der total wütend war. Ich weiß echt nicht, was es mit Terranern und Design auf sich hat.

Wir fliegen in eine kleine Landebucht, und obwohl Leutnantin Kim noch immer ihre Kommandanten nicht über Funk erreicht hat, docken die automatischen Ankopplungsarme uns an, und das gesamte Schiff erzittert, während wir auf dem Deck aufkommen.

Als die Buchttore sich drehend hinter uns schließen, befiehlt uns Leutnantin Kim, auf die Beine zu kommen. Mir schlägt das Herz bis zum Hals, als sie uns zur Luftschleuse des Schiffs marschieren lässt. Obwohl ich heute schon neunmal ermordet worden bin, ist mein Körper noch voller Adrenalin, und mein einziger Gedanke ist, dass ich nicht sterben will.

Ich will nicht sterben.

Die Tür schlägt auf, und wir treten in eine zweite Luftschleuse ein, die mit dem Haupthangar verbunden ist. Die Bucht ist in blinkendes rotes Licht getaucht. Die Pistole weiter auf uns gerichtet, tippt Kim einen Eingangscode ein, die Türen des Hangars öffnen sich, und plötzlich sind wir mitten im Chaos.

Dutzende von Mannschaften in Militäruniformen rennen durch die Gegend, ihre Stiefel stampfen auf den Metallboden. Dicker Rauch strömt aus den Lüftungsschächten an der Decke. Die Hälfte des Hangars liegt im Dunkeln, die andere ist mit Notstrom beleuchtet. Ein Geschwader von Kampfschiffen, wie das von Kim, ist in flackerndes blutrotes Licht gebadet. Terraner hasten umher und tragen Atemmasken, um sich vor den Dämpfen zu schützen. Scar fängt an zu husten und Zila auch. Es stinkt wie verbranntes Haar und Plastin.

An der Wand zu unserer Linken ist ein großes Plexiglasfenster, und ich kann das entfernte Segel sehen, wie ein Drachen, der im Wind tanzt, und dahinter der pulsierende Sturm. Man könnte es fast schön nennen, wenn …

»Achtung, Pantoffel-Besatzung. Riss im Rumpf von Deck 13 bis 17.«

Der Lautsprecher übertönt zunächst alles andere, und als er verstummt, fängt stattdessen eine nervige Sirene an zu heulen.

»Los«, sagt Leutnantin Kim hinter uns und drückt mir die Pistole zwischen die Schulterblätter.

»Ich will nicht«, sage ich.

»Dito«, stimmt Scarlett zu.

»Achtung, Pantoffel-Besatzung. Technisches Personal sofort in den Gamma-Bereich, Deck 12.«

»Das wird böse enden«, weissagt Zila schon wieder.

»Kim!«, brüllt eine Stimme. »Wo zum Teufel sind Sie gewesen?«

Wir kommen schlurfend zum Stehen, und Kim nimmt eine stramme Haltung an. Aus dem roten Licht und Rauch stürzt ein riesiger Mann mit breiten Schultern auf uns zu. Er hat nicht ein einziges Haar auf dem Kopf, dafür aber einen dieser seltsamen Bärte, die sich die Terraner wachsen lassen. Der Bart sieht aus, als würde er aus seinen Nasenlöchern hervorkriechen. Als er mich sieht, treten seinen Augen hervor, und mein Magen schlägt Purzelbäume.

»Was zum *Teufel*?«, bellt er. »Ist das etwa ein gottverdammter Betrasker? Erklär dich, Soldatin!«

»Verzeihung, Sir.« Kim salutiert. »Ich habe es über Funk versucht, aber habe keine Antwort bekommen! Die drei sind in die Sperrzone eingedrungen, Sir!«

»Dann erschieß sie!«, brüllt er.

BUMM.

Die ganze Station erzittert, als etwas irgendwo explodiert.

»ACHTUNG: BRESCHE IM SICHERHEITSBEHÄLTER. DECK 5 UND 6 SOFORT EVAKUIEREN. ICH WIEDERHOLE: BRESCHE IM …«

Mit lauter Stimme, um den Lärm zu übertönen, sagt Kim: »Sir, ich glaube, die Anomalien, die ihre Ankunft begleitet haben, erfordern die Aufmerksamkeit des Wissenschaftsrats. Wenn es nicht so dringend …«

»Ich sag Ihnen, was dringend ist, Leutnantin«, faucht er. »Der Sicherheitsbehälter um den Reaktor ist beschädigt, die Hälfte der oberen Decks ist abgeriegelt, und mir wurde gerade bestätigt, dass sechsunddreißig Leute tot sind, inklusive Dr. Pinkerton! Die ganze verdammte Station fällt um uns herum auseinander, und Sie bringen ausgerechnet jetzt einen betraskischen Spion in eine *geheime* Anlage? Sind Sie verrückt geworden?«

RUMMS

Draußen im Sturm wird die Dunkelheit beleuchtet, vom tiefen Schwarz bis zum strudelnden Violett, als ein Blitz aus Dunkler Energie direkt in das Segel einschlägt. Der Ausbruch von Energie ist so heftig, dass ich, obwohl ich es nur aus den Augenwinkeln sehe und Kontaktlinsen trage, erst einmal geblendet bin. Ich blinzele wie verrückt, als der Blitz in Lichtgeschwindigkeit durch das Kabel läuft und sich in die Station selbst ergießt.

Ein Computerterminal zu unserer Rechten explodiert, Funken sprühen. Noch lautere, noch nervigere Sirenen heulen plötzlich durch die Lautsprecher. Fast überhöre ich Zilas Gemurmel neben mir.

»Quantenblitz, vierundvierzig Minuten nach Ankunft.«

Die Augen des Deckkommandanten verengen sich zu Schlitzen. »Was zum Teufel ist das?«

Der Mann hebt seine Waffe, und mein Herz macht einen Satz, als er sie direkt auf Scarlett richtet. Scar hebt die Hände noch höher, tritt einen Schritt zurück, und durch den Rauch und das Chaos und die sprühenden Funken kann ich sehen …

Beim großen Schöpfer, ihre Halskette leuchtet.

Der Brocken Eshvaren-Kristall, den Adams und de Stoy uns in Emerald City hinterlegt haben, brennt auf ihrer Brust. Das Licht ist schwarz, man kann kaum hingucken, genauso wie bei dem Blitz dort draußen im Sturm.

»ACHTUNG: BRESCHE IM SICHERHEITSBEHÄLTER KRITISCH. SOFORT DECK 2 BIS 10 EVAKUIEREN. ICH WIEDERHOLE: SOFORT EVAKUIEREN.«

»Kim, haben Sie die nicht nach Waffen abgesucht?«, brüllt der Terraner.

»Ja, Sir! Aber …«

»Was zum Teufel ist das?«

»Ich weiß es nicht!«, ruft Scarlett und weicht zurück. »Bitte, ich weiß es nicht.«

»ACHTUNG: SICHERHEITSBEHÄLTER ZERSTÖRT. NOTMASSNAHMEN EINLEITEN AUF DECK 11.«

Zila spricht Kim direkt an und ignoriert alles andere um uns herum.

»Ich habe dir doch gesagt, das wird nicht funktionieren.«

Der Terraner hebt seine Waffe und richtet sie auf Zila.

»Sir«, versucht Kim es. »Sie …«

»Du gehst gleich in den Knast, Kim!«, brüllt er und entsichert die Waffe.

»Hey!«

O Scheiße, er meint mich.

Alles erscheint mir wie in Zeitlupe, als er mit der Waffe auf mich schwenkt, und ich kann sehen, wie er den Abzug betätigt.

Und obwohl es sich wie eine Ewigkeit anfühlt, erfüllt mich nur ein Gedanke.

Ich könnte es nicht ertragen zuzusehen, wie er sie erschießt.

Ich bin froh, dass ich der Erste bin.

PENG.

6 Auri

Als ich wach werde, bin ich umgeben von Toten. Ein Meer von Gesichtern starrt mich an, syldrathische Wegewanderer, eingefangen in einem letzten Moment voller Angst oder Schmerz oder Trotz, die Münder und Augen weit aufgerissen. Kinder und Erwachsene liegen übereinandergestapelt und sind nicht länger durch den Willen des Sternentöters an die Kristallwand über uns genagelt.

Ich liege zwischen ihnen auf dem Boden, der mit Kristallsplittern übersät ist, und kann die Leichen aus den Augenwinkeln durch meine Wimpern sehen. Ich versuche, die Augen richtig aufzumachen, verliere den Kampf und schließe sie wieder.

Ich kann Kal nicht mehr spüren.

Mit tut alles weh – jeder Muskel in meinem Körper schreit, mein Kopf dröhnt. Aber durch den pochenden Schmerz höre ich das Echo meiner Kraft. Die Kraft, die ich herbeigerufen habe – diesen gewaltigen Ausbruch von Energie, der durch mich hindurch in die Waffe und wieder zurückgeströmt ist, meinen Rücken hinauf, bis in meine Fingerspitzen. Und die Erinnerung daran versetzt mich in … eine Art Rausch.

Ich ignoriere den Schmerz, konzentriere meine Gedanken und sende eine mitternachtsblaue Ranke aus, durch die letzten Überbleibsel der Schreie der Wegewanderer. Es ist, als ob man in einem dichtbewachsenen, überwucherten Wald einen bestimmten Baum suchen würde. Nun verklingen auch die letzten Schreie, und mein silberdurchsetztes Blau findet nichts, nichts, nichts.

Er muss zu weit entfernt sein.

Ich muss zu schwach sein.

Das Letzte, an das ich mich erinnern kann, ist, wie die Waffe gezündet hat – dieser enorme Ausbruch von Energie, der die Sonne zerstören sollte und die Erde und alle, die dort leben. Ich konnte es nicht aufhalten, aber ich habe versucht, die Energie nach innen zu leiten, die Flotte um uns herum zu schützen, den Planeten, unsere Sonne, ihn aufzuhalten …

Caersan.

Den Sternentöter.

Ich komme auf alle viere hoch, und allein das strengt mich so an, dass mein Herz hämmert und mir schwindelt. Mein eigener Atem klingt harsch in meinen Ohren, während ich darum kämpfe, aufrecht zu bleiben.

Der Mann, der für die Ermordeten um mich herum verantwortlich ist, ist ganz in der Nähe, liegt am Fuße seines Throns aus Kristall, der rote Mantel um ihn herum ausgebreitet. Er regt sich schwach, seine Zöpfe fallen ihm aus dem Gesicht und entblößen die zerstörte Hälfte. Der Lichtschein aus seinem Auge dringt durch das Spinnennetz aus Narben, das über seine Stirn und Wange läuft, als würde er von innen her leuchten. Das Licht pulsiert sanft, vielleicht im Takt mit seinem Herzen, und ich gehe in die Hocke und hebe eine Hand zur rechten Seite meines Gesichts. Die Haut unter meinen Fingerspitzen fühlt sich rau an.

Ich kann Kal nirgendwo spüren.

Da streifen die Gedanken seines Vaters meine, das Dunkelrot von getrocknetem Blut und ein Gold, das mich zu sehr an Kal erinnert, und er macht die Augen auf und richtet seinen Blick auf mich.

All das hier hat er getan. Er ist für jeden Tropfen Blut verantwortlich, für diese Zerstörung, diesen Schmerz.

Und als sich unsere Blicke treffen, lächelt er.

Bevor ich überhaupt überlegen kann, bin ich schon in Bewegung – greife nach einer scharfen Kristallscherbe und komme nach oben – wie eine Läuferin aus der Startposition – und stürze mich auf ihn, als wollte ich einen Vampir pfählen.

Mit einem Ruck kommt er auf die Knie, um mir zu begegnen, und seine Rückhand lässt mich in den Thron stolpern. Alles um mich herum dreht sich. Ich greife danach, um aufrecht zu bleiben, und auch er schwankt. Dunkelviolettes Blut tropft ihm aus der Nase, und seine Zähne sind gefletscht.

Er hat das getan.

Die toten Wegewanderer.

Unter ihnen auch Kinder.

Sein eigenes Volk.

Die schwarze Leerstelle, wo Kal sein sollte.

Ich werde ihn töten.

Um uns herum surrt die Waffe, das Kristall summt und singt, während es sich abkühlt, und über dem Ganzen ist mein keuchender Atem zu hören. So stehen wir beide da und sammeln uns.

Wieder treffen sich unsere Blicke, und wieder greife ich ihn an, schmettere ihn blindlings zu Boden, und mein Schrei hallt aus allen Richtungen wider. Als ich mein Knie in seinen Brustkorb ramme, verschlägt es ihm den Atem.

Er wälzt sich herum, und seine Hände greifen nach meinem Hals, drücken zu, ersticken mich. Instinktiv balle ich beide Hände zu einer Faust und stoße damit zwischen seine Vorderarme, zwinge sie so auseinander und löse seinen Griff.

Ich werde ihn töten. Mehr bleibt nicht für mich zu tun.

Blindlings taste ich nach einer weiteren Kristallscherbe, greife danach und führe sie nach oben und in seine Seite rein. Sie bricht an seiner Rüstung ab, aber als er sich wegdreht, rolle ich unter ihm raus.

Wir rappeln uns beide hoch, weichen ein paar Schritte zurück, und ich nehme mein Kristallmesser fest in die Hand. Er ist riesig, und trotz seiner Verletzungen bewegt er sich immer noch wie ein Krieger. Das ist der Mann, der Kal beigebracht hat zu kämpfen.

Aber ich fühle mich wie ein ausgedrückter Schwamm – ich kann unmöglich meine Kraft gegen ihn einsetzen, also ist das alles, was ich habe. Er muss genauso schwach sein, sonst hätte er mich schon längst wie einen Käfer zerdrückt.

Es braucht nur einen Glückstreffer.

Das ist, was ich mit der Zeit machen werde, die mir noch verbleibt.

Er legt los, stürzt mit unglaublicher Geschwindigkeit auf mich zu, um nach meinem Hals zu greifen. Ich hüpfe zurück, trete auf etwas Weiches, stolpere und hole aus, um ihm den Bauch aufzuschlitzen, während er so nah vor mir steht.

Er knurrt wütend, Worte haben wir beide keine mehr. Tänzelnd lege ich nach, hole ein weiteres Mal aus, aber in einer blitzschnellen Bewegung greift er nach meinem Arm und wirft mich durch die Luft, als würde ich nichts wiegen.

Meine Füße haben den Boden verlassen, und eine Sekunde lang ist alles in der Schwebe, bis ich in den Fuß des Kristallthrons krache, mir die Ohren klingeln und mir fast schwarz vor Augen wird.

Eine tote Wegewanderin starrt mich an, und statt Gedanken höre ich nur Stille. Ihre Zöpfe haben sich gelöst, und ich möchte sie ihr glattstreichen und ihr sagen, *es tut mir leid, es tut mir leid,* und hilflos suche ich wieder nach Kal, ein verzweifeltes Entblättern von Mitternacht und Silber, als ich …

… ist das etwa …?

… ein ganz schwaches Aufflackern von Violett und Gold.

Ich platze fast vor Freude und wirbele herum, um das Schlachtfeld um mich herum nach ihm abzusuchen, denn er ist hier, er ist am Leben, er ist …

»Warte!« Ich hebe eine Hand, und Caersan hält inne und

starrt mich mit geschürzten Lippen an, als wäre ich Dreck unter seinem Schuh.

»Schwächling«, höhnt er. »Jetzt winselst du um Gnade? Ein bisschen spät, um jetzt den Mut zu verlieren, Mädel.«

»Nein, ich …« Ich ringe nach Worten und hebe die Hand in einer Geste, die alles um uns herum einschließt. Bei meiner Suche nach Kal habe ich meinen Geist geöffnet, und mir wird plötzlich klar, dass sich etwas verändert hat. »Kannst du es nicht hören?«

Er wirft mir einen finsteren Blick zu. »Ich höre nichts.«

»Eben.«

Caersan neigt den Kopf, und an den Rändern meines Geistes kann ich spüren, wie er vorsichtig sucht, hinter seinem Schutzwall die Nase in den Wind hängt, sich nicht in Gefahr begeben will.

Ich kann da draußen nichts hören. Als wir während des Angriffs gekämpft haben, tobte im Raum um die Waffe herum die Schlacht, die Gedanken der Menschen, der Betrasker, der syldrathischen Piloten und ihrer Crew – ihre Angst, ihre Wut, ihre Konzentration. Irgendwo in ihrer Mitte habe ich Finian gespürt, Scarlett und Zila, meinen Squad, meine Familie.

Aber nun … ist da nichts. Oder vielmehr, nicht *nichts* – keine Abwesenheit von irgendetwas, als seien sie alle tot. Aber etwas anderes. Wie wenn man aufwacht, nachdem es die ganze Nacht geschneit hat und die Welt seltsam gedämpft ist.

»Wo ist die Flotte?«, frage ich leise. »Wo ist die Schlacht?«

Er runzelt die Stirn, und ich komme auf alle viere, und endlich sehe ich Kal, der zusammengesackt hinterm Thron liegt.

Ich behalte Caersan im Auge, während ich um den Thron herum zu seinem Sohn krieche – der Sternentöter folgt meiner Bewegung, tut sie ab und wendet sich wieder der seltsamen Stille dort draußen zu.

Kal liegt auf der Seite, und sein Gesichtsausdruck ist genauso friedlich und verletzlich, wie wenn er schläft. Im Echo war ich meistens vor ihm wach. Ein halbes Jahr lang habe ich ihn jeden Morgen so erlebt.

Ich nehme seine Hand in meine. Und obwohl ich vor Erschöpfung zittere, biete ich all meine Energie aus meiner Seele selbst auf, und meine Berührung ist so zart, dass ich seinen verwundeten, geschundenen Geist kaum streife.

Sanft atme ich auf diese violette und goldene Glut, durchdringe ihn mit meiner Stärke und gebe acht, sie nicht aus Versehen auszublasen oder zu erdrücken.

Und langsam, langsam glüht sie immer heller.

Und seine Hand greift nach meiner.

Ich kann nicht verhindern, dass sich meine Augen mit Tränen füllen, die Erleichterung lässt etwas in mir aufbrechen. Dort liegt er, in Schwarz gekleidet, ein Krieger der Ungebrochenen. Aber er war nie einer von ihnen. Er ist für uns hierhergekommen, auch nachdem wir ihn verstoßen haben.

Für mich.

»Da ist … etwas.« Caersans Stimme weckt mich aus meinen Träumereien. Er runzelt die Stirn, wirkt fast unsicher – ja, die Falten sind nicht besonders tief, aber für seine Verhältnisse fällt das schon unter total durchdrehen. »Dort.«

Er zeigt über die Kristallwände der Waffe hinaus, auf den Raum dahinter. Vielleicht Richtung Sonne oder Erde, ich habe keinen Sinn für Orientierung mehr. Ich traue ihm nicht und will mich nicht in Gefahr bringen, aber die Wahrheit ist, dass er der Archont einer Kabale von fanatischen Kriegern ist. Obwohl ich mich gerade gut geschlagen habe. Wollte er mich entzweibrechen, dann könnte er das tun.

Und jetzt, mit Kals Hand in meiner, habe ich etwas, für das es sich zu leben lohnt.

Also spüre ich vorsichtig nach, lasse meine Gedanken in die Richtung gehen, in die er gezeigt hat, jederzeit bereit, mich wieder in Sicherheit zu bringen, falls er versucht zuzuschlagen. Aber das tut er nicht. Er beobachtet mich einfach und neigt den Kopf, als ich erschrocken die Augen aufreiße.

Denn irgendwo dort draußen, ganz am Rande meiner Reichweite, kann ich sie spüren. Die Welt, aus der die Menschheit hervorgegangen ist. Die Wiege unserer gesamten Zivilisation. Der Planet, auf dem ich geboren bin und für den ich gestorben wäre.

Die Erde.

Dort schwebt sie in der Dunkelheit, ein blasser blauer Punkt im Licht der Sonne, und einen Moment lang fühlt es sich wie zu Hause an. Doch dann spüre ich es, ein silbriges Grün-Blau-Grau bedeckt meine ganze Welt. Schleicht und kriecht, wimmelt und wuselt, rankt und wächst. Voller Leben, das meinen Ekel erregt.

Das Ra'haam.

Mothercustard.

Das Ra'haam hat die Erde übernommen.

7 Kal

Tausende von Splittern, Tausende von Momenten, Tausende von Erinnerungen – das bin ich.

Ich bin ein Spiegel, und ich bin vollkommen zerstört.

»Kal?«

… Ich bin fünf Jahre alt. In unseren Gemächern an Bord der Andarael, *dem früheren Schiff meines Vaters. Mir wird klar, dass das meine erste Erinnerung ist. Und zwar daran, wie meine Eltern streiten.*

Meine Mutter hat mir erzählt, dass sie einmal so eng verbunden waren, als wären sie ein Geist in zwei Körpern. Als sie sich kennenlernten, waren Laeleth und Caersan Eisen und Magnet, Pulver und Feuer. Und sie dachte, dass ihre grenzenlose Liebe für ihn genug sei, um die Form seiner Seele zu verändern.

Meine Mutter ist schön. Mutig. Aber sie ist ein Schild, keine Klinge. Sie stehen da und brüllen sich an, und aus meinen Kinderaugen laufen die Tränen, während ich sie anstarre. Meine Schwester Saedii steht still daneben. Beobachtet und lernt. Das Brüllen meiner Eltern wird lauter, das Gesicht meiner Mutter verzieht sich, und die Hand meines Vaters hebt sich zum Himmel und fällt wie ein Donner herab.

Und dann ist es still, abgesehen von meinem Geschrei.

Ich verstehe es nicht, nur dass ich fürchte, dass ich weiß: So soll es nicht sein. Mein Vater wendet sich von meiner Mutter ab, die am Boden liegt. Meine Schwester sieht zu, wie er auf mich zukommt und mich hochhebt. Ich strecke die Arme aus, um sie um seinen Hals zu legen, Trost zu suchen bei dem, der mich gemacht hat.

Aber er umarmt mich nicht. Stattdessen fährt er mit seinem Daumen über meine nassen Wangen und sieht mich so lange schweigend und mit eiskaltem Blick an, bis ich aufhöre zu weinen.

»So ist es gut«, sagt er. »Tränen sind für die Besiegten, Kaliis.«

»Kal?«, flüstert jemand.

… Ich bin sieben Jahre alt, und wir sind nach Syldra zurückgekehrt. Der Krieg kommt nur langsam voran, und mein Vater und andere Archonten der Wildgeborenen sind zur inneren Ratsversammlung zusammengerufen worden, um die Stimmen derer unter den Wegewanderern und Wächtern zu ersticken, die nach Frieden mit Terra rufen. Ein Teil von mir hofft, dass er sie vernichtet. Der Rest von mir sehnt sich danach, dass dieser Krieg zu Ende geht. In bin in zwei Hälften geteilt, eine geboren aus dem Zorn meines Vaters, die andere aus der Weisheit meiner Mutter. Noch weiß ich nicht, welche die stärkere ist.

Saedii und ich stehen uns unter den Liasbäumen gegenüber, ein süß duftender Wind weht um uns herum. Unsere Körperhaltung ist perfekt, genau wie Vater es uns gezeigt hat. Unsere Fäuste sind geballt. Sie ist älter als ich. Größer. Schneller. Aber ich lerne dazu.

Mutter sitzt in der Nähe, unterhält sich leise mit den Älteren aus ihrer Kabale. Sie hoffen, dass sie, als Lebensliebe von Caersan, ihn überzeugen kann, über das Friedensangebot der Terraner wenigstens nachzudenken. Was für Narren.

Frieden ist nichts als ein anderes Wort für Niederlage.

Saedii holt aus, und weil ich abgelenkt bin, trifft sie auch. Sie zieht mir die Beine weg, und ich stürze ins violette Gras, außer Atem. Triumphierend setzt sie sich auf mich drauf, mit erhobener Faust.

»Ergib dich, Bruder.« Sie lächelt.

»Nein.«

Wir wenden den Kopf bei dem Wort, und da steht er. In seiner schwarzen Rüstung unter den Bäumen, die sich im Wind wiegen. Der größte Krieger, den unser Volk je gekannt hat. Die älteren Wegewanderer beugen voller Furcht den Kopf. Meine Mutter sitzt schweigend da, ein Schatten liegt über ihr. Mein Vater spricht, und seine Stimme ist wie Stahl.

»Was habe ich dir über Gnade beigebracht, Tochter?«

»Wer Gnade walten lässt, ist ein Feigling, Vater«, antwortet Saedii.

»Warum bittest du also deinen Feind, sich zu ergeben?«

Meine Schwester kneift die Lippen zusammen und sieht auf mich runter. Mutter ist jetzt aufgestanden, starrt meinen Vater an und spricht mit ihm auf eine Art, wie es sonst niemand wagen würde.

»Caersan, er ist nur ein kleiner Junge.«

Er sieht durch sie hindurch, als wäre sie aus Glas. »Er ist mein Sohn, Laeleth.«

Vaters Blick fällt auf Saedii. Sein Befehl bleibt unausgesprochen.

Ihre Faust lässt meine Lippe aufplatzen, und schwarze Sterne explodieren vor meinen Augen. Ein weiterer Schlag trifft mich und noch einer, und ich schmecke Blut, spüre Schmerz, zersplittere, zerbreche.

»Genug.«

Die Schläge hören auf. Das Gewicht meiner Schwester auf meiner Brust verschwindet. Ich öffne das Auge, das gerade nicht zuschwillt, und sehe meinen Vater über mir. Ich kann ihn in meinem Gesicht sehen, wenn ich abends in den Spiegel gucke. Ich kann ihn hinter meiner Schulter spüren, wenn ich allein bin. Meine Mutter schaut mit gequältem Gesichtsausdruck zu, als ich mich auf den Bauch rolle und mich auf die Füße schiebe.

Vater sinkt vor mir auf ein Knie, so dass wir auf Augenhöhe sind. Er streckt die Hand aus und fährt mit dem Daumen über mein Gesicht. Aber wo er einst Tränen gespürt hat, ist jetzt nur noch Blut.

»So ist es gut, Kaliis«, sagt er.

Ich nicke. »Tränen sind für die Besiegten, Vater.«

»Kal, bitte wach auf …«

Ich bin in meinem Zimmer an Bord der Andarael, *und ich bin neun Jahre alt.*

Meine Fäuste sind aufgerissen, mein Blut tief violett in dem schwachen, warmen Licht. Die Triebwerke brummen, während ich mit einer Pinzette in der tiefsten Wunde herumfische. Ich zucke zusammen, als ich es aus meinem geschwollenen Knöchel ziehe – ein helles Stück von einem Zahn.

Ich wollte nicht so fest zuschlagen. Nachdem ich den ersten Faustschlag ausgeführt hatte, kann ich mich nicht mehr an viel erinnern. Aber an das, was er über meinen Vater gesagt hat, kann ich mich wohl erinnern – an diese Worte, denen der Geruch von Feigheit anhaftete. Die Wildgeborenen haben das Friedensabkommen der syldrathischen Ratsversammlung mit den Terranern aufgekündigt, die terranischen Werften angegriffen und ihre Kriegsflotte zerstört. Und nun werden wir unsere Aufmerksamkeit auf diejenigen aus unserem Volk richten, die nach Frieden schreien, wo es doch keine Alternative zum Krieg gibt. Denn ich bin für den Krieg gemacht.

Oder nicht?

Die Tür öffnet sich mit einem Flüstern, und meine Mutter kommt in mein Zimmer, in lange, fließende Gewänder gekleidet, eine Kette mit Kristallen aus der Großen Weite glitzert um ihren Hals. Ich stehe auf, wie es sich gehört, beuge den Kopf und sage leise:

»Mutter.«

Sie gleitet zum Sichtfenster und starrt in die Dunkelheit dahinter. Vor meinem geistigen Auge kann ich noch immer den Nachklang der Schlacht dort draußen spüren – diese gewaltigen Schiffe, die im Licht von Orion verbrannten. All die Leben, die durch die Hand meines Vaters ausgelöscht wurden.

Ich sehe den schwachen blauen Fleck am Mundwinkel meiner Mutter, eine dunkle Stelle im Sternenlicht auf ihrer Haut. Wut lodert in mir auf. Ich liebe meine Mutter über alles. Und obwohl ich meinen Vater auch liebe, hasse ich diesen Teil an ihm, diesen Teil, der ihr weh tut.

Wenn ich den mit bloßen Händen aus ihm rausreißen könnte, würde ich das tun.

»Valeth ist auf der Krankenstation mit einem gebrochenen Kiefer und neun gebrochenen Rippen.«

»Das ist bedauerlich«, sage ich vorsichtig.

»Er sagt, er sei die Seitentreppe runtergefallen.«

»Die Stufen können tückisch sein.«

Meine Mutter sieht mich an, mit glänzenden Augen. »Was ist mit deiner Hand passiert?«

Ich halte meinen Blick gesenkt und sage leise: »Ich habe mich beim Training verletzt.«

Ich höre leise Schritte, spüre ihre Berührung, kühl auf meiner Wange. »Auch wenn ich keine Wegewanderin wäre, auch wenn ich in deinem Herzen nicht lesen könnte wie in einem offenen Buch, bin ich immer noch deine Mutter, Kaliis. Lüg mich nicht an.«

»Dann frag mich nicht. Die Ehre verlangt …«

»Die Ehre«, seufzt sie.

Mit den Fingern streicht sie über die Glyfe auf meiner Stirn, drei gekreuzte Klingen, mit denen ich an meinem Himmelfahrtstag gebrandmarkt wurde. Ich weiß, dass sie und Vater sich darüber gestritten haben, welcher Kabale ich angehören soll. Und ich weiß, dass er gewonnen hat.

Er gewinnt immer.

»Was glaubst du, wie sich dieser Junge fühlt, wenn er seinen Vater wegen der Niederlage belügt, die du ihm zugefügt hast?«, fragt sie.

»Er hat sich zu meinem Feind erklärt«, antworte ich. »Mir ist es egal, wie er sich fühlt.«

»Ist es dir nicht. Das ist der Unterschied zwischen Caersan und dir.«

Sie hebt mein Kinn an und zwingt mich sanft, ihrem Blick zu begegnen. Ich sehe den Schmerz in ihren Augen. Ich sehe die Stärke. Und ich sehe mich selbst.

»Ich weiß, dass du sein Sohn bist, Kaliis. Doch du bist auch mein Sohn. Und du musst nicht zu dem werden, zu dem er dich machen will.«

Sie lehnt sich nach vorne und drückt ihre Lippen auf meine heiße Stirn.

»Es gibt keine Liebe in Gewalt, Kaliis.«

Hinter ihr sehe ich ein Licht. Einen Lichtkranz aus Mitternachtsblau, gesprenkelt mit Silber.

Ich höre eine Stimme, vertraut und trotzdem fremd.

»Kal?«

»Es gibt keine Liebe in Gewalt.«

»Kal, kannst du mich hören? Oh, bitte, bitte, wach auf.«

… Die Berührung meiner Mutter weckt mich. Mein Herz schlägt wie wild, während ich die Augen aufreiße und sie ihre Hand auf meinen Mund legt. Ich bin zwölf Jahre alt.

»Steh auf, mein Lieber«, flüstert sie. »Wir müssen los.«

»Los? Wohin?«

»Wir brechen auf«, sagt sie mir. »Wir verlassen ihn.«

Ich sehe einen blassen blauen Fleck auf ihrem Handgelenk. Ihre aufgeplatzte Lippe ist neu. Aber ich weiß, dass sie ihn nicht ihretwegen endlich verlässt.

Sie zieht mich vom Bett hoch, gibt mir meine Uniform. Schweigend ziehe ich mich an und frage mich dabei, ob sie es wirklich ernst meint. Mein Vater wird das niemals zulassen. Ich habe gehört, wie er gedroht hat, sie umzubringen, wenn sie ihn verlässt. Sie kann nirgendwohin.

»Wo gehen wir hin?«, frage ich.

»Ich habe Freunde auf Syldra.«

»Mutter, wir befinden uns mit Syldra im Krieg.«

»Nein, er befindet sich im Krieg«, zischt sie. »Mit jedem und allem. Ich werde nicht zulassen, dass du so wirst wie er, Kaliis. Ich lasse nicht mehr zu, dass er meine Kinder vergiftet.«

Meine Gedanken rasen, während wir durch Dunkelheit zu Saediis Quartier gehen. Mutter schleicht sich hinein, während ich Wache halte. Mein Herz schlägt mir bis zum Hals, mein Kopf dreht sich. Das wird er uns nie vergessen. Nie verzeihen.

»Saedii«, flüstert meine Mutter. »Saedii, wach auf.«

Meine Schwester richtet sich auf, greift nach der Klinge unter ihrem Kopfkissen und fletscht die Zähne. Als sie unsere Mutter erblickt, entspannt sie sich nur ein wenig. Und als sie mich sieht, ist sie wieder angespannt.

Ihr Gesicht ist noch immer grün und blau von den Schlägen, die ich ihr verabreicht habe. Die Kluft, die uns trennt, war nie größer. Sie machte die Siif kaputt, die mir Mutter schenkte, nachdem ich sie beim Boxen besiegt hatte. Im Ring kriegt sie mich nicht mehr klein, deswegen hat sie sich eine andere Methode ausgedacht, um mich zu bestrafen. Ich habe auf die gleiche Weise zurückgeschlagen. Ich sehe noch ihr Blut auf meinen Händen. Den Schmerz in ihren Augen, als ich sie mit der Siif geschlagen habe, die sie zerstört hat. Noch jetzt schäme ich mich dafür, wie ich sie zugerichtet habe. Und in Gedanken höre ich die Worte, die Vater danach zu mir gesagt hat.

»Nie war ich stolzer darauf, dass du mein Sohn bist.«

»Was willst du, Mutter?«, flüstert sie und lässt die Klinge sinken.

»Wir müssen los, Saedii. Wir verlassen ihn.«

Sie kneift die Augen zusammen. Schürzt die Lippen. »Bist du verrückt geworden?«

»Es war verrückt, dass alles so lange laufen zu lassen. Caersan ist ein Krebsgeschwür, und ich werde nicht mehr hinnehmen, dass es sich weiter ausbreitet. Los jetzt.«

Saedii entreißt Mutter ihre Hand. »Treuloser Feigling. Er ist deine Lebensliebe, Laeleth. Du schuldest ihm dein Herz und deine Seele.«

»Beides hat er von mir bekommen«, zischt Mutter und zeigt auf die Wunden an ihrem Körper. »Und so hat er es mir gedankt! Wenn ich allein diese Last tragen müsste, würde ich ihm vielleicht sogar jetzt noch die Treue halten. Aber ich werde nicht danebenstehen und zusehen, wie meine Kinder in der gleichen Dunkelheit verschwinden, die ihn schon verschlungen hat.«

Mit geschundenem Gesicht und gefletschten Zähnen sieht Saedii mich an. »Das lässt du zu, Bruder?«

Flehend begegne ich ihrem Blick. »Es tut mir leid, Schwester. Aber du kennst die Wahrheit. Er ist nicht gut für uns. Ich will nicht so werden wie er.«

»Feigling«, spuckt sie und steht auf. »Ihr seid beide treulose Feiglinge!«

Mitternachtsblaues Licht blitzt hinter ihr auf, und geblendet kneife ich die Augen zusammen. Es wärmt mich, prickelt durch meinen ganzen Körper.

»Kal?«

»Saedii, komm mit uns mit!«

»Ich würde lieber sterben, als ihn zu verraten.«

»Kal!«

»Feigling! Schande! De'sai!«

»Kal!«

… ich öffne die Augen.

Ich sehe sie über mir, ein Heiligenschein aus Licht umspielt ihren Kopf. Mein Herz klopft so heftig, so schmerzhaft, dass ich eine Hand gegen meine Rippen drücken muss. Ich sehe nur verschwommen, mein Kopf tut weh, aber dennoch leuchtet ein Gedanke so hell in mir, dass er sogar meinen umnebelten Geist durchdringt.

Sie lebt.

Meine Aurora lebt.

Die Wände um uns herum sind aus glitzerndem Kristall, und mir wird klar, dass ich über dem Boden schwebe. Als ich mein Gewicht verlagere, summt die Luft um mich herum, sanft, voller Regenbogen. Genauso wie die Kräfte im Echo, wo Aurora und ich ein halbes Jahr lang gelebt haben, eine Lebenszeit, in den Erinnerungen des Heimatplaneten der Eshvaren. Aber es fühlt sich jetzt anders an. Das Lied, das in der Luft hängt, ist …

»Nein, versuch nicht, dich aufzusetzen«, flüstert sie, eine Hand auf meiner Schulter. »Ruh dich einfach aus, ja? Einen Moment lang dachte ich ja, ich hätte dich verloren. Ich … ich dachte, ich …«

Ihre Stimme bricht, und sie schließt die Augen, Tränen hängen in ihren Wimpern, als sie den Kopf hängen lässt. Ich lege eine Hand an ihre Wange, sanft wie eine Feder.

»Ich bin hier«, sage ich ihr. »Ich werde dich nie verlassen. Außer du wünschst dir das.«

»Nein«, haucht sie. »Es tut mir leid. Es tut mir so leid, dass ich dich weggeschickt habe, Kal.«

»Es tut mir leid, dass ich dich belogen habe, Be'shmai. Das war feige von mir.«

»Du bist allein hierhergekommen, um ihn zu erledigen. Um die verdammte Galaxis zu retten.« Sie drückt meine Hand an ihre Lippen. »Ich habe noch nie jemanden getroffen, der so mutig ist wie du.«

Er.

Ein Schatten fällt auf mich, als die Erinnerungen in meine Gedankenruinen zurückkehren – der Kampf im Thronsaal, die Schlacht, die dort draußen tobt, Terraner und Betrasker und Syldrathi, die sich gegenseitig abschlachten, während die Waffe aufleuchtet und die Wegewanderer schreien und mein Vater …

»Mein Vater«, flüstere ich. »Hast du ihn …?«

Aurora schüttelt den Kopf. Meine Sehkraft kehrt zurück, und ich kann sehen, dass Risse durch ihre Haut laufen, sich von ihren Augen ausbreiten. Ihre Iris leuchtet noch, und das Licht aus ihrem Inneren scheint durch die Risse.

Sie ist verwundet, wird mir klar. Schwach. Die Waffe hat …

Die Waffe hat ihr etwas genommen.

Und doch kann ich sie in meinem Geist spüren, wie einen warmen Strom, der die Tränen versiegen lässt, die mir mein Vater einst versagt hat. Ich kann ihn mir vorstellen, wie er mich allein mit seinem Willen festgehalten hat, wie mir das Messer, das ich in sein Herz stechen wollte, aus der Hand gefallen ist, während er meinen Geist zerstört hat.

Er hat versucht, mich zu töten.

So wie ich versucht habe, ihn zu töten.

»Was … was ist passiert?«, flüstere ich.

»Die Waffe hat gezündet«, antwortet Aurora. »Ich habe versucht, sie aufzuhalten, habe versucht, es nach innen zu wenden, gegen mich selbst, aber ich konnte es nicht aufhalten. Die Wegewanderer sind alle tot.«

»Und die Flotte? Die Schlacht?« Mein Herz schlägt schneller, und trotz des Schmerzes stütze ich mich auf einen Ellbogen. »Was ist mit Terra passiert? Eurer Sonne?«

»Mit der Sonne ist alles in Ordnung.« Sie schluckt schwer und sagt zitternd: »Aber die Erde …«

Sie trifft meinen Blick, ihre Augen schwimmen in Tränen.

»Die Erde ist verloren, Kal.«

Mir schlägt das Herz bis zum Hals, meine Hände greifen nach ihren. »Die Waffe hat sie getroffen?«

»Nein.« Sie schüttelt wieder den Kopf, und ich kann das Kaleidoskop ihrer Gedanken in meinen fühlen – Verwirrung, Angst, Wut. »Das Ra'haam. Es hat den gesamten Planeten eingenommen. Ihn verschlungen. In sich aufgenommen. Jedes einzelne Lebewesen.«

»Wie lange war ich nicht bei Bewusstsein?«, flüstere ich verwirrt.

»Ein paar Stunden vielleicht.«

»Stunden?« Ich schüttele den Kopf. »Dann … aber wie kann das sein?«

»Ich weiß es nicht. Als ich zu mir kam, konnte ich nichts um mich herum spüren. Die Flotte, die Piloten, die Soldaten, sie waren alle verschwunden, als hätte es sie nie gegeben. Das Einzige, was ich gespürt habe war … es. Wie … Öl und Schimmel in meinem Kopf. So viel davon. Und hat die Erde bedeckt, genauso wie es Octavia bedeckt hat.« Sie fährt sich mit der Hand durchs Haar. Die Haut um ihr rechtes Auge herum sieht aus wie ein von Dürre geplagter Acker. »Es hat mich auch gespürt, Kal. Das weiß ich.«

Das Kristall summt um mich herum, der Ton hat sich verändert. Warm läuft er mir über die Haut, aber wieder ist mir so, als sei nicht alles so, wie es sein soll.

»Das Lied dieses Ortes.« Ich sehe mit gerunzelter Stirn auf die glitzernde Schönheit um uns herum. »Es hat sich verändert. Der Ton ist fast … schief?«

Aurora nickt. »Ich weiß. Irgendwas stimmt nicht.«

»… wir bewegen uns«, stelle ich fest.

Aurora wirft einen angespannten Blick in den funkelnden Korridor. »Das ist *er*. Ich musste mich um dich kümmern. Also bewegt er uns durch die Raumfalte. Richtung … keine Ahnung, in welche Richtung. Weg von der Erde. Weg von dem … Ding.«

»Ich muss mit ihm sprechen«, sage ich.

»Kal, nein«, fleht sie und versucht, mich daran zu hindern aufzustehen. »Du musst dich ausruhen. Er hat dich fast *umgebracht*, verstehst du? Er hat deinen Geist in Tausende von Stücken zertrümmert. Und wenn er es noch einmal versucht, weiß ich nicht, ob ich stark genug bin, um ihn aufzuhalten.«

»Ich habe keine Angst vor ihm, Aurora.«

»Aber ich habe Angst um dich. Ich kann dich nicht wieder verlieren. Ich *kann* nicht.«

Ich nehme sie in die Arme, und sie hält mich ganz fest, und für einen Augenblick verblassen all der Schmerz, all die Verletzungen, die Trauer. Mit ihr in meinen Armen bin ich wieder vollkommen. Mit ihr an meiner Seite gibt es nichts, was ich nicht tun kann.

»Du wirst mich nicht verlieren«, schwöre ich. »Ich bin für immer dein. Wenn das Feuer der letzten Sonne erlischt, wird meine Liebe noch für dich brennen.«

Ich küsse ihre Stirn.

»Aber ich muss mit ihm sprechen, Aurora. Hilf mir. Bitte.«

Unsicher starrt sie mich einen Moment lang an. Kämpft mit der Angst vor dem, was er mir antun könnte. Es schmerzt mich zu sehen, wie verletzt sie ist. Welche Stärke sie aufgebracht hat, um so weit zu kommen. Aber schließlich strafft sie die Schultern, und als ich meinen Arm um ihre Schultern lege, hilft sie mir aufzustehen.

Ich fühle mich noch immer zerbrechlich – wie ein Gewebe aus Millionen von Fäden, das nur durch einen einzigen Knoten aus Willen und Wärme zusammengehalten wird. Aber sie ist wieder an meiner Seite, und das ist alles, was zählt. Wir halten einander fest und hinken durch die glitzernden Korridore, während das Kristall um uns herum Regenbogen singt, misstönend und grell.

Mein Vater hat dieses Schiff *Neridaa* getauft – ein syldrathischer Begriff, der den Prozess gleichzeitiger Zerstörung und Erschaffung beschreibt. Anfang und Ende. Doch ich weiß, dass das eine Lüge ist. Das ist die Waffe, die er benutzt hat, um die syldrathische Sonne zu zerstören. Unseren Heimatplaneten. Zehn Milliarden Leben hat er eigenhändig ausgelöscht, darunter das meiner Mutter. Und ich weiß, dass mein Vater nichts erschaffen kann, außer dem Tod.

Sai'nuit. *Sternentöter.*

Mein Herz stockt, als ich ihn erblicke. Er sitzt im Herzen der Kammer oben auf dem Kristallturm wie ein König auf seinem Thron. Der Boden ist mit Leichen übersät, mit zerbrochenen Scherben; es stinkt nach Tod. Er trägt noch seine Rüstung – schwarz, mit hohem Kragen, und den blutroten Umhang, der sich über die Treppenstufen ergießt. Zehn silberne Zöpfe sind über die zerstörte Hälfte seines Gesichts drapiert. Aber ich kann dahinter sein glühendes Auge sehen, mit derselben hellen Leuchtkraft wie dem Auroras, als die beiden um das Schicksal der Welt gekämpft haben.

Vor ihm sehe ich eine gewaltige Projektion – Dunkelheit, die mit winzigen Sternen gepunktet ist. Mir wird klar, dass wir in der Raumfalte sind und auf ein Tor zusteuern. Ich frage mich, warum die Farblandschaft nicht schwarz und weiß ist, wie immer in der Raumfalte. Welche Eigenschaften hat dieses Schiff noch? Ist es das Kristall? Sind es die Eshvaren? Er?

»Vater«, sage ich.

Er hört mich nicht. Sieht nicht auf. Die *Neridaa* nähert sich dem Raumfaltentor – tropfenförmig, aus Kristall, syldrathisches Design.

»Vater!«, brülle ich.

Er wirft mir einen kurzen Blick zu und guckt dann genauso schnell weg, sein Auge brennt wie eine kleine Sonne.

»Kaliis. Du lebst.«

»Enttäuscht?«

»Beeindruckt.« Dieser brennende Blick richtet sich auf Aurora, dann wieder auf die Dunkelheit vor ihm. »Aber du warst schließlich immer der Sohn deines Vaters.«

Ich lasse mich nicht darauf ein und gehe mit Aurora an meiner Seite einen Schritt nach vorne. »Was geht hier vor? Wo ist die Flotte der Ungebrochenen? Die Terraner und die Betrasker? Wie konnte die Erde so schnell vom Feind verschlungen werden?«

Er leckt sich über die Lippen und bleckt die Zähne. »Der Feind«, wiederholt er.

»Der Feind, den du aufhalten solltest!«, knurrt Aurora neben mir.

Er wendet sich ihr zu. Jetzt faucht er richtig. »Du bist eine Närrin, Mädel. Ich kann verstehen, warum mein närrischer Sohn so in dich vernarrt ist.«

Sie tritt nach vorne, ballt die Hände zu Fäusten. »Du Hurensohn …«

»Warte …« Ich nehme ihre Hand und drücke sie, den Blick auf die Projektion gerichtet, die vor meinem Vater schwebt. Wir durchqueren nun das Raumfaltentor in den Echtraum. Doch so ganz aus der Nähe kann ich sehen, dass irgendetwas mit dem Tor nicht stimmt. Es ist alt. Wurde von Quantenblitzen getroffen. Die Hälfte der Leuchtsignale funktioniert nicht mehr. Es macht den Eindruck, als sei es seit Jahrzehnten nicht gewartet worden.

»Wo sind wir?«, fragt Aurora.

Mein Vater streicht sich einen Zopf zurück über die Schulter und höhnt: »Immer und immer wieder stellst du die falschen Fragen, Mädel.«

Als ich mir das System angucke, erkenne ich einen Stern aus meiner Kindheit – strahlend blau, wie ein Saphir, der in einem Meer von Dunkelheit leuchtet. »Das ist Taalos, Be'shmai. Es gibt eine syldrathische Kolonie auf Taalos IV, einen Raumhafen, den die Ungebrochenen für sich beansprucht haben, als sie aus der Ratsversammlung von Syldra ausgetreten sind.«

»Er ist hierhergekommen, um Verstärkung zu suchen?«

»Ich suche Bestätigung, Mädel.«

Aurora beißt die Zähne zusammen, ihr rechtes Auge blitzt auf. Das Licht pulsiert unter ihrer Haut, sickert durch die Risse in ihrem Gesicht. Einen Augenblick lang fühlt sich die Luft um uns herum schmierig und aufgeladen an. »Hör zu«, knurrt sie wütend. »Es ist mir egal, wie verletzt ich bin, und es ist mir auch egal, was es mich kostet. Nenn mich noch einmal *Mädel*, und du und ich werden beenden, was wir …«

»Schweig«, sagt er.

Aurora blinzelt. »Okay, vielleicht drücke ich mich nicht klar genug aus, aber so sprichst du nicht mit mir. Du nennst mich nicht *Mädel*, du bringst mich nicht zum *Schweigen*, und du behandelst mich nicht wie etwas, in das du reingetreten bist. Ich bin ein Trigger der Eshvaren, und anders als *du*, war ich mutig genug, die Herausforderung anzunehmen, und …«

»Nein.«

Mit gerunzelter Stirn steht mein Vater auf und sieht auf das Sonnensystem vor ihm.

»Hör genau hin.« Er nickt. »Was hörst du dort draußen?«

Ich sehe Aurora an, und sie trifft meinen Blick, presst die Lippen zusammen. Ich kann spüren, wie ihr Geist anschwillt und sich streckt. Sie hebt die Hand, als wolle sie nach dem fernen Stern greifen. Ihre Iris leuchtet hell, das Licht sickert durch ihre Haut.

»Ich kann … ich kann gar nichts hören.«

Er nickt. »Stille.«

Mein Vater blickt auf den Taalos-Stern, sein Gesicht ist eine kalte Maske.

»Eine Kolonie von einer halben Million hat diese Sonne umkreist. Alles Ungebrochene. Treu bis in den Tod.« Er faltet die Hände und atmet tief ein. »Der Tod, der sie nun geholt hat. Jeden von ihnen.«

»Wie?«, frage ich leise.

»Das Ra'haam«, flüstert Aurora. »Ich kann … ich kann es fühlen.«

Mit Tränen in den Augen sieht sie mich an.

»Es hat die Kolonie eingenommen, Kal. Es hat von der ganzen Welt Besitz ergriffen.«

»Aber wie denn?«, frage ich frustriert. »Wie kann das sein? Das Ra'haam ist doch nicht mal erblüht! Seine Absicht war es doch, die Galaxis in einen Krieg zu treiben, während es auf seinen Brutstätten schlummert und brütet. Und jetzt hat es die Erde eingenommen? Taalos? Wie kann das sein?«

»Das ist deine Schuld«, sagt Aurora und tritt einen Schritt nach vorne. »Alles. Die Eshvaren haben dich mit der Aufgabe betraut, das Ra'haam zu besiegen, Caersan, und du hast ihre Waffe benutzt, um deinen kleinlichen Krieg zu führen! Und was hast du jetzt davon?«

Da sieht er sie an, und die herrische Maske beginnt zu verrutschen. Es fängt klein an, ein amüsiertes Glitzern in seinen Augen, ein leichtes Zucken seiner Lippen. Doch schon lächelt er, und das Lächeln wird breiter, so dass man seine Eckzähne sehen kann, und dann fängt er tatsächlich an zu lachen. Lacht, als hätte meine Geliebte das Lustigste gesagt, was er je gehört hat.

So viel Tod. So viel Dunkelheit. Und er findet das *amüsant.*

Und dann begreife ich es, so sicher wie ich dieses Mädchen vor mir sehe, die Zerstörung unserer Welt, das Zugrunderichten unseres Volkes.

Mein Vater ist verrückt.

»Was zum Teufel ist so komisch?«, ruft Aurora.

»Wie ich schon gesagt habe«, sagt er schließlich und wischt sich die Tränen aus den Augen. »Immer suchst du Antworten auf die falschen Fragen.«

»Wie soll die Frage denn lauten?«, will ich wissen.

»Es ist nicht die Frage, wo mein Ehrgeiz mich hingeführt hat, mein Sohn.«

Mein Vater atmet tief ein und blickt in die Große Weite.

»Sondern *wann.*«

Teil 2

Zwei in einem Leben

8 Zila

»Was zum Teufel ist hier los?«

Ich bin wieder im Cockpit unseres syldrathischen Schiffes, schwebe am Rand eines Sturms aus Dunkler Materie. In meinen Ohren hallt noch der Schuss nach, der mich getötet hat. Anstatt den Augenblick meines Todes in Gedanken wieder durchzuspielen, konzentriere ich mich auf das Gesicht von Leutnantin Kim, das auf dem Monitor auftaucht. Ich hatte gehofft, sie würde mit dieser Schleife anders umgehen, und als sie zum zehnten Mal die Funkverbindung aufnimmt, wird mir klar, dass sie bereit ist zu reden.

Wie angenehm.

»Hallo Leutnantin. Ich habe dich schon erwartet.«

Sie schweigt so lange, dass ich, wenn ich auf dem Monitor nicht sehen könnte, wie sie sich bewegt, denken würde, unsere Verbindung wäre gekappt.

»Ich weiß nicht, wie das gemeint ist«, sagt sie schließlich.

»Das höre ich des Öfteren.«

Wieder Schweigen.

»Öffne die Luftschleuse«, sagt sie. *»Ich komme zu euch rüber.«*

Atemlos erreichen Scarlett und Finian die Brücke, nachdem sie vom Maschinenraum hochgerannt sind. Finian hat das Ende des Gesprächs mitbekommen und lehnt sich nun über den Bildschirm, um sich Leutnantin Kim näher anzusehen. »Du kannst nur zu uns kommen, wenn du versprichst, niemanden zu erschießen. Ich bin heute schon zehnmal gestorben, und ich bin es echt leid.«

Leutnantin Kim blinzelt mit gerunzelter Stirn. *»Zehnmal? Ich habe neunmal gezählt.«*

»Auf dem Weg hierher sind wir auch gestorben.«

»Auf dem Weg aus der Zukunft.« Ihr Ton ist skeptisch.

Scarlett stellt sich neben Finian. »Bis gleich, Leutnantin.«

Kim kappt die Verbindung, und wir drei bleiben allein zurück und starren uns an. Keinem von uns ist entgangen, wie unmöglich das ist, was wir hier gerade erleben.

»Mir gefällt das nicht«, murmelt Fin. »*Die* gefällt mir nicht.«

»Mir auch nicht«, stimmt Scarlett zu. »Aber unser Schiff ist am Arsch, also kommen wir nirgendwohin, wenn wir sie nicht davon überzeugen, dass wir keine Bedrohung sind.«

Fin sieht Scarlett an und sagt mit sanfter Stimme: »… Ist wirklich alles okay?«

Scarlett blinzelt. »Ja, alles okay. Na ja, soweit man das sagen kann, wenn man bedenkt, was hier gerade abgeht …«

»Du …« Fin schluckt. »Du bist erschossen worden.«

»Alles in Ordnung, Fin.« Scarlett lächelt leicht, berührt seine Hand. »Versprochen. Du bist übrigens auch erschossen worden.«

»Ja«, sagt er leise. »Aber ich musste nicht dabei zugucken.«

Sie sehen sich einen langen Augenblick lang an, und die Stille wird schließlich so drückend, dass ich mich veranlasst sehe zu sagen:

»Dein Medaillon.« Ich deute auf das kleine Kristall um Scarletts Hals. »Der Diamant hat reagiert, als das Quantensegel dort draußen im Sturm getroffen wurde.«

»Ja«, antwortet sie und besinnt sich wieder auf unsere momentane Situation. »Aber es ist kein Diamant. Fin hat herausbekommen, dass es ein Kristall der Eshvaren ist.«

Mit zusammengekniffenen Augen starre ich den Edelstein an. »Interessant …«

»Warum hat er so geleuchtet?«

»Ich weiß es nicht«, murmele ich, während meine Gedanken rasen. »Aber es muss etwas bedeuten. Die Geschenke von

Admiral Adams und Battle Leader de Stoy haben sich bisher als unverzichtbar erwiesen. Das Zigarillokästchen, das Kals Leben gerettet hat. Die Inschrift auf deiner Kette. Als hätten die Kommandanten gewusst, was passieren wird. Man könnte sogar sagen, dass ihr Vorgehen uns irgendwie hierhergeführt hat.«

Fin legt den Kopf schief. Das überzeugt ihn nicht. »Irgendetwas hat es mit diesen Gaben auf sich. Aber dass sie uns hierhergeführt haben? Das finde ich ein bisschen weit hergeholt, Zil. Sie haben mir einen verdammten Kugelschreiber geschenkt.«

Scarlett nickt in Richtung meiner goldenen Kreolen. »Und dir nur diese Ohrringe.«

KLONG

Unser Schiff erzittert, als das Abschleppseil den Rumpf trifft. Und noch mal:

KLONG

Fin rollt mit den Augen. »Wir gehen wohl lieber mal nach unten und lassen Leutnantin Psycho rein. Ich bin schon gespannt, auf welche neue und interessante Art sie uns diesmal umbringt.«

»Du musst höflich sein, Fin«, warne ich ihn. »Ihr Verhalten mag übermäßig aggressiv sein, aber Leutnantin Kim ist eine entscheidende Komponente in alldem hier.«

Scarlett hebt eine Augenbraue. »Wie kommst du darauf?«

»Ihr Kennzeichen ist euch also nicht aufgefallen?«

Jetzt blinzelt Fin mich an: »Hä?«

»Ihr Kennzeichen. Der Spitzname, den die anderen Piloten verwendet haben. Er steht auf dem Flügel ihres Kampfschiffes. Und ist auch auf ihrem Helm abgebildet.«

»Ich war zu sehr damit beschäftigt, auf die Pistole in ihrer Hand zu gucken, um auf ihren Helm zu achten«, gibt Scarlett zu. »Was war es denn?«

Ich greife nach meinen Ohrringen, nach dem Geschenk,

das für mich im Dominion-Tresor hinterlegt wurde. Nach den kleinen goldenen Vögeln, die daran baumeln, mit ausgebreiteten Schwingen und blitzenden scharfen Klauen.

»Ihr Kennzeichen ist ein Falke.«

* * *

Als dieses Mal die Luftschleuse aufgeht, warten wir alle drei auf sie. Leutnantin Kim hat die Waffe nicht gezogen, obwohl eine Hand auf dem Griff liegt. Sie steht im Eingang und nimmt langsam ihre Maske und ihren Helm ab.

Sie ist vielleicht Anfang zwanzig, und ich glaube, meine Einschätzung, dass sie aus Südostasien stammt, ist richtig. Ihre Gesichtszüge sind ebenmäßig, von konventioneller Schönheit. Obwohl ich mir vorstellen kann, dass ihre strenge Miene manche davon ablenkt.

Sie ist nicht besonders groß.

»Okay, versuchen wir es wieder«, sagt Scarlett. »Ich heiße Scarlett Jones. Das ist Zila Madran, und das hier ist Finian de Karran de Seel.«

»Und bevor du wieder anfängst zu schießen: Viele meiner besten Freunde sind Terraner«, informiert Fin sie. »Alle meine besten Freunde sogar.«

»Leutnantin Nari Kim«, sagt unser Gast langsam.

»Nett, dich kennenzulernen.« Scarlett lächelt. »Und danke, dass du uns nicht umgebracht hast.«

»Gern geschehen«, antwortet sie trocken. »Und, wer gewinnt den Krieg?«

Scarlett neigt den Kopf. »… Was?«

»Wenn ihr Leute aus der Zukunft seid«, sagt Kim, offensichtlich noch immer skeptisch. »Wer hat gewonnen? Wir?« Sie nickt Richtung Finian. »Oder die Bleichgesichter?«

»Niemand gewinnt je einen Krieg«, antworte ich. »Aber die Terraner und die Betrasker werden ein Friedensabkommen im …«

»Warte mal, warte«, sagt Scarlett. »Sollten wir über so etwas reden?«

»Warum denn nicht?«, fragt Fin.

Sie wirft Leutnantin Kim einen Blick zu. »Was ist, wenn wir die Zukunft verändern?«

»Das passiert doch nur in schlechten Science-Fiction-Romanen, stimmt's?«

»Für das, was wir hier erleben, gibt es keinen Präzedenzfall«, sage ich. »Oder jedenfalls keinen, von dem wir wissen. Es ist schwierig, die Auswirkungen unseres Handelns zu kennen, und geradezu unmöglich abzuschätzen, welche Folgen unsere Anwesenheit in dieser Zeit auf die Zukunft haben wird. Aber wenn man von den Gaben ausgeht, die das Aurora-Kommando uns hinterlassen hat, glaube ich, es ist am besten, davon auszugehen, dass wir hier sein sollen.«

»Vielleicht existiert die Zukunft, die wir kennen, nur wegen dem, was wir hier tun«, schlägt Finian vor. »Vielleicht *müssen* wir ihr das alles erzählen.«

»Ich bin noch hier«, erinnert uns Leutnantin Kim.

»Tut mir leid.« Scarlett lächelt. »Auch wir müssen das alles hier erst mal begreifen. Glaub mir, wir sind fast genauso verloren wie du. Doch in unserer Zeit sind die Betrasker die engsten Verbündeten von Terra. Wir haben gerade eine Schlacht im Jahre 2380 hinter uns gelassen, und eines der letzten Dinge, die wir gesehen haben, bevor all dies hier«, sie wedelt mit den Händen, »passiert ist, war, wie die Betrasker die Erde beschützt haben.«

Ich kann sehen, dass Leutnantin Kim gerne noch mehr Fragen über den zeitlichen Verlauf stellen würde, aber sie hält den Mund, und dafür bin ich dankbar. Es ist nicht effizient, darüber nachzudenken, was wir zurückgelassen haben. *Wen* wir zurückgelassen haben.

»Also, was zum Teufel ist all das?«, fragt sie und ahmt Scarletts Gewedel nach.

»Das ist genau das, was wir versuchen herauszufinden.«

Sie betrachtet mich, und dann bleibt ihr Blick an meinem haften. »Dann versucht es mal. Denn was mich betrifft, kann ich die Möglichkeit, dass ihr alle Spione für die Bleichgesichter seid, nicht ausschließen.«

»Hör zu, Staubmädchen«, legt Fin los. »Vielleicht lässt du das mal mit den Bleich …«

»Freunde«, stimmt Scarlett mit ein, gibt Fin einen kleinen Klaps und schenkt Kim ein strahlendes Lächeln. »Wir sind hier alle Freunde, wisst ihr noch?«

»Es gibt zwei Möglichkeiten«, sage ich. »Entweder der Auslöser hat dort stattgefunden, wo wir waren, hat uns zurück in die Zeit geworfen und diese Anomalie erzeugt …«

»So wie direkt im Weg einer gewaltigen uralten Waffe zu sein, als sie gezündet wurde?«, fragt Scarlett.

»… oder der Auslöser hat hier stattgefunden«, fahre ich fort. »Und führt uns immer wieder zu diesem Augenblick zurück.«

»Möglichweise beides«, murmelt Fin.

Ich nicke. »Was hast du erlebt, Leutnantin Kim?«

Unser Gast denkt über die Frage nach. Ich kann Gefühle nicht so gut einschätzen, aber ich habe den Eindruck, dass sie zwar noch vorsichtig ist, die Situation aber nicht mehr so angespannt ist. Zumindest versucht sie im Augenblick, mit uns zusammenzuarbeiten.

»Vor sechs Minuten war ich gerade auf Patrouille, als ihr auf meinem Radar aufgetaucht seid«, sagt sie. »Wir reden, ich jage euch in die Luft, alles fängt wieder von vorne an. Wir reden nicht, ich jage euch in die Luft, alles fängt wieder von vorne an.

Ich schleppe euch bis zu der Station ab, ihr werdet erschossen, alles fängt wieder von vorne an. Jedes Mal wenn ihr sterbt, bin ich wieder genau da, wo ich vor sechs Minuten war.«

Ich beruhige mich allmählich, und mir wird klar, dass dieses tröstliche Gefühl daher kommt, dass ich ein Problem zu lösen habe. Wie das geht, weiß ich. Ich werde Fakten sammeln. Sie analysieren. Es ist gut, wenn man etwas zu tun hat.

»Was ist hier vor sechs Minuten passiert?«

Die Leutnantin kaut auf ihrer Unterlippe. Sogar mir fällt auf, dass sie offensichtlich zögerlich und misstrauisch ist. Aber endlich spricht sie. »Die Station wollte einen Testlauf machen. Es gab so eine Art … Energieschwankung. Ich habe eine Sphäre aus dunklem Licht gesehen, Tausende von Kilometern breit, die mein Schiff umringt hat. All meine Instrumente haben verrückt gespielt. Und als es sich aufgeklärt hat … war da plötzlich euer Schiff.«

»Was für einen Testlauf?«, frage ich.

Scarlett nickt. »Wofür ist die Station denn eigentlich da, Leutnantin?«

Leutnantin Kim sieht in die Runde, und zum ersten Mal zeigt sie Anzeichen der Panik, die sie fühlen muss. »Wenn ich das wüsste. Geheime terranische Militäroperation.«

»Dann müssen wir als Erstes so viele Informationen wie möglich zusammensammeln«, verkünde ich. »Wenn wir genau in dem Moment erschienen sind, als der Test ablief, ist es durchaus denkbar, dass ebendieser Test diese Ankunft herbeigeführt hat. Wir müssen herausfinden, wofür die Station da ist.«

»Wie?«, fragt Fin. »Das letzte Mal, als wir da waren, haben sie uns sofort erschossen.«

»Vielleicht kann man mit ihnen reden?«, schlägt Scarlett vor. »Vielleicht sind sie ja auch in der Zeitschleife gefangen …«

»Nein«, sagt Kim und schüttelt den Kopf. »Ich glaube nicht,

dass irgendjemand auf der Station ahnt, was hier passiert. Als ich die ersten paar Male zurückgesetzt wurde, bevor die Verbindung abgebrochen ist, habe ich Pantoffel angefunkt und um Anweisungen gebeten. Ich habe jedes Mal die gleiche Antwort bekommen. Wort für Wort. Sie haben sich so verhalten, als wäre alles in Ordnung. Na ja, abgesehen von dem Reaktor und was sonst noch gerade da drüben abgeht.«

»Ich weiß nicht, was ihr erwartet habt«, sagt Fin. »Ihr habt euch an einen Sturm aus Dunkler Materie gekettet, um Quantenblitzen nachzujagen. Falls ich mich vorhin nicht klar ausgedrückt habe: Das ist, als würde man in ein Gehege voller Mondorianischer Valshins waten und die Hosen runterlassen.«

Ihn treffen drei ausdruckslose Blicke.

»Nein? Das kennt ihr … Na, sagen wir mal so: Es ist nicht zu empfehlen.«

Scarlett zieht nachdenklich eine Schnute und sieht Kim an. »Wenn unsere Ankunft all das ausgelöst hat und dein Schiff als einziges in unserer Nähe war, dann erklärt das vielleicht, warum du mit uns in der Zeitschleife steckst, während alle anderen das nicht mitbekommen.«

»Hm«, sagt Kim und wirft Scarlett einen Blick zu, der nahelegt, dass sie angesichts ihrer scharfsinnigen Aussage überrascht ist. Aber es ist eine vernünftige Vermutung.

»Wir müssen so viel wie möglich herausfinden«, erkläre ich. »Das ist entscheidend. Wir haben noch achtundzwanzig Minuten Zeit, bis dieser zweite Quantenblitz das Segel trifft und dann die Station und möglicherweise kritische Bestandteile außer Kraft setzt. Und wenn der Reaktorkern beschädigt ist, ist es nur eine Frage der Zeit, bis die gesamte Station nicht mehr funktioniert. Wir sollten voranmachen.«

»Womit?«, fragt Leutnantin Kim und ist wieder argwöhnisch.

»Damit, die Tatsachen nachzuweisen«, antworte ich. »Der

Auslöser scheint immer gleich zu sein, aber ohne weiteres Datenmaterial können wir nicht davon ausgehen, dass die andauernde Beschaffenheit der zeitlichen Anomalie keine Verfallsgeschwindigkeit hat.«

Der Gesichtsausdruck der Leutnantin ist mir nur allzu vertraut, obwohl ich ihn in letzter Zeit nicht allzu oft gesehen habe. Er besagt, dass sie keine Ahnung hat, wovon ich spreche. Sie sieht Scarlett an, die wiederum Finian anguckt.

Finian übersetzt: »Sie meint, da wir nicht wissen, was die Zeitschleife verursacht hat, wissen wir auch nicht, ob sie sich ewig wiederholt. Es könnte sein, dass wir in Zeitnot geraten.«

»Na, dann legen wir mal los«, sagt Kim. »Habt ihr Raumanzüge?«

»Dann hast du eine Idee, wie wir an Bord kommen könnten?«, fragt Scarlett.

»Kommt drauf an«, sagt Leutnantin Kim. »Seid ihr für einen Außenbordeinsatz zertifiziert?«

»Manche mehr als andere«, antwortet unser Face trocken. »Fin wird mir helfen. Er kommt mit wenig Schwerkraft mehr als gut zurecht.«

»Wenn du nur wüsstest!« Fin grinst.

Leutnantin Kim sieht Fin einen Moment lang an und guckt dann weg, als wollte sie nicht daran erinnert werden, dass sie gerade einem Betrasker zur Seite steht. Ich gehe mal davon aus, dass ihre militärische Ausbildung ihr beigebracht hat, sich auf ihren Instinkt zu verlassen, in angespannten Situationen einen klaren Kopf zu behalten. Ohne eine brauchbare anderslautende Erklärung scheint sie bereit zu sein, sich erst einmal auf ihre Sinne zu verlassen. Aber ich muss gestehen, dass ich einigermaßen beeindruckt bin, wie sie mit der Situation umgeht.

Die Leutnantin sieht mich an, und mir wird klar, dass ich sie anstarre.

Ich wende den Blick ab und lasse den Kopf hängen, so dass mir die Haare ins Gesicht fallen.

»Die gesamte Station wird in höchster Alarmbereitschaft sein«, warnt sie uns. »Es ist weniger als zwanzig Minuten her, dass der Testlauf versagt hat. Sie werden sich fragen, ob es Sabotage war, und sie *werden* euch sofort erschießen. Mein Schiff hat einen Frachtraum, aber das wird ganz schön eng, also hoffe ich, ihr drei mögt einander. Sehr.«

Ich kann sehen, wie Finian und Scarlett einen kurzen Blick wechseln.

»Ich bringe euch zu einer tertiären Luftschleuse«, fährt Kim fort. »Wenn wir Glück haben, sind die Sicherheitsleute zu sehr mit dem Reaktor beschäftigt, um das mitzubekommen.«

»Und wenn wir kein Glück haben?«, fragt Scarlett.

Fin zwingt sich zu einem kleinen Lächeln. »Aller guten Dinge sind elf?«

* * *

Trotz der Enge im Frachtraum des Kampfschiffes erreichen wir schnell die Station, und das Außenbordmanöver zur Luftschleuse ist unkompliziert. Sie ist geöffnet und bereit, Nachschub aufzunehmen. Scarlett scheint es ganz offensichtlich anzustrengen – selbst als wir drinnen in Sicherheit sind, lässt sie Finians Hand nicht los.

Jedenfalls glaube ich, dass das der Grund ist.

Leutnantin Kim hat uns angewiesen, in der Luftschleuse zu warten. Sie wird mit ihrem Kampfschiff anlegen und sich bei ihren Vorgesetzten melden. Und sobald sie davonschlüpfen kann, wird sie den Druckausgleich in der Luftschleuse einleiten und uns in die Station lassen, hoffentlich ohne dass uns jemand sieht.

Wir warten schweigend. Durch das Sichtfenster kann ich

in die unendliche, aufgewühlte Dunkelheit sehen. Ab und zu blitzt Energie auf – düsteres Violett, durchsetzt von noch tieferer Dunkelheit. Der Sturm verursacht bei mir eine Gänsehaut, aber das versuche ich zu ignorieren. Seine Energie ist geradezu unbegreiflich, und der Gedanke daran, dass die Wissenschaftler auf der Station versucht haben, ihn zu bändigen, macht mich … unruhig.

Ich muss gestehen, als sich die Außentüren anfangen zu schließen, verspüre ich große Erleichterung. Wir müssen sichergehen, auf festem Boden zu stehen, wenn die Schwerkraft zurückkehrt, damit wir nicht hinfallen. Ich gleite nach unten, um meinen Platz neben Finian einzunehmen. Scarlett steht an seiner anderen Seite, um ihm zu helfen. Es ist für ihn unangenehm, wenn die Schwerkraft wieder eintritt.

Neben den Innentüren der Luftschleuse leuchtet ein grünes Licht auf, um den Druckausgleich anzuzeigen, und wir nehmen unsere Helme ab, als die Türen aufgehen. Aber anstatt Leutnantin Kim stehen uns drei terranische Soldaten gegenüber, auf ihren Brustharnischen steht SICHERHEITSDIENST.

Ein kleiner Teil von mir stellt amüsiert fest, dass sie Tarnkleidung tragen. Wir sind im Weltraum. Da bringt Tarnkleidung nichts.

Sie heben ihre Waffen.

»Ach, kommt schon«, sagt Finian. »Das kann nicht euer Ernst …«

PENG.

9 Finian

Es hat noch neun Probeläufe gebraucht – und neun weitere Tode –, aber wir haben endlich einen verlässlichen Weg in die Station gefunden. Inzwischen machen wir das ziemlich gut. Und es wird nicht mehr lange dauern, dann fangen wir an, mit Leutnantin Nari Kim Insiderwitze auszutauschen.

War nicht ernst gemeint. Leutnantin Kim würde einen Witz nicht erkennen, wenn er vom Himmel auf sie runterfällt und alle um sie herum schreien würden: »Beim großen Schöpfer, es regnet Witze!«

Aber da wir gerade über unseren Weg in die Station sprechen – es ist fast so weit. Ich klammere mich an ihre Außenhülle, als wäre sie die Liebe meines Lebens, und warte darauf, dass ich an der Reihe bin, mich durch die Abfallentsorgungsanlage zu schlängeln. Zila ist vor zwei Minuten verschwunden, was heißt, dass ich noch vierzehn Sekunden habe, bevor ich losmuss. Neun davon verbringen ich damit, über die Art nachzudenken, wie Scarlett mir zugezwinkert hat, bevor sie in die Schütte geklettert ist, und die übrigen fünf Sekunden über Leutnantin Kim. Denn wenn das jetzt funktioniert, werden wir genug Zeit für ein richtiges Gespräch mit ihr haben, und da muss ich aufhören, ihr ans Bein zu pinkeln.

Den ersten Teil der Zeitschleife haben wir jetzt gemeistert, und es läuft ab wie ein Uhrwerk. Kim entdeckt unser Schiff, und während sie das Stationskommando über Funk informiert, dass sie es inspizieren wird, kriechen wir in unseren Raumanzügen in ihren winzigen Frachtraum.

Dann jagt unsere neue Freundin Nari unser Schiff in die Luft, ihre Funkverbindung zur Station fällt aus, und genau nach elf

Minuten unserer Zeitschleife lässt sie uns neben der Abfallentsorgungsanlage aussteigen. Wir halten uns ran, weil wir alle besorgt sind, dass der Quantenblitz, den wir von der Landebucht aus gesehen habe, etwas zerstören könnte, was wir brauchen, um wieder nach Hause zu kommen.

Was die Abfallentsorgungsanlage angeht, habe ich aber ein ziemlich gutes Gefühl. Seit dem Unfall, der das alles hier losgetreten hat, herrscht auf der Station das totale Chaos. Das letzte Mal hat uns lediglich eine umherwandernde Sicherheitspatrouille ein Bein gestellt.

Mein Timer piept, ich setze mich in Bewegung und genieße die letzten Sekunden in der Schwerelosigkeit. Der kreisrunde Ausgang der Schütte geht auf, und ich hänge mir meinen Rucksack über den Fuß, während Gas und Asche entweichen.

Nun habe ich fünf Sekunden, bis sie sich wieder schließt und sich der Druck darin ausgleicht. Ich schiebe mich hinein und zerre meine Stiefel und meinen Rucksack durch die Öffnung, gerade als die Luke summend zugeht. Ich bleibe in der Dunkelheit zurück, die nur durch den Lichtstrahl von meinem Helm durchschnitten wird.

Die Schütte ist kaum größer als ich, und ich stehe ausgestreckt da, die Arme vor mir. Obwohl ich schlaksig bin, ist es ganz schön eng. Scarlett musste sich mit ihren Kurven bestimmt hier durchzwängen.

Ich beschließe, nicht daran zu denken. Es ist sowieso schon zu eng hier.

Mit Händen und Füßen, Ellbogen und Knien schiebe ich mich, so schnell ich kann, durch die Schütte. Ich habe nur etwas mehr als zwei Minuten, bis die nächste Ladung heiße Asche aus der anderen Richtung kommt. Kein Tod, den ich erleben will – es hat beim ersten Mal schon genug weh getan. Mein Körper protestiert, und mein Anzug macht alles noch schwieriger. Mein Lieblingsmultifunktionswerkzeug sticht mir in die Rippen.

Der Timer an meinem Handgelenk piept, um mir zu signalisieren, dass ich noch eine Minute habe, und ich dränge voran, mit kleinen, aber eiligen Bewegungen.

Noch ein Piepen.

Dreißig Sekunden.

Scheiße.

Endlich leuchtet der Rand der Ausgangsluke im Licht meines Helms auf.

»Ich bin da«, sage ich leise, und Scarlett und Zila tauchen auf. Sie haben die Lichter an ihren Helmen ausgestellt und greifen in den Tunnel nach mir.

Sie stehen in einem Hohlraum, der kaum breiter ist als ein Körper. Niemand kommt hierhin, abgesehen von den automatischen Drohnen, die den Müll transportieren und entsorgen. In etwa zwanzig Sekunden kommt die nächste.

Die beiden Frauen greifen nach meinen ausgestreckten Händen und ziehen. Ich rutsche an der noch warmen Verbrennungsanlage vorbei und komme frei – sie lassen mich runter, stützen mich, bis ich auf dem Boden aufkomme. Wir halten alle still, Zilas Stiefel drückt gegen mein Visier, und ich kann Scarlett hinter mir hören, gedämpft durch meinen Helm.

»Was ist eigentlich in deinem Rucksack?«

»Nur ein paar Vorräte. Werkzeug. Was zu essen. Ihr wisst schon, das Lebensnotwendige.«

»Nun, die Liebe geht bekanntlich durch …«

»Still!«, zischt Zila.

Scar hält die Klappe und drückt dankbar meinen Knöchel, während die Drohne über uns schwirrt, ihre Ladung in die Schütte entlädt und dann davonsurrt. Um uns herum wackelt die Station, eine Alarmsirene ist über die Lautsprecher zu hören.

»Achtung, Pantoffel-Besatzung. Technisches Personal wird auf Deck 19 benötigt, oberste Priorität. Ich wiederhole, Deck 19, Bereich Alpha.«

Sobald die Drohne wieder verschwunden ist, kommen wir ächzend auf die Beine. Ich nehme meinen Helm ab, während Scar mir meinen Rucksack reicht. Es riecht nach Rauch und verbranntem Plastik, und die Lichter flackern von Weiß zu Rot.

»Noch neun Sekunden bis zu unserem Zeitfenster«, murmelt Zila.

Schweigend folgen wir ihr zur Einstiegsluke. Um uns herum kreischen die Sirenen, Schadensmeldungen kommen über die Lautsprecheranlage. Dieses Mal – anders als letztes Mal – warten wir, das Ohr gegen die Luke gedrückt, bis die Sicherheitspatrouille vorbeimarschiert ist. Erst dann ziehe ich ein Multifunktionswerkzeug hervor und öffne die Luke.

Von da an ist es einfach. Wir eilen den Korridor entlang, nehmen die zweite Abbiegung nach links und erreichen unser Ziel – eine kleine Kammer neben der Wasseranlage und den Lagerräumen. W.A.L.L.R. steht auf dem Schild.

»Ist das nicht ein Tier?«, frage ich mit Blick auf die Abkürzung. »Das auf Terra heimisch ist?«

Scarlett sieht mich verwirrt an: »Ein Wallr?«

»Ein Wallach ist so eine Art Pferd«, äußert Zila vorsichtig.

»Nein, nein, das ist so ein riesiges Monster«, sage ich und kneife die Augen zusammen, während ich mich an weitere Details zu erinnern versuche. »Mit so einem großen Maul. Lebt im Wasser.«

»Ein Hai«, versucht Scarlett es.

»Ah«, sagt Zila. »Ein Wal.«

Ich war mir ja ziemlich sicher, dass ich Blödsinn geredet habe, aber für ein Lachen von Scarlett, ein warmer, kehliger Laut, der mich erschauern lässt, stelle ich mich gerne mal dumm. »Genau. Ein Wal-lr. Lerne die Tiere kennen, Scar. Dieses hier ist eindeutig gefährlich.«

»Das gefährlichste Tier überhaupt«, stimmt Zila ernst zu. »Sie können einen Menschen mit ihrem Maul zerquetschen.«

Leutnantin Nari Kim steht am Eingang. »Was zerquetscht einen in seinem Maul?«

»Wale anscheinend«, antwortet Scar mit besorgter Miene.

»Mach dir keine allzu großen Sorgen, Red«, sagt Nari ihr. »Sie kommen nicht im Weltraum vor. Und es gibt sowieso nur noch fünf davon oder so.«

»Nicht mehr«, antwortet Zila. »Unsere Artenschutzprogramme waren sehr erfolgreich. Sie gedeihen in den Gewässern auf Troi III.«

»Warte mal«, sage ich. »Ihr Leute habt ein schreckliches Maulmonster vor dem Aussterben gerettet, weil, ja, warum denn eigentlich?«

Zila zuckt mit den Schultern. »Aus wissenschaftlichen Gründen.«

Nari sieht einen Augenblick lang so aus, als würde sie sich gut amüsieren, aber dann fällt ihr wieder ein, dass sie ja eigentlich ein Teufelsweib ist, das sich theoretisch mit meinem Volk im Krieg befindet. Sie runzelt die Stirn, und ihr Blick ist wieder finster, wie immer. Trotzdem, ich bin mir sicher, dass wir ihr so langsam ans Herz wachsen.

Als die Sicherheitsleute uns bei unserem ersten Versuch, an Bord zu gehen, bei der Luftschleuse erwischt haben, war ich mir sicher, dass sie uns aufgegeben hatte. Aber die nächsten neun Versuche haben mich davon überzeugt, dass Staubmädchen fürs Erste auf unserer Seite steht.

Ein Teil von uns weiß, wie irre das hier alles ist. In der Zeit zu reisen. Zeitschleifen. Wieder und wieder zu sterben, nur um wieder zurückgesetzt zu werden. Doch jedes Mal wenn wir wieder umkommen, liegen die Beweise klar auf der Hand und lassen sich nicht leugnen. Und, wie Zila sagt, auch wenn ich für die Leutnantin der Feind bin, so haben wir doch das gleiche Interesse. Wir alle wollen dieser Zeitschleife entkommen.

»Okay.« Nari wirft einen Blick in den verqualmten Korridor. »Sieht so aus, als hätten wir einen Weg gefunden, euch an Bord zu bekommen, ohne dass ihr erschossen worden seid.«

»Oder erstickt sind«, sagt Zila.

»Oder verbrannt.« Scarlett schaudert.

»Ja«, nicke ich. »Das tat weh.«

»Die Sicherheitsleute sind in Alarmbereitschaft«, fährt Nari fort. »Was ich rausfinden konnte, ist, dass der Reaktor schwer beschädigt wurde.« Um uns herum erzittert die gesamte Station, als würde sie zustimmen. »Das, was vom Kommando noch übrig ist, wird bestimmt gleich die Evakuierung anweisen. Was suchen wir also als Nächstes?«

»Achtung, medizinisches Personal zum Bereich Beta, Deck 14.«

»Information«, sage ich. »Aber wir werden ein Terminal brauchen, mit Zugang zur höchsten Geheimhaltungsstufe, wenn wir eure Datensätze durchkämmen wollen. Die Technik hier ist zweihundert Jahre alt, und ich steh ja auf altmodisch, aber das kann ich nicht hacken. Da kann ich nicht einmal mein Werkzeug einstöpseln.«

»Die Computerräume werden voller Leute sein«, sagt Nari mit gerunzelter Stirn. »Sechsunddreißig Mitglieder des Wissenschaftsrates sind bei dem Testlauf umgekommen, und wenn das Kommando davon ausgeht, dass es Sabotage war, wird der Sicherheitsdienst überall sein.«

»Medizinisches Personal sofort zu Deck 12«, ruft es über die Lautsprecheranlage. *»Ich wiederhole, medizinisches Personal, Deck 12.«*

»Denk nach«, ermutigt Scarlett sie. »Wer wird nicht an seinem Platz sein?«

Um uns herum wackelt die ganze Station, die Metallwände knarzen. Die Leutnantin blickt auf. »Dr. Pinkerton. Der Leiter des Projekts. Er ist in der Explosion umgekommen. In seinem Büro ist ganz sicher ein Computerterminal.«

»Phantastisch.« Scarlett schenkt ihr ein Lächeln, das mir immer das Gefühl gibt, mitten im Sonnenschein zu stehen. »Hier geht es ja ziemlich chaotisch zu, aber wir werden wohl Uniformen brauchen, wenn wir dort draußen frei rumlaufen wollen. Und irgendwas, um Fin zu tarnen.«

»Nein, aufs Verwaltungsdeck kommen wir über die Nottreppe«, versichert uns Flygirl. »Unsere Chancen, dort nicht gesehen zu werden, gefallen mir ziemlich gut.«

Ich glaube, das geht nur ihr so, aber wir folgen ihr und gehen mit leisen Schritten die Eisentreppe hoch. Wir brauchen länger dafür, als es mir recht ist – fast eine Viertelstunde, würde ich schätzen –, aber es gelingt uns, den extrem angespannten und eindeutig schießwütigen Sicherheitspatrouillen, die sich überall herumtreiben, aus dem Weg zu gehen.

Wieder rumpelt die Station, und durch die Wände kann ich ein hohles Dröhnen hören. Scar greift nach mir, um mich ins Gleichgewicht zu bringen, während mein Exoanzug zischt. Ich drücke ihre Hand und schenke ihr ein dankbares Lächeln. Man hat das Gefühl, dass uns gleich die ganze Station um die Ohren fliegt.

»Achtung Pantoffel-Besatzung. Rumpf zwischen Deck 13 und 17 aufgerissen.«

»Ich muss den Verstand verloren haben …«, murmelt Nari.

»Möglich«, stimmt Zila ihr zu und klettert hinter ihr her. »Aber die Tatsache, dass du deinen Verstand anzweifelst, ist ein Zeichen dafür, dass du bei Verstand bist.«

»Ja, aber vielleicht ist das ja das, was ich denken *soll*«, sagt Nari und wirft einen Blick zurück auf Zila. »Vielleicht ist nichts davon real. Vielleicht bin ich gerade eine Kriegsgefangene, werde in irgend so einem bleichgesichtigen Labor für psychologische Kriegsführung gefangen gehalten, und all das hier ist nichts, als ein durch Drogen hervorgerufener Traum, damit ich geheime Informationen preisgebe.«

»Was denn für Informationen?«, frage ich. »Angesichts der Tatsache, dass du nichts bist als ein Stoppelhopser und eigentlich überhaupt nichts weißt?«

»Woher soll ich das wissen, Bleichgesicht?«, antwortet Nari und klingt brummig, weil man ihr den Fehler in ihrer Theorie aufgezeigt hat. »Ich weiß nur eine Sache ganz sicher: Wenn ich mit euch erwischt werde, werde ich, genau wie ihr, an die Wand gestellt, erschossen und finde dann als Verräterin den Tod.«

»Achtung, Pantoffel-Besatzung, alles technische Personal in den Bereich Gamma, auf Deck 12 melden, und zwar sofort.«

»Ich versichere dir«, sagt Scarlett, »nachdem ich jetzt zwanzigmal gestorben bin, dass das hier wirklich passiert. Sterben tut weh.«

»Es ist schwer zu verstehen, was hier vor sich geht«, stimmt Zila zu und übertönt dabei die plärrenden Lautsprecher. »Hoffentlich finden wir eine Antwort in den Computersystemen der Station. Aber ich glaube nicht, dass du den Verstand verloren hast, Leutnantin Kim. Oder eine Verräterin bist. Tatsächlich finde ich dich sehr mutig.«

Da hebt Staubmädchen eine Augenbraue, und Zila hält sogar ein paar Sekunden lang ihrem Blick stand, bevor sie den Kopf beugt und weiter nach oben stapft. Nach drei Stockwerken bleibt unsere Komplizin am Ende der Treppe stehen. Sie schlüpft kurz nach draußen, um zu sehen, ob die Luft rein ist, und scheucht uns dann in die Halle.

BUMM.

Die gesamte Station wackelt in ihren Grundfesten, als irgendwas irgendwo explodiert.

»ACHTUNG: REAKTORKERN BESCHÄDIGT. DECK 5 UND 6 SOFORT EVAKUIEREN. ICH WIEDERHOLE: SOFORT EVAKUIEREN.«

»Von hier kommen wir in den Bereich Beta«, murmelt Staubmädchen. »Und dann sind es noch zwei Stockwerke bis zu Pinkertons Büro.«

Der Betabereich des Decks liegt am Rande der Station und ist von Sichtfenstern gesäumt, durch die man in den Weltraum gucken kann. Als wir daran vorbeigehen, kann ich die dunklen Schwaden dort draußen jenseits der Station sehen. Das dicke Kabel führt in den Sturm aus Dunkler Materie, Hunderttausende von Kilometern lang, und ist mit dem Quantensegel in diesem Chaos verbunden. Ein winziges Aufflackern von Energie lässt den Sturm aufleuchten, diese gewaltigen strudelnden Wolken, die sich über Millionen von Kilometern ausdehnen, und das Echo erschüttert den Raum drumherum.

Im Ernst jetzt, da geht mir echt der Arsch auf Grundeis.

»Wie wunderschön«, sagt Scarlett leise und beweist damit, ebenso wie ihre Entscheidung, mich zu küssen, dass ihr Urteilsvermögen mehr als fraglich ist.

KRACH.

Draußen im Sturm trifft der gleiche gewaltige Quantenblitz, den wir schon von der Landebucht aus gesehen haben, wieder das Segel. Er ist so hell, dass ich kurzzeitig vollkommen geblendet bin. Zila sieht auf den Monitor an ihrem Handgelenk.

»Vierundvierzig Minuten …«

»Guckt mal«, haucht Scarlett. »Es passiert wieder …«

Ich blinzele wie verrückt, während der Blitz durch das Kabel auf die Station zuläuft – ein Lichtbogen aus dunkler Energie, der sich lodernd vor der tiefen Dunkelheit abhebt. Das Kristall in Scarletts Kette leuchtet auf, das schwarze Licht schmerzt.

»Warum passiert das?«, will Nari wissen.

»Eine hervorragende Frage«, antwortet Zila.

Ich werfe einen Blick auf die flackernden Deckenlampen und murmele, mehr zu mir selbst: »Ich hoffe mal, die gravitonische Abschirmung in diesem Bereich funktioniert noch.«

»Warum?« Scar sieht von ihrem leuchtenden Ausschnitt auf. »Was ist, wenn die Abschirmung *nicht* funktioniert?«

Dann passieren zwei Sachen gleichzeitig.

Als Erstes erreicht der Quantenblitz die Station, schlägt einen Bogen über die Hülle, durch den nicht abgeschirmten Bereich, in dem wir stehen, und genau durch uns durch.

Und zweitens wird Nari Kim klar, dass Scar es ganz ernst gemeint hat, als sie gesagt hat, sterben tut weh.

ZAP!

10 Tyler

Ich marschiere einen Korridor entlang, der in graues Licht gebadet ist. Hinter mir ist Saediis erster Offizier. Vor zwei Minuten haben die Triebwerke ihren Ton verändert – wir fliegen jetzt mit voller Schubkraft, sind auf dem Weg, um mit der Armada der Ungebrochenen zusammenzutreffen. Die Nachrichtenmeldungen zucken mir durch den Kopf – all diese kleinen aufblitzenden Konflikte, deren Flammen vom Ra'haam und seinen Agenten geschürt werden. Ein Ablenkungsmanöver ungeheuren Ausmaßes, um die Bedrohung zu verschleiern, bis es zu spät sein wird.

Mein Kopf schmerzt – ich habe mich noch immer nicht davon erholt, dass ich fast gestorben bin, als die Fluchtkapsel explodiert ist. Ich bin wacklig auf den Beinen, meine Finger prickeln, und jedes Mal wenn ich die Augen schließe, kann ich diesen Traum in meinem Kopf spüren.

Diese Stimme, die mich wieder und wieder anfleht.

Noch kannst du alles in Ordnung bringen …

Eigentlich bin ich doch gut darin. Taktik ist mein Ding. Aber ich bin an Bord dieses feindlichen Schiffs mit Hunderten von syldrathischen Fanatikern gefangen, und jeder Augenblick, den ich hier verschwende, ist ein weiterer Augenblick, in dem das Ra'haam unter der Oberfläche von Octavia und seinen anderen Brutnestern gedeihen kann.

Ich weiß nicht, wo Scarlett ist. Oder Auri. Zila. Fin. Kal. Ich weiß nicht, ob sie überhaupt noch am Leben sind.

Und beim Schöpfer, tut mein Kopf weh …

»Halt«, sagt Erien hinter mir, und ich bremse neben einer schweren Plastahltür ab. Als ich mich umblicke, sehe ich, dass eine Tür auf die nächste folgt. Ich schätze mal, dass das der Gefängnistrakt ist.

Ich tue, was man mir sagt, und bleibe hinter Erien stehen, der seine Handfläche auf den Sensor neben der Tür drückt. Sie öffnet sich und offenbart eine dunkle Kammer, ein schmales Bett, kahle Wände.

»Ich dachte, deine Templerin hätte dich angewiesen, mich in einem angemessenen Quartier unterzubringen?«

»Das ist ein angemessenes Quartier. Und du bist hier ein Gefangener, Halbblut, kein Gast.« Er nickt Richtung Kammer. »Beweg dich.«

»Hör zu«, sage ich und versuche, das Pochen in meinem Schädel zu ignorieren. »Ich weiß, du denkst, wir stehen auf unterschiedlichen Seiten. Aber ich habe dich auf der *Andarael* beobachtet. Saedii respektiert dich, Erien. Sie hört dir zu. Und ein erster Paladin der Ungebrochenen wird wissen, wenn jemand mit ihm ein Spiel treibt. Warum sollte die GIA Saedii entführen, wenn nicht, um einen Krieg anzuzetteln? Warum sollte …«

Seine erhobene Hand schneidet mir das Wort ab. »Ich bin genauso wenig an deinen Verschwörungstheorien interessiert wie an deinen Schmeicheleien. Rein mit dir.«

Ich beiße die Zähne zusammen, in meiner Verzweiflung fange ich an, wütend zu werden. »Ich muss noch mal mit Saedii sprechen, wir müssen …«

»Wenn es nach mir ginge, dann wärst du schon längst tot. Obwohl sie eindeutig eine Schwäche für dich hat, ist sie meine Templerin, und ich werde ihrem Befehl folgen, dich sicher unterzubringen. Aber ich warne dich, wag es nicht noch einmal, meine Ehre zu beleidigen.«

Ich blinzele. »Schwäche?«

Sein kühler Blick fällt auf meinen Hals. Auf die Bisswunden, die Saedii dort hinterlassen hat.

»Hör zu, ich bedeute ihr nichts«, versichere ich ihm. »Wir steckten zusammen in der Klemme, und sie musste ein bisschen Dampf ablassen. Das ist nicht von Bedeutung.«

Erien sieht mich mit geneigtem Kopf an. »Nicht von Bedeutung.«

»Ich bin nur ein Spielzeug. Sie hat mir fast den Kopf abgerissen, als sie mich geküsst hat. Du musst dir keine Sorgen machen. Also … wenn du dir überhaupt Sorgen machst. Dieser andere Offizier hat dich Be'shmai genannt, also sind du und er wohl …«

»Du bist ein Narr.« Erien legt eine Hand an den Griff seines Disruptorgewehrs und stellt es auf Betäuben, höchste Stufe, ein. »Ab in die Zelle.«

»Beim großen Schöpfer, würdest du mal einen Moment lang nachdenken?«, zische ich, während Schmerz meinen Kopf durchzuckt. »Terra geht einem Krieg mit den Ungebrochenen seit Jahren aus dem Weg! Warum würde die GIA plötzlich die *Andarael* angreifen, wenn sie nicht …«

Erien greift nach meinem Arm, drückt fest zu.

Und das war's dann.

Ich verliere nicht gern die Kontrolle. Deswegen trinke ich nicht, rauche ich nicht, fluche ich nicht. Aber in meiner Verzweiflung, in dem Wissen, dass wir alle an der Nase herumgeführt werden, in meiner Angst um meinen Squad und meine Schwester, in der Erinnerung an die Enthüllung über meine syldrathische Mutter, und dazu noch dieser verfluchte Kopfschmerz …

Ich reiße meinen Arm aus seinem Griff und zische: »Fass mich nicht an, du …«

Erien bewegt sich schneller, als ich gucken kann. Eine Hand greift um mein Handgelenk, die andere legt sich um meinen Hals, und indem er ein Bein hinter meins hakt, zieht er mir den

Boden unter den Füßen weg, und ich knalle hin. Er beugt sich über mich, seine eine Hand umklammert noch immer meinen Hals. Sterne explodieren vor meinen Augen, als er mit seinem ganzen Gewicht zudrückt und mich würgt.

Ich trete gegen seinen Kiefer, sein Kopf schnappt zurück. Erien stolpert, sein Griff wird lockerer. Mit meinem anderen Fuß trete ich ihm die Beine weg, rolle zur Seite und stehe auf. Er steht auch schon wieder, bewegt sich wie Wasser, erinnert mich ein wenig an Kal, ist genauso schnell, genauso stark.

»Kii'ne dō all'ia …«

Er greift nach seiner Waffe, und ich schlage sie ihm weg. Er nimmt meine Hand, zerrt mich nach vorne, während er mir ein Knie in den Magen rammt, und ein Stöhnen entfährt meinen nun blutenden Lippen. Er dreht eine Pirouette, knallt mich gegen die Wand und drückt auf den Funksender auf seiner Brust: »Sēn, vin Erien, sa …«

Meine Handfläche trifft seine Nase, ich höre es knirschen, und warmes violettes Blut spritzt heraus. Mein Puls hämmert in meinen Schläfen, als ich nach einer Handvoll Zöpfe greife und ihm meine Faust wieder ins Gesicht schlage und seine Nase über sein ganzes Gesicht verteile.

Er tritt mir die Beine weg, und wir krachen auf den Boden. Hinter meinen Augen explodiert weißes Licht. Ich versuche, nach seiner heruntergefallenen Waffe zu greifen, und brülle laut auf, als er mir den Arm hinter meinem Rücken verdreht.

Meine Finger rutschen vom Griff der Waffe ab, während meine Schulter aufschreit, mein Ellbogen fast nachgibt. Mit seiner freien Hand greift Erien nach einer der Klingen auf seinem Rücken. Aber endlich bekomme ich die Waffe in die Finger, nehme sie, drehe mich um und entlade sie in seine Brust.

Das Mündungsfeuer des Betäubungsschusses lässt seinen schockierten Gesichtsausdruck aufleuchten. Er fällt zurück, auf dem schwarzen Brustpanzer seiner Offiziersrüstung ist eine rauchende Narbe. Voller Schmerzen ringe ich nach Luft, und die Waffe noch immer in der Hand, komme ich stolpernd auf die Beine und …

Um mich herum sind die Wände aus Regenbogen.

Unter mir bebt der Boden.

Ich kann Schreie hören. Der Korridor nimmt die Farbe von getrocknetem Blut an, das Blau von Mitternacht, gesprenkelt mit leuchtenden Sternen.

Und dann sehe ich sie, direkt vor mir in der Dunkelheit, funkelnd wie das Feuerwerk am Föderationstag.

Mein Herz schlägt höher, als ich sie sehe – in den letzten sechs Jahren war sie mehr als mein Zuhause. Mehr als der Ort, an dem ich aufgewachsen bin. Ein Symbol der Hoffnung, ein Licht in all dieser Dunkelheit, hell leuchtend in der Nacht.

»Die Aurora Academy …«, flüstere ich.

… noch kannst du alles in Ordnung bringen …

Ich greife nach ihr, mit zitternden Händen. Und als ich sie berühre, sprengt sich die Academy genau vor meinen Augen in Stücke. Mir wird kalt ums Herz vor Entsetzen. Feuer blüht in der Dunkelheit auf, und dahinter sehe ich einen noch dunkleren Schatten.

Das Ra'haam.

Mir entfährt ein Stöhnen bei dem Anblick: Zehntausende Schiffe, Hundertausende Silhouetten steigen vor mir auf und verdecken die Sterne.

Zu groß.

Zu viel.

Ich wende den Kopf ab und schließe die Augen ganz fest, um das nicht sehen zu müssen.

Und so bemerke ich nicht, wie Erien hinter mir aufsteht.

Ich höre den Klang von Metall auf Metall, und als ich mich

umdrehe, steht er direkt vor mir. Sein schönes Gesicht ist vor Wut verzerrt. Blut tropft ihm das Kinn runter, dunkelgrau in der Raumfalte. Licht blitzt auf, als er die Klinge von seinem Rücken zieht.

… du hast mir gesagt, wo es passieren wird ….

Ich beiße die Zähne zusammen und hebe die Waffe.

… bring das in Ordnung, Tyler …

Und ich ringe nach Luft, als er seine Klinge mitten in mich reinrammt.

11 Tyler

»Wusstest du, dass es kein syldrathisches Wort gibt, um sich zu verabschieden?«

Meine Augen flattern auf, Licht dringt durch meine Wimpern, und ich stöhne. Saedii sitzt neben meinem Bett und stochert mit einem langen schönen Messer in ihren Fingernägeln rum.

»W … was?«, flüstere ich.

Als ich mich zwinge, die Augen wieder zu öffnen, dreht sich alles. Ich bin von dem sanften Brummen medizinischer Geräte umgeben, das Licht ist trüb und gedämpft. Als ich nach unten sehe, stelle ich fest, dass ich kein Hemd anhabe. Mal wieder. In meinem Bauch spüre ich einen dumpfen Schmerz, über der Wunde von Eriens Klinge klebt ein Hautpflaster. Doch das hier ist ein Schlachtschiff der Ungebrochenen, und ihre medizinische Ausstattung ist vom Feinsten – und, ehrlich gesagt, so weh tut es dann doch nicht.

Na ja. Dafür, dass mir gerade jemand brutal ein Messer in den Bauch gerammt hat.

»Es stimmt. Die Syldrathi glauben, dass man, wenn man einmal vereint ist, nie wieder getrennt werden kann.« Saedii winkt mit dem Messer Richtung Hautpflaster. »Selbst wenn du heute sterben würdest, wären die Atome deines Körpers noch hier. Über Äonen hinweg würden die Teilchen auseinanderfallen und sich wieder verbinden, in andere Wesen aufgenommen werden, in andere planetarische Gebilde. In zusammenfallende Sterne hineingezogen und in Supernovas wieder zerstreut. Und zum Schluss, wenn das große Schwarze Loch im Herzen dieser Galaxis alles zurück in seine Arme zieht, wird sich alles wieder verbinden. Und so verabschieden wir uns nicht, wenn wir auseinandergehen. Wir sagen *an'la téli saii.*«

»Was bedeutet das?«, stöhne ich.

»Inmitten der Sterne werden wir uns wiedersehen.«

Sie neigt den Kopf, und ihr sanftes Lächeln verschwindet. »Das sage ich dir nur, weil du es anscheinend sehr eilig hast zu sterben, Tyler Jones.«

»Nichts als eine Fleischwunde, Madame.« Ich drücke meine Hand auf die Wunde und zucke zusammen. »Dein Offizier muss mal an seiner Treffsicherheit arbeiten, wenn er mich töten will.«

Spöttisch sieht sie mich an. »Erien ist erster Paladin des Schwarzen Kreises. Tausende Kinder hat er zu Waisen gemacht. Wenn er gewollt hätte, dass du tot bist, dann wärst du jetzt tot. Ich spreche von Antaelis, Eriens Angetrauten. Du hast dem Gesicht seines Geliebten erheblichen Schaden zugefügt. Antaelis wollte dich zu einem Duell auffordern, um Eriens Ehre zu verteidigen.«

Seufzend schüttele ich den Kopf. »Wir haben ja auch nichts Besseres zu tun, jetzt, wo die Galaxis gerade untergeht und so.«

Saedii lehnt sich zurück, hebt ihre Beine und legt ihre Stiefel über meine Oberschenkel. So, als würde sie ihr Revier geltend machen. Ihr Blick fährt langsam über meinen Körper, kehrt zurück zu meinen Augen. Wieder sind wir beide ein wenig amüsiert mit einem Beigeschmack von dumpfem, ansteigendem Groll.

»Du verstehst noch immer nicht, wo du gerade bist, oder?«

»Ich weiß ganz genau, wo ich bin. Und mit wem.«

»Wenn das so wäre«, sagt Saedii und hebt die Augenbrauen, »dann hättest du mich nicht vor meiner Crew eine Idiotin genannt.«

Ich zucke zusammen. »Ja, hör zu, es tut mir …«

Sie hebt die Hand. »Sei jetzt kein Feigling, wo du schon ein

Narr warst. Hab wenigstens den Mut, zu deinen Überzeugungen zu stehen, Terraner.«

»Wirklich, du bist die …« Mit zusammengebissenen Zähnen schüttele ich meinen dröhnenden Kopf. »Muss alles mit dir immer ein Streit sein?«

Da lächelt sie, die Zunge auf den Zähnen. »Wenn du das willst.«

»Beim Schöpfer«, knurre ich. »Hörst du endlich mit den Spielchen auf?«

»Ich mag Spielchen.«

»Nun, ich bin nicht in der Laune, dein Spielzeug zu sein.« In meinem Kopf hämmert es, mein Mund ist trocken wie Asche. »Was machst du hier, Saedii?«

Ihr Lächeln verschwindet, und sie schürzt die schwarzen Lippen, als sie mich von Kopf bis Fuß ansieht.

»Ich habe mir die Aufnahmen von deiner Schlägerei mit Erien angesehen«, sagt sie schließlich. »Du hattest ihn fast im Kampf besiegt, aber beim endgültigen Schlag bist du ins Straucheln gekommen. Hast dir an den Kopf gegriffen, als würde er schmerzen. Ich habe das Med-Team angewiesen, dich im Hinblick auf ein Hirntrauma zu untersuchen, vielleicht weil du zu lange in der Raumfalte warst. Aber sie haben nichts gefunden.«

»Ich wusste ja gar nicht, dass du dir etwas aus mir machst, Templerin.«

Da sehe ich ein Flackern in ihren Augen. Nur einen Herzschlag lang, und dann ist es verschwunden. Die Launen dieser Frau pendeln von heiß zu kalt und wieder zurück, innerhalb von Sekunden. Aber wenn ich näher hinschaue, dann kann ich hinter dem Spott und der Prahlerei und dieser Prinzessin der Ungebrochenen für eine Sekunde lang etwas sehen, etwas …

»Ich habe dich gehört«, sagt sie und tippt sich an die Stirn. »Wie du in meinem Kopf aufgeschrien hast, als du gefallen bist.

Nicht so, als wärest du verletzt. Sondern so, als hättest du … etwas Entsetzliches gesehen.«

Seufzend wische ich mir über die Augen. »Ich … ich habe etwas gesehen.«

»Du meinst eine Vision?«

Ich hole tief Luft und nicke. »Seit ich hier aufgewacht bin, sehe ich Dinge. Als ob … als ob ich einen Wachtraum hätte. Ich sehe ein syldrathisches Mädchen, voller Blut. Aber in dem Traum weiß ich, dass es mein Blut ist, nicht ihres. Wir sind in einem riesigen Gemach. Die Wände sind aus Kristall. Ein Thron. Aus Regenbogen geschnitzt.«

Sie kneift die Augen zusammen. »Das klingt wie das Innere der *Neridaa.*«

»In meinem Traum wird sie zerstört. Fliegt in Stücke.« Ich schlucke schwer, und bei der Erinnerung wird mir eiskalt. »Und jenseits der Wände ist ein Schatten. So groß und dunkel, dass ich weiß, er wird alles verschlingen, wenn ich es zulasse.«

»Hattest du je zuvor so einen Wachtraum?«

»Noch nie.« Ich treffe ihren Blick. »Ich kann es nicht erklären, aber ich glaube … Saedii, etwas Schreckliches wird passieren.«

Da sieht sie weg, fixiert einen Punkt jenseits der Wände. Ich kann noch immer Spuren ihrer Gedanken spüren, das Blut der Wegewanderer, das sie von ihrer Mutter geerbt hat, spricht zu meinem. Das ich von einer Frau habe, die ich nie kennen werde, weil mein Vater nicht hier ist, um mir zu sagen, wer sie ist, wie sie sich kennengelernt haben, wie ich entstanden bin.

Trotz ihrer eiskalten Miene, ihrer Spielchen, weiß ich, dass Saedii verunsichert ist. Und als ihr Blick wieder meinen trifft, spüre ich wieder dieses Flackern, jenseits der Aggressionen und der Spötteleien, der Verachtung und der Fassade einer Kriegerin der Ungebrochenen, ein Aufflackern von …

Wärme?

»Es kommen immer mehr Meldungen über Konflikte rein«, sagt Saedii. »Noch ein Dutzend weitere Vorkommnisse wie die, die dir aufgefallen sind. Alte Streitigkeiten werden wieder ans Licht geholt. Das Feuer vergangener Kriege wird wieder entfacht. Die Sterne tropfen vor Blut.«

»Es ist das Ra'haam, Saedii. Das weißt du.«

Sie kaut auf ihrer Unterlippe und dreht das Messer in ihrer Hand. »Deine Kameraden in der Aurora Legion geben jedenfalls ihr Bestes, um die Flammen zu löschen. Ein Sondergipfel der Galaktischen Versammlung ist einberufen worden, um sich mit der wachsenden Flut von Konflikten unter den Völkern der Milchstraße zu befassen. In fünf Tagen soll sie in deiner Aurora Academy zusammenkommen.«

Mein Herz schlägt höher, und mein Bauch schmerzt, als ich mich im Bett aufsetze. »An der Academy? Warum hast du das nicht gesagt?«

»Ich *habe* es gerade gesagt. Warum ist das so wichtig?«

»Mein Traum«, sage ich leise, mit klopfendem Herzen. »Die … Vision. Letztes Mal war sie anders. Ich habe die Aurora Academy gesehen, wie ein Leuchtturm in der Dunkelheit. Aber als ich danach gegriffen habe, ist sie … ist sie genau vor meinen Augen explodiert.«

Ich sehe es wieder, das Bild von der explodierenden Academy zusammen mit diesem scharfen Schmerz in meinem Kopf, die letzte Hoffnung der Galaxis erloschen.

… bring das in Ordnung, Tyler …

Ich schüttele den Kopf, mein Puls hämmert. »Wenn die Köpfe des galaktischen Sondergipfels alle an einem Ort sind und das Ra'haam zuschlägt …«

»Sich so zu treffen ist eine Dummheit.« Saedii runzelt die Stirn und denkt nach. »Aber wenn du meinst, die Academy ist bedroht … vielleicht gebe ich dir Zugang zu unserem Kommunikationsnetzwerk. Du könntest ihnen eine Warnung schicken.«

»Glaubst du, die Legion wird auf diese Übertragung reagieren?«, spotte ich. »Ganz abgesehen davon, dass sie mir nicht glauben werden. Die GIA hat mich als Terroristen verleumdet, Saedii. Als Massenmörder. Als Verräter der Legion und des eigenen Volkes. Und die Übertragung wird von einem Schiff der Ungebrochenen kommen.«

»Du wirst doch sicherlich noch Kontakte zur Legion haben, die dir die Treue halten? Was ist mit denen, die euch die Gaben in Emerald City zurückgelassen haben?«

»Admiral Adam und Battle Leader de Stoy.« Ich nicke, meine Gedanken rasen. »Sie wissen irgendetwas. Aber ich kann nicht direkt mit ihnen in Kontakt treten. Wenn ich an Bord der Aurora Station wäre, dann könnte ich Adams eine Nachricht über das Netzwerk der Academy zukommen lassen. Aber bei etwas von solcher Wichtigkeit kann ich nicht einfach eine Warnung in die Dunkelheit schleudern, in der Hoffnung, dass irgendein Stoppelhopser am Funkgerät es die Befehlskette hochreicht.«

Ich schüttele den Kopf, immer überzeugter mit jedem Atemzug.

»Du musst mich dorthin bringen«, erkläre ich.

Saediis Blick wird scharf wie ein Rasiermesser. »*Du musst* ist nicht etwas, was man zu einer Templerin sagt, Terraner.«

»Wenn das Ra'haam die Versammlung vernichtet, verfällt die Galaxis in absolutes Chaos! Und jeder Tag, den wir damit verbringen, die Scherben aufzulesen, ist ein weiterer, den das Ra'haam hat, um zu wachsen! Saedii, wir müssen es aufha …«

»Und wieder diese Worte.«

»Beim Schöpfer, hörst du mir mal zu!« Ich schubse ihre Stiefel von meinen Oberschenkeln und stehe von der Liege auf.

»Vielleicht sind wir die Einzigen, die noch am Leben sind, die eine Ahnung davon haben, was hier gerade abgeht!«

»Ich habe größere Sorgen als …«

»Größere Sorgen?«, rufe ich. »Die gesamte Galaxis steht auf dem Spiel! Wir kennen die Wahrheit! Es ist unsere Pflicht, dieses Ding aufzuhalten!«

»Erzähl du mir nichts von meinen Pflichten, Tyler Jones!«, schnauzt sie mich an und stellt sich mir entgegen. »Du weißt *nichts* über ihre Last! Unser Archont ist in der Großen Weite verschwunden, ohne dass es eine Spur von ihm gibt! Ein Dutzend selbsternannter Machthaber der Ungebrochenen ist im Begriff, die Kontrolle über diese Kabale zu übernehmen, und ich bin die Einzige, die vielleicht verhindern kann, dass wir in tausend Stücke zerspringen. Die Zukunft meines Volkes steht auf Messers Schneide! Und du jammerst hier rum, weil du willst, dass ich Kurs auf feindlichen Raum nehmen soll, um einen Haufen shan'vii zu retten, die so blöd sind, sich zu so einem Zeitpunkt zu *versammeln*?«

»Sie versuchen, Frieden zu stiften!«, schreie ich. »Die Versammlung weiß nicht, dass das Ra'haam da draußen ist!«

»Dann blöd *und* blind.«

»Saedii, du kannst sie nicht einfach …«

»Sag mir nicht, was ich nicht tun kann!«, brüllt sie, ihr Gesicht genau vor meinem. »Ich bin eine Templerin der Ungebrochenen! In Hunderten von Schlachten habe ich geblutet! Ich bin die Tochter des *Sternentöters*! Ich mache, was ich will, gehe, wohin ich will, und nehme mir, was ich will!«

Atemlos steht sie da und starrt mich wütend an, die Zähne gefletscht. Ihr Blick ist so schneidend wie die Klinge in ihrer Hand. Und sie steht mir so nah, dass ich hören kann, wie ihr Herz unter ihrer Haut schlägt. Ihre Gedanken färben wieder auf meine ab, durchdringen mich.

Sie ist Wut. Sie ist Feuer. Drückt sich wie ein Messer in meine Brust.

Ich mache, was ich will.

Ich gehe, wohin ich will.

Ich nehme mir, was ich will.

Und da verstehe ich es. Als ihr Blick sich von meinem löst und zu meinen Lippen wandert.

Beim großen Schöpfer, sie will mich.

Wir knallen aufeinander, so heftig, dass meine Lippen wieder aufreißen. Sie atmet in meine Lunge, und meine Finger weben sich in ihr Haar, und der Gedanke daran, wie idiotisch das hier ist, wird weggeschwemmt, als ich sie in meine Arme nehme und hochhebe.

Sie legt ihre Beine fest um meine Taille und schnappt nach Luft, als wir gegen die Wand donnern. Mit ihren Fingernägeln zieht sie feurige Spuren über meinen nackten Rücken, während meine Hände sie festhalten und ich sie gegen das Metall drücke. So idiotisch es sich auch anfühlt, so verrückt es auch ist …

Die ganze Galaxis könnte sich morgen im Krieg befinden.

Wir könnten alle tot sein.

Lebe für den Moment. Denn morgen werden wir sterben.

Ihre Gedanken sind mit meinen verschlungen, tränken mich mit ihrem Verlangen und verstärken mein eigenes. Es fällt mir schwer zu atmen. Zu denken. So etwas habe ich noch nie zuvor gefühlt, war noch nie zuvor so sehnsüchtig, aber es ist irre, es ist …

»Saedii …«, keuche ich und wende den Kopf ab.

Hör auf zu sprechen, Tyler Jones, höre ich ihre Stimme in meinem Kopf. *Mit deinem Mund kannst du bessere Dinge anstellen.*

Na, dann.

Da lässt sich schwer was gegen sagen.

Tyler Jones: 2
Saedii Gilwraeth: 2

* * *

»Na, das nenn ich mal intensiv.«

Wir liegen auf dem Boden der Krankenstation und ringen nach Luft. Über uns ist eine silberne Rettungsdecke ausgebreitet. Der Raum um uns herum ist das absolute Chaos: umgeworfene Möbel, zersplittertes Glas auf dem Fußboden. Eng an mich gedrückt liegt Saedii neben mir, ihre langen schwarzen Zöpfe hängen ihr ins Gesicht, das mit schwarzer Farbe verschmiert ist. Wir sind beide nass vor Schweiß, die Striemen, die sie mir in den Rücken gekratzt hat, brennen.

»Ich glaube, ich muss noch mal genäht werden«, sage ich.

Sie antwortet nicht, sondern drückt weiter ihr Gesicht in meine Halskuhle, ich spüre, wie ihr Herz gegen meine Rippen schlägt. Ihr Atem wird langsamer, ansonsten ist sie vollkommen bewegungslos. Vollkommen still.

»Also, ich beschwere mich ja nicht«, sage ich in dem Versuch, ihr ein Lachen zu entlocken. »Aber vielleicht sollten wir nächstes Mal für alle Fälle einen Liter Blut bereitstehen haben?«

Wieder antwortet sie nicht. Bewegt sich nicht. Noch sind ihre Gedanken in meinen, sickern durch mich durch wie Tinte, die auf Papier verschüttet wurde. Aber wo wir eben noch eng verschlungen waren, fast wie eine einzige Person, zieht sie sich nun allmählich zurück. Ihre Gefühle kühlen sich gerade genauso ab wie unsere verschwitzten Körper.

Es fühlt sich so an, als hätte jemand die Sonne ausgeknipst.

»Alles in Ordnung?«, frage ich.

Ohne Warnung rollt sie von mir runter und setzt sich auf. Sie sieht sich in dem trüben Licht um, in dem Chaos, kommt elegant und geschmeidig auf die Beine und fängt an, in dem Trümmerhaufen ihre Uniformteile zusammenzusuchen.

»Was ist los?«, frage ich.

»Nichts ist los«, antwortet sie.

»Ja, aber … wo willst du hin?«

»Zurück auf die Brücke.«

Ich blinzele. »Einfach so?«

Sie holt sich ihren Slip oben vom Vorratsschrank wieder, wo ich ihn hingeschleudert habe, und zieht ihn wieder an. »Hast du etwas anderes erwartet?«

»Tja …« Ich setze mich auf, die silberne Decke zerknautscht um meine Taille. »Also, ich weiß nicht, wie das bei den Syldrathi läuft, aber bei den Terranern, weißt du, da redet man danach noch.«

»Und worüber sollen wir reden, Tyler Jones?«

»Habe ich etwas falsch gemacht?«

»Nein.« Sie zieht ihren BH an. »Das war ganz zufriedenstellend.«

Ich hebe eine Augenbraue. Die mit der Narbe, um einen besseren Effekt zu erzielen. »Meine Liebe, ich war die ganze Zeit in deinen Gedanken. Wenn das für dich *zufriedenstellend* war, dann weiß der Schöpfer, was …«

»Ich bin nicht dazu da, dein Ego im Hinblick auf deine Leistung zu streicheln.« Sie holt sich das lange Messer wieder, das sie in der Hand hatte, als ich aufgewacht bin, und schnallt sich die Scheide wieder ans Bein. »Du hast noch beide Daumen. Mach daraus, was du willst.«

Ich stehe auf und wickele mir die Decke um die Taille. Der Schweiß brennt auf meiner Haut, die Stichwunde in meinem Bauch schmerzt dumpf.

»Bist du … sauer auf mich?«

Ohne ein Wort wendet sich Saedii ab, sieht in den Spiegel

und fängt an, mit den Fingern durch ihre Zöpfe zu kämmen. Ich stelle mich so hinter sie, dass sie mein Spiegelbild sehen kann, und berühre ihre Schultern. »Hey, sprich mit …«

»Fass mich nicht an«, knurrt sie.

Ich lasse die Hände sinken. Und bin etwas getroffen.

»Das ist nicht, was du eben noch in meinen Gedanken geschrien hast.«

»Das war eben.« Sie guckt wieder auf ihren Zopf, ihre Finger bewegen sich flink durch ihre dichten, pechschwarzen Locken. Ich spüre, wie sie sich vor mir verschließt, genau wie vorhin im Kriegsrat. Wie sie ihre Gedanken hinter einer dicken Eisentür versteckt. »Wir hatten unser Vergnügen, und jetzt sind wir fertig. Mach nicht mehr daraus als das, was es war.«

»Und was war es denn?«

»Spannungsabbau«, sagt sie. »Sehr verständlich, nach unserer gemeinsamen Gefangenschaft. Bedeutungslos.«

»Warum belügst du mich?«

Ihre Hände halten inne, ihr Blick trifft meinen. »Ich sollte dir die Zunge rausschneiden, Terraner. Ich sollte sie dir aus dem Schädel reißen und …«

»Saedii, du warst gerade *in meinen Gedanken.*« Ich blicke sie suchend an, spreche mit leiser Stimme. »Dieser ganze telepathische Kram ist ja neu für mich, aber ich *weiß*, was du gefühlt hast. Da ist nicht einfach eine Liebelei in Zeiten des Krieges. Wir haben nicht einfach nur Dampf abgelassen.«

»Da bildest du dir allzu viel drauf ein«, höhnt sie.

»Saedii, *sprich* mit mir.«

Ich nehme sie bei den Schultern und drehe sie zu mir um. Und obwohl ich ihre Wut fühlen kann, als meine Hand ihre Haut berührt, kann ich dahinter, genauso wie vorhin, ein Aufflackern von Zustimmung spüren.

Diese Frau ist eine Kämpferin. Eine Anführerin. Für den

Konflikt geboren. Sie möchte keinen Gehorsam, sie möchte eine Herausforderung. Jemanden auf Augenhöhe.

Ich küsse sie. Stürmisch. Ziehe sie in meine Arme und drücke sie fest an mich. Ihr Körper spannt sich an, ihre Hände ballen sich zu Fäusten, aber ihre Lippen verschmelzen mit meinen, wie Schnee im Feuer, und ihr entfährt ein Seufzer, als sie ihre Arme um meinen Hals legt.

Und jenseits des Hin und Her, des Wollens und Nichtwollens, erhasche ich durch die Risse in ihrer Rüstung wieder einen Blick darauf. Auf etwas so Großes, so Furchterregendes, dass sie es nicht erträgt, es länger anzuschauen.

Ich greife danach. Sie schiebt es weg. Stampft darauf rum und entzieht sich meinem Kuss. Und ich sehe ihr in die Augen, und mir wird klar, was es ist, warum sie so sehr versucht, so zu tun, als würde ihr das nichts bedeuten.

Weil …

Weil es alles *bedeutet.*

»Du spürst den Sog«, flüstere ich.

Saediis Augen blitzen, und mit einem Knurren entzieht sie sich meinen Armen. Ich sehe zu, wie sie sich dem Spiegel zuwendet, brodelnd vor Wut, und sich mit zitternden Händen wieder an ihre Zöpfe macht. Aber ich kann die Wahrheit in ihrem eiskalten Blick sehen, in ihren Gedanken spüren, wie es sie überschwemmt, trotz aller Versuche, es zu unterdrücken. Der Paarungsinstinkt der Syldrathi. Die fast unwiderstehliche Anziehung, die sie jemand gegenüber fühlen, der ihr Seelenverwandter ist.

Kal empfindet es für Aurora. Er hat mir mal gesagt, dass Liebe nichts ist als ein Tropfen im Ozean im Vergleich zu dem, was er für sie empfindet. Und als ich ihr nun in die Augen sehe, an all die Male denken, an denen sie mich hätte töten können, töten sollen …

Beim Schöpfer, was ich bin ich doch für ein Idiot …

»Seit wann?«, frage ich.

Sie sagt nichts. Ich trete hinter sie, betrachte sie im Spiegelbild.

»Saedii, seit wann?«

Sie hält meinem Blick stand, Wut und Trauer und grenzenlose Liebe, hasserfüllt und trotzig, überschwemmen ihre Gedanken. Vor ihrem geistigen Auge kann ich mich an Bord der *Andarael* sehen, in der Kampfarena der Ungebrochenen, der tote Drakkan hinter mir, während ich zu ihr hochstarre, blutbeschmiert, aber siegreich.

»Tja«, murmele ich. »Da wäre eine Nonne drauf abgefahren, also kann man dir das nicht wirklich vorwerfen.«

Sie wirft mir einen spöttischen Blick zu, unterdrückt ein Lächeln, stolziert quer durch die Krankenstation. Ich kann ihre brodelnde Wut spüren. Die Selbstverachtung. Ein Teil von ihr möchte am liebsten eine Glasscherbe vom Fußboden nehmen und mich damit hier und jetzt erstechen. Ein Teil von ihr möchte sich in meine Arme schmeißen und mich so sehr festhalten, dass ich zerbrechen würde. Sie hasst es, dass sie mich will. Aber sie ist gleichzeitig auch glücklich.

»Du hast nicht gewusst, dass es sich so anfühlen würde«, begreife ich.

»Ich hatte ja … Verehrer«, sagt sie schließlich seufzend. »Genussvolle Ablenkungen. Aber nicht wie …« Sie lässt den Kopf hängen, beißt die scharfen Zähne zusammen, ihre Hände sind zu Fäusten geballt. Sie lacht leise, während sie gleichzeitig den Kopf schüttelt. »Die Große Weite hat aber auch wirklich schwarzen Humor. Mir so ein Schicksal zuteilwerden zu lassen …«

»Bin ich so schlimm?«, frage ich sanft.

»Du bist Terraner«, zischt sie.

»Halber Terraner«, sage ich. »Aber trotzdem: na und?«

»Unsere Völker führen Krieg gegeneinander. Und mein Vater würde dein Rückgrat in Glas verwandeln und es in Millionen Stücke zerschlagen, wenn er auch nur den Verdacht hätte, dass allein dein Finger meine Haut gestreift hat.« Sie lacht in sich hinein, und es klingt bitter. »Die Große Weite weiß, was er mit dir anstellen würde, wenn er wüsste … dass wir …«

Ich kann spüren, wie ihre Wut wieder wächst. Als sie sich hinhockt, um ihre Stiefel unter einem Pflegebett hervorzuholen, ist ihre Stimme kaum noch zu hören.

Ich gehe quer durchs Zimmer auf sie zu und streiche ihr mit der Hand über den nackten Rücken. Ich spüre, wie sie das erzittern lässt, während sie mich gleichzeitig wegschiebt. Ihr Schmerz ist so echt, dass ich ihn selber fühlen kann.

»Saedii, dein Vater ist nicht hier«, sage ich ihr. »Und unsere Völker müssen sich nicht bekämpfen. Du hast die Macht, das zu ändern.«

»Lass das«, knurrt sie.

»Komm mit mir zur Aurora Acad…«

»Nein«, schnauzt sie und wirbelt herum. »Frag mich nicht schon wieder! *Alles*, was mein Vater einst mühselig aufgebaut hat, könnte nun, da er nicht da ist, zu Staub zerfallen! Und *jeder* von einem Dutzend Templern könnte versuchen, die Macht über die Kabale an sich zu reißen! Ich bin die Tochter des Sternentöters! In seiner Abwesenheit ist es meine Aufgabe, die Ungebrochenen zusammenzuhalten!«

»Nichts davon wird eine Rolle spielen, wenn wir zulassen, dass das Ra'haam schlüpft!«

»Ich bin meinem Volk verpflichtet!«, brüllt sie. »Und das befindet sich mit eurem im Krieg!«

Wir stehen dort im trüben Licht, und ich kann noch immer ihren Körper an meinem spüren. Die furiose Wärme ihrer Gefühle brandet durch meinen Kopf und lässt mich aufleuchten.

Es gibt so viel an dieser Frau, das ich erst jetzt anfange zu verstehen. Sie ist wie Sonnenlicht, umhüllt von einem Mantel aus schwarzem Metall. Und sogar durch die winzigen Risse hat sie mir gezeigt, wie stark und heiß sie brennt, wie wundervoll es wäre, sich in so einer Hitze zu verlieren. Das syldrathische Blut in meinen Adern ruft nach ihr, die Brücke zwischen unseren Gedanken hallt mit seinem Lied wider.

Sie ist wunderschön. Leidenschaftlich. Brillant. Erbarmungslos.

Eine Frau wie sie habe ich noch nie zuvor gekannt.

»Dann lass mich gehen«, höre ich mich sagen.

»Was?«, flüstert sie.

»Wenn du nicht mit mir mitkommen willst, dann lass mich gehen.« Ich schlucke schwer, sehe eine winzige Flamme aus Wut und Schmerz in ihren Augen aufleuchten. »Gib mir ein Schiff und ein paar Creds. Oder lass mich an einem Raumhafen raus. Dann mache ich mich allein auf den Weg zur Aurora Academy. Dann halte ich das Ra'haam allein auf.«

»Du weißt nicht, was es vorhat«, sagt sie. »Du bist auf der Flucht, deine eigene Regierung fahndet nach dir, weil du in ein Sperrgebiet eingedrungen und des galaktischen Terrorismus angeklagt bist.«

Ich schenke ihr ein schiefes Lächeln. »Klingt für mich wie eine Herausforderung.«

»Du stürmst auf deinen Tod zu. Du bist ein Narr.«

»Wer ist der größere Tor? Der Tor selbst oder der Tor, der ihn liebt?«

Saedii sieht mich finster an und wendet sich ab. Ich trete vor sie hin und nehme ihr Gesicht in meine Hände. Als ich sie küsse, kann ich spüren, wie ein Schauer durch ihren ganzen Körper läuft, bis runter zu den Zehenspitzen. Sie drängt sich so heftig an mich, dass ich fast umfalle.

Ich stolpere nach hinten, und wir treffen an der Wand auf, ihr Körper an meinem – passen zueinander wie zwei Teile eines seltsamen Puzzles. Ihre Kurven sind hart wie Stahl, und ihre Lippen so weich wie Wolken, und einen Augenblick lang will ich die Augen vor dem Krieg da draußen verschließen, vor dem Schatten, der über uns aufragt, will nichts lieber, als mich wieder in ihr zu verlieren, will, dass sie mein ist.

Aber dann merke ich, dass sie das Messer gezückt hat.

Sie hält es an meine Kehle und blickt mir suchend in die Augen.

»Ich weiß nicht, was ich mehr hasse«, flüstert sie und fährt mit der Klinge über meine Haut. »Dich an mich zu ziehen oder dich wegzustoßen.«

»Ich weiß, was mir lieber ist.«

Da zögert sie, einen Herzschlag lang. In der Stille nehme ich ihre Hand, schiebe das Messer von meinem Hals weg und küsse ihre Hand und suche in ihren Augen nach dieser Wärme, diesem Licht.

»Hilf mir, Saedii. Zusammen können wir das schaffen.«

Doch als sie mir über die Schulter blickt, ihr Spiegelbild ansieht, da fällt der eiserne Vorhang wieder, das lodernde Feuer in ihr wird kalt. Saedii spannt die Kiefer an, tritt aus meinen Armen und schüttelt den Kopf.

»An erster Stelle bin ich meinem Volk verpflichtet, Tyler Jones. Und nicht meinem Herzen.«

Ich blicke sie suchend an, schlucke schwer.

»Dann musst du mich gehen lassen.«

»In den Tod«, faucht sie.

»Vielleicht.« Ich zucke mit den Schultern. »Aber ich kann nicht einfach nur hier rumsitzen und nichts tun.«

Da sehe ich Trotz in ihr aufsteigen. Wut. Die Tochter des Sternentöters, unverhüllt. Ich kann die Bedrohung spüren, die von ihr ausgeht, wie ein Schemen unter der Oberfläche, genauso dunkel wie das Feuer, das mich eben noch gewärmt hat. Das eine bedingt das andere, wird mir klar. Und beides macht einen Teil von dem aus, wer sie ist: wunderschön, leidenschaftlich, brillant, erbarmungslos.

Sie hebt die Hände, die blutverschmierten Finger ihrer linken verschlingen sich mit meinen, die rechte Hand hält noch das Messer, während sie mich forschend anblickt.

Ich weiß, dass sie mich zwingen könnte zu bleiben.

Ich weiß, dass sie mich töten könnte.

Saedii Gilwraeth ist eine Frau, die bekommt, was sie will.

Du musst ist nicht etwas, was man zu einer Templerin sagt, Terraner.

Aber schließlich lässt sie meine Hand los. Schnallt die Scheide von ihrem Bein, steckt das Messer zurück und legt es mir in die Hand. Sie legt meine Finger um den Griff und küsst sie, sanft und warm.

»Inmitten der Sterne werden wir uns wiedersehen, Tyler Jones«, sagt sie.

Und lässt mich gehen.

12 Auri

»Sondern wann?«, wiederhole ich. »Was soll das heißen, *wann*?«

Caersan sieht an mir vorbei zu Kal und hebt die Augenbraue über seinem guten Auge. »Wirklich, Kaliis? Das gesamte Universum liegt dir zu Füßen, und das ist es, was du dir aussuchst?«

Kal tritt nach vorne, und ich nehme seine Hand, verschlinge meine Finger mit seinen.

»Wir haben größere Probleme«, sage ich leise, als wäre ich nicht selbst kurz davor, mich auf seinen Vater zu stürzen. Dann spreche ich mit Caersan, ohne mich weiter um Höflichkeit zu bemühen. »Hilf doch meinem winzigen terranischen Gehirn auf die Sprünge und sag mir, wovon du zum Teufel sprichst.«

»Ich spreche eure widerliche Sprache genauso gut wie meine eigene«, antwortet der Sternentöter, und sein Blick huscht über unsere verbundenen Hände, als er sich wieder den Sternen zuwendet. »Also gehe ich davon aus, dass du das Wort verstehen wirst, aber nicht die Vorstellung dahinter. Kaliis, das Raumfaltentor nach Taalos. Was hast du beobachtet?«

»Es ist beschädigt«, sagt Kal langsam. »Verwahrlost. Was keinen Sinn ergibt. Die Techniker der Taalos Kolonie sollten sich darum kümmern.«

»Die nicht mehr da ist.« Caersan nickt. »So wie die Bevölkerung von Terra schon lange fort ist.«

»Das ist nicht lange her«, fange ich an. »Es war eben noch …«

Aber so langsam kommt es bei mir an. Was er meint.

Wann.

Das schiere Ausmaß des Ra'haam auf der Erde, die vielen Verzweigungen und Windungen – Terra war schon genauso dicht bewachsen wie Octavia. Der gesamte Planet.

Doch das Ra'haam muss erst blühen und bersten. Das ist noch nicht passiert. Das war ja der Grund für die Waffe – es zu zerstören, während es schläft, bevor das hier passieren konnte.

Das Ra'haam würde Jahre dafür brauchen, um die Erde so zu überwuchern.

Ich würde es nicht glauben, wenn ich es nicht selbst gespürt hätte.

Denn vielleicht … vielleicht *hat* es Jahre gedauert.

»Wann«, flüstere ich.

»Aurora?«, fragt Kal leise.

»Ah«, sagt sein Vater. »Endlich hat das Kind begriffen.«

»Kal«, sage ich. »Wir – ich kann nicht fassen, dass ich das sage, aber ich glaube … wir sind in der Zeit gesprungen … nach vorne.«

Er ist einen langen Augenblick still, sein Blick irrt zwischen seinem Vater und mir hin und her. Aber dann nickt er langsam. »Die Eshvaren hatten ein anderes Verhältnis zur Zeit als wir, die wir nach ihnen gekommen sind.«

Er stimmt so ruhig zu, dass ich fast verblüfft bin. Aber da fällt mir ein, dass Kals Volk das älteste in der Galaxis ist, dass sie schon immer Geschichten von den Eshvaren erzählt haben. Geschichten, die so alt sind, dass ihre Ursprünge schon vor Äonen verlorengegangen sind. Wenn es jemand gibt, der das glaubt, dann ein Syldrathi.

»Das Echo«, stimmt sein Vater zu.

»Ein halbes Jahr ist in einem Augenblick vergangen.« Kal nickt. »Und als du das erste Mal deine Kraft gespürt hast, Be'shmai, in der Nacht, in der du uns auf Kurs zum Weltschiff gebracht hast, da hast du rückwärts gesprochen, als würde sich die Zeit um dich herum verbiegen.«

»Vorahnungen«, ergänzt Caersan. »Zeitdilatation. Sie wussten mehr als wir. Ich glaube allerdings nicht, dass diese Konjunktion

Absicht war. Die Eshvaren haben nicht erwartet, dass sich zwei Trigger gleichzeitig an Bord ihrer Waffe befinden.«

»Nein«, stimme ich zu. »Weil sie erwartet haben, dass der erste seinen verdammten Job macht.«

»Sie haben erwartet, dass man sich selbst opfert«, sagt er und verzieht den Mund zu einem höhnischen Grinsen. »Dass der Trigger in die Knie geht und stirbt.«

»Anstatt das, was sie zurückgelassen haben, zu nehmen, den krönenden Abschluss der Bemühungen ihrer gesamten Spezies«, schnauze ich, »um es dazu zu verwenden, ganze Sonnen auszulöschen, unter dem Vorwand, die Galaxis zu erobern. Dein eigenes Volk, Milliarden von ihnen, damit du was tun konntest? Um für die nächsten paar Jahre zu herrschen, bis das Ra'haam aufblüht?«

»Wir sind dazu *geboren* zu herrschen!« Er schmeißt mir die Worte entgegen wie einen Speer, der aber sein Ziel verfehlt – es ist Kal, der einen halben Schritt zurücktritt und nach Atem ringt. »Und mein Volk? Feiglinge und Verräter!«

»Du hattest die Chance!« Meine Stimme hallt von den Wänden der Kristallkammer wider. »Du hattest die Chance, das Ra'haam zu erwischen, während es schlief, doch stattdessen hast du das gemacht!« Mit einer Geste zeige ich auf den Boden um uns herum, übersät mit den Leichen seines Volkes. Sie haben wahrscheinlich Glück gehabt – sie mussten nicht miterleben, wie das Ra'haam die Macht übernommen hat, nachdem wir verschwunden sind.

Nicht einen Blick hat der Sternentöter für seine toten Gefangenen übrig. Die Wut in mir wächst, und ich verlagere mein Gewicht. Denn nichts würde mich in diesem Moment in dieser Zeit oder jeder anderen mehr befriedigen, als meine Hände um seinen Hals zu legen. Doch Kals Gedanken streifen meine, Violett verflechtet sich mit Mitternachtsblau und stimmt mich ruhig. Das macht er inzwischen völlig mühelos, weil irgendetwas in uns beiden nicht mehr verschlossen ist, und wenn jemand mich besänftigen kann, dann er.

»Wie ist das passiert, Vater?«

Caersan wendet sich ab und sucht sich einen Weg zwischen den Toten. Als er die Wand der Kammer erreicht, legt er seine Hand auf das Kristall und richtet seinen Blick auf die Decke.

»Das ist unklar«, sagt er. »Möglicherweise eine übernatürliche Dissonanz, die durch die Anwesenheit von zwei Triggern gleichzeitig ausgelöst wurde. Aber wenn die *Neridaa* etwas so Außergewöhnliches einmal vollziehen konnte, dann glaube ich, dass sich das wiederholen lässt. Ich kenne dieses Schiff so gut wie mich selbst. Die Kraft, die in ihm steckt, wie meinen eigenen Atem. Es ist weniger eine Waffe als vielmehr ein Instrument, auf dem man spielen muss.«

Ein Funken Hoffnung leuchtet in mir auf, wie ein schmaler Sonnenstrahl zwischen den Wolken. »Du glaubst, wir können wieder auf ihr spielen?«

»Der Ton des Liedes, als wir uns durch die Zeit bewegt haben, war mir wohlbekannt«, sagt er nachdenklich. »Mit genug Kraft könnte ich ihn wiederholen. Deine Gedanken könnten helfen, sozusagen den letzten primitiven Schub auszulösen – ein anderer Ausdruck fällt mir nicht ein. Ich glaube, dann könnte ich die Kraft in dasselbe Lied lenken und uns wieder an den Zeitpunkt zurückführen, zu dem wir verschwunden sind.«

»Aurora …«, sagt Kal, aber ich habe schon angefangen zu lachen.

»Alles gut, Kal, dazu erkläre ich mich nicht bereit.«

»Oh, aber …« Caersan wendet sich an mich, die Hand auf dem Herzen. »Du bist der Trigger der Eshvaren, Aurora! Du hast die Chance, das Ra'haam zu erwischen, während es schläft!

Ist das nicht, wie du das so gewandt ausgedrückt hast, dein verdammter Job?«

Seine gespielte Ernsthaftigkeit fällt wie eine Maske von ihm ab, seine Hände hängen an seiner Seite.

»Jetzt bist du nicht so begierig darauf, ihnen zu dienen, nicht wahr? Jetzt, da du weißt, was es dich kosten wird.«

Meine Finger kriechen nach oben, um meine Wange zu berühren, und obwohl mein Ärger hauptsächlich auf diesen arroganten Schweinehund vor mir gerichtet ist, flackert eine kleine Flamme in mir auf, die flüstert: *Wie sollst du diese Waffe zweiundzwanzigmal zünden? Du würdest Stück für Stück sterben.*

Das ist es, worum sie dich gebeten haben.

Aber dennoch spüre ich, wie die Kraft in meinen Fingerspitzen kribbelt, losgelassen werden will. Wieder spüre ich bei dem Gedanken, sie entfesseln zu können, freudige Erregung. Wie ein Fluss brandet sie selbst jetzt in mir auf, und obwohl ich noch schwach bin vom letzten Mal, obwohl es jedes Mal schmerzt, wenn ich sie anwende, bin ich fast …

Fast bin ich versucht.

»Wie dem auch sei, das hier ist alles irrelevant.« Caersan seufzt.

»Warum?«, frage ich, und schiebe das Verlangen bis in meine Zehenspitzen zurück. »Was willst du damit sagen?«

»Spürst du es nicht, Terranerin? In der Luft? In den Wänden?«

Ich richte meine Gedanken nach außen, spüre dem Flackern, dem Pulsieren in den Wänden um uns herum nach. Und da verstehe ich, was Caersan meint. Wie Kal auch schon gesagt hat. »Die Musik. Das Lied dieses Ortes … es fühlt sich jetzt anders an.«

Der Sternentöter nickt. »Die *Neridaa* ist beschädigt worden. In der Schlacht um Terra. Ich kann diese Noten nicht spielen, wenn ihre Saiten durchgeschnitten wurden.«

»Nun, dann müssen wir sie reparieren«, erkläre ich.

»Ja, machen wir das doch einfach«, höhnt Caersan.

»Ich habe nicht gesagt, dass das leicht wird«, sage ich und balle die Hände zu Fäusten. »Aber wir können hier auch nicht so einfach rumschweben und nichts tun. Wenn das die Zukunft ist, die wir erschaffen haben, dann müssen wir zurück in die Vergangenheit gehen und das in Ordnung bringen.« Ich deute auf die zerstörte syldrathische Kolonie, die wie schimmeliger Ölschlick in unser beider Gedanken hängt. »Das ist unsere Schuld, Caersan!«

»Wir sollten diese Diskussion an einem anderen Ort fortführen und nicht ausgerechnet direkt neben einem Raumfaltentor«, sagt Kal. »Wenn das Ra'haam Taalos eingenommen hat …«

Sein Vater sieht ihn finster an: »Dann sollten wir die Flucht ergreifen, meinst du? Womit hat sie dich noch beschenkt? Welche weitere terranische Schwäche vergiftet nun dein Blut?«

»Nur ein Narr greift in Eile an«, schießt Kal zurück. »Ein Krieger schlägt einmal zu, aber dann richtig.« Ein Ausdruck der Verachtung huscht über sein Gesicht, ganz wie bei Caersan, vom Heben seines Kinns bis hin zu den gekräuselten Lippen. In diesem Augenblick kann ich sehen, dass das gleiche Blut durch ihre Adern fließt. Unsere Gedanken streifen einander, ganz unwillkürlich setze ich mich mit ihm in Verbindung und er sich mit mir. Wir brauchen keine Worte – Silber und Gold gehen ineinander auf, bezeugen unseren gemeinsamen Vorsatz. *Falls wir es zurückschaffen, greifen wir ihn wieder an. Dann sind wir bereit.*

Dann sind wir zusammen.

Doch Caersans Mundwinkel zucken nur, und er neigt den Kopf. »Wenigstens hast du dir etwas von dem gemerkt, was ich dich gelehrt habe«, murmelt er. »Nicht weit von hier sind wir an einem Raumfaltensturm vorbeigekommen. Da finden wir Schutz. Du wirst mir helfen, die *Neridaa* in den Sturm zu treiben, Terranerin.«

Als ich zögere, sieht er mich finster an, und ich mustere ihn von Kopf bis Fuß, studiere dieses Gesicht, das Kal so ähnlich ist – und doch so vollkommen anders.

»Beim letzten Mal hast du es auch allein geschafft«, erinnere ich ihn.

»Du bist nur zu feige, dich mir gegenüber verwundbar zu machen«, sagt er mit mürrischem Gesichtsausdruck.

»Wir sind umringt von Leuten, die du umgebracht hast. Ich weiß auch nicht, warum ich überhaupt zögere.«

»Du fürchtest mich zu Recht, Mädchen.« Er lächelt. »Aber um in meine eigene Zeit zurückzukehren, werde ich dich wohl brauchen. Ich wäre ein Narr, wenn ich dich jetzt vernichten würde.«

Verächtlich dreht er mir den Rücken zu, ohne Angst, und die Projektion mitten im Raum verschiebt sich, als er Kurs auf den Sturm nimmt. Langsam und vorsichtig lasse ich meine Schutzwehr herunter, um zu beobachten, wie er sich mit der Waffe verbindet – mit der *Neridaa*, wie er sie nennt – und sie allein mit seinem Willen nach vorne treibt.

Sein Geist ist reich und tief und stark, Schichten aus demselben Gold wie das seines Sohnes, und ein dunkles, blutgetrocknetes Rot. Ich kann die Kraft darin spüren, ein Aufeinandertreffen seines syldrathischen Erbes und seines Trainings im Echo. Wäre er gewillt, wäre er ein stärkerer Trigger gewesen als ich. Und als er einen Blick zurück auf die zerstörte Taloos Kolonie wirft, kann ich es in ihm spüren, unter diesem eiskalten Gehabe. Er mag gebieterisch auftreten, so tun, als sei er makellos, aber ich kann erkennen, dass er angesichts dieser gefallenen Welt rasend vor Wut ist. Sosehr er mich auch verabscheut, gibt es doch etwas, was er noch mehr verabscheut.

Eine Niederlage.

Er verscheucht mich, bevor ich genauer hinsehen kann, und wir legen uns beide ins Zeug und manövrieren dieses Kristall, das so groß ist wie eine Stadt, durch die Stille der Raumfalte. Wir arbeiten Seite an Seite, anstatt wie mit Kal ineinanderzugreifen. Aber wir bewegen uns so schnell wie ein Gedanke durch das Schwarz und Weiß.

In der Ferne ragt der Sturm auf, riesig und aufgewühlt, größer als jeder Planet und knisternd vor Spannung. Als wir darauf zusteuern, macht es sich Caersan auf dem Thron bequem, seinen roten Umhang um sich herum ausgebreitet. Ich lasse mich auf den Stufen darunter nieder, und Kal setzt sich neben mich, seine Hand noch immer in meiner.

»Guck nicht hin«, flüstere ich, als sein Blick – wie kann es auch anders sein? – auf die Leichen auf dem Fußboden fällt.

Während die Minuten sich hinziehen, lasse ich meine Gedanken wandern, hinaus in die Raumfalte, und teste meine Grenzen. Ich bin erschöpft, aber irgendetwas in mir ist zum Leben erwacht – wie ein Satz neuer Muskeln, von denen ich gar nicht wusste, dass ich sie hatte. Wie ein zusätzlicher Gang, und den will ich erforschen. Ihn anwenden. Mich darin verlieren. Meinen winzigen Körper loslassen und mir alles jenseits davon zu eigen machen.

»Du spürst es, nicht wahr, Terranerin?«

Ich werfe Caersan einen Blick zu, die Atmosphäre zwischen uns ist angespannt. Er sieht auf seine Hand runter und ballt sie langsam zur Faust. Und dann lächelt er mich an.

Ich ignoriere ihn, wende mich von ihm ab, der Dunkelheit dort draußen zu. Der Raum ist endlos, zu groß, als dass ich ihn erfassen könnte. Doch dort draußen in all dem Nichts ist es nicht ganz leer, wird mir bewusst. Das erste Mal, als ich etwas streife, zucke ich unwillkürlich zurück, und Mitternachtsblau blitzt um mich herum auf. Und dann verstehe ich, was ich da aufgefunden habe. Es ist ein totes Schiff, umringt von einer Wolke aus Trümmern. Eine Minute später finde ich das nächste Wrack. Und noch eins. Hier in der Raumfalte gibt es kein Leben, aber leer ist der Sektor auch nicht.

Es ist ein Friedhof.

Sind sie alle fort? Ist jeder in der Galaxis vom Ra'haam erfasst worden? Ich kann mir nicht vorstellen, dass all die Leute, die ich getroffen, all die Orte, die ich besucht habe, nun zerstört sind. Dass die Lichter ausgegangen, die geschäftigen Straßen leer und dunkel sind. Hunderte von Welten, für immer still.

Ich strecke meine Gedanken weiter aus, in Richtung Sturm, an einem weiteren Schiff vorbei, dieses ist aufgebrochen, als hätte jemand es in beide Hände genommen und auseinandergerissen und alles darin in der Raumfalte verteilt und …

Ich erstarre, und mit einem Ruck bin ich wieder in meinem Körper und öffne die Augen.

»Was ist?«, Caersan konzentriert seine Gedanken schon in die Richtung, aus der ich gekommen bin, und ich spüre, dass Kal es auch versucht, aber er besitzt nicht die Kraft. Vorsichtig verbinde ich meine Gedanken mit seinen und nehme ihn mit, als ich mich hinstehle, um noch einmal zu gucken.

Es ist wie eins dieser Puzzle, bei denen man die Augen zusammenkneifen muss, seinen Blick ausrichten, und sobald man aufhört hinzustarren, kann man ein Bild sehen. Ich beruhige meine Gedanken, beschreibe einen Bogen, so still und leise wie ich kann, und da, am äußersten Rand, spüre ich sie wieder.

Eins.

Dann zwei.

Dann zehn.

Dann zwanzig.

Es sind Schiffe dort draußen, am Rand meiner Reichweite, und ich kann sie gerade noch spüren. Doch sie strömen auf uns zu. Und die sind nicht tot. Sie kommen aus verschiedenen Richtungen auf uns zu, und während ich sie beobachte, kann ich ihre Gegenwart spüren, immer deutlicher, immer näher, und ihr Abbild geht in der Projektion von Caersan auf.

»Amna diir«, flüstert Kal. »Das Ra'haam.«

Die Schiffe sind in dutzend unterschiedlichen Stilen gebaut, von einem Dutzend verschiedener Völker. Sie sind riesig – alles Kampfschiffe, strotzend vor Waffen. Aber die Schiffsrümpfe sind mit etwas überzogen, das wie Moos und Flechten aussieht, ein kränkliches Weiß, mit Blau und Grün gesäumt. Sie ziehen lange Ranken hinter sich her, wie Schlingpflanzen, oder vielleicht auch Wurzeln, auf der Suche nach neuer Erde, die sie verseuchen können. Sie erinnern mich an Octavia, das wie ein Skelett unter der Masse des Ra'haam begraben lag. Etwas daran ist so falsch, dass es mir den Magen umdreht, mir das Blut in den Adern gefrieren lässt. Als wäre etwas dort drin lebendig, aber eine darüber geworfene Decke erstickt alles.

»Das sind ganz schön große Schiffe«, murmele ich.

»Großartige Kriegsschiffe«, antwortet Caersan. »Es sind noch mehr auf dem Weg.«

»Können wir sie bekämpfen?«, fragt Kal.

»Wir werden sie nicht *bekämpfen.* Wir werden sie *zerstören.*« Caersan sieht mich ruhig an, sein rechtes Auge leuchtet schwach. »Du wirst die Waffe zünden, Mädchen. Ich werde sie gegen den Feind ausrichten. Sogar in diesem Zustand ist die *Neridaa* ihnen mehr als gewachsen …«

»Nein«, sagt Kal.

Caersan sieht Kal mit geneigtem Kopf an: »Nein?«

»Du weißt, was es dich kosten, was es dir nehmen wird, diese Waffe zu zünden.« Kal sieht mich an, sieht auf die Risse um meine Augen und wendet sich dann wieder seinem Vater zu. »Du willst einfach nicht den Preis dafür bezahlen.«

Ich weiß, dass Kal recht hat. Die Kraft muss nicht annähernd so stark sein, um eine Sonne zerstören zu können. Aber gegen so viele Schiffe anzugehen wird mich schwächen. Meine Haut wird weiter aufplatzen, das Spinnennetz aus Rissen, das ich bei Caersan sehe, wird sich auch in mir ausbreiten. Aber dennoch prickeln meine Fingerspitzen, habe ich vor Erwartung schon Gänsehaut …

»Ich kann das, Kal«, sage ich ihm.

»Be'shmai, es wird dir weh tun.«

»Wirst du diesen Maden also erlauben, uns zu zerstören?«, fragt Caersan.

»Wirst *du*?«, will Kal wissen.

»Wir sind Wildgeborene, Junge«, faucht er. »Du weißt genauso gut wie ich, was das bedeutet. Von dem Augenblick an, als ich die Glyfe empfangen habe, habe ich den Tod als Freund betrachtet. Ich fürchte die Große Weite nicht. Im Kampf zu sterben ist das Schicksal eines jeden Kriegers.«

»Du lügst, Vater«, spuckt Kal. »Und es liegt nicht in deiner Natur, eine Niederlage einzustecken. Du wirst nicht tatenlos zusehen, wie sie uns in die Luft jagen.«

Der Sternentöter hebt eine silberne Augenbraue und lächelt mich an.

»Werde ich nicht?«

Caersan lehnt sich auf seinem Thron zurück, bringt seinen Umhang in Ordnung und schnipst ein lästiges Staubkörnchen von seiner Schulter. Er presst die Hände vor seinem Mund mit den Fingerspitzen gegeneinander und starrt mich einfach an. Ich kann spüren, wie die Kriegsschiffe des Ra'haam näher rücken, es werden immer mehr – ein verdorbener Schwarm, der Kampfschiffe auf uns losschickt, aus der Dunkelheit auf uns herabstößt.

Caersan tut nichts.

Das Kriegsschiff, das uns am nächsten ist, eröffnet das Feuer; es muss eine Rakete sein, die an unserem Kristallrumpf explodiert. Ich spüre wie sich die Waffe unter uns bewegt, ein übernatürlicher Laut – fast so, als würde die *Neridaa* den Schmerz fühlen. Eine weitere Detonation erschüttert die Waffe, eine weitere, und das Licht um uns herum wird düster, als heftige Erschütterungen durch die Länge des Schiffs laufen.

Und noch immer sitzt der Sternentöter einfach nur da.

Ich balle die Hände zu Fäusten und spüre, wie die Kraft in mir aufwallt.

»Be'shmai …«, flüstert Kal.

»Be'shmai …«, verhöhnt Caersan seinen Sohn. »*Die* nennst du deine Geliebte. Dieses schwache Weib, das dich hier im Dunkeln sterben lassen wird?«

»Das wirst du nicht tun«, sagt Kal und steht auf. »Du wirst mich nicht gegen sie benutzen!«

»Du hast es zugelassen, dass man dich benutzt, Kal. Als du dich an so eine Kanaille gebunden hast. Deine Schwester hätte mich nie so beschämt, hätte sich nie mit so einer terranischen Made abgegeben. Saedii hätte ihre Pflicht getan. Für Saedii standen ihr Volk, ihre Ehre, ihre Familie an erster Stelle.«

»Familie?«, ruft Kal. »Du hast unsere Mutter getötet! Du hast unsere Familie auseinandergerissen, genauso wie unsere Sonne! Was weißt du schon von Familie!«

Mit gefletschten Zähnen und brodelnd vor Wut steht Kal vor seinem Vater. Doch ich bin jenseits von Worten. Ich schließe die Augen, und mein Herz schlägt wie wild, als mehr und noch mehr feindliche Schiffe näher rücken. Jetzt kann ich die verschiedenen Umrisse sehen, manche von ihnen schrecklich vertraut – syldrathische und betraskische und terranische –, alle vom Ra'haam umschlungen. Die Kraft steigt in mir auf, wie Wasser gegen einen Damm. Sie ist warm. Einladend. Ich kann spüren, wie tief sie geht, wie Caersan gesagt hat. Wie grenzenlos. Es ist überwältigend. Vielleicht sogar ein wenig …

Explosionen erschüttern die Waffe, die Schiffe des Ra'haam beschießen unseren Rumpf. Entstellte Jagdschiffe zischen die Länge der *Neridaa* entlang, piksen sie mit Schüssen, die immer mehr an ihrer Haut kratzen. Die Waffe ist gewaltig, aber ich kann spüren, wie sie blutet, wie Risse sich in ihrem Gesicht ausbreiten. Und währenddessen ist Caersans Blick weiter auf mich gerichtet. Ein kleines Lächeln liegt auf seinen Lippen. Er spielt hier mit dem Untergang, und wenn nur mein Leben in Gefahr wäre …

Aber ich sehe auf Kal neben mir. Mit zusammengepressten Lippen. Ich spüre, wie sie mich erfassen will. Wie stark sie ist, nur darauf wartet, entfesselt zu werden. Ich weiß, wenn ich sie loslasse, werde ich es gleich wieder tun wollen. Und wieder. Dafür haben sie mich ja schließlich gemacht. Aber …

»Aurora … lass dich nicht so von ihm manipulieren.«

Ich kann dich nicht wieder verlieren.

Und dann nehme ich all meine Geistesstärke, halte die Kraft in mir fest, bis meine Haut prickelt, bis ich fast aus den Nähten platze, während Strom durch meine Adern fließt. Einen Moment lang bin ich überwältigt, bin im absoluten, grenzenlosen Rausch. Da spüre ich Caersan in meinen Gedanken, kalt und triumphierend, spüre, wie er die Kraft kanalisiert, in eine Sphäre wie die, die ich auf Emerald City losgelassen habe, auf Sempiternity, und entlässt sie in einer grellen Explosion.

Sie dehnt sich aus, drängt Tausende von Kilometern in die Raumfalte vor und trifft ein Dutzend Schiffe des Ra'haam und zerreißt sie in blutige Splitter. Als Antwort durchfährt ein stechender Schmerz meinen Kopf, ich beiße die Zähne zusammen, und als mir Blut aus der Nase läuft, fange ich an, nach Luft zu japsen.

»Noch mal«, sagt Caersan.

»Aurora …«, flüstert Kal.

»Noch mal!«

»Das kannst du nicht tun!«, brüllt Kal. »Sie tut sich weh!«

»Wer Gnade walten lässt, ist ein Feigling, Kaliis.«

Wieder zünde ich die Waffe, eine weitere Sphäre dehnt sich aus und zerstört die feindlichen Schiffe dahinter. Ich fühle mich wie ein Riese, der Kinderspielzeug kaputt macht. Ich fühle mich, als wäre ich Tausende von Metern groß. Aber am Rande meiner Wahrnehmung kann ich weitere spüren, die auf uns zusteuern, als wären wir ein Leuchtturm in der Dunkelheit.

Kal steht neben mir. Drückt meine Hand, sieht mir in die Augen. Ich kann spüren, wie er mich stärkt, doch die Schiffe des Ra'haam kommen noch immer in Schwärmen auf uns zu, eine weitere Explosion erschüttert uns, und Kristallsplitter fallen von der Decke und zerschellen um uns herum.

»Hilf ihr!«, brüllt Kal. »Ihr beide zusammen könntet sie vernichten …«

»Nein, warte«, keuche ich.

Ich drücke Kals Hand und nicke in Richtung Dunkelheit.

»Eins davon ist kein Schiff des Ra'haam …«

Ich kann es spüren, dort draußen inmitten der Fäulnis und des Schimmels – ein verschwommener Fleck aus rostigem Metall, der wie ein Messer durch die Raumfalte schneidet. Um uns herum winden sich Raketengeschosse und erblühen, grellweiße Sphären der Kernfusionen, die die übrigen Schiffe des Ra'haam in plötzlichen Ausbrüchen von Licht und Feuer vernichten. In meinen Gedanken kann ich einen frustrierten Schrei hören: Die Wut des Feindes, der nicht zum Zuge kommt. Doch es weiß jetzt, dass wir hier sind, und ich kann es spüren, sogar jetzt noch, wie es seine Kräfte sammelt, um wieder zuzuschlagen.

Wieder.

Und wieder.

Bis es irgendwann alles getroffen hat. Alles verschlungen hat.

Caersan steht von seinem Thron auf, mit gerunzelter Stirn, eine blutverschmierte Hand streckt er dem Neuankömmling entgegen.

»Seltsames Design«, murmelt er.

»Wer ist das?«, will Kal wissen.

»Ich weiß es nicht.« Er kneift die Augen zusammen. »Aber sie wollen Kontakt aufnehmen.«

Ich wische mir das Blut von den zitternden Lippen, hocke mich hin und versuche, wieder zu Atem zu kommen, während Caersan die Übertragung auf der Projektion im Herzen der Kammer aufruft.

Sein Gesicht verzerrt sich angesichts dessen, was er dort sieht.

Eine Gruppe von Leuten erscheint auf dem Monitor, sie sitzen auf ihren Plätzen an der Brücke dieses unbekannten Schiffes. Ich sehe zwei Frauen, eine Betraskerin und eine Syldrathi mit der Glyfe der Wegewanderer auf der Stirn und mit tiefen Rissen um die Augen. Hinter ihnen ist eine Gremp, die auf einer Kiste stehen muss, und eine Rikeritin mit langen Hörnern. Weiter hinten stehen sie dicht an dicht – Chellerianer mit blauer Haut, grau in der Raumfalte, noch mehr Betrasker und ein halbes Dutzend Aliens von einer Art, wie ich sie noch nie gesehen habe.

Und ganz vorne, auf dem Sitz des Kommandanten, ist jemand, bei dessen Anblick mein schnell schlagendes Herz einen Satz macht.

Ein Mann.

»Ich kann es nicht fassen«, zischt er und starrt Caersan an. *»Du bist es wirklich.«*

Er ist da draußen in der Raumfalte, und ohne die Einwirkung der Waffe ist seine bleiche Haut noch bleicher, sein blondes Haar grau gefärbt. Seine Uniform ist fadenscheinig und abgetragen, eine schwarze Augenklappe bedeckt sein Auge, und er ist älter als das letzte Mal, als ich ihn gesehen habe – vielleicht in seinen Vierzigern. Aber sogar nach mehr als zwanzig Jahren, trotz der Narben, des Dreitagebartes und der Trauer in seinen Augenwinkeln, würde ich ihn überall erkennen.

Doch Kal ist derjenige, der das Wort ergreift. Der mir mit zwei Worten die Luft zum Atmen nimmt. Der den Mann vor uns benennt, diesen Mann, der durchs Feuer gegangen ist und irgendwie immer noch durchhält, uns verwirrt und vorwurfsvoll und verbittert ansieht.

»Tyler Jones.«

13 Kal

»Kal.«

Tyler spuckt meinen Namen aus, als wäre er vergiftet, schwer wie Metall. Er starrt mich von der Projektion, die mein Vater aufgerufen hat, an, über einen Ozean aus Zeit hinweg.

Tyler Jones ist alt geworden, wo er doch einst – noch vor ein paar Tagen – ein junger Mann war. Er sitzt im Stuhl des Kommandanten auf seinem Kriegsschiff, und ich kann sehen, dass die Jahre es nicht gut mit ihm gemeint haben. Sein Gesicht ist vom Kampf gezeichnet, erschöpft, voller Schmerz und Trauer, aber vor allem und immer mehr wütend.

»Was zum Teufel macht ihr hier?«, will er wissen. *»Was …«*

»Tyler«, ruft Aurora an meiner Seite. »Holy Cake, du bist es wirklich!«

Er runzelt seine vernarbte Stirn und sieht verwirrt aus.

»… Auri?«

»Ja, ich bin es!«, ruft sie und wischt sich das Blut von der Nase. Der Kampf scheint sie geschwächt zu haben, doch sie wirkt wie berauscht, fast, als wäre sie betrunken. »Wir sind es! Ich dachte, ich würde dich nie wiedersehen!«

Er wendet seinen Blick von Aurora ab und sieht mich an, völlig konsterniert. *»Mich wiedersehen? Das letzte Mal, dass ich dich gesehen habe, war vor siebenundzwanzig Jahren …«*

Aurora schüttelt den Kopf. »Als wir dich das letzte Mal gesehen haben, wurdest du gerade von der GIA gefangen genommen! Wir haben uns solche Sorgen gemacht. Scar ist durchgedreht!« Sie lächelt, während ihr gleichzeitig die Tränen runterlaufen. »Ich weiß, es klingt verrückt, Ty, aber Holy Cake, ist es schön, dich zu sehen! Ich bin so froh, dass es dir gutgeht!«

»Aurora … sehe ich so aus, als würde es mir gutgehen?«

Sein Blick wandert zu meinem Vater, wird hart.

»Euer Schiff ist im Kampf um Terra verschwunden, mit euch allen an Bord. Wir brauchten die Waffe, Auri. Wir brauchten dich!«

»Ich weiß«, flüstert sie und lächelt jetzt nicht mehr. »Es tut mir leid, Ty. Wir hatten nicht vor hierherzukommen. So sollte das nicht laufen.«

»Es mag schwierig sein, das zu begreifen, Bruder«, sage ich ihm. »Für dich mögen siebenundzwanzig Jahre vergangen sein, aber für uns ist die Schlacht der Ungebrochenen mit den Terranern erst ein paar Stunden her. Wir sind in der Zeit gereist.«

»Was zum Teufel …«, flüstert er.

»Wir sehen noch genauso aus, stimmt's?«, beharre ich. »Sieh dir Aurora an. Für dich sind fast drei Jahrzehnte vergangen, aber sie ist nicht um einen Tag gealtert, nicht wahr?«

Er starrt mich an, mit gerunzelter Stirn, wirft mit zusammengebissenen Zähnen einen Blick auf seine Crew.

»Ich sage dir die Wahrheit, Bruder«, flehe ich ihn an.

»Komm du mir nicht mit der Wahrheit.« Tyler schürzt die Lippen und sagt in perfektem Syldrathi: *»I'na Sai'nuit.«*

Mein Herz wird schwer. Dann weiß er es also. Dass ich ihn belogen habe. Dass ich sie alle belogen habe. Es beschämt mich, wenn ich jetzt daran denke – dass er mein Freund war und ich ihm ins Gesicht gelogen habe. Ich hatte meine Gründe, und dennoch ist das nicht zu entschuldigen.

»Bruder, es tut mir leid. Es war ein Fehler, dich damals zu täuschen. Aber ich flehe dich an, mir jetzt zu glauben. Ich werde dich *nie wieder* belügen.«

»Tyler, bitte …«, sagt Auri.

Die Betraskerin neben Tyler meldet sich zu Wort, blinzelt, als sie das kybernetische Monokel über ihrem Auge zurechtrückt. *»Ich will ja nicht dieses rührende Wiedersehen stören, aber es kommen* *immer mehr Schiffe der Unkraut-Flotte auf uns zu, mit Kurs auf sieben-eins-acht-zwölf-neun. Einschlag in sechzig Sekunden.«*

»Scheiße«, flüstert Tyler, und das trifft mich, mehr als sein Anblick, mehr als die Jahre, die sich in seinem Gesicht abzeichnen, und als der Schmerz in seinen Augen.

Der Tyler Jones, den ich gekannt habe, hat nie geflucht.

Aber das ist nicht der Tyler Jones, den ich mal gekannt habe.

»Wie ist euer Status?«, sagt er. *»Euer Rumpf sieht aus, als wäre er beschossen worden.«*

»Auf der Reise hierher wurde die Waffe beschädigt.« Ich werfe meinem Vater, der sich zurückgelehnt hat und unseren Austausch mit wenig Interesse verfolgt, einen bösen Blick zu. »Und wir wurden noch mal angegriffen, bevor du aufgetaucht bist. Es hat etwas Zeit gebraucht, bis wir dazu in der Lage waren zurückzuschlagen.«

»Wir haben den Anstieg an Kraft auf unseren Langstreckenradaren aufgegriffen«, sagt Tyler. *»Ihr habt verdammtes Glück, dass wir euch entdeckt haben. Wir waren gerade auf dem Weg zurück …«*

Bevor er noch mehr sagen kann, hält er plötzlich inne und verstummt. Er sieht auf seine Anzeigen, auf die näher rückenden Schiffe des Ra'haam und kaut nachdenklich auf seiner Unterlippe. Ich kann seine Gedanken spüren: sein Misstrauen, seine Wut, seinen Versuch, zu verstehen, was er direkt vor seinen Augen sieht. Er starrt Aurora an, und sie erwidert seinen Blick, die Augen voller Hoffnung, und sagt leise die Worte, die Admiral Adams uns schon einmal gesagt hat. Es fühlt sich an, als wäre das eine Ewigkeit her.

»Du darfst den Glauben nicht verlieren, Tyler.«

»Dreißig Sekunden bis zum Einschlag, Boss«, sagt die Betraskerin.

Und da seufzt Tyler.

»Okay. Ich weiß nicht, was zum Teufel hier gerade abgeht, aber wir

werden vom Unkraut angegriffen, und meine Wasserstoffbomben sind fast aufgebraucht. Ich schlage vor, dass wir dieses Gespräch ein paar Lichtjahre entfernt von hier fortführen. Funktionieren eure Triebwerke noch?«

Ich sehe Aurora an, die Blutflecken auf ihrer Oberlippe. Vielleicht bilde ich es mir ja ein, aber die Risse um ihre Augen herum scheinen jetzt tiefer zu sein. Trotzdem nickt sie, mit leuchtenden Augen. »Ich kann uns fortbewegen.«

»Gut, dann folgt uns. Lae, fahr den Rift-Antrieb hoch und …«

»Du willst sie doch nicht wirklich mitnehmen?«

Es ist die Syldrathi am Steuer, die spricht. Sie ist nur ein wenig älter als ich, schlank und grimmig, mit silbernen Zöpfen. Auf ihrer Stirn ist die Glyfe der Wegewanderer, aber um ihre Augen herum sind tiefe Risse, ähnlich wie die von Auri und meinem Vater. Und sie spricht mit der brennenden Wut von Tausend Sonnen, starrt Tyler ungläubig an.

»Das klingt, als würdest du mein Urteilsvermögen in Frage stellen, Soldatin«, sagt Tyler.

»Sie sind mit dem Sternentöter an Bord!«, spuckt sie. *»Das Blut von Milliarden von Syldrathi klebt an seinen Händen! Ihm haben wir den Untergang der Galaxis zu verdanken!«*

»Schweig still, mein Kind«, seufzt mein Vater und lehnt sich auf seinem Thron zurück. »So wie du aussiehst, warst du noch nicht mal am Leben, als Syldra untergegangen ist.«

»Meine Mutter hat von dir erzählt, Cho'taa«, zischt sie, die violetten Augen zu Schlitzen verengt. *»Ich weiß ganz genau, was du …«*

»Die Triebwerke, Leutnantin«, unterbricht Tyler. *»Wir müssen hier weg.«*

Die Syldrathi wirft Tyler einen wütenden Blick zu, aber sein Ton ist hart, gnadenlos. Schweigend ringt sie mit sich und fügt sich dann mit gesenktem Kopf.

»Wenn wir sie mitnehmen, dann werden wir nicht weit kommen. Bei so einem großen Portal …«

»Wo wir hinfliegen, spielt das keine Rolle, Leutnantin. Solange wir von hier wegkommen.«

Sie beißt die Kiefer zusammen. *»Ja, Sir.«*

»Auri, Kal«, sagt Tyler. *»Bleibt an uns dran. Und nur für den Fall, dass der Schweinehund hinter euch auf irgendwelche Ideen kommt –«*, er starrt meinen Vater wütend an, dessen rechtes Auge leuchtet. *»Wir haben noch ein paar Bomben übrig, Sternentöter.«*

Mein Vater sieht nicht mal mehr auf die Projektion, behandelt Tyler mit Geringschätzung. Aber Auri nickt mit entschlossener Miene. »Wir folgen dir, Tyler.«

»Schnallt euch gut an. Das könnte etwas holperig werden.«

Die Übertragung endet, und mit einem Blick lässt er die Projektion, die er aufgerufen hat, verschwinden. Das Licht versiegt, es wird dunkel im Thronzimmer, ein blutroter Farbton, der sich in den Augen meines Vaters widerspiegelt.

»Schwächling«, murmelt er.

Neben mir beobachtet Auri ihn mit zusammengekniffenen Augen und geschürzten Lippen. Dann streckt sie die Hand aus und richtet sie auf die Mitte des Raumes, dort, wo eben noch die Projektion zu sehen war. Die Luft schimmert. Ich spüre, wie ihre Kraft anschwillt, sehe einen winzigen Funken in ihrem rechten Auge. Ein anderes Bild erscheint – der Ausblick von außerhalb des Schiffs, den sie allein mit ihren Gedanken aufgerufen hat.

Ich werfe ihr einen skeptischen Blick zu, aber sie lächelt mich an.

Mir wird klar, dass sie gelernt hat, die Waffe zu führen. Sie fängt an, diesen Ort zu beherrschen.

Aber was wird das mit ihr machen?

Ich sehe Tylers Schiff – eine seltsame Mischung aus syldrathischer, betraskischer und terranischer Technologie, als wäre das Ganze aus verschiedenen Teilen von einem halben Dutzend anderer Schiffe zusammengeflickt worden. Schön ist was anderes, aber es funktioniert, ist für den Krieg gemacht. Der Name *VINDICATOR* ist auf den Bug gemalt.

Ich halte den Atem an, als ich das Leuchten sehe, einen winzigen Punkt vor dem Hintergrund des Raumfaltensturms. Das Licht wird intensiver, breitet sich aus, wie ein Riss im Gewebe der Raumfalte. Und dann begreife ich erst, was ich da sehe: ein Raumfaltentor, zwar primitiv und provisorisch, doch groß genug, um mit der *Neridaa* durchzukommen und in das Sonnensystem dahinter zu gelangen.

Die Steuerraketen von Tylers Schiff brennen hell, und es schwingt sich durch den Riss, den es verursacht hat, und verschwindet aus der Raumfalte. Aurora senkt das Kinn, ihre Stirn liegt in Falten, und ich nehme ihre Hand, als ich spüre, wie wir anfangen, uns zu bewegen – dieses gewaltige Schiff, das größer ist als eine Stadt und mächtiger als jede Waffe der Syldrathi oder der Terraner oder anderer Völker.

Und meine Be'shmai bewegt es einfach mit der Kraft ihrer *Gedanken.*

Wir erreichen das Portal, und die Waffe beginnt, um uns herum zu zittern. Heftig. Plötzlich. Stark genug, um mich von den Füßen zu reißen. Aber dann spüre ich einen sanften Druck, und das Leuchten in Auroras Auge brennt noch heller, und ihre Kraft hält mich aufrecht. Die Waffe bebt, als wir die Schwelle überqueren, das Licht ist so grell wie bei einer Supernova, und der Raum streckt und krümmt sich um mich herum.

Und genauso schnell wie es begonnen hat, ist es wieder vorbei.

Alles ist still. Der Raum, den ich in der Projektion unseres Rumpfes sehen kann, ist nicht mehr die bleiche Farblandschaft der Raumfalte, sondern leuchtet in den lebendigen Farben des Echtraums. In der Ferne brennt ein roter Stern. In der Nähe schwebt ein Eisriese aus Methan und Stickstoff in der Dunkelheit, lautlos und grün und eingefroren für alle Ewigkeit. Von den Schiffen des Ra'haam ist keine Spur zu sehen, der Riss im Raum hinter uns schließt sich mit einem letzten Aufglimmen von strahlendem Licht.

Und wir sind in Sicherheit.

Erst einmal.

»Sie funken uns wieder an«, murmelt Aurora.

Ich werfe einen Blick auf meinen Vater. Er beobachtet Aurora nun mit Argusaugen, während sie ihren Blick ausrichtet und ihre Finger bewegt. Die Projektion im Herzen des Raums schimmert, und wieder sehe ich das kriegsmüde Gesicht von Tyler Jones.

Eigentlich würde sich bei diesem Anblick mein Herz zusammenschnüren – welche Spuren die Zeit auf dem Antlitz meines Freundes hinterlassen hat –, aber meine Aufmerksamkeit ist jetzt auf meinen Vater gerichtet. Er beobachtet Aurora wie ein Drakkan seine Beute. Sie lernt schnell, was die Funktionsweise des Schiffs betrifft, aber sie wurde dafür gemacht, genauso wie er. Beide Trigger der Eshvaren. Beide dazu in der Lage, die Waffe zu zünden, im Guten wie im Bösen. Und als ich ihm in die Augen sehe, das eine nun sanft leuchtend, weiß ich, dass sie in Gefahr ist.

Einen Rivalen für seinen Thron wird Caersan nicht dulden.

»Alles in Ordnung bei euch beiden?«, fragt Tyler.

»Alles gut, Bruder«, sage ich ihm und wende den Blick nicht von meinem Vater ab. »Wir danken dir für deine Hilfe.«

»Dafür ist es noch zu früh«, knurrt Tyler. *»Jedes Mitglied meines Kommandostabs sagt mir, dass ich nicht ganz bei Trost bin. Bewegt*

eure Ärsche hier rüber, und dann will ich eine verdammt gute Erklärung von euch. Denn ehrlich gesagt bin ich halbwegs davon überzeugt, dass wir euch dem Unkraut überlassen sollten.« Er lehnt sich nach vorne, mit wütendem Blick. »*Übrigens gilt meine Einladung nicht dem Massenmörder und Psychopathen hinter dir. Denn wenn ich ihm leibhaftig begegne, dann werde ich ihm den verdammten Schädel einschlagen.«*

Mein Vater hebt eine Augenbraue und gähnt.

»*Vindicator*, Ende.«

* * *

Zusammen gehen wir zur Ladebucht runter, und auf dem Weg bleibt Aurora stehen, um ihre Stiefel einzusammeln, die sie an dieser Stelle liegengelassen hat, als sie an Bord der Waffe gegangen ist. Einen Augenblick lang hält sie inne, bewegt ihre Zehen auf dem Kristall, als wäre sie unwillig, den Kontakt abzubrechen, um sich dann hinzusetzen und ihre Strümpfe anzuziehen und ihre Stiefel zu schnüren.

»Wohl nicht so praktisch, barfuß zu einem Kriegsrat zu gehen«, sagt sie mit einem kleinen, betrübten Lächeln, das mir das Herz zerreißt.

Dieser Moment ist so unbedeutend, so schlicht, so vertraut. Er lässt mich an Tausende von anderen Augenblicken denken, die wir zusammen in unserem halben Jahr im Echo verbracht haben. Er erinnert mich daran, wie wir gelernt haben, miteinander zu sein, Tag für Tag. Und so weiß ich wieder, dass, obwohl sie ungeheure Macht besitzt und obwohl wir uns in einer Galaxis befinden, die nur noch den Tod beherbergt, sie noch immer die Frau ist, die ich kenne. Alle Reichtümer der Welt sind mein, weil sie an meiner Seite ist.

Tyler will natürlich nicht an das Schiff der Eshvaren andocken, und so trägt uns Aurora durch die Große Weite auf die *Vindicator* zu.

Ich trage weder Raumanzug noch Helm, nur die schwarze Rüstung eines Kriegers der Ungebrochenen – normalerweise würde ich hier draußen ersticken und erfrieren. Aber ein warmer Lichtschein umspielt Auroras Haut und hüllt mich ein, als sie meine Hand nimmt und uns durch die leere Dunkelheit mit der Kraft ihrer Gedanken trägt.

Ihr rechtes Auge leuchtet, und Ehrfurcht erfüllt mich angesichts der Tatsache, wie weit sie gekommen ist. Wie stark sie geworden ist. Ihr Gesichtsausdruck ist geradezu verzückt, als wir zusammen die Große Weite durchqueren. Aber dennoch sehe ich das schwache Netzwerk aus Narben um ihre Augen, denke an die gleichen Narben, tiefer und dunkel, auf dem Gesicht meines Vaters. Ich frage mich, wie sehr sie das wohl anstrengt.

Welchen Preis sie am Ende wird zahlen müssen.

»Du bist so schön«, sage ich ihr, als wir durch die Dunkelheit fliegen.

Mein Herz stolpert, als sie lächelt. »Du bist auch nicht übel.«

»Es … es tut mir leid, Aurora. Dass ich dich angelogen habe. Über meine Herkunft.«

Ihr Lächeln trübt sich ein wenig, und sie wirft einen Blick zurück auf die *Neridaa*. Das Schiff schwebt im Dunkeln hinter uns – gigantisch und schön, in allen Farben des Regenbogens. Aber nun kann ich sehen, wie sehr der Angriff des Ra'haam sie an den Flanken beschädigt hat. Und ich kann den Schatten in ihrem Inneren spüren.

»Es hat mich verletzt, dass du mir nicht die Wahrheit sagen konntest, Kal.« Sie drückt meine Hand. »Aber nun, da ich ihn kennengelernt habe, verstehe ich, warum es dir lieber wäre, dein Vater wäre tot.«

»Er hat mir das Leben geschenkt«, sage ich und blicke auf

unsere verschränkten Finger runter. »Und im Gegenzug wollte ich ihm seines nehmen. Ich habe versucht, ihm ein Messer in den Rücken zu stechen.«

»Er ist ein Monster, Kal. Er hat eine ganze Welt ermordet.«

»Das weiß ich.« Ich schüttele den Kopf und seufze. »Aber so sollte es nicht sein.«

Sie hält meine Hand noch fester und sieht mir in die Augen. »Das verstehe ich. Ich bin bei dir. Und bin froh, dass du bei mir bist.«

Sie schenkt mir einen sanften, flüchtigen Kuss, und hier draußen in dieser Unendlichkeit sind wir vollkommen allein und vollkommen eins. Und trotz allem, trotz des Kampfes, der Verletzungen, der Verluste, kann ein Teil von mir es noch immer nicht fassen, dass sie wirklich mein ist.

Aurora führt uns durch dieses Nichts zwischen der *Neridaa* und Tylers Schiff. Als wir näher kommen, kann ich sehen, dass die *Vindicator* viele Schlachten durchgemacht hat und nur noch mit Schweißnähten und Gebeten zusammengehalten wird. Wir gleiten in die Landebucht der Jagdschiffe, und Aurora bringt uns in die hintere Luftschleuse. Die Aura, die sie um uns herum erschaffen hat, verblasst, als sich der Druck in der Kammer ausgleicht und Sauerstoff hineinzischt. Die Schwerkraft kehrt langsam zurück, Auroras Haar schwebt nach unten, die weiße Strähne fällt über ihr immer schwächer glühendes Auge.

Die Luke dreht sich auf, und wir können die Gremp von Tylers Crew auf der Brücke sehen, eine Klaue auf der Pistole an ihrer Seite. Sie trägt einen ramponierten Raumanzug, und durch das Glas ihres geschlossenen Helms kann ich schwarzes Fell und einen weißen Fleck über ihrem linken Auge sehen. Ein Zahnstocher aus etwas, das wie ein menschlicher Knochen aussieht, hängt ihr aus einem Mundwinkel.

Neben ihr steht die Rikeritin – eine weitere Frau, nach

ihrem Aussehen zu urteilen. Sie ist sogar größer als ich, zwei Hörner auf der wuchtigen Stirn. Ihre Arme sind so dick wie meine Oberschenkel, ihre Schultern beeindruckend breit. Ihr Disruptorgewehr zeigt ungefähr in unsere Richtung, und sie trägt einen alten, abgedichteten Kampfanzug.

»Morgen«, sagt sie, und ihre tiefe Stimme klingt durch ihren Helm metallisch. »Ich bin Chief Toshh, die Anführerin des Sicherheitsdienstes an Bord der *Vindicator.*«

»Sei gegrüßt«, sage ich und berühre Augen, Lippen, Herz.

»Hallo«, lächelt Aurora.

»Das ist Dacca. Sie wird euch nach Infektionen abscannen. Tut euch einen Gefallen, haltet still und keine Bewegung.« Toshh hievt sich das Gewehr auf die Hüfte. »Weder plötzliche noch sonst welche.«

Die Gremp tritt nach vorne und sucht uns mit ihrem Handscanner ab. Aurora und ich wechseln einen Blick, als das rote Licht über unsere Körper gleitet – wir beide wissen ganz genau, nach welcher Infektion die zwei suchen.

Als sie fertig ist, tritt die kleine Gremp wieder zurück und knurrt etwas in ihrer eigenen Sprache. Die Rikeritin nickt und berührt ihren Helm. »Hier ist Toshh, grünes Licht bei den Bio-Scans, keine Anzeichen von Verseuchung, over.«

»Verstanden, Chief«, kommt Tylers Antwort. *»Bring sie hoch.«*

Die Frau hievt sich ihr Gewehr auf die Schulter und winkt uns heran. »Folgt mir.«

Die innere Luftschleuse öffnet sich, nachdem die Frau einen Code eingetippt hat, und wir folgen ihr in einen breiteren Korridor. Die Gremp bildet die Nachhut, die Kralle noch immer auf der Pistole. Als wir den Hauptteil des Schiffs erreichen, kann ich sehen, dass die Energie schwach ist, die Lichter trüb. Das Plastahl ist alt, das Inventar flackert oder ist defekt. Das Schiff hat wahrlich bessere Tage gesehen.

Als wir in eine größere Bucht voller Leute kommen, nimmt Aurora meine Hand. Sie sind jung und alt – hauptsächlich Betrasker, aber ich sehe auch Chellerianer und Terraner und ein paar Gremps unter ihnen. Sie sind zerlumpt und verstört, dreckig und dünn und beobachten uns mit müden Augen, als wir Toshh hinterhergehen. Ich habe genug Kriege gesehen, um diesen Ausdruck sofort zu erkennen.

»Wer sind all diese Leute?«, flüstert Aurora.

»Flüchtende«, antworte ich.

Toshh nickt. »Überlebende einer Minenflotte, die sich in einem Eisring um eine tote Sonne herum im Beta Sektor versteckt haben.« Sie zuckt mit den Schultern. »Das Unkraut hat sie trotzdem gefunden. Wir haben sie genau in dem Moment da rausgezogen, als sie ausschwärmten. Haben es geschafft, zwei der Schiffe aus dem Konvoi zu evakuieren, bevor der Rest eingenommen wurde.«

»Wie viele Schiffe waren es insgesamt?«, fragt Aurora.

Die kleinen Zähne gebleckt, schnattert die Gremp etwas hinter uns.

»Entschuldige«, antwortet Aurora. »Das habe ich nicht …«

»Siebenunddreißig«, sagt Toshh. »Wir haben zwei von siebenunddreißig gerettet.«

Wir erreichen einen Aufzug, die Türen gehen zischend auf. Auroras Blick bleibt an einem kleinen Mädchen hängen, eine Rikeritin, die mit einem Stofftier neben einem Stapel Kisten spielt. Sie ist dreckig, schrecklich dünn, und ihre Stirn, auf der kleine Hörner knospen, ist mit altem Blut verschmiert.

»Be'shmai?«, murmele ich.

Aurora blinzelt, kommt zu uns in den Aufzug und legt ihre Hand in meine, als sich die Türen schließen. Wir spüren, wie er sich bewegt, das sanfte Summen magnetisierter Mechanik, und einen Augenblick später treten wir in den Raum, den wir bereits in der Übertragung gesehen haben: die Brücke von Tylers Schiff.

Ich bemerke die ausgebesserten Schäden, die Bastelarbeiten, die Bündel aus Kabeln und elektrischen Leitungen – auch hier sind überall Verschleißspuren. Aber nirgendwo sind so viele zu sehen wie an dem Mann, der uns in seinem Kommandantenstuhl erwartet. Er dreht sich zu uns, eine kriegsversehrte Maske, eine jahrelange blutige Reise befleckt seine Hände und ist in sein gesundes Auge eingeätzt.

»Tyler!«, ruft Aurora.

Sie stürzt auf ihn zu, plötzlich, ohne Vorwarnung. Sowohl Toshh als auch Dacca schreien alarmiert auf. Ich sehe wie die Syldrathi auf die Beine kommt und eine Revolverklinge zieht.

Mir entfährt ein Schrei, als alle ihre Waffen zücken, und ich trete zwischen Chief Toshh und meine Be'shmai. Tyler steht auf und greift nach der Pistole an seiner Seite, die Syldrathi brüllt: *»VORSICHT, SIR!«* und stürmt auf Aurora zu. Während ich die Waffe der Gremp wegtrete und Toshh das Gewehr aus der Hand reiße, höre ich einen sanften Grunzer von Aurora, ein Zischen von Tyler. Und da steht er, sein ganzer Körper angespannt, als Aurora ihre Arme um ihn legt und ihn an sich drückt.

Wie eingefroren steht Tyler da, wie ein kaputter Spiegel, die Hand noch immer an der Pistole. Seine Crew ist nervös und bereit, die Syldrathi hält die Revolverklinge, die mit einem knisternden grellvioletten Schimmer glüht, im Anschlag, die Gremp und die Rikeritin halten den Atem an. Ich kann sehen, wie sehr sie Tyler lieben – so sieht eine Mannschaft aus, die jederzeit für ihren Anführer sterben würde. Eine Mannschaft, die den Glauben nicht verloren hat.

»Ich habe dich *so* vermisst, Tyler«, sagt Auri leise und drückt ihn noch einmal ganz fest. »Wir dachten, du wärst …«

Keiner von uns spricht es laut aus – wir könnten es nicht ertragen. Und unausgesprochen hängt das Wort in der Luft, als wollte es seine Artgenossen anlocken, die Dunkelheit, um unser kleines Schiff einzuhüllen.

Tot.

Tyler bleibt noch einen Moment lang stehen. Sein Blick flackert zu mir. Aber schließlich lässt er die Hand von der Waffe gleiten, hebt langsam die Arme. Seine Umarmung ist nicht sehr warmherzig, keine vollkommene Hingabe; ich kann die Anspannung in seinem Körper sehen, die Last auf seinen Schultern. Doch einen winzigen Moment lang hält er sie fest, erlaubt sich einen Augenblick der Freude in dieser anscheinend freudlosen Galaxis. Freude, dass seine Freundin noch lebt.

»Du hast mir auch gefehlt«, flüstert er.

14 Kal

»Was für eine irre Geschichte, Aurora.«

Wir sitzen im flackernden Licht des Bereitschaftsraums des Schiffs, umringt von feindlichen Blicken. Aurora ist neben mir, ihre Hand liegt auf meinem Bein. Tylers Kommandostab hat sich um die andere Seite des Tisches versammelt. Die Stimmung ist angespannt, feindlich, misstrauisch.

Tyler sitzt im Kapitänsstuhl und hat das Kommando so mühelos inne, wie er das schon immer getan hat. Aber ich spüre eine neue Last auf meinem Freund liegen, jenseits der Jahre und Narben, eine Last, die er einst nicht auf den Schultern hatte.

Der Tyler, den ich kannte, war ein taktisches Genie, ein junger Mann, der sich aus jeder Ecke rausdenken konnte. Aber diesen Ausdruck in seinen Augen habe ich schon einmal gesehen – auf den Gesichtern von Kriegern, die dem Tod entgegengehen. Tylers Gesicht ist nicht das eines tapferen Kommandanten, der um den Sieg ringt, aber dennoch weiß, dass er am Ende gewinnen wird; er sieht aus wie ein Krieger, der weiß, dass er nicht gewinnen kann.

Es ist das Gesicht eines Mannes, der darauf wartet zu sterben.

»Ich weiß«, sagt Aurora. »Ich fände es auch schwer zu glauben, wenn ich es nicht selbst erlebt hätte. Aber für uns ist die Schlacht um Terra erst ein paar Stunden her.«

»Ihr Glückspilze«, knurrt jemand. »Die meisten von uns leben schon seit siebenundzwanzig Jahren mit eurem Versagen, Mädel.«

Es ist die Betraskerin, die das Wort ergriffen hat – eine mürrische Veteranin namens Elin de Stoy, die Tylers Stellvertreterin ist. Das kybernetische Monokel vor ihrem Auge surrt und bewegt sich, als sie ihren schwarzen Blick auf Aurora richtet. Der Seitenhieb macht Aurora betroffen, aber sie behält die Nerven und begegnet Elins Blick.

»Es tut mir leid. Aber darüber hatte ich keine Kontrolle …«

»Einen Satz, den du ziemlich oft sagst, Terranerin«, sagt die syldrathische Steuerfrau. »Ich hoffe, du weißt, dass *es tut mir leid* uns auch nicht weiterbringt.«

Ihre violetten Augen glitzern, während sie Aurora herausfordernd anstarrt. Ihr Name ist Lae, oder jedenfalls nennt Tyler sie so – ein ungewöhnlicher Name für jemanden aus meinem Volk. Aber ich schätze mal, es sind ungewöhnliche Zeiten. Auf der Stirn trägt sie die Glyfe der Wegewanderer, und dennoch ist ihre Ausstrahlung kriegerisch und feindlich. Tiefe Risse sind in die Haut um ihre Augen gegraben, Schmerz zeichnet sich in ihren Mundwinkeln ab, aber unter alldem ist da … eine Vertrautheit, die ich nicht benennen kann. Und das Seltsamste von allem ist, dass – nun da wir die Raumfalte verlassen haben – ihr Haar nicht das bei uns übliche Silber ist, sondern eine Mischung aus Silber und Gold.

»Wir wollen das wieder richten, was zerstört worden ist«, sage ich ihr und begegne der Herausforderung in ihrem Blick. »Wir glauben, dass wir zu dem Zeitpunkt, an dem wir verschwunden sind, zurückreisen können und wieder ungeschehen machen können, was passiert ist. Aber zuerst müssen wir die Waffe reparieren.«

»Und dir sollen wir vertrauen?«, höhnt Lae. »Sohn des Sternentöters?«

»Wenn ich von dem Zustand eures Schiffs ausgehe, der Mannschaft, von dem wenigen, was wir von der Galaxis gesehen haben, dann hast du wohl keine andere Wahl.«

Ein Schatten hängt jetzt über dem Bereitschaftsraum – die Erinnerungen an die Welten, die vom Ra'haam verschlungen worden sind. An diese entstellten Schiffe, die draußen in der Raumfalte auf uns zugehalten haben, an diese vielen Flüchtenden unten in der Ladebucht. Mit einem schmerzlichen Gesichtsausdruck sieht Aurora Tyler an und sagt:

»Was ist hier passiert, Tyler?«

Er zückt einen Flachmann aus Metall und trinkt einen Schluck. Ich kann den Alkohol von hier aus riechen – hochprozentig, selbstgebraut. Tyler wischt sich über den Mund und kratzt sich an der ledernen Augenklappe über der Stelle, wo sein Auge sein sollte.

»Was glaubst du, was passiert ist, Auri? Sie haben uns den Arsch versohlt.«

Er atmet tief ein und nimmt noch einen Schluck. Da kann ich eine Last im Raum spüren, etwas liegt in der Luft. Ich sehe mich unter diesen Kriegern um, sehe, wie sich die Farbe in ihren Augen widerspiegelt, der Geschmack von Salz und Rost liegt mir auf der Zunge.

Blut.

So viel Blut.

»Saedii und ich sind von der GIA gefangen genommen worden.« Tyler seufzt. »Sind vom Spielbrett abgezogen worden, um Caersan zu provozieren. Und wie ein Idiot ist der Sternentöter in die Falle gegangen und hat einen Krieg zwischen den Ungebrochenen und der terranisch-betraskischen Allianz angezettelt. Als die Waffe während der Schlacht verschwunden ist, haben sich die Ungebrochenen von Terra zurückgezogen, aber erst nachdem es auf beiden Seiten massive Verluste gab. Und dann hat das Ra'haam seinen eigentlichen Plan umgesetzt.«

Tyler schüttelt den Kopf und trinkt noch einen Schluck.

»Zu dem Zeitpunkt waren ihre Geheimagenten schon über die gesamte Galaxis verteilt. Mit dem Netzwerk und den Ressourcen der GIA hat es eine Reihe von Terroranschlägen auf mehrere galaktische Regierungen verübt – auf die Chellerianer, die Rikeriter, die Betrasker – und es so aussehen lassen, als hätten andere Spezies sie zu verantworten. Haben Misstrauen gesät. Alte Bündnisse zerstört. Die Galaktische Versammlung hat einen Sondergipfel einberufen, um der Sache auf den Grund zu gehen. Alle planetarischen Anführer haben sich an einem Ort versammelt. Leider war das nicht besonders schlau.«

Tyler seufzt und sieht durch das Sichtfenster auf die Sterne da draußen.

»Ein Agent des Ra'haam hat während der Versammlung eine Bombe gezündet. Hat gleichzeitig jeden hochrangigen Diplomaten sowie jeden Regierungschef in der Allianz vernichtet. Und damit der Versammlung sozusagen den Kopf abgeschnitten. Jeder Planet hat dem nächsten die Schuld zugeschoben; alte Feindschaften sind wieder aufgeflammt. So viel Mühe wurde darauf verschwendet, den Täter zu finden, sich in kleinliche Streitereien zu verwickeln, und als sie schließlich kapiert hatten, was da wirklich vor sich geht, war es bereits zu spät.«

»Blühen und bersten«, flüstert Aurora.

»Das Ra'haam ist von seinen Brutstätten geschlüpft.« Tyler nickt. »Hat sich durch die natürlichen Raumfaltentore in den Sonnensystemen ausgebreitet und ist von dort in die Raumfalte eingedrungen. Milliarden von Sporen, die alles infiziert haben, was ihnen über den Weg gelaufen ist. Schiff für Schiff. Planet für Planet. Volk für Volk. Es hat sie alle in das Schwarmbewusstsein aufgenommen.

Wir haben gekämpft. Natürlich haben wir das. Aber mit jeder Welt, die sie verschlungen haben, wurden sie stärker. Jeder infizierte Soldat, jedes infizierte Schiff hat den Lauf der Schlacht zu unseren Ungunsten beeinflusst. Bis sie so sehr in der Überzahl waren, dass es sich nicht mehr gelohnt hat zu kämpfen und alle nur noch flüchten konnten. Sich in alle Ecken und Winkel der Galaxis verstreut, sich versteckt haben, in der Hoffnung, dass das Schwarmbewusstsein sie nicht hören, spüren, finden würde. Doch das tut es immer.«

Entsetzen packt uns beide, und Aurora nimmt meine Hand und drückt sie fest. »Aber … ihr kämpft noch?«

»Die wenigen, die von uns noch übrig sind«, sagt er und zeigt auf seine bunt gemischte Truppe. »Ein Bündnis, das nach Überlebenden sucht und ihnen soweit Zuflucht bietet, wie das überhaupt möglich ist. Aber es ist nur eine Frage der Zeit.«

Tyler schüttelt den Kopf und begegnet wieder Auroras Blick. »Bis es *alles* verschlungen hat.«

»Wie schafft ihr es überhaupt, dem Feind zu entkommen?«, frage ich. »Das Raumfaltentor, das ihr geöffnet habt, um uns hierherzubringen … So eine Technologie habe ich noch nie zuvor gesehen.«

»Wir nennen es den Rift-Antrieb«, sagt Tyler. »Es ist eine Mischung aus betraskischer und terranischer Technologie, die die übernatürliche Kraft der Syldrathi verwendet, um die Raumzeit zu manipulieren. Ich verstehe nicht so wirklich, wie es funktioniert. Doch wir haben auch einige der ungewöhnlichen Eigenschaften des Kristalls der Eshvaren für uns entdeckt.« Er nickt in Richtung der Syldrathi mit dem goldenen Haar. Sie starrt noch immer Aurora an, und als sie finster das Gesicht verzieht, werden die Risse um ihre Augen tiefer. »Jedes unserer Schiffe hat einen Wegewanderer an Bord sowie einen Brocken Kristall, den wir aus den Raumsonden der Eshvaren gewonnen haben. Die Wegewanderer benutzen das Kristall, um die Tore zu öffnen, um in die Raumfalte zu gelangen. Aber jedes Mal fordert das seinen Tribut. Und es gibt nicht mehr viele Wegewanderer.«

»Was ist mit den anderen passiert«, fragt Aurora leise.

Tyler runzelt die Stirn. »Den anderen Wegewanderern? Sie …«

»Nein, ich meine die *anderen*«, beharrt sie. »Scarlett. Fin. Zila. Sind sie …?«

Tylers Stimmung erreicht einen neuen Tiefpunkt, seine Stimme ist rau, als er antwortet. »Sie sind in der Schlacht um Terra gestorben, Auri.«

»Und … Saedii?«, frage ich.

Da sieht Tyler mich an. Fährt sich mit einer Hand durch die ergrauten Haare und nimmt einen tiefen Schluck aus seinem Flachmann.

»Wir sind zusammen der GIA entkommen. Ich habe mich tatsächlich mit ihr und ihrer alten Crew zusammengetan, um das Ra'haam zu bekämpfen.« Er lächelt, aber dahinter kann ich den Schmerz einer alten Wunde spüren. »Wir haben uns wie Hund und Katze gestritten, aber ein paar Jahre lang haben wir es gut hingekriegt. Was für eine Frau sie war, deine Schwester.«

Die andere Syldrathi sieht mich an, als wollte sie mich erdolchen.

»Wo ist sie?«, höre ich mich sagen.

»Saedii hat sich umgebracht, Kal.«

»Nein«, flüstere ich. »Das würde sie nie …«

»Sie hat eine Rettungsmission durchgeführt.« Tyler seufzt. »Wollte eine Flotte mit Flüchtenden in der Nähe von Orion bergen. Sie wurden vom Ra'haam getroffen. Ihre Triebwerke funktionierten nicht mehr, ihr Schiff trieb zerstört durch die Dunkelheit. Sie und ihre Crew waren umringt. Sie hat lieber ihren Atomkern in die Luft gejagt, als in das Schwarmbewusstsein aufgenommen zu werden.«

Ich schicke ein Gebet in die Große Weite, drücke meine Finger auf meine Augen, meine Lippen, mein wehes Herz. Aurora drückt meine Hand, ihre Augen sind voller Tränen angesichts meiner Trauer. Wir standen uns am Ende nicht mehr nah, meine große Schwester und ich. Aber Saedii und ich haben uns einst sehr geliebt, wie das nur Geschwister können, die aus demselben Holz geschnitzt sind.

Mit einem großen Schluck leert Tyler seinen Flachmann, während die Syldrathi mich wütend anstarrt.

»Sie ist ehrenhaft gefallen«, spuckt Lae. »Anders als der Rest der Familie.«

Sie schlägt jetzt einen anderen Ton an, Wut und Bitterkeit klingt in ihrer Stimme, als sie ihren violetten Blick auf eine Stelle neben meinem Kopf richtet.

»Hörst du mich, Cho'taa?«, spuckt sie. »Ich kann dich spüren! Schleichst dich durch die Dunkelheit wie ein Dieb! Zeig dich, i'na destii! Ko'vash dei saam te naeli'dai!« Sie kommt auf die Beine, spuckt vor Wut und zieht ihre Revolverklinge. »Aam sai toviir'netesh! Vaes santiir to sai'da baleinai!«

Auch ich stehe auf, stelle mich zwischen Aurora und diese knisternde übernatürliche Klinge. Die Stelle neben mir schimmert, bewegt sich, ein blutroter Glanz legt sich über das Licht. Als die Gestalt meines Vaters im Raum auftaucht, erhebt sich Aurora, ihr rechtes Auge leuchtet schwach. Groß, dunkel, die zehn Zöpfe über seine zerstörte Gesichtshälfte drapiert, steht er mit gesenktem Kinn da und blickt uns finster an.

Tyler zückt sofort seine Waffe, die anderen Crewmitglieder tun es ihm nach. Sie eröffnen das Feuer, während ich noch eine Warnung rufe. Knalle und Blitze von Disruptoren und Blastergewehren erfüllen den Raum. Aber das Abbild meines Vaters flimmert nur wie Wasser, in das man Steine wirft, und mir wird klar, dass das nur eine Projektion seines Bewusstseins ist – die er von der *Neridaa* geschickt hat, um uns zu belauschen.

»Feigling«, spuckt Lae. »De'saiie na vaelto'na!«

Mein Vater legt den Kopf zur Seite und starrt die wütende Wegewanderin an.

»Du nennst mich schamlos?«, sagt er. »Schimpfst mich einen

Schweinehund? Ich, der ich inmitten der Sterne gewandelt bin, lange bevor du geboren bist? Ich, der ich Sonnen aus dem Firmament gerissen und unzählige Schlachten gewonnen habe? Du bist nicht würdig, dich Syldrathi zu nennen, du Jungspund.«

»Das ist deine Schuld«, brüllt sie. *»ALLES IST DEINE SCHULD!«*

Er sieht die Frau böse an, ein schwaches Leuchten im Auge. Doch hinter seiner Verachtung, seiner Wut kann ich einen kleinen Schatten auf seinem Herzen sehen.

»Saedii … ist sie …«

Mit gefletschten Zähnen hebt Tyler seine Disruptorpistole. »Verschwinde von meinem Schiff, du Scheißkerl.«

»Vater«, sage ich leise. »Du solltest gehen.«

Sein Blick richtet sich auf mich, dann wieder auf Lae und schließlich auf Tyler. Die Andeutung von Trauer, die ich in ihm gespürt habe, ist vollkommen verschwunden, verächtlich sieht er auf den leeren Flachmann in der Hand meines alten Freundes.

»Kein Wunder, dass ihr scheitert. Mit so einem nichtsnutzigen Anführer.«

»Wenn ich so nichtsnutzig bin, Sternentöter, wie kann es …«

Doch er ist weg. Mit einem lautlosen Kräuseln hat er sich auf seinen Thron an Bord der *Neridaa* zurückgezogen. Lae sieht Tyler an, Spucke in den Mundwinkeln, während sie zischt: »Wir könnten zu seinem Schiff rüber und ihn erledigen, Kommandant.«

»Er würde euch alle vernichten«, sage ich.

»Hast du solche Angst vor ihm?«, höhnt Lae.

»Ich bin voller Angst und voller Hass«, sage ich traurig und sehe ihr in die zusammengekniffenen Augen. »Und wenn du klug wärst, würde es dir genauso gehen.«

»Es fällt den Blutsverwandten von Caersan zu, seine Schmach

zu tilgen. Er ist dein Vater. Du hättest ihn schon längst töten sollen, um die Ehre deiner Familie wiederherzustellen.«

Der Schmerz um Saediis Verlust trifft mich in diesem Moment mit voller Härte. Der Tod meiner Mutter steigt daneben auf, lässt meinen Ton schärfer werden.

»Familien sind … kompliziert«, knurre ich. »Wag es nicht, mich wegen meiner zu belehren. Du hast keine Ahnung, was es bedeutet, ein Teil von ihr zu sein.«

»Warum zum Teufel arbeitest du mit diesem Arschloch zusammen, Aurora?«, fragt Tyler in verwundertem und hasserfülltem Ton.

»Wir brauchen ihn, Tyler«, antwortet sie. »Noch lerne ich, die Waffe zu führen. Er hatte dafür fast zehn Jahre Zeit, und er weiß, wie er auf der *Neridaa* spielen muss, um uns in unsere Zeit zurückzubringen.«

»Wie ist das überhaupt möglich?«, fragt Chief Toshh. Neben ihr schnattert Dacca und nickt mit dem Kopf, während ihre Schnurrhaare zucken.

»Ich weiß es nicht«, antwortet Aurora. »Aber ich glaube ihm. Wenn wir zurückkehren, können wir das alles ungeschehen machen! Dann können wir das Ra'haam zerstören, bevor es sprießt!«

»Was zum Teufel machst du dann noch hier?«, will Tyler wissen. »Wenn du doch …«

»Die Waffe ist beschädigt, Bruder. Sie muss noch repariert werden.«

Tylers Stellvertreterin fixiert mich mit ihren schwarzen, glänzenden Augen. »Wie wollt ihr das hinkriegen?«

»Ich weiß es nicht.« Ich reibe mir das Kinn. »Habt ihr einen Stützpunkt? Einen Ort, wo …«

Dacca schnattert, mit peitschendem Schwanz, und beobachtet mich mit ihren goldenen Schlitzaugen.

»Ja, wir haben einen Stützpunkt, Spitzohr«, knurrt Toshh. »Der Schöpfer sei uns gnädig, wenn wir den dem *Sternentöter* verraten.«

»Und selbst wenn«, fährt die Betraskerin fort. »Wir haben keinen Techniker, der dazu in der Lage wäre. Gibt nicht mehr so viele Raumhäfen, die sich auf Wunderwaffen aus Kristall spezialisiert haben.«

»Doch, einen gibt es …«, murmelt Aurora nachdenklich.

Fragend, mit gerunzelter Stirn sehe ich sie an.

»Die Heimatwelt der Eshvaren«, sagt sie und trifft meinen Blick. »Weißt du noch? Sie war in dieser Anomalie in der Raumfalte verborgen. Vielleicht ist sie noch da.«

Langsam nicke ich. »Wenn es einen Ort gibt, an dem wir die Chance hätten, die Schäden zu reparieren, dann dort, wo das Alte Volk die Waffe einst erschaffen hat.«

»Wo war denn … diese Anomalie?«

»Im Theta-Sektor«, antworte ich. »Wir sind dort mit Scarlett und Finian und Zila hin, nachdem du von der GIA gefangen genommen wurdest.«

»Du träumst, Spitzohr«, sagt de Stoy. »Der Theta-Sektor ist mit Unkraut überwuchert. Dichter als Sketi auf einer Martuush-Blüte.«

»Wenn wir schnell sind …«

»Die Stärke des Ra'haam nimmt in der Raumfalte zu«, sagt Toshh. »Es spürt die übernatürliche Veränderung, die jedes Lebewesen auslöst, das in die Raumfalte eindringt. Und dann schickt es eine Flotte nach der anderen, bis sie alles verschlungen haben.«

»Es muss einen Weg geben, Tyler«, sagt Aurora.

»Den Thetha-Sektor zu durchqueren ist kein guter Plan«, antwortet er.

»Vielleicht für Leute, die nicht den besten Taktiker, den die

Aurora Academy je gesehen hat, an ihrer Seite haben.« Aurora lächelt. »Tyler Jones hat immer gute Ideen, weißt du noch? Nur manchmal nicht ganz so geniale.«

Aber Tyler erwidert ihr Lächeln nicht, seine Stimme ist hart, sein Blick düster.

»Das war vor langer Zeit, Auri.«

»Wir brauchen deine Hilfe, Bruder«, sage ich ihm. »Bitte.«

Tyler dreht an dem silbernen Ring an seinem Finger, die Kiefer angespannt, Wut und Verrat brodeln noch unter der Oberfläche. Die Rikeritin wirft Aurora einen kalten Blick zu und murmelt: »Vielleicht sollten wir das kurz in der Ratsversammlung besprechen, Kommandant?«

Da verzieht Lae das Gesicht und zetert: »Was geht uns das an? Was geht uns das an, was irgendeiner von ihnen sagt oder tut? Wir können nicht den Sternentöter unterstützen, nicht seinen Sohn und auch nicht die Närrin, die sich an ihn gebunden hat. Wir müssen ihn töten, Vergeltung üben für …«

»Das reicht, Lae«, sagt Tyler.

»Nein«, schreit sie. »Kommandant, ihm klebt das Blut von Milliarden Syldrathi an den Händen! Die Ehre verlangt, dass wir ihn töten. Wir können auf keinen …«

»Ich habe gesagt, es *REICHT*, Leutnantin!«, brüllt Tyler.

Die beiden blicken sich an, Auge in Auge, Tylers Wille kracht gegen ihren. Ich kann die Wut, den Zorn in ihr spüren. Doch schließlich lässt Lae den Blick fallen.

»Ja, Sir«, murmelt sie.

»In welchem Zustand ist der Rift-Antrieb?«, will er wissen.

»… Das Kristall zersetzt sich zusehends«, antwortet sie leise. »Aber vorläufig ist es noch stabil.«

»Wie schnell kannst du uns nach Hause springen lassen?«

Ungläubig sieht sie ihn an. Aber sie fordert ihn kein weiteres Mal heraus, sondern beobachtet ihn stattdessen aufmerksam mit diesen von Rissen umgebenen violetten Augen. »Ich muss mich ausruhen. Für eine Stunde oder zwei. Und einen Sprung von solchem Ausmaß mit so großen Schiffen … es wird seinen Tribut fordern, Sir.«

Ich sehe, wie Tylers Blick weich wird. »Wird es dir weh tun?«

»Es tut immer weh. Aber wenn du es verlangst …«

Er sieht zwischen Aurora und mir hin und her, ordnet seine Gedanken.

»Ich kann das nicht allein entscheiden. Nicht, wo alles auf dem Spiel steht. Wir müssen zurück zum Stützpunkt.« Sein Blick fällt auf Aurora, der Ausdruck in seinem Auge ist hart wie Stahl. »Ihr könnt euer Anliegen vor dem Rat der Freien Völker darlegen. Wenn sie entscheiden, dass wir euch helfen sollen, dann tun wir das. Wenn nicht, dann seid ihr auf euch allein gestellt.«

Aurora nickt, doch sie sieht verletzt aus. »Ich verstehe. Und falls du mich brauchst …« Sie sieht Lae an und zuckt mit den Schultern. »Mit dem Antrieb … ich meine, wenn du Kraft brauchst, um uns zu bewegen, dann kann ich vielleicht dabei helfen.«

Lae wirft einen Blick auf die *Neridaa* – dieses gigantische Schiff, das sich allein durch Auroras Willenskraft hierher bewegt hat. Mit einem knappen Nicken sagt sie: »Ich werde deine Hilfe annehmen.«

»In Ordnung«, sagt Tyler. »Dacca, Toshh, seht zu, dass die Flüchtenden richtig untergebracht werden. Elin, ich will, dass wir weiter bei Warnstufe zwei bleiben, falls noch mehr Unkraut auftaucht. Wir können eine Stunde an einem Ort bleiben, aber sobald wie möglich springen wir nach Hause.«

»Ja, Sir«, kommt die Antwort.

»Dann machen wir uns an die Arbeit.«

Die Crew geht auseinander, an ihre Aufgaben. Mit einem

sanften Lächeln in meine Richtung macht sich Aurora mit Lae auf, um sich den Antrieb anzusehen. Tyler und ich bleiben allein zurück, starren uns über den Tisch hinweg an. Es liegt so viel Unausgesprochenes zwischen uns, aber ich bin unsicher, ob das der richtige Ort ist, und auch, ob er überhaupt bereit ist zuzuhören. Also frage ich ihn stattdessen etwas, das ich wirklich wissen will:

»Wo in einer solchen Galaxis ist zu Hause, Bruder?«

Er sieht zum Fenster, auf die rote Sonne, auf diese stillen Welten. Ich erlaube mir, einen Hauch von Hoffnung zu fühlen, dass er mir noch nicht versagt hat, ihn so anzusprechen. »Du warst da übrigens schon mal.«

»… Die Aurora Academy?«

»Nein«, seufzt er. »Die hat das Ra'haam zerstört, als es die Galaktische Versammlung angegriffen hat. Und die Station war sowieso zu langsam.« Er sieht mich an, Entsetzen in den Augen. »Es … hör zu, Kal. Es ist inzwischen so gewachsen, dass es alles hören kann. Versteck dich auf einem Planeten – früher oder später findet es dich. Versteck dich inmitten einer Flotte – irgendwann wird es dich schließlich aufspüren, und dann geht es dir so wie den armen Schweinen da unten.«

Ich schüttele den Kopf. »Wo ist es dann noch sicher?«

Tyler zuckt leicht mit den Achseln. »Wenn es keine Welt gibt, die dein Zuhause ist, wenn es kein Schiff gibt, in dem du dich verstecken kannst, dann nimm einfach beides.«

Ich blinzele, füge in Gedanken das Puzzle zusammen.

»Sempiternity«, sage ich und lächle.

15 Scarlett

Mein Ausbilder hat mir mal gesagt, die Formulierung »sollte sich mehr bemühen« sei in meinen Zeugnissen häufiger aufgetaucht als bei jeder anderen Kadettin in der Geschichte der Aurora Academy. Und ich bin mir fast sicher, dass es nicht das war, was er mit »Übung macht den Meister, Kadettin Jones« gemeint hat. Aber bislang bin ich heute siebenunddreißigmal gestorben, und inzwischen kann ich das richtig gut.

Es klingt seltsam, das weiß ich. Vielleicht sogar ein wenig verrückt. Aber so merkwürdig und morbid es auch ist, so habe ich doch allmählich den Verdacht, dass die Leute nur Angst vor dem Tod haben, weil sie nicht wissen, was danach passiert.

Zila, Finian, Nari und ich wissen alle, was danach passiert. *Uns* jedenfalls. Und es fällt immer schwerer, Angst zu haben, wenn man weiß, was kommt.

Schwarzes Licht.

Weißes Rauschen.

Ein schwindelerregender Moment.

Und dann stehe ich wieder vor Finian, bin wieder auf unserem Schiff, und Leutnantin Nari Kims Kampfschiff wartet draußen in der Dunkelheit auf uns.

Die Angst ist nicht sofort verschwunden. Und zuerst war das alles so seltsam, hat mich so belastet, dass ich mich eine Zeitlang gefragt habe, ob es nicht besser ist, einfach tot zu bleiben. Etwas Falsches mutete dem Ganzen an. Etwas geradezu Unnatürliches. Aber wie ich schon sagte, für mich war das Glas immer schon halbvoll. Und sobald die Angst verschwindet … ich muss schon sagen, diese Sache mit der Unsterblichkeit ist der *Wahnsinn*.

Hier sind wir also, bei einem weiteren Versuch, das Büro

von Dr. Pinkerton zu erreichen. Versuch Nr. 37, um genau zu sein, um hinter das Geheimnis zu kommen, was in drei Teufels Namen hier eigentlich genau abgeht. Ich fasse mal schnell zusammen.

Erst mussten wir entdecken, dass wir das Verwaltungsdeck am besten durch die Aufzugschächte erreichen und nicht über die Nottreppe, wie Leutnantin Kim es zuerst gesagt hat. Treppenaufgang A führt zu der Seite der Station, die nicht abgeschirmt ist, und wir haben ja schon gesehen, was passiert, wenn der Quantenblitz einschlägt und wir einfach nur in all unserer Schönheit in der Gegend rumstehen.

ZAAAAAAAAPPPP.

Vielleicht fragt sich jemand, warum wir nicht abwarten, bis der Blitz einschlägt und danach erst die Treppe nehmen. Hervorragende Frage. Leider haben wir das schon versucht und festgestellt, wenn wir zu lange dort unten rumhängen, werden wir vom Sicherheitsdienst erwischt, nicht einmal, nicht zweimal, sondern dreimal hintereinander.

BÄMM.

BÄMM.

BÄMM.

Wie sich herausgestellt hat, funktionieren manche der Kameras noch, obwohl die Station so beschädigt ist. Wer hätte gedacht, dass die Sicherheitstypen in einer militärischen Geheimanlage die Anwesenheit von Saboteuren so ernst nehmen würden? Ich dachte ja, es würde weh tun, wenn jemand in meinen Busen boxt. Aber ich kann versichern, dass es *viel* schlimmer ist, wenn jemand in ihn reinschießt.

BLÄMMBLÄMM

Als Nächstes haben wir unser Glück mit Treppenaufgang B versucht, und bei unserem Jungfernaufgang ist eine ganz neue Merkwürdigkeit dazugekommen. Leutnantin Kim hatte beschlossen, einen anderen Weg zu wählen, um ein paar Minuten einzusparen. Sie ist genau in dem Moment in Korridor 16B, Deck 6 getreten, als ein Schott undicht wurde und die Atmosphäre im Korridor in den Weltraum entlassen hat.

Ziiiiiiscchhhhh.

DONK.

Und obwohl Zila, Fin und ich zu dem Zeitpunkt gerade durch die Abfallentsorgungsanlage krochen, ging es plötzlich wieder los – schwarzes Licht, weißes Rauschen, Schwindel –, und ich stehe an Bord unseres Schiffs und blicke Finian wieder in die großen, schönen Augen.

Das war der endgültige Beweis für meine Theorie. Aus irgendeinem Grund sind wir vier zusammen in dieser Sache gefangen. Egal wie, egal wer – wenn nur einer von uns aus der Zeitschleife fällt, fängt das Ganze wieder von vorne an.

Wieder.

Und wieder.

Ob es uns gefällt oder nicht, wir hängen da zusammen drin.

Als Nächstes haben wir uns dann mit Treppenaufgang B beschäftigt. Wir haben es dreimal versucht, aber sogar wenn wir uns so schnell wie möglich bewegt haben, haben wir nur die halbe Strecke geschafft, bevor das Lebenserhaltungssystem sich entschlossen hat, irgendwo in den Aufbauten mit einem Stromkreis zu knutschen und einen Kurzschluss zu verursachen, so dass das gesamte Treppenhaus in Flammen aufgegangen ist.

WHUUUUUUSCH.

ARRRRRRGH.

Also. Dann auf zum Aufzugschacht. Die gute Nachricht ist, dass der Schaden an der Station hier auch die Sicherheitskameras betrifft. Die schlechte Nachricht ist, dass dadurch auch das Kabel nicht mehr richtig funktioniert und das Sicherheitssystem außer Kraft gesetzt ist. Das ist uns klargeworden, als wir das erste Mal durch Schacht A gekrochen sind und ein Aufzug voll mit Technikern den Befehl bekommen hat, genau in dem Moment nach unten zu fahren.

TWANNG.

QUETSCH.

Zum Glück gibt es diese Probleme bei Schacht B nicht, und nach einem weiteren Versuch, bei dem Finian feststellt, dass Sprosse 372 der Einstiegsleiter nicht mehr hält (*KNACK, »OH SCHEEEEEIIIIIISSE«*), erreichen wir endlich den Bereich, in dem sich auch Dr. Pinkertons Büro befindet.

Aber noch gibt es keinen Grund zu feiern, Leute.

Hier oben sind die Aufzugtüren versiegelt, eine Vorsichtsmaßnahme, falls es zu einem Druckabfall kommen sollte, und es braucht drei Minuten und neunundvierzig Sekunden, bis Fin mit seinem Schneidbrenner die Schlösser durchgeschnitten hat.

Leider wird durch das Öffnen der Türen ein stiller Alarm ausgelöst. Das lernen wir auf die harte Tour, genau eine Minute und dreiundzwanzig Sekunden nach unserem ersten erfolgreichen Versuch, als wir gerade in Dr. Pinkertons Büro einbrechen wollen.

»KEINE BEWEGUNG!«

»Bitte nicht schießen! Ich heiße Scarlett Isobel Jones. Ich …«

BÄMMBÄMMBÄMM.

Die schlechte Nachricht ist, dass kein Weg an diesem Alarm vorbeiführt. Sobald sich die Türen öffnen, sind wir mit diesen Sicherheitstypen fest verabredet.

Die gute Nachricht ist, dass wir, nach einigem Hin

»KEINE BEWEGUNG!«

»Beim Schöpfer, habt ihr Staubkinder nix Besseres zu …«

BÄMMBÄMMBÄMM

und Her

»KEINE BEWEGUNG!«

»Warum sagt ihr Arschlöcher das überhaupt, wenn ihr doch sowieso …«

BÄMMBÄMMBÄMM

schließlich eine Lösung finden, wie wir in Pinkertons Büro kommen, ohne kostbare Zeit damit zu verschwenden, die Tür aufzuschneiden.

Das funktioniert in etwa so:

Legionär de Seel und ich machen uns auf den Weg durch Schacht B (und vermeiden dabei gezielt Sprosse 372.) Während ich unter ihm an der Leiter hänge und beobachte, wie sich die Funken in seinen Augen widerspiegeln, schneidet Finian durch die Türen, die zum Verwaltungsdeck führen. Währenddessen machen sich Zila und Leutnantin Kim auf den Weg in die Leichenhalle der Station, wo sich der Leichnam des kürzlich verstorbenen Dr. Pinkerton befindet.

Nach vier Versuchen

BÄMM.

BRAPPP.

»KEINE BEWEGUNG!«

ERDOLCH, ERDOLCH, ERDOLCH.

haben es die Damen noch immer nicht geschafft, dem Sicherheitsdienst aus dem Weg zu gehen und das zu holen, wozu sie hierhergekommen sind: die elektronische Schlüsselkarte, die um den Hals von Pinkertons Leiche liegt. Aber wie schon gesagt, diesmal habe ich ein gutes Gefühl.

Drückt uns also die Daumen, Leute.

Funken sprühen, das sanfte Zischen von Fins Schneidbrenner ist über dem Alarm und dem gelegentlichen Sirenengeheul kaum zu hören. Ich hänge an der Sprosse unter ihm und sehe ihm beim Arbeiten zu: die Lippen zusammengepresst, die Stirn vor Konzentration in Falten gelegt.

»Kann ich helfen?«

Er lächelt. »Das hast du mich schon die letzten drei Male gefragt. Alles gut, Scar.«

»Wie Zila und Kim wohl vorankommen?«

»Nun, noch hat kein zeitliches Paradoxon dazu geführt, dass wir verschwinden.« Er wischt sich mit dem Ärmel über die Stirn. »Also, besser als letztes Mal.«

Die Station bebt sanft, und ein weiterer Alarm geht los. Ich fühle mich etwas nutzlos, weil ich hier nur rumhänge, und das gefällt mir nicht.

»Bist du sicher, dass ich nichts tun kann?«

Fin grinst. »Ich habe ganz schön Durst.«

Mit einem Arm hake ich mich in die Leitersprossen ein und nehme den Rucksack, den er mitgebracht hat, von meiner Schulter. Ich greife hinein und wühle durch unsere unbrauchbaren Uniglasses nach der Feldflasche. Doch berühren meine Finger etwas Weiches. Pelziges. Ich ziehe den Gegenstand ans Licht, und als mir klarwird, was ich da in der Hand halte, wird mir ganz warm ums Herz, und ein Lächeln erscheint auf meinen Lippen.

»Du hast Kleeblatt mitgenommen?«

Fin wirft einen Blick auf den Plüschdrachen in meiner Hand und zuckt mit den Schultern. »Ich habe mir gedacht, dass wir jede Hilfe gebrauchen können.«

Ich drücke Kleeblatt an meine Lippen, atme tief ein und sehe Finian an. Beim Schöpfer, ist er süß. Von allen Dingen, die er hätte mitnehmen können, hat er das Einzige von Cat gerettet, was wir noch von ihr haben. Während ich einatme, kann ich sie noch immer auf dem Drachenfell riechen, den Duft ihres Parfüms und des Waschmittels, das sie benutzt hat. Da überwältigt es mich einen Moment lang – das Wissen, wie weit wir von zu Hause entfernt sind, wie viel wir auf dem Weg hierher verloren haben und dass wir vielleicht nie wieder zurückfinden.

»Alles in Ordnung?«

Ich blicke nach oben und sehe, wie Fin mich besorgt anstarrt. Ich weiß, ich sollte ihn nicht ablenken – er hat genug zu tun, und wer weiß, was auf dem Spiel steht. Aber ich fühle mich plötzlich so klein, so fremd.

»Glaubst du, dass alles gut wird, Fin?«

Er runzelt leicht die Stirn. »Du meinst …«

»Ich meine all das hier. Auri, Tyler, das hier, wir.« Ich schüttele den Kopf, hasse, dass mir die Tränen in den Augen stehen. »Ich habe das alles nie ernst genommen, Fin. An der Academy habe ich die ganze Zeit nur rumgegammelt. Und jetzt stehen wir knietief in der Scheiße, und ich fühle mich total nutzlos. Alles, was ich kann, ist labern, und das wird hier nicht gebraucht. Wenn ich besser aufgepasst hätte, könnte …«

»Hey.« Er schaltet die Taschenlampe aus und klettert etwas mühselig ein Stück die Leiter runter, damit wir auf Augenhöhe sind. »Hey, hör auf damit. Du bist nicht nutzlos.«

Ich verdrehe die Augen. »Ich danke für das Vertrauen, Legionär de Seel. Aber theoretische Physik ist nicht gerade meine Stärke.«

»Vielleicht nicht.« Er zuckt mit den Schultern, und sein Exoanzug zischt. »Ich weiß nicht, ob es dir aufgefallen ist, aber seit Tyler von der GIA geschnappt wurde, bist *du* diejenige, die unseren Squad zusammenhält. Wir brauchen dich, Scar.«

Er streckt die Hand aus und wischt mit seinem silbernen Finger eine Träne von meinem Gesicht.

»Ich brauche dich.«

Verwundert schüttle ich den Kopf. »Wie kann es sein, dass du die ganze Zeit da warst und ich dich jetzt erst wirklich sehe?«

Er zuckt mit den Schultern. »Ich bin einfach froh, dass es jetzt so ist.«

»Ist es«, flüstere ich.

Und ich rücke näher an ihn ran, spüre, wie er den Arm um meine Taille legt, und einen kleinen Schock, als sich unsere Lippen treffen. Ich habe Schmetterlinge im Bauch, bin wie elektrisiert, während um uns herum die Station bebt und Zilas Stimme über den kreischenden Sirenen zu hören ist.

»Verbringt ihr beiden etwa gerade wertvolle Minuten damit, inmitten eines bisher noch nie dagewesenen zeitlichen Paradoxons Zärtlichkeiten auszutauschen?«

Wir gucken den Schacht runter und sehen Zila auf uns zuklettern, Leutnantin Kim direkt hinter ihr.

»Wir sind einfach hoffnungslos romantisch, Z«, rufe ich.

»Wir haben jetzt keine Zeit für solche Belanglosigkeiten, wir …«

»Entspann dich, Legionärin Madran«, sagt Fin, zwinkert mir zu und lässt mich los. »Wenn du hier oben bist, werde ich fertig sein.«

»Habt ihr beiden die Schlüsselkarte bekommen?«, rufe ich.

»Wir waren erfolgreich«, ruft Zila zurück. »Dank Naris Geistesgegenwart.«

»Nari?«, murmelt Fin. »Sie und Staubmädchen nennen sich jetzt also beim Vornamen?«

»Benimm dich«, sage ich leise.

»Was ist, wenn ich nicht will?«, fragt er und zwinkert mir wieder zu.

Das Schloss knackt hörbar auf, und Fin stellt den Schneidbrenner aus. Gerade als Zila und Kim uns erreichen, stemmt unser Gearhead mit einem angestrengten Winseln seines Exoanzugs die Aufzugtüren auf. Wie immer wird jetzt irgendwo der stille Alarm losgehen, sobald wir einen Fuß in den Korridor gesetzt haben, aber wir haben noch ein bisschen Zeit, bis die Sicherheitstypen uns abfangen.

So schnell wir nur können, rennen wir durch die verrauchten

Korridore und erreichen das Büro von Dr. Pinkerton. Zila zieht die Schlüsselkarte des Toten durch das Lesegerät, und qualvolle Sekunden vergehen, bis das Schloss von Rot zu Grün wechselt und wir uns zum Gesang der Sirene beeilen reinzukommen.

Das Büro ist ganz schön luxuriös eingerichtet – jedenfalls für eine Raumstation. Im Zimmer stehen ein Dutzend Vitrinen, schwach beleuchtet durch die Notstromversorgung. Ein Haufen seltsamer Objekte schwebt über Kissen in der Schwerelosigkeit. Es erinnert mich ein wenig an Casseldon Bianchis Büro auf Sempiternity.

Sieht aus, als wäre Pinkerton ein Sammler gewesen.

Ich sehe mir eins der Artefakte an, das sich langsam in einem Lichtstrahl dreht. Es ist flach, rechteckig, und die Oberfläche ist alt und rissig. Vielleicht war da mal Schrift drauf, aber die Zeit hat sie abgewetzt. Und innendrin ist … Papier?

»Was ist das?«, fragt Fin und späht durch das Glas.

»Keine Ahnung«, murmele ich.

»Soll das ein Witz sein?«

Wir sehen uns um und entdecken Nari, die uns anstarrt, als wären wir nicht ganz dicht.

»Fast immer«, Fin zuckt mit den Schultern. »Aber in diesem Fall habe ich wirklich keine Ahnung, was das ist.«

»Gibt es in der Zukunft keine Bücher?«

»*So* haben Bücher mal ausgesehen?«, frage ich verblüfft.

»Vor so hundert Jahren oder so.« Nari nickt. »Dr. Pinkerton sammelt Antiquitäten. An meinem ersten Tag auf der Station hat er mir einen Vortrag darüber gehalten, dass wir die Schätze der Vergangenheit bewahren müssen.« Sie zuckt mit den Achseln. »Dann hat er nie wieder mit mir gesprochen.«

»Das ist ein *Buch*?« Finn blinzelt. »Es ist in die Haut eines toten Tieres eingewickelt!«

»So hat man das früher gemacht.«

Fin hebt eine Augenbraue und sieht mich an. »Ihr Staubkinder, also echt …«

Ich muss lächeln und sehe mich weiter im Zimmer um. Ich kann Hologramme von Pinkertons Familie sehen. Eine Sammlung von Kakteen, die wohl am Plexiglas-Fenster aufgereiht waren, bevor die Einschläge in die Station sie alle umgeworfen haben, liegt über den Boden verteilt.

»Wer stellt so spitze Pflanzen an einem Ort auf, wo man … Ach egal, versuch es gar nicht erst zu erklären«, murmelt Fin und macht einen großen Bogen um die Kakteen.

An einer Wand steht ein langer Schreibtisch, der leuchtende Monitor eines Computers erhellt das düstere Büro.

Zila hat sich schon auf den Stuhl geschoben, die Schlüsselkarte durch das Terminal gezogen und angefangen zu tippen. Über den technologischen Fortschritt der Menschheit in den letzten zwei Jahrhunderten kann man ja sagen, was man will, aber abgesehen davon, dass er *viel* langsamer ist, funktioniert der Computer im Prinzip genauso. Zila scrollt schon bald durch verschiedene Bildschirmmenüs, wedelt mit der Hand vor Sensoren herum und wischt holographische Displays zur Seite auf ihrer Suche nach Informationen. Leutnantin Kim steht hinter ihr und sieht ihr über die Schulter. Fin steht auch daneben und verteilt leise Ratschläge.

»Achtung, Pantoffel-Besatzung. Rumpf zwischen Deck 13 und 17 aufgerissen.«

Ich stehe am Fenster und sehe mir das Chaos in der Ferne an.

Der Weltraum ist unfassbar groß. Sogar der Teilraum hier in der Raumfalte ist mit dem menschlichen Gehirn schwer zu fassen. Aber dieser Sturm aus Dunkler Materie da draußen ist gerade groß genug, um furchterregend zu sein. Als ich auf dieses pulsierende Unwetter blicke, kehrt das gleiche Gefühl zurück –

ich fühle mich winzig, unbedeutend und bin der Situation so was von nicht gewachsen. Ich denke an Tyler. An Auri. Sogar an Kal. Und frage mich, wo sie sind. Ob es ihnen gutgeht.

Ich wende mich ab, es ist zu groß, zu viel. Stattdessen wandere ich durch Dr. Pinkertons kleine Ausstellung, während Zila und Fin weitersuchen. Irgendetwas daran beruhigt mich – Überreste einer vergangenen Erde, die das Zeitalter, in dem sie geboren wurden, überdauert haben. Auf eine Art sind diese Objekte genauso Zeitreisende wie wir.

Ich schlendere an einem alten kastenförmigen Klumpen Plastik vorbei mit einem runden Tastenfeld und einem komischen Mobilteil. An etwas, was wie eine Art Pistole aussieht, die Oberfläche von Rost durchfressen. Und in einer Vitrine am Fenster sehe ich …

»Ach du heilige Scheiße«, flüstere ich und sehe zum Arbeitsplatz rüber.

»Da«, sagt Fin gerade zu Zila. »Versuch es damit.«

»Ich hab's gesehen«, nickt sie.

»Fin!«

Er blickt auf, als ich ihn rufe. »Ja?«

»Guck dir das mal an.«

Er runzelt ein wenig die Stirn, aber lässt Zila und Nari machen, tritt hinter der Konsole hervor und kommt zu mir.

»Was ist los?«

Mit klopfendem Herzen zeige ich auf das Ding in der Vitrine, das dort in der Schwerelosigkeit schwebt. Ein schmales, rechteckiges Kästchen. Vollkommen alltäglich. Und obwohl das eigentlich unmöglich ist, auch vollkommen vertraut.

»Ist das nicht …?«

Seine großen schwarzen Augen werden weit, sein hübscher Mund ist leicht geöffnet.

»Beim großen Schöpfer …«, flüstert er und sieht mich an.

»Das ist das Zigarillokästchen, das de Stoy und Adams Kal im Dominion-Tresor hinterlassen haben!«

»Achtung, Pantoffel-Besatzung. Alle Techniker zum Gamma-Bereich, Deck 12, und zwar sofort.«

»Scarlett«, ruft Zila. »Finian, ich glaube, das müsst ihr euch anschauen …«

»Zila, du wirst es nicht …«

»Es ist wichtig, Finian.«

Wir tauschen einen Blick aus, und als wir zu Nari und Zila eilen, versuche ich, wieder zu Atem zu kommen. Das Paar kauert vor dem Terminal, und auf den holographischen Displays, die vor Zila schweben, leuchten Datenströme im dämmrigen Licht.

Das meiste davon ist für eine wie mich, die ihre Physikkurse damit verbracht hat, sich sonst wo hinzuwünschen, völlig unverständlich. Aber ich kann sehen, dass der Ordner »Projekt gläserner Pantoffel« heißt. Und über einer Reihe von unleserlichen Tabellen strahlt eine vertraute Form. Ein Steinbrocken, tränenförmig, geschliffen wie ein Schmuckstück, auf den tausend Facetten bricht sich das Licht.

Eine Form, die ich kenne.

»Das ist eine Raumsonde«, flüstere ich. »Eine Raumsonde der Eshvaren!«

Zila lehnt sich in ihrem Stuhl zurück. »Interessant.«

»Was soll das sein?«, will Leutnantin Kim wissen.

»Das ist so eine Art Gerät für Entdeckungsreisen«, sagt Finian, den Blick auf das sich drehende Objekt gerichtet. »Ein Volk von Außerirdischen, die sogenannten Eshvaren, haben es erschaffen. Sie haben Tausende davon in die Raumfalte ausgeschickt, vor Äonen. Unsere Freundin Aurora hat mit Hilfe von so einer Sonde ihre verborgene übernatürliche Kraft erschlossen, damit sie den uralten Krieg der Eshvaren gegen …«

Als er merkt, dass Nari ihn ansieht, als wäre er jetzt vollkommen verrückt geworden, verstummt er.

»Es ist eine lange Geschichte, okay? Aber es geht darum, dass das außerirdische Technologie ist. Und zwar volle Pulle.«

BUMM.

Die gesamte Station wackelt, als etwas irgendwo explodiert.

»ACHTUNG: REAKTORKERN BESCHÄDIGT. DECK 5 UND 6 SOFORT EVAKUIEREN. ICH WIEDERHOLE: SOFORT EVAKUIEREN.«

»Sie müssen eine entdeckt haben«, hauche ich. »Hier, in dieser Zeit.«

»Sie ist kaputt.« Zila zeigt auf die beschädigte Spitze der tropfenförmigen Sonde. »Und anscheinend inaktiv. Das Projekt Gläserner Pantoffel versucht, die Eigenschaften des Kristalls zu bestimmen. Ihn möglicherweise als Waffe einzusetzen. Das größte Bruchstück befindet sich im Reaktorkern der Station und wird dort in verschiedenen Versuchen der Quantenenergie ausgesetzt, die sie aus dem Sturm aus Dunkler Materie gewonnen haben.« Sie runzelt die Stirn und tippt auf dem Bedienfeld für die holographischen Displays. »Aber es gibt ein noch viel kleineres Fragment, das …«

Die Wand summt.

Ein Wandpaneel über dem Computer gleitet zur Seite, und eine Glasvitrine, wie die im Büro, kommt zum Vorschein. Aber statt einer Antiquität schwebt dort in der Schwerelosigkeit ein winziger Brocken Kristall.

Draußen in dem Sturm aus Dunkler Materie schlägt der Blitz aus Quantenenergie in das Segel ein und wandert das Kabel entlang Richtung Station. Vierundvierzig Minuten nachdem wir die Station erreicht haben, wie immer. Und auch wie jedes Mal beginnt das Kristall um meinen Hals schwarz zu leuchten. Aber dieses Mal spiegelt sich das Leuchten in dem Kristallbrocken wider, der in der Vitrine schwebt. Es wird immer intensiver, und beide gleichen sich auf Haar, als wären sie Zwillinge …

»Heilige Scheiße …«, flüstere ich.

Meine Hand wandert zu dem Medaillon um meinen Hals. Ein Medaillon, das genauso wie Kals Zigarillokästchen zehn Jahre im Tresor von Emerald City auf mich gewartet hat. Das von Leuten dort hinterlegt wurde, die zu wissen schienen, was passieren wird, bevor es überhaupt passiert ist.

»Scar …« Fin starrt in die Vitrine. »Das ist *dein* Kristall …«

»Wie kann …« Leutnantin Kim schüttelt den Kopf und sieht zwischen dem Kristall in der Glasvitrine und dem um meinen Hals hin und her. Die Form ist unverkennbar. Identisch. »Wie kann das sein? Wenn ihr aus dem Jahr 2380 seid?«

»Ich weiß es nicht«, sagt Zila. »Aber das ist es. Das ist der Grund für die Zeitschleife. Ein Zusammenspiel über Zeit und Raum hinweg zwischen der Waffe, dieser Station, dem Quantenblitz und den Kristallen der Eshvaren. Alles ist miteinander verschlungen. Ein Ouroboros.«

Der Blitz erreicht die Station.

Das Bauwerk erzittert in seinen Grundfesten, und um uns herum flackern die Lichter.

»ACHTUNG: BRESCHE IM SICHERHEITSBEHÄLTER KRITISCH. SOFORT DECK 2 BIS 10 EVAKUIEREN. ICH WIEDERHOLE: SOFORT EVAKUIEREN.«

Leutnantin Kim und ich starren uns gegenseitig an, den gleichen ungläubigen Ausdruck in den Augen. Fin und Zila fangen an, die Datenströme zu durchkämmen, und überfliegen die Information, so schnell sie können. Das Leuchten des Medaillons wird nun schwächer, aber ich bin noch immer geblendet.

»ACHTUNG: SICHERHEITSBEHÄLTER ZERSTÖRT. NOTMASSNAHMEN EINLEITEN AUF DECK 11.«

Wieder wackelt die Station. Diesmal noch doller.

Die Tür zum Büro gleitet auf, und ein halbes Dutzend Ziellaser leuchten im flackernden Dämmerlicht auf.

»Keine Bewegung!«

Fin seufzt. »Ach, um Himmels willen …«

»ICH WIEDERHOLE: NOTMASSNAHMEN AUF DECK 11.«

Ich hebe meine Hände vor den Sicherheitstypen. »Bis gleich.«

BÄMMBÄMMBÄMM.

16 Zila

»Ach, scheiße, wie haben sie uns diesmal erwischt?«, sagt Finian über Funk.

»Ja, ich dachte, diesmal kriegen sie uns nicht«, stimmt Scarlett zu.

»Der Reaktorkern war beschädigt«, sage ich ihnen und stehe vom Pilotensitz auf. »Achtundfünfzig Minuten nachdem der Quantenblitz ihn getroffen hat, war der Reaktor so überlastet, dass die ganze Station in die Luft geflogen ist. Egal was wir auch tun, scheint es so zu sein, dass die Schäden an der Station irgendwann lebensgefährlich werden.«

»Warum haben sie nicht alle evakuiert?«

»Der Aufruf, die Anlage aufzugeben, wurde nur drei Minuten vor der Explosion ausgerufen. Wenn man bedenkt, wie viel Geld die terranische Regierung für dieses Projekt ausgegeben haben muss, glaube ich, dass die, die noch vom Stationskommando übrig geblieben sind, verzweifelt versucht haben zu retten, was noch zu retten ist.«

»Und irgendwie haben wir das Ganze verschlafen?«, fragt Scarlett.

»Du sahst sehr müde aus. Ich wollte dich nicht wecken.«

Wir hatten uns entschieden, uns eine Zeitschleife lang auszuruhen. Die gesammelte Wirkung der sich ständig wiederholenden Neustarts, das Adrenalin, wenn es gerade noch gut gegangen ist oder wir doch getötet wurden, und die schiere andauernde mentale Kraftanstrengung haben uns alle erschöpft – und natürlich waren wir schon müde, als wir hier angekommen sind.

Als Scarlett klargeworden ist, dass wir im Grunde seit weit

mehr als vierundzwanzig Stunden auf den Beinen sind und niemand von uns sich erfrischt fühlte, wenn alles wieder von vorne losging, war es offensichtlich, dass eine Schlafpause notwendig war.

Ich hatte die erste Wache übernommen, und wir haben genau am Eingang zur Abfallentsorgungsanlage Unterschlupf zusammen mit Nari gefunden – die nach einem Tag voller Zeitschleifen auch am Ende war. Es war eng, aber hier war es für uns sicherer, als an Bord unseres beschädigten Schiffes umherzutreiben. Bis die Station uns um die Ohren geflogen ist, natürlich.

Jetzt wieder zurück auf unserem Schiff, treffe ich Fin und Scarlett im Korridor auf dem Weg zur Ladebucht.

»So wie du guckst«, sagt Scarlett, »sieht es nicht gut aus.«

»Ich weiß es nicht«, antworte ich. »Aber wenn die drei Stückchen des Kristalls – deins, das von Dr. Pinkerton und das größte Fragment – für die Zeitschleife verantwortlich sind und dafür, dass wir wieder nach Hause kommen und alle drei gerade in einer riesigen Explosion zerstört wurden …«

»Dann endet diese Zeitschleife jedes Mal.« Fin runzelt die Stirn. »Egal was wir auch machen.«

Ich nicke. »Achtundfünfzig Minuten nach dem Quantenblitz.«

»Scheiße.« Fin seufzt. »Das bedeutet, selbst wenn wir allen Möglichkeiten zu sterben aus dem Weg gehen, haben wir pro Zeitschleife nur eine Dreiviertelstunde, mehr oder weniger. Das ist viel weniger, als mir lieb wäre.«

»Ich bin beunruhigt«, gebe ich zu.

»Und unausgeschlafen«, betont Scarlett. »Hast du überhaupt geschlafen?«

»Das mache ich während einer späteren Zeitschleife«, antworte ich. »Ich hatte die Gelegenheit nachzudenken, während ich Wache gehalten habe. Lass uns zurück in Dr. Pinkertons Büro gehen.«

»Und diesmal tritt keiner auf einen Kaktus«, ergänzt Fin.

★ ★ ★

Wir erreichen jetzt jedes Mal schneller unser Ziel, aber ich mache mir zunehmend Sorgen, dass wir noch immer nicht schnell genug sind. Bisher fand ich uns sehr effizient in unseren Bemühungen. Doch jetzt ist mir bewusst geworden, dass wir von der wenigen Zeit, die uns zur Verfügung steht, den größten Teil der Zeitschleife brauchen, um überhaupt Pinkertons Büro zu erreichen.

Aber wir *müssen* mehr herausfinden.

Nari und ich arbeiten Hand in Hand, als wir uns die Schlüsselkarte von Dr. Pinkertons Leichnam holen, und sobald wir in seinem Büro sind, kann ich mich schnell durch die nun vertrauten Ordner arbeiten. Wir verschwenden keine Zeit mehr darauf, uns über den Zwillingskristall von Scarlett zu wundern und auch nicht über die schiere Unwahrscheinlichkeit unseres Dilemmas.

Finian und Scarlett versuchen, uns mehr Zeit zu verschaffen, indem sie die Sicherheitspatrouille ablenken, die ansonsten in Pinkertons Büro kommt, uns erschießt und die Zeitschleife beendet.

Die Station wackelt um uns herum.

»ACHTUNG: REAKTORKERN BESCHÄDIGT. NOTMASSNAHMEN AUF DECK 9 EINLEITEN.«

Nari hält Wache, während ich Daten über die fatale Testreihe sammele, die in dem Moment ablief, als die Zeitschleife eingesetzt hat. Während unserer jüngsten Eskapaden habe ich herausgefunden, dass sie gesprächiger ist, als ich erwartet habe.

Als störend empfinde ich es nicht. Es ist vielmehr beruhigend. Ich kann kaum noch die Augen aufhalten und denke vor lauter Müdigkeit immer langsamer. Ich halte mich an ihrer Stimme fest.

»Also«, denkt sie laut nach. »Du bist mit Aliens befreundet, nicht?«

Ich sehe nicht auf und sage leise: »Theoretisch ist jeder für irgendjemand anderen ein Alien.«

»Kennst du noch andere Völker außer den Betraskern?«

»Viele«, bestätige ich ihr. Ich denke an Kal, so viel Raum und Zeit liegt zwischen uns. Und Auri fällt mir ein, wie sie über Magellan gebeugt dasaß und versucht hat, zweihundert Jahre Geschichte nachzuholen, alles über die Aliens zu lernen, die Nari so faszinieren.

Aber Auri ist nicht da und Magellan ein Haufen Schrott in Finians Rucksack. Ich schiebe die Erinnerung weg.

»Du musst an erstaunlichen Orten gewesen sein«, fährt Nari fort, ohne zu merken, dass ich gerade etwas abwesend war. »Ich meine, all diese außerirdischen Heimatplaneten. Auf einem sind Wale, hast du gesagt, stimmt's? Ich kann nicht fassen, dass mich Wale bei der interplanetarischen Erforschung überholt haben.«

Ich weiß nicht, warum, aber ich wünschte, ich könnte das Bedauern in ihrer Stimme beseitigen. »In dieser Zeit zu leben birgt auch viele erstaunliche Sachen. Es gibt gerade so viel, was bald verloren sein wird.«

»Was denn zum Beispiel?«

»Dieses Buch«, antworte ich und nicke in Richtung der Glasvitrine. »So etwas in den Händen halten zu können …«

»Meinst du?« Ihr Ton legt nahe, dass ich das nur sage, damit sie sich besser fühlt, aber das ist nicht so.

»Ein Buch fängt eine Geschichte ein und bannt sie auf seine Seiten. Nicht wie ein Präparat, das leblos ausgestellt wird, sondern lebendig und anschaulich. Eine ganze Welt befindet sich zwischen diesen Deckeln, ein Leben, das auf jeden wartet, der es das erste Mal aufschlägt.«

»In der Zukunft werden doch auch Geschichten erzählt«, führt sie an. »Das war eben poetischer ausgedrückt, als ich es von dir erwartet hätte.«

Das war auch poetischer, als ich es erwartet habe. »Es gibt noch Geschichten«, stimme ich zu. »Aber sie leben im Äther. Dieses Buch in der Vitrine stellt etwas dar, das wir nie kennen werden. Etwas das … bestehen bleibt.«

»Geschichten werden nie sterben«, setzt sie entgegen.

»Werden sie nicht. Aber in einem Buch weißt du immer, wo sie zu finden sind. Sie haben ein Zuhause.«

Beim letzten Wort kippt meine Stimme – als ich von etwas spreche, das mir fehlt, seit ich ein Kind war.

Zuhause.

Sie hört es und wendet sich von der Tür ab, um mich nachdenklich anzuschauen. Sie will eine Frage stellen, also rede ich weiter.

»Du hast auch viele Orte gesehen, die für uns verloren sind«, sage ich und lehne mich näher an den Monitor ran. »So seltsam es auch klingt, aber ich war noch nie auf Terra.«

»Was, noch nie?«

»Noch nie«, antworte ich.

»Das ist … irgendwie traurig«, sagt sie und lächelt.

»ICH WIEDERHOLE: REAKTORKERN BESCHÄDIGT. NOTMASSNAHMEN AUF DECK 9 EINLEITEN!«

Ich mustere sie, sehe wie das Licht des Sturms dort draußen über ihre Gesichtszüge spielt. Schwarze und violette Blitze spiegeln sich in ihren Augen wider.

Ich sollte mit etwas mehr Geschwindigkeit an der Lösung unseres Dilemmas arbeiten.

Aber die Vorstellung von einem Zuhause lässt mich nicht los.

»Magst du mir von irgendeinem Ort auf Terra erzählen, den du besucht hast?«, frage ich.

»Gyeongju«, sagt sie sofort. »Das ist so eine total coole Stadt in Korea, die die terranische Regierung unter Denkmalschutz gestellt hat. Es gibt dort so Hügelgräber, die sehr gut erhalten sind – es war mal die Hauptstadt eines Königreiches, bevor es Korea genannt wurde.«

Ich wende mich wieder der Konsole zu und gehe mit müdem Kopf eine Reihe von Ordnern durch und sehe mir ihren Inhalt an.

»Ich hätte nicht gedacht, dass du dich für Geschichte interessierst«, gebe ich zu.

»Tue ich auch nicht«, sagt sie. »Meine Halmoni, meine Großmutter, wohnt da. Also, und deswegen fährt meine Familie da manchmal hin.«

Irgendwie ist Nari viel entspannter als in den vorherigen Zeitschleifen. Sie hat sich wieder zur Tür gedreht, um Wache zu halten, aber ich kann ihr Profil sehen, diesen dunklen Sturm, der ihr Gesicht aufleuchten lässt.

Meine ungehorsamen Gedanken wandern zurück zu unserer letzten Zeitschleife, nachdem Nari und Finian eingeschlafen sind und Scarlett es sich neben mir bequem gemacht hat.

»Nari Kim fängt an, mir ans Herz zu wachsen«, hat Scarlett leise zugegeben.

»Finian würde jetzt vorschlagen, dass man dich dafür kurz und klein schlagen sollte«, sage ich todernst.

Sie kichert. »Es geht dir doch auch so, Zila.«

»Oh?«

»Sie ist nicht besonders groß«, sagt sie mit einem durchtriebenen Lächeln.

Ich werde es immer bereuen, mit Scarlett über meinen Frauengeschmack gesprochen zu haben.

»Zila?«

Naris Stimme ruft mich in diese Gegenwart zurück.

Worüber haben wir noch mal gesprochen?

Zuhause.

»Hast du eine große Familie, Leutnantin?«

»Oh, ja, riesig. Aber trotzdem möchte meine Halmoni, dass wir uns alle einmal die Woche bei ihr melden. Ich sag dir, die hat immer einen vollen Terminkalender, und falls du zu spät kommst ... Es hat sehr, sehr lange gebraucht, ihr klarzumachen, dass ich mich nicht von einer Geheimoperation bei ihr melden kann.«

»Und hast du sie oft besucht, dort, in Gyeongju?«

»Jedes Jahr, bis ich eingerückt bin. Jetzt ist es etwa jedes zweite Jahr.« Nari seufzt. »Es ist so schön da. Ja, ich muss mir ein Zimmer mit einem halben Dutzend Cousinen teilen, weil die ganze Familie immer bei ihr in der Wohnung sein will. Aber es gibt so viel zu essen – sie macht den besten Doenjang-Eintopf in Gyeongju und dann noch lauter Kleinigkeiten dazu, und das alles für ein zwangloses Familienessen! Und eine meiner Cousinen ist Reiseführerin auf Jeju. Da gibt es so eine Zitrusfrucht – riiiiieeeesige Mandarinen, die Dekopon heißen. Sie sind unglaublich saftig, man klebt danach überall, aber sie schmecken himmlisch. Eine Exfreundin ist mal mitgekommen, und ich schwöre, der einzige Grund, warum wir noch Kontakt haben, ist, dass sie jedes Mal eine ganze Kiste davon haben will, wenn ich hinfahre. Jedenfalls ...«

Sie verstummt, vielleicht weil ihr bewusst geworden ist, wie lange sie schon redet. Oder vielleicht – so was richtig zu deuten fällt mir schwer – um zu sehen, wie ich auf die Erwähnung ihrer Exfreundin reagiere?

»Eine Dekopon ist mir noch nie begegnet. Aber Zitrusfrüchte mag ich.«

»Und sonst?«, fragt sie leise.

»Sonst?«

»Was ist mit deiner Familie? Wo bist du überall gewesen? Ich rede die ganze Zeit von mir, aber was ist mir dir, Mädchen aus der Zukunft?«

»ACHTUNG: STRAHLUNG AUF DECK 13, ALLE AUF DECK 13 SOFORT ZUR DEKONTAMINIERUNG!«

»Da kann ich dich leider nur enttäuschen, fürchte ich.« Ich richte meine Aufmerksamkeit auf eine Reihe neuer Einträge und bin von den Versuchen der Wissenschaftler, das Kristall aufzuladen, fasziniert. »Ich bin im staatlichen Pflegesystem groß geworden, ohne Familie. Und ich war noch nie im Urlaub.«

Sie blinzelt. »Was, noch nie?«

Ich zucke mit den Schultern. »Es war sinnvoller zu lernen, wenn wir von der Academy freibekommen haben.«

Danach sind wir beide still, und ich beschließe, mich den Ergebnissen der Experimente mit dem Energiekreislauf zu widmen.

»Bist du … warst du immer im staatlichen Pflegesystem?«, fragt sie schließlich, leiser, sanfter. »Ist das so, in der Zukunft? Also, ich meine, du musst nicht darüber reden. Wenn du das nicht willst.«

Ich zögere, für mich ganz untypisch. »Nein, so ist das sonst nicht«, sage ich nach einer Weile. Gerade will ich weitersprechen, ihr erklären, dass ich nicht darüber reden will, als ich zu ihr hinsehe.

Unsere Blicke treffen sich.

»Vielleicht können wir uns in einer anderen Zeitschleife darüber unterhalten«, sage ich stattdessen.

Sie lächelt, und in dem Augenblick kommt sie mir so bekannt vor, dass sie meine ganze Aufmerksamkeit hat.

Ich merke, wie meine Gedanken in alle Richtungen rasen,

um eine Erinnerung zu finden, in die sie reinpasst und die mir erklärt, warum sie mir so vertraut ist. Aber ich habe keine Zeit, mir ihr Lächeln, ihre Augen länger anzusehen. Ich räuspere mich und wende mich wieder der Konsole zu.

»Willst du noch ein paar alte Geschichten hören, während du arbeitest?«, fragt sie. »Oder lenke ich dich ab?«

»Beides«, stelle ich fest.

Während sie spricht, lasse ich mich in ihre Stimme sinken und in die Datenströme vor mir. Wenn wir keinen Weg aus dieser Zeitschleife finden, wird das hier mein Leben sein. Dieser eine Tag.

Wieder und wieder und wieder.

Dies wird mein Zuhause sein.

»Ich glaube, ich …«

Der Lautsprecher schneidet mir das Wort ab.

»ACHTUNG: STRAHLUNG TRITT AUS. KERNSCHMELZE STEHT BEVOR. COUNTDOWN LÄUFT. DAS GESAMTE PERSONAL SOFORT ZU DEN FLUCHTKAPSELN. ICH WIEDERHOLE: KERNSCHMELZE DROHT, IN DREI MINUTEN.«

Und da ist es.

Das Ende der Zeitschleife.

Aber die nächste kommt bestimmt, nehme ich mal an.

Ich werfe einen Blick auf den Timer an meinem Handgelenk und halte inne.

Ich spüre, wie sich meine Stirn in Falten legt.

Nari legt den Kopf zur Seite. »Zila?«

Ich muss mich vorhin verrechnet haben. Ich habe Finian und Scarlett gesagt, dass die Kernschmelze achtundfünfzig Minuten nach dem Quantenblitz eintritt. Meistens habe ich recht. Aber es sind nur einundfünfzig Minuten …

Ich bin wohl zu übermüdet. Ich habe nicht geschlafen wie die anderen.

Ich weise nicht auf meinen Fehler hin. Stattdessen erledige ich noch, so viel ich kann, und versuche, mir so viel Einzelheiten wie möglich zu merken. Nari beobachtet mich vom Fenster, Sternenlicht leuchtet auf ihrer Haut. Und schließlich, als kaum noch Zeit ist, stehe ich auf, bereit für das, was da kommen mag. »Wir sehen uns bald wieder, Nari.«

»ACHTUNG: KERNSCHMELZE STEHT BEVOR. IN DREISSIG SEKUNDEN. ALLE SOFORT EVAKUIEREN. ICH WIEDERHOLE: KERNSCHMELZE IN DREISSIG SEKUNDEN.«

»Ich hasse diesen Teil«, sagt sie zu mir.

Wieder treffe ich ihren Blick, und ohne zu wissen, warum ich das Bedürfnis habe, sie zu trösten, antworte ich: »Du bist nicht allein.«

Sie geht einen Schritt auf mich zu.

Ihre Augen sind sehr hübsch.

»ACHTUNG: KERNSCHMELZE! FÜNF SEKUNDEN. ACHTUNG!«

Sie ist nicht besonders groß.

»Zila, ich weiß, der Zeitpunkt ist fürchterlich, aber ich finde wirklich, dass du …«

»ACHTUNG!«

BUMM.

17 Tyler

Es hat auch seine Vorteile, der meistgesuchte Verbrecher der Galaxis zu sein.

Mein ganzes Leben lang habe ich nach den Regeln gespielt. Ich habe fleißig gelernt, noch härter gearbeitet, für Sperenzchen blieb keine Zeit. Aber als ich den Kragen meines langen schwarzen Mantels hochschlage, um die Kälte abzuwehren, mir die Kapuze über den Kopf ziehe und in die Bar trete, genieße ich es irgendwie – so schwer es mir auch fällt, das zuzugeben –, ein gesuchter Mann zu sein.

Die Bar ist rappelvoll – Frachtpiloten und Langstrecken-Crews, Gangster und Drogen- / Sim- / Fell-Dealer, Hunderte von Gesichtern, ein Dutzend verschiedener Völker. Durch die Menge lacht mich die Betraskerin an der Bar freundlich an, und die zwielichtigen Typen, Dreckskerle und Bösewichte, die ich in den letzten ein, zwei Tagen in Augenschein genommen habe, nicken zum Gruß oder halten sich einfach an ihrem Getränk fest. Aber niemand macht mir Ärger, sogar an einem solchen Ort wie diesem.

Ich bin ja schließlich auch ein galaktischer Terrorist. Ein abtrünniger Aurora-Legionär. Ein Massenmörder, der für den Tod von Hunderten von Syldrathi auf der Sagan Station verantwortlich ist, ganz zu schweigen vom Eindringen in eine Sperrzone sowie einem Raubüberfall, ein paar Explosionen in Emerald City und noch einer Menge weiterer Anklagepunkte, die die GIA gegen mich zusammengesammelt hat.

Mit so jemandem legt sich niemand direkt an.

Ich gehe zur Bar, der wummernde Beat von Dub-Musik dröhnt um mich herum, holographische Displays, die für die neusten Simcasts werben, leuchten auf, und die Nachrichten berichten von entfernten Schlachten und dem aufflammenden Krieg zwischen den Sternen. Niemand scheint deswegen besonders besorgt zu sein. Die meisten bekommen nicht einmal mit, was da passiert. Das Mädchen hinter der Bar schiebt mir ein Glas Semptar-Whiskey über das glänzende Plastahl rüber. Als ich das Glas hebe, kann ich sehen, dass sie ihre Uniglass-Nummer auf den Untersetzer geschrieben hat.

Wie schon gesagt, es hat durchaus seine Vorteile, ein Teufelskerl zu sein.

Ich bin seit zweiunddreißig Stunden auf der MaZ4-VII-Station. Der Raumhafen liegt an einem Knotenpunkt von einem Dutzend Schiffslinien und kreist um einen Gasriesen genau neben einem Raumfaltentor, das zum Stellanis System führt. Langstreckenflüge machen hier einen Zwischenhalt, damit die Mannschaften nicht zu lang der Raumfalte ausgesetzt sind und eine Psychose bekommen, aber es liegt auch an der Grenze zum betraskischen, rigellianischen, terranischen und freien Raum. Was bedeutet, dass es hier so geschäftig zugeht wie bei einem Ringkampf mit einem einarmigen Chellerianer.

Saedii und Co. haben mich vor zwei Tagen auf der Station abgesetzt, und ich kann noch immer ihren Abschiedskuss auf meinen Lippen spüren. Noch immer den Ausdruck in ihren Augen sehen, als sie mir das Messer gegeben und sich geweigert hat, sich zu verabschieden, wohl wissend, dass wir uns wahrscheinlich nie wiedersehen werden.

Inmitten der Sterne werden wir uns wiedersehen, Tyler Jones.

Im besten Fall eint sie die Ungebrochenen, und ich verhindere irgendwie, dass das Ra'haam die Aurora Academy vernichtet, aber dann haben wir noch immer nicht die Waffe und kämpfen noch immer ums Überleben gegen das Ra'haam.

Viel wahrscheinlicher ist, dass wir in diesem sich ständig weiterentwickelnden galaktischen Krieg gegeneinander kämpfen werden. Und am allerwahrscheinlichsten ist, dass ich einfach verhaftet und als Verräter der Erde und der Legion hingerichtet werde.

Da zeigt sich, dass der meistgesuchte Kriminelle der Galaxis zu sein mehr bedeutet als freie Drinks und die Uniglass-Nummer hübscher Mädchen. Und die Wahrheit ist, dass mir die Zeit davonläuft.

Ich überfliege die Menge, suche nach meinem Kontakt und spiele mit dem Cred-Stick in meiner Tasche. Die Creds, die mir Saedii gegeben hat, reichen für eine Überfahrt ins Aurora System, aber in drei Tagen wird in der Academy ein Sondergipfel aller galaktischen Staaten abgehalten. Damit will ich sagen: Dahinzukommen ist nicht das Problem, aber in die Station reinzukommen schon. Die Sicherheitsvorkehrungen werden furchterregender sein als Scarlett, bevor sie morgens ihren Kaffee getrunken hat.

Aber wie ich Saedii schon gesagt habe: Ich kann nicht einfach eine Warnung losschicken und auf das Beste hoffen. Ich muss es an Bord schaffen, ohne erwischt und erschossen zu werden, damit ich Adams persönlich über die Bedrohung informieren kann.

Der einzige Weg, ihm eine Nachricht zu überbringen, die nicht abgefangen werden kann, ist über das System der Academy, an seine private Nummer. Sonst steht mindestens eine Person zwischen ihm und mir, wenn nicht sogar mehr.

Es gibt nur einen Weg, wie ich das zustande bringen kann.

»Ich würde sie anrufen, Erdjunge.«

Ich werfe einen Blick zur Seite, und neben mir ist plötzlich ein katzenartiger Humanoid aufgetaucht, wo der Sitz neben mir eben noch leer war. Takka weiß, wie man sich anschleicht, das muss ich ihm lassen.

Er sieht mich mit seinen goldenen Schlitzaugen an, seine Schnurrhaare zucken. Er hat das Gleiche an wie gestern, als ich ihn in Augenschein genommen habe – einen Anzug mit breiten Schultern, so schwarz wie sein Fell, seine klobigen Schuhe haben hohe Absätze. Ich habe noch nie einen Gremp mit einem Napoleon-Komplex getroffen, aber es gibt wohl für alles ein erstes Mal. Er kaut auf einer leuchtend blauen Rauschstange herum, seine Zähne sind vom Saccharin und den Aufputschmitteln verfärbt.

»Was?«, frage ich.

Er nickt Richtung Untersetzer. »Mädschchchchen«, schnurrt er. »Ist hübsch. Solltest deine letzte Nacht genießen, bevor du stirbst.«

»Du hast es geschafft?«

Er grinst und rollt die Rauschstange mit seiner rauen Zunge zwischen seinen schartigen Zähnen hin und her. »Ich sag's dir, Erdjunge. Takka-Leute, die Leute kennen.«

»Wie sieht es denn aus?«

Er senkt die Stimme, wie es sich für ein verschwörerisches Gespräch gehört, und sieht sich in der Bar um. »Eisfrachter. Fliegt zweitausend Lichtjahre entfernt am Aurora Raumfaltentor vorbei.«

»Zweittausend Lichtjahre?« Ich runzle die Stirn. »Und was soll mir das bringen?«

»Biste näher dran als jetzt.« Takka zuckt mit den Schultern. »Bin sicher, mit bisschen Motivation fliegt der Kapitän noch näher ran. Wo wir gerade dabei sind …« Er wirft einen Blick auf meinen Mantel, reibt die Krallen aneinander. »Zahltag.«

»Du wirst nicht bezahlt, bevor ich an Bord bin.« Finster blicke ich ihn an. »Und bevor ich mich verpflichte, will ich auch noch deinen Kapitän kennenlernen.«

»Lustig. Hat dasselbe gesagt.« Zitternd zermalmt Takka die

Rauschstange zwischen seinen Zähnen. »Aber Takka bringt Erdjunge nirgends hin. Erst Pinkepinke.«

Mit einem Seufzer greife ich in meinen Mantel nach meinem Cred-Stick, drücke meinen Daumen auf den Sensor, um mich zu identifizieren und die Geldmittel freizugeben. Mit seinen Klauen greift Takka danach, aber ich halte ihn fest und blicke ihn an. »Jetzt die Hälfte. Die zweite, wenn ich einsteige.«

Ein Ohr zuckt. »Ganz schön misstrauisch, Erdjunge.«

»Ich bin ja auch ein Superschurke.«

Takka grinst spöttisch, hält seinen Cred-Stick an meinen für den Geldtransfer und rutscht von seinem Stuhl runter. Ich folge ihm durch die Menge in die Korridore der Station und ziehe mir die Kapuze wieder übers Gesicht. Auf der Stationsuhr wird der Schlafzyklus angezeigt, deswegen ist die Beleuchtung schwach, aber die Transitröhre ist trotzdem brechend voll und Takka ganz offensichtlich nicht erfreut darüber, bei seiner Größe auf Tuchfühlung zu gehen.

Wir steigen an einer ruhigen Ecke der Docks aus, zusammen mit einer Gruppe Langstreckenflieger. Hier ist es viel stiller, Takka führt mich durch die Ladebuchten und schnattert etwas von einem Tipp, den er für den bevorstehenden Wettkampf im Schwergewicht bekommen hat, leichtes Geld, Pinkepinke, bla bla bla. Aber ich konzentriere mich auf die Schatten um mich herum, während mein Herz schneller schlägt und ich nach der syldrathischen Pistole in meiner Manteltasche fasse.

Mir wird plötzlich bewusst, wie weit weg von zu Hause ich bin.

Wenn das hier schiefgeht, geht alles schief.

»Welches Schiff ist es?«, frage ich.

»Da oben.« Der Gremp nickt. »D-Bucht.«

Ein langes durchsichtiges Plastahl-Fenster gibt den Blick auf die Raumschiffe unter uns frei, auf verschiedene Modelle und

Marken. Aber ein kleiner Haufen aus Frachtgut liegt zwischen uns und der D-Bucht. Als ich mich umsehe, wird mir klar, dass es hier ungewöhnlich still ist, auch wenn es mitten in der Nacht ist. Nur ein paar Beladerdrohnen sind auf den Docks zu sehen, aber weder Sicherheitspatrouillen noch irgendwelche Mannschaften.

»Wie heißt denn das Schiff?«, frage ich und überfliege ein leuchtendes Ladungsverzeichnis an der Wand.

»Hat keinen Namen, Erdjunge.« Takka wirft einen Blick über die Schulter. »Identitätsnummer AL-303.«

Das Herz rutscht mir in die Hose, und ich greife fester nach meiner Pistole.

»Das ist kein Eisfrachter. Das ist eine Bezeichnung der Legion.«

Der Korridor vor uns macht eine Biegung, und ich komme zum Stillstand. Hinter dem dunkelgrauen Berg aus Frachtgut kann ich gerade noch den Rumpf einer *Longbow* erkennen – lang, geformt wie ein Speer, hebt sich das glänzende Weiß vom Metall der Station ab. Und auf ihrer Flanke sehe ich den brennenden Stern der Aurora Legion.

»Keine Bewegung« höre ich hinter mir, und die Stimme wird von dem Summton eines Disruptorgewehrs begleitet. Am Klang der Waffe kann ich erkennen, dass sie irgendwo zwischen Betäuben und Töten eingestellt ist. Als ich über die Schulter blicke, sehe ich einen großen männlichen Syldrathi, das silberne Haar zu fünf Zöpfen geflochten, mit stechenden violetten Augen. Er trägt die Uniform der Legion, und die grünen Abzeichen auf seiner Schulter sagen mir, dass er zum wissenschaftlichen Dienst gehört, und die Zwillingskreise auf seiner Stirn weisen ihn als Mitglied der Kabale der Weber aus. Der Tank, der neben ihm aufragt, ist ein großer Betrasker, mit breiten Schultern und dunkelblauen Kontaktlinsen in den Augen.

»Gib mir irgendeinen Vorwand, Jones«, sagt der Tank. »Bitte.«

Takka tritt zur Seite, als noch mehr Gestalten aus den Schatten auftauchen, alle in der Uniform der Legion – Ace, Gearhead, Face –, eine Mischung aus Betraskern und Terranern. Jeder ist mit einem Disruptor bewaffnet und einem finsteren Gesichtsausdruck. Ich lasse die Pistole in meiner Manteltasche los. Ich kann die syldrathische Klinge, die mir Saedii geschenkt hat und die um meinen Unterarm geschnallt ist, spüren, schwer wie Blei.

Ich werfe Takka einen Blick zu, mit zusammengepressten Kiefern. »Du hast mich hintergangen.«

»Tut mir leid, Alter.« Er beißt wieder in seine Rauschstange, lächelt mit verfärbten Zähnen und spricht plötzlich *erheblich* besser terranisch. »Noch etwas misstrauischer könntest du schon sein. Jeder Idiot weiß, dass die Aurora Legion dich blödes Arschloch gerade in diesem Sektor seit Monaten sucht.«

»Dann bekommst du wohl nicht die zweite Hälfte deines Geldes.«

»Aber ich bekomme eine Belohnung dafür, dass ich dich ausgeliefert habe.« Sein Grinsen wird noch breiter. »Nichts für ungut, Alter. Die Legion zahlt einfach besser als du.«

Eine Gestalt zu meiner Linken tritt aus der Dunkelheit, ihre Haltung exakt so, wie von der Academy vorgeschrieben. Ich kann die blauen Streifen des Alphas auf ihrer Uniform sehen, ihre langen blonden Haare, die zu einem glatten Zopf zusammengefasst sind, die dunkelgrünen Augen, die Sommersprossen.

»Wir können das auf die nette Art machen, Jones«, sagt sie. »Oder auf die harte Tour.«

»Cohen.« Ich schenke ihr ein Lächeln und hebe die Hände ganz langsam nach oben. »Unser Abschluss ist schon eine Weile her. Wie geht's dir, Em?«

»Halt die Klappe, Tyler«, antwortet sie. »Auf die Knie.«

»Und zwar schön langsam«, knurrt der Tank hinter mir. »Oder du wirst nie wieder aufstehen, beim Schöpfer.«

Ich werfe ihm einen Blick zu. »Du bist doch wohl nicht noch immer sauer wegen der Auslese, oder, de Renn? Es ist nicht meine Schuld, dass sie mir Kal aufgehalst haben, ich hatte nicht wirklich eine Wahl. Aber meine erste Wahl wärst du, ehrlich gesagt, auch nicht gewesen.«

»Der gute alte Goldenboy.« Emma tritt näher, das Gewehr auf meine Brust gerichtet. »Fast genauso eingebildet wie deine Schwester.«

»Scar hat das echt leidgetan mit deinem Freund, Em, ich weiß nicht, wie oft …«

»Du hast dich ja in unserem verdammten Jahrgang immer für das Gelbe vom Ei gehalten. Aber jetzt braucht es mehr als ein Paar süße Grübchen, um deinen Arsch zu retten, du verdammter *Verräter.*«

Ich hebe eine Augenbraue. »Du findest meine Grübchen süß, Em?«

Cohen zischt vor Empörung und hält mir ihre Waffe vors Gesicht.

»Na, dann wohl auf die harte Tour.«

BÄMM.

⋆ ⋆ ⋆

Es ist der Traum, der mich schließlich weckt. Mich aus dem dunklen Sumpf der Ohnmacht in einen Albtraum zieht.

Ich sehe es wieder, genau wie vorher – die silberne Aurora Academy, die im Licht des Aurora-Sterns schwebt. Sie funkelt wie ein Edelstein in der Dunkelheit, wie ein Leuchtturm, nach dem sich terranische Matrosen früher ausgerichtet haben, damit ihre Schiffe nicht an den Klippen zerschellen.

Ich greife danach. In der Ferne höre ich Schreie.

Die Station fliegt von innen heraus in die Luft und verteilt sich wie Diamanten über den schwarzen Samt des Weltraums.

Und mir wird klar, dass das meine Schreie sind.

Ich öffne die Augen, setze mich langsam auf, mein galoppierender Puls passt gut zu dem Dröhnen in meinem Kopf. Wenn ich davon ausgehe, wie steif meine Muskeln sind, muss ich wohl zwölf Stunden bewusstlos gewesen sein. Eigentlich gar nicht mal so schlecht. Ein Disruptor der Aurora Legion kann dich für drei Tage ausschalten, ohne dich unter die Erde zu bringen. Cohens Gewehr muss mehr auf Betäuben als auf Töten gestellt gewesen sein.

Echt, sie stand schon immer auf mich.

Ich weiß sofort, wo ich bin. Es ist eine Longbow der Legion, 6er-Serie, dasselbe Modell wie das Schiff, das mein Squad zur Verfügung gestellt bekommen hat, als wir uns auf den Weg zur Sagan Station gemacht haben. Es kommt mir vor wie vor tausend Jahren. Die Wände sind grau, aber ein Blick auf die Beleuchtung sagt mir, dass wir in der Raumfalte sind – normalerweise haben die Lichter einen leichten Blaustich.

Ich bin in einer Arrestzelle der Longbow – drei Meter mal drei Meter, ein Kasten, der dazu verwendet wird, Gefangene oder gefährliche Ladung zu transportieren. Die Wände sind schussfest, auf dieser Seite der schweren Tür gibt es keine Bedienelemente. Die Inneneinrichtung besteht aus einer Schaumstoffmatratze und einem Müllschlucker. Die Lüftungsschächte sind winzig, es gibt keine Steckdosen, keine Fenster. Was die kurzfristige Unterbringung von Gefangenen angeht, hat es die Legion echt drauf.

Mein Kopf fühlt sich an, als hätte jemand reingetreten.

Wie jeder gute Alpha in seinem ersten Dienstjahr hat sich Cohen an die Vorschriften gehalten. Magnetische Handschellen liegen um meine Handgelenke und Knöchel. Sie haben mir meinen Mantel, meine Pistole, Saediis Klinge abgenommen und mir so wenig wie möglich gelassen: graue Cargohosen und ein T-Shirt. Meine Stiefel auch, aber die Schnürsenkel haben sie mitgenommen.

Neben der Tür ist ein Tablett aus Metall, auf dem ein Proteinlaib und ein Pappkarton mit gefiltertem Wasser stehen. Ich tue so, als ob ich verletzter wäre, als ich es bin, kippe das Wasser runter und werfe dabei einen Blick in die Ecke des Raumes. An der Decke kann ich die winzige schwarze Niete der Überwachungskamera sehen – wenn Cohen schlau ist, hat sie ihrem Tank den Befehl gegeben, mich mit Argusaugen zu beobachten. Und Cohen *ist* schlau – sie gehörte zu den besten Alphas unseres Jahrgangs. Die Hälfte von dem Squad, den sie zusammengestellt hat, hätte ich mir selbst ausgesucht, wenn ich nicht die Auslese verpasst hätte. Jetzt gibt es für mich erst einmal nichts anderes zu tun, als zu warten.

Die Triebwerke brummen unter mir, während wir durch die Raumfalte fliegen. Ich muss an meine Schwester denken, an die anderen Mitglieder meines Squads. Wie wir damals zusammen gerannt sind, auf Sempiternity. Nichts schien uns sieben damals aufhalten zu können. Bei dem Gedanken an das, was wohl mit ihnen passiert ist, tut mir das Herz weh.

Dass ich vielleicht der Einzige bin, der noch übrig ist.

Wo bist du, Scar?

Schließlich höre ich, wie sich die Tonlage der Triebwerke verändert, das schwache Echo eines Lautsprechers vor meiner Zellentür. Das Metall ist zu dick, als dass ich die Worte verstehen könnte, aber ich weiß genau, was sie sagen: Wir sind seit vierundzwanzig Stunden in der Raumfalte, was das absolute Maximum ist, dem man sich ohne Unterbrechung aussetzen soll.

Es gibt einen Grund dafür, warum niemandem über fünfundzwanzig empfohlen wird, mehr als ein paar Stunden durch die Raumfalte zu reisen, ohne sich vorher einfrieren zu lassen – und sogar junge Gehirne sollten der Raumfalte nicht durchgehend ausgesetzt sein. Es ist also Standard, dass die Legion eine Unterbrechung vorschreibt, und deswegen hat Cohen ihrer Crew den Befehl gegeben, durch das nächste Tor zu fliegen, um eine Pause zu machen.

Ich spüre, wie es losgeht – der seltsame Schwindel, der mir sagt, dass wir aus der Raumfalte in den Echtraum fliegen. Ich fühle mich schwerelos. Ich krümme mich mit überschlagenen Beinen, während sich das Farbspektrum von Schwarz und Weiß zu Leuchtendbunt verändert. Und als wir die Schwelle überschreiten, gleiten meine Finger zu meinen Füßen.

Diese Stiefel haben zehn Jahre auf mich im Tresor des Dominions gewartet. Ich habe noch immer keine Ahnung, wer sie da hingetan hat. Woher sie wussten, dass ich mich aus der Gefangenschaft befreien musste, nicht einmal, sondern zweimal. Aber mal ehrlich, so wie das in letzter Zeit gelaufen ist, werde ich diesen einen Glücksfall bestimmt nicht in Frage stellen.

Der falsche Absatz dreht sich zur Seite. Ich suche nach dem Fehlerteufel – dem Gerät, das dafür gesorgt hat, dass ich einen elektromagnetischen Impuls auslösen konnte, der mich und Saedii aus dem Gefängnistrakt befreit hat. Eine Longbow der Aurora Legion ist erheblich kleiner als ein Kreuzer der Terran Defense Force, und ich kann die Reichweite von diesem Dings nicht einschätzen. Aber ehrlich gesagt bin ich zu verzweifelt, um mir darüber Gedanken zu machen – so verzweifelt war ich nicht, seit ich diesen irren Plan gefasst habe.

Es ist genau, wie Takka gesagt hat: Jeder Idiot weiß, dass die Aurora Legion seit Monaten nach meinem blöden Arsch in diesem Sektor sucht. Und so wie die Sicherheitsmaßnahmen sind, gab es nur einen Weg, in die Aurora Academy zu kommen, um Adams vor dem Ra'haam zu warnen.

An Bord eines Schiffs der Aurora Legion.

Ich nehme mir vor, Takka ein Geschenk zu schicken, weil er mich so schnell ausgeliefert hat. Und mit einem kleinen Gebet an den Schöpfer drücke ich auf den Knopf.

Wieder spüre ich wie mein Stiefel vibriert. Das Summen, das man kaum wahrnimmt. Und genau wie an Bord der *Kusanagi* gehen die Lichter in der Zelle aus.

Und die Kamera.

Und Freude über Freude, auch die magnetischen Handschellen öffnen sich.

Sofort bin ich auf den Beinen, drücke meinen Stiefel gegen die Tür und stemme sie auf. Aber als ich das Gleichgewicht verliere, rebelliert mein Magen, und mit rudernden Armen versuche ich, wieder hochzukommen, die Überreste meiner Mahlzeit versuchen das Gleiche, während der leere Pappkarton über dem Tablett schwebt.

Die Tür geht auf, und als ich in den stockdunklen Korridor spähe, wird mir sofort klar, was passiert sein muss – mein elektromagnetischer Impuls hat nicht nur die Elektronik in meiner Zelle ausgeschaltet. Sondern auf dem gesamten Schiff. Das heißt auch die Triebwerke. Die Lebenserhaltungssysteme. Und von dem, was uns der Schub abgibt, mal abgesehen, ist auch die Schwerkraft ausgesetzt.

Uuups.

Von der Brücke her kann ich Stimmen hören – Cohen, die nach einer Statusmeldung verlangt. Die automatischen Reparatursysteme auf einer Longbow sind vom Feinsten, was bedeutet, dass Strom und Triebwerke jeden Moment wieder angehen können. Aber während ich nicht weiß, wie lange das dauern wird, so weiß ich doch, was der Alpha dieses Squads gleich tun wird. Für so eine Situation gibt es Regeln, und es gab eine Zeit, da habe ich mich immer ganz genau daran gehalten.

Über der Luke zum Maschinenraum warte ich darauf, dass Cohens Brain und Gearhead durchgeschwebt kommen. Sie haben sich die Zeit genommen, ihre Ausrüstung anzuziehen – Schutzanzüge und Sicherheitskabel, die Lampen an ihren Helmen schneiden durch die Dunkelheit. Der elektromagnetische Impuls hat auch ihren Funk ausgeschaltet, aber wir haben noch Atmosphäre, so können sie also wenigstens reden.

»Hier sind keine Schäden«, berichtet der Gearhead. Er ist ein flinker, drahtiger Betrasker namens Trin de Vriis und gehörte zu den besten drei Prozent unseres Jahrgangs. Er wäre bei der Auslese nach Cat meine erste Wahl gewesen.

»Das gesamte Schiff hat keinen Strom«, berichtet das Brain und stochert auf seinem toten Uniglass rum. Es ist der syldrathische Weber von den Docks. Sein Name ist Anethe, er gehörte zu den ersten zehn Prozent des Jahrgangs. Eine Zeitlang habe ich ihn in Erwägung gezogen, aber seine Noten in Dynamik waren nicht gerade die besten. Und beim Nahkampf in der Schwerelosigkeit hat er keine gute Figur abgegeben.

Deswegen schlage ich de Vriis zuerst, trete die Lukentür weg und fliege auf ihn los wie ein Speer. Ich krache in seinen Rücken, und er keucht, als sein Visier gegen den Triebwerksmantel knallt. Die Schwerkraft ist niedrig genug, so dass ich seinen Schwung für die Schubkraft nutzen kann und die Ummantelung als Drehscheibe. Sein Schrei erklingt in der Dunkelheit, während ich ihm die Schulter mit einem scheußlichen Knirschen ausrenke.

Anethe starrt mich mit weiten Augen und bleichem Gesicht an. Es ehrt ihn, dass er nicht abhaut, aber wie schon gesagt, mit der fehlenden Schwerkraft hat er es nicht so. Mein Tritt ist hart genug, dass er sich übergeben muss, und er reißt sich den Helm vom Kopf, um nicht an seiner Kotze zu ersticken. Mit einem Nervenschlag, den ich mir von Kal bei der Schlägerei auf Sempiternity abgeguckt habe, setze ich ihn außer Gefecht. Ich wende mich wieder dem stöhnenden de Vriis zu und nehme ihn in den Schwitzkasten, bis er das Bewusstsein verliert.

2–0

De Renn macht mehr Ärger. Draußen auf dem Dock habe ich ihn eigentlich angelogen: Wenn ich Kal nicht abbekommen hätte, wäre er meine erste Wahl als Tank gewesen. Ich mochte den Typen wirklich. In unserer Zeit in der Academy haben wir immer Jetball zusammen gespielt.

Aber die Zeit an der Academy ist wohl vorbei.

Ich lauere ihm auf, als er von der gründlichen Durchsuchung meiner Zelle zurückschwebt – Cohen hält sich an die Regeln und ist weiterhin leicht berechenbar. De Renns Disruptor wird durch den elektromagnetischen Impuls nicht funktionieren, und er hat sich ein paar Waffen zusammengesucht, bestimmt aus seinem persönlichen Vorrat, darunter ein Paar betraskischer Kampfstöcke, die Satkha heißen.

Mit einem Feuerlöscher haue ich ihm auf den Hinterkopf, aber sogar dann bricht er nicht zusammen und versetzt mir noch einen ziemlich anständigen Schlag ins Gesicht. Also nehme ich mir ein Bespiel an Saedii Gilwraeth und trete ihm mit Karacho in die Weichteile. Da gibt er den Geist auf, und ihm entfährt ein Laut, den ich nur als Schrieken bezeichnen kann – eine Mischung aus Schrei und Quieken.

Ich reiße ihm den Helm runter und nehme auch ihn in den Schwitzkasten, muss aber kämpfen, um ihn unter Kontrolle zu halten, während er sich mit Händen und Füßen wehrt. Endlich erschlafft er, und ich halte ihn so lange fest, bis es ungefährlich ist, und zucke dann entschuldigend mit den Schultern. »Tut mir leid, Kumpel. Nimm's mir nicht übel.«

3–0

Die anderen drei Mitglieder des Squads sind auf der Brücke. Ihr Ace ist am Steuer – ein alter Saufkumpane von Cat, der Rioli heißt. Er ist groß, hat rotblondes Haar und leuchtend blaue Augen. Cohen steht an einer anderen Konsole und versucht, die Funkverbindung wiederherzustellen. Ihr Face, eine hübsche Terranerin namens Savitri, ist in der Nähe des Eingangs. Sie hat ihr Visier hochgeklappt, um an einem Fingernagel zu kauen, ihre langen Haare schweben um ihr Gesicht herum, während sie in die Dunkelheit späht.

»Sollte Bel nicht langsam zurück sein?«, fragt sie.

»Entspann dich, Amelia«, antwortet Cohen. »Bestimmt ist er in seinem Quartier und kann sich nicht entscheiden, welches seiner Mordinstrumente er hervorholen soll. Wie ist unser Status, Rioli?«

»Noch immer nichts«, antwortet der Ace. »Was immer uns getroffen …«

Als er das nasse Klatschen beim Auftreffen meiner Satkha auf Savitris Gesicht hört, dreht er sich um. Die Terranerin fällt mit kreisenden Armen und einem blubbernden Keuchen zurück, aus ihrer Nase schießt Blut. Sie prallt genau in dem Moment gegen die Wand, als ich mit Rioli zusammenstoße, ihn in die Konsole knalle und ihm so hart in die Rippen schlage, dass ich Knochen brechen höre.

»Beim Schöpfer«, haucht Cohen. »Jones …«

Ich weiß, was sie sieht, als ich mich ihr zuwende. Meine Hände und mein Gesicht sind voller Blut, terranisches Rot, syldrathisches Lila, betraskisches Rosa. Ich muss haargenau so aussehen wie der Kriminelle, der Killer, der Terrorist, als der mich die GIA darstellt – der vielversprechendste Alpha der Aurora Legion, der sich in einen kaltblütigen Psychopathen verwandelt hat.

Doch es ist nicht Wahnsinn, der mich antreibt, als ich ihr in den Bauch schieße und sie sich krümmt. Nicht Wut, die mich meine offene Handfläche gegen ihren Schädel schlagen lässt, so dass sie stöhnend und bewusstlos auf dem Deck zusammenbricht.

Es ist Verzweiflung. *Angst.*

Denn ich kann es sehen. Sogar als ich den Squad 303 bis auf die Unterwäsche ausziehe, sie in meine Arrestzelle sperre und die Tür mit einer Acetylen-Lanze aus der Ladebucht zuschweiße. Sogar als ich Riolis Uniform anziehe und zurück zur Brücke schwebe und die Götter der automatischen Reparatursysteme anflehe, schneller zu machen. Sogar als es endlich aufflackert und wieder angeht, ich mich in den Pilotensitz schiebe und dem Schöpfer flüsternd danke.

Ich kann es sehen.

Die Aurora Academy. Die in die Luft fliegt, umgeben von einem Schein aus Feuer und Granatsplittern, und die letzte Hoffnung auf Frieden in der Galaxis zunichtegemacht wird.

Ich kann ihn spüren, wie er hinter uns aufragt – der Schatten, der die Galaxis verschlingen will. Und ich kann sie hören – diese Stimme, dieses Flehen, damit ich weitermache, auch wenn ich das allein tun muss.

Ich nehme Kurs auf die Aurora Academy. Fahre die Triebwerke hoch.

… Du kannst das in Ordnung bringen, Tyler …

»Ja, verdammt nochmal«, flüstere ich.

Und ich bin auf dem Weg.

18 Scarlett

Finians Lippen sind sanft und warm, und als sie auf meinem Hals eine brennende Spur hinterlassen, zittere ich von Kopf bis Fuß. Wir liegen auf einer schmalen Schaumstoffmatratze, die Laken um uns herum sind zerwühlt, und aus dem kleinen Bullauge neben uns blicken wir in vollkommene Dunkelheit, die von winzigen violetten Blitzen erleuchtet wird. Mein Hemd hängt aus der Hose, und eine von Fins Händen kreist sanft auf meinem Rücken, das Metall auf seinen Fingerspitzen ist leicht geladen und lässt meine Haut auf wunderbare Weise kribbeln. Ich fahre mit meinen Fingern durch sein Haar und ziehe ihn näher an mich ran und seufze ermutigend, als ich seine Küsse in meinem Nacken spüre.

Die Hand auf meinem Rücken rutscht tiefer, wandert in meine Hose, und ich greife in seinen Haarschopf und ziehe seinen Kopf zurück, um ihn mir anzuschauen. Fins Lippen und Wangen sind leicht gerötet, und er atmet schwer, aber jetzt ist er wie erstarrt und blinzelt mich an.

»Ist das okay?«, fragt er.

»Ja«, seufze ich. »Mach weiter.«

Und wir kommen wieder zusammen, und er berührt mich genau an den richtigen Stellen, und ja, ein Teil von mir weiß, wie idiotisch das ist, angesichts der Situation, in der wir uns befinden. Aber der größte Teil von mir konzentriert sich darauf, wie warm seine Haut ist und wie sein Körper sich an meinen drückt und was er mit seinen Händen macht und wie sehr ich unterschätzt habe, was Finian de Seel draufhat.

Wie schon in den letzten fünf Zeitschleifen haben wir die Sicherheitspatrouille abgelenkt, die sonst Zila und Leutnantin

Kim in Pinkertons Büro unterbrochen und erschossen hätten. Es hat ein paar Probeläufe gebraucht, aber schließlich haben wir herausgefunden, wenn man den Alarm im unteren Stockwerk des Wohnbereichs auslöst, dass das die Typen lang genug abzieht, um sie ganz von dem Büro wegzuführen – ein paar Minuten nach dem Alarm wird nämlich die gesamte Sicherheitstruppe zusammengerufen, um sich um das Feuer in Treppenhaus B zu kümmern, das sich jetzt in den Schächten ausbreitet.

Sobald wir also den Alarm ausgelöst haben, haben Fin und ich eine Menge Zeit zur Verfügung. Na ja, wir *könnten* nach oben gehen und Zila helfen, noch mehr Informationen aus den Computern in Pinkertons Büro zu sammeln. Aber eine große Hilfe wäre ich dabei sowieso nicht, und wir müssen auch nicht. Wenn wir schon sterben und die nächste Zeitschleife durchlaufen, sterben und die nächste Zeitschleife durchlaufen, dann können wir das wieder und wieder wiederholen, bis wir es perfekt hinkriegen. Wir haben alle Zeit der Welt.

Und so haben Fin und ich uns in den letzten paar Zeitschleifen in einen leeren Wohnbereich davongestohlen und haben uns … besser kennengelernt. Denn selbst wenn wir anscheinend endlos viel Zeit zur Verfügung haben, ist mir klargeworden, wie viel ich davon bereits verschwendet habe, anstatt sie dafür zu nutzen, ihn näher kennenzulernen.

Seine Hitze durchflutet mich, und mein Herz schlägt, schlägt, schlägt gegen meine Rippen, und ich höre ihn stöhnen, als meine Zunge seine berührt, und ich seufze in seinen Mund. Obwohl um uns herum die Alarmsirenen kreischen und die Station ächzt, kommen mir meine Seufzer sehr laut vor.

»Wie bekommt man dieses Ding ausgezogen?«

Fin weicht zurück und blinzelt. »… Was?«

»Dein Exoanzug«, flüstere ich, ziehe sein Hemd hoch und

fahre mit meinen Fingern über seinen straffen Bauch. »Wie bekomme ich den ab?«

»Du willst …« Er schluckt. »Du willst, dass ich meinen Exoanzug ausziehe?«

»Nein«, sage ich, fahre mit den Fingern seinen Hals entlang und nippe an seiner Haut. »Ich will, dass du dein Hemd ausziehst. Der Exo ist nur ein Mittel zum Zweck.«

»Scar …«

Meine Zähne kratzen an seinem Hals entlang, und jetzt kann ich spüren, dass er zittert. Meine Lippen verziehen sich zu einem Lächeln, als ich merke, was das mit ihm macht. »Jetzt wünschte ich, ich hätte doch in Mechatronik besser aufgepasst …«

»Scarlett.«

»Ja, Finian?«

»Scarlett.«

Als ich den Ton in seiner Stimme höre, lasse ich ihn los. Ich kenne die betraskische Kultur in- und auswendig, ich weiß, dass es kein gesellschaftliches Hindernis für das gibt, was wir hier tun, dass er es *wirklich* will. Aber als ich in diese großen, hübschen Augen blicke, kann ich trotz der Kontaktlinsen sehen …

Ich kann sehen …

Dass er Angst hat.

Um uns herum zittert die Station. Aufflammender Dampf lässt die Dunkelheit da draußen vor dem Bullauge aufleuchten, während eine Stimme über die Lautsprecher klingt:

»ACHTUNG: STRAHLUNG AUF DECK 13, DAS GESAMTE PERSONAL VON DECK 13 SOFORT ZUR DEKONTAMINIERUNG!«

»… Ist alles in Ordnung?«

»Ja, alles in Ordnung«, lügt Fin und räuspert sich. »Alles gut.«

Ich sehe ihn mir an, seinen Gesichtsausdruck, seine Körpersprache, spüre die Frequenz seines Atems, das Schlagen seines

Herzens, als er sich an mich drückt. Das konnte ich schon immer gut, auch schon bevor ich mich an der Academy eingeschrieben habe.

Schon als Kind war es fast so, als würde ich wissen, was die Menschen denken, bevor sie überhaupt das Wort ergriffen. Ich weiß nicht genau, wie ich das mache – ich habe immer gedacht, dass ich eben so geboren bin. Manche Leute spielen gut Jetball. Andere können gut singen.

Und ich? Ich kann die Leute lesen wie andere ein Buch.

Und als ich mir Fin genau ansehe, weiß ich, dass ich recht habe.

»Du hast Angst.«

Sofort gerät er in eine Abwehrhaltung. Lässt ein barsches Lachen hören, um das zu verstecken. Was für ein Maulheld. Echt, manchmal ist er wie ein kleiner Junge.

»Nein, habe ich nicht«, sagt er verächtlich. »Warum sollte ich Angst haben?«

»Fin …« Ich streiche über seine Wange. »Du musst mich nicht anlügen.«

Er hält meinem Blick einen Augenblick lang stand, guckt dann weg, in die wirbelnde Dunkelheit dort draußen. Um uns herum wackelt die Station, die Zeit gerät in eine Schleife, wiederholt sich, wieder und wieder. Die Schlange beißt in ihren eigenen Schwanz.

»ICH WIEDERHOLE: STRAHLUNG AUF DECK 13, DAS GESAMTE PERSONAL VON DECK 13 SOFORT ZUR DEKONTAMINIERUNG!«

Ich küsse ihn auf die Wange. Streiche mit der Hand über sein helles Haar.

»Fin, was ist los?«

»… Es ist Blödsinn«, murmelt er.

»Bestimmt nicht. Du kannst es mir sagen.«

Wieder trifft er meinen Blick, eine kleine Falte auf der Stirn. Aber ich kann spüren, dass er versucht, eine Wand zwischen uns aufzurichten. Die Rüstung, die er sich überzieht. Wie er sich verschließt.

Ich berühre sein Gesicht. »Vertrau mir«, sage ich so sanft wie der Sommerwind.

Er ringt einen Augenblick lang mit sich.

»… Ich mag dich, Scarlett«, sagt er schließlich.

»Ich mag dich auch.« Ich lächele und fahre mit der Fingerspitze über seine Lippen.

»Also, ich meine … ich mag dich *wirklich.*« Er sieht auf meinen Körper runter, der sich genau an den richtigen Stellen an seinen presst. »Und ich *will* auch, es ist nur …«

Da blinzele ich und verstehe endlich. *Natürlich* sage ich mir. Eigentlich war es offensichtlich. Aber ich war so mit uns beschäftigt, dass ich nicht wirklich darüber nachgedacht habe, was wir im Begriff sind zu tun. Und …

»Du hast das noch nie vorher getan«, sage ich.

Er presst die Lippen zusammen. Ich kann sehen, wie schwer das für ihn ist. So verletzlich zu sein. Sein ganzes Leben hat Fin dafür gekämpft, gleich behandelt zu werden, zu beweisen, dass er kein Opfer der Seuche ist, die seinen Körper schwer gezeichnet hat, als er ein Kind war. Dem Stigma dieses Metallanzugs zu entkommen, den er braucht. Und der Gedanke, sich davon zu befreien, sich zu entblößen …

»Nein«, sagt er.

»Das ist in Ordnung«, sage ich ihm. »Völlig in Ordnung.«

»Ich weiß nicht …« Er schüttelt den Kopf, beißt die Zähne zusammen. »Ich weiß, dass du viele Freunde hattest. Aber ohne den Exoanzug kann ich mich nicht so gut bewegen. Also schon, aber nicht besonders gut, und ich kann nicht … Ich weiß nicht, wie gut ich …« Er seufzt frustriert, von sich selbst, von dem hier, von allem. »Ach Scheiße. Ich hab doch gesagt, dass es Blödsinn …«

Ich bringe ihn mit einem Kuss zum Schweigen, einem sanften, süßen, langen Kuss.

»Alles gut«, flüstere ich.

Er glaubt mir nicht. Weicht meinem Blick aus. Wieder streiche ich über sein Gesicht, sanft wie eine Feder, bis er mich ansieht. Mir wird klar, wie viel ihm das bedeutet. Dass er mich *wirklich* mag. Und dann küsse ich ihn wieder.

»Alles gut«, wiederhole ich. »Wofür auch immer du bereit bist. Was du willst. Ich bin froh, einfach bei dir zu sein. Was immer du willst, ist genug.« Ich drücke seine Hand, küsse eine Metall-Fingerspitze nach der anderen. »Du bist genug.«

»… Wirklich?«, flüstert er.

»Wirklich.« Ich schenke ihm ein Lächeln. »Du bist wunderschön.«

Er fährt mit der Hand meine Wange entlang bis in mein leuchtend rotes Haar, und auch wenn die Station um uns herum nicht in ihre Bestandteile zerfallen würde, bin ich mir sicher, dass die ganze Welt in ihren Grundfesten erschüttert wird, als er mich wieder küsst.

»Du bist ganz schön bemerkenswert, Scarlett Isobel Jones«, murmelt er.

»Weiß ich doch. Da hast du ganz schön Glück gehabt, de Seel.«

Er lacht, und ich stimme mit ein, und als wir uns wieder küssen, ist es gut und schön und süß, und ich frage mich, ob es mir was ausmachen würde, in den Armen dieses süßen, intelligenten Jungen zu vergehen, wieder und wieder bis ans Ende aller …

»Scarlett, Finian, könnt ihr mich hören?«

»Es ist Zila«, haucht Fin in meinen Mund.

»Ignorier sie«, flüstere ich.

»Scarlett, Finian, bitte melden.«

»Es scheint dringend zu sein«, flüstert Fin.

»Es ist nur Zila, alles gut. Schhh …«

»Scarlett, Finian, könnt ihr mich hören? Es ist dringend.«

»Scheeeeiße.« Ich drücke auf den Übertragungssensor meines Funkgeräts und sage mit einem tiefen Seufzer: »Zil, du und ich müssen mal ein Gespräch über schwesterliche Solidarität und …«

»Habt ihr euch um den Sicherheitsdienst gekümmert?«, will sie wissen. *»Du und Finian, ihr müsst sofort in Pinkertons Büro kommen.«*

Finian und ich wechseln einen Blick, und um uns herum wackelt die Station bedenklich, während die Sirenen weiter kreischen. Im dunklen Licht des Sturms sieht er so hübsch aus, aber Zilas Stimme klang ungewöhnlich ängstlich, und das reicht, um meinen rasenden Puls anzuhalten.

»Wir sind gleich bei dir«, sage ich.

Wir brauchen ein paar Minuten, müssen vier panischen Mannschaften leise ausweichen, entkommen mit Glück einem Plasma-Ausbruch in Treppenhaus A, aber wir schaffen es in den Verwaltungstrakt über uns. Die Station zittert weiter um uns herum, als Fin und ich Hand in Hand durch die Korridore schleichen. Als wir in Pinkertons Büro und Antiquitätensammlung eintreten, kann ich sehen, wie besorgt Zila ist, wie sie auf einer dicken schwarzen Haarlocke rumkaut. Vielleicht zum ersten Mal überhaupt sieht sie tatsächlich so aus, als wäre sie mit den Nerven am Ende, während sie mir einen finsteren Blick zuwirft. Unsere gute Leutnantin Nari »Falke« Kim starrt auf die leuchtenden Monitore. Sie sieht aus, als hätte jemand ihren Hund erschossen.

»Wo seid ihr zwei gewesen?«, will Zila wissen.

»Zila, alles in Ordnung?«, fragt Fin.

»Ich habe gefragt, wo ihr gewesen seid«, sagt sie und mustert mich. »Aber angesichts der Tatsache, dass Scarletts Hemd aus der Hose hängt und du Bissspuren am Hals hast, hätte ich mir die Mühe sparen können.«

»Wir haben uns um die Sicherheitspatrouille gekümmert, Z«, sage ich. »Genau wie wir sollten. Insofern wirst du nicht erschossen. Wenn wir danach einen kleinen Umweg genommen haben …«

»Das war idiotisch und egoistisch«, schnauzt sie. »Ich würde auch lieber was anderes machen, Scarlett.«

Ich muss zugeben, dass sich mir da ein wenig die Nackenhaare aufstellen. Demonstrativ sehe ich Leutnantin Nari Kim an, die unserem Brain über der Schulter hängt, und verschränke die Arme vor der Brust. Ich werfe Zila einen bedeutungsvollen Blick zu. »Ja, darauf wette ich, Zila. Und niemand wird euch beide verurteilen, wenn ihr …«

»Das ist *nicht*, was ich gemeint habe«, sagt Zila und errötet, als sie Nari einen kurzen Blick zuwirft. »Manche von uns haben Wichtigeres im Kopf als oberflächliches Geflirte. Manche von uns suchen nach einem Weg aus dieser Scheiße!«

Als Zilas Stimme dabei fast zu einem Schrei anschwillt, sieht Fin ganz bestürzt aus. Ich darf nicht vergessen, das dem *Galaktischen Buch der Rekorde* zu melden.

So was hat sie wirklich noch *nie* gemacht.

»Zil, was ist denn bloß los?«, fragt er.

»Wie kannst du das überhaupt fragen, Finian?«, will Zila wissen. »Du weißt genauso gut wie ich, wie komplex das alles ist, womit ich es hier zu tun habe!«

»Ja, okay, alles gut.« Er kratzt sich den verwuschelten Kopf und wirft mir einen verlegenen Blick zu. »Mag schon sein, dass Scarlett und ich ein wenig Zeit für uns haben wollten. Es tut mir leid, ich sollte dir mehr helfen. Ich mache es nächstes Mal – ist ja kein Ding, stimmt's? Wir haben ja buchstäblich eine Ewigkeit Zeit, um das aufzulösen. Wenn wir Mist bauen, versuchen wir es einfach wieder, bis wir wissen, wie wir aus der Zeitschleife wieder rauskommen, nicht wahr?«

Zila schüttelt den Kopf und wendet sich wieder ihren Datenströmen zu.

»Wenn die nächste Zeitschleife beginnt, ist es erforderlich, dass du dich um Magellan kümmerst.«

Fin blinzelt, und ich muss angesichts seines Rucksacks, in dem die zerbrutzelten Überreste von Auroras Uniglass sind, fast lachen.

»Du willst wirklich, dass ich dieses Stück Scheiße repariere?« Er zeigt auf die Vitrinen um uns herum. »Z, da kannst du mit den Antiquitäten hier mehr anfangen!«

»Ich brauche außerdem dein Uniglass. Deins auch, Scarlett.«

»Wofür?«, frage ich. »Es ist ja nicht so, als hätten wir hier ein Netz …«

»Wir können sie miteinander verbinden.« Fast mürrisch blickt Zila auf den Bildschirm vor sich. »Dieses System ist einfach zu primitiv, und ich brauche alle Computer, die ich haben kann, um dieses Rechenspiel zu lösen.« Sie reibt sich die Augen, ihr Gesicht wird durch das Leuchten des Monitors hervorgehoben. »Irgendetwas stimmt nicht.«

Fin schlurft immer näher an die Konsole heran. Anscheinend nimmt er die Sache jetzt wieder ernster. »Was meinst du damit? Was stimmt nicht?«

Der Lautsprecher schneidet Zila das Wort ab.

»ACHTUNG: STRAHLUNG TRITT AUS. KERNSCHMELZE STEHT BEVOR. COUNTDOWN LÄUFT. DAS GESAMTE PERSONAL SOFORT ZU DEN FLUCHTKAPSELN. ICH WIEDERHOLE: KERNSCHMELZE DROHT, IN DREI MINUTEN.«

Und da ist es.

Das Ende der Zeitschleife.

Es ist wieder mal Zeit zu sterben.

Um uns herum fängt die Station an zu wackeln, und ich nehme Finians Hand. Die Kraft seines Griffs tröstet mich, die Wärme seines Körpers, als ich mich an ihn lehne. Aber Fin achtet nicht auf mich, sondern starrt stattdessen auf Zilas Handgelenk. Die Ziffern blinken auf dem Timer, den sie am Anfang jeder Zeitschleife immer wieder auf null stellt.

»Das kann nicht stimmen …«, sagt Fin.

Zila trifft seinen Blick mit geschürzten Lippen. »Ich habe mich gefragt, wann es dir auffallen wird.«

»Hast du es überprüft?«, will er wissen. »Es ist nicht einfach eine Störung?«

»Es ist uns schon vor ein paar Zeitschleifen aufgefallen«, sagt Nari leise. »Na ja, Zila. Aber sie wollte sicher sein, bevor sie es euch sagt.«

Zila sieht Fin noch einen kurzen Moment lang in die Augen und richtet ihren tödlichen Blick dann auf mich. »Wenn ihr zwei nicht so abgelenkt gewesen …«

»Hör zu, Zila. Ich weiß, dass du wütend bist«, sage ich. »Und vielleicht hast du auch das Recht dazu, aber kannst du jetzt mal aufhören, mit dem Finger auf uns zu zeigen, und mir sagen, was hier zum Teufel los ist?«

Die Station um uns herum schwankt. Ein violettes Licht blitzt auf, lässt den Sturm dort draußen aufleuchten, die gigantischen Wolken wirbeln und winden sich in der Dunkelheit.

Fin sieht mir in die Augen. »Nach vierundvierzig Minuten in der Zeitschleife schlägt der Quantenblitz ein.«

»Genau.«

»Und Zila hat uns gesagt, dass die Kernschmelze achtundfünfzig Minuten nach dem Blitzeinschlag eintritt und gleichzeitig die Station explodiert.«

»Ja.« Ich gucke zwischen ihnen hin und her. »Und?«

»In einer Minute explodiert alles, Scarlett«, sagt Zila und hält ihr Handgelenk hoch, damit ich den Timer sehen kann. Ihre braune Haut ist ins blaue Licht des Monitors gebadet.

Als ich die hellroten Ziffern auf dem kleinen schwarzen Bildschirm sehe, runzle ich die Stirn.

»Eine Stunde und zweiunddreißig Minuten«, sage ich.

»Korrekt.« Zila nickt.

»ACHTUNG: KERNSCHMELZE STEHT BEVOR. IN DREISSIG SEKUNDEN. ALLE SOFORT EVAKUIEREN. ICH WIEDERHOLE: KERNSCHMELZE IN DREISSIG SEKUNDEN.«

Die Station fängt wie wild an zu rütteln, um uns herum zerreißt das Metall, überall Sirenengeheul, aufsteigender Rauch, das Zischen der entweichenden Atmosphäre. Ich erhebe die Stimme über diese Geräuschkulisse. »Aber wenn die Kernschmelze achtundfünfzig Minuten nach dem Einschlag ist und der Einschlag in der vierundvierzigsten Minute passiert …«

Kim trifft meinen Blick, ihre Miene ist ernst. »Ja.«

»Ach du heilige Scheiße«, flüstere ich.

Ich sehe Fin in die Augen.

»Die Zeitschleifen werden kürzer«, sage ich.

»ACHTUNG: KERNSCHMELZE TRITT EIN. FÜNF SEKUNDEN. ACHTUNG.«

Fin nickt und drückt meine Hand, seine großen schwarzen Augen weit aufgerissen vor Angst.

»Uns läuft die Zeit davon«, sagt er.

»ACHTUNG!«

BUMM.

19 Auri

Als wir das Weltschiff erreichen, dröhnt mir der Kopf, und auf dem Monitor der *Vindicator* kann ich den letzten Zufluchtsort der gesamten Milchstraße auf uns zukommen sehen.

Kal legt seine Hände auf meine Schultern, findet mit seinen Daumen die Stellen an meinem Nacken, die verspannt sind. Im Echo muss er das Hunderte Male gemacht haben, wenn mich die Trainingsaufgaben der Eshvaren zur Verzweiflung gebracht haben und er mich voller Geduld wieder runtergeholt hat. Es kommt mir so lange her vor.

Wir sehen, wie Sempiternity näher rückt, ein dunkler Schatten, der sich vor dem Hintergrund einer strahlenden Regenbogenwolke abhebt. Auf den ersten Blick habe ich den Eindruck, dass sich in siebenundzwanzig Jahren nicht viel verändert hat – es ist noch immer ein wildes Durcheinander aus zusammengeschweißten Schiffen und Stationen, Türmen und Satelliten, die in der Dunkelheit aufragen. Wie sich windende Tentakel schlängeln sich Andocktunnel aus dem Weltschiff hervor.

Überall blitzen kleine Lichter auf, außer vom obersten rechten Viertel. Der Teil ist vollkommen dunkel, und als wir noch näher heranrücken, kann ich sehen, dass er aufgesprengt dem Weltraum ausgesetzt wurde, zerstört und kaputt ist. Die Explosion – oder der Angriff – muss gewaltig gewesen sein.

»Zu Hause«, murmelt Toshh auf ihrem Sitz neben mir.

»Ein guter Ort für dein Herz«, sage ich.

Sie wirft mir einen seltsamen Blick zu, eine Augenbraue wandert zu ihren Hörnern hoch.

»Eine alte Redensart von der Erde.« Ich muss lächeln. »Da wo dein Herz ist, da bist du zu Hause.«

Am Steuer wirft Lae Kal einen Blick zu. »Das erklärt eine Menge. Wenn man bedenkt, was der Sternentöter mit seinem Zuhause angestellt hat.«

Da muss Kal tief Luft holen, doch er geht nicht darauf ein. Auf eine schreckliche Art stimmt es ja auch irgendwie. Als ich nach hinten greife und seine Hand drücke, beobachtet Lae uns beide.

Ehrlich gesagt ist es ein wenig seltsam, wenn ich sie ansehe. Die anderen Mitglieder von Tylers Crew, sogar Tyler selbst … es ist jetzt so einfach, sie alle zu spüren. Ihre Empfindungen. Die Gefühle, die sie bewegen, die alle um mich herum zusammenfließen. Nur Lae kann ich nicht einordnen. Sie hat sich verschlossen, als hätte sie ihre Wegewandererkräfte eingesetzt, um ihre Gedanken hinter einem Schleier zu verbergen.

Sie ist stark. Nicht so wie ich oder Caersan. Aber trotzdem …

Sie schien immerhin dankbar zu sein, als ich ihr geholfen habe, den Rift-Antrieb in Gang zu bringen – ironischerweise habe ich für den letzten primitiven Schub gesorgt, wie Caersan das in Bezug auf die Waffe genannt hat. Wie das genau funktioniert, ist mir auch nicht ganz klar. Lae war diejenige, die uns geführt hat, und ich die rohe Kraft, ich bin wieder in diesen verzehrenden und berauschenden Strom eingetaucht. Zusammen haben wir das Kristallfragment der Eshvaren im Kern der *Vindicator* benutzt, um in einer Zeitspanne von acht Stunden eine Reihe von Raumfaltentoren zu öffnen und mit dem Schiff ein halbes Dutzend Male durch den Raum zu springen.

Für mich war das kaum ein Aufwand. Kaum von Belang. Aber an den Rissen um ihre Augen herum kann ich sehen, was es sie jedes Mal kostet, wenn sie weiterreisen. Trotz ihrer harten Schale reicht das, um mir zu zeigen, dass sie zu den Guten gehört. Alle von Tylers Crew. Sie opfern so viel, um die Überlebenden hierherzubringen.

Die letzte Zivilisation in der Galaxis.

»Wird auch verdammt nochmal Zeit«, murmelt Tyler.

Ich stehe auf und stelle mich neben ihn, als wir weiter auf das Weltschiff zufliegen. Er wirft mir einen kurzen Blick zu, und einen Moment lang reißt er die Augen weit auf, schnappt nach Luft, spannt seinen Körper zwischen jedem Herzschlag an.

»Tyler?« Die Hälfte seiner Crew findet es jedes Mal unmöglich, wenn ich ihn mit Vornamen statt mit seinem Rang anspreche. Aber ihn jetzt »Kommandant« zu nennen wäre nicht der richtige Weg, um ihn an unsere Freundschaft zu erinnern. Ich greife nach seiner Hand. »Alles in Ordnung?«

»Es ist nichts«, antwortet er und kneift sich in den Nasenrücken. »Wir waren zu lange in der Raumfalte. Ich bin zu alt für diesen Scheiß.«

Raumfalten-Psychose. Das hatte ich vergessen. Die Squads der Aurora Legion werden zusammengestellt, wenn die Legionäre achtzehn Jahre alt sind. Denn etwa ab dem fünfundzwanzigsten Lebensjahr sind mehr als sieben Stunden in der Raumfalte zu belastend. Deswegen lag ich auf meinem Weg nach Octavia im Kälteschlaf – die durch die Raumfalte hervorgerufene Psychose ist keine Kleinigkeit. Und Tyler ist jetzt in den Endvierzigern. Was *echt* seltsam ist.

Was hat er da eben gesehen, als er mich angeguckt hat?

Was macht das mit ihm?

»Ich dachte nicht, dass ich hier je wieder hinkomme«, sage ich und schenke ihm ein kleines Lächeln, als ich das Gespräch in eine andere Richtung lenke. Ich brauche ihn nicht nur auf meiner Seite. Sondern ich kann es auch nicht ertragen, ihn so zu sehen. »Das letzte Mal, als ich diese Aussicht gesehen habe, sind wir meinen seltsamen Kursvorgaben gefolgt, wussten gar nicht, was wir hier zu suchen haben, geschweige denn, dass wir dann einen Raubüberfall planen und dem Großen Ultrasaurus von Abraaxis IV begegnen würden.«

»Warte mal«, sagt eine Stimme hinter uns. Elin, die Betraskerin, beugt sich nach vorne. »Dieser Quatsch über den Großen Ultrasaurus ist wahr?«

»Du hättest Mal die Hosen sehen sollen, die Kal getragen hat«, antworte ich.

Da kann ich ein Schmunzeln auf Elins Gesicht sehen. Aber dann fällt ihr wieder ein, dass ich in der Schlacht um Terra einfach verschwunden bin und so das Ende von allem verursacht habe, und ihre Gesichtszüge verhärten sich wieder.

»Du kannst dir nicht vorstellen, wie viele Gefallen ich nach all den Jahren Dariel geschuldet habe«, sagt Tyler und hat etwas von seiner Härte verloren. »Er hat immer wieder damit gedroht zu kassieren, aber er hat es nie getan.« Er hält einen Moment lang inne und schließt dann sein Auge, während er die Klappe reibt, die sein anderes bedeckt. »Er ist vor sechs Jahren auf einer Rettungsmission gestorben.«

Kal stellt sich neben mich, während ich nach Worten suche, nach irgendetwas, was ich darauf sagen kann. Aber wie immer findet er die richtigen Worte.

»Wie viele Schlachten dieser Ort gesehen hat«, murmelt er.

Tyler nickt. »Das Ra'haam. Mindestens fünfzig Kämpfe haben wir gegen sie ausgetragen. Egal wo wir uns auch verstecken, immer kommen sie uns auf die Spur.«

»Aber ihr habt es geschafft, es abzuwehren?«, fragt Kal.

»Nein, verdammt nochmal. Wir fliehen.« Tyler nickt in Richtung Weltschiff. »Wir haben dort drin auch einen Rift-Antrieb. Bestückt mit allen Kristallen der Eshvaren, die wir finden konnten. Und allen Wegewanderern der Galaxis, die noch am Leben sind. Wenn das Ra'haam auftaucht, öffnen sie ein Tor und fliegen mit der Sempiternity so weit wie möglich davon.«

»Und opfern jedes Mal einen Teil von sich«, sagt Lae leise. »Bis nichts mehr von ihnen übrig ist.«

Besorgt und mit zusammengepressten Lippen sieht Tyler sie an.

»Aber das Unkraut findet uns trotzdem immer wieder«, knurrt Toshh. »Die Schweine können uns spüren. Uns *riechen.*«

Tyler nickt. »Sie brauchen in der Regel drei Wochen. Einen Monat, wenn wir Glück haben. Das letzte Mal, dass sie uns gefunden haben, liegt gerade zehn Tage zurück, also sollten wir hier eine Weile in Sicherheit sein.«

Der Gedanke ist erschreckend. Nie wirklich in Sicherheit zu sein. Sich nie wirklich ausruhen zu können. Immer gejagt zu werden von diesem … Ding, das meinen Vater verschlungen hat. Cat. Octavia. Und wenn es sich durchsetzt, auch alles andere in der Galaxis.

Die Kraft prickelt in meinen Fingerspitzen. Jedes Haar an meinem Körper richtet sich auf.

Ich kann nicht zulassen, dass das die Zukunft unserer Galaxis ist.

Ich *werde* es nicht zulassen.

»Was kannst du uns über diese Ratsversammlung erzählen?«, frage ich.

»Der Rat der Freien Völker«, antwortet Tyler. »Er hat vier amtliche Mitglieder. Die drei größten Gruppen von Überlebenden stellen jeweils einen und die kleinste Gruppe zwei Repräsentanten im Turnus. Also ist da ein Syldrathi von der Kabale der Wächter, ein Betrasker und ein Rikerit – ein Politiker, ein Pragmatiker und ein Krieger. Und die Vertreterin der Minderheit ist eine Ulemna.«

»Gehören die Menschen zur Minderheit?«, frage ich, und mein Herz schnürt sich zusammen.

»Nein«, sagt er, die Augen auf die Station vor uns gerichtet. »Wir sind aus der Ratsversammlung verbannt worden. Elin, funk das Kommando von Sempiternity an und sag ihnen, dass wir gleich landen. Und denk an das riesige Kristall der Eshvaren, das wir im Schlepptau haben, damit niemand in Panik ausbricht und uns mit einem Atomsprengkopf bewirft.«

»Geht klar, Boss.« Die Betraskerin nickt. »Ich gehe mal davon aus, dass ich den planetzerstörenden, psychopathischen Massenmörder an Bord nicht erwähne?«

Tyler reibt sich das Kinn. »Das sollten wir ihnen lieber persönlich sagen.«

»Warum?«, frage ich, als Elin sich ans Funkgerät macht.

»Ich glaube zwar nicht, dass der Sternentöter …«

»Nein, ich meine, warum sind wir aus der Ratsversammlung verbannt worden?«

Tyler wendet schließlich den Blick vom Weltschiff ab und sieht mich an. Ich kann sehen, wie müde er ist. Wie zornig. Wie traurig. »Weil das unsere Schuld ist, Auri. Octavia war unsere Kolonie. Wir haben das Ra'haam zu früh aufgeweckt. Und es hat unsere Kolonisten verschlungen, und es ist ihnen gelungen, zur Erde zurückzukehren und die nächsten zwei Jahrhunderte damit zu verbringen, die GIA zu infiltrieren, und es ist *verdammt nochmal* keinem aufgefallen. Diese Agenten haben praktisch jede planetarische Regierung enthauptet. Jede Chance ruiniert, das Ra'haam an der Wurzel zu packen. Und obendrein ist unser Trigger mit der einzigen Waffe in der Schlacht, in der sich das Blatt gewendet hat, verschwunden.«

Mein Atem wird flach, meine Beine fühlen sich komisch an – als müsste ich mich hinsetzen, um nicht hinzufallen. All das ist meinetwegen passiert – die kleinsten ihrer Verletzungen und auch die größten. Kal legt den Arm um mich, und ich kann das Gold und Violett seiner Gedanken spüren, die sich beruhigend an meine schmiegen.

»Bruder«, sagt er leise. »Dass die Terraner über die Brutstätte des Ra'haam gestolpert sind, war einfach Pech. Und welches Volk hätte sie denn entlarven können? Und Aurora hat niemanden im Stich gelassen. Du bist der Kommandant, dir wird hier Respekt erwiesen. Also ist ein wenig Verständnis nicht zu viel verlangt.«

»Ich musste mich fast mein ganzes Leben lang beweisen«, antwortet Tyler. »Vergebung ist hier Mangelware.«

»Glaubst du, die Ratsversammlung wird uns helfen?«, frage ich und versuche, die Verzweiflung zu unterdrücken, die in mir aufsteigt.

»Alles ist möglich«, antwortet Tyler. Aber er guckt wieder auf Sempiternity und weicht meinem Blick aus.

* * *

Wir schweben eine weitere Stunde lang über Sempiternity, bevor die Ratsversammlung nach Tyler schickt. Er geht an Bord des Shuttles und macht sich auf den Weg, um sie auf den neusten Stand zu bringen, und lässt uns in unbehaglichem Schweigen wartend zurück. Nach der dritten Stunde hören wir, dass sie bereit sind, und Lae und Toshh geleiten uns nach Sempiternity. Wir gleiten in eine der Ladebuchten entlang der transparenten Verbindungsgänge, die sich von der Station wegschlängeln – das letzte Mal als ich hier war, waren sie voller Aliens, ein beständiges Kommen und Gehen. Fin und ich haben darüber geredet, wie sein Volk unter der Erde lebt und wie wenig er die Sterne mag.

Ein Himmel voller Geister, hat er gesagt. Seine Worte waren prophetisch.

Du bist nicht tot, verspreche ich ihm still. *Ich komme rechtzeitig zurück. Ich werde das Ende dieser Geschichte umschreiben.*

Als wir aus dem Shuttle treten, warten die Überlebenden auf Sempiternity schon auf uns. Groß und Klein, Jung und Alt säumen den Korridor, Dutzende von Völkern, Hunderte und Hunderte von Leuten. Alle tragen Kleidung, die geflickt und genäht worden ist, um Jahrzehnte zu halten. Und sie warten schweigend.

Ihre leeren Blicke folgen uns, als wir gehen – Lae voran, Toshh und Dacca dahinter –, und die Last ist kaum zu ertragen. Das ist alles, was noch übrig ist. Diese Leute. Von allen in der Galaxis. Ich nehme Kals Hand, nur um seine warme Haut an meiner zu spüren.

Es stellt sich heraus, dass der Rat der Freien Völker in Casseldon Bianchis altem Ballsaal tagt. Hier ist das Licht an. Das kosmische Ballett über uns ist genauso verschwunden wie das schöne rote Kleid, das ich damals getragen habe. Das phantastische Aquarium, das uns umgibt, ist voller Module und kleiner Bojen – Seetang- und Algenfarmen nehmen das gesamte Becken ein –, sie brauchen wohl das Protein, um die Tausenden hier zu ernähren. Es ist ein riesiger Saal, und Stuhlreihen deuten darauf hin, dass hier gewöhnlich Zuschauer sind, aber nun hallen unsere Schritte in dem leeren Raum, als wir zu dem Tisch am hinteren Ende gehen, wo die vier Mitglieder des Rates sitzen.

Der Rikerit sitzt an einem Ende – er ist uralt, seine Hörner krümmen sich so sehr nach hinten, dass sie einen Kreis bilden, sein Gesichtsausdruck verschwindet in einem Meer aus Falten. *Der Krieger*, so hat Tyler ihn genannt.

Neben ihm sitzt eine Betraskerin, die nicht viel älter aussieht als ich, ihr weißes Haar ist raspelkurz. Sie blickt auf ihr Tablet und sieht nur kurz auf. *Die Pragmatikerin.*

Der dritte ist ein Syldrathi aus der Kabale der Wächter, der Erste, den ich kennenlerne. Er sieht aus, als wäre er in seinen Fünfzigern, seine perfekten Zöpfe passen zu seiner perfekten

Haltung. Seine Glyfe besteht aus zwei miteinander verbundenen Kreisen. *Der Politiker.*

Der letzte muss das Ulemna-Mitglied sein. Viel kann ich nicht erkennen – wer immer da sitzt, er hat sich die dunkelbraune Kapuze übers Gesicht gezogen, aber ich kann ein Paar ordentlich gefalteter dunkelblauer Hände davor auf dem Tisch sehen. Über die Vertreterin der Minderheit hat Tyler nichts gesagt, und jetzt wünschte ich, ich hätte gefragt.

Tyler steht bereits am Tisch – Kal und ich bleiben neben ihm stehen, Toshh und Lae sind hinter uns. Eine Handvoll Syldrathi befinden sich noch im Raum, die Glyfe der Wegewanderer auf der Stirn. Sie spüren es wenige Sekunden nachdem ich es tue – sofort sind alle angespannt, beißen die Zähne zusammen. Ich sehe, wie Laes Miene finster wird, als sich die Atmosphäre um uns herum verändert, die Luft summt. Sie wirft sich einen silber-goldenen Zopf über die Schulter und greift nach dem Griff ihrer Klinge.

Und mitten im Raum erscheint Caersan.

Es ist natürlich nur eine Projektion, schimmert in unser Blickfeld wie eine Fata Morgana an einem heißen Tag. Er ist nicht so dumm, die *Neridaa* zu verlassen, sich auf ein Schiff voller Feinde zu begeben. Wie ein dunkler Schatten steht er im Herzen des Raums, und das Licht um ihn herum scheint trüb zu werden. Die Wegewanderer nehmen eine drohende Haltung ein. Die Mitglieder der Ratsversammlung gucken alle gleich finster.

Caersan wirft einen Blick in die Runde und strahlt Verachtung aus.

»Lasst uns beginnen«, sagt er.

Eisige Stille herrscht im Saal. Die Last unzähliger verlorener Leben. Es ist der Syldrathi, der das Schweigen bricht, mit ruhiger Stimme, trotz der Wut in seinen Augen.

»Kommandant Jones hat uns über die Umstände eurer Ankunft informiert. So absonderlich eure Aussagen auch sind, unsere Wegewanderer haben eure Identität bestätigt.« Seine violetten Augen mustern uns alle, verweilen auf dem Sternentöter. »Nun, was wollt ihr von uns?«

»Die Waffe, in der wir hierhergekommen sind, ist beschädigt«, sage ich. »Wir müssen zu einer Raumzeit-Anomalie im Theta-Sektor. Sie führt zu einer Anlage auf dem Heimatplaneten der Eshvaren. Wenn sich die Waffe reparieren lässt, dann dort.«

»Wenn das Ra'haam die Anlage nicht schon längst vernichtet hat«, sagt die Betraskerin. »Bist du sicher, dass du in deine eigene Zeit zurückkehren kannst, wenn die Waffe repariert ist?«

Caersan studiert die Wegewanderer um sich herum, jeden einzelnen. Seine Augen sind hungrig. Also antworte ich.

»Ja, ich würde für den Antrieb sorgen, während er steuert.«

Die Frau lehnt sich nach vorne, die Finger unter ihrem Kinn verschränkt. »Ihr seid euch bewusst, dass der Theta-Sektor vollkommen vom Ra'haam überzogen ist?«

Ich nicke. »Nach dem, was Tyler gesagt hat, müssen wir uns da reinkämpfen. Und wahrscheinlich das Ra'haam auch abwehren, während wir die Waffe reparieren.«

Jetzt spricht der Rikerit, seine Stimme klingt wie eine knarzende Tür. »Und mit *wir*, mein Kind, meinst du natürlich *uns*.« Mit finsterer Miene sieht er zwischen mir und Caersan hin und her. »Du möchtest, dass wir unsere letzten Ressourcen dafür einsetzen, euch bei etwas zu helfen, das wie ein irres Wagnis klingt. Nehmen wir mal an, die Reparaturen an der Waffe lassen sich durchführen, wer weiß denn, ob deine Rückkehr in die Vergangenheit überhaupt einen Unterschied macht?«

»Wenn wir es zurückschaffen, dann können wir das Ra'haam vernichten, bevor es überhaupt blühen und bersten kann«, sage ich, und meine Stimme hallt in dem leeren Raum wider. »Deswegen bin ich hier. Dafür wurde ich gemacht.«

Der Syldrathi schüttelt den Kopf und seufzt. »Und doch, wenn du *nicht* in deine eigene Zeit zurückkehren kannst, dann bist nicht nur du dem Untergang geweiht, sondern auch alle, die jetzt leben. Du bittest uns, das Risiko einzugehen, das letzte Licht in dieser Galaxis auszulöschen.«

»Du bist doch dem Untergang schon längst geweiht, du Narr.«

Alle Blicke wenden sich der Erscheinung von Caersan zu, der seinen Blick durch den Raum und über die versammelten Ratsmitglieder wandern lässt.

»Das hier ist kein Zufluchtsort. Es ist ein Grab. Ihr versteckt euch hier in den Schatten und betet darum, dass die wahre Dunkelheit euch nicht findet. Doch das wird sie. Und ihr wisst das alle.«

Mit einer flüssigen Bewegung kommt der Wächter auf die Füße. »Du bist hier gegen meinen ausdrücklichen Einspruch, Sternentöter. Ich werde keinen Ratschlag von demjenigen annehmen, der innerhalb eines Augenblicks Syldra zerstört und Milliarden von Kindern getötet und die Überlebenden allein und hilflos zurückgelassen hat.«

»Frieden ist nur ein anderes Wort für Kapitulation, Wächter. Jedenfalls für einen Hundesohn«, knurrt Caersan.

»Er ist kein Hundesohn«, spuckt der alte Rikerit. »Du weißt nichts von dem Leid, das wir erdulden müssen, Sternentöter. Nichts von dem Preis, den wir *alle* bezahlen müssen.«

»Ich weiß jedoch, dass dir die Möglichkeit geboten wird, diesen Preis nicht zu bezahlen. Das Leid zu umgehen. Eine letzte, glorreiche Schlacht, in der es um die Zukunft, um alles geht.« Caersan hebt die Hände und lässt sie dann langsam wieder fallen. »Und dennoch zittert ihr beim Gedanken daran. Wie Kinder. Wie Feiglinge.«

Der Wächter schürzt die Lippen. »Das von dem Feigling, der dem Ra'haam hätte entgegentreten können und geflohen ist.«

Caersan wendet sich dem Mann zu, kochend vor Wut. Und die Kraft durchflutet mich, heiß und lebendig und ohrenbetäubend. Ich lasse zwischen dem Sternentöter und den trotzenden Ratsmitgliedern geistig eine Mauer entstehen. Mein Mitternachtsblau knistert, als es auf sein blutiges Rot trifft. Einen Wimperschlag lang ist unser Aufeinanderprallen sichtbar, bringt den Betrasker und den Rikerit auf die Beine während die Wegewanderer, Toshh, Tyler und Lae, alle gleichzeitig ihre Waffen zücken.

Kal geht einen Schritt nach vorne und ruft: »Vater!«

Für einen kurzen Augenblick spüre ich die Wut, die meinen Liebsten durchzuckt, den Instinkt, zu kämpfen. Aber Caersan lacht nur leise vor sich hin, und seine Kraft schwächt sich ab. Langsam komme ich aus der Deckung, während sich die Stimmung im Raum entspannt.

Die Wegewanderer, die um den Sternentöter herumstehen, sind blass, tauschen unsichere Blicke aus – jetzt wissen sie, dass sie keine Chance haben, Caersan zu überwältigen, ebenso wenig wie mich. Lae flüstert etwas in Tylers Ohr, eine Hand auf seiner Schulter. Der Wächter bleibt auf den Beinen, seinen Blick auf den Mann gerichtet, der sein Volk ermordet hat.

»So treten sie an uns heran?«, höhnt er und sieht sich in der Runde der Mitglieder um. »Wir sollten diese Truppe sofort auf ihr Schiff zurückschicken.«

»Oder«, sage ich eindringlich, bevor die beiden ihren Reißverschluss aufmachen und anfangen zu vergleichen, »wir können darüber sprechen, wie wir Leben retten können. Nicht nur dein Leben. Nicht nur unsere Leben. Sondern alles Leben. Damals und heute. Glaub mir, ich weiß, wie es dir mit dem Sternentöter geht. Mir geht es ganz genauso. Aber er ist der

Einzige, der die Waffe nach Hause bringen kann. Ich kann es nicht allein. Wir brauchen ihn.«

»Und wenn wir dann da sind?«, fragt der Rikerit. »Was dann?«

»Dann werden der Sternentöter und ich … etwas zu besprechen haben«, sage ich.

Die Projektion des Sternentöters beobachtet mich, herrisch und kühl. Selbst wenn wir das hier überleben, irgendwie dorthin zurückfinden, wo wir hergekommen sind, können wir beide spüren, wie die nächste Auseinandersetzung geradewegs auf uns zurast. Ich weiß, dass ich die Waffe zünden werde, wenn ich gewinne. Ich werde alles geben, um das Ra'haam zu zerstören.

Mothercustard, ganz schön viele *Wenns*.

»Die einfache Tatsache ist, dass ich ohne ihn nicht in unsere Zeit zurückkehren kann. Also bitte, *bitte*, so schwer es auch ist, wir müssen das beiseitelegen, was wir empfinden, und gemeinsam herausfinden, wie wir das zustande kriegen.«

Der Rikerit schüttelt den Kopf. »Das ist zu viel verlangt.«

»Sie verlangt nichts, was sie nicht bereit ist selber zu leisten«, antwortet Kal.

»… Und das heißt was?«

Ich straffe die Schultern und atme tief ein. »Das heißt … es ist keine erneuerbare Energie. Die Kraft in uns. Wir können sie nur so und so oft benutzen, bevor wir …« Ich verstumme, fasse nach den Rissen um meine Augen. »Wenn die Waffe oft genug gezündet wird, tötet das den Trigger.«

Kal drückt meine Hand. Ich versuche, die Angst in seinen Augen nicht zu beachten.

»Seht ihr«, höhnt Caersan. »Sogar dieses Kind ist bereit, sein Leben zu opfern, um euch zu retten. Und ihr wollt noch nicht einmal kämpfen?«

Der Rikerit wirft ihm einen finsteren Blick zu, und der

Wächter holt bereits Luft, um eine Flut von Schmähungen auszuspucken, und ich sehe schon, dass das Ganze in die Binsen geht. Aber dann, endlich, setzt die Ulemna ihre Kapuze ab und ergreift das Wort.

Sie ist berauschend schön. Ihre Haut ist blau und violett marmoriert und sieht aus, als würden unter der Oberfläche Galaxien kreisen, in ständiger, hypnotischer Bewegung. Ihre Augen sind silbern, und ihre Stimme klingt wie ein Akkord in Moll, wie drei Noten gleichzeitig.

»Selbst wenn wir das tun, um was du uns bittest, Terra-Kind«, sagt sie, »und selbst wenn du die Waffe reparieren und dich in deine eigene Zeit zurückschicken kannst, was dann? Wenn du das Ra'haam in der Vergangenheit vernichtest, sorgst du dafür, dass diese Zukunft hier nicht stattfindet. Dann sorgst du im Prinzip dafür, dass es uns alle nicht mehr geben wird.«

»Nur diese Version von dir«, sagt Kal. »Andere Versionen werden weiterleben. In einer friedlichen Galaxis. Einer Galaxis ohne das Ra'haam.«

»Und was ist mit denen, die geboren wurden, nachdem das Ra'haam aufgeblüht ist?«

Wir wenden uns Tyler zu, der inmitten seiner Crew steht. Lae sieht ihren Kommandanten an, aber der blickt Kal an, mich, mit zusammengebissenen Zähnen.

»Wenn du zurückkehrst und alles veränderst, wer weiß, ob sie dann überhaupt je existieren werden.«

»Schicksal, Bruder«, antwortet Kal. *»Schicksal.«*

»Oder ihr könnt sie einfach hierlassen«, sagt Caersan. »Sie einem langsamen Erstickungstod ausliefern und der Aufnahme ins Schwarmbewusstsein.«

»Wir können ihm nicht vertrauen«, sagt der Wächter mit einem bösen Blick. *»Cho'taa. Sai'nuit.«*

»Du hast keine Ehre«, verhöhnt Lae Caersan. »Du hast deinen

Namen mit Schande bedeckt. Wir glauben dir nicht ein Wort, du Mörder. Und du willst tatsächlich, dass wir für dich kämpfen? Unser Leben in Gefahr bringen? Für *dich*?«

Der Sternentöter sieht sich im Saal um. Ich weiß noch, wie dieser Ort in der Nacht ausgesehen hat, als der Squad 312 nach Sempiternity gekommen ist, vor nicht allzu langer Zeit. Der Tanz der Galaxis über uns, schöne Gäste, märchenhafte Ballkleider. Und jetzt sind hier nur noch flackernde Lichter und kaputtes Inventar und eine stinkende Algenfarm, um das hungernde Lumpenpack zu füttern, das sich unten in der zunehmenden Dunkelheit zusammendrängt.

»Das hier«, sagt Caersan höhnisch, »nennt ihr Leben?«

Da wird sofort wieder geschrien – der Wächter, der Rikerit und sogar die Betraskerin heben die Stimme, während die Ulemna sich zurücklehnt und die Kapuze überzieht. Lae zeigt auf Caersan und schreit Tyler an, der die Hände über dem Kopf zusammenschlägt und sich an ihr vorbei mit Toshh unterhält.

Kal greift meine Hand noch fester, und ich schließe die Augen. Es ist hoffnungslos – der Raum ist voller Angst und Wut, dort draußen in der Dunkelheit sucht das Unkraut nach uns, und wir sind mittendrin gefangen, während das letzte Leben in der Galaxis darauf wartet zu sterben.

Und dann fangen die Sirenen an zu heulen.

Das Licht wird noch trüber, die Streitereien verstummen, und ich spüre Furcht und Verwirrung bei den Mitgliedern des Rates.

»Ist das …?«

»ALARMSTUFE ROT. ALARMSTUFE ROT. FLOTTE DES RA'HAAM ENTDECKT. BEIM OMEGA-MARKER. ICH WIEDERHOLE: RA'HAAM-FLOTTE ENTDECKT. ALLE AUF DIE GEFECHTSSTATIONEN.«

»Das kann nicht sein«, flüstert Tyler.

»Wurdet ihr verfolgt?«, will der Rikerit wissen.

»Natürlich nicht«, blafft er. »Wir sind ein halbes Dutzend Mal gesprungen, um hierherzukommen. Wir haben uns genau an die Einreisebestimmungen gehalten.«

»Wie können sie uns dann so schnell gefunden haben?«, fragt die Betraskerin. »Der letzte Angriff ist erst zehn Tage her! Sie hätte nie …«

»Son of a biscuit …«

Alle Blicke im Saal wenden sich mir zu, als ich flüstere: »Sie können mich spüren.« Ich sehe Caersan an, und das Herz schlägt mir bis zum Hals. »Uns spüren.«

Er legt den Kopf zur Seite. »… Vielleicht.«

Ich schlucke schwer, sehe Kal in die Augen. »Wir haben sie hierhergelockt.«

»ALARMSTUFE ROT. DAS IST KEIN DRILL. DREIUNDZWANZIG MINUTEN BIS WIR AUF DAS RA'HAAM TREFFEN. ALARMSTUFE ROT.«

Fragend sehe ich Caersan an, und mit einem langsamen Heben einer silbernen Augenbraue neigt er den Kopf. Ich blicke Kal in die Augen, und er nickt einmal. Hand in Hand drehen wir uns um und rennen los.

»Auri!«, ruft Tyler hinter uns her. »Wo zum Teufel geht ihr hin?«

»Dir vierzig Minuten besorgen!«

20 Kal

Es sind so viele.

Ich weiß natürlich, dass das Ra'haam ein einziges Wesen ist. Ein Schwarmbewusstsein, das aus Milliarden von Partikeln besteht, verbunden und verzahnt in einer massereichen Einheit. Spürt ein Teil davon Schmerz, tut das Ganze weh. Sieht ein Teil davon etwas, weiß es das Ganze. Aber während ich zusehe, wie der Schwarm von Schiffen auf uns zuströmt – mehr als ich je zuvor auf einmal gesehen habe –, ist es schwer, es nicht als viele zu sehen.

Schwere terranische Frachter. Syldrathische Phantome. Betraskische Truppentransporter und chellerianische Tornados. Hunderte von verschiedenen Marken und Modellen, gestohlen von Hunderten verschiedenen Welten, alle überwuchert mit sich windenden blau-grünen Gewächsen, ziehen sie lange Ranken hinter sich her.

Und sie wollen uns holen.

»Holy Cake«, flüstert Aurora. »Das sind mal viele Schiffe.«

»Ich bin bei dir, Be'shmai«, sage ich ihr.

Wir stehen im Herzen der *Neridaa* und starren die Projektion an, die sie um uns herum aufgerufen hat. Es sieht so aus, als wären die Wände der Waffe mit einem Mal durchsichtig geworden: Die Große Weite um uns herum ist plötzlich ganz nah und gestochen scharf. Mein Vater hat sich auf seinem Kristallthron zurückgelehnt, aber an der kleinen Falte auf seiner Stirn kann ich sehen, dass auch er beunruhigt ist, angesichts der Macht, die sich gegen uns aufgestellt hat. Das allein reicht schon, um mir Angst zu machen.

Noch immer bin ich wie ein Krieger der Ungebrochenen

gekleidet: eine schwarze Rüstung, bemalt mit hellen Glyfen, mit Liedern von Ruhm und Blut. Mit meinen silbernen Klingen auf dem Rücken, einer schweren Pistole an der Hüfte und Granaten am Gürtel fühle ich mich dennoch nicht wie ein Krieger. Jedenfalls nicht wie einer, den *er* sich vorstellt.

»So viele.« Mein Vater sieht auf die einströmenden Schiffe, und als er spricht, läuft es mir eiskalt den Rücken runter. »Deine Schwester hätte das hier sehr genossen, Kal.«

»Wir sind zu nah an Sempiternity, um wie letztes Mal einfach wild in der Gegend rumzuballern.« Aurora wendet sich meinem Vater zu. »Wir müssen sie Schiff für Schiff schlagen, eins nach dem anderen. Du und ich.«

Er lächelt, den Blick auf unseren Feind gerichtet. »Das gefällt dir, nicht wahr?«

»Gefallen?« Aurora blinzelt. »Hör mal, ich bin nicht so ein Psycho wie du. Ich töte nicht zum Vergnügen. Ich …«

»Ich meine nicht das Töten, Terranerin. Ich meine die *Kraft*.« Mein Vater wirft Aurora einen dunklen Blick zu.

»Sag mir nicht, dass du es nicht fühlst. Wie es auf deiner Haut summt und dir durch die Glieder fährt. Sag mir nicht, dass du es kaum erwarten kannst, sie zu entfesseln.« Er legt den Kopf zur Seite, seine Augen flackern. »Die Eshvaren waren weise, als sie ihre Trigger erschaffen haben, Kind. Sie kannten uns gut genug, um uns das Gift zu versüßen. Als würde uns unser Tod zu einer Gottheit machen.«

Sie schürzt die Lippen, trifft seinen Blick, aber schweigt.

Die Schiffe halten auf uns zu, tauchen in Schwärmen aus der Dunkelheit auf. Auroras rechtes Auge fängt an zu leuchten, und ich kann die Hitze auf ihrer Haut fühlen, als sie meinen Vater wütend ansieht.

»Willst du weiter rumlabern, oder willst du mir vielleicht mal helfen?«

»Dir helfen?«

Er trifft ihren Blick, und ohne die Augen von ihr abzuwenden, streckt er die linke Hand aus. Ich kann sehen, wie seine Iris anfängt zu glühen: Dieses dunkle Licht in seinem Innern dringt durch die Risse in seinem Gesicht. Seine Zöpfe bewegen sich wie im Wind, und dort draußen, jenseits der *Neridaa,* sehe ich wie eins der Schiffe des Ra'haam – ein riesiger, schwerfälliger Frachter, umschlungen von Ranken und pulsierenden Blättern – anfängt zu zittern. Das Schiff muss tonnenschwer sein, und doch krümmt mein Vater seine Finger zu Krallen, als würde er die zierlichste aller Blumen zerquetschen, und meine Augen weiten sich, als der Frachter erzittert und in Tausende von brennenden Stücken zerspringt, allein durch die Kraft seines Willens.

Er schüttelt den Kopf.

»Ich will dir nicht helfen, Terranerin. Ich will *gewinnen.*«

Aurora beißt die Zähne zusammen und wendet sich wieder dem Display zu. »Das reicht mir.«

Einen Augenblick lang lasse ich meinen Blick auf meinem Vater ruhen. Ich muss an früher denken, an die Tage, als ich jung war und wir unter den Lias-Bäumen trainiert haben. Aber dann greife ich nach Auroras Hand und drücke sie.

»Was kann ich tun, um zu helfen?«

Ich kann den brennenden Blick meines Vaters im Nacken spüren, aber ich ignoriere ihn. Aurora sieht mich von der Seite an, in ihrem Auge leuchtet eine winzige Galaxis, während sie ihrerseits meine Hand drückt.

»Das tust du bereits.«

Und so nimmt es seinen Anfang. Die Schiffe des Ra'haam rasen auf uns zu, eine unglaubliche Vielzahl, und eins nach dem anderen wird von meiner Be'shmai und meinem Vater dort draußen in der Dunkelheit vernichtet. Ich sehe Lichter aufblitzen, lautlose Explosionen in der Schwärze, wie neue Konstellationen, die am brennenden Himmel kurz auflodern.

Das Gemetzel, das sie anrichten, ist atemberaubend. Ein Licht brennt in ihr und in ihm – sie, die ich liebe, und ihn, den ich hasse –, und der Gedanke, was die beiden erreichen könnten, wenn sie sich zusammentun und wirklich zusammenarbeiten würden, versetzt mir einen Augenblick lang einen Stich ins Herz.

Doch ich weiß, dass das nichts ist als ein kindlicher Wunsch. Caersan, Archont der Ungebrochenen, wird niemals seinen Thron teilen. Niemals darauf vertrauen, dass jemand anderes nicht wie er durch Blutrausch und Gier angetrieben wird.

Mein Vater ist verrückt.

»Kal, hier ist Tyler, kannst du mich hören?«

Ich berühre das Funkgerät an meinem Ohr. »Ich höre dich, Bruder.«

»Weitere Schiffe steuern auf uns zu, und zwar eine Menge. Sempiternity lässt jetzt all seine Schiffe auslaufen. Sag Auri, dass wir ihr den Rücken freihalten, wenn sie diesen Angriff abwenden kann.«

»Verstanden. Wie lange dauert es, bis der Rift-Antrieb hochgefahren ist?«

»Mindestens noch dreißig Minuten. Können sie und der Dreckskerl sie so lange in Schach halten?«

Ich sehe Aurora an, und mein Herz schnürt sich zusammen. Ich kann die Kraft in ihr spüren, die Stärke, die ihr das Alte Volk vermacht hat. Aber während sie in ihr brennt, wie eine Sonne in ihrer Iris auflodert, kann ich es sehen. *Sie* sehen. Die winzigen Risse, die sich von ihren Augen aus über ihre Haut ausbreiten. Ich kann sehen, was es sie kostet. Wie weh es ihr tut. Und noch schlimmer, genau wie mein Vater gesagt hat, wie sehr sie es …

Sie scheint es zu genießen.

»Wir werden sie abwehren«, antworte ich.

»Verstanden«, sagt Tyler. *»Wir versuchen, euch so weit wie möglich den Rücken freizuhalten.«*

Ich beobachte, wie sich die Flotte von Sempiternity auf den Weg macht – vielleicht fünfzig Schiffe, eine bunt zusammengewürfelte Mischung. Doch während sie auf die eintreffenden Ra'haam-Schiffe zufliegen, kann ich sehen, wie Tyler Jones sie anführt, wie ein Dirigent sein Orchester. Mein Bruder war schon immer ein hervorragender Taktiker, und die Jahre der Kriegsführung haben ihn zu einem wahren Meister gemacht. Seine Schiffe schneiden eine Schneise der Zerstörung durch den Feind, Explosionen blühen in der Dunkelheit auf.

Doch das Ra'haam ist so viele.

Die Dunkelheit steht nun in Flammen: brennende Schiffe und berstende Atomkerne, siedendes Saftgrün und blutendes Blattwerk. Aber der Feind strömt weiter auf uns zu, unaufhörlich, dringt durch die winzigen verzerrten Risse in die Haut des Systems ein. Für jedes Schiff, das wir zerstören, folgen drei nach, wie das Unkraut, nach dem sie benannt worden sind. Und dann …

»… Jie-Lin …«

Die Stimme hallt um uns herum. Ein Zittern durchläuft meine Be'shmai. Ich kann sehen, wie sie nach Atem ringt, wie sie bei ihrem Angriff strauchelt, wie Grausen und Trauer und Wut beim Klang dieser Stimme sie durchfluten.

»… Jie-Lin …«

»Daddy …«, flüstert sie.

»… Du hast uns gefehlt …«, flüstert es.

Ich kenne die Stimme. Natürlich. Auroras Vater – den sie vor zwei Jahrhunderten verloren hat und dann ein weiteres Mal an das Ra'haam. Einer der ersten terranischen Kolonisten auf

Octavia, der in das Kollektiv aufgenommen wurde. Auf fürchterliche Weise lebt er noch immer da drin.

»... *Wir dachten, wir hätten dich verloren. Oh, meine Liebe, wir können gar nicht sagen, wie schön es ist, dich wieder zu spüren ...*«

»Be'shmai«, flüstere ich und drücke ihre Hand.

»Ich weiß«, haucht sie. »Das ist nicht er.«

»... *Wir* SIND *er. Wir sind alles, was wir berührt haben. Wir sind Betrasker und Terraner, Syldrathi und Rikeriter. Chellerianer und Gremps und Kacore und Cajaken und Ayerf und Sarbore. Eltern und Kinder, Freunde und Liebhaber, unermesslich und für immer zusammen. Hier bist du in Sicherheit, Tochter. Hier ist es warm. Hier findest du Liebe ...*«

Ich spüre, wie Aurora zittert, die Kiefer zusammenpresst. Hinter uns höre ich die Stimme meines Vaters, das Fletschen seiner Zähne.

»Hör nicht hin, Mädchen.«

»Mach ich nicht.«

»Es will dich nur ablenken.«

»Weiß ich!«

»... *Du kannst es nicht wissen. Du kannst es nicht. Wir wollen nicht, dass du stirbst, Tochter. Du weißt, dass das der Preis ist, den du wirst bezahlen müssen, nicht wahr? Am Ende ...*«

»Narr«, sagt mein Vater. »Lass sie nicht an dich ran. Hör nicht hin!«

»Vater, das ist keine Hilfe«, brülle ich.

»... *Auch wenn du uns in dieser Schlacht besiegst, kannst du nicht gewinnen, dich erwartet nichts als ...*«

Mir zerreißt es das Herz, als ich sehe, wie Auroras Nase anfängt zu bluten. Wie die Risse in ihrer Haut noch ein wenig tiefer werden. Und ich weiß, dass es die Wahrheit sagt.

»... *Dich erwartet nichts als der Tod ...*«

Unsere Abwehr wird brüchig. Der Feind ist in der Übermacht. Tylers Schiffe schlängeln sich durch die Dunkelheit. Explosionen lassen die Nacht aufleuchten. Ich sehe das wutverzerrte Gesicht meines Vaters, seine gekrümmten Finger. Aber nun tropft auch aus seiner Nase lila Blut, dunkles Licht dringt durch die Risse in seinem Gesicht.

»Tyler, wie lang noch?«, will ich wissen.

»Zehn Minuten! Höchstens.«

»Wir können sie nicht mehr aufhalten!«

Das Ra'haam-Schiff, das in nächster Nähe ist, schraubt sich in die Höhe, wendet und beschießt uns dabei ohne Unterlass. Sempiternity lassen sie völlig außer Acht, konzentrieren sich nur auf die *Neridaa* – auf die Waffe, auf die Trigger, die sie vernichten sollen.

Verzweifelt sehe ich meinen Vater, sehe ich Aurora an. Ihre Gesichter sind blutverschmiert, ihre Augen im Schatten, doch immer noch schlagen sie zu: ein Hagel aus Geschossen mitten in das Unkraut hinein. Aber es kommen noch mehr Schiffe, eine endlose Flut, und das Herz stockt mir bei diesem Anblick.

»Tyler, was ist los?«

»Rift-Antrieb funktioniert! Aber die Wegewanderer müssen noch das Kristall einsetzen!«

»Kal …«, flüstert Aurora.

»Tyler, wir können sie nicht mehr abwehren!«, brülle ich.

»Kal!«

Ich treffe Auroras Blick, sehe Sternenlicht darin auflodern. Sie schwankt neben mir, ihre Lippen glänzen rot. Ihre Augen leuchten, und ich kann das Kaleidoskop an Gefühlen in ihr sehen – Euphorie und Wahn, leidenschaftlich und wild, den Rausch der Schlacht. Sie zeigt mit der Hand auf Sempiternity, ihre Fingerspitzen knistern vor Energie. Die Kraft einer winzigen Gottheit steckt in ihr.

»Ich kann das.«

Ich sehe auf das Weltschiff und schüttle den Kopf. »Nein, Be'shmai, du wirst …«

Sie drückt meine Hand. »Ich kann das, Kal.«

Ich sehe auf die Schlacht da draußen, auf diese verderbten Schiffe, die auf uns zufluten, während Feuer zwischen den Sternen aufblüht. Ich nehme sie in meine Arme, drücke meine Lippen auf ihre und schmecke das Blut. »Ich bin bei dir.«

Mein Vater schneidet mit der Hand durch die Luft, zerdrückt die Schiffe um uns herum. Aurora streckt ihre Finger Richtung Sempiternity aus, und die gesamte Galaxis scheint zu erzittern. Ich spüre, wie die Kraft um mich herum pulsiert, auf meiner Haut prickelt. Das ganze Schiff wackelt, die Wände summen ihre seltsame, schräge Melodie, als im Herzen des Weltschiffs Energie auflodert und die Kristallfragmente in seinem Innern in Flammen aufgehen.

»Was zum Teufel!«, brüllt Tyler.

Auroras rechte Iris brennt mit dem gleichen blendenden Licht, das durch die Risse um ihre Augen dringt. Ich spüre, wie sie in meinen Armen zittert, und wende mich meinem Vater zu und brülle über die anschwellende wunderschöne, schreckliche Melodie.

»Vater, hilf ihr!«

Der Feind rückt näher, immer näher. Voller Hunger und Verlangen bringt er den Tod. Das Licht im Innern des Weltschiffs lodert wieder auf, eine farblose Träne, die im Firmament aufreißt. Blut tropft Aurora von den Lippen, und es versetzt mir einen Stich, als ich sehe, dass sie lächelt.

»Ja«, flüstert sie. »O ja!«

»Das war's!«, ruft Tyler. *»Raumfaltentor geöffnet! Alle Einheiten zurückweichen! Sofort!«*

Mit einer letzten brutalen Handbewegung wendet sich mein Vater von dem Gemetzel dort draußen ab und greift nach der

Waffe um uns herum. Ich höre, wie sich die Tonlage der *Neridaa* verändert, spüre Schwindel, als wir anfangen, uns zu bewegen, durch das brennende Schwarz. Ich klammere mich an Aurora, halte sie fest, als wollte ich sie vorm Ertrinken abhalten, während wir durch das schillernde Raumfaltentor fliegen.

Das Rift schleudert uns durch die Weiten des Raums. Ich kann Asche schmecken, spüre, wie sich mein Körper verzerrt, sich der Raum um mich herum verkrümmt, Kraft aus blutenden, zitternden Fingern strömt, alles schwarzweiß wird und dann wieder in leuchtenden, kräftigen Farben erstrahlt.

Und dann, nach einem weiteren unfassbar grellen Aufblitzen, ist es vorbei.

Wir sind in Sicherheit.

Ich halte Aurora in meinen Armen und halte sie aufrecht. Ihre Augenlider sind schwer, zucken, als würde sie träumen. Ihr Kinn klebt von Blut.

»Aurora?«, frage ich. »Kannst du mich hören?«

Flehentlich lege ich meine Hand an ihre Wange.

»Aurora!«

»Gut gemacht, Terranerin«, höre ich eine raue Stimme sagen. »Fast bin ich beeindruckt.«

Ich werfe einen Blick über die Schulter, auf den Schatten in meinem Rücken. Mein Vater sitzt auf seinem Thron, sein Umhang ergießt sich über die Stufen wie ein roter Wasserfall. Seine Augen sind tief umschattet, sein Kinn verschmiert mit lila Blut. Ich kann sehen, dass die Risse in seinem Gesicht tiefer geworden sind, seine Schultern herabhängen. Nur kleine Anzeichen der Anstrengung, die ihn diese Prüfung gekostet hat. Aber dass er überhaupt Schwäche zeigt, sagt mir, wie schwer ihn das verletzt hat.

Wie viel sie das beide gekostet hat.

»Wie geht es dir?«, frage ich.

Mit schmerzverzerrtem Gesicht reibt er sich die Stirn. »Ich hätte nicht gedacht, dass dich das interessiert, Kaliis.«

»Natürlich interessiert mich das«, knurre ich. »Ohne dich finden wir nie den Weg nach Hause. Werden wir nie das Ra'haam besiegen.«

»Siegen um jeden Preis.«

Er sieht mich an, seine Augen glitzern, als er lächelt.

»Mein Sohn.«

»K … Kal?«, flüstert Aurora.

Ich halte sie fest. Wie ein schwarzweißer Vorhang hängt ihr das Haar übers Gesicht, klebrig von Blut. Ich streiche es zurück und drücke meine Lippen auf ihre Stirn, und als ich das Blut auf ihrem Mund, ihrem Kinn sehe, die tiefen Schatten unter ihren Augen, stockt mir der Atem.

»Aurora …«

»Sind … sind wir … in Sicherheit?«

»Ja.« Ich fahre mit meinem Daumen über ihre Lippen, wische sanft das Blut weg. »Wir sind in Sicherheit, Be'shmai. Du hast es geschafft. Du *hast* es geschafft!«

»Oh«, seufzt sie. »Wie gut …«

Aurora blinzelt, sieht auf das glitzernde Kristall um uns herum.

Aus ihren Ohren tropft Blut.

Und dann bricht sie in meinen Armen zusammen.

Teil 3

Ein Schrei in der Dunkelheit

21 Tyler

Ich muss zugeben, das ist ganz schön viel Aufwand für einen Anruf.

Ich musste zwei Tage lang ohne Pause durch die Raumfalte fliegen, um rechtzeitig zum galaktischen Sondergipfel das Tor zur Aurora Academy zu erreichen, und insofern fühle ich mich etwas gehirnamputiert. Aber nicht so schlecht wie der Squad 303, der die letzten achtundvierzig Stunden in einer Arrestzelle verbracht hat. Aber mein Schädel tut schon ganz schön weh.

Ich habe versucht, Cohen und ihrer Truppe meine Lage zu erklären, als ich ihnen ihre Rationen durch die kleine Luke in der Tür gereicht habe, aber sie waren nicht wirklich in der Stimmung, mir zuzuhören. Stattdessen habe ich eine Auswahl erlesenster neuer syldrathischer Beleidigungen gelernt, die ich mir merken muss, falls ich mal wieder auf Saediis Offizier Erin treffe.

Die Sicherheitsvorkehrungen um das Raumfaltentor herum, das zum Aurora-System führt, waren wie erwartet. Mit der Galaxis an der Schwelle zu einem Dutzend Kriegen und mit Repräsentanten von jeder Spezies, die zum Gipfeltreffen anreisen, hatte ich nicht die Hoffnung, hier unbemerkt reinschleichen zu können.

Aber nun muss ich das – dank Cohen – auch gar nicht tun.

»Code empfangen, Identität bestätigt, 303«, kommt die Antwort über Funk. *»Landeerlaubnis erteilt für Omega-Bucht, Liegeplatz 7420.«*

»Verstanden, Aurora«, antworte ich. »7420. Ja, ja, ab in die Walachei mit uns.«

»Ja, tut uns leid, 303. Wir werden hier von Zivilisten nur so über-

rannt. Wird auch eine Weile dauern, bis wir euch instand setzen und auftanken können. Vierzig Stunden mindestens. Meldet euch bei eurem Deckkommandanten für die Einsatznachbesprechung.«

»Verstanden.« Ich muss lächeln. »Trotzdem noch einen schönen Tag, Leute. 303 out.«

Perfekt.

Besser, als ich zu hoffen gewagt habe. Der Haupthangar ist anscheinend voller Regierungsschiffe der Sondergesandten. Bei so viel Trubel hier auf der Station und mit Hilfe der Passcodes von Cohen komme ich unbemerkt davon, kann mich, sobald ich angedockt habe, in das Netzwerk der Station einloggen, habe mehr als genug Zeit, Admiral Adams zu warnen.

Na ja ... so jedenfalls der Plan.

Ich blicke über die glitzernden Turmspitzen der Aurora Station und staune angesichts der Flotten, die sich hier versammeln. Geschmeidig und schön, massig und riesig, bewegen sich Hunderte von verschiedenen Modellen durch die Dunkelheit wie bei einem Tanz. Ich habe Raumschiffe schon immer geliebt, und bei ihrem Anblick muss ich lächeln. Aber als sich eine Gruppe vertrauter Silhouetten vor dem Licht des Aurora-Sterns abhebt – ein Frachter der Reaper-Klasse, begleitet von einem halben Dutzend schwerer Zerstörer –, schlägt mir das Herz bis zum Hals.

Es ist die Delegation von der Erde. Wahrscheinlich Premierministerin Iljasowa selbst, pflichtgemäß begleitet von der Terran Defense Force.

Bei ihrem Anblick fühle ich mich ganz schön niedergeschlagen. Mein Dad hat es sich zur Lebensaufgabe gemacht, unseren Planeten zu beschützen – erst als Mitglied der TDF, dann im terranischen Senat. Ich bin zur Aurora Legion gegangen, weil ich mein Leben demselben Anliegen widmen wollte. Und jetzt hält meine eigene Regierung mich für einen Verräter.

Der Gedanke, dass sie mich sofort erschießen würden, wenn sie mich erwischen, hinterlässt einen bitteren Nachgeschmack.

Ich bringe die Longbow in die Bucht hinein, durch das langsame Ballett der Schiffe, fremde und die der Legion, durch Ladedrohnen und die des Sicherheitsdienstes, durch Autoheber und Skiffs. Sogar so weit entfernt vom Haupthangar geht es hier zu wie im Tollhaus. Das so viel los ist, habe ich noch nie erlebt. Und es ist gar nicht so einfach, sich da durchzunavigieren.

Ich wünschte, Cat wäre hier …

Mir wird plötzlich klar, dass ich die Station das letzte Mal gesehen habe, als wir zu unserer ersten Mission aufgebrochen sind. Wir alle zusammen. Squad 312 für immer. Das kommt mir so lange her vor. So weit weg. Aber ich schiebe alle Gedanken an meine Freunde, an meine Schwester, an alles, was ich verloren habe, beiseite. Konzentriere mich auf das, was ich tun muss. Der Schöpfer weiß, dass sie das wollen würden.

Sie alle haben so viel gegeben – alles gegeben –, um mich hierherzubringen. Und ich werde sie nicht enttäuschen.

Meine Longbow dockt an, Versorgungsschläuche und Andockklammern schlängeln sich aus der Luftschleuse, um mein Schiff zu sichern. Festnetzkabel fahren aus und schließen sich an den Computer der Longbow an und laden die Reisedaten und das Logbuch runter. Und nach achtundvierzig Stunden in der Raumfalte, nach einigen tätlichen Übergriffen auf andere Legionäre, Zweckentfremdung von Mitteln der Legion, Freiheitsberaubung und dem eindeutigem Tatbestand der Piraterie bin ich endlich im Netzwerk der Station.

Wie schon gesagt, ganz schön viel Aufwand für einen Anruf.

Aber hey, jetzt bin ich ein Pirat.

Yeah.

Die Uniglass-Nummer des Admirals kann ich auswendig.

Und sie ist nur über das Netzwerk der Aurora Legion an Bord der Station erreichbar. Und nur für leitende Mitglieder des Kommandostabs und seine engsten Freunde in der Legion. Und für den Sohn seines Freundes – den Jungen, um den er sich in all den Jahren an der Academy immer gekümmert hat.

Ich muss ihn Tausende Mal angerufen haben – weil ich seinen Rat brauchte, weil es etwas zu besprechen gab, weil wir eine Partie Schach spielen wollten. Er und mein Dad haben zusammen in der TDF gedient, und er hat so für mich gesorgt, wie sich Dad das gewünscht hätte. Jahrelang sind wir sonntags immer gemeinsam in den Schöpferdienst gegangen. Und irgendwie, aus irgendeinem Grund ist er derjenige, der mich auf diesen Weg gebracht, der Aurora O'Malley auf mein Schiff getan, diese Gaben im Tresor des Dominions in Emerald City für uns hinterlegt hat.

Meine Hände zittern, als ich die Nummer in das Kommunikationssystem der Station eingebe und mein Spiegelbild auf den Monitoren anstarre. Adams und de Stoy wissen *etwas* über das Ra'haam, die Eshvaren, über alles, was hier passiert – manchmal hatte es den Anschein, als wüssten sie es, *bevor* es passiert. Und doch wissen sie nicht – wenn meine Vision stimmt –, dass das Ra'haam die Station in die Luft jagen will, samt der gesamten Galaktischen Versammlung.

Die Verbindung zum Videoanruf steht. Mein Herz schlägt schneller, als der Admiral auf dem Bildschirm auftaucht – ein kräftiger Kiefer, vernarbte Wangen, geschorenes graumeliertes Haar.

»Admiral …«

»Hallo, Sie haben die Privatnummer von Seph Adams erreicht. Leider kann ich im Moment nicht antworten. Bitte hinterlassen Sie Ihre Kontaktdaten, und ich melde mich zurück.«

Klick.

Das Gesicht verschwindet.

Der Bildschirm wird schwarz.

Ich blinzele.

»Das kann doch nicht wahr sein …«

Ich starre auf den Monitor, auf die blinkende Aufforderung *Nachricht hinterlassen?*.

»Nein!« Ich komme auf die Beine, meine Stimme wird immer lauter. »Nein, das kann *einfach* nicht wahr sein!« Ich fahre mir mit der Hand durchs Haar, meine Geduld zersplittert in Millionen glitzernde Stücke. »Ich bin der GIA-Gefangenschaft entkommen, niedergestochen, verprügelt und in den Händen der Ungebrochenen wie ein Jetball zerquetscht worden, hab mich herausgeredet, bin *wieder* in Gefangenschaft geraten und hab eine ganzen Squad außer Gefecht gesetzt, ihr Schiff gestohlen, meinen Arsch über den halben Sektor geschleift, mit dem Risiko, erfasst und hingerichtet zu werden, nur um jetzt den *Anrufbeantworter* zu bekommen?«

Nachricht hinterlassen?, fragt der Computer wieder.

»Ich verstehe das nicht!«, brülle ich. »Du hast uns die *Zero* hinterlassen, Admiral! Eine verschlüsselte Nachricht! Woher wusstest du, dass Kal angeschossen wurde, ich in Gefangenschaft geraten bin, Cat es nicht von Octavia runtergeschafft hat, und weißt jetzt nicht, dass du an dein *verdammtes Uniglass* gehen musst?«

Ich fluche nicht. Ich halte es für ein Zeichen von zu wenig Selbstbeherrschung. Scar hat immer gesagt, dass Fluchen eine natürliche Reaktion ist – ein bewährtes Mittel, um Stress abzubauen und Dopamin freizusetzen. Aber wenn man etwas Wichtiges zu sagen hat, sollte man sich die Zeit nehmen, es zu sagen, ohne auf Fäkalsprache zurückzugreifen. Ich kann an einer Hand abzählen, wie oft ich Kraftausdrücke verwende.

»Fuck«, sage ich.

Der Computer piept.

»Fuck«, wiederhole ich, noch lauter.

Nachricht hinterlassen?

»FUCK!«, schreie ich und schlage um mich. *»Fuck! Fuck! FUUUUUUUUUUUUUUUUUUCK!«*

Ich sinke in die Hocke. Seufze laut.

»Ja, okay«, gebe ich zu. »Jetzt fühle ich mich ein bisschen besser.«

Aber nur ein bisschen.

Adams ist bestimmt voll im Stress, flüstert eine Stimme in meinem Kopf. *Er ist der Befehlshaber eines Friedenskorps im Weltraum, der Gastgeber Tausender Delegierter von Hunderten von Welten und versucht zu verhindern, dass die Galaxis in ein Dutzend verschiedener Kriege verwickelt wird. Es ist der Abend vor dem Sondergipfel. Er wird kaum Zeit finden zu atmen, geschweige denn einen persönlichen Anruf entgegenzunehmen.*

Wahrscheinlich hat er sein Uniglass nicht einmal bei sich.

Und dann sehe ich es wieder, wie einen Splitter in meinem Kopf, der sich immer tiefer eingräbt. Das Bild von der Academy, die in die Luft fliegt. Der Schatten, der hinter ihr aufragt. Diese Stimme, die ich gerade noch hören kann, die fleht und bettelt.

... du kannst ....

»Bring das in Ordnung, Tyler«, schnauze ich mit schmerzverzerrtem Gesicht. »Ich weiß, ich weiß schon!«

Das ist es also dann.

Nach dem langen Weg, den wir zurückgelegt haben. Nach all den Gefahren. Ich stehe an der Torlinie und kann noch nicht einmal mein eigenes Team vor dem warnen, was auf uns zukommt.

Mein Squad ist weg; ich kann das Stationskommando nicht erreichen; die terranische Besatzung und alle Legionäre würden mich sofort erschießen, wenn sie mich erwischen, und das

Ra'haam wird irgendwie dafür sorgen, dass die Station und alle, die sich darauf befinden, in die Luft fliegt.

Und ich bin der Einzige, der es aufhalten kann.

Ich schiebe weitere Verpflegungsrationen durch die Luke in die Arrestzelle, ignoriere Cohens Protestgeschrei und de Renns Schwur, mir das Rückgrat rauszureißen, und zwar … na, ich erspare mir die Details, aber es klingt schmerzhaft.

Ich ziehe mir die Kappe der Aurora Legion tief über die Augen und drehe den Kragen meines Fliegeranzugs hoch, während ich ein Gebet flüstere. Meine Pistole steckt hinten in meiner Hose, und die Klinge, die mir Saedii gegeben hat, ist an meinem Vorderarm befestigt.

Der Gedanke, dass ich hier ganz allein bin, liegt schwer auf mir.

Das Wissen, dass ich jahrelang dafür trainiert habe, stärkt mir den Rücken.

Und die Erinnerung an diesen Traum, an diesen Schatten …

»Los geht's, Legionär.«

★ ★ ★

Erste Regel jeder Taktik: *Wissen ist Macht.*

Ich habe keine Ahnung, was das Ra'haam geplant hat, und es gibt verschiedene Möglichkeiten, eine Explosion auszulösen, wenn es einen Agenten auf die Station bekommen hat.

Aber von der Vision, die mir immer wieder durch den Kopf geht, weiß ich, dass die Aurora Station von innen heraus in die Luft fliegt, aufblüht wie eine brennende Blume und alles um sich herum mit verschlingt.

Der Sondergipfel soll morgen früh um 9.00 Uhr Stationszeit beginnen. Jetzt ist es 15.57 SZ, das heißt, dass die Zeit läuft, und zwar auf drei unterschiedliche Arten.

Wenn alles gutgeht, habe ich vierzig Stunden, bis die Wartungsmannschaft Cohen und Co. in der Arrestzelle entdeckt und Alarm schlägt.

Schlimmer ist, dass ich eine unbekannte Anzahl von Stunden habe, bis jemand auffällt, dass Cohen sich nicht bei ihrem Deckkommandanten zurückgemeldet hat. Vielleicht sind sie zu beschäftigt und brauchen eine Weile, bis sie es merken. Vielleicht sind sie nachsichtig, weil sie sonst alles so gut macht. Oder vielleicht erregt genau das ihre Aufmerksamkeit.

Aber wie dem auch sei, ich habe siebzehn Stunden und drei Minuten, bis der Sondergipfel anfängt. Also wird es Zeit, dass ich mich an die Arbeit mache.

Wenn ich eins über Politiker weiß, ob galaktisch oder auch nicht, dann, dass sie am Abend vor einem Gipfel in der Bar zu finden sind.

Sieht so aus, als bräuchte ich einen Drink.

Ich mache mich aus der Ladebucht der Longbow auf und tauche in einen Strom von Fußgängern ein – eine Gruppe Dockarbeiter, Mechaniker- und Technik-Crews und eine Handvoll Legionäre, die vom Dienst zurückkehren. Durch die ersten zwei Sicherheitskontrollen schaffe ich es ohne viel Aufhebens. Riolis Fluganzug ist etwas eng im Schritt (nicht dass ich angeben will), aber ich sehe ihm ähnlich genug, so dass es reicht, kurz seine Erkennungsmarke zu zeigen und sich von den überarbeiteten Sicherheitsleuten durchwinken zu lassen.

Das aber ist alles nur ein Kinderspiel. Denn sobald ich durch die Dekontaminierung durch bin und weiter zu den Metalldetektoren und der Biometrie muss – Gesichts- und Netzhauterkennung –, bin ich am Arsch.

Zum Glück war ich mit einer gewissen Cat »Zero« Brannock befreundet.

So genannt, weil sie in der Pilotenabschlussprüfung die volle

Punktzahl erreicht hat – im Flugsimulator hat sie sich nicht ein einziges Mal vertan. Und ein Grund, warum sie in unseren Jahren an der Aurora Academy so erfolgreich hinter dem Steuerknüppel einer Longbow war – sie hat Flugzeit gestohlen.

Sagen wir mal so: Ich kannte die Vorschriften der Legion wie meine Westentasche. Aber Cat kannte die Station so gut wie ihren zweiten Vornamen.

Sie, Scar und ich, wir sind alle zusammen fünf Jahre lang auf Terra zur Schule gegangen – drei rotznäsige TDF-Gören. Am ersten Tag im Kindergarten hat mir Cat einen Stuhl über den Kopf gehauen, nachdem ich sie geschubst habe. Seitdem habe ich eine nette kleine Narbe quer durch die rechte Braue. Aber als sich ihre Eltern haben scheiden lassen, wurde ihre Mom zum Lunar Defense Array abberufen, und Cat musste mit. Sie ist an Bord von verschiedenen Stationen aufgewachsen und kannte sie in- und auswendig. Als wir also alle dreizehn Jahre alt wurden und uns zur Legion gemeldet haben, hat Cat es sich zur Aufgabe gemacht, auch diese Station kennenzulernen.

Sie hat sich nach Dienstschluss hier runtergeschlichen, hat sich einen gefälschten Flugplan erstellt, hat sich eine der älteren Longbows zu eigen gemacht und ist so eng um die Hülle der Station geflogen, dass die LADAR-Sensoren sie nicht erfassen konnten. Ich habe ihr immer gesagt, wie verrückt das ist, was sie da macht, dass sie im Flugsimulator üben soll und dass sie bestimmt aus der Academy fliegt, wenn sie sie erwischen.

»Es ist das eine, in einem Flugsimulator zu sitzen«, hat sie darauf immer geantwortet. »Aber etwas völlig anderes, durch die Dunkelheit zu tanzen. Und wenn das, was ich dort draußen lerne, mal deinen Arsch rettet, wirst du mir noch danken.«

Und genau das tue ich. Als ich mich aus dem Gedränge im Hauptdurchgang wegducke, ins Reservetreibstofflager abtauche und auf dem Bauch unter den Tanks entlangkrieche, um die tertiären Luftschächte zu erreichen, danke ich flüsternd meiner Freundin.

Und wünsche mir so sehr, dass sie hier wäre.

Ich brauche fünf Stunden, um mich durch das Lüftungssystem zu arbeiten – ich kenne mich hier längst nicht so gut aus wie Cat, und die Aurora Station ist *riesig*. Aber ich habe Riolis Uniglass, um mir den Weg zu leuchten, und langsam durchquere ich das Labyrinth aus Eingängen und Abzweigungen, das Metall vom sanften Licht des Monitors erhellt, bis ich endlich in den Niederungen des Freizeitbereiches emportauche.

Ich krieche aus dem Schacht, ziehe den Fluganzug aus und sehe, dass ich voller Staub und Dreck bin – die sollten die Putzdrohnen wirklich öfter da durchschicken. Zum Glück ist Riolis Uniform da drunter noch einigermaßen sauber.

Es fühlt sich komisch an, die weißen Streifen eines Ace der Legion auf den Schultern zu tragen. Aber wenigstens bin ich jetzt jenseits der Dekontaminationsgrenze – hier sind die Sicherheitsvorkehrungen viel lascher.

Ich tue so, als würde ich dazugehören, und marschiere in den hell erleuchteten Korridor, an ein paar Technikern und jungen Kadetten vorbei und auf die Hauptpromenade der Aurora Academy.

Ehrlich, der Anblick raubt mir jedes Mal wieder aufs Neue den Atem.

Sie erstreckt sich vor mir: ein Halbmond aus poliertem Chrom und glänzend weißem Plastahl. Hier ist es brechend voll – Scharen von Kadetten und Legionären mischen sich mit den Funktionären der planetarischen Delegationen, Presseleuten, die über den Sondergipfel berichten wollen, und einer Vielzahl von Personal und Ausbildern und Mannschaften.

Über mir ragen die Turmspitzen in den Himmel, die Promenade macht in der Ferne eine Biegung, die Geschäfte des

Einkaufsviertels sind zu meiner Linken, das kühle Grün und Blau des Arboretums zu meiner Rechten.

Über uns ist die Decke durchsichtig, die Station so ausgerichtet, dass sie das brennende Licht des Aurora-Sterns am besten zur Geltung bringt, und dahinter sind Milliarden von Sonnen verstreut, und die Erhabenheit der Milchstraße wird zur Schau gestellt. Und im Herzen der Promenade ragen über uns allen die Denkmäler der zwei Leute auf, die das alles möglich gemacht haben.

Die Gründerinnen der Aurora Legion.

Das eine Denkmal ist aus strahlendweißem Marmor – abgebaut aus einem der letzten Steinbrüche auf Terra. Das andere aus tiefschwarzem Opal, durchzogen von Regenbogen, und wurde den ganzen Weg von Trask hierher befördert.

Ihre Gesichter sind gelassen und weise. Zwei Frauen, eine Betraskerin und eine Terranerin, Feindinnen in Zeiten des Krieges, die über sich selbst hinausgewachsen sind, den Konflikt zwischen unseren Völkern beiseitegelegt haben. Um etwas zu erschaffen, das größer ist als die beiden. Ein Bündnis der besten Köpfe in der Galaxis. Eine Legion, die für den Frieden kämpft, nach dem Stern benannt, den die Academy, die sie gebaut haben, umkreist.

Hier auf der Academy lernen wir noch nicht einmal ihre Namen. Die Gründerinnen haben dafür gesorgt, dass ihre Identität aus allen offiziellen Aufzeichnungen getilgt wurde, weil sie nicht wollten, dass die Legenden über sie das überschattet, was sie hier erschaffen haben.

Es ging nicht darum, wer sie waren – genauso wenig, wie es jetzt um einen Legionär oder einen Kommandanten geht. Es geht um uns alle zusammen als Ganzes. Um das, was wir darstellen.

Und auf dem Fundament unter ihnen, in den Stein eingemeißelt, ist das Motto der Gründerinnen:

Wir die Legion
Wir das Licht
Das die Dunkelheit durchbricht

So allein ich auch gerade bin, lässt der Anblick der Gründerinnen mir doch das Herz warm werden. Und als ich mich auf der Station umgucke, all die Leute sehe, die sich aus allen Ecken der Galaxis hier versammelt haben, um gemeinsam für etwas zu kämpfen, alle unter Beschuss eines Feindes, den sie noch nicht einmal sehen können, flüstere ich ein Versprechen.

»Ich werde euch nicht im Stich lassen.«

Ich halte mich am Rand der Menge auf, die Kappe tief ins Gesicht gezogen – ich bin hier nicht gerade ein Unbekannter, und wenn mich nur ein einziger Kadett oder Legionär entdeckt oder ein TDF-Soldat mich aus den Nachrichten wiedererkennt, dann war's das.

Ich weiß nicht mal genau, wonach ich eigentlich suche, wie ich diese Bedrohung aus meinem Traum überhaupt erkennen soll. Aber ich kann es in mir drin spüren, sie treibt mich an: die Vision, die mich an diesen Ort zurückgebracht hat, zu diesem Licht im Dunkeln. Saedii hat mich für einen Narren erklärt, weil ich hierherkommen wollte, und die Erinnerung an sie macht mir das Herz schwer. Der Gedanke, dass ich sie wahrscheinlich nie wiedersehe …

Konzentrier dich auf deine Aufgabe, Jones.

Ich wandere ins Arboretum und behalte die Menge im Auge. Alles was hier wächst, wurde aus der gesamten Milchstraße zusammengesammelt: sanft plätschert Wasser über Herzkristallfälle aus Ishtarr, Silberweiden aus Syldra, Farnkraut und Blumen von jeder Farbe und jeder Welt. Aber dieser Regenbogen aus Farbe erinnert mich nur an meinen Traum, wie das Kristall um mich herum zersplittert, der Schatten durch die Risse dringt wie schwarzes Blut. Entgegen jeder Hoffnung versuche ich wieder, mich mit Adams Uniglass zu verbinden, und fluche leise, als wieder sein Anrufbeantworter drangeht.

»Hallo, Sie haben die Privatnummer von Seph Adams erreicht. Leider …«

Klick.

Soll ich einfach eine Nachricht hinterlassen?

Woher soll ich wissen, ob sie ihn überhaupt erreicht?

Kann ich wirklich das Schicksal der gesamten Galaxis von einer Nachricht abhängig machen?

»Na, bist du aber ein strammes Stück Mensch.«

Ich werfe einen seitlichen Blick auf die Stimme. Ein Chellerianer ragt neben mir auf, einen Drink in jedem seiner vier Hände. Sein Anzug ist himmelblau, um sich gegen das hellere Blau seiner Haut abzuheben. Sein Haifischgrinsen kann man nur als umwerfend bezeichnen.

»Hallooooo«, sagt er und spricht so gedehnt, als würde das Wort nach heißer Schokolade schmecken. »Und wie heißt du, Legionär?«

»Ich bin kein Legionär. Ich bin ein Pirat. Und ein bisschen beschäftigt, nimm's mir nicht übel.«

»Kein Problem, Kapitän«, schnurrt er und mustert mich von Kopf bis Fuß. »Und bitte verzeih mir, sollte ich dich belästigen. Ich habe mich nur gefragt, ob diese Grübchen zur Standardausrüstung eines jeden Legionärs gehören.«

»Nö«, antworte ich und überfliege die Menge. »Man braucht einen Sonderschein und drei Jahre Ausbildung, bis man die Berechtigung hat, sie einzusetzen.«

»Na, du bist mir aber ein kleiner Schelm«, feixt er und dreht den Stiel eines der Gläser zwischen seinen Fingern.

»Du solltest meine Schwester kennenlernen«, murmele ich.

»Nur zuuu gerne. Wenn das zu deinen Vorlieben gehört. Ich dachte, Terraner könnten mit so was nichts anfangen.« Er schmollt und nimmt das Glas mit dem prickelnden grünen Getränk in seiner dritten Hand in Augenschein. »Sag mal, wäre es aufdringlich, wenn ich dich auf einen Drink einladen würde? Ich habe ja eine ganze Menge davon, und ich weiß nicht mal, was das hier genau ist.«

»Hör zu, Freundchen, ich will mich nicht …«

Ich verstumme, als ich ihn mir etwas genauer ansehe. Seine Stimme kommt mir bekannt vor. Sein Gesicht erst recht. Sein Anzug sieht aus, als hätte er so viel wie das Bruttosozialprodukt eines kleinen Mondes gekostet.

»Ich kenne dich …«

»Nicht so gut, wie ich das gern hätte.« Er bietet mir das Getränk an. »Aber dagegen lässt …«

»Du bist Nachrichtensprecher«, wird mir klar. »Du arbeitest für GNN.«

»Schuldig im Sinne der Anklage.« Er lächelt und wedelt mit einer Geste auf den Presseausweis neben seiner Krawatte und dann auf den kleinen Trupp aus Assistenten und Crew hinter ihm. »Lyrann Balkarri, stets zu Diensten. Hoffentlich.«

»Du hast über das Scharmützel im Colaris-Sektor berichtet.«

»Das war mehr als ein Scharmützel, Schätzchen«, schmollt er. »Diese kleine Auseinandersetzung könnte zu einem Krieg zwischen Chelleria und Rigel führen. Aber es ist natürlich schmeichelhaft, dass du den Beitrag gesehen hast. Nach dem kleinen Tobsuchtsanfall von Archont Caersan waren unsere Einschaltquoten im Keller.«

Ich sehe ihn mir noch genauer an. Ich kann den mattschwarzen Knopf eines Mikrophons an seinem Revers sehen. Das Schimmern einer Minikamera in seinem obersten Knopfloch.

»Warte mal … du nimmst das doch nicht gerade auf, oder?«

Sein Grinsen wird noch ein bisschen breiter. »Nie ohne Einwilligung, mein Lieber.«

»Was machst du auf der Aurora Station?«

»Nun, abgesehen davon, dass ich mich in der unermesslichen Freude dieser Grübchen sonne, berichte ich über den Sondergipfel.« Lyrann trinkt ein Schluck von einem schäumend roten Drink, verzieht das Gesicht und gibt das Glas an eine Assistentin weiter. »Luddia, mein Schatz, sei so nett und kipp das aus der nächsten Luftschleuse, ja? Und wer immer mir das serviert hat, soll ausgepeitscht werden.«

»Hochgeschätzte Delegierte.«

Die Menge wird still. Beim Klang der Stimme drehe ich mich um, das Herz schlägt mir bis zum Hals. Ein riesiges Hologramm wird in die Luft über dem Arboretum projiziert, die Gestalt eines hochgewachsenen Mannes mit kybernetischen Armen. Auf seiner Galauniform funkeln Dutzende von Medaillen und der Stern der Aurora Legion.

»Admiral Adams«, flüstere ich.

»Verehrte Gäste«, fährt er fort. *»Legionäre. Ich heiße Sie alle, auch im Namen von Greater Clan Battle Leader Danil de Verra de Stoy, auf der Aurora Station willkommen.«*

Die Kamera richtet sich nun auf die zweite Kommandantin der Legion, die neben Adams steht. De Stoy sieht mürrisch aus, ihre Haare sind zu einem strengen Zopf zusammengefasst. Aber auf ihrer Uniform glitzern ein Dutzend Medaillen, und ihre Stimme ist genauso eindrucksvoll wie ihre Anwesenheit.

»Vor vielen Jahren«, beginnt sie, *»zu Zeiten des Krieges, haben die Gründerinnen unserer Legion ein Bündnis geschmiedet, das seit Jahrhunderten währt. Es ist unsere sehnlichste Hoffnung, dass sich auch in diesen finsteren Zeiten die Völker der Galaxis wieder vereinen und ein Licht anzünden, um den wachsenden Schatten zwischen den Sternen zu vertreiben.«*

Angesichts ihrer Wortwahl wird mir ein wenig schlecht.

Schatten.

Wachsen.

»Unsere letzten Teilnehmer werden heute Abend eintreffen«, fährt Adams nun fort. *»Morgen früh, bevor der Sondergipfel beginnt, werden Battle Leader de Stoy und ich eine gemeinsame Ansprache halten, die alle auf dieser Station betrifft, ja alle in der Galaxis.«* Er lächelt grimmig. *»Den Mitgliedern der Presse, die über den Sondergipfel berichten, lege ich nahe, möglichst pünktlich aufzustehen. Einstweilen möchten wir uns bei allen für ihre Anwesenheit bedanken, insbesondere bei Greater Consuls Mariun de Roy und Gense de Lin der Betraskischen Klan-Koalition und bei der Premierministerin der terranischen Regierung Tania Iljasowa.«*

Die Kamera fängt die beiden betraskischen Konsulinnen ein, die inmitten ihres Gefolges stehen und sich bei dem einsetzenden Applaus verbeugen. Dann sehen wir die terranischen Delegierten, Premierministerin Iljasowa lächelt und nickt dankend, ihr graues Haar glänzt im Licht. Um sie herum stehen verschiedene Minister, Assistenten und Begleitpersonal. Aber als ich ihre Leibwache sehe, wird mir ganz anders.

Hätte ich mir ja denken können …

Eigentlich ist die Terran Defense Force für die Sicherheit der Regierung verantwortlich, und in Iljasowas Entourage mangelt es nicht an TDF-Soldaten. Aber immer dann, wenn es auch um die Sicherheit des Planeten Erde geht, sind die Agenten der Global Intelligence Agency mit dabei.

Sie stehen in der Gruppe um die Premierministerin herum, schweigend und still. Ihre Anzüge sind dunkelgrau, ihre Gesichter hinter länglich ovalen Spiegelmasken verborgen. Doch ich weiß, was dahinter lauert.

Das Ra'haam ist hier.

»Wirklich alles in Ordnung, mein Lieber?«, fragt Lyrann und berührt meinen Arm. »Du siehst aus, als würde jemand auf deinem Grab tanzen.«

Ich muss schwer schlucken, presse die Kiefer zusammen.

»Alles gut«, bekomme ich heraus.

Ist es aber nicht.

Denn dort unter ihnen sehe ich eine vertraute Gestalt. Ihr Gesicht ist von dieser Maske bedeckt, aber ich würde sie überall erkennen. Dieser Körper unter dem hautengen Nanogewebe, den ich früher einmal in meinen Armen gehalten habe. Meine beste Freundin auf der ganzen Welt.

Ich sehe sie vor mir, wie sie mich beobachtet hat, als ich auf der *Kusanagi* gefoltert wurde. Schimmel auf der Zunge und Tränen in ihren blumenförmigen Augen, als sie mich angefleht hat.

Tyler, geh nicht …

Tyler, ich liebe dich.

»Cat …«, flüstere ich.

22 Finian

»Okay, das sollte funktionieren.«

Ich versuche, zuversichtlich zu klingen, als wir uns um die Werkbank versammeln, um das ramponierte Gehäuse von Magellan, die Köpfe gebeugt, wie ein Ärzteteam um den OP-Tisch. Gerade gehört das Labor uns – das Team, das eigentlich hier sein sollte, wird wegen Verstrahlung behandelt. Wir bekommen bestimmt auch was ab, aber in der nächsten Zeitschleife hat sich das erledigt, und wir haben eine dringendere Aufgabe.

Ich habe bereits mein Uniglass mit Zilas und Scarletts zusammengeschweißt – mit etwas Lötmetall und einem kurzen Gebet zum Schöpfer. Und nun gilt es, das kurzgeschlossene Meisterwerk zu vollenden.

»Die Schaltkreislogik …«, murmelt Zila und klingt skeptisch.

»Äh, ich weiß. Nari, reich mir mal dieses Dings, ich brauche eine Klammer.«

»Du meinst den Klammeraffen?«

»Genau. Warum heißen die eigentlich so?«

»Ich …« Sie runzelt die Stirn und pflückt eine Heftklammer aus dem Gerät. »Ich habe wirklich keine Ahnung.«

»Ein Affe hat sie erfunden?«, schlägt Scar vor.

»Bei euch gibt es Affen, die die ganze Zeit klammern? Wisst ihr was? Das glaube ich sogar. Ich meine, ihr Leute habt mal Quantensegel … Aua!«

Ein kleiner Stromstoß läuft durch die Finger meines Exoanzugs – würde das nervigste Uniglass der Galaxis nicht in einer Ohnmacht liegen, würde ich denken, dass das Absicht war –, und mit einem sanften Summen fängt das tote Uniglass an hochzufahren.

»Jaaaa!« Ich hebe die Hand, und Scarlett klatscht mich ab, hakt ihre Finger bei mir ein und zieht mich zu sich ran, um mich zu küssen. Der Stoß, der durch uns durchfährt, als sich unsere Lippen berühren, ist viel, viel besser, und so sollte man sich immer …

»Hallöchen! Ich … ihr … eure Knautschgesichter haben mir gefehlt!«

Wir hören auf, uns zu küssen, und beobachten, wie über die Monitore der vier Uniglasses digitale Muster laufen, zwischendurch kommt es immer wieder zu Bildstörungen.

»Das sieht nicht richtig aus«, murmelt Scarlett.

»Ist es auch nicht. Aber ich muss hier mit den einfachsten Werkzeugen arbeiten.« Ich werfe Nari einen Blick zu. »Nimm's mir nicht übel, Staubmädchen.«

»Kein Problem, Bleichgesicht«, sagt sie.

»Hey, wenn in zwanzig Jahren der Krieg vorbei ist und Trask der engste Verbündete von Terra wird, wie blöd wirst du dir dann vorkommen? Auf einer Skala von eins bis zehn?«

»Nicht halb so blöd wie du, wenn mein Stiefel auf deinen Ar…«

»Kinder.« Scarlett seufzt. »Bitte.«

»Selbst wenn sie uns nicht davonlaufen würde«, sagt Zila, »hätten wir trotzdem keine Zeit, um unnötige Feindseligkeiten auszutauschen. Wir sind schließlich alle miteinander befreundet.«

Kim wirft mir einen finsteren Blick zu, Zila bekommt ein widerwilliges Nicken. Und die Art, wie sie Zila anstarrt, sagt mir, dass Leutnantin Staubmädchen wohl gerne mehr als nur befreundet mit unserem kleinen Brain wäre. Aber wie Zila schon sagte, uns läuft die Zeit davon.

»Hey, Magellan«, sage ich, als der Start-Bildschirm zu sehen ist. »Schön, dich wiederzusehen, Kumpel. Du musst für uns mal was durchrechnen.«

»Hey Topfpflanze! Teetasse, Terrier-Terrier-T-T-T-Terrier! Hier sind Drachen. Baret, Jeanne. Stark, Freya. Bird-Walton, Nancy. Liste der Forschungsreisenden unvollständig. Hat jemand einen Keks?«

Ich lege noch mit etwas Lötmetall nach. »Magellan! Wir rennen hier gegen die Zeit an, Kumpel. Du musst für uns mal was durchrechnen und unseren Arsch retten.«

»Bevor die Schlange sich in den eigenen Schwanz beißt«, murmelt Zila.

Alle Aktivität auf dem Bildschirm friert ein, und für einen Schreckmoment glaube ich, alles schlimmer gemacht zu haben. Magellan blitzt auf, und ein eindeutig ungültiger Code läuft über den gesprungenen Monitor. Der Monitor meines Gerätes und dann Zilas und Scars fangen an, im Takt aufzuleuchten, und das Wort *OUROBOROS* setzt sich auf allen drei Bildschirmen zusammen und zerstäubt dann in einer Wolke aus Einsen und Nullen.

Scarlett runzelt die Stirn. »Habt ihr das gesehen?«

Magellan piept. Ein kühles blaues Licht lässt seinen Bildschirm aufleuchten. Und mit einem sanften, zufriedenen Summen geht er ganz normal an.

»Gegen die Zeit, ja?«, zwitschert er. »Heißt das, wir sind endlich wieder ins Jahr 2177 zurückgekehrt? Ich dachte, wir schaffen es nie zurück!«

Einen Moment lang ist es still, abgesehen von dem Zischen und Knallen an den Werkbänken hinter uns. Scarlett und ich sehen uns mit großen Augen an.

»Wir sind … was?«, bekomme ich heraus.

»Magellan, bitte wiederhole deine letzte Aussage«, sagt Zila.

»Ach, jetzt wollt ihr plötzlich hören, was ich zu sagen habe, hä?« Er blinkt wie verrückt. »Habt ihr die Nase voll von eurem Running Gag?«

Zila runzelt die Stirn. »Running Gag?«

»Hey, ihr kracht gleich in diesen Planeten, vielleicht könnte ich helfen? MAGELLAN, TON AUS! Hey, iss das bloß nicht. Das hat so viel Nährwert wie eine rigellianische Socke. MAGELLAN, TON AUS! Aurora, fass dieses Alien-Dings nicht an, es wird … MAGELLAN, TON AUS!«

»Magellan …«, fängt Scarlett an.

»Alle um mich herum sind nichts als hormongesteuerte junge Hüpfer, und ich habe den IQ eines Universalgenies, aber nein, lass uns das Uniglass anschreien, denn wir Fleischklöpse finden das ja SO lustig!«

»Magellan, es tut uns leid«, sagt Scarlett.

»Aber klar doch.«

»Wir wussten nicht, dass dich das verletzt«, versichert sie. »Keiner wird deinen Ton ausstellen.«

»Nein? Wirklich nicht? Bist du sicher? Was ist mit dir, du Früchtchen?«

»Ich bin mir ganz sicher«, sage ich ihm und greife nach einem Schraubenschlüssel. »Dass ich dich recyceln werde, wenn du nicht sofort anfängst zu reden.«

»Okay, okay. Musst nicht gleich beleidigt sein«, murmelt Magellan. »Wenn mein Ouroboros-Protokoll aktiviert wurde, haben wir dafür sowieso keine Zeit.« Codierte Datenströme laufen über den Bildschirm, das Display blinkt. »Wow, meine Sensoren sind voll durcheinander. Ist Leutnantin Kim hier?«

»Was zum Teufel …«, brummt Nari und sieht Magellan an, als wäre er eine Hexe und sie würde darüber nachdenken, wo sie Feuerholz herbekommt. Als ich vor langer Zeit von diesem Abschnitt in der Geschichte der Menschheit erfahren habe, gab es einigen Erklärungsbedarf, aber in diesem Moment fange ich an zu verstehen, warum das so gelaufen ist.

»Nari ist hier.« Zilas Blick wandert zu Leutnantin Kim. »Aber woher wusstest du, dass sie hier sein würde?«

»Steht in meinen Unterlagen. Die zum Teil noch verschlüsselt sind. Die Dateien werden noch dekomprimiert und in meine Zentraleinheit geladen. Aber ich weiß, dass sie Teil des Plans ist.«

Meine Gedanken rasen, und Scarlett starrt mich an, als würde die gesamte Galaxis Kopf stehen. Mein Hals ist so eng, dass ich kaum sprechen kann.

»Welcher Plan?«

»Der Plan, die Milchstraße zu retten, du Früchtchen. Und das war ALLES Teil des Plans. Jeder Augenblick, den ihr im letzten Jahr erlebt habt. Jeder Augenblick, seit Kadett Anton Björkmans Schnarchen Tyler Jones in der Nacht vor der Auslese wach gehalten hat. Jeder Augenblick, seit sich Kadett Jones auf den Weg in die Ladebucht gemacht hat, wo Offizierin Lexington ihm erlaubt hat, eine Phantom in die Raumfalte zu fliegen, unter Missachtung aller Vorschriften der Aurora Academy. Jeder Augenblick, seit er Aurora Jie-Lin O'Malley entdeckt und aus den Trümmern der *Hadfield* gerettet hat.«

Vollkommene Stille.

»Hallo? Hab ich etwa keinen Ton mehr?«

»Tyler hat mir das erzählt«, murmelt Scarlett. »Wie sein Zimmergenosse, ganz anders als sonst, so geschnarcht hat. Die Offizierin, mit der er geflirtet hat, damit er ohne Wingman in die Raumfalte fliegen konnte. Im Nachhinein fand er es seltsam, aber …«

»Aber es war alles Teil des Plans«, sagt Magellan mit einem übermütigen Funken. »Genauso dass Tyler mich an Aurora weitergegeben hat. Dass Aurora als blinde Passagierin an Bord der Longbow gegangen ist. Dass die *Zero* auf euch in Emerald City gewartet hat. Um ehrlich zu sein: dafür zu sorgen, dass Dariel, der Cousin von unserem Früchtchen hier, die Plakate für die Ausstellung von Mr Bianchi sieht, war am schwierigsten. Er ist nicht gerade der Hellste, nicht wahr?«

»Alles Teil des Plans«, wiederhole ich.

»Bis hin zu dem Kasten im Tresorraum des Dominions mit einer Gabe für jeden von euch. Der für euch dort hinterlassen wurde, bevor ihr überhaupt in die Legion eingetreten seid.«

»Außer für Cat«, flüstert Scar, und ihre Stirn legt sich in Falten. »Für Cat gab es kein Geschenk. Nur ein Schiff, das nach ihr benannt wurde. Und jetzt ist Tyler auch weg.« Ihre Stimme wird immer lauter, sie drückt meine Hand so fest, dass es weh tut. »Sie sind nicht mehr da, und du sagst uns, dass das alles Teil eines Plans ist?«

»Nun«, sagt Magellan. »In einer Gleichung, die so kompliziert ist, kann niemand alle Variablen kontrollieren. Und unser Wissen über die Ereignisse reichte nur bis zu einem bestimmten Punkt auf der Zeitachse. Aber Ereignisse wurden angestoßen, wo das möglich war. Ihr wurdet unterstützt, soweit das möglich war.«

»Aber von wem?«, fragt Zila, und dass sie noch Fragen stellen kann, während mir der Kopf explodiert, ist wirklich bewundernswert.

»Von Admiral Adams und Greater Clan Leader de Stoy.«

»Aber wer hat sie angewiesen?«

»Es scheint, als wären die Befehle über Generationen von den Kommandanten der Academy weitergegeben worden, angefangen mit den Gründerinnen im Jahr 2214.« Magellan blinkt, vielleicht weil gerade Daten hochgeladen werden. Seine Schaltkreise brummen auf eine Art, die mir nicht gefällt. »Eine davon war Leutnantin Nari Kim.«

Da geben Naris Beine nach, und sie lässt sich auf einen Stuhl fallen, den ihr Zila noch gerade rechtzeitig unter den Hintern schiebt.

»Okay«, flüstert Staubmädchen. »Okay, das ist mir jetzt offiziell einfach zu viel.«

»Es stimmt«, haucht Scarlett. »Beim Schöpfer, es stimmt.«

»Scar?«, frage ich. »Erinnerst du dich noch an die Haupthalle auf der Alpha-Promenade der Academy? Die beiden Denkmäler?«

»Die Gründerinnen …«, flüstert Zila.

Scar stellt sich neben Staubmädchen und hält eine Hand hoch über ihren Kopf. »Stellt sie euch aus Marmor vor. Und älter. Und so hundert Meter groß.«

Ich starre Nari an und runzele die Stirn. »Beim Schöpfer …«

Scar wendet sich an Nari. »Wir sind jeden Tag an dir vorbeigegangen. Aber zu unserer Verteidigung muss man sagen, dass du da viel älter bist. Und in Galauniform und, na ja, in Stein gehauen. Und so groß, dass wir eigentlich nur an deinen Füßen vorbeigegangen sind. Aber verdammt, Mädchen, sie haben dir ein Denkmal gesetzt.« Sie hebt ihre Hand, um Nari abzuklatschen, aber die beachtet sie nicht und starrt weiter Magellan an.

»Du bist eine der Gründerinnen der Aurora Academy«, flüstere ich.

»Ich kann an den meisten Tagen noch nicht einmal meine Schlüssel finden«, sagt Nari.

»Das erklärt, warum du mir von Anfang an so vertraut warst«, überlegt Zila laut. »Aber das Denkmal hat kürzere Haare als du jetzt.«

Nari öffnet den Mund und schließt ihn dann wieder.

»Ich glaube, mir wird gleich schlecht …«

»Weißt du«, sage ich. »Du gründest zusammen mit deiner besten Freundin die Aurora Academy. Die zufällig Betraskerin ist. Du solltest sie aber nicht Bleichgesicht nennen oder sie erschießen, wenn du sie triffst.«

»Fin …«, stöhnt Scarlett.

»Ja, tut mir leid.« Ich grinse.

Ich weiß, ich sollte mir die blöden Sprüche sparen. Aber … hey. Wie soll man denn bitte reagieren, wenn man herausfindet, dass man Teil eines gesamtgalaktischen Plans ist, der seit Jahrhunderten in der Mache ist?

»Warte«, sagt Scar plötzlich und wendet sich Magellan zu. »Mir ist gerade klargeworden … das bedeutet, dass Nari *lebt.* Wenn sie eine der Gründerinnen der Legion ist, dann entkommt sie ganz sicher dieser Zeitschleife, nicht wahr?«

»Oh, *verdammt,* nein«, antwortet er.

Zila runzelt die Stirn. »Aber Leutnantin Kim gründet doch die Aurora Academy …«

»Ja, bloß ist das noch nicht passiert. Leute, ihr seid noch mitten in einem zusammenstürzenden paradoxen Ereignis. Ich will euch ja nicht mit Theorien über das Multiversum langweilen, aber hier ist nix in Stein gemeißelt. Nari Kim kann nur die Aurora Academy gründen, wenn ihr aus dieser Zeitschleife rauskommt.«

»Nur dass wir nicht wissen, wie das geht«, knurre ich.

»Tja, wie gut, dass ich mit allen relevanten Informationen programmiert worden bin. Will irgendjemand jetzt *Ton aus!* schreien? Und soll ich weiter diese Erinnerungsdateien dekomprimieren?«

Ich greife wieder nach dem Schraubenschlüssel, als Scarletts Hand meine umschließt.

»Kannst du uns zuerst von den anderen was erzählen?«, fragt sie. »Weißt du, was mit Ty passiert ist? Mit Auri? In unserer Zeit?«

»Diese Daten scheinen mir nicht zugänglich zu sein. Vielleicht wusste mein Programmierer das nicht. Oder wollte es mir nicht sagen. Oder diese fragwürdige Reparatur hat Teile meiner Erinnerungen zerstört. Bist du sicher, dass du Mechanik studiert hast, Früchtchen? Fühlt sich an, als sei ich von jemandem mit einem Abschluss in Botanik repariert worden.«

»Du kleines Stück Scheiße, ich habe dich wieder zusammengesetzt mit nichts als …« Scar legt mir eine Hand über den Mund.

»Okay, eine Frage«, sagt sie. »Bevor er dich an Auri weitergegeben hat, warst du nur Tylers altes Uniglass. Wie im Namen des Schöpfers kann es sein, dass du jetzt ein Orakel bist? Woher weißt du das alles?«

»Erinnerst du dich daran, wie lustig du es fandest, ein Persönlichkeitsupgrade von diesem Shoppingkanal runterzuladen?«

»Ich kann noch immer nicht glauben, dass du das getan hast«, murmele ich.

»Ich habe gratis eine Handtasche dazubekommen.« Scarlett schmollt.

»Alle diese Daten waren Teil des Upgrades. So eingestellt, dass sie freigegeben werden, sobald bestimmte Parameter eingehalten werden. Ein paar Jahre später hat mich Tyler an Aurora weitergegeben. Und hier bin ich nun.«

»Bin ich wirklich so vorhersehbar?« Sie klingt mehr als ein bisschen beleidigt.

»Na, ich habe keine Schultern, aber stell dir vor, dass ich gerade damit zucke.«

»Bäh.«

»Jetzt aber wieder zur Tagesordnung. Ich will ja nicht die Stimmung verderben, aber noch seid ihr in einem zeitlichen Paradoxon gefangen, das in sich zusammenfällt und damit enden wird, dass ihr aus dem Raumzeit-Kontinuum ausradiert werdet. Da werdet ihr Legionäre wohl rauswollen. Leutnantin Kim, bist du dabei?«

Alle wenden ihren Blick Nari zu, die mit offenem Mund dasteht. Es dauert eine Weile, bis sie spricht.

»Ich … ich glaube nicht, dass ich das kann …«

Nachdenklich legt Zila den Kopf zur Seite. »Um was geht es denn genau? Die Existenz der Zeitschleife ist mehr als bewiesen.«

»Nicht die Zeitschleife. Das ist irre, aber es passiert *tatsächlich*. Es ist … ich kann doch nicht die Legion der Zukunft gründen!«

»Offensichtlich schon. Wir haben das Ergebnis gesehen. Wir *sind* das Ergebnis.«

Nari schüttelt den Kopf. »Aber … Zila, ich kann das nicht. Jemand anders vielleicht, aber ich nicht. Es wird Jahre dauern, bis ich wieder befördert werde. Admiralin werde ich nie. Soll das ein Witz sein? Wir sind sowieso mitten im Krieg und … Warte mal, ich muss noch mal nachhaken. Hast du gesagt, ein hundert Meter hohes Denkmal von mir?«

Ich öffne den Mund, um etwas zu sagen, aber Scar bringt mich mit einem Händedruck zum Schweigen.

Und dann verstehe ich erst, dass Zila und Nari sich in die Augen sehen und ich bei diesem Gespräch – vielleicht eines der wichtigsten, das je in der Galaxis geführt wurde – absolut nichts zu suchen habe.

Zila regelt das schon.

»Die Ehrung wird wohlverdient sein«, sagt sie leise. »Die Gründung der Aurora Academy ist eine außerordentliche Leistung. Selbst nach Ende des Krieges werden die Gründerinnen auf große Widerstände stoßen und die Zweifelnden allein durch ihre Entschlossenheit überzeugen. Und zusammen werden sie eine friedensstiftende Truppe schaffen, die in der gesamten Milchstraße berühmt und anerkannt sein wird.«

»Und dafür soll ich sorgen?«, flüstert Nari. »Unmöglich.«

Zila nickt, wendet ihren Blick nicht von Nari ab. »Die Squads der Aurora Legion werden bekannt für ihr Ehrgefühl sein. Für ihre Bereitschaft, die Stellung zu halten. Sie werden für Frieden kämpfen und für Gerechtigkeit. Und über Generationen werden die Leute, die in Not sind, einen Seufzer der Erleichterung ausstoßen, wenn sie unsere Schiffe sehen.«

Zitternd atmet Nari aus und versucht es mit einem Lächeln, aber es gelingt ihr nicht so recht. »Du machst es mir nicht gerade leichter, Madran.«

»Das wird es auch nicht sein. Aber du kannst das schaffen. Du wirst es für die tun, die du liebst. Für die, die jemanden brauchen, der für sie eintritt. Für die, die allein sind.«

Schweigend sieht das Paar sich an, und da ist etwas, was ich nicht benennen kann, irgendetwas zwischen den beiden. Ich weiß nicht, worüber sie geredet haben, als Scarlett und ich geknutscht haben … Also, ich meine, als Scarlett und ich die Sicherheitspatrouillen abgelenkt haben. Aber Nari weiß Bescheid – Zila war auch mal allein.

»Für Frieden kämpfen«, sagt Nari leise. »Das gefällt mir.«

»Wir die Legion«, sagt Zila.

»Wir das Licht«, sagt Scar neben mir leise.

Ich muss mich erst räuspern, bevor ich das Bekenntnis der Legion zu Ende sprechen kann. »Das die Dunkelheit durchbricht.«

»Das machen wir nicht nur, damit die Zukunft so wird, wie sie sein soll«, sagt Nari nachdenklich und sieht mich dabei direkt an. »Es ist etwas, was wir brauchen werden, wenn wir je aufhören wollen, so miteinander zu streiten. Wir sind hier alle Freunde.«

»Auch wenn es nicht leicht ist«, sagt Zila.

»Auch wenn es nicht leicht ist.«

»… Es macht nichts, dass ich dabei eine scheiß Angst habe, oder?«

Endlich schlägt die Stimmung um. Scar lacht, und ich lasse ein Prusten hören. Zila neigt den Kopf, ihre dunklen Locken fallen ihr übers Gesicht.

»Wir haben doch alle Angst.« Ich grinse. »Und wir halten uns ganz gut. Na ja, abgesehen davon, dass wir ein paar Jahrhunderte vor unserer Zeit in einer Zeitschleife gefangen sind, die in sich zusammenfällt.«

Sogar Zila ist … okay, also sie lächelt natürlich nicht, aber ihr Mund sieht irgendwie anders aus als sonst. »Wenn deine

Halmoni dafür sorgen kann, dass sich all ihre Enkelkinder regelmäßig pflichtbewusst bei ihr melden, dann …«

»Habe ich es im Blut«, gesteht Nari. »Alte koreanische Damen sind berühmt-berüchtigt, du hast recht. Dann muss ich mir mal ihre Ajumma-Haltung abgucken.«

»Na dann«, unterbricht Magellan und zerstört die Stimmung. »Seid ihr jetzt fertig damit, euch dem ewigen Sog des Schicksals hinzugeben? Wir müssen voranmachen.«

»Bereit?«, fragt Zila und sieht zu Nari rüber.

»Bereit«, stimmt Nari zu.

»Gut. Dann schnallt euch an. Denn jetzt wird es gleich ein wenig kompliziert.«

Ich lehne mich an Scarlett, als Magellan anfängt zu sprechen, und obwohl ich ihm zuhöre, spüre ich gleichzeitig, wie schön es ist, einfach Seite an Seite mit Scar zu sitzen. Wie warm mein Gesicht wird, als sie mir zuzwinkert.

»Okaaaaaayy, also, diesen Datensätzen nach … ist Scarletts Kristall hier der Schlüssel.«

»Das Kristall?« Scarlett blinzelt.

»Das leuchtet ein«, murmelt Zila und löst ihren Blick von Naris. »Jede Gabe, die für uns im Dominion-Tresor hinterlegt wurde, war von zentraler Bedeutung.«

»Zil, ich habe einen verdammten Kugelschreiber bekommen«, knurre ich.

»Also, dieses Kristall«, sagt Scarlett und berührt mit den Fingerspitzen ihre Kette, »das ist gleichzeitig dasselbe wie das in Pinkertons Büro, stimmt's?«

»Genau«, antwortet Magellan. »Und beide sind dasselbe Stück der größeren Raumsonde. Hört zu, wir haben nicht wirklich genug Zeit, um uns mit den metaphysischen Eigenschaften der Eshvaren zu befassen. Und auch nicht mit der transphasischen temporalen Mechanik. Aber im Grunde existiert das Kristall der Eshvaren gleichzeitig in vielen Dimensionen. Auch zeitlich betrachtet. Wenn also das Stück Kristall um deinen Hals im Jahr 2380 einem massiven Energiestrom ausgesetzt war und die Raumsonde, von der es stammt, im Jahre 2177 einem vergleichbaren Energiestrom …«

Zila blickt von Scarletts Hals zu dem Sturm aus Dunkler Materie. »Magellan, willst du damit sagen, dass das Kristallstück in Scarletts Kette und das riesige Stück Kristall, von dem es abstammt … sich über Zeit und Raum hinweg gerufen haben?«

»Ganz genau!«, piept das Uniglass triumphierend. »Wie ein Gummiband, das zurückschnappt, sind sie wieder zusammengekommen.«

»Warum fällt die Zeit in sich zusammen?«, fragt Scarlett.

»Paradox …«, murmelt Zila.

»Du hast es kapiert! Scarletts Kristall existiert bereits in dieser Zeit und an diesem Ort. Oben in Dr. Pinkertons Büro. Und wenn zwei Versionen desselben Kristalls sich in Raum und Zeit so nah beieinander befinden …«

»Dann versucht die Zeit, das zu lösen«, schließt Zila ab. »Deswegen die Zeitschleifen. Die kürzer und kürzer werden.«

»Exakt! Die Zeit versucht, der Verzerrung zu widerstehen und zurück in ihren ursprünglichen Fluss zu kommen, wie wenn man einen Radiergummi verbiegt. Irgendwann frisst sich die paradoxe Blase, in der ihr euch befindet, selbst auf, außer ihr findet einen Weg, Scarletts Kristall zurück in seine ursprüngliche Zeit zu schicken.«

»Okay, Frage«, wirft Scarlett ein. »Wenn das alles Teil des Plans ist, aber die Tatsache, dass wir hier sind, den Plan zunichtemachen könnte, wenn es uns nicht gelingt nach Hause zu kommen, warum haben Adams und de Stoy mir dann die Kette überhaupt vermacht?«

Nari schüttelt den Kopf. »Weil ich anscheinend eine Nachricht an meine Nachfolger weitergebe, dass sie das tun sollen.«

»Wir sind *bestimmt*, hier zu sein. Es muss so sein«, sage ich leise. »Es gibt etwas, was wir tun müssen. Vielleicht Nari begegnen, damit wir sie darauf einstimmen können, die Aurora Academy zu gründen. Ihr von der *Zero* zu erzählen, von den Gaben. Vielleicht wäre das sonst alles nicht passiert.«

»Aber so langsam werde ich meine eigene Großmutter«, murmelt Scar. »Also, Magellan, wie kommen wir hier wieder raus?«

»Gute Frage!«, piept das Uniglass.

Alle schweigen, und es ist nur das Beben der Station zu hören, das Kreischen der Sirenen. Wir sehen uns an und dann runter, auf die zusammengeschweißten Uniglasses. Magellan zischt und britzelt.

»Und?«, fragt Scarlett.

»Ich habe keine Ahnung!«

Ich habe das Gefühl, der Boden wird mir unter den Füßen weggezogen. *»WAS?«*

»Also, vielleicht war das mal anders. Aber es sieht so aus, als wäre der Teil meines Datenspeichers beschädigt. Oder er wurde durch dieses Klammeraffendings hier gelöscht. Sicher, dass du nicht Botanik studiert hast, Früchtchen?«

»Wir stecken hier in immer kürzer werdenden Schleifen fest, warten darauf, dass sich unsere Zeitschleife selbst auffrisst, und du wusstest das.« Ich bin jetzt auf den Beinen und greife nach dem Schraubenschlüssel. »Und jetzt sagst du uns, dass du nicht weißt, wie wir hier rauskommen?!«

»ACHTUNG: STRAHLUNG TRITT AUS. KERNSCHMELZE STEHT BEVOR. COUNTDOWN LÄUFT. DAS GESAMTE PERSONAL SOFORT ZU DEN FLUCHTKAPSELN. ICH WIEDERHOLE: KERNSCHMELZE DROHT, IN DREI MINUTEN.«

»Ich glaube …«, sagt Zila leise.

»Botanik«, schnaube ich. »Ich habe zu den obersten zehn Prozent meines Jahrgangs gehört.«

»Ooooooh, ich bin ja so beeindruckt …«

»Ich *glaube*«, wiederholt Zila und wartet so lange, bis sie unsere Aufmerksamkeit hat, »dass wir uns wieder Scarletts Kette zuwenden sollten. Und Magellans Vergleich mit dem Gummiband.«

Scarlett ist die Erste, die klug genug ist, eine helfende Haltung anzunehmen. Sie erfasst Zilas starren Blick, das Kauen auf einer Locke, all die Hinweise, die wir kennen und lieben und die uns sagen, dass das Gehirn unseres Brains gerade auf Hochtouren läuft.

»Genau. Ich habe das Kristall ja nicht umsonst bekommen.«

»Wenn man es chronologisch betrachtet«, sagt Zila und nickt, »ist deine Kette aus der Zukunft. Sie existiert länger als das Stück Kristall in Dr. Pinkertons Büro. Magellan hat gesagt, dass die Zeit zurück in ihren Fluss will. Wenn wir also dafür sorgen können, dass das, was sie hier festhält, entfernt wird, dann könnte deine Kette zu ihrer ursprünglichen Position zurückschnappen.«

»Das größere Stück Kristall hält es hier fest«, trage ich bei.

»Die Raumsonde, von der es abstammt«, sagt Nari. »Unten auf Level 2.«

»In der Tat«, stimmt Zila zu. »Wenn wir die Raumsonde von ihrer Energiequelle abschneiden können, damit sie in dieser Zeit nicht länger als Anker funktioniert, und gleichzeitig eine vergleichbare Menge Quantenenergie auf *unser* Stück Kristall anwenden, so wie in der Explosion, die uns hierhergebracht hat, dann könnte der temporale Schock dafür sorgen, dass sich die Zeit wieder einkriegt.«

Scarlett runzelt die Stirn. »So wie … wenn man jemand nach einem Herzinfarkt schockt.«

»Ganz genau.« Zila hält inne und legt den Kopf zur Seite. »Das wird passieren, oder wir werden komplett aus dem Raum-Zeit-Kontinuum gelöscht. Aber ich glaube, die Chancen für einen Erfolg sind mindestens bei 8,99 Prozent.«

»Das ergibt Sinn«, sagt Magellan. »Für einen hormongesteuerten jungen Hüpfer bist du ganz schön schlau.«

Zila wirft Nari einen stirnrunzelnden Blick zu. »Ich bin überhaupt nicht von irgendwas gesteuert.«

»Okay, überlegen wir mal, was unser erstes Problem ist«, sage ich. »Wenn wir mal davon ausgehen, dass dieser Ausbruch von Quantenenergie uns nicht einfach komplett aus der Raumzeit löscht, dann steht uns so eine Energie ja gar nicht zur Verfügung. Die Leistungsstufe müsste …«

»ACHTUNG: KERNSCHMELZE STEHT BEVOR. IN DREISSIG SEKUNDEN. ALLE SOFORT EVAKUIEREN. ICH WIEDERHOLE: KERNSCHMELZE IN DREISSIG SEKUNDEN.«

»Kernschmelze?«, piept Magellan. »Dieser Ort ist in einem schlechteren Zustand als ich. Was zum Teufel ist hier eigentlich los?«

»Teil eines Experiments, dass die Irren hier durchführen«, sage ich ihm. »Sie haben dort draußen ein Segel am Rand eines Sturms aus Dunkler Materie, und dann wird die ganze Station von einem … oh.«

»Einem Quantenblitz getroffen«, steuert Zila bei.

»… und wir wissen genau, wann er einschlägt«, sage ich.

»In vierundvierzig Minuten.« Zila nickt.

Scarlett sieht zwischen uns hin und her, und ihr Gesicht läuft rot an. »Moment mal, ihr wollt mich einem Blitz aus Dunkler Energie aussetzen? Der Blitz, der diese Station in die Luft gejagt hat und uns etwa eine *Million* Mal umgebracht hat? *Das* ist eure Energiequelle?«

»ACHTUNG: KERNSCHMELZE TRITT EIN. FÜNF SEKUNDEN. ACHTUNG.«

Ich sehe Scar an und zucke mit den Schultern.

»Vielleicht wird es kitzeln«, räume ich ein.

»ACHTUNG.«

BUMM.

23 Auri

Als ich langsam schmerzhaft wieder zu Bewusstsein komme, weiß ich, wo ich sein werde, wenn ich wieder aufwache. Ich kann mich an alles erinnern, obwohl es noch nicht passiert ist.

Ich werde auf einem Bett liegen, nackt, abgesehen von einem leichten silbrigen Tuch.

Auf der anderen Seite der Mattglasscheibe wird ein Junge stehen, und er wird keine Hose anhaben.

Eine Frau, weiß wie Sternenlicht, wird hereinkommen und mir sagen, dass das die Zukunft ist und dass es Aliens gibt und meine Familie schon lange nicht mehr.

Und ich werde mich schmerzlich nach ihnen sehnen.

Und dann finde ich meine neue Familie.

Und dann …

Ich reiße die Augen auf, versuche, mich mit den Ellbogen aufzurichten, und sofort durchzuckt mich von Kopf bis zu den Fingern und Zehen quälender Schmerz. »Kal?«

Das Wort ist ein Krächzen, und ich brauche noch mal eine Ewigkeit, um zu begreifen, dass er genau neben mir ist – ein Gewirr aus Violett und Gold, das sich an meine Gedanken schmiegt wie eine Katze, die es sich gemütlich macht.

Irgendwo anders, nicht weit entfernt, schläft er. Aber ich kann spüren, wie sein Herz im Takt mit meinem schlägt. Ihm geht es gut.

Er ist in Sicherheit.

»Er ist in Sicherheit.«

Die Stimme hallt durch meinen Kopf. Für einen verrückten Moment habe ich das Gefühl, als wäre ich in einem dieser alten

Videos, wo die Hauptfigur eine Beule am Kopf abkriegt, und als sie aus ihrer Ohnmacht aufwacht, fangen alle an zu singen. Denn die Stimme spricht im Akkord, in trauriger Molltonart. Und gerade als mein Gehirn mir sagt, dass das nicht sein kann, blicke ich mich um und sehe keinen Jungen ohne Hose, sondern das Ulemna-Mitglied aus dem Rat der Freien Völker auf Sempiternity.

Wieder lässt mich ihre Schönheit nach Luft schnappen, die blauen und violetten Wirbel unter ihrer Haut, die ständig kreisen, der Gleichmut in ihren silbernen Augen. Ich starre sie an, mit offenem Mund, und selbst wenn ich wollte, könnte ich nicht weggucken.

Sie hebt die Hände und zieht sich die Kapuze über den Kopf, und der Bann ist gebrochen.

»Was war das?«, murmele ich, noch ganz benommen.

Ihre melodische Stimme klingt amüsiert: »Meinst du mit *das* die Art, wie du dich zu mir hingezogen fühlst, oder die Schlacht, der wir gerade entkommen sind?«

»Das Erste«, entscheide ich mich. »Und dann will ich wissen, wo Kal ist, und dann das zweite.«

»Das ist die Art der Ulemna«, sagt sie einfach. »Wir … schlagen andere in unseren Bann. Und was deinen syldrathischen Leibwächter angeht: Da ist er.«

Sie deutet mit dem Kinn auf die andere Seite des Raums, und als ich mich vorsichtig von ihr abwende und dabei darauf achte, bloß nicht meinen schmerzenden Kopf zu bewegen, sehe ich Kal schlafend in einem Stuhl. Sein sanfter Gesichtsausdruck wird nur durch eine kleine Falte auf seiner Stirn geschmälert – und durch das riesige syldrathische Schwert, das an seinem Stuhl lehnt.

»Und der Sternentöter?«

»Er wollte das Schiff der Eshvaren nicht verlassen«, antwortet sie. »Aber die Wegewanderer können seine Anwesenheit spüren. So wie du kommt er gerade wieder zu Kräften.«

»Tyler und seine Crew?«

»Die *Vindicator* gehörte nicht zu den Opfern«, sagt sie leise, ihre Moll-Stimme wird sanfter, trauriger. Ich stelle mir vor, wie die Schiffe, die wir verloren haben, in Flammen aufgegangen sind, lautlos in der Weite des Raums.

Leute, die gestorben sind, weil mir das Ra'haam hierhin gefolgt ist.

»Okay«, murmele ich. »Sind wir hier in Sicherheit?«

»Einstweilen. Du hast die Schlacht gewonnen. Du hast uns in Sicherheit gebracht.«

Ich lasse mich auf die Kissen zurücksinken und schließe die Augen.

Ich habe es genossen.

Ich weiß, dass ich mich in Stücke gerissen habe, um ihnen meine Kraft zur Verfügung zu stellen, aber son of a biscuit, war das ein Rausch.

Ich will es wieder tun.

Sie redet noch immer. »Der Rat hat über unsere nächsten Schritte abgestimmt. Die Entscheidung ist nicht einstimmig gefallen, aber …«

Ich mache die Augen wieder auf. »Ihr werdet uns helfen?«

Ich versuche, nicht zu begierig zu klingen. Ihre Unterstützung bedeutet auch ihr Ende – während ich versuchen werde, mich in die Zeit zurückzukatapultieren, werden sie mich beschützen und dabei sterben; damit ich sterben kann, um sie zu beschützen. Wenigstens – wie hat Caersan das noch mal gesagt?

Als würde uns unser Tod zu einer Gottheit machen.

»Wir haben gesehen, welchen Preis du bereit bist zu zahlen, um deinen Fehler wiedergutzumachen. Um uns zu beschützen«, antwortet sie. »Und es gibt viele unter uns, die, so tragisch es auch scheint, dem Sternentöter zustimmen.« Sie schüttelt den Kopf. »Das hier ist kein Leben. Wir haben keine andere Wahl, als dir zu helfen.«

»Jetzt, da ich euch noch zusätzlichen Ärger gemacht, euch noch mehr geschwächt habe.«

»Nein, Terrakind.« Sie spricht jetzt ganz sanft. »Du hast nur ein Licht auf die Wahrheit gerichtet. Unser Untergang ist unvermeidlich. Es ist nur eine Frage der Zeit, und viel bleibt davon so oder so nicht. Wir sprechen schon lange über unser letztes Gefecht. Wie hell dieses letzte Feuer brennen soll, bevor es ganz ausgelöscht wird. Nun gibt es eine kleine Chance, dass unser Ende auch unsere Erlösung sein kann. Dass es irgendwo anders, irgendwann anders, etwas Gutes bewirkt. Aber selbst wenn du scheitern solltest, wird unser letztes Gefecht der großen Geschichte all unserer Völker würdig sein.«

»Es gibt so viel mehr, als mir je bewusst war«, murmele ich. »Ich hatte kaum die Gelegenheit, etwas zu sehen, von Ulemna hatte ich noch nicht einmal gehört.«

»In der Zeit, aus der du kommst, gab es nur noch wenige von uns.« Sie blickt mich an, der Ausdruck in ihren Augen ist alt und traurig und müde. »Und jetzt bin ich die Allerletzte meiner Art. Ich bin alles, was von unserem Volk noch bleibt, unseren Liedern, unseren Geschichten. Wenn ich einmal nicht mehr bin …«

Ich bin still. Was soll man darauf schon sagen?

»Ruh dich aus. Du musst dich so gut wie möglich erholen, während wir Sempiternity vorbereiten.«

Langsam steht sie auf, sieht sich um und seufzt.

»Für ihre letzte Reise.«

* * *

Nach einer Weile wacht Kal auf. Ich habe einfach dagelegen und sein Gesicht angeguckt. Er ist so unglaublich schön. Ich bin mir sicher, würde ich in einem Stuhl schlafen, dann würde ich sabbern oder den Kopf so sinken lassen, dass ein Doppelkinn entsteht. Er macht nie den Eindruck, dass er fehl am Platz ist, auch hier nicht.

Mein Krieger mit der sanftesten aller Seelen.

Ich wünschte, wir hätten mehr Zeit. Es ist so ungerecht.

Als Erstes spüre ich, wie seine Gedanken sich regen. Wie er sich geistig reckt und streckt, instinktiv überprüft, ob ich da bin, und sich beruhigt, als er mich findet. Und dann heben sich seine Wimpern, und er schaut mich ernst an.

Wir haben keine Geheimnisse voreinander – er kann meine Entschlossenheit spüren.

»Du wirst es tun«, sagt er leise.

»Ich habe keine andere Wahl«, antwortete ich und winke ihn zu mir ran. Ich fühle mich noch immer, als wäre ich von einem Schwerkraft-Heber überfahren worden.

Er kommt zu mir, setzt sich neben mich aufs Bett, verschränkt seine Finger mit meinen. »Vielleicht gibt es einen anderen Weg«, sagt er und trifft meinen Blick.

»Aber es gibt keinen.«

»Würdest du danach suchen, wenn du meinen würdest, dass es sich lohnt?«

Ich blinzele. »Was soll das denn heißen?«

Er drückt meine Hand. »Wir sind miteinander verbunden, Be'shmai. Wir gehören zueinander. Du empfindest die Freude einer Kriegerin, wenn du sie zur Strecke bringst; ich kann sie fühlen. Du genießt den Tanz des Blutes. Und du willst ihn wieder tanzen.«

»Wäre es besser, wenn es mir damit schlechtginge?«, antworte ich wütend. »Wenn ich hier rumsitzen würde und jammern wie ein Kind? Es würde nichts ändern. Ich muss trotzdem tun, was ich tun muss.«

»Ist es das, was du tun musst?«, drängt er. Der Rest des Satzes hängt zwischen uns – selbst wenn er wollte, könnte er das nicht vor mir verstecken, und er hebt das Kinn, als die Wörter durch meinen Kopf hallen.

Oder ist es das, was du tun willst?

»Ob Stück für Stück zu sterben das ist, was ich tun *will*?« Meine Stimme wird lauter. »Falls du eine andere Lösung hast, Kal, bin ich ganz Ohr.«

»Habe ich nicht«, gibt er zu, aber er redet schnell weiter, bevor ich ihn unterbrechen kann. »Noch nicht. Noch haben wir Zeit, eine andere Lösung zu finden. Wir haben schon anderes bewältigt, was nahezu unmöglich schien. Wir werden es wieder tun. Du musst dich dem Schicksal so nicht ergeben.«

»Ergeben?«, schnauze ich, und ein Teil von mir weiß, dass ich bereit bin zu kämpfen, weil er droht, mir das wegzunehmen – das, was mich zu einer Gottheit macht. Aber der andere Teil von mir kennt die Wahrheit. »Das hier ist der letzte sichere Ort in der Galaxis. Es ist der einzige Funken, der noch übrig ist, um das Feuer, das wir brauchen, zu entzünden. Wenn diese Leute mich nicht zurückbringen können, dann war's das. Wir können nicht bis zum nächsten Angriff des Ra'haam warten, darauf, dass noch mehr von ihnen sterben.«

»Von ihnen? Ich will nicht, dass *du* stirbst!«, fährt er mich an, lässt meine Hand los und kommt auf die Beine. Er wendet sich ab und geht hilflos auf und ab.

Die Verzweiflung in seiner Stimme erstickt meinen Ärger.

»Zehntausende sind gerade im Begriff, ihr Leben zu lassen, Kal«, sage ich leise. »Nur um uns näher an den Heimatplaneten der Eshvaren zu bringen. Um uns eine Chance zu geben, die Waffe zu reparieren. Sie nach Hause zu bringen. Den Kampf zu gewinnen. Wie kann ich etwas von ihnen verlangen, das ich nicht selbst bereit bin zu geben?«

Er beugt den Kopf, steht mit dem Rücken zu mir. »Im Feuer des Gefechts zu sterben ist leicht«, sagt er sanft. »In Frieden zu leben viel schwieriger.«

»Das wird nicht leicht«, sage ich leise. »Bitte, Kal, bist du bei mir?«

Er wendet sich mir zu, die Augen voller Tränen. Und er neigt den Kopf. »Bis zum letzten Atemzug.«

* * *

Als wir diesmal springen, darf ich nicht mithelfen. Sie wollen, dass ich mir den letzten Rest meiner geistigen Kraft bewahre, um die *Neridaa* zu reparieren. Für den Sprung nach Hause. Für den Kampf mit Caersan und dann mit dem Ra'haam.

»Wenn das vorbei ist, brauchen wir nichts mehr«, hat ein Wegewanderer zu mir gesagt, als er mein Hilfsangebot ausgeschlagen hat. »Wenn es kein Morgen gibt, müssen wir uns nicht zurückhalten.« Sein Gesicht war ausdruckslos, seine Gedanken ruhig, schicksalsergeben.

Heute werden die letzten Überlebenden der Galaxis dafür sorgen, dass wir den Theta-Sektor erreichen. Den Teil der Galaxis, der vom Unkraut vollständig überwuchert ist. Und dort werden sie sterben, während sie das Ra'haam so lange wie möglich aufhalten, uns Zeit verschaffen, damit wir die *Neridaa* nach Hause bekommen.

Sollten wir scheitern, dann wird die Geschichte der Menschheit – die Geschichte eines jeden Lebewesens in der Milchstraße – heute zu Ende gehen.

Und selbst wenn wir gewinnen, wird heute der letzte Tag ihres Lebens sein.

Ich stehe auf der Brücke der *Vindicator* neben Tyler und seiner Crew – Kal und ich sind gekommen, um uns zu verabschieden, bevor wir auf das Schiff der Eshvaren überwechseln. Und ich fühle mich so, so klein, als ich auf dem Hauptmonitor Sempiternity anstarre. Die winzigen Lichter auf der Oberfläche des Weltschiffs, jedes einzelne von ihnen ein Ort, der für jemand ein Zuhause ist.

Heute wird jedes dieser Lichter ausgelöscht werden.

Ich gestalte euch eine andere Zukunft, verspreche ich ihnen stumm. *Ich gebe jedes Stück meiner Seele her, um das zu ändern.*

Als könnte er meine Gedanken spüren, legt Tyler schweigend seinen Arm um meine Schultern. Wir sehen zu, wie sich die bunt gemischte Flotte von Sempiternity in Position bringt, bereit, durch das Tor zu stoßen, sobald die Wegewanderer es aufreißen.

Dann knistert eine Stimme über Funk, laut und fröhlich.

»Hey, Vindicator. *Jones, ist eure Passagierin bei euch?«*

Tyler wechselt einen Blick mit Elin, der Betraskerin, die sich nach vorne lehnt, um zu antworten: »Wir sind kurz davor, sie loszuschicken. Was ist, Redlich?«

»Na, ich habe mir gedacht, wenn sie dorthin zurückkehrt, wo sie hinwill, dann kann sie mir vielleicht einen Gefallen tun«, sagt die Stimme. *»All die Jahre hat mir das keine Ruhe gelassen, und endlich habe ich die Gelegenheit, die Sache wieder ins Lot zu bringen. Ich bin mir ziemlich sicher, dass ich die Heizung angelassen habe, damals, als wir Radin IV evakuiert haben. Vielleicht kann sie mir ja ein paar Zeilen schreiben, mir sagen, dass ich dieses Mal vorsichtiger sein soll, falls die Dinge schieflaufen.«*

Dröhnendes Gelächter breitet sich auf der Brücke aus, und die Stimmung entspannt sich ein wenig.

»Das gebe ich gleich weiter«, sagt Elin und grinst.

»Da vorne, das ist Redlichs Schiff«, sagt Tyler und zeigt auf ein ramponiertes rotes Schiff, auf dem in verblasster Schrift **Autorisiertes Schleppschiff** steht. Während ich zuschaue, lässt der Schlepper sein Kabinenlicht einmal aufleuchten.

»Und das war ein kleiner Gruß«, sagt Toshh hinter uns.

Bevor jemand was sagen kann, ist eine weitere Stimme über Funk zu hören.

»Hey Jones, glaubst du, deine Freundin könnte eine Bestellung für uns aufgeben? Bei Eizman? Ein paar tausend Bagels, die heute noch geliefert werden sollen?«

Und noch eine: *»Wenn wir das hier hinkriegen, kann sie dann meinen Bruder aufsuchen und ihm sagen, dass ich den gelben Laster kaputt gemacht habe?«*

»... mir sagen, dass ich die Schule abschließen soll, dieser Job hat echt keine Zukunft ...«

»... das Geld für eine Reise nach Risa ausgeben. Später werde ich es nämlich nicht schaffen ...«

»... mir sagen, dass ich den Blondinen aus dem Weg gehen soll ...«

Und einer nach dem anderen, während sie in der Dunkelheit lachen und ihre Position einnehmen, lässt ein Licht aufleuchten.

Blink

Blink

Blink

Und schickt mir einen Gruß.

Aber am Ende muss ich weinen, und ich bin nicht die Einzige auf der Brücke, und dann lachen wir alle, und erst als Lae nach vorne tritt und sich neben Tyler stellt, Sternenlicht in ihrem silber-goldenen Haar, ebbt das Gelächter ab.

»Es wird Zeit, Kommandant.«

Tyler winkt mich zu sich, und ich lehne mich über das Mikrophon.

»Ich glaube, ich habe alles mitbekommen, aber ich bin bestimmt noch zu jung für das, was die *Galavant* gesagt hat.«

Ich hole tief Luft und sage mit fester Stimme: »Ich verspreche euch, dass ich alles geben werde, um dafür zu sorgen, dass ihr es beim zweiten Mal richtig machen könnt.«

Ich halte inne, hole noch einmal Luft.

»Aber ich werde jeden von euch im Gedächtnis behalten, so wie ihr jetzt seid, in diesem Moment.«

Ich trete zurück, und als ich mich dieses Mal auf die Zehenspitzen stelle und meine Arme um Tyler werfe, nimmt er mich fest in den Arm, drückt mich, bis mir die Luft wegbleibt, und wir halten uns fest, ganz fest, und nie war es schwerer loszulassen.

Und wahrscheinlich würde ich wieder weinen, wenn Tyler jetzt nicht Kal in den Arm genommen hätte, doch als ich den erstaunten Ausdruck auf Kals Gesicht sehe, muss ich stattdessen lachen und bekomme gleichzeitig Schluckauf.

»Eine sichere Reise, Bruder«, sagt Tyler leise. »Jemand muss ja unser Mädchen im Auge behalten.«

* * *

Als wir die Kammer im Herzen der Waffe betreten, würdigt uns Caersan keines Blickes. Die Leichen der Wegewanderer sind noch hier, und der Sternentöter sitzt inmitten von ihnen auf seinem Thron. Der Gestank des Todes hängt in der Luft.

Sein gesamtes Gesicht ist jetzt mit Rissen überzogen, Licht dringt aus ihnen hervor. Doch sein Geist ist stärker als je zuvor, kampferprobt, sicherer, nachdem wir so viel üben konnten. Ich kann spüren, wie seine Kraft um uns herum knistert, Gold und dunkles Blutrot.

Wie als Antwort verbinde ich meinen Geist mit Kals, greife nach seiner Hand. Jetzt sind wir stärker. Mehr denn je glaube ich inzwischen, dass die Eshvaren sich geirrt haben – ich sollte nie alles wegbrennen, die Dinge hinter mir lassen, die mir am meisten bedeuten, um mich zum Trigger einer tödlichen Waffe zu formen.

Die Liebe ist Anfang und Ende vom allem, was ich tue. Sie ist die Ursache für alles. Die Antwort auf jede Frage. Sie stärkt mich. Und der, den ich liebe, ist bei mir.

Wir nehmen unsere Plätze ein, und ich kann spüren, wie die prickelnde Erregung angesichts der bevorstehenden Schlacht in mir aufsteigt. Das Wissen, dass ich mich bald, bald mit der Waffe verbinden werde und bald, bald wieder in diesen Rausch verfallen werde. Wie auf einem Tsunami zu surfen – am Ende ist man tot, aber es wird unglaublich Spaß machen.

Knisternd kommt eine Meldung von Sempiternity über Funk, hallt im Raum wider, und während ich zuhöre, kann ich spüren, wie die Wegewanderer der Station mit letzter Kraft ein weiteres Raumtor aufreißen.

»Sempiternity-Flotte, macht euch bereit, in zehn, neun, acht, sieben …«

Die Stimmen derer auf Sempiternity, die bald Geister sein werden, hallen in meinem Kopf wider.

Sag ihnen …

Ich wünschte …

Wenn ich die Chance hätte …

Ich balle meine Hände zu Fäusten. Ich werde dafür sorgen, dass sie eine weitere Chance bekommen, mein Letztes geben. Und ich werde sie immer im Gedächtnis behalten – die Menschen, die sie geworden sind, in dieser Zukunft, die ich so unbedingt auslöschen will.

Solange ich noch am Leben bin.

Ich sehe zu Kal rüber, und er schaut mir direkt in die Augen.

»Es tut mir leid, dass es so enden muss«, flüstere ich.

»Solange wir noch kämpfen, stirbt die Hoffnung nicht«, antwortet er genauso leise. »Noch ist nichts zu Ende, Aurora.«

Und das Gold, das in seinen Gedanken aufblitzt, ist wie ein Zwinkern von Scarlett – ein Versprechen, dass ich vielleicht eine Menge weiß, aber doch nicht alles, und er noch lange nicht aufgibt.

»… drei, zwei, eins …«

Ein Riss geht vor uns auf, eine brodelnde Explosion aus Farbe, und alle zusammen stürzen wir hinein – die letzten unabhängigen Lebewesen in der Galaxis.

Das Ra'haam wartet schon.

Eine riesige Flotte aus Schiffen, mit Moos und Blumen überzogen, wie suchende Finger winden sich Ranken in den Weltraum.

Vor uns sehe ich, wie Redlichs roter Schlepper in glitzernde Stücke explodiert.

Und dann bricht Chaos über uns herein.

24 Scarlett

»Aua, Finian. Du rammst mir gerade deinen Ellenbogen in den Rücken.«

»Das ist nicht mein Ellenbogen«, murmelt Fin.

»Okay. Nicht dass ich Leidenschaft nicht zu schätzen weiß, wirklich, aber Dienst ist Dienst und Schnaps ist Schnaps.«

»Das ist *mein* Ellenbogen«, zischt Zila. »Könntet ihr zwei jetzt endlich mal den Mund halten?«

Das Kampfschiff um uns herum wackelt, als Nari ihren langsamen Anflug beginnt. Im trüben Licht des Frachtraums zwinkert Fin mir zu. Und obwohl sein Lächeln mich zurücklächeln lässt, kann ich den kalten Klumpen Eis in meinem Bauch nicht ignorieren.

Vielleicht klappt es ja dieses Mal, denke ich mir im Stillen.

Vielleicht schaffen wir es ja.

Wir stehen dichtgedrängt im Frachtraum von Naris Kampfschiff, als sie, gefühlt zum hundertsten Mal heute, die Pantoffel Station anfliegt. Aber als ich bei der letzten Runde darüber gemeckert habe, hat Zila mir mitgeteilt, dass es erst das einundfünfzigste Mal war, also beschwere ich mich lieber nicht noch mal. Es ist schön zu sehen, wie Z sich ein wenig öffnet und ihre Gefühle zeigt – der Schöpfer weiß, was für ein großer Schritt das für sie ist, jemanden anzuschnauzen. Aber ehrlich gesagt, hätte ich es gerade gern etwas weniger gereizt.

Das Kampfschiff fliegt an die Abfallentsorgungsanlage ran.

Die Tür hinter uns öffnet sich lautlos, und wir schlüpfen in die große Dunkelheit hinaus und spielen unser Stück, wie jedes Mal.

Müllschacht.

Leichenhalle. Pinkertons Schlüsselkarte.

Aufzugschacht.

Verwaltungsdeck.

Sicherheitspatrouille ablenken.

Und schließlich sind wir wieder alle zusammen in Dr. Pinkertons Büro.

Dieser Teil läuft jetzt wie ein Uhrwerk. Alarmsirenen und Lautsprecheransagen. Die Station fällt um uns herum auseinander, wie immer, und obwohl wir diesen Tag nun schon mehr als fünfzigmal durchlebt haben, werde ich mit jedem Versuch noch ängstlicher. Ich kann gar nicht fassen, dass Fin und ich es vor ein paar Zeitschleifen für eine gute Idee hielten, ein bisschen zu knutschen.

Wir dachten, wir hätten alle Zeit der Galaxis. Und jetzt hat sich herausgestellt, dass wir beinahe nicht genug haben. Und jedes Mal wenn wir scheitern, bekommen wir noch weniger.

»Medizinisches Personal sofort auf Deck 12«, tönt es über die Lautsprecher. *»Ich wiederhole: medizinisches Personal, Deck 12.«*

Zilas Finger fliegen nur so über die Tasten von Pinkertons Computer. Das Wandpaneel geht folgsam auf und offenbart das Stück Kristall der Eshvaren – der Zwilling des Kristalls, das mir um den Hals hängt. Ich nehme es vorsichtig in die Hand und packe es in einen Rucksack und gebe ihn Leutnantin Kim.

Nari sieht völlig erschöpft aus, und ich spüre, dass sie hinter der stoischen soldatischen Fassade noch mehr in Panik ist als ich. Das kann ich ihr auch nicht verübeln. Wenn mir jemand gesagt hätte, als ich heute Morgen aufgewacht bin, dass die Zukunft der Galaxis auf meinen Schultern ruht, wäre ich auch ziemlich erschüttert.

»Wie geht's denn so, Nari?«, frage ich.

Sie fährt sich mit der Hand über ihren Pferdeschwanz und bemüht sich, ruhig zu klingen. »Krasser Tag, Red.«

»Diesmal kriegst du es hin.« Ich klopfe ihr lächelnd auf die Schulter. »Das weiß ich.«

Fin riskiert ein Grinsen. »Hey, wenn aller guten Dinge drei sind, wie gut sind dann die Dinge, wenn es dreiundfünfzig sind, stimmt's, Staubmädchen?«

Gegen ihren Willen muss Nari lächeln. »Was immer du sagst, Bleichgesicht.«

»Es ist nur das *zwei*undfünfzigste Mal«, sagt Zila. »Und Nari gibt ihr Bestes. Unter extrem schwierigen Bedingungen.«

Mit schmerzverzerrtem Gesicht steht Zila vom Computer auf, und Leutnantin Kim hält ihr ihre Hand hin. Als Zila nach ihr greift, sehe ich Nari leicht erröten.

»Alles okay?«, fragt sie sanft.

»Ich bin … sehr müde«, gibt Zila zu.

»Wenn wir es diesmal nicht schaffen, willst du dich dann vielleicht in der nächsten Runde ausruhen?«, biete ich ihr an.

»Nein«, schnauzt Zila und drückt die Lippen fest zusammen. »Wir haben keine *Zeit*, Scarlett.«

Ich seufze. Ich weiß, dass sie recht hat, aber ich mache mir trotzdem Sorgen. Zila arbeitet, ohne geschlafen zu haben, ihr Gehirn ist auf Hochtouren, aber sie hat es auf den Punkt gebracht, mal wieder. Eigentlich haben wir drei Probleme. Aber alle laufen auf *ein* großes Problem hinaus.

ZEIT.

Zila hat versucht, mir Problem Nummer eins zu erklären, aber temporale Mechanik ist einfach nicht mein Ding. So wie ich das verstanden habe, sorgt das Paradox, zwei Versionen von exakt demselben Stück Kristall der Eshvaren zu haben, für zeitliche Anomalien, und jedes Mal wenn wir aufs Neue in der Zeitschleife sind, wird sie kürzer. Als wir gerade hier angekommen sind, haben wir beinahe zwei Stunden gehabt, bevor die Station Puff gemacht hat.

Jetzt ist es fast nur noch eine.

Zilas gesamter Plan zielt darauf ab, dass wir bei der Vierundvierzig-Minuten-Marke dort draußen neben dem Quantensegel im dunklen Sturm sind. Dann kann der Blitz aus dunkler Energie in meine Kette einschlagen. Aber was machen wir, wenn die Zeitschleife so kurz wird, dass die Station explodiert, bevor der Quantenblitz einschlägt?

Denn hier ist Problem Nummer zwei – Naris Kampfschiff ist nicht dafür gebaut, so einem Sturm standzuhalten. Das war keines der Pegasus-Modelle. Und das bedeutet: Um diesen Sturm zu erreichen und vom Quantenblitz getroffen zu werden, um dann hooooooоffentlich in unsere Zeit zurückzuschnappen, müssen wir erst zu einem Hangar und ein schweres Schiff klauen, das in der Lage ist, uns hierherzubringen.

Okay, zugegeben, verglichen mit dem anderen Scheiß, den wir zum Teil durchgemacht haben, war dieser Teil – nach den ersten paar Malen – gar nicht mal so schwer. Aber selbst wenn wir es dann an Bord des Shuttles geschafft haben, kommt uns immer Problem Nummer drei in die Quere. Das ist das Problem, das uns jedes Mal tötet, wieder und wieder. Und da jedes Mal, wenn wir wieder von vorne anfangen, die Zeit knapper wird, können wir uns einfach keine Fehler mehr leisten.

Um uns herum zittert die Station, und die Alarmsirenen kreischen, so wie sie das immer tun. In der flackernden roten Beleuchtung von Pinkertons Büro sehen wir uns an, und das Herz schlägt mir bis zum Hals. Wie immer. Es ist irgendwie blöd, aber wenn wir erfolgreich sind, dann ist das unsere letzte Chance, uns von Nari zu verabschieden. Und obwohl wir sie erst seit einem Tag kennen, fühlt sich ein Teil von mir, als würde ich sie ein Leben lang kennen.

Ich reiße mir ein Haar raus und lege es in einen Notizzettel vom Schreibtisch des guten Doktors. »Für den DNA-Tupfer im Dominion-Tresor.«

»Ach ja«, sagt Fin. »Das hätte ich fast vergessen.«

Er marschiert zu einer der Glasvitrinen am Fenster, schlägt mit seiner Exofaust die Scheibe ein und nimmt sich das Zigarillokästchen. Er eilt zurück an meine Seite, nimmt mir den Notizzettel aus der Hand und schreibt mit dem zuverlässigen Kugelschreiber aus seinem Rucksack eine Nachricht. Nari sieht zu, wie er den Zettel zusammenfaltet und in das Kästchen steckt – eine Warnung, in Fins Handschrift.

SAG IHR DIE WAHRHEIT.

»Kommt mir irgendwie sinnlos vor. Kal hört eh nicht darauf. Aber wenigstens rettet das Kästchen sein Leben.« Fin runzelt die Stirn, während er den Kugelschreiber zwischen seinen silbernen Fingerspitzen kreisen lässt. »Trotzdem, ganz schön viel Aufwand mit Zeit und Raum, um einen Notizzettel zu übermitteln, den Mister Stark, Schön und Schweigsam dann einfach ignoriert.«

»Nichtsdestotrotz«, sagt Zila. »Das ist, was passiert.«

»Hoffentlich«, seufze ich.

Diese ganze Last liegt einen Moment lang schwer auf uns – die Gründung der Aurora Legion, der Krieg gegen das Ra'haam, die gesamte Zukunft der Galaxis, die nur von uns abhängt.

»Viel Glück, Staubmädchen«, sagt Fin und streckt die Hand aus. »Wenn ich dich das nächste Mal sehe, bist du hoffentlich über hundert Meter groß und aus Marmor.«

»Und ich werde dafür sorgen, dass ich keine Betraskerinnen erschieße.« Nari lächelt schwach. »Wenn ich hier je lebend rauskomme, natürlich.«

»Diesmal schaffst du es bestimmt, Nari«, sage ich ihr.

»Ich versuche es, Red.« Sie seufzt und kratzt sich am Kinn. »Das ist eine ganz schöne Aufgabe.«

»Wenn das jemand kann, dann die Gründerin der Aurora

Academy.« Ich schenke ihr ein Lächeln. »Wir die Legion, wir das Licht.«

Nari strafft die Schultern. »Das die Dunkelheit durchbricht.«

Mit zusammengepressten Zähnen wendet sich die Leutnantin Zila zu.

»Das war es dann wohl. Mal wieder.«

»Viel Glück, Leutnantin Kim«, murmelt Zila und hält ihr die Hand hin.

»Dir auch, Legionärin Madran«, sagt Nari und schüttelt sie.

Das Paar steht da und hält sich an der Hand, während die Station um uns herum in ihren Grundfesten erschüttert wird und gefährlich ächzt und stöhnt. Zila sieht Nari an, und die meisten würden nur ihre Maske sehen. Aber wie schon gesagt, die Leute zu lesen, das ist das, was ich kann. Und ich kann es in Zilas Augen sehen, genauso klar, wie ich diese Blitze aus dunkler Energie dort draußen sehen kann.

Zila mag diese Frau. Mag, *mag*. In all der Zeit, in der wir uns kennen, habe ich noch nie erlebt, dass Zila wirklich jemanden mochte. Es ist irgendwie ganz schön grausam, dass sie einen Ozean aus zwei Jahrhunderten überqueren musste, um jemanden zu finden, nur um sie zurücklassen zu müssen.

Und obwohl sie versucht, es wegzudrücken, professionell zu sein, analytisch, emotionslos, ist mir schon vor ein paar Zeitschleifen aufgefallen, dass es Zila das Herz bricht, sich wieder und wieder von Nari verabschieden zu müssen.

Wieder und wieder.

»Leute, wir müssen los«, sagt Fin.

»Ja.« Zila nickt. »Das müssen wir.«

Sie lässt Naris Hand los, gibt ihr ihre geliebte Disruptorpistole und steckt ihr Uniglass in die Brusttasche des Fluganzugs der Leutnantin. Nari nickt einmal und macht dann die Tür zum Büro auf.

»Viel Glück, Nari«, flüstere ich. »Bis im Jahr 2380.«

Nari nimmt die Treppe, aber wir machen uns wieder auf den Weg durch den Aufzugschacht, so schnell wir nur können. Nachdem wir einer Sicherheitspatrouille ausgewichen sind und kurz innehalten, um eine nervöse Crew von Technikern vorbeizulassen, erreichen wir endlich das Durcheinander des Hangars.

Als wir im flackernden roten Licht in den Haupthangar schleichen, überrollt uns das Chaos wie eine Welle. Der Gestank von verbrannten Chemikalien brennt mir in der Lunge. Mir dröhnen die Ohren vom Kreischen der Alarmsirenen. Ich unterdrücke ein Husten, atme den Geruch von verkohltem Plastahl und Rauch ein, als Finian, Zila und ich hinter einem Stapel Tonnen in Deckung gehen. Wie immer rennt ein hektischer Soldat an uns vorbei und ein Deckkommandant brüllt: »Löscht dieses verdammte Feuer!«

Der Boden zittert, und wir schleichen uns weiter durch die rauchgeschwängerte Bucht. Die Notbeleuchtung ist rot, zeitweise unterbrochen, und obwohl weder Fin noch ich dieses Space-Ninja-Dings bei weitem so gut drauf haben wie Zila, sieht uns keiner, als wir unter dem Flügel einer Pegasus kauern.

Als ein paar Deckarbeiter vorbeirennen, flüstert Zila: »Jetzt!«, und wir stürzen über das Deck, der kreischende Alarm überdeckt das Geräusch unserer Schritte auf den Gittern. Ich atme nicht mehr ein, bis wir unser Ziel erreicht haben – die stupsnasige bullige Form eines schweren terranischen Kampfschiffs, das am anderen Ende der Bucht wartet.

Ich bin mir sicher, Tyler könnte mir sofort die Marke, das Modell und den Namen des Ingenieurs sagen, der das Ding gebaut hat. Aber der Gedanke an meinen Bruder lässt den Klumpen Eis in meinem Bauch nur schwerer werden, und so versuche ich, ihn zu verdrängen. Stattdessen passe ich auf, als

Finian sich an die Ladebucht ranmacht und anfängt zu arbeiten. Ich habe keine Ahnung, welchen Zauber er da ausübt, aber er funktioniert, denn nach ein paar Minuten öffnet sich drehend die Luke.

Die Station wackelt, das Deck zu unseren Füßen zittert. Und schneller als schnell verschwinden wir im Bauch des Schiffs und schließen die Luke hinter uns.

»Das war ja nun wirklich kein Kuchenstück.« Fin grinst, als sich die Öffnung hinter uns schließt.

Ich blinzele. »Kein was?«

»Kuchen?«, antwortet er. »Kein Kuchenstück – so sagt man das doch, oder?«

»Kein Kunststück.« Ich muss lachen. »Und ein Kuchenstück bitte einmal mit Sahne.«

»Bäh«, sagt er und zuckt mit den Schultern. Sein Exoanzug zischt. »Süßes war noch nie mein Ding.«

»Bist wohl schon selbst süß genug, was?«

Er steckt sich einen silbernen Finger in den Mund und macht ein würgendes Geräusch.

»Ich weiß«, seufze ich. »Wir beide sind echt zum Kotzen, de Seel.«

Sein Lächeln erstirbt, als ihm Zila das Uniglass aus dem Rucksack zieht und sich auf den Boden hockt. Fin und ich setzen uns neben sie. Mit einem Piepen wird ein Bild an die gekrümmte Schiffswand geworfen – eine Übertragung von dem Uniglass in Naris Brusttasche.

Ich erkenne einen vertrauten Korridor, metallisch grau mit hellblauen Buchstaben – **Raumschiffhangar, Abschnitt B**. Das Bild wackelt leicht, Naris Stiefel tönen laut auf dem Metallfußboden.

Déjà-vu.

»Nari, kannst du uns hören?«, fragt Zila.

Wir sehen, wie eine Hand ins Bild kommt und die Kamera

des Uniglasses nach oben kippt, so dass wir einen kurzen Blick auf den Kopf der Leutnantin werfen können. Ihren eigenen Helm hat sie liegen lassen und sich aus irgendeinem Spind einen anderen genommen – ganz in Schwarz, ohne jegliche Kennzeichnung. Sie hat auch das Kennzeichenschild von der Brusttasche ihres Fluganzuges gerissen und die Rangabzeichen von den Ärmeln. Falls sie das überlebt, möchte sie schließlich nicht als Saboteurin in Zeiten des Krieges dastehen.

»Laut und deutlich«, murmelt sie.

»Vielleicht unterhalten wir uns bei diesem Versuch nicht«, schlägt Zila vor. »Es kostet nur unnötig Zeit.«

»Ja, ja«, murmelt Nari.

»Du wirst es diesmal besser hinkriegen. Ich glaube an dich.«

»Und wir wissen es wirklich zu schätzen!«, stimmt Fin mit ein. »Dass du immer und immer wieder für uns stirbst und so.«

»Es geht nicht ums Sterben, Bleichgesicht«, sagt Nari. *»Es ist nur … das sind meine Leute, weißt du? Das fühlt sich nicht richtig an.«*

Da wechseln wir einen Blick, aber keiner von uns sagt was.

Hier sind wir also wieder. Problem Nummer drei und bisher unser größtes. Denn solange die Raumsonde der Eshvaren unten auf Level 2 nicht von ihrer Energieversorgung getrennt wird, macht es keinen Sinn, wenn Fin, Zila und ich in den Sturm reinfliegen, um vom Quantenblitz getroffen zu werden. Dann sterben wir einfach, und die Raumsonde, die uns hergebracht hat zu diesem Zeitpunkt, wird uns einfach wieder zurückziehen. Wie ein Jo-Jo an einer Schnur kommen wir immer zum selben Augenblick zurück.

Im Idealfall hätten wir Nari geholfen, das Level 2 zu erreichen und die Raumsonde aus der Station zu entfernen. Nur dass wir alle in der vierundvierzigsten Minute dort draußen im Sturm sein müssen, um zurück ins Jahr 2380 geschnappt zu werden. Deswegen ist Nari die Einzige, die die Schnur des Jo-Jos durchschneiden kann.

Allein.

Gegen eine ganze Station voller Kameraden.

Auch inmitten dieses Chaos ist es auf Level 2 noch am sichersten. Vier Wachposten stehen am Ende des Korridors – riesige Schlägertypen in schwerer Tac-Rüstung, die etwas nervös aussehen, als die Station zittert und wankt. Aber sie halten ihre Position, bis sie abbefohlen werden, denn das tun gute Soldaten.

Zum Glück ist Nari auch nicht gerade von Pappe. Sie wird schließlich eines Tages die Aurora Academy gründen – jedenfalls theoretisch. Mit Hilfe eines Überraschungsmoments könnte sie die Typen leicht überwältigen. Aber da haben wir unser nächstes Problem. Wir nennen es Problem 3.1.

Nari weigert sich, irgendjemand zu töten.

Und damit meine ich nicht, dass sie sich nur weigert, sie einfach zu erschießen – diese Leute sind ihre Freunde und Kameraden, das ist also nicht weiter erstaunlich. Aber gleich wird der Aufruf kommen, die Station zu evakuieren, und Nari möchte nicht einen Haufen ohnmächtiger Leute zurücklassen, wenn die Station um sie herum in die Luft fliegt. Als wäre es also nicht schon schwer genug, in den abgesichertsten Teil der ganzen Anlage zu kommen, sie muss auch noch jeden k. o. schlagen, der ihr begegnet.

Und zwar ganz sanft.

Sie besteht darauf, ihnen die bestmögliche Chance zu geben, um fliehen zu können. Ich liebe sie dafür, aber es bringt uns um. Im wahrsten Wortsinn.

Der größte Wachposten hebt eine Augenbraue, als er sie im Korridor auf sich zukommen sieht. Er heißt anscheinend Kowalski – Nari hat uns gesagt, sie kennen sich vom Sport. Durch das Kreischen der Alarmsirenen ist er kaum zu verstehen.

»Hast du dich verlaufen, Soldatin?«

»Fühlt sich so an«, antwortet Nari und zieht Zilas Disruptor. Die Pistole ist auf Betäuben eingestellt, aber ein Schuss ins Gesicht dürfte trotzdem weh tun. Seine Kollegen greifen nach ihren Gewehren, aber Nari kommt ihnen zuvor, und mit einem Aufblitzen von Disruptorfeuer liegen alle drei Wachposten auf dem Boden. Selbst wenn die Waffe auf die niedrigste Stufe eingestellt ist, werden sie jetzt mindestens fünfzehn Minuten schlafen.

»Gute Arbeit, Nari«, murmelt Zila. »Schnell jetzt.«

Nari schnappt sich Kowalskis Chipkarte. Durch Versuch und Irrtum haben wir herausgefunden, dass die Kameras in diesem Bereich noch funktionieren, deswegen werden in diesem Moment Sicherheitsteams zusammengestellt, um sich um die maskierte Saboteurin zu kümmern. Die Uhr läuft, ganz offiziell.

Der Klumpen Eis in meinem Bauch wird immer kälter.

Sie hetzt in den Aufzug, sticht auf den Knopf nach unten ein. Über Funk hören wir, wie schnell und angestrengt sie atmet.

»Denk dran, es sind drei«, warnt Zila sie. »Der dritte kommt …«

»Von neun Uhr, ich weiß, ich weiß.«

Der Aufzug erreicht Level 2, die Tür öffnet sich mit einem Ping. Nari rollt sich in den Korridor, als ein Wachposten ruft: »Keine Bewegung!« Ein Schuss ist zu hören. Und dann noch einer und noch einer. Die Beleuchtung ist blutrot und wird blendend weiß, als Nari mit ihrem Disruptor losballert und den ersten Wachposten in die Brust trifft. Salven aus einer automatischen Waffe lassen den Bildschirm des Uniglasses weiß werden, und ich zucke zusammen, als ich ein Dröhnen höre, einen Knall, Nari, die flucht. Das Bild wackelt wie wild, das Uniglass fällt ihr aus der Tasche, und ich kann sehen, wie Zila die Zähne zusammenbeißt, wie ihr ein Tropfen Schweiß auf der Stirn steht. Wir hören ein Grunzen, eine weitere Salve, und die

Sirene verändert ihren Ton, als die Station wieder erschüttert wird. Aber das Uniglass liegt auf dem Boden, und alles, was wir jetzt sehen können, ist die Decke, Rohre, rot blitzendes Licht, grellweiße Blitze.

»SICHERHEITSALARM, LEVEL 2. ICH WIEDERHOLE: SICHERHEITSALARM AUF LEVEL 2.«

»Scheiße …«, haucht Fin.

»Achtung, Pantoffel-Besatzung. Riss im Rumpf von Deck 13 bis 17.«

»Nari?«, sagt Zila. »Kannst du mich hören?«

»Laut und deutlich«, kommt die Antwort, schwer keuchend.

Das Uniglass wird aufgehoben, und wir können Nari sehen, das Visier ihres Helms ist hochgeklappt. Sie ist blass, ihr Gesicht schmerzverzerrt.

»Geht es dir gut?«, will Zila wissen. »Wie ist der Status?«

»Diesmal habe ich sie erwischt«, sagt Nari mit abgehackter Stimme und grinst. *»Auf neun Uhr, genau wie du gesagt hast. Es war Liebermann. Verdammt, ist die gut.«*

»Nicht so gut wie du.« Fin lächelt.

Nari hustet. »Ach, ich weiß nicht.«

Als ich Blut an ihrem Mund sehe, an ihren Zähnen, sinkt mir das Herz in die Hose. Sie lässt das Uniglass sinken, richtet die Kamera auf ihren Bauch, und beim Anblick des klaffenden, blutenden Lochs in ihrem Fluganzug, genau unter den Rippen, wird mir fast schlecht.

»O Schöpfer …«, haucht Fin.

»Alles okay«, behauptet Nari. »Ich schaffe das.«

Ich werfe Zila einen Blick zu, sehe den Schmerz in ihren Augen, als sie zusieht, wie Nari das Uniglass zurück in ihre Brusttasche schiebt. Die Station wackelt. Die Tür am Ende des Korridors ist mit großen weißen Buchstaben markiert.

Zutritt für Unbefugte verboten. Durchgang nicht gestattet.

»SICHERHEITSALARM, LEVEL 2. ICH WIEDERHOLE: SICHERHEITSALARM, LEVEL 2.«

»Meinen die etwa mich?« Nari lacht in sich hinein.

»So weit ist sie noch nie gekommen«, haucht Fin.

Ich nicke, Hoffnung wallt in mir auf. »Vielleicht schafft sie es dieses Mal.«

»Zila, du musst den Shuttle zum Abflug bereit machen«, warnt Fin. »Ich mache mich an die Buchttore.«

»Einen Moment noch …«, flüstert sie.

»Achtung, Pantoffel-Besatzung. Technisches Personal sofort in den Gamma-Bereich, Deck 12.«

Zila blickt weiter auf die Projektion, die Lippen zu einer dünnen Linie zusammengepresst. Nari stolpert weiter, schwer atmend, so schnell sie kann. Sie benutzt die gestohlene Chipkarte, die Luke bebt und ächzt und geht dann auf, und einen Moment lang leuchtet das Licht so hell, dass der Bildschirm des Uniglasses ganz weiß wird.

»Da ist es …«, flüstert Zila.

»Großer Schöpfer«, sagt Fin.

Vor Nari sehen wir einen großen runden Raum, rot in der Notbeleuchtung. An den Wänden, der Decke, auf dem Boden, überall sind schwarze Spuren zu sehen – es sind Brandflecken. Von den riesigen Computerterminals winden sich Leitungen und Rohre, schlängeln sich den Fußboden entlang bis zu einem zylinderförmigen Glasbehälter mitten im Raum. Das Glas ist gesprungen, zum Teil verkohlt. Und innendrin ist die beschädigte Raumsonde der Eshvaren, Licht pulsiert in ihrem Inneren wie ein Herzschlag.

Ich spüre, wie es auf meiner Brust warm wird, und als ich auf mein Medaillon runtergucke, kann ich sehen, dass es pocht. Als wüsste es irgendwie, was ich mir gerade anschaue.

»Was zum Teufel haben Sie hier zu suchen?«, bellt jemand.

Es ist ein Wissenschaftler, der einen dicken weißen Strahlenschutzanzug trägt. Nari dreht sich um, schießt mit ihrem Disruptor. Der Wissenschaftler schreit auf und fällt. Ein anderer Mann in einem Schutzanzug zieht ein Gewehr, schießt, und vom Computerterminal sprühen Funken, als Nari zu einer Seite abtaucht und hart auf dem Boden aufkommt. Hustend und keuchend richtet sie sich auf, schießt, einmal, zweimal und trifft den Mann. Die Raumsonde surrt, die Beleuchtung im Raum wird lila, dann schwarz, während die Wände zittern.

»SICHERHEITSALARM, LEVEL 2. ICH WIEDERHOLE: SICHERHEITSALARM, LEVEL 2.«

»Sie kriegt es echt hin …«, flüstert Fin.

»ACHTUNG: BRESCHE IM SICHERHEITSBEHÄLTER. DECK 5 UND 6 SOFORT EVAKUIEREN. ICH WIEDERHOLE: BRESCHE IM …«

»Okay«, keucht Nari und kommt wieder auf die Beine. *»Wie zum Teufel bekomme ich die …«*

Es bleibt noch eine Minute, bis der Blitz einschlägt. Selbst wenn sie es jetzt hinbekommt, sind wir schon zu spät. Aber ich muss einfach hingucken.

»Keine Bewegung!«, brüllt jemand.

Eine Salve von automatischem Gewehrfeuer ist über die Verbindung zu hören. Naris Fluchen. Als sie zur Seite springt, kann ich sehen, wie eine ganze Kompanie von Sicherheitstypen in das Labor strömt und wild um sich schießt. Nari wirft sich auf den Bauch und ballert mit ihrem Disruptor los. Aber sie ist allein. Unterlegen.

Wir wissen alle, wie das ausgehen wird.

Wieder und wieder.

»O nein«, flüstere ich.

»Rechte Flanke! Rechte Flanke!«, brüllt jemand.

»FEUER! ES BRENNT!«

Wir können ein lautes Donnern hören. Der Bildschirm wird weiß.

»Nari …«, haucht Zila.

»Verdammt nochmal«, hören wir sie keuchen.

Das Bild wackelt. Nari stöhnt vor Schmerzen, zieht das Uniglass aus ihrer Tasche. Jetzt können wir ihr blutverschmiertes Gesicht sehen. Hören das Geräusch von rennenden Stiefeln. Das Feuern von Waffen.

»Tut mir leid, Leute«, keucht Nari mit blutverschmierten Zähnen. »Das wird nichts.«

»So nah dran«, flüstert Fin.

»Und doch so fern«, seufze ich.

Zila streckt die Hand nach der Projektion aus.

Berührt Naris Gesicht.

»Bis gleich.«

BÄMM.

25 Tyler

Ich habe das tausendmal durchgespielt und weiß noch immer nicht, ob ich es zustande bringe.

Zwölfmal habe ich noch mal versucht, Adams zu erreichen, ohne Ergebnis. Aber es ist der Abend vor dem geschäftigsten Tag seines Lebens, also ärgere ich mich nicht. Aber ich kann ihm auch nicht einfach eine fröhliche Nachricht über die Bedrohung der Station hinterlassen, in der Hoffnung, dass sie ihn erreicht.

Ich habe darüber nachgedacht, mich einfach vom Sicherheitsdienst aufgreifen zu lassen und sie dann anzuflehen, mich zum Kommandanten zu bringen. Ich habe auch überlegt, in den Wohnbereich der Offiziere einzubrechen oder in die Versammlung selbst einzudringen und eine dramatische Rede über die Bedrohung des Ra'haam zu halten, während ich versuche, mich nicht erschießen zu lassen. Das Problem ist, dass ich nicht wirklich beweisen kann, dass es existiert, und selbst wenn ich die planetarischen Anführer davon überzeugen könnte, dass ein uraltes Pflanzenwesen sie mit einem Ablenkungsmanöver in den Krieg treibt, wird das die Agenten des Ra'haam nicht davon abhalten, die Station in die Luft zu jagen.

Lyrann Balkarri hat mir angeboten, in seiner Suite zu pennen – der Typ hat eindeutig einen langen Atem –, aber ich konnte nicht schlafen. Ich habe jetzt ständig Kopfschmerzen, und die Vision lässt mich auch nicht los: Wände aus Regenbogen und das syldrathische Mädchen mit dem goldenen Haar, die Hände mit meinem Blut verschmiert. Die Luft knistert mitternachtsblau und blutrot, Kristall zersplittert um mich herum, und schließlich kann ich sehen, wie die Academy von innen heraus explodiert, und die einzige Hoffnung, die noch blieb, erlischt wie eine Kerze und stürzt uns alle in den Krieg.

… du kannst das in Ordnung bringen, Tyler …

Ehrlich gesagt, ich weiß nicht, ob ich das kann. Aber ich weiß keinen anderen Weg. Noch habe ich etwas in der Hinterhand, ich habe schließlich all die Jahre nicht umsonst im Schachclub an der Academy gespielt.

Ja, ich war im Schachclub. Für einen verwegenen Piraten ein etwas peinliches Geständnis, ich weiß. Aber wenn man weder flucht noch trinkt noch den Schürzen hinterherjagt, dann bleibt an einer Militärakademie nicht so viel anderes.

Wie gut, dass ich so ein Nerd war. Denn ich kann den nächsten Zug meines Gegners sehen, so klar wie der helle Tag.

Es kann nur einen Grund dafür geben, dass Cat zum Einsatzkommando der Premierministerin gehört. Nur einen Grund, warum das Ra'haam ausgerechnet *sie* hierhingeschickt hat. Schließlich war sie einmal auf dieser Academy. Sie kennt sie in- und auswendig, fast besser als jeder andere. Kennt ihre Geheimnisse. Ihre Sicherheitsmaßnahmen. Ihre Schwachpunkte.

Ich habe schon vorher festgestellt, dass, obwohl das Ra'haam alles weiß, was auch seine Drohnen wissen, die Individuen doch auch von Bedeutung sind … Nicht umsonst hat es Auris Dad auf sie losgelassen, und ich bin überzeugt davon, dass es nicht nur darum geht, dass sie sein Gesicht sieht. Cat ist gerade nicht umsonst hier, an diesem Ort, den sie so gut kennt.

Und ich weiß, warum, ebenso gut wie ich das Damengambit oder die Caro-Kann-Verteidigung kenne.

Sie ist die Frau mit dem Auslöser.

Catherine »Zero« Brannock wird diejenige sein, die die Aurora Station zerstört.

Ich weiß nur nicht genau, *wie*.

Eine Stunde bevor die Versammlung beginnt, entdecke ich

sie endlich im Gästetrakt des Wohnbereichs. Die Versammlung selbst wird in der Gründerenklave stattfinden, dort, wo das Aurora Kommando auch die Hauptversammlungen abhält. Es ist ein riesiges mehrstufiges Amphitheater, in das ein paar tausend Leute reinpassen. Hunderte von Delegierten sind bereits unterwegs zu den ersten Besprechungen und die Sicherheitsleute mit einem Großaufgebot vertreten. Aber als ich zusehe, wie dieser dunkelgraue Anzug mit der Spiegelmaske durch die Menge schlüpft, verstehe ich, warum das Ra'haam so lange gewartet hat. Bis heute Morgen sind noch weitere Teilnehmer angekommen, und bei diesem Zustrom von Gästen ist der Sicherheitsdienst überfordert.

Umso leichter kann eine einzelne Schachfigur unbemerkt davonkommen.

Ich folge ihr durch die Menge in meinem neuen dunklen Anzug, der Presseausweis, den Lyrann Balkarri mir gegeben hat, hängt mir um den Hals. Der Ausweis wird nur einem flüchtigen Blick standhalten, aber ebenso wie das Ra'haam hoffe ich darauf, dass der Sicherheitsdienst anderweitig beschäftigt ist. Ich hoffe auch, dass Balkarri seinem Teil der Abmachung gerecht werden kann. Ich habe ihm den größten Knüller seines Lebens versprochen, und obendrein ist er eindeutig ein Fan der Grübchen. Aber es ist ein ganz schönes Wagnis.

Nur Delegierte, Personenschutz und Presse dürfen an der Versammlung teilnehmen – die Begleitung, das Academy-Personal und die Legionäre haben sich in den Lokalen und Cafés um die Denkmäler der Gründerinnen herum versammelt. Die Ankündigung von Adams und de Stoy, eine gemeinsame Ansprache zu halten, hat die Neugierde geweckt, und die Promenade ist brechend voll.

Dreimal verliere ich Cat aus den Augen, das Herz schlägt mir jedes Mal bis zum Hals, wenn ich die Menge nach ihr absuche.

Schließlich finde ich sie wieder, sehe, wie sie sich einen Weg durch die Menschenmassen bahnt und zurück in Richtung der Docks geht.

Das macht Sinn.

Da kennt sie sich und damit das Ra'haam am besten aus.

Cat fährt mit dem Turbolift auf die unteren Ebenen. Ich sprinte die Treppen hinunter und ernte ein paar seltsame Blicke von der Wartungsmannschaft. Ist sie vielleicht auf dem Weg zu den Treibstofflagern? Zum Munitionslager? Ganz schön viel Sprengstoff da unten …

Locker geht Cat an den Sicherheitspatrouillen vorbei und zeigt kurz ihren GIA-Ausweis. Ich gehe ihnen so gut wie möglich aus dem Weg. Es ist ein Katz-und-Maus-Spiel, aber ich weiß nicht genau, wer von uns wer ist. Und es kommt mir seltsam vor – dass dieses ganze Spiel von nur zwei winzigen Figuren auf diesem gigantischen Brett entschieden wird, das vor über Jahrmillionen entstanden ist.

Auf dem Theta-Deck entwischt sie mir. Ich muss in einem Treppenhaus warten, um eine Sicherheitspatrouille vorbeizulassen, und als ich in den Korridor gehe, ist Cat einfach … *verschwunden.*

Ich suche das Deck ab, renne nach unten, mit weit aufgerissenen Augen.

Wo ist sie hin …?

Ich gehe denselben Weg zurück, mein Puls und mein Kopf hämmern. Wieder steigt das Bild von der zerstörten Academy in mir auf.

Neinneinnein …

Die Sache ist die, dass man beim Schach nicht wirklich das Spiel spielt, sondern den Gegner, und versucht, den nächsten Zug vorauszuahnen, bevor er ausgeführt wird.

Und in diesem Fall bin ich an die Wand gespielt worden.

Ich sehe mich um, werde immer nervöser. Ich werfe einen Blick auf mein gestohlenes Uniglass und sehe, dass es auf der Station 8.27 Uhr ist – nur noch dreiunddreißig Minuten, bis Adams und de Stoy ihre Ansprache halten werden. Wenn das Ra'haam genauso gut aufgepasst hat wie ich, genauso gut auf de Stoys Wortwahl geachtet hat wie ich …

Und dann sehe ich es. Ein winziges leuchtendes Schild über einer unauffälligen Tür.

TOILETTE

Ich stürze hinein, rempele einen junger Betrasker in der Dienstkleidung der Academy an und lächele eine Entschuldigung, als ich an ihm vorbeigehe. Ich suche den Raum ab, und das Herz schlägt mir bis zum Hals, als ich den Lüftungsschacht sehe.

An der Wand um das Gitter herum sind Kratzspuren.

Ich gehe darauf zu, als eine Stimme hinter mir mich zum Stehen bringt.

»Ach du heilige Scheiße …«

Ich werfe einen Blick über die Schulter auf den Kadetten, der im Türrahmen steht. Er starrt mich an, seine sowieso schon großen schwarzen Augen sind weit aufgerissen.

»Tyler Jones«, flüstert er.

Da erkenne ich ihn endlich.

»Jonii de Münn«, murmele ich.

Schachmeister beim Turnier letztes Jahr an der Academy.

»Jonii, warte, ich kann alles erklären …«

Schnell greife ich nach meinem Disruptor, er versucht ebenso schnell davonzurennen. Der Betäubungsschuss trifft die Stelle, wo er vor einer Sekunde noch gestanden hat, und mein zweiter Schuss hebt die Tür aus den Angeln. Aber jetzt stürzt er den Korridor runter, tastet nach seinem Uniglass, ruft nach dem Sicherheitsdienst.

Das Spiel ist aus.

Ich rase zurück in die Toilette, reiße das Gitter runter, wuchte mich in den Schacht hinein und schließe die Abdeckung wieder. Klar, viel Zeit gewinne ich damit nicht. Es wird höchstens noch eine Minute dauern, bevor der Sicherheitsdienst der Aurora Legion darüber informiert wird, dass der meistgesuchte Terrorist der Galaxis, ein abtrünniger Alpha, ein Massenmörder und Weltraum-Pirat (yeah) Tyler Jones frei auf der Station rumrennt.

Jetzt ist der Wettlauf mit der Zeit noch mal ein ganz anderer.

Ich krieche den Schacht entlang und benutze mein Uniglass, um mir den Weg zu leuchten. Die Lüftungsschächte sind ein Labyrinth, und normalerweise hätte ich mich nach ein paar Abzweigungen schon längst verirrt. Aber wie schon gesagt, hier sollten sie *wirklich* mal öfter die Putzdrohnen durchschicken.

Denn vor mir kann ich die Spuren meiner besten Freundin klar und deutlich sehen, die Abdrücke ihrer Hände, ihrer Knie – genauso klar, wie ich das Erschießungskommando vor mir sehe, das auf mich wartet, wenn der Sicherheitsdienst mich erwischt.

Also krieche ich weiter.

So, als würde jedes Lebewesen in der Galaxis davon abhängen.

Die Uhr auf meinem Uniglass tickt. Ich habe mich ins Stationsnetzwerk eingeklinkt und werfe ab und zu einen Blick auf die Meldungen über die Versammlung. Delegierte sammeln sich in der Gründerenklave, eine Vielzahl von Völkern und Uniformen nimmt auf den Rängen ihren Platz ein. Mitten auf der Bühne wird ein Podium angestrahlt, darüber dreht sich ein Hologramm mit dem Siegel der Aurora Legion.

Mir wird klar, dass ich jetzt in das Sperrgebiet der Station eindringe. Ich krieche an einem Kontrollpunkt vorbei, aber sowohl der Bewegungssensor als auch die Laserkamera sind mit

Hilfe eines winzigen Störsenders an der Wand ausgeschaltet worden. Ohne Zweifel habe ich das einer gewissen Agentin des Spezialkommandos der GIA zu verdanken. Ich rutsche einen Gang hinunter in einen breiteren Schacht und folge Cats Spuren. Ich schwitze jetzt in meinem Anzug, und es wird langsam immer wärmer. Ich komme an drei weiteren Kontrollpunkten vorbei, die auch alle deaktiviert worden sind.

Ich hatte mich schon gefragt, ob es vielleicht eine Bombe auf dem Schiff der terranischen Delegation war oder irgendeine Vorrichtung in der Landebucht, die dafür gesorgt hat, dass die Station zerstört wird. Ob Cat sich das Munitionslager oder das Treibstofflager zunutze macht. Mit den entsprechenden Kenntnissen und genug Zeit gibt es viele Möglichkeiten, diese Station außer Gefecht zu setzen. Aber ich weiß jetzt, wo sie hinwill. Strategisch betrachtet eine sehr gute Entscheidung. Die verlässlichste Art, eine Explosion in die Wege zu leiten, die die gesamte Academy vernichten wird, völlig unkompliziert, keine Zeugen.

Der Reaktorkern.

Cats Spur endet bei dem nächsten Gitter, und ich drücke es auf und schlüpfe aus dem Schacht. Inzwischen schwitze ich so sehr, dass meine Jacke sich ganz nass anfühlt. Jonii wird jetzt *ganz* sicher den Sicherheitsdienst der Station informiert haben, obwohl keine Alarmsirenen losgegangen sind – wahrscheinlich wollen sie die Versammlung nicht aufmischen. Ich lasse mich auf den Metallboden fallen und sehe, dass ich mich im Reaktorblock selbst befinde, die dunkelgrauen Metallwände sind von der Deckenbeleuchtung leicht blau gefärbt.

Der Zutritt zu diesem Bereich ist für alle Kadetten absolut verboten, und ich muss gestehen, dass ich mich hier nicht besonders gut auskenne. Aber ich kann Cats Spur noch sehen, auch wenn sie hier andere Fährten hinterlässt. Vier Sicherheitstypen liegen vor mir auf dem Boden.

Ich knie mich neben sie, überprüfe von jedem den Puls, aber ich weiß schon, dass sie alle tot sind. Die Luke wurde außer Betrieb gesetzt, und durch die Öffnung kann ich drei Techniker und zwei weitere Wachposten sehen, alle nicht mehr am Leben. Mit einem Blick auf die Sicherheitskameras kann ich erkennen, dass sie offline sind, bestimmt durch einen weiteren GIA-Störsender.

Diese Leichen, diese Technologie …

Ich schüttele den Kopf. Wie viel Planung dazugehört und wie viel Können, um so etwas abzuziehen. Wie überlegen das Ra'haam ist, mit dem gesammelten Wissen eines jeden Lebewesens, das es in sich aufgenommen hat und das nach seiner Pfeife tanzen muss. Mir wird jetzt erst klar, wie viele Züge es mir schon voraus ist.

Die Zeit läuft.

»Hochgeschätzte Delegierte« höre ich eine Stimme.

Ich werfe einen Blick auf mein Uniglass und stelle fest, dass die Eröffnungsansprache begonnen hat. Sie wird über das gesamte Stationsnetzwerk übertragen, und die Stimme von Admiral Adams hallt von den Wänden wider, während ich mich durch die Korridore voller Wasserdampf stehle, an weiteren Leichen vorbei, in drückender Hitze, schwer atmend in der dicken dunstigen Luft. Ich erreiche eine schwere Eisentür, über die diagonal eine schwarz-gelb gestreifte Markierung verläuft. Vier weitere Leichen liegen verstreut davor. In großen weißen Buchstaben steht darauf:

ACHTUNG: REAKTORKERN. ZUTRITT FÜR UNBEFUGTE VERBOTEN!

Die Beleuchtung um mich herum wird plötzlich schwächer und dann blutrot.

»O Schöpfer, bitte, noch nicht«, bete ich.

26 Kal

Sempiternity steht in Flammen.

Ihre Hülle ist weit aufgerissen, Treibstoff und Kühlmittel strömen in die Große Weite. Das Leck brennt, ein Bogen aus Flammen schneidet durch die Dunkelheit, in der Hunderte von winzigen Punkten leuchten. Jedes davon ist ein Schiff. Die Freien Völker und das Ra'haam, Freund und Feind, und sie alle kämpfen um ihr Leben.

»Flügel G, Ra'haam-Kampfjets im Anflug! Bei …«

»Verstanden, Trinity, hier ist die Do'Kiat, wir sind auf Abfangkurs …«

»Beim Schöpfer, sie sind überall! Wir …«

Im Kontrollzentrum der *Neridaa* wird der Kampf dort draußen auf alle Wände projiziert, so dass es den Anschein hat, sie wären aus Glas. Ich stehe neben Aurora und sehe mit klopfendem Herzen zu, wie sich die Schlacht ringsum entfaltet. Dort draußen in der Dunkelheit blühen neue Sterne flüchtig auf, schlängeln sich Raketen, greifen Fangarme um sich, und die ausgebrannten Hüllen der zerstörten Schiffe bluten und brennen, hilflos in Schräglage. Die Freien Völker der Galaxis kämpfen mit so einer Tapferkeit, dass das eines Tages besungen werden, Legende sein wird.

Aber wenn wir hier scheitern, wird niemand übrig sein, um sie zu besingen.

Und das Ra'haam ist so viele …

»Rumpf beschädigt! Wir brauchen Hilfe …«

»Sie kommen auf uns zu, unendlich viele …«

»Ich bin getroffen worden! Ich …«

Mir schwirrt der Kopf, die Kraft meines Vaters und meiner

Be'shmai hallt in meinem Schädel wider und lädt die Luft um uns herum auf. Mitternachtsblau und Blutrot, sogar hier im Schwarzweiß der Raumfalte, verschlungen in einer Symphonie der Zerstörung. Sie zerdrücken die entstellten Schiffe um uns herum, bis nichts mehr von ihnen übrig ist als ein blutiger Fleck, und unaufhörlich treiben sie die *Neridaa* voran – wie ein Speer aus Kristall fliegt die Waffe der Eshvaren in Überlichtgeschwindigkeit auf unser Ziel zu.

Noch versteckt es sich, schlummert in all dem Grau, aber …

»Da!«, rufe ich. »Da ist es!«

Hinter dem Blutvergießen vor uns, den Schiffen, die in der Dunkelheit töten und sterben, kräuselt sich die Raumfalte, als würde man einen Stein über einen See tanzen lassen. Obwohl im Weltraum alles lautlos ist, könnte ich schwören, dass ich eine leise Tonfolge höre, wunderschön und melodisch, die meine Haut prickeln lässt.

Ich sehe es vor mir, wie damals schon – eine winzige Spirale aus Schwarz und Grau und Weiß, die sich wie eine Blume in der Frühlingssonne entfaltet. Als würde sie auf die Anwesenheit der beiden Trigger reagieren. Als würde sie wissen …

»Das Tor«, flüstere ich, und mein Herz singt.

Mein Vater wirft einen Blick darauf und widmet sich dann wieder der Schlacht dort draußen. Aurora ist in den Kampf versunken, ihre blutverschmierten Zähne sind gefletscht, als sie ein weiteres Schiff des Ra'haam ergreift und Kleinholz daraus macht. Doch vor meinen Augen wird das wirbelnde Portal immer größer, immer weiter, bis es Tausende von Kilometern breit ist – das Raumfaltentor zu einer parallelen Dimension, die den Heimatplaneten der Eshvaren beherbergt.

Kurz denke ich daran, wie wir das letzte Mal hierhergekommen sind – Aurora und Finian und Scarlett und Zila und ich. Das waren einfachere Zeiten. Bessere Zeiten. Wie sehr mich ihre Freundschaft gewärmt hat, wie schön es war, als wir zusammen waren, dieses Gefühl, gemeinsam alles erreichen zu können.

Trotz des Gemetzels um uns herum muss ich bei der Erinnerung lächeln. Ich danke der Großen Weite, dass die meisten von ihnen diese Zukunft nicht erleben mussten. Und ich schwöre mir, bei allem, was mir heilig ist, dafür zu sorgen, dass das nicht wieder passiert.

»Aurora, kannst du …«

Ein Einschlag erschüttert die *Neridaa*, Kristall fällt von der Decke auf uns runter und zerspringt um mich herum auf dem Fußboden. Mein Vater blickt von der Projektion auf, sein rechtes Auge leuchtet blendend weiß.

»Aufgepasst, Mädchen«, faucht er.

Aurora wischt sich das Blut von den Lippen, Licht dringt durch die Risse um ihr Auge. »Ich dachte, das hättest du gekriegt.«

»Ich kann nicht Bug und Heck und die Flanken allein im Auge behalten. Konzentrier dich!«

»Das tue ich. Und das wäre noch einfacher, wenn du mich nicht anschreien würdest, du …«

Eine weitere Explosion lässt das Schiff zittern, die Wände splittern und Aurora stolpern.

»Okay, diesmal warst du schuld!«

»Kal, hier ist Tyler, kannst du mich hören?«

Ich berühre das Funkgerät an meinem Ohr, spreche schnell. »Ja, Bruder. Das Tor zur Heimatwelt der Eshvaren ist genau vor uns.«

»Wir sehen es! Aber das Schwarmbewusstsein weiß jetzt auch Bescheid. Zwei weitere Unkraut-Flotten kommen auf uns zu, und wir sind nur noch siebenundvierzig, nein … dreiundvierzig.«

Ich gucke die Anomalie an, mit zusammengebissenen Zähnen und mit jeder Faser meines Körpers treibe ich uns innerlich an. »Wir sind fast da. Haltet durch.«

»Wird das Ra'haam euch durch das Tor folgen können?«

Ich sehe Aurora an, aber die hat sich wieder dem Rausch der Schlacht da draußen ergeben. Grimmig nimmt mein Vater den Feind ins Visier, Blut tropft von seinem Kinn auf den Boden. Aber an der Art wie er eine Augenbraue hebt, kann ich erkennen …

»Wir wissen es nicht«, gestehe ich. »Möglicherweise.«

»Verstanden. Wir geben euch so gut es geht Geleitschutz … Großer Schöpfer … «

Licht blitzt an unserem Heck auf, blendend hell. Zwischen den umherschwärmenden Schiffen des Ra'haam kann ich Sempiternity erkennen, von innen erleuchtet, wie ein brennender Ofen.

Die Hülle ist zerborsten, das ganze Schiff bebt, und ich kann nur hilflos zusehen, wie es auseinanderbricht. Und in einem letzten grellen Lichtstrahl fliegt das Weltschiff auseinander, und ich zucke zusammen, als ich das Echo Hunderttausender Leben höre, die in die Große Weite aufgenommen werden.

»Amna diir«, flüstere ich.

»Nein … «, haucht Aurora, und Tränen leuchten in ihren glänzenden Augen.

»… Jie-Lin … «

Die Stimme hallt in der Leere um uns herum, warm wie der Frühling, ölig und glatt. Ich kann sehen, wie sie voller Trauer im Rausch der Schlacht die Kiefer zusammenpresst.

»… Jie-Lin … «

»Beachte ihn nicht, Mädchen«, warnt mein Vater.

»Tu ich nicht.«

»Er will dich nur ablenken, dich … «

»HALT JETZT ENDLICH DIE KLAPPE!«

Das Portal taucht vor uns auf, füllt unser Blickfeld aus: eine endlose Spirale, die die Geheimnisse des Alten Volkes verbirgt. Wir überqueren die Schwelle, fliegen hindurch, und das Grau und Weiß und Schwarz der Raumfalte verwandeln sich so plötzlich in explodierende Farbe, dass es schmerzt – wie ein regenbogenfarbiger Donnerschlag, der mir durch den Schädel hallt.

Hinter uns kräuselt sich das Portal wie Wasser, wie Blut, und mir sinkt das Herz in die Hose, als ich sehe, wie die Schiffe des Ra'haam auf der Schockwelle unseres Eintritts reiten und durch das Tor, das wir aufgerissen haben, fluten.

Nun ergießt sich die Schlacht in den Echtraum.

Sempiternity ist verschwunden.

Jetzt gibt es keine Zuflucht mehr.

Die Schiffe der Freien Völker folgen dem Ra'haam, unter ihnen die *Vindicator*, Tyler und seine Crew sind bis zum Schluss an unserer Seite. Vor mir sehe ich die Heimatwelt des Alten Volkes – einst ein Ort voller Licht und Musik, voller Schönheit, nun tot und grau. Aber der Feind rückt weiter nach, durch das spiralförmige Tor hinter uns, fliegt in scheinbar endloser Vielzahl auf die Überreste einer Galaxie zu, die einmal kaleidoskopisch schön war und nun verderbt und verloren ist. Versammelt in einem Bewusstsein, einer Sichtweise, einem Willen, verfolgt es nur ein einziges schreckliches Ziel.

Alles zu dem zu machen, was es ist.

Sieh, was ich sehe.

Denk, was ich denke.

Tu, was ich tue.

Ringsum lassen die Schiffe des Ra'haam eine Salve nach der anderen auf die *Neridaa* los, schrauben sich in die Höhe, drehen sich, beschießen uns von allen Seiten. Es sind seltsame Geschosse: mit Widerhaken versehen, tropfend vor Gift, umhüllt von Amöben mit Scheinfüßchen.

»Kal, die Amöben sind gefährlich, weicht ihnen aus!«

Mein Vater greift an, die Hände zu Krallen gekrümmt. Aurora brüllt auf, ihr Haar wird von einem unsichtbaren Wind zurückgeweht, sie hat Blut an den Lippen. Ich spüre, wie etwas gegen die *Neridaa* knallt und ihre Hülle zertrümmert, das Schiff in seinen Grundfesten erzittern lässt.

»Kal, ihr wurdet getroffen! Zwei Einschläge hinten!«

Ein weiterer Einschlag rüttelt uns durch, und verzweifelt sehe ich Aurora an. Schmerz und Blutrausch verzerren ihr Gesicht.

»Be'shmai?«

»Ich kann es spüren, Kal«, flüstert sie. »Es ist … es ist …«

»Es ist da«, zischt mein Vater. »Es ist an Bord.«

Ich sehe mich im Raum um, beobachte, wie die Schiffe noch immer zwischen den Sternen aufleuchten. Weder Aurora noch mein Vater können hier weg – nicht solange die Schlacht da draußen noch tobt, nicht bevor wir auf dem Heimatplaneten der Eshvaren gelandet sind. Aber der Feind ist jetzt da. Unter uns. Außer mir gibt es niemanden, der ihn aufhalten kann.

»Es bewegt sich«, sagt mein Vater mit flackernden Augenlidern. »Dreißig, vierzig davon. Kommt durch den zentralen Korridor.«

»Wir haben Besuch, Tyler«, berichte ich und ziehe meine Waffe. »Etwa drei Dutzend Widersacher. Vielleicht mehr. Ich versuche, sie abzufangen.«

»Verstanden, wir sind auf dem Weg! Wehr sie ab, bis wir bei dir sind.«

Als ich mich abwende, greift Aurora nach meiner Hand. »Kal, sei vorsichtig.«

Ich ziehe sie in meine Arme, drücke meine Lippen auf ihre, schmecke Blut. Eisen und Rost und Verderben. »Ich werde zurückkehren, Be'shmai. Ich verspreche es.«

Als ich den Raum durchquere, bringt mich die Stimme meines Vaters zum Stehen.

»Kaliis.«

Ich wende mich um und sehe ihn an, diesen Mann, der einst die Mitte meiner Welt war. Er steht im Widerschein der sterbenden Schiffe, der zerstörten Triebwerke, des brennenden Treibstoffs, gebadet im blutroten Licht des Gemetzels. Von seinem Kinn tropft Blut auf den Boden, dick und violett, sein Blick ist auf die Schlacht da draußen gerichtet – auf die Symphonie der Zerstörung, die er zusammen mit meiner Be'shmai aufführt.

Während ich zusehe, nähern wir uns immer mehr der toten Welt – der Erlösung, die sie möglicherweise in sich birgt. Aber für einen kurzen Augenblick sieht er mich an. Und gibt die einzige Weisheit an mich weiter, die er kennt:

»Lass es bluten.«

27 Zila

TICK.

TICK.

TICK.

Ich bin wie auf Autopilot in Gedanken versunken und lasse die Unterhaltung über mich hinwegspülen wie weißes Rauschen.

Dichtgedrängt stehe ich mit Finian und Scarlett in Naris Pegasus.

Wir kriechen durch den Müllschacht.

Ich bin in der Leichenhalle und nehme die Schlüsselkarte von Pinkertons Leichnam.

All das haben wir schon einmal gemacht. Ein Dutzend Mal, hundert-, tausendmal.

Meine Gedanken sind im Leerlauf, drehen sich im Kreis, durch jede Zeitschleife, die ich durchlebt habe.

Sechzehnmal haben wir versucht, den Reaktorkern zu erreichen, und jedes Mal sind wir gescheitert.

Wir haben uns angeschlichen und wurden entdeckt.

Wir haben rohe Gewalt angewendet und sind bezwungen worden.

Wir sind sogar nach den Gesetzen der Logik vorgegangen, nicht einmal, sondern zweimal. Wir haben uns an den Kommandanten der Station gewendet und versucht, den Sachverhalt so einfach und wenig bedrohlich darzustellen wie möglich. Aber die Vernunft hat uns genauso wenig weitergebracht wie die Gerissenheit.

Ich schließe meine schmerzenden Augen und lasse meinen Gedanken freien Lauf. Mein Verstand ist außergewöhnlich, das war mir schon immer bewusst. Obwohl ich ihn immer geschärft habe und ausgebildet, bin ich nie über meine Grenzen gegangen. Aber nun, egal wo ich mich auch hinwende, renne ich immer wieder mit dem Kopf gegen eine von zwei Wänden.

Auf der ersten steht in großen Buchstaben:

DU KANNST ES NOCH TAUSENDMAL VERSUCHEN, ABER ES IST NICHT ZU MACHEN.

Und auf der zweiten, in noch größeren Buchstaben:

DU HAST KEINE ZEIT MEHR.

Das hier ist unsere letzte Chance.

Wieder stehen wir in Pinkertons Büro in einem durchbrochenen Halbkreis. Jenseits der Station sehe ich den riesigen, aufgewühlten Sturm aus Dunkler Materie. In seinem Inneren wartet unsere Zukunft. Unser Weg hier raus. Unser Weg nach Hause.

Wenn ich nur wüsste, wie ...

Finians verzweifelte Stimme dringt kaum in mein Bewusstsein. »Wenn wir den Disruptor anders einstellen, so dass er eine andere Reichweite ...«

»Medizinisches Personal sofort auf Deck 12«, ist über die Lautsprecher zu hören. *»Ich wiederhole: medizinisches Personal auf Deck 12.«*

Seine Stimme treibt davon. Vor meinem inneren Auge breitet sich ein Labyrinth aus, und ich gehe jeder möglichen Abzweigung nach, um immer wieder in der Sackgasse zu landen. Jedes *Was-wäre-wenn* und *Vielleicht-könnten-wir* hakt irgendwo. Und währenddessen folgen wir den gleichen Schritten, die uns jedes Mal wieder umbringen. Marschieren auf das gleiche Schicksal zu, wissentlich unserem Untergang entgegen.

»Vielleicht können wir irgendwie den Glasbehälter mit der Raumsonde absichern, damit ich mehr Zeit habe«, sagt Nari mit der gleichen Verzweiflung in der Stimme. »Manuell, damit der Sicherheitsdienst nichts außer Kraft setzen kann.«

»Aber das würde bedeuten, dass du eingesperrt sein wirst, wenn der Reaktorkern explodiert«, sagt Scarlett. »Du musst da raus, Nari, oder es ist alles umsonst.«

Das ist inakzeptabel. Es *kann nicht* sein, dass die Situation ausweglos ist, sonst wären wir nicht aus einer Wirklichkeit gekommen, in der Nari die Aurora Academy gründet.

Es *muss* einen Weg geben, damit sie überlebt.

Es muss.

Es *muss* einfach …

Und dann stehen meine Gedanken plötzlich still. Das endlose Labyrinth aus Möglichkeiten hört auf, sich zu entfalten. Und ich sehe die Antwort.

Ich öffne die Augen und sehe, dass Scarlett mich eingehend betrachtet. Sogar jetzt, erschöpft wie sie ist, ausgelaugt von Trauer und Angst und gnadenloser Verfolgung, kann sie die Sanftheit in ihrem Blick nicht verbergen. Trotz ihrer sorgsam konstruierten harten Schale hat sie ein mitfühlendes Herz. Ich bin froh, dass sie festgestellt hat, dass für Finian das Gleiche gilt.

»Hast du es herausbekommen?«, fragt sie mich leise.

»Ja.«

Sie starrt mich einfach an. Ein Teil von ihr begreift schon. Und ich fange an zu sehen, wie genial diese Fähigkeit von ihr ist. Endlich. Ganz zum Schluss.

Es tut mir leid, dass ich sie angebrüllt habe.

Mir tut eine Menge leid.

TICK.

TICK.

TICK.

»Nari?«, sage ich. »Die Dekopon-Früchte, die deine Cousine deiner Halmoni mitbringt. Sind die gut?«

»Köstlich«, sagt sie verwundert. »Aber was …?«

Ich sehe ihr in die Augen. Und als ich das tue, da weiß ich …

Ich fühle nicht nichts.

»Ich würde gerne eine probieren«, sage ich ihr.

Ich würde gerne so ein Zuhause haben. So eine Familie. Mit Traditionen und Familienwitzen und Geschichten und einer Frucht, die so saftig ist, dass es einem die Arme runterläuft und auf den Fußboden tropft.

»Ich wünschte, du könntest das.« Sie runzelt die Stirn. »Aber …«

Finian fängt langsam an zu verstehen, was Scarlett schon längst weiß.

»Zila, nein. *Nein.*«

»Was denn?«, fragt Nari und sieht zwischen uns hin und her. »Was ist los?«

Scarlett schüttelt den Kopf. »Zila, es *muss* einen anderen Weg geben …«

»Allein ist es nicht zu schaffen«, sage ich einfach.

Finian stimmt in Scarletts Protest ein. »Nein, Z, wir finden schon noch einen Weg. Wir haben noch Zeit, wir …«

»So wie die Mächte sich gegen uns aufgestellt haben, wird Nari niemals überleben. Aber sie *muss* überleben, wenn sie die Academy gründen soll, sonst werden wir nie hierherkommen, nie den Samen für Auroras Sieg über das Ra'haam pflanzen. Sobald man das Unmögliche ausgeschlossen hat, ist das, was übrig bleibt, egal wie unwahrscheinlich …«

Ich sehe Fin an.

»… oder schmerzhaft …«

Dann Scarlett.

»… oder traurig …«

Und schließlich Nari.

»… die Wahrheit. Jemand muss bei dir bleiben und dir helfen.«

Da fangen sie alle auf einmal an zu sprechen. Ich lasse sie reden.

»… Cat zurückgelassen, dann meinen Bruder, und wenn du glaubst …«

»… müssen einfach noch mal darüber nachdenken, wie wir …«

»… dieses Mal kann ich doch …«

Ich stehe einfach da. Sehe sie an. Und schließlich verstummen sie. Sie haben alles gesagt. Sie sehen die Wahrheit, glasklar, so wie ich auch. Und im Grunde ihres Herzens wissen sie, jeder von ihnen, dass wir keine Zeit mehr zu verschwenden haben.

Also ergreife ich wieder das Wort. »Vor vielen Jahren habe ich aus meinem Versteck beobachtet, wie meine Eltern, meine Freunde bedroht wurden. Hätte ich mich gezeigt, wären sie erschossen worden, und mich hätten sie mitgenommen. Also habe ich mich versteckt gehalten, in der Hoffnung, eine Lösung zu finden. Irgendwann hatten unsere Geiselnehmer keine Lust mehr zu warten, haben meine Familie trotzdem umgebracht und sind abgehauen. Nie wieder werde ich zulassen, dass die, die ich liebe, sterben müssen, weil ich nichts getan habe. Und dieses Mal kann ich etwas tun.«

»Du warst ein Kind, Zila«, flüstert Scarlett. »Das musst du nicht wiedergutmachen.«

»Das kann ich nicht«, antworte ich. »Und ich weiß, dass das nicht meine Schuld war. Aber ich habe das schon mal durchgemacht, Scarlett, und dieses Mal werde ich für ein anderes Ende sorgen.«

»Wir können dich nicht einfach hierlassen.« Der Schmerz steht Fin ins Gesicht geschrieben. Ist in seiner Stimme zu hören. »Wir können dich nicht alleinlassen.«

Wieder sehe ich Nari an. »Ich werde nicht allein sein.«

»Aber zwei Jahrhunderte zurück in der Vergangenheit«, ruft er.

»Jemand muss es sein«, sage ich. »Das war schon immer so. Ihr beiden müsst in unsere Zeit zurückkehren, um das Ra'haam zu bekämpfen. Vielleicht seid ihr alles, was vom Squad 312 noch übrig ist. Ihr dürft eure Pflichten nicht vernachlässigen.«

»Und du?«, flüstert Scarlett.

»Ich werde alles in die Wege leiten«, sage ich. »Wir können von Nari nicht erwarten, dass sie alles macht. Jemand muss die Leiter der Aurora Legion informieren. Von Björkmans Schnarchen bis hin zu den Gaben im Tresor. Wie kann Magellan sonst so viel wissen?«

»Du wirst ihn programmieren«, sagt Fin leise. Er hat Tränen in den Augen. »Und das Upgrade für Scarlett auf dem Shopping-Kanal hinterlassen.«

»Ihre Schwäche für Handtaschen können wir uns so zunutze machen.«

Scarlett lächelt, obwohl sie gleichzeitig anfängt zu weinen.

»*Deswegen* sind wir hier«, sage ich ihnen und nehme das kleine Stück Kristall aus Pinkertons Sammlung und halte es Scarlett vor die Nase. »Deswegen wurde das im Tresor für uns hinterlegt. Um uns zurück an diesen Ort und in diese Zeit zu bringen, damit ich bleiben kann. Magellan hat uns gesagt, dass seine Kenntnis der Ereignisse nur bis zu einem gewissen Punkt in der Zukunft reicht. Nämlich bis zu dem Punkt, an dem ich gegangen bin.«

Finian schüttelt den Kopf, seine Lippen zittern. »Zila, wir haben schon Cat verloren …«

»Und wir müssen es wieder tun. Alles muss genau so passieren, wie es schon passiert ist. Wir müssen Cat verlieren, damit sie uns auf Octavia retten kann. Wir müssen dem Sterntöter erlauben, sich die Waffe vor uns anzueignen, damit er sie zünden und uns zurück in die Zeit schicken kann. Denn ich muss immer hierher zurück, an den Anfang von allem. Ich muss in der Vergangenheit bleiben, um für unsere Zukunft zu sorgen.«

Scarlett nimmt meine Hand in ihre. Wie Finian weint sie nun auch. »Wir lieben dich auch, Zila«, flüstert sie.

Ich bin froh, dass sie versteht.

»Ich passe auf sie auf, versprochen«, murmelt Nari, und das Zittern in ihrer Stimme ebenso wie die Gewissheit wärmen mir das Herz. »Während der Evakuierung bekomme ich sie raus. Wir lassen einen Laborkittel mitgehen. Hoffentlich ist das Chaos dann so groß, dass sie keiner bemerkt.«

»Das wird es«, sage ich ihr. »Ich glaube an dich.«

»Du solltest Magellan mitnehmen«, sagt Fin mit heiserer Stimme, während er in dem engen Raum in seinem Rucksack rumgräbt. »Wenn du ihn reparierst, ist er voller nützlicher Informationen. Vielleicht könnt ihr über ihn auch ein paar Sportwetten abschließen, bisschen Geld machen.« Dann hält er inne und zieht Kleeblatt langsam aus seinem Rucksack.

Er sieht Scarlett an. Sie nickt. Da gibt er mir unser Maskottchen.

»Noch ein bisschen Gesellschaft«, sagt Scarlett und ihre Stimme bricht. »Okay, und vergiss nicht, dass wir in unserer ersten Longbow eine Kiste brauchen, in der Auri sich verstecken kann und … scheiße, wir wissen gar nicht, wofür die Stiefel für Tyler im Tresor gedacht waren, wie willst du …?«

»Er war in terranischer Gefangenschaft, als wir ihn zuletzt gesehen haben. Ich werde dafür sorgen, dass er eine Fluchtmöglichkeit hat. Ich habe einen scharfen Verstand, ein gutes Gedächtnis und den Rest meines Lebens vor mir«, sage ich. »Ich werde nichts dem Zufall überlassen.«

Einen Moment lang ist Scarlett still. »Oh, Zila«, murmelt sie.

»Ich weiß«, sage ich leise.

»Ich wünschte …«, sagt Finian, aber spricht den Satz nicht zu Ende.

»Wir haben noch eine Chance«, sage ich. »Beim nächsten

Mal wird die Zeitschleife enden, bevor der Quantenblitz eingeschlagen ist, und dann werdet ihr keine Energiequelle haben, um nach Hause zu kommen, bevor die Zeitschleife ganz in sich zusammenbricht. Alles hängt von den nächsten vierzehn Minuten ab. Alles, was jetzt ist, was sein wird. Unsere letzte Chance, das Ra'haam aufzuhalten. Jeden Planeten zu beschützen, jede Kolonie, jede Spezies, jedes neue Leben.« Ich strecke meine Hand aus, zum letzten Mal. »Wir können das schaffen.«

Scarlett nimmt sie und drückt sie fest. »Wir die Legion.«

Finian wickelt seine silbernen Finger um unsere Hände. »Wir das Licht.«

Nari legt ihre Hand auf unsere und nickt. »Das die Dunkelheit durchbricht.«

»Squad 312 für immer.« Ich muss lächeln.

Tick.

Tick.

Tick.

28 Auri

Hinter uns tobt die Schlacht, und vor uns liegt der tote Planet der Eshvaren.

Die Kraft strömt durch mich durch, berauschend und süchtig machend, und ich jage dem High hinterher. Meine Gedanken springen wie wild durcheinander, und ich weiß, dass ich auf mein ganzes Selbst zurückgreifen muss, um den Feind zu vernichten, und mir fällt nicht mehr ein, warum ich das nicht tun sollte.

In mir offenbart sich die ganze Kraft der Eshvaren – das hat mir Esh vor einer Ewigkeit im Echo gesagt. Ich bin alles, was sie sich gewünscht haben, und all meine Feinde werden *brennen.*

Im Licht des sterbenden roten Zwergsterns fliegen wir auf den Planeten zu, lassen unsere Verfolger hinter uns, und auf seiner steinigen Oberfläche ist alles ruhig.

Vor uns nichts als Stille. Hinter uns nur Chaos.

Kal stampft durch die Korridore der *Neridaa,* und das Schiff nähert sich dem Krater, der mindestens zehn Kilometer breit ist und zu der riesigen Werkhalle führt. Schon sind wir so nah dran, dass wir den glatten Tunnel sehen könne, der in das Gestein gegraben wurde. Schnell gleitet das Schiff dahin, mit leichter Hand geführt – fast so, als wollte es nach Hause kommen.

»Wir sind direkt hinter euch«, brüllt Tyler über Funk, während ein Schiff des Ra'haam auf der Oberfläche des Planeten aufkommt und in einer Explosion aus Feuer und Trümmerteilen in die Luft fliegt. *»Tan, flieg hinterher und sieh zu … Schöpfer, mach du es, Mayr!«*

Von seinem Thron aus spricht Caersan, das Kinn voller Blut, die Zähne wie ein Raubtier gebleckt.

»Es gibt ja wenig, was ich in meinem Leben bereue, Kind. Aber ich hätte ja zu gern deinen Gesichtsausdruck gesehen, als du festgestellt hast, dass ich dir zuvorgekommen bin und die *Neridaa* genommen habe.«

»Und ich freue mich auf *deinen* Gesichtsausdruck«, antworte ich. »Wenn ich sie dir wegnehme.«

Das klingt nicht wie ich, fühlt sich nicht an wie ich, aber ich bin es, die spricht – mit blutverschmierten, verzerrten Lippen, während Caersan mich mit zusammengekniffenen Augen ansieht.

Aber ringsum lodert die Schlacht, und ich bin in diesem Feuer gefangen. Ich führe das Schiff durch den kilometerbreiten Eingang, tauche in den Tunnel hinein, und das Ra'haam und die Schiffe der Freien Völker strömen hinter uns her. Die Dunkelheit wird von kurzen Explosionen erleuchtet, und alles, was ich über Funk hören kann, sind gebrüllte Befehle, die sich gegenseitig übertönen, ein hoffnungsloses Durcheinander aus Kommandos und Appellen.

Ich strecke meine Fühler aus und finde Kal. Er hat fast die Stelle erreicht, wo das Ra'haam in unser verwundetes Schiff strömt, ein violett-goldener Leuchtturm gegen diese sich windende, hungrige Ansammlung von Grün und Blau.

Einen Teil von mir ankere ich an ihm fest und strecke meine Fühler noch weiter aus, bis ich die *Vindicator* finde, dringe in Tylers Gedanken ein, in Laes Gedanken, trotz meiner Erschöpfung, meiner Angst, meiner unbeirrbaren Konzentration auf die Schlacht.

Kal braucht eure Hilfe!

Aber da ist noch etwas anderes da draußen – ich kann seine Stimme hören, den Teil von ihm, der sich nie mehr von dem Ganzen trennen kann.

»… Jie-Lin …«

»… Jie-Lin, komm zu mir …«

»Es ruft dich nur, weil es Angst hat, nicht zu gewinnen«, zischt Caersan und umklammert die Armlehnen seines Throns so fest, dass seine Knöchel weiß hervortreten. »Sei nicht Teil deiner eigenen Niederlage, Mädchen. Tränen sind für die Besiegten.«

Wir platzen in die Kristallhöhle hinein, in den Kern des Planeten, und in Gedanken greife ich nach Kal, damit er nicht hinfällt, während die *Neridaa* immer langsamer wird, sich dem Gerüst zuwendet, ihrer früheren Wiege.

Die Kammer ist riesig – Hunderte von Kilometern breit –, gigantische Klippen aus Kristall spiegeln das Licht der Schiffe wider, die sich hinter uns ergießen, Feuer brandet über die Zinnen aus Regenbogen, Explosionen erschüttern das uralte Kristall.

Die Ausmaße dieses Ortes sind atemberaubend, die staubige Leere von Äonen ist nun erfüllt von der Schlacht um unsere Zukunft. Welche Kraft es gekostet haben muss, so etwas zu erschaffen, diese Waffe, auf der wir uns befinden – als ich das letzte Mal hier war, habe ich mich daneben wie ein Insekt gefühlt. Jetzt spüre ich, wie die gleiche Kraft in mir aufbrandet, mich erleuchtet. Und als die *Neridaa* ihren Platz einnimmt, macht sich ein Gefühl der Erleichterung in mir breit – wie wenn man zu enge Schuhe auszieht, wie wenn man endlich Luft bekommt.

Sie ist zu Hause.

Ich wende den Kopf und erhasche einen Blick auf blaue Blumen, und dann sind sie wieder verschwunden, ausgelöscht, als ein Schiff in Tausende glitzernde Stücke zerspringt, Trümmer auf ihre Verfolger runterregnen und eine zweite Explosion verursachen.

Neben uns landet Tylers Schiff, und er und seine Crew strömen hinaus. Doch die Schiffe des Ra'haam schwärmen nun wie ein Heuschreckenschwarm in die Höhle hinein, zusammen mit den viel zu wenigen unserer Schiffe, und wirbeln um uns herum in einer dichten, erstickenden Masse.

Ich höre Musikfetzen, ich schwöre es, nur ein paar wenige berauschende Töne – und dann zerstört Caersan mit seinem angestrengten Grunzen den Moment.

Wir brauchen Zeit – Zeit, um unser kaputtes Schiff zu reparieren, die Risse in seiner Haut zu heilen. Und als ich nach oben blicke, auf den gewölbten Kristallhimmel über uns, weiß ich, dass zu wenig von unseren Verbündeten übrig sind, um uns dabei zu helfen.

Und ich weiß nicht mal, wo ich anfangen soll …

Doch wie als Antwort verwandelt sich der rostige Geschmack von Blut in meinem Mund, wird süß, und die Szene vor mir löst sich auf. Ich spüre eine dumpfe Benommenheit, wie mich etwas nach unten zieht, und obwohl ich versuche, mich festzuhalten, rutsche ich auf etwas zu, was mir vertraut vorkommt, wo ich schon einmal war.

Aber ich kann ihn nicht allein zurücklassen – sie kommen!

Kal!

29 Kal

In einem breiten Korridor der *Neridaa* treffen wir aufeinander. Ich stehe im Licht der Regenbogen, über mir tobt weiter die Schlacht.

Die Eindringlinge sind in der Überzahl, ergießen sich aus ihren Geschossen in die Hallen der Waffe. Ein Dutzend Völker, ein Dutzend Gestalten, haben sie nur ein einziges Bewusstsein. Ihre Haut ist mit Schimmel überzogen, Blumen sprießen in ihren Augen, und hinter diesen Augen kann ich das Wesen spüren, das sie vereinnahmt. Ein Wesen, das schon alt war, als meine Heimatwelt gerade entstanden ist, sich langsam abgekühlt hat, während sie eine Sonne umkreist hat, die nun nicht mehr ist.

Ein einziger Wille, der Tausende von Jahren auf diesen Triumph gewartet hat.

Um mich herum pulsiert das Licht der Regenbogen, die gewölbte Decke über mir hallt von den Todesschreien unserer schwindenden Flotte wider. Leicht liegen die Klingen in meiner Hand, während ich die Marionetten des Ra'haam niedermetzele, den Tanz des Blutes tanze. Es ist so einfach wie Atmen. Doch dann trifft ein weiterer Einschlag die *Neridaa*. Und noch einer. Es kommen noch mehr von ihnen. In endloser Zahl. Und ich weiß, dass es gegen diesen Feind keinen Sieg geben kann.

Alles, was ich gewinnen kann, ist Zeit.

Eine weitere Welle kommt durch die glitzernden Hallen auf mich zu. Ich ziehe mich auf eine schmalere Stelle zurück, wo ihre zahlenmäßige Überlegenheit weniger zum Tragen kommt. Durch die flackernden Regenbogen kommt etwas auf mich zugestürzt, mit Blättern statt Augen, auf den Hörnern sitzt eine Krone aus Dornen. Ich schneide eine greifende Hand ab, aber die andere donnert mich gegen die Wand. Etwas trifft mich im Rücken, als ich versuche, in Deckung zu gehen – vielleicht ein Raketengeschoss. Ich weiß es nicht genau, es sind so viele.

»… Hör auf zu kämpfen, Kaliis …«

Zu viele.

»… Komm zu uns …«

Ein Teil von mir wusste schon immer, dass ich einmal im Kampf fallen werde. Ich habe keine Angst, im Kampf für etwas, an das ich glaube, zu sterben. Doch ich habe Angst, sie zu verlassen. Meine Aurora. Meine Geliebte. Ich war nichts als ein blasser Schatten meines Selbst, bis ich sie getroffen habe. Ein nicht angezündetes Feuer, das auf den Funken gewartet hat, der mich in Brand gesetzt hat.

Hände greifen nach mir.

Augen wie Blumen leuchten blau.

Ich wollte nicht, dass es so endet.

Das Ding, das auf mich zustürmt, zerplatzt, und Blut und Eingeweide regnen auf mich hinab. Ich höre noch mehr Schüsse, Granaten, das zischende Flüstern einer Klinge, die durch Fleisch schneidet, und dann, über dem Gemetzel, eine Stimme, die mein Herz höher schlagen lässt.

»Status, Toshh!«, ruft Tyler.

»Die Luft ist rein, Kommandant!«, antwortet die große Frau, lädt ihre Waffe neu und blickt auf ihren Scanner. »Aber die Nächsten kommen schon! Siebzig Meter!«

Ich wische mir die Sauerei aus dem Gesicht und sehe Lae vor mir stehen, beleuchtet von der knisternden violetten Revolverklinge in ihrer Faust. Ich nehme die blutige Hand, die sie mir hinstreckt, und wieder kommt mir der Gedanke, dass ich diese

Frau kenne. Ein närrischer Gedanke, ich weiß – sie war noch nicht einmal auf der Welt, als Aurora und ich durch die Zeit geschritten sind. Aber dennoch …

»Du hast dich tapfer geschlagen«, sagt Lae leise und beäugt das Schlachthaus um mich herum.

Ich blicke den schimmernden Kristall-Korridor hinunter, Richtung Thronzimmer.

»Ich hatte einen guten Lehrmeister.«

Ihr Blick wird stechend. Hass liegt in ihren Augen.

»Er ist genau das Monster, für das du ihn hältst«, sage ich ihr und wische meine Klingen sauber. »Aber Familien … die sind so eine Sache …«

»Alles in Ordnung, Kal?«

Ich drehe mich um, als Tyler aus dem Rauch auftaucht und auf mich zuschreitet. Seine massige Powerrüstung ist genauso ramponiert und kriegsmüde wie der Mann, der in ihr steckt. Doch mir gelingt ein Lächeln, trotz des Schmerzes, des Todes um uns herum.

»Du bist immer ein willkommener Anblick, Tyler Jones.«

»Lass mal stecken, Junge!« Er grinst. »Ich habe mir heute noch nicht die Zähne geputzt.« Er wendet sich seinen Leuten zu und fängt an, Befehle zu bellen. »Dacca, bewach diese Lücke! Toshh, sorg dafür, dass wir in diesem Korridor Feuerschutz haben! Es kommen noch mehr feindliche Eindringlinge, und sie dürfen *nicht* an uns vorbeikommen. Noch zwanzig Sekunden, los, los!«

Ich sehe zu, wie seine Leute sich aufrappeln, sich auf den nächsten Ansturm vorbereiten. Der Kampf über uns wird leiser, unsere letzte Verteidigung fällt in sich zusammen. Jeder von uns, der hier noch übrig ist, weiß, dass diese Schlacht nicht zu gewinnen ist. Aber dennoch folgen sie jedem Befehl, angetrieben von dem Feuer in Tylers Augen, dem Stahl in seiner Stimme.

Sie lieben ihn genauso, wie wir das damals getan haben.

Manche Dinge ändern sich nie.

Tyler wirft mir ein übrig gebliebenes Gewehr zu. Hinter einer regenbogenfarbigen Kristallspitze nimmt er seine Position ein, in der Ruhe vor dem Sturm. Er wirft Lae einen Blick zu.

»Alles okay?«, fragt er sie leise.

Sie nickt und wirft sich einen goldenen Zopf über die Schulter. »Alles gut.«

»Wenn du zurückweichen willst ...«

Er nickt in Richtung des Thronzimmers hinter uns und fixiert sie mit seinem gesunden Auge.

»Um Aurora zu verteidigen.«

Lae hebt ihre Revolverklinge, der knisternde Schimmer lässt ihre Iris aufflammen. Ich kann das Ra'haam jetzt wieder spüren, fühlen, wie sein Schwarmbewusstsein auf mich niederdrückt. Ich kann die Risse um Laes Augen sehen, der Tribut für unzählige Schlachten, die sie geschlagen hat – die sie *alle* geschlagen haben –, um diese winzige Flamme am Leben zu erhalten. Auch wenn sie immer schwächer wird ...

»Mein Vater hat mir beigebracht, mutig zu kämpfen«, sagt sie trotzig. »Aber meine Mutter hat mir beigebracht, ehrenvoll zu sterben.«

Tyler schüttelt den Kopf. »Lae ...«

»Nein«, sagt sie und trifft seinen Blick. »Ich fürchte die Große Weite nicht, genauso wenig wie sie.«

Ich sehe zwischen den beiden hin und her und frage mich, was wohl die Wahrheit ist. Sie knallen aufeinander wie Feuer und Eis, aber sie sind nicht einfach Kommandant und Soldatin, so viel ist klar. Wenn ich dem nachgehe, kann ich eine Verbindung zwischen ihnen spüren. Dünn wie gesponnener Zucker, aber dennoch stark wie in einem Stern geschmiedeter Stahl.

»Da sind sie«, brüllt Toshh. »Los geht's, Leute!«

Es spielt wohl jetzt keine Rolle.
Der Feind stürmt auf uns zu.
Das Lied der Schlacht erfüllt die Luft.
Und dann ist keine Zeit mehr für Worte.

30 Tyler

TICK, TICK, TICK.

Mein Herz schlägt jetzt einhundert Kilometer pro Sekunde. Das Bild von der Academy, die in die Luft fliegt, spielt sich wieder und wieder vor meinem inneren Auge ab. Ich halte meine Pistole in meiner schweißnassen Hand, das Messer, das Saedii mir gegeben hat, liegt schwer auf meinem Arm.

TICK, TICK, TICK.

Admiral Adams fährt mit seiner Ansprache an die Versammlung fort, nicht ahnend, welches Unheil hier unten seinen Lauf nimmt.

»Wir haben uns hier versammelt, um über die Unruhen zu beraten, die in den vielen Welten unserer Galaxis aufbranden. Doch bevor wir zu den Gesprächen kommen, wollten wir euch noch etwas wissen lassen, etwas, das nicht nur alle Spezies, die hier versammelt sind, betrifft, sondern jedes Lebewesen in der Milchstraße …«

Die Umrisse des Reaktorkerns ragen vor mir auf – drei turmhohe Zylinder in einem gewaltigen runden Raum, die durch das Rückgrat der Station führen. An den Wänden laufen dicke Leitungsrohre entlang, die Monitore der Schaltzentrale und Computerterminals leuchten hell im trüben, pulsierenden Licht.

Inzwischen ist es kochend heiß hier drin, kaum noch auszuhalten. Überall zischt, brodelt es, steigt Wasserdampf auf. Cat hat die Kühlmittelpumpe unterbrochen, so dass der Reaktor sich immer weiter überhitzt, während sie gleichzeitig das Warnsystem ausgeschaltet hat.

Als ich mich umblicke, kann ich sehen, dass Notabschaltungen herausgerissen wurden, Alarmrelais zerstört sind und Überbrückungsfunktionen ausgeschaltet. Noch mehr Leichen liegen über den Boden verteilt. Bei allen ist der Hals gebrochen, das Rückgrat verkrümmt, der Mund zu einem stillen Schrei verzerrt.

Cat, was haben sie aus dir gemacht?

»Vor über zweihundert Jahren wurde die Aurora Academy gegründet, in einer dunklen Zeit, voller Streit und Hader, als Folge eines Krieges, den wir nicht wiederholen wollten«, sagt Adams, und seine Stimme hallt durch das Amphitheater. *»Seitdem haben wir als Friedenstruppe gedient, im Interesse aller Völker dieser Galaxis. Doch das war nicht unser einziges Ziel. Und ich fürchte, Battle Leader de Stoy und ich haben euch nicht die ganze Wahrheit über den Grund für unsere heutige Versammlung gesagt.«*

Ich kann hören, wie die Zuschauer der Versammlung unruhig werden.

Unter meinen Füßen beginnt der Boden zu zittern.

Adams holt tief Luft, sieht sich unter den Delegierten um, während das Bild eines blau-grünen Planeten in dem Hologramm über seinem Kopf erscheint.

»Abgeordnete, Delegierte, Freunde, das hier ist der Planet Octavia …«

Und dann, einfach so, ohne Vorwarnung stottert die Übertragung und ist unterbrochen.

Die Beleuchtung um mich herum flackert, Rot wird zu Weiß. Wieder bebt der Boden unter meinen Füßen. Das Licht im Reaktor brennt heller, die Hitze wird drückender, und in der schimmernden Luft sehe ich sie vor mir. Sie beugt sich gerade über ein weiteres Terminal, das Licht des Reaktors spiegelt sich in ihrer Maske wider.

Sie weiß nicht, dass ich hier bin. Sie ist einzig und allein mit ihrer Sabotage beschäftigt. Ich lasse mich langsam auf ein Knie sinken, und stelle meine Waffe mit dem Daumen auf Töten. Konzentriere mich nur auf die Uniform. Die Bedrohung.

Denke nicht an das Mädchen darunter, dieses Mädchen, das ich einmal gekannt habe, dieses Mädchen, das mich angefleht hat zu bleiben.

Tyler, ich liebe dich …

Ich nehme sie ins Visier, ziele mit meiner Pistole direkt auf ihr Herz.

Ein Schuss, und es ist vorbei.

Tick, tick, tick.

»Jones«, höre ich ein Brüllen. *»Keine Bewegung!«*

Ich drehe mich um, und mein Herz krampft sich beim Anblick von einem halben Dutzend Wachleuten der Legion zusammen, die durch die Sicherheitstür hinter mir strömen, Disruptorgewehre im Anschlag. Als ich mein Ziel wieder anvisieren will, wirbelt Cat zu uns herum, und ihr keuchender Atemzug klingt durch ihren gesichtslosen Helm metallisch.

»TYLER.«

Cat zieht eine lange, schnittige GIA-Waffe aus ihrer Uniform.

Die Soldaten hinter mir brüllen eine Warnung.

Ich lasse meinen Schuss los, aber Cat taucht zur Seite ab, während sie anfängt, auf das Sicherheitsteam loszuballern. Die Luft ist erfüllt von dem *BÄMM! BÄMM!* aus den Gewehrläufen der Legionäre, dem Knallen von Cats Kanone und dem Zischen meiner Waffe, während dieser dreiseitige Schusswechsel um das Überleben der Galaxis mitten im Reaktorraum losbricht.

Ich ducke mich schnell hinter einer Reihe von Computerterminals weg und brülle den Legionären zu: »Sie will den Reaktorkern zum Explodieren bringen! Wir müssen sie …«

Ich höre das helle Pling von Metall auf Metall und reiße die Augen weit auf, als neben mir zwei Blitzgranaten aufschlagen. Ich werfe mich in die andere Richtung, umtost von der Detonation, als die Dinger explodieren. Ich werde hart an die

Wand geworfen und breche auf dem Fußboden hinter einer Reihe von Rohrleitungen zusammen. Ich kann Blut auf meinen Zähnen und meiner Zunge schmecken, und in meinen Ohren klingelt es.

»Ich bin auf eurer Seite, ihr *ARSCHLÖCHER*!«

Da sehe ich eine Bewegung – ein geschmeidiger Schatten, der durch die Dunkelheit zum nächsten Terminal flitzt. Ich komme aus meiner Deckung heraus, um zu schießen, aber eine Salve von Disruptorfeuer – *BÄMM! BÄMM! BÄMM!* – in meinem Rücken zwingt mich zurück.

Ich stecke fest.

Ich kann sie auf keinen Fall erreichen.

»Cat!«, brülle ich. »Cat, bitte, tu es nicht!«

Keine Antwort, außer den schweren Schritten von Legionärsstiefeln auf Metall. Es kommen jetzt noch mehr Soldaten in den Raum, schwärmen aus, um mich zu flankieren. Ich will nicht auf sie schießen, das sind meine Leute – *Wir die Legion, wir das Licht* –, aber wenn sie mich kalt erwischen, mit all den Leichen dahinten und der Anschuldigung, ein Massenmörder und galaktischer Terrorist zu sein …

»Cat, *bitte*!«, rufe ich. »Ich weiß, dass du mich hören kannst!«

»Jones, es ist vorbei! Schmeiß deine Waffe weg!«

Durch den wirbelnden Dampf kann ich einen Blick auf sie erhaschen. Durch das pulsierende Licht. Die brodelnde Luft. Aber ich habe kein freies Schussfeld. Mein Atem keucht. Ich bin schweißnass. Wieder und wieder sehe ich dieses Bild in meinem schmerzenden Kopf: zersplitterndes Kristall, die explodierende Academy, diese Stimme, diese *Stimme*, die mich nun anfleht, inständigst.

… du kannst es in Ordnung bringen, Tyler …

Bring es in Ordnung, Tyler.

Ich atme tief ein. Denke an meine Schwester. An Saedii. An

Auri und Kal und Fin und Zila. Ich lasse ein Stoßgebet an den Schöpfer los, rolle über den Fußboden, die Pistole in der Hand, komme auf einem Knie hoch und richte meine Waffe direkt auf Cats Kopf.

BÄMM!

Der Schuss trifft mich in die Hüfte, schneidet sauber durch mein Fleisch, Schmerz durchzuckt meinen Körper, ich stöhne auf und drücke ab. Cat ist am Arm getroffen, wirbelt zischend vor Schmerz zu uns herum.

BÄMM!

Der zweite Schuss trifft mich in die Stirn. Ich spüre einen brechenden Knochen, eine brennende Wunde, mein Auge brutzelt in seiner Höhle, als ich nach vorne falle und die Pistole mir aus der Hand gleitet und über das Gitter davonrutscht.

BÄMM!

Der dritte Schuss trifft mich unten am Rücken, explodiert in meinem Bauch. Verbranntes Blut spritzt auf das Metall vor mir. Wieder keuche ich, sehe grellweißes Licht, spüre meine Beine nicht mehr, die unter mir nachgeben. Ich falle auf das Deck, Blut im Mund, und mein Kopf schlägt auf dem harten Metallboden auf. Ich habe Blut im Gesicht. Auf meinem rechten Auge kann ich nichts sehen, ich kann nicht …

Rennende Schritte.

Pulsierende Hitze.

Über mich fällt ein Schatten, und als ich mich stöhnend umdrehe, sehe ich eine Legionärsuniform und ein Disruptorgewehr, das direkt auf mein Gesicht gerichtet ist. »Game over, Verrät…«

Irgendetwas knallt von der Seite in den Schemen – etwas Großes, Glänzendes, geschmeidig wie Wasser. Dem Soldat wird der Rumpf von den Hüften gerissen, in einer Fontäne von Blut bricht er zusammen. Ich höre Alarmsirenen, etwas, das wie eine Peitsche klingt, plätschern. Ein Schatten erscheint über mir, dunkelgrau, blassweiß, winzige leuchtendblaue Punkte, in Form von Blumen.

Cat.

Ich blinzele ihr durch den Wasserdampf hinterher. Wie ein Rasiermesser bewegt sie sich zwischen den Soldaten, wie ein Dämon, ein Monster. Sie hat die Spiegelmaske abgelegt, ihre blauen Augen brennen, leuchten unheimlich. Von Grauen erfüllt, sehe ich, dass am Ärmel ihrer GIA-Uniform an der Stelle ein Loch klafft, wo ich auf sie geschossen habe. Und aus dem blutigen Riss ergießt sich ein Bündel aus dornigen Tentakeln, zwei, drei Meter lang – in demselben Blaugrün wie diese furchtbaren Pflanzen auf Octavia –, peitschen durch die Luft, so scharf wie ein Schwert.

Wie eine Klinge schneidet sie durch die Soldaten, als wären sie aus Papier. Erschreckt brüllen sie auf und feuern auf sie, Disruptorschüsse zischen durch die Luft. Doch sie lässt sich nicht aufhalten, wird kaum langsamer, atmet fast nicht, während sie sie in Stücke zerreißt, als Flecken auf der Wand zurücklässt, in Einzelteilen über den Fußboden verstreut.

Und dann steht sie einfach da, mit gebeugtem Kopf, hängenden Schultern und atmet schwer. Die Masse der dornigen Peitschen wimmelt um sie herum, und Blut tropft auf den schon durchtränkten Boden.

Ich schließe mein gutes Auge. Schmecke Salz und Kupfer. Versuche aufzustehen.

Versuche, nach meiner verlorenen Pistole zu greifen.

Versuche …

»Tyler.«

Sie steht über mir, und bei ihrem Anblick bricht mir das Herz. Zwei winzige blaue Blumen brennen in ihrer Iris. Ihre Uniform ist voller Blut. Ich kann sehen, wer sie einmal war, an der Form ihrer Lippen, dem Phönix, der auf ihren Hals tätowiert ist. Aber mein Blick wandert zu diesen langen, dornigen Fangarmen, die sich aus dem zerrissenen Ärmel ergießen, wo eigentlich ihr Arm sein sollte.

Blut sammelt sich an meinem Rücken. Meine Beine werden kalt. Mein Gesicht fühlt sich taub an. Der vernünftige Teil meines Gehirns sagt mir, dass ich unter Schock stehe, verblute, sterbe. Aber es ist nicht der vernünftige Teil, der flüstert:

»Du hast mich gerettet.«

Sie kniet neben mir und sieht mich an, mit diesen blauen Augen, die einmal braun waren. Die mich dennoch voller Liebe ansehen.

»Ein Ace passt immer auf seinen Alpha auf.« Sie lächelt.

Ich muss weinen, schluchze, als sie ihre Hand ausstreckt und mit den Fingerspitzen über meine versengte Stirn fährt, mein verstümmeltes Gesicht.

Ich frage mich, ob ich irgendwie zu ihr durchgedrungen bin, ob sie irgendwie kapiert hat, was aus ihr geworden ist. Meine Stimme ist ein zitterndes Flüstern, als ich frage: »Warum?«

»Verstehst du nicht? Ich *liebe* dich, Tyler.« Sie lächelt, unendlich traurig, unendlich sanft. »Also lieben wir dich alle.«

Sie kommt wieder auf die Beine, mit sich windenden Fangarmen, und geht zu den Terminals. Ich versuche, den Kopf anzuheben, ihr durch den Dampf hinterherzusehen, das blitzende Rot. Ihre Finger rasen über eine Reihe von Steuerelementen, und dann schließt sich die Sicherheitstür mit einem lauten Knall, und wir sind in die innere Kammer eingesperrt.

»Was …«, sage ich mit schmerzverzerrtem Gesicht und halte meine Eingeweide fest. »Was machst du da?«

Sie tippt weiter, das Licht wird trüber, der Fußboden zittert noch stärker.

»Ich bringe das hier zu Ende.«

Ich runzle die Stirn, versuche, wieder aufzustehen. »Aber … du hast mich doch …«

»Wir wollten da sein, Tyler.« Leuchtend blaue Augen richten sich auf mich in dem wabernden Dampf der aufsteigenden Dunkelheit. »Am Ende. Du hast es verdient, dass wir bei dir sind.«

»Cat …«, flüstere ich, und es zerreißt mir das Herz. »Du wirst auch sterben …«

»Nein.« Sie schüttelt den Kopf, Tränen glitzern in ihren Augen. »Dieses Fleisch wird sterben. Aber meine Erinnerungen, meine Gedanken, meine Liebe werden weiterleben. Wir haben uns so sehr gewünscht, dass du bei uns bist. Dass du verstehen würdest.«

»Cat …«

»Du wirst uns so sehr fehlen, Tyler. So sehr.«

Ich versuche, mich zu erheben, Blut läuft mir durch die Finger, aber der Schmerz ist einfach zu groß. Ich krieche ein, zwei Meter auf sie zu, meine klebrigen roten Finger kratzen über das Metall, meine Fingernägel brechen ab. Aber ich bin zu schwer verletzt, habe zu viel Blut verloren.

Es fällt mir schwer zu denken. Zu atmen. Die Vision der explodierenden Station zu verbannen, die Gedanken an meine Freunde, meine Familie, an alles, was wir geopfert und verloren haben, um hier zu enden. Ich *muss* denken.

»Tut es weh?«, fragt sie.

Ich huste Blut, schlucke schwer, während ich nicke.

»Es tut mir leid«, flüstert sie. »Es wird nicht mehr lange dauern, Ty.«

Mit blutigen Fingern greife ich nach ihr. Ich versuche zu sprechen, verschlucke mich fast. Ich will hier nicht sterben. Nicht so.

Und ich habe solche Angst, solche *Angst*, allein zu sterben, dass ich mich einen schrecklichen Augenblick lang frage, ob ich nicht bei ihnen sein will.

Denn das ist es, was das Ra'haam ausmacht, wird mir klar.

Man ist nie allein.

Ich winke sie näher an mich heran. Flüstere: »K... Küss ...«

»Was ist?«, fragt sie.

»Küss mich«, flüstere ich. »... zum Abschied?«

Die Tränen laufen ihr übers Gesicht, und sie hört auf zu tippen. Ich kann jetzt hören, wie gegen die schwere Tür gedonnert wird, schwache Stimmen, eine Alarmsirene, die endlich losgeht. Aber ich weiß, dass es zu spät ist. Viel zu spät. Sie werden nie rechtzeitig hier sein. Cat bewegt sich neben mir durch die Dunkelheit, ein kleiner schwarzer Schatten, der einen noch viel größeren Schatten in sich birgt, der so zahlreich und hungrig ist, dass er die Sterne verschlingen wird.

Sie kniet neben mir. Sieht mir in die Augen.

»Küss mich«, bettele ich.

Sie seufzt, eine Träne läuft ihr das Gesicht runter. Sie lässt ihre Finger über meine Wange gleiten, lehnt sich über mich und presst ihre Lippen auf meine. Für einen Augenblick lang bin ich wieder zurück in dem Hotel, als wir Landgang hatten, die einzige Nacht, die wir zusammen verbracht haben. Voller Liebe hat sie mich damals angesehen, bis ich ihr hinterher gesagt habe, dass wir nicht zusammen sein können, nicht zusammen sein dürfen.

Ich hätte sie besser lieben sollen. *Mehr* lieben sollen. Und das versuche ich ihr zu sagen, mich zu entschuldigen, mit dem Atem, den ich noch in mir habe, mit den Lippen, die ich an ihre drücke, öffne ich meinen Geist und erfülle sie mit Liebe.

Ich liebe dich.

Und dann stoße ich das Messer direkt in ihren Hals.

Sie taumelt, die Blumenaugen weit aufgerissen, Blut quillt

aus ihrer Kehle. Aber Saediis Messer ist schärfer als eine Rasierklinge, mit der Monofilamentklinge und der syldrathischen Legierung lässt sich leicht durch Fleisch und Adern und Knochen schneiden.

Wieder steche ich zu und wieder, überwältigt von dem Ausdruck in ihren Augen, voller Schmerz und Wut, als sie nach hinten sinkt, dunkles Blut aus ihrem Hals sprudelt. Winzige Tentakel winden sich aus der Stichwunde, bleich und blutig, schlängeln sich blindlings in die Luft.

Die Tentakel an ihrer Seite stellen sich auf, legen sich um meinen Hals, aber bevor sie zudrücken können, bricht sie zusammen. Sie erblasst, Schock steht ihr ins Gesicht geschrieben, schwach bewegt sie die Beine, die Absätze kratzen über den Boden, ihr Atem rasselt.

Sie versucht zu sprechen, verschluckt sich. Ihr leuchtender Blick ist auf mich gerichtet.

»Es … es tut mir leid«, flüstere ich. »Es tut mir so leid, Cat.«

Und dann krieche ich.

Über das blutverschmierte Deck. Eine Blutspur hinter mir herziehend. Ziehe mich mit kaputten Fingernägeln weiter und halte meine Eingeweide fest.

Trotz des Schmerzes, meiner Verletzungen krieche ich immer weiter.

Als würde jedes Lebewesen in der Galaxis davon abhängen.

Ich krieche weiter und weiter.

Ich erreiche das Terminal. Scharre mit roten, klebrigen Fingern. Schwarze Blumen tauchen vor meinen Augen auf. Mein Atem rasselt. Aber endlich gelingt es mir, auf die Knöpfe zu drücken, die Sicherheitstür öffnet sich. Ich lasse mich auf den Rücken fallen, keuche, huste Blut, während Technikerteams und Sicherheitsleute in den Reaktorraum platzen durch den wirbelnden Dampf, das aufsteigende Rot.

Noch ist es nicht zu spät.

Nicht zu spät.

… du kannst das in Ordnung bringen, Tyler ….

Die Ziellaser von einem Dutzend Disruptorgewehren richten sich auf meine Brust.

Ich sacke gegen das Terminal, vor meinen Augen wird es dunkel.

»Schachmatt«, flüstere ich.

31 Auri Kal

Aurora

Ich stehe im Echo – an dem Ort, wo ich ein halbes Jahr gelebt habe, an dem Ort, wo ich zum Trigger ausgebildet wurde.

Doch es ist ganz anders als in meiner Erinnerung.

Zu meiner Rechten haben sich einst hügelige Felder voller Blumen erstreckt. Zu meiner Linken war einst ein Tal, umgeben von Wäldern. Und vor mir schlängelte sich einst ein Fluss, der unter einem vollkommenen blauen Himmel entlangströmte.

Aber nun ist alles zerstört. So wie die *Neridaa*. Risse ziehen sich über den grauen Himmel, wie die Sprünge in der Waffe. Die Blumen sind zerquetscht, der Fluss zersplittert, als wäre er aus Eis, die Kristalltürme schief und krumm. Sogar die Luft schmeckt … seltsam. Und während mir das Herz schwer wird und ich mir die Verwüstung ansehe, schwebt eine vertraute Gestalt über die verwüsteten Blumenwiesen auf mich zu.

Esh hat eine menschliche Gestalt, ist aber keineswegs ein Mensch, sondern ein Wesen aus Licht und Kristall, voller Regenbogen. Sein rechtes Auge leuchtet weiß, genau wie meines. Auch Esh sieht verändert aus. Dünne Risse ziehen sich über seine Oberfläche, und Licht dringt heraus. Aber als ich meinen alten Lehrmeister sehe, durchflutet mich Erleichterung, und sofort renne ich durch die zertrampelten Blumen auf ihn zu.

»Esh! Holy Cake, ich bin so froh, dich …«

Sei ge…grüßt, unterbricht die Gestalt mich, die Stimme wie immer melodisch, sanft und höflich. *Willko…mmen im Echo. Ich b…bin die Eshvaren.*

»Ja, weiß ich«, sage ich. »Esh, was ist hier passiert …?«

Du erfüllst nicht die Bedingungen für ein Training. Was hast du hier zu suchen?

»Ich weiß, ich brauche kein Training, ich …«

Ich verstumme, als mir schlagartig etwas klarwird und mir das Herz in die Hose rutscht. Mir fällt ein, dass das keine Person ist, mit der ich spreche – sondern nur eine Projektion. Eine Ansammlung von Weisheit, das Gedächtnis von vielen, aller Eshvaren. Und genau wie es gesagt hat, als ich das letzte Mal hier war, wurde das Echo zurückgesetzt. Esh kann sich nicht an mich erinnern, genauso wenig wie an Caersan, als ich das erste Mal hier aufgetaucht bin.

Mothercustard.

Was hast du hier zu suchen?, wiederholt Esh.

»Okay, also, ich bin ein Trigger. Du hast mich ausgebildet. Ich bin hier mit einem anderen Trigger, der ein totaler Soziopath ist. Und warum du ihm gottgleiche Macht verliehen hast, ist mir …« Ich schüttele den Kopf, spreche weiter. »Jedenfalls ist das eine lange Geschichte. Worauf es ankommt, ist eigentlich … die Waffe ist kaputt, und wir müssen sie reparieren … und zwar schnell.«

Wir … Esh flackert, wie das Bild auf einem beschädigten Monitor. *Wir f…fühlen es. Wir* … Er sieht zum grauen, zerrissenen Himmel auf, auf die Risse auf seinen Händen. *Was … hast du getan?*

Schmerz zuckt durch meinen Kopf, und vor meinem inneren Auge kann ich einen Ausschnitt der Schlacht sehen, die da draußen tobt. Außerhalb des Echos läuft die Zeit langsamer, wie Eis, das in der Sommersonne schmilzt. Doch ich kann sehen, wie sich noch mehr Schiffe des Ra'haam in die Kammer ergießen, wie die wenigen Schiffe, die wir noch haben, in Zeitlupe verbrennen.

Innerhalb der *Neridaa* kann ich Tyler spüren – einen Funken von ihm, eine schwache, aber wunderschöne Flamme, wie geschmolzenes Gold, die mir bisher noch nie aufgefallen ist. Neben ihm ist Lae, ein Spiegelbild ebendieses Leuchtens. Und zwischen ihnen Kal, Gold und Violett in dieser erstickenden Kälte.

Ich spüre seine Wut.

Ich spüre seine Angst.

Ich weiß, dass ich nicht viel Zeit habe.

»Wir sind durch die Zeit geworfen worden«, erzähle ich Esh. »Wir beiden Trigger zusammen und … ach, ich weiß nicht. Aber das Ra'haam ist da! Die gesamte Milchstraße steht vor dem Untergang! Wir müssen die Waffe jetzt reparieren – kannst du uns helfen?«

Esh sieht mich einen langen Augenblick an.

Die Galaxis hält den Atem an.

N… nein, sagt Esh.

Kal

Schwer liegen die Klingen in meiner Hand, in meiner Rüstung bin ich schweißnass. Ich rutsche im Blut aus, das dickflüssig und klebrig den Kristallboden bedeckt.

»… Kaliis …«

Ich höre nicht auf die Stimme, die Pistole in meiner Hand blitzt auf.

»… Wir wissen, dass du sie liebst, Kaliis. Wir lieben sie auch …«

Um mich herum kämpft die Crew der *Vindicator* wie wild, wie jemand, der nichts zu verlieren hat. Ich kann spüren, wie der Feind im Innern erwacht – der Teil von mir, der von dem Mann geprägt wurde, der im Thronzimmer sitzt, der sich an Krieg und Gemetzel ergötzt. Ich kämpfe gegen ihn an, seit ich denken kann, gegen das, wozu er mich machen wollte. Aber sosehr ich ihn auch hasse, bin ich doch in diesem Augenblick froh darüber.

… Es gibt nur einen Weg, wie du sie retten kannst. Nur einen Weg, der dafür sorgt, dass sie am Leben bleibt, für alle Ewigkeit, eure Liebe immergrün bleibt im wärmenden Licht, überwältigend …

Hör nicht auf die Stimme. Hör auf ihn.

Gnade ist etwas für Schwächlinge.

Frieden ist etwas für Feiglinge.

Tränen sind für Besiegte.

Es kommen immer mehr. Dutzende. Hunderte. Ich sehe zu Tyler rüber, und sein Gesicht ist grimmig. Lae trifft meinen Blick, und ich weiß, dass der Tod uns auf den Fersen ist.

Aber wir dürfen sie nicht zu Aurora durchlassen.

»Beeil dich, Be'shmai«, flüstere ich.

Aurora

»Nein?«, frage ich mit immer lauter werdender Stimme. »Was soll das heißen, *nein*? Ihr habt das Ding gebaut! Ihr solltet wissen, wie man es repariert!«

Wieder flackert die Gestalt, wie eine Übertragung, der der Saft ausgeht. Ich spüre, wie der Boden unter meinen Füßen zittert. Und dort draußen rückt das Ra'haam immer näher, langsam wie Sirup, dickflüssig und eklig süß, näher auf Kal zu und Tyler und die anderen …

»Esh!«, rufe ich.

Das Echo, die Waffe selbst, unsere menschliche Gestalt … alles ist verbunden … So wie sie verwundet ist, sind wir es auch. Wir können … können dir nicht helfen.

Wieder bebt die Erde. Blitze zucken über den aufgewühlten Himmel. Ich kann sie dort draußen spüren, wie sie langsam verbluten, wie einer nach dem anderen dieser Überzahl zum

Opfer fällt. Ich weiß nicht, ob ich wirklich verstehe, was Esh da sagt, aber ich weiß auch, dass mit jeder Sekunde, die wir hier verschwenden, meine Verteidiger sterben.

Ich sehe mich im Echo um, sehe Esh selbst an. Meine Gedanken rasen.

»Wenn dieser Ort und die Waffe miteinander verbunden sind …«

Ich greife nach der nächsten Sache, nach Hunderten von rosenfarbenen Fragmenten, die im Gras liegen. Ich kann die Überbleibsel der Kraft dieses Ortes spüren; vor meinem inneren Auge sehen, wie es hier einmal war, all diese Monate, die ich hier mit Kal verbracht habe, glasklar. Und während mein Auge anfängt zu leuchten, setze ich die Fragmente zusammen, forme sie in meiner Handfläche.

Eine einzige vollkommene Blume.

Und als Antwort spüre ich außerhalb des Echos, wie sich ein winziger Riss in der Hülle der Waffe schließt.

Ja, nickt Esh, *Siehst du.*

Ich schließe die Augen, atme langsam ein und aus, komme zur Ruhe, und nehme alles um mich herum in mir auf – hier im Echo und dort draußen –, stimme mich auf beides ein. Noch kann ich die anderen dort draußen spüren – eine kurze Berührung Kals vertrauter Gedanken, Tylers, sogar Laes. Ich schmecke ihre Angst und ihren Mut, ihre Trauer, als ihre Freunde fallen, ihre Wut auf dieses Ding, das sie ihnen nimmt. Und über allem kann ich das Ra'haam spüren, seine ganze Widernatürlichkeit.

Es will mich …

Jahrelang bin ich für die Octavia-Mission zur Kartographin ausgebildet worden. Und da ich hier tagtäglich mit Kal durchspaziert bin, ist mir alles vertraut. Ich tauche in die Erinnerung ein, entsinne mich, wie dieser Ort einmal war.

Wie dieser Ort wieder sein kann.

Aber es ist so groß, dass ich es kaum fassen kann …

Sosehr ich es auch versuche, ich kann nicht …

»Ich kann nicht.« Meine ausgestreckte Hand zittert.

Du musst.

Ich strecke beide Arme aus, mein Gesicht verzerrt sich, als ich versuche, alles zusammenzuhalten.

»Uns läuft die Zeit davon, hilf mir!«

Aber Esh schüttelt nur den Kopf.

»Ich schaffe es nicht allein!«

Kal

Wir scheitern.

Das Ra'haam hat uns zurückgedrängt, Tylers Crew geht zu Boden, einer nach dem anderen, als wir nachgeben. Der Kristallboden schwimmt im Blut, der Gestank des Todes hängt in der Luft, und der Feind drängt immer weiter nach.

»Lae, fall zurück«, brüllt Tyler und schießt aus der Deckung.

Mit leuchtender Revolverklinge tanzt sie um diese schrecklichen Gestalten herum und mäht ein Monstrum mit blumigen Augen nieder, das Dacca in den Rücken fallen will.

»Wohin denn?«, ruft sie.

Sie hat recht – weiter können wir nicht zurückweichen. Hinter uns ist der Eingang zum Thronzimmer. Wenn der Feind meinen Vater und Aurora erreicht, dann müssen wir alle Hoffnung …

Ein Schuss trifft mich in die Beine, heftig und brutal. Es ist wie … ein Klebstoff, der mein Bein am Boden festhält. Ein weiterer trifft mich im Bauch, und ich falle, noch mehr von diesem klebrigen Modder haftet an mir. Mir wird klar, dass ich mich nicht bewegen kann, wie ein Insekt im Bernstein gefangen bin, und Grauen ergreift mich, als ich verstehe, dass das

Ra'haam uns gar nicht töten will – es will uns unterwerfen, uns in sein schreckliches Bewusstsein aufnehmen.

»Kal!«, brüllt Tyler. »Pass auf!«

Ich schneide durch die Hände, die nach mir greifen, schreie innerlich abwehrend auf, greife nach Aurora, weigere mich, es so enden zu lassen. Und ich zucke zusammen, als ein brennender Strahl Energie, tiefrot wie getrocknetes Blut, durch das ankommende Ra'haam schneidet.

Eine weitere Welle trifft sie, eine Sphäre übernatürlicher Kraft schmiert ihre Körper an die Wände und hinterlässt nichts als Leichen.

Tyler blinzelt erstaunt, und Lae fletscht nur die Zähne. Aber ich weiß, wer uns gerettet hat.

»Vater …«

Er steht über mir, mit ausgetreckten Händen, in seine schwarze Rüstung gekleidet. Seine Augen sind umschattet, Lippen und Kinn mit violettem Blut verschmiert. Ich kann sehen, dass die Risse in seinem Gesicht noch tiefer geworden sind, seine Finger zittern – kleine Anzeichen der Anstrengung, die ihn das kostet.

Aber sein Auge brennt wie ein Stern. Und sosehr ich ihn auch hasse, spüre ich, wie der Feind in meinem Innern aufsteht, als er meine klebrigen Fesseln mit einer Handbewegung löst.

»Kein Kind von Caersan geht in die Knie und stirbt, Kaliis. *Kämpfe!*«

Aurora

Allein schaffe ich das nicht.

Während da draußen die Schlacht tobt, gebe ich alles, was ich habe – genauso wie die da draußen –, um die Risse im Echo zu reparieren. Doch es sind so viele. So große.

Ich versuche, die Bilder scharf einzustellen, mich zu erinnern, wie dieser Ort einmal ausgesehen hat. Laufe über die sanften Hügel voller Blumen, mit Kal an meiner Seite, seine Hand in meiner, und beim Gedanken an ihn greift ein Teil von mir nach ihm, über den Ozean zwischen uns, und da verstehe ich.

Da sehe ich es.

Allein schaffe ich das nicht.

Aber ich bin *nicht* allein.

Er ist bei mir. Immer. Und nicht nur Kal, sondern auch Tyler. Ich kann ihn dort draußen spüren, seine Crew, all diese Leute – Überlebende, die ich noch nicht einmal kennengelernt habe, Kinder und Krieger, stark und ängstlich, stehen sie zusammen mit ihren Angehörigen oder allein, die Letzten ihrer Art.

Jeder von ihnen kämpft und stirbt, die Zukunft der Galaxis liegt in der Waagschale, und gibt alles, nur für die Möglichkeit auf ein anderes Gestern.

»Ich bin nicht allein«, flüstere ich.

– Ich bin mit einer Pilotin namens Simann unterwegs
und versuche verzweifelt, das Unkraut, das mir
auf den Fersen ist, abzuschütteln. Aber die Angst
sitzt mir im Nacken, und ich strecke meine Hand
nach dem Hologramm meines Ehemanns auf dem
Armaturenbrett aus, und da weiß ich, dass alles gut
wird, weil ich ihn bald wiedersehen werde und

– ich bin im Echo, und das klare Wasser des Flusses
hat sich in Blut verwandelt, und ich achte nicht
darauf, tauche meinen Finger ein und male ihn aus
der Erinnerung in die Luft, aus den Tausenden
von Trainingseinheiten an seinen Ufern und

– ich stehe neben Dacca, als sie gegen den Schwarm kämpft, und ich denke an meine Geschwister, wie wir alle zusammen im Licht des Kamins sitzen, während unser Vater uns von Heldentaten aus alten Zeiten erzählt, und ich frage mich, ob ich so etwas auch vollbringen werde, wenn ich mal groß bin, und dann wird mir klar, dass ich das gerade tue und

– ich bin im Echo, öffne mich der Flut dort draußen und werfe den Kopf zurück, während eine Million Glasscherben vom Boden aufsteigen und sich zu einer wunderschönen Blumenwiese zusammenfügen und

– ich bin bei Elin, der mürrischen Betraskerin von Tylers Crew, und kämpfe Rücken an Rücken mit Toshh und denke darüber nach, wie dumm es von mir war, sie nicht längst gefragt zu haben, ihr zu sagen, wie ich mich fühle, und unsere Schultern stoßen gegeneinander, als wir beide zurückweichen, und sie trifft meinen Blick und lächelt, und plötzlich wird mir klar, dass sie es weiß, dass sie es schon immer gewusst hat und

– in Gedanken baue ich Berge, die Lichtung, in der Kal und ich geschlafen haben, und jeder meiner Krieger hilft mir auf irgendeine Weise, gibt ein Stück von sich selbst, ein Stück seiner Gefühle, Gedanken, Erinnerungen, das mir sagt, dass ich nicht allein bin, dass wir alle zusammen sind, und ihre Anwesenheit strömt durch mich durch wie

Wasser. Die Eshvaren haben versucht, mir beizubringen, alles wegzubrennen, aber die Liebe war immer das, wofür ich kämpfen wollte, aber

– als ich meine Hand nach ihnen ausstrecke, nach denen, die ich am meisten kenne und brauche und liebe

– kann ich fühlen, dass etwas nicht stimmt, kann ich spüren,

– dass etwas *falsch* ist …

Kal

»Zurück!«, brüllt Tyler.

Einer nach dem anderen von Tylers Leuten wird von der Flut hinweggespült – die Menschen auf Sempiternity, die uns zum Abschied einen Gruß geschickt haben, und nun Toshh und Elin und Dacca und die übrige Crew der *Vindicator*.

Ein winziges Stück seines Herzens ist mit jedem von ihnen mitgegangen. Noch kämpft er, kämpft für die, die noch übrig sind.

Tyler, Lae, mein Vater und ich.

Und Aurora, hinter den Türen des Thronzimmers.

Und für den einen Augenblick in unserer Vergangenheit, der alles verändern kann.

Der Feind ist in der Übermacht. Mein Vater mäht sie nieder, mit einer Kraftwelle nach der anderen, und als ich neben ihm stehe, singt der Teil von mir, der in seinem Schatten groß geworden ist, der ihn vergöttert.

Aber der restliche Teil von mir ist stumm vor Grauen, dass

das nicht nur unser Schicksal sein wird, sondern dass der gesamten Galaxis. Sie stürmen weiter auf uns zu, immer mehr, und jetzt sind es nicht nur menschliche Gestalten, sondern auch andere – mehrarmige Ungetüme von Manaria IV, Kolosse mit steinernen Fäusten aus dem Tartallus-Drift, moosbewachsen, sind sie alle miteinander verbunden, alle eins.

Ich kann sehen, dass das Kristall um uns herum aufleuchtet, warm und beruhigend. Die Risse scheinen sich zu schließen, und mein Herz schlägt höher bei dem Gedanken, dass es Aurora vielleicht gelingt, doch etwas hält sie zurück, erstickt sie …

Ich sehe in den Tunnel hinter uns, auf die blitzenden Lichter im Thronzimmer.

»Zurück!«, brüllt Tyler wieder.

Mein Vater presst die Kiefer zusammen und faucht dann: »Halte die Stellung, Terraner!«

»Wir können sie in einen Engpass treiben«, schreit Lae. »Und uns noch ein wenig Zeit verschaffen!«

Sie tauchen aus dem Rauch auf, segeln auf blau-grünen Flügeln durch die Hallen der *Neridaa*. Fast wurden sie ausgelöscht, als mein Vater Syldra zerstört hat. Doch sie kommen weiter auf uns zu, drei von ihnen landen mit einem Donnerschlag inmitten der fauligen Legion des Ra'haam. Der Aufprall wirft Lae auf die Knie, lässt Tyler und mich nach vorne stolpern, während die Kammer um uns herum von ihrem Gebrüll widerhallt.

»Schöpfer, nicht schon wieder«, knurrt Tyler.

»Drakkan«, flüstert Lae.

Die riesigen Kreaturen bewegen sich so schnell wie Quecksilber, sind so groß wie Häuser. Doch der Erste von ihnen bricht trotzdem in sich zusammen, entzweigespalten, als die Hände meines Vaters durch die Luft schneiden. Der Zweite strauchelt, als ich ihm meine letzte Handgranate ins Maul werfe, und mein Vater hebt die Hand und bricht ihm den Hals. Doch der dritte stürzt mit geschmeidiger Geschwindigkeit auf uns zu, greift Lae an, die noch auf den Knien ist.

Seine Krallen können durch Stahl schneiden, seine Zähne sind scharf wie Schwertklingen, und obwohl sie sich aufrichtet, ist sie nicht schnell genug. Die Krallen sinken auf sie herab, die Augen sind voller Blumen.

Aber mit einem Protestschrei springt eine Gestalt zwischen den Drakkan und seine Beute, die schwere Rüstung quietscht, als diese schrecklichen Krallen zuschlagen und die beiden über den blutverschmierten Fußboden segeln.

»TYLER!«

Aurora

– Der Himmel über mir reißt auf, und ich spüre,
wie sich das Lied des Windes verändert, weil
Bäume um mich herum wachsen

– und da ist ein syldrathischer Junge auf den Knien,
ein Mädchen guckt zu, während sein Vater ihm in
die Rippen tritt und der Junge sich schweigend
und stur weigert zurückzuschlagen, und ich stürze
nach vorne, seinen Namen auf den Lippen.

»Kal!«

– Die Kristallstadt am Horizont zerfällt, doch
ich versuche verzweifelt und stur, sie wieder in
Gedanken zu errichten, in all ihrer Pracht, aber
ich kann diesen Schatten wieder spüren und

– ein syldrathischer Junge und ein syldrathisches Mädchen stehen beieinander, während ihre Eltern sich anschreien. Und keiner von beiden versteht das, aber beide beobachten sie und lernen daraus, und mir sinkt das Herz in die Hose, als ich sehe, wie sich ein Schatten um ihr Herz legt, und ich kann den Schmerz, die Liebe von *allen vieren* spüren.

»Caersan, bring das in Ordnung!«, rufe ich.

Inmitten meiner Vision wendet er sich mir zu und blickt mich an, seine Miene undurchdringlich.

»Nichts ist zerstört«, schnauzt er, weil er gar nicht weiß, wie man erkennen kann, was falsch ist, und brüllt: »Schwaches Mädchen!« und wirft mich aus seinen Gedanken und

– ich schreie ihn an, weil ich es jetzt spüre, die süßliche ungeheure Wärme des Ra'haam, so nah, so groß, und ich weiß, dass ich es ohne die anderen nicht aufhalten kann, ohne ihn kann ich das nicht wieder in Ordnung bringen, aber er hört nicht zu, hilft mir nicht, und ich kann ihn da drin spüren, den Schatten, wie ein Krebsgeschwür, blockiert er mich, hält mich auf und

– wenn ich es jetzt nicht aufhalten kann,

– es jetzt nicht aufhalten kann,

– dann werde ich es nie aufhalten.

– Ich bin bei Tyler, und er steht auf der Brücke eines Schiffs mit Saedii, in der Zeit, bevor sie genommen wurde, bevor er wirklich wusste, dass er sie liebt. Und er ist noch jung und fröhlich und erinnert mich daran, wie wir auf Sempiternity getanzt haben, ich in meinem schönen roten Kleid und er so mutig und voller Hoffnung, und ich sehe in sein schönes Gesicht auf, und er weiß nicht, was auf uns zukommt, und ich denke

– *Noch kannst du alles in Ordnung bringen, Tyler Jones. Du hast mir gesagt, wann es passiert, wo es passiert,*

– *wie es passiert* und

– an diesem Ort, wo Zeit keine Bedeutung hat und eine Minute ein Leben lang sein kann und ich alles tun kann, was ich mir vorstelle, gebe ich mich diesem Augenblick hin, lasse alles zurück und greife über den Abgrund hinweg, um eine Warnung zurück in die Zeit zu rufen, dem Jungen zuzurufen, der er einmal war, weil ich nicht weiß, ob wir es hier schaffen, aber vielleicht kann er es dort in Ordnung bringen, denn wenn nicht, wird vielleicht nichts sein, und

– vielleicht ist nichts

– Da *ist* nichts, was ich …

»TYLER!«

Kal

»TYLER!«

Ich schlittere auf die Seite meines Bruders, als wieder blutrote Kraft um uns herum aufbrandet. Lae, verletzt und verwirrt, liegt in seinen Armen. Doch als ich das Blut aus seinem Mund fließen sehe, seine kaputte Rüstung, seinen Hals, versetzt es meinem Herzen einen Stich. Wieder greift mein Vater an, eine Sphäre aus Kraft zerschlägt den letzten Drakkan zu Brei. Doch der Schaden ist schon angerichtet …

»Dass ich in meinem Leben zwei von den Schweinehunden töte, war wohl ein b… bisschen viel verlangt«, sagt Tyler mit schmerzverzerrtem Gesicht.

»Steh auf«, sage ich ihm und lege ihm einen Arm um die Schultern. »Schnell.«

»Verg… giss es.« Er lässt ein rasselndes Husten hören. »G… geh.«

»Nein«, haucht Lae und sieht mich an. »Wir müssen …«

»Werden wir.« Ich ignoriere Tylers blutigen Protest und hieve ihn hoch. »Vater!«

Er wirft mir einen Blick zu, seine Augen brennen, er schwimmt im Blut, als wäre er dazu bestimmt.

»Vater, wir müssen zurückweichen!«

»Dann geht!«

Keuchend, voller Verzweiflung zerren wir Tyler durch den Gang zum Thronzimmer. Die Wände um uns herum pulsieren im Takt, und die Schreie der Sterbenden und die surrende Kraft fluten wie Regen über mich hinweg. Wieder spüre ich diese Wärme, aber auch dass etwas falsch ist, diesen Schatten zwischen uns.

Aurora schwebt im Herzen der Kammer, den Kopf zurückgeworfen, ihr Auge brennt wie Millionen von Sonnen. Ich verziehe das Gesicht, lasse Tyler sanft runter, meine Hände voll mit seinem Blut.

Laes Gesicht ist verzerrt, ihre Augen voller Tränen. »Nein …«

»Aurora«, brülle ich. *»BEEIL DICH!«*

Mein Vater ist uns ins Thronzimmer gefolgt, weicht zögernd zurück, Schritt für blutigen Schritt. Das Ra'haam folgt uns nach, und in endgültiger, bitterer Verzweiflung brüllt er auf, die Arme ausgestreckt.

Die Kristallwände zersplittern, die *Neridaa* scheint vor Schmerz aufzuschreien, als der Tunnel einstürzt und uns einsperrt.

Aber schon schlagen sie auf die Barriere ein, und ich weiß, dass er uns, trotz seiner Mühen, nur ein paar Minuten verschafft hat.

»Nichts ist zerstört«, knurrt mein Vater.

»… Vater?«

»Schwaches Mädchen!«

Die Wände ringsum erzittern, Auroras Wangen sind voller Tränen.

Tyler nimmt Laes Hand in seine und drückt sie, sein Atem ist flach und schnell.

»Sie war so stolz auf dich.«

Sein Licht erlischt.

Tränen strömen Lae aus den Augen. Und da sehe ich es. Ihr Gesicht – dieser Stolz, diese Wildheit, diese Züge, so fremd und doch so vertraut. Dieses Haar, diese Mischung aus Gold und Silber.

Tylers Worte hallen in meinem Kopf wider, übertönen den nahenden Feind.

»Ich habe mich tatsächlich mit ihr und ihrer alten Crew zusammengetan, um das Ra'haam zu bekämpfen.«

»Was für eine Wahnsinnsfrau sie war, deine Schwester.«

»Ich habe ja immer gedacht, dass sie unsere Mutter hasst«,

sage ich und sehe zwischen den beiden hin und her. »Aber ihr Name …«

»… war Laeleth«, flüstert Tyler mit einem traurigen Lächeln.

»Bruder …?«, flüstere ich.

Er schwindet dahin. Sein Licht erlischt ganz.

Lae beugt den Kopf, ihre blutgetränkten silber-goldenen Zöpfe hängen ihr ins Gesicht, als sie den Mund öffnet. Ihr Schrei hallt von den Wänden wider, wird von Aurora aufgegriffen, von der *Neridaa* selbst, die Kraft brandet gegen die wachsenden Risse wie Wellen gegen einen steinigen Strand. Ich strecke die Hände nach meinem Freund aus, Tränen in den Augen.

»Bruder …«

»Steh auf«, spuckt eine Stimme.

Ich wende mich ihm zu, wie immer ragt er wie ein Schatten über mir auf.

»Auf mit euch!«, brüllt mein Vater und sieht uns finster an. »Wir sind Syldrathi! Unsere Vorfahren sind inmitten der Sterne gewandelt, als seinesgleichen nichts als Schleim in den Meeren war! Wir müssen einen Krieg gewinnen, und ihr weint noch um diese terranische Kanaille?«

Lae dreht sich um, die Zähne gefletscht.

»Wag es nicht«, spuckt sie. »Wag es nicht, meinen Vater so zu beleidigen.«

Wieder donnern die Wände, die Dinger im zusammengestürzten Tunnel graben sich weiter zu uns durch, die Decke zittert, und es regnet Kristall.

»Dein Vater?« Die Augen des Sternentöters blitzen, und er spuckt Blut auf den Boden, während um uns herum die *Neridaa* bebt. »Ein Terraner? Widerlich. Welches ehrlose Weib hat sich mit jemandem wie ihm eingelassen und will sich dann noch Syldrathi schimpfen?«

Ich schüttele den Kopf, fast muss ich lachen.

»Du bist so ein *Narr.*«

»Und du bist ein Kind«, faucht er. »Noch immer der Sohn deiner Mutter.«

»Und stolz darauf!«, brülle ich und erhebe mich. »Und hättest du mir nur einen Tropfen des Ozeans aus Liebe gegeben, die sie mir geschenkt hat, würde ich vielleicht über dich das Gleiche sagen! Aber du bist nichts als Hass!« Ich breite die Arme aus, weise auf das zitternde Schiff, das gebrochene Licht der Regenbogen. »Und das ist daraus geworden! Das Ende der Galaxis! Und wofür?«

»Für die Ehre unseres Volkes, Junge!«

»Du hast unseren Heimatplaneten vernichtet! Unser Volk vernichtet! Wie ehrenvoll war das denn?«

»Sie waren *Verräter*!«, brüllt er. »Sie wollten mit den Terranern Frieden schließen! Keine wahre Syldrathi würde sich so erniedrigen, mit dem Feind ins Bett zu gehen!«

»Sag das deiner Tochter!«

Er verstummt, reißt die Augen weit auf: »Was …?«

»Sieh sie dir doch an!«, rufe ich und zeige auf Lae.

Die Wände um uns herum erzittern. Das Regenbogenlicht wird trüb. Auroras Mund öffnet und schließt sich, als wollte sie etwas sagen.

Er atmet langsam aus und starrt Lae unsicher an. »Meine …«

»Du hast uns den Krieg gelehrt«, sage ich ihm. »Uns Angst beigebracht. *Blut* und *Wut* und *Feind.* Und doch hatte sogar Saedii das Zeug dazu, einen Menschen zu lieben. Sein Kind zu gebären. Und ist gestorben, als sie das verteidigt hat, was du in Trümmern zurückgelassen hast.«

Tränen brennen mir auf den Wangen, als ich meine Nichte ansehe.

»Deine Kinder haben ihr ganzes Leben lang im Schatten deines Hasses gestanden. Und dennoch hat Saedii etwas so Schönes erschaffen.« Ich wende mich meinem Vater zu und schüttele den Kopf. »Stell dir mal vor, was wir hätten erschaffen können, wenn du uns nur geliebt hättest.«

»Bring das in …«

Ich drehe mich um, sehe Aurora mitten im Raum schweben. Die Kraft wallt in ihr auf, hüllt mich ein, uns ein, bricht sich im gebrochenen Kristall um uns herum. Tränen stehen ihr in den Augen, als sie meinen Vater ansieht.

»Nichts ist zerstört«, faucht er.

»Caersan, allein schaffe ich das nicht.«

Sie greift nach ihm, die Galaxis steht auf Messers Schneide.

»Bring das in Ordnung.«

32 Drei Eins Zwei

Scarlett – noch vierzehn Minuten

Zila liegt in meinen Armen, lauter Ecken und Kanten an meinen weichen Rundungen, und ich wünschte, es wäre nicht das erste und das letzte Mal, dass ich sie so halte. Ich heule Rotz und Wasser, und obwohl ich weiß, dass sie recht hat, weiß ich nicht, ob ich noch einen weiteren Verlust verkrafte. Ich kann tun, was ich tun muss, aber was wird dann noch von mir übrig sein?

Aber sie schenkt mir diesen Moment, entzieht sich nicht, bleibt in meinen Armen, wirklich und wahrhaftig, und ist noch für ein paar Sekunden Teil meines Lebens. Und dann … dann löst sich etwas in ihr, und sie entspannt sich, und einen Herzschlag lang lässt sie ihren Kopf auf meiner Schulter ruhen.

Und ich weiß, dass sie bereit ist. Sie ist die geworden, die sie sein muss, um das zu tun. Und den Teil, den sie nicht schon selbst verändert hat, haben wir beigesteuert.

Ich sehe auf, die Augen immer noch voller Tränen, und Naris Blick wartet auf mich.

Ich verspreche, dass ich auf sie aufpasse, sagt der ernste Ausdruck in ihren Augen.

Ich drücke Zila ein letztes Mal und sehe noch immer zu der Frau rüber, die für uns auf sie aufpassen wird. *Sie ist alles*, antwortet ihr mein Blick. *Und sie braucht jemanden, der sich um sie kümmert.*

Leutnantin Kim nickt einfach. Sie weiß das schon. Sie sieht das.

Ich lasse los, lasse Zila gehen, und Finian nimmt meine Hand.

Es gibt nichts mehr zu sagen, und Zeit haben wir sowieso keine mehr.

Und so drehen wir uns beide um und rennen los.

Zila – noch zwölf Minuten

Es ist seltsam, Nari hinterherzugehen, anstatt sie über Funk zu verfolgen, aber ich kenne jeden Schritt, als wäre ich ihn selbst Hunderte Male gegangen. Nari und ich biegen um eine Ecke, drücken uns an eine Tür, zählen wertvolle Sekunden runter, bis die Sicherheitspatrouille am anderen Ende des Korridors vorbeigegangen ist.

Gleich werden Finian und Scarlett sie ablenken. Und so werden Nari und ich den Reaktorkern fünfundvierzig Sekunden früher erreichen als sonst.

Wäre sie weiterhin allein, wäre das noch immer nicht genug. Es wird ihr Zeit geben, mich zu verteidigen.

Zusammen können wir es schaffen.

Finian – noch zehn Minuten

»Beim Schöpfer ...«

»Weniger reden, mehr rennen«, keucht Scarlett.

Die Sicherheitspatrouille stampft hinter uns den Korridor runter, funkt nach Verstärkung und ordnet bestimmt gerade an, dass Raketen auf unseren jetzigen Standort abgeschossen werden. Ein Betrasker ist auf ihrer Station, und jetzt wissen sie es.

Die gute Nachricht ist, dass wir sie abgelenkt haben. Die schlechte Nachricht ist, dass wir schon fast bei der Landebucht sind und die Typen noch immer nicht abgeschüttelt haben. Dann wird das gaaaaanz schön schwierig, ein Schiff zu stehlen.

Dann sehe ich ihn, vor uns, an der Abzweigung, in der

Wandhalterung. Wenn ich schnell danach greifen kann, überleben wir. Wenn nicht, sterben wir.

»Scar«, keuche ich. »Halt dich links.«

Sie stellt keine Fragen, sondern legt sich in die Kurve, und in dem Moment greife ich nach dem Feuerlöscher und reiße ihn von der Wand. Und mit einem Gebet an den Schöpfer schleudere ich ihn den Typen entgegen, die uns auf den Fersen sind.

Sie versuchen, mich zu erschießen – einer kommt so nah an mich ran, dass er mir fast einen Haarschnitt verpasst. Aber sie treffen auch den Feuerlöscher, und er fliegt auseinander. Innerhalb eines Augenblicks ist der ganze Korridor mit feinem weißen Pulver gefüllt, so dass ich nichts mehr sehen kann; ich atme einen scharfen chemischen Mundvoll ein und taste mich durch die weiße Wolke bis zu der Tür vor, die Scarlett für mich aufhält.

Ich schlüpfe hinein, beide Hände vor dem Mund, um meinen keuchenden Husten zu dämpfen. Die Tür summt zu, und wir hören, wie die Sicherheitspatrouille die Abzweigung erreicht, wild flucht, sich in vier Gruppen aufteilt und von dannen eilt.

Die Trottel.

Zila – noch acht Minuten

Diesmal ist Liebermann gefallen, ohne auf Nari zu schießen. Die Sicherheitsleute vor dem Labor sind ausgeschaltet worden. Wir erreichen das Schild.

Zutritt für Unbefugte verboten. Durchgang nicht gestattet.

»SICHERHEITSALARM, LEVEL 2. ICH WIEDERHOLE: SICHERHEITSALARM AUF LEVEL 2.«

Die gestohlene Schlüsselkarte öffnet die Tür. Ein tiefes elektronisches Summen.

Und eine Ansage, die mir sagt, dass noch acht Minuten verbleiben, bis die Station in die Luft fliegt und unsere letzte Zeitschleife endet.

»ACHTUNG: REAKTORKERN BESCHÄDIGT. NOTMASSNAHMEN AUF DECK 9 EINLEITEN.«

Und ich bin mit dabei, in dem großen runden Raum, den ich wieder und wieder durch Naris Augen gesehen habe. Ein zylindrischer Glaskasten dominiert den Raum, Leitungen und Kabel verbinden ihn mit dem Computerterminal an der Wand. Unser Ziel befindet sich da drin, schwebt mitten in der Luft, das Kristall ist gesprungen, und Licht pulsiert in seinem Innern.

Als ich das erste Mal so eine Raumsonde gesehen habe, hat Aurora sie berührt und hat dann zusammen mit Kal ein halbes Jahr im Echo gelebt. Ich frage mich kurz, wie es ihnen geht. Ob sie es schaffen. Ob all das es wert gewesen sein wird.

»Was zum Teufel macht ihr hier?«

Nari setzt den Mann in dem weißen Strahlenanzug mit einem Betäubungsschuss außer Gefecht. Ebenso seinen Kumpanen, bevor er diesmal Zeit hat, sein Gewehr zu ziehen. Ich falle auf die Knie, stecke meine Hand in die Anlage, konzentriere mich auf die Aufgabe, die jetzt ansteht.

Dieser Augenblick ist alles, worauf es ankommt.

»Zwanzig Sekunden, bis wir Gesellschaft bekommen«, murmelt Nari, hält ganz still, den Blick auf die Tür gerichtet. Wie ein schwebender Falke, der auf die nächste Gelegenheit wartet zuzustoßen.

Das System, um das Kristall ins Weltall zu schießen, ist mechanisch und nicht elektrisch – wahrscheinlich für den Fall eines Stromausfalls. Vier Schlösser halten die Raumsonde an ihrem Platz, für jede Kompassrichtung eines, und alle müssen per Hand ausgekuppelt werden. Aber der Mechanismus ist schwerfällig, zugeschraubt. Ich überfliege den Boden um mich herum, krieche auf einen der ohnmächtigen Techniker zu. Ich drehe ihn auf den Rücken, durchsuche seinen Werkzeuggürtel und nehme mir einen schweren Schraubenschlüssel.

Beeil dich, Zila, beeil dich. Dieses Mal kannst du sie retten.

»Aufgepasst!«, ruft Nari, und die Türen platzen auf, und alles ist voller Lärm und Licht, Rauch umgibt mich, und ich nutze meine eine Hand, um mir mein Hemd über Mund und Nase zu halten. Der Schraubenschlüssel passt in die erste Kupplung, ich rucke daran und noch mal. Sie lockert sich, und ich öffne das Schloss.

Ich krieche zum zweiten Schloss, ignoriere die Schüsse, die über meinen Kopf hinwegzischen, den Gestank von schmelzendem Metall. Nari hält sie in Schach, aber es sind so viele, und ich weiß, dass nur noch Sekunden verbleiben, bis jemand im Feuerschutz der anderen das Labor stürmt.

Ich werfe einen Blick auf die Raumsonde und zerre das nächste Schloss mit dem Schraubenschlüssel auf, während die Alarmsirenen immer lauter werden. Noch immer schwebt sie dort und leuchtet und hält meine Freundin hier fest.

Jetzt.

»Zila!«, ruft Nari, als die Waffen brüllen und der Pfeiler direkt über ihrem Kopf in einem Funkenregen explodiert. »Beeil dich!«

Auf dem Bauch krieche ich zum nächsten Schloss, die Sirenen kreischen in meinen Ohren. Meine Hände sind schweißnass, der Schraubenschlüssel rutscht mir fast aus der Hand, als ich fest ziehe, das Gesicht verzerrt, und endlich das dritte Schloss knacke.

»ZILA!«, brüllt Nari.

»Zehn Sekunden«, rufe ich ihr zu.

Jetzt mache ich mich ans vierte Schloss, lege den Schraubenschlüssel an und zerre mit aller Kraft. Die letzte Kupplung widersteht, ist hartnäckig, macht mich wahnsinnig, das Schicksal der Galaxis liegt in meinen Händen. Ich bin kein religiöser Mensch, aber ein Teil von mir wäre es in diesem Moment nur zu gerne.

»Bitte«, flüstere ich, in der Hoffnung, dass mir jemand zuhört.

Bitte.

Und endlich, endlich geht das Schloss auf.

Noch einen Augenblick lang leuchtet sie auf. Die Energie, die durch die angeschlagene Raumsonde fließt, kommt ins Stottern. Und endlich flackert das Licht in ihr auf.

Und erstirbt.

Mit einem dumpfen Knacken springt der Glaskasten auf, und die kaputte Raumsonde ist frei, wird in die kalte Weite des Raums entlassen.

Kraftlos.

Leblos.

Ich habe es geschafft.

Aber Zeit zu feiern haben wir nicht. Nari weicht zu mir zurück, schießt und flucht wie wild. Die Luft ist erfüllt von Schüssen, der Lärm ohrenbetäubend.

Fünf Sekunden.

Nari verbraucht ihre letzte Munition an der Tür, geht hinter einem Pfeiler in Deckung und verschränkt wie geplant die Hände.

Ich lasse den Schraubenschlüssel fallen, stehe auf und stelle einen Stiefel auf ihre verbundenen Hände.

Mit einem Ächzen steht sie auf und schiebt mich in die Höhe. Ich schlage mit der Faust gegen den Luftschacht an der Decke, halte mich am Rand der Öffnung fest und ziehe mich mit einer Bewegung nach oben, schwinge mich rückwärts in den Schacht hinein, ohne auf den Schmerz zu achten, als ich mich in den engen Raum drücke und meinen Oberkörper nach unten hängen lasse, um nach ihr zu greifen.

Nari springt hoch, und hinter ihr explodiert ein weiterer Computer, und einen Augenblick lang fürchte ich, dass sich unsere Hände nicht finden, weil sie nicht groß ist.

Dann trifft ihre Handfläche auf meine, und mit aller Kraft ziehe ich sie nach oben, genau in dem Moment, als die Sicherheitspatrouille durch die Tür platzt.

Finian – noch sieben Minuten

Wir sind später dran als sonst, und in der Landebucht tobt das Leben, und der übliche Weg zu unserem Shuttle ist versperrt. Mir dröhnt der Kopf, das Herz schlägt mir bis zum Hals, und als ich neben Scarlett im Schatten eines Transportschiffes kauere, versuche ich, tief einzuatmen, um mich zu beruhigen.

Mein Atem geht pfeifend, ein seltsam schrilles Geräusch. Ich kann noch immer diesen Scheiß-Feuerlöscher schmecken. Bäh. Was tun die Terraner da bloß rein?

»Wir müssen trotzdem versuchen, das gleiche Schiff zu bekommen«, flüstert Scarlett. »Die meisten werden sich in die Fluchtkapseln begeben, aber der Shuttle ist das einzige Schiff, das uns durch diesen Sturm bekommt.«

Ich will ihr zustimmen, aber meine Zunge fühlt sich seltsam schwer an, und mein Mund tut nicht das, was er soll. Als sie mich ansieht, nicke ich einfach.

»Kannst du … kannst du sie nicht irgendwie ablenken?«, flüstert sie. »Irgendwo einen Alarm auslösen, irgendeinen Computerzauber machen?«

Ich schüttele den Kopf, lehne mich nach vorne und drücke meine Handflächen gegen den Boden. Ich bekomme keine Luft. Mir ist schwindlig.

»Alles in Ordnung?«, fragt sie mit weit aufgerissenen Augen.

Ich zeige auf das Schiff. Wir müssen weiter.

»Dann machen wir es doch auf die einfache Art«, murmelt sie, lehnt sich nach vorne und guckt sich die Crews um uns herum genau an. Dann zieht sie mit beiden Händen unter dem Rad des nächsten Kampfschiffes einen Keil hervor und schleudert ihn mit ganzer Kraft auf die andere Seite der Landebucht.

Mit einem lauten KNALL landet er, und alle drehen sich danach um.

Wie eine Athletin, die aus den Startlöchern kommt, rennt Scarlett los. Ich stolpere hinter ihr her, mir ist zu heiß, zu schwindlig, alles fängt an, vor meinen Augen zu verschwimmen. Ich weiß, in welche Richtung ich muss, aber ich renne blind.

Meine Beine werden schwach. Mein Exoanzug macht Überstunden.

Wir erreichen den schweren Shuttle, den wir jedes Mal klauen.

Schmerz durchzuckt mich, als ich auf die Knie falle. Schnell arbeite ich an der Luke, schließe sie kurz inmitten der Rauchschwaden und des Durcheinanders, so wie immer. Aber meine Hände zittern.

Ich bekomme nicht genug Luft.

Meine Zunge fühlt sich komisch an.

Irgendetwas stimmt nicht.

Zila – noch sechs Minuten

»Zila!« Scarletts Stimme kommt über Funk, verzerrt, aber verständlich.

»Einen Moment«, sage ich, biege um eine Ecke und krieche Nari hinterher. Der Luftschacht ist sehr eng, und wir sind beide klein. Keiner vom Sicherheitsdienst wird uns folgen können. Aber wir haben nicht viel Zeit, um unsere Fluchtkapsel zu erreichen.

»ICH WIEDERHOLE: REAKTORKERN BESCHÄDIGT. NOTMASSNAHMEN AUF DECK 9 EINLEITEN!«

»Zila, komm schon!«, ruft Nari und tritt vor uns eine Abdeckung aus der Wand.

»Scarlett?«, frage ich und krieche auf dem Bauch weiter. »Seid ihr an Bord des Shuttles?«

»ACHTUNG: STRAHLUNG TRITT AUS. KERNSCHMELZE STEHT BEVOR. COUNTDOWN LÄUFT. DAS GESAMTE PERSONAL SOFORT ZU DEN FLUCHTKAPSELN. ICH WIEDERHOLE: KERNSCHMELZE DROHT, IN DREI MINUTEN.«

»Ja, wir sind losgeflogen!«, ruft Scarlett. *»Wir sind auf dem Weg in den Sturm, aber es ist etwas mit Fin passiert! Er hat oben Chemikalien eingeatmet, und jetzt bekommt er keine Lu…«*

»ACHTUNG: KERNSCHMELZE STEHT BEVOR. ALLE SOFORT ZU DEN FLUCHTKAPSELN.«

Ich halte mich an der Wand fest, als die Station um mich herum anfängt zu zittern. In den Luftschächten sind die Alarmsirenen besonders laut.

»Was war das, Scarlett? Was ist mit Fin?«

»Zila, er bekommt keine Luft!«

Scarlett – noch fünf Minuten

Fin sitzt zusammengesackt im Pilotensitz, und um uns herum brennt der Weltraum. Fluchtkapseln schießen aus den Flanken der Station hervor, brennendes Plasma quillt aus ihrer Hülle, und wir schießen auf den riesigen, wirbelnden Sturm aus Dunkler Materie zu, auf das Segel und den kommenden Blitz – unsere Fahrkarte nach Hause.

Außer dass ich nicht weiß, ob Fin es schaffen wird.

Sein Gesicht schwillt an, seine Augen treten hervor, seine Lippen nehme eine seltsame lila Färbung an. Ich versuche, nicht in Panik zu verfallen, mich zusammenzureißen. Ich lege ihn auf den Fußboden, während wir immer näher auf den Sturm zuschießen, und konzentriere mich auf Zilas Stimme.

Sie klingt so weit weg.

»Kannst du hören, ob er keucht, Scarlett? Pfeift sein Atem?«

Ich beuge mich runter, mein Ohr an seinem Mund, das Herz schlägt mir bis zum Hals. Er bewegt sich nicht mehr, er spricht nicht, er …

Bitte, Schöpfer, bitte tu das nicht …

»Ja.«

»Dann atmet er noch«, sagt Zila. *»Nari und ich sind auf dem Weg zu den Fluchtkapseln. Wenn Fin nicht dazu in der Lage ist, musst du das Schiff durch den aufgewühlten Sturm zum Quantensegel steuern. Ihr müsst in der Nähe sein, wenn der Blitz einschlägt. Höchstens zehn Meter entfernt, um sicherzugehen.«*

»Ich?« Ich schaue mich wie wild um, mein Blick bleibt am Pilotensitz hängen. »Ich weiß nicht, wie man dieses Ding fliegt! Meine Aufgabe war es immer, witzige Kommentare zu machen!«

»Hör gut zu, Scarlett.«

»Zila, ich habe noch nie etwas ohne Autopilot geflogen!«, schreie ich. »Und ich weiß nicht, was mit ihm los ist, weiß nicht, wie …«

»Scarlett, hör mir zu. Das ist unsere letzte Chance, euch nach Hause zu bringen. Du kannst das. Du MUSST.*«*

Ich sehe auf den Jungen auf dem Deck neben mir, der nach Luft ringt. Unser aller Zukunft hängt in der Schwebe. Jeder Moment meines Lebens hat zu diesem geführt. Und in Gedanken höre ich seine Stimme, so klar, als würde er selbst sprechen.

»Ich weiß nicht, ob es dir aufgefallen ist, aber du bist diejenige, die unseren Squad zusammenhält. Wir brauchen dich, Scar.«

Und ich schließe die Augen und ziehe mich geistig an den eigenen Haaren aus dem Sumpf.

Sie brauchen mich.

Er braucht mich.

»Okay, los.«

Finian – noch vier Minuten

Mir schwindelt und mein Körper ringt, kämpft um jeden Atemzug. Aber ich ertrinke, und nichts hält mich. Ich versuche, auf einen Felsen zu klettern, doch das Meer schlägt auf mich ein, greift mit eiskalten Händen nach mir, jede Welle zieht mich weiter runter und weiter und weiter.

Und alles, was ich denken kann, ist: Ich darf nicht loslassen,

ich

darf

nicht

los

lassen.

Nicht, bis ich sicher weiß, dass wir aus der Zeitschleife raus sind.

Wenn ich sterbe, müssen wir dann wieder von vorne anfangen?

Dieses Risiko kann ich nicht eingehen.

Ich kann noch nicht sterben.

Und schwindelnd kralle ich mich an diesem Felsen fest, während das Meer mich umspült, die Wellen gegen mich auflaufen, mir den Atem nehmen.

Und es tut mir so, so leid, dass Scar allein sein wird; die Einzige, die noch übrig ist, um gegen das Ra'haam zu kämpfen. Der einzige Teil vom Squad 312, der übrig bleibt, ist das Herz. Aber vielleicht war alles, was wir hatten, uns ein Herz zu fassen, unser Herz in die Hand zu nehmen und zu lieben und mit dieser Flamme die Dunkelheit zurückzuhalten.

Mir wird schwarz vor Augen.

Ich muss mich festhalten.

Nur bis wir zu Hause sind.

Scarlett – noch drei Minuten

»Zila!«, schreie ich, während ich hilflos auf Fin starre, der sich aufbäumt, seine Finger zu Krallen krümmt. »Zila, er kann nicht mehr atmen!«

Ich höre Zilas ruhige Stimme in meinem Ohr. *»Du musst Prioritäten setzen, Scarlett. Steuerst du noch auf das Quantensegel zu?«*

Wieder wird der Shuttle durchgerüttelt, die Triebwerke kämpfen gegen den Sturm an. Selbst hier am Rande sind die Kräfte erdrückend, gigantisch. Ich werfe einen Blick auf den Radar und sehe durch die Cockpitscheiben auf das gigantische Rechteck, das in der Dunkelheit vor uns aufsteigt. »Ja! Wir fliegen direkt auf das Segel zu! Entfernung zehntausend Kilometer!«

»Gut. Hat das Shuttle einen Verbandskasten?«

Ich hebe den Kopf, lasse meinen Blick verzweifelt durch das winzige Cockpit wandern. Ich komme auf die Beine, reiße alle Schränke auf, wühle sie durch und verteile den Inhalt auf dem Deck.

»Ich finde keinen!«, rufe ich und komme wieder neben ihm auf die Knie.

Langsam schließen sich seine Augen.

Durch ihr Mikrophon kann ich die Alarmsirenen hören.

»ACHTUNG: STRAHLUNG TRITT AUS. KERNSCHMELZE STEHT BEVOR. COUNTDOWN LÄUFT. DAS GESAMTE PERSONAL SOFORT ZU DEN FLUCHTKAPSELN. ICH WIEDERHOLE: KERNSCHMELZE DROHT, IN DREI MINUTEN.«

»Wenn es keinen Verbandskasten gibt, arbeiten wir mit dem, was wir haben«, sagt Zila einfach. *»Beschreib seine Symptome.«*

»Sei… seine Lippen sind geschwollen, seine Augen …« Ich keuche, drücke seine Hand. »Er bekommt keine Luft, versucht ständig, an seinem Hals zu kratzen …«

»Was du beschreibst, Scarlett, ist ein anaphylaktischer Schock. Wahrscheinlich von den Chemikalien, die er eingeatmet hat. Du musst einen Luftröhrenschnitt machen.«

»Einen was?«, kreische ich.

»Sein Hals ist zugeschwollen. Wir werden einen Schnitt unter der Schwellung machen, damit er atmen kann. Du wirst ein Messer brauchen.«

»Zila, ich kann ni…«

»Scarlett«, unterbricht sie mich. *»Wir haben keine Zeit. Finian kann nicht sterben, bevor der Blitz einschlägt, sonst geht die Zeitschleife wieder von vorne los. Am rechten Arm seines Exoanzugs steckt ein kleiner Schraubenzieher.«*

Meine Hände zittern, und er bewegt sich nicht mehr. Sein Arm ist schwer, als ich ihn anhebe, drehe, den Schraubenzieher in seiner kleinen Rille finde.

Das kann einfach nicht wahr sein.

»Hab ihn«, keuche ich, während ich das tue, und gleichzeitig nicht glauben kann, dass ich das tue. »Hab ihn, was jetzt?«

»Du brauchst einen kleinen festen Tubus, ein Röhrchen, dünner als dein kleiner Finger.«

»Einen Tubus?« Ich schreie jetzt, atme zu schnell. Manche Leute werden bei einem Notfall vielleicht ganz ruhig, aber Scarlett Jones gehört leider nicht dazu. »Wo, im Namen des Schöpfers, soll ich bitte …«

»Sieh dich um. Es muss etwas geben.«

»Da ist nichts! Zila, da ist nichts!«

Wieder wird der Shuttle durchgerüttelt, die Kräfte dort draußen drohen uns auseinanderzureißen. Die absolute Dunkelheit hellt sich nun zu einem tiefdunklen Violett auf, als ein Ausbruch dunkler Energie durch den Sturm ringsum blitzt. Ich werfe einen Blick nach draußen, diese Ausmaße, diese Kraft würden mir eigentlich entsetzliche Angst machen, wenn ich nicht schon entsetzliche Angst um Finian hätte.

Noch sind wir zu weit vom Segel entfernt. Er wird sterben, bevor wir es erreichen, er wird hier in meinen Armen sterben.

Wir sind so weit gekommen. Haben so hart gekämpft. So viel verloren.

Eine Geschichte, die sich seit Hunderten von Jahren anbahnt.

Und so soll das letzte Kapitel aussehen?

Und dann fällt es mir ein. Durchzuckt mich wie einer von diesen Energieblitzen. Ich schiebe meine Hand in die Brusttasche von Finian Anzug, taste verzweifelt herum, und endlich schließen sich meine Finger darum.

Der Kugelschreiber.

»Zila, der verdammte Kuli!«

»Ach«, höre ich sie sagen. *»Interessant.«*

»Er hat sich ständig darüber beschwert«, murmele ich, während ich ihn hektisch aufdrehe und Fin bewegungslos daliegt. »So scheiße ist er jetzt doch nicht, stimmt's?«, rufe ich ihm ins Gesicht.

Seine Brust bewegt sich nicht.

Seine Augen sind zugeschwollen.

Ich lasse alle Teile des Kugelschreibers aufs Deck scheppern, bis ich nur noch das Gehäuse in der Hand halte. Aus Edelstahl. Hell und schwer. Ringsum tobt der Sturm. Dunkle Energie jagt durch die Schwärze. »Was jetzt?«

»Fahr mit der Fingerspitze seinen Hals entlang«, sagt sie, und sie ist noch immer ganz ruhig, und ich klammere mich an sie wie an einen Felsen. *»Du wirst zwei Hubbel spüren. Dazwischen machst du einen Einschnitt und führst den Kugelschreiber ein.«*

Allein mit meiner Willenskraft zwinge ich meine Hand ruhig zu bleiben, fahre mit der Fingerspitze seine Haut entlang, einmal, zweimal, gehe sicher, dass ich die richtige Stelle habe. Der Sturm schüttelt den Shuttle durch, und ich sage mir, dass ich ruhig bleiben muss.

Ganz ruhig.

Atmen.

Und dann sind es nur ich mit einem Schraubenzieher in der Hand und Finians Hals und fuck, fuck, fuck, fuck. Warum hätte das nicht irgendjemand anders aus dem Squad sein können?

»Du schaffst das, Scarlett«, sagt Zila ruhig. *»Du kannst alles schaffen.«*

Ich hole tief Luft und markiere die Stelle.

Ich schaffe das.

Zila – noch zwei Minuten

»Er atmet! Zila, o Schöpfer, er …«

Scarletts Worte verschwinden in einem Meer aus Rauschen, als sie und Fin sich dem Sturm annähern und die Funkverbindung zusammenbricht.

Ich weiß, dass das die letzten Worte waren, die ich je von ihnen hören werde.

Nari und ich sind in unserer Fluchtkapsel und gucken durch die Luke nach draußen. Die Dunkelheit des Weltraums ringsum ist von Hunderten winzigen Lichtpunkten erhellt, roten und grünen – andere Fluchtkapseln, die von den Trümmern der Pantoffel-Station aufsteigen. Dahinter können wir den Sturm sehen, Scarletts und Finians winziges Shuttle, der durch das pechschwarze Dunkel auf das Quantensegel zurast.

In weniger als zwei Minuten – wenn alles gutgeht – wird der Blitz sie treffen. Dann werden die Letzten des Squad 312 zwei Jahrhunderte entfernt sein, für immer außerhalb meiner Reichweite.

Außer dass das nicht stimmt. Alles, was ich tun werde, wird sie erreichen, eines Tages.

Wir sehen zu, wie der Shuttle in den Sturm hineinsegelt.

Nari drückt ihre Hand gegen die Glasscheibe.

»Gute Reise«, flüstert sie, als das Schiff im Sturm verschwindet. »Und Weidmannsheil.«

Noch eine Minute.

Ich wende mich ihr zu, studiere ihre Gesichtszüge, die mir inzwischen so vertraut sind, nachdem wir wieder und wieder diesen Tag durchlebt haben. Ich weiß so viel von ihr und doch so wenig. Ich habe den Rest meines Lebens, um sie kennenzulernen.

»Ich weiß, dass sie dich zurückgelassen haben«, flüstert Nari, ihr Blick auf meinen geheftet. »Aber sie haben dich nicht alleingelassen.«

Es ist, als würden ihre Worte Funken sprühen, und sie springen zwischen uns hin und her, wie winzige Quantenblitze. Und als sie mich treffen, bin ich wie der Shuttle, verwandelt und in einem anderen Zustand, an einem neuen Ort und …

Ich hebe meine Hand, und ganz langsam, ganz vorsichtig fahre ich mit den Fingerspitzen ihre Wange entlang, lege sie um ihren Nacken.

Ihre Haut ist warm.

Sie ist so tapfer und so stark, dieser Falke.

So voller Leben, so verbunden mit ihren Freunden, ihrer Familie, ihrer Welt.

Und sie ist wunderschön, ihre Gesichtszüge, der Bogen ihrer Lippen. In Gedanken kann ich Scarletts Stimme hören, voll und amüsiert. *Sie ist nicht besonders groß*.

Und ich bin nicht allein.

Ich bin bei ihr.

Es braucht nur den sanften Druck meiner Finger in ihrem Nacken, und sie lehnt sich nach vorne, ihre Lippen berühren meine, und in wenigen Augenblicken wird da draußen der Blitz einschlagen, doch hier drinnen brenne ich längst.

Scarlett – noch eine Minute

Ich wünschte, ich gehörte zu den Leuten, die beten können.

Doch Finians Brust hebt und senkt sich langsam, und ich beobachte ihn und zähle die Sekunden. Ruhig gleiten meine Finger über das Steuerfeld. Jetzt gibt es nichts mehr zu tun, als zu warten.

Ich weiß nicht, was wir vorfinden werden, wenn wir nach Hause kommen. Wenn wir überhaupt nach Hause kommen. Aber ich weiß, dass ich alles getan habe, was ich tun konnte.

Ich werfe einen Blick auf den Sturm da draußen, und als ich ihn wieder ansehe, sind seine dunklen Augen geöffnet.

»Halt still«, sage ich sofort. »Halt still. Wir müssen dich erst zu einem richtigen Arzt bringen.«

Er hebt die Augenbrauen, aber er versucht nicht zu sprechen.

»Noch nicht«, fahre ich fort. »Noch ein paar Sekunden. Falls du fragen wolltest, ob wir schon gesprungen sind. Aber falls du fragen wolltest, wie es mir gelungen ist, so geschickt und mutig und überhaupt so phantastisch zu sein, eine Notoperation mitten in diesem Chaos durchzuführen, dann tja.

Nachdem ich so viele Typen habe vortanzen lassen, um den perfekten Freund zu finden, werde ich jetzt doch nicht zulassen, dass so ein winziges Hindernis wie ein Luftröhrenschnitt mich von der großen Liebe abhält. Dann hast du wahrlich unterschätzt, wie müde ich es bin, danach zu suchen.«

Sein Mund zuckt schwach.

Ich werfe wieder einen Blick auf die Uhr.

Es ist so weit.

Ich habe alles getan, was ich tun konnte.

Unter uns kräuselt sich das metallische Segel, eintausend Kilometer breit. Um uns herum sammelt sich der Sturm, dieser endlose, unmögliche Sturm, der die Kraft hat, Raum und Zeit selbst zu überwinden. Das Kristall um meinen Hals beginnt zu leuchten. Schwarzes Licht. Weißes Rauschen. Ich kann es auf meiner Haut spüren. Es in meinem Kopf hören. Wir sind so winzig, so unwichtig angesichts all dessen, dass ich mich einen Augenblick lang frage, ob es überhaupt von Bedeutung ist.

Finian sieht mich mit diesen großen dunklen Augen an, von denen ich mal dachte, dass sie mir nichts verraten. Unsere Blicke treffen sich, und da wird mir etwas klar.

Das ist von Bedeutung.

»Wir sehen uns in der Zukunft, mein schöner Mann.«

ZAP.

33 Auri

Halb bin ich in einer Welt, halb in einer anderen, die Bilder überlagern sich, das Echo und die Wirklichkeit vermischen sich.

Auf Laes Wangen sind Tränen, und aus dem Himmel im Echo fällt dreckiger, matschiger Regen, und winzige Risse ziehen sich mit einem Mal durch die *Neridaa*.

Ich bringe die Kraft in mir auf, um den schwarzen Regen in etwas zu verwandeln, das frisch und kristallklar ist, und Kal hebt eine Hand, um Lae eine Träne von der Wange zu wischen, und inmitten dieses Gemetzels schenkt uns diese liebevolle Geste einen Augenblick voller Anmut, in seiner Welt und in meiner.

»Wir werden bis zum letzten Atemzug kämpfen, um deinen Vater zu ehren«, sagt er sanft, und Lae strafft die Schultern und nickt.

»Ja, Onkel.«

Aber der Trümmerhaufen aus Kristall, den Caersan verursacht hat, um den Zugang zum Thronzimmer zu versperren, wird das Ra'haam nicht mehr lange aufhalten, und seine Wunden ziehen sich durch die Landschaft des Echos wie ein schwarzes Schandmal, und so schnell wie sie gekommen ist, ist die Atempause im Echo und auf der *Neridaa* vorbei.

Der Schrei, den ich ausgestoßen habe, um Tyler zu warnen, hallt noch in meinem Kopf wider, ein misstönendes Kreischen, das nicht verklingen will.

Er hat es mir selbst gesagt.

Wann es passieren wird.

Wie es passieren wird.

Alle planetarischen Köpfe an einem Ort versammelt.

Ein Ra'haam-Agent mit einer Bombe.

Der Tod und die Zerstörung, die sie lahmgelegt haben, bis das Ra'haam blühen und bersten konnte und alles auf ewig in Grün und Blau verwandelt hat.

Hat er mich damals gehört? Hat er es aufgehalten?

Würden wir noch hier sein, wenn er das getan hätte?

Wieder reißt eine zerklüftete Schlucht quer durch das Echo auf, es fühlt sich an, als würden Glasscherben durch mein Inneres gezogen, und noch einmal versuche ich, Caersan zu erreichen, der dort wie ein blutüberströmtes schwarzes Denkmal steht.

»Caersan, allein schaffe ich es nicht. Bitte, du musst mir helfen.«

Und seine Hände ballen sich zu Fäusten, und er dreht sich zu mir um, mit weit aufgerissenen Augen, und hebt die Stimme zu einem Brüllen an.

»ICH. BIN. NICHT. ZERSTÖRT.«

– Und das Hindernis im Eingang fällt in einem
Regen aus Kristall in sich zusammen, und Kal
und Lae wenden sich ein letztes Mal dem Feind
zu. Nun sind sie in neuer Liebe vereint, ihre
regenbogenfarbene Pracht verbindet sich mit
seinem Gold und Violett, denn Kal ist nicht sein
Vater und weiß, wie man liebt, und Tyler hat ihr
beigebracht, Liebe anzunehmen und

– ein syldrathischer Junge wird gegen die
Wand geworfen, sein Vater ragt über ihm
auf, als er am Boden liegt.

Ich rufe nach Kal, doch der Junge dreht den
Kopf, um mich direkt anzustarren und
der
Junge
ist
nicht
Kal

– und die Kristallstadt im Echo zerspringt in tausend Stücke

– und ich kann meine eigene Stimme hören, wie sie Caersan anfleht, mir zu helfen, während ich verzweifelt die *Neridaa* repariere, die sich wieder und wieder selbst vernichtet

– und die Wellen des Todes dort draußen strömen zu uns herein, und Kals Klingen sausen durch die Luft, und die Fangarme des Ra'haam fallen über Lae her, wickeln sich um ihre Beine und ziehen sie nach unten und schwärmen über ihren wild strampelnden Körper aus

– und Caersan schlägt und hackt nach den Gewächsen um ihn herum, und der Druck wird immer größer, hämmert gegen meine Schläfen, Risse ziehen sich über mein Gesicht, Licht dringt aus ihnen hervor, und ich glaube, ich schreie

– Und Laes Gedanken sind hell, und in ihnen kann ich Saediis Tae-Sai-Spielbrett sehen und verstehe, dass ihre Mutter es geliebt hat, gegen Tyler zu

spielen, und es ihrer Tochter beigebracht hat, und
ich sehe das Bedauern und den Trotz in ihren
Gedanken, als sie ihren Arm vom Ra'haam befreit

– und Kal und Caersan rufen, aber in all unseren
Gedanken kippt sie die hölzerne Templar-Figur um,
um zu zeigen, dass das Spiel aus ist, und mit ihrer
freien Hand greift sie nach ihrer Pistole, und wie
ihre Mutter verweigert sie dem Ra'haam seine Beute

– und als sie abdrückt und der leuchtende Regenbogen ihrer Gedanken verschwunden ist, fällt
Kal auf ein Knie, und ich verbinde meine
Gedanken mit seinen, und ich kann mich
schreien hören, als er mir ein letztes Mal sagt,
wie sehr er mich liebt, denn wenn wir zurückkehren können, wird Tyler noch leben, werden
Toshh und Dacca und Elin noch leben, eines
Tages wird Lae geboren, aber wenn Kal jetzt und
hier stirbt, werde ich ihn für immer verlieren.

Mit einem Brüllen greift Caersan das Ra'haam an, als es seinen Sohn niederstreckt, aber jede Ranke, die er weghackt, wird durch eine neue ersetzt. Er weiß, dass er so nicht siegen kann. Ich spüre es.

»Kämpft«, ruft er, aber ich weiß nicht, mit wem er da noch redet. Wieder schwingt er die Klinge, kann nicht aufgeben, nicht loslassen.

»Caersan!«, rufe ich. »Das ist nicht unser Kampf! Hilf mir, die *Neridaa* zu heilen!«

Und er sieht auf, sein Gesicht zersplittert und gesprungen, fast blendet das Licht …

– und dann steht er mit mir im Echo auf einer Wiese voller Kristallblumen, und wieder bin ich in zwei Welten gleichzeitig, in drei, in vier, in so vielen Zeiten und an so vielen Orten …

– ein Junge versucht zu verstehen, warum sein Vater so wütend ist,

– der Sohn des Jungen versucht zu verstehen, warum *sein* Vater so wütend ist.

– *»Stell dir mal vor, was wir hätten erschaffen können, wenn du uns nur geliebt hättest.«*

– »Mein Sohn, ich …«

– Eine Blume nach der anderen zerspringt … und dann wird es still …

… und alles ist still …

Und in beiden Welten – neben mir im Echo und neben Kal auf dem Boden – erhebt er die Stimme trotzig gegen das Ra'haam: *»IHR WERDET NIE GEWINNEN!«*

und der Sternentöter zerspringt in tausend Stücke, verausgabt jedes Stück von sich selbst in seinem Trotz, seinem Unwillen, aufzugeben

und um ihn herum brennt das Ra'haam schwarz und rot, schrumpft zusammen und verdorrt und innerhalb des Echos ist er überall, durchdringt den Ort mit seiner Energie, während er sich wieder zusammensetzt und voller Schönheit ist

und er durchdringt mich mit seiner Energie, und ich bin voller Kraft, bin unendlich

und für einen Augenblick kenne ich ihn ganz und gar, und dann ist er weg, aber in der tosenden Stille nach seinem Verschwinden

Ich weiß, dass er Milliarden umgebracht hat.

Und ich weiß, dass das unverzeihlich ist.

Und ich weiß, dass er sein Letztes gegeben hat, in einem wirren, heftigen Angriff, aus Trotz, aus Wut, mit eisernem Willen und weil er einfach nicht aufgeben kann …

… und ja, aus Liebe.

Kal liegt keuchend auf dem Boden, umringt von den verbrannten, geschwärzten Überresten des Ra'haam, und ich stolpere zu ihm hin, falle auf die Knie, und er verschließt die Augen vor dem Leuchten in meinem Gesicht, aber streckt die Arme nach mir aus, und ich wickele meinen Gedanken um ihn herum, um ihn zu stärken, und ich sage

Ich liebe dich

Ich liebe dich

Ich liebe dich

und in dem Moment weiß ich nicht genau, wer von uns spricht, und ich rufe die Kraft von Caersan auf, die immer noch durch mich strömt, und spüre Kals Wärme und

ich
leuchte
von
innen
als
ich …

34 Tyler

»Du hast eindeutig einen Hang zu dramatischen Auftritten, Legionär.«

Ich öffne mein Auge. Ringsum graue Wände. Schwaches Licht über mir. Eine Gestalt hebt sich davon ab, breite Schultern, dicker Hals. Das Metall auf seiner Brust und seine kybernetischen Arme glänzen stumpf, seine Stimme ist leise, ein grollendes Brummen.

»Admiral Adams …«, flüstere ich.

Mir wird klar, dass ich mich auf der Krankenstation befinde. Genau dort, wo ich an dem Tag war, als ich Aurora O'Malley kennengelernt habe. Einen Augenblick lang will ich mich ihr fast zuwenden, sehen, ob sie auf der anderen Seite der Wand liegt und gerade aufwacht.

Um mich herum zischen und summen Monitore und Maschinen mit einem stetigen, warmen Leuchten. Vom Hals abwärts kann ich mich nicht spüren, frage mich, warum die Welt so seltsam aussieht. Mit zitternder Hand fasse ich nach meinem Gesicht, spüre ein dickes Pflaster auf der Wange, über meiner rechten Augenbraue.

»Du hast es verloren«, sagt Adams. »Das Auge. Deine Milz auch. Ein Schuss hat dein Rückgrat um zwei Zentimeter verpasst. Du kannst von Glück sagen, dass du noch atmest.«

»Wenn es wieder und wieder passiert«, flüstere ich, »hat das mit Glück nichts zu tun.«

»Dein großes Ego konnte ich dir nie austreiben«, sagt der Admiral spöttisch. »Genau wie bei deinem alten Herrn.« Er greift mit seiner schweren Metallhand nach meiner Schulter und drückt sie. »Er wäre stolz auf dich, mein Sohn. Genau wie ich.«

»Ja, echt stolz. Galaktischer Terrorist. Verräter der Aurora Legion. Weltraum-Pirat.« Ich fasse nach der Stelle, wo mein Auge einmal war, nach dem Schmerz in der leeren Höhle. »Wenigstens sehe ich dann entsprechend aus, wenn ich vor dem Erschießungskommando stehe.«

»Kein Erschießungskommando. Über das, was du getan hast, wird überall berichtet. Seit drei Tagen hat dein Freund Lyrann Balkarri auf GNN-7 sich damit gebrüstet, wie du im Alleingang die Versammlung gerettet hast. Und ein exklusives Interview versprochen.« Er grunzt anerkennend. »Versteckte Kamera am Revers. Schlau.«

»Ich … ich wollte es dokumentieren.« Schmerz durchzuckt mich, trotz der Medikamente, die mich betäuben. »Wollte etwas in der Hand haben, das für mich spricht, falls die Dinge schieflaufen. Um meinen guten Ruf wiederherzustellen.« Ich sehe zu Adams auf, zucke mit den Schultern. »Dads Ruf. Du weißt schon.«

»Ich weiß«, sagt er. »Ich weiß, Tyler.«

Er richtet sich auf, nickt in Richtung der Monitore an der Wand.

»Ich muss schon sagen, die Aufnahmen sind ganz schön dramatisch. Gute Schlagzeilen gibt es auch. *Terroranschlag auf die Aurora Station durch abtrünnigen Legionär vereitelt.* Deine Geschichte hat die unsere fast in den Hintergrund gedrängt. Aber nur fast.«

Ich konzentriere mich auf die Monitore, kann die Aufregung, die in mir hochsteigt, durch die Schmerzmittel kaum spüren. Auf den Bildschirmen sehe ich Adams und de Stoy bei ihrer Ansprache vor der Galaktischen Versammlung. Auf dem Hologramm hinter ihnen sehe ich ein Bild von Octavia – die Kolonie, die vom Ra'haam verschlungen und anschließend von der terranischen Regierung zum Sperrgebiet erklärt wurde. Auf anderen Monitoren sehe ich Planeten, die auch alle vom Feind eingenommen wurden.

Das sind die anderen Brutstätten, wird mir klar.

Adams und de Stoy haben die Versammlung über das Ra'haam informiert.

Auf einem weiteren Bildschirm ist zu sehen, wie Legionäre GIA-Agenten im Gefolge von Premierministerin Iljasowa überwältigen und verhaften. Ich sehe, wie Spiegelmasken von Gesichtern gerissen werden, die mit blau-grauem Moos überzogen sind, Augen wie Blumen, Empörung und Angst und Schock. Schlagzeilen wie *GIA unterwandert, terranische Regierung unter Verdacht, Senatskommission einberufen.*

»Du wusstest es«, flüstere ich.

Ich treffe seinen Blick, Wut steigt in mir auf, lässt meine Stimme zittern.

»Die ganze Zeit. Du wusstest es.«

»Zum Teil«, antwortet er und seufzt. »Aber nicht genug.«

»Du wusstest genug, um Aurora auf meine Longbow zu tun. Diese Gaben für uns in Emerald City zu hinterlassen. Uns die *Zero* zur Verfügung zu stellen. Was bedeutet, dass du wusstest, was mit Cat auf Octavia passiert.« Tränen brennen jetzt in meinem Auge, während der Hauptmonitor immer lauter wird, und ich versuche, mich aufzurichten. »Du wusstest, was mit ihr passieren wird. Du wusstest, dass es sie verschlingen wird.«

Er hält meinem Blick stand, die Kiefer zusammengepresst. »Das wussten wir.«

»Du Schweinepriester«, zische ich.

»Du verdienst eine Entschuldigung, Tyler«, seufzt er. »Und eine Erklärung. Aber ich kann nur Ersteres anbieten. Das zweite muss jemand anderes erledigen.«

Er greift in die Tasche seiner Galauniform, und all die Auszeichnungen und Medaillen auf seiner Brust, um die ich ihn einst beneidet habe, scheinen mir mit Blut bezahlt worden zu sein. Ich versuche, mir vorzustellen, ob er irgendetwas sagen kann, irgendeine Erklärung abgeben kann, die mich den Schmerz in Cats Augen vergessen lässt, als die Klinge sie getroffen hat, ihr warmes Blut auf meinen Händen, das Grauen und das Leid …

Adams legt einen kleinen runden Holoplayer auf das Laken in meinem Schoß und drückt einen Knopf. Ein Bild erwacht zum Leben, wird über die Linse des Geräts projiziert, in leuchtendem Licht. Es mutet seltsam an, zweifarbig, in Blau und Weiß.

Alte Technik, wird mir klar. *Echt* alt.

Ich brauche eine Weile, um die Gestalt auszumachen, die sich in der Luft vor mir zusammensetzt. Sie trägt eine altmodische Legionärsuniform, die Brust voller Medaillen. Sie ist schon älter, vielleicht Mitte Siebzig. Freundliche Augen und kurzes graues Haar. Aber ich erkenne sie trotzdem von der Promenade.

»Sie ist eine der Gründerinnen«, flüstere ich.

»Hallo, Legionär Jones«, sagt sie mit leicht verzerrter Stimme. *»Ich heiße Nari Kim. Wenn du das hier siehst, dann hat das Kommando der Legion es als innerhalb der Betriebsparameter erachtet, dich über die Ereignisse, an denen du beteiligt warst, zu informieren.*

Die Variablen in dieser Gleichung erlauben keine Einzelheiten, aber mit Glück ist die Aurora Legion nun dazu in der Lage, den letzten Schlag gegen das Ra'haam auszuführen und eine Mission zu erfüllen, die sich seit zweihundert Jahren anbahnt.«

Sie lächelt mich an wie eine Mutter. *»Wir verdanken dir so viel, Legionär. Mir wurde gesagt, dass du ein hervorragender Anführer bist. Eine mutige und edle Seele. Und darüber hinaus ein guter und lieber Freund. Ich wünschte, ich hätte dich kennenlernen können, Tyler. Fast fühlt es sich so an. Aber du sollst wissen: Wir sind so stolz auf dich, darauf, dass du so weit gekommen bist. Wir wissen, was du geopfert* *hast. Was du verloren hast. Ich hoffe nur, dass es sich am Ende auch gelohnt hat.«*

Ihr Lächeln wird breiter, als sie ihre Fingerspitzen küsst und gegen die Linse drückt. Die Frau ist eine Heldin. Eine der Gründerinnen der Aurora Legion. Zu hören, was sie da zu mir sagt ….

»Hier ist jemand, der dich sprechen will«, fährt sie fort. *»Also verabschiede ich mich von dir, Tyler Jones, und wünsche dir alles Gute und bitte dich daran zu denken, dass alle Hoffnungen, alles Leben in dieser Galaxis dir und deinen Freunden geschuldet ist.«*

Sie streckt die Hand aus und winkt jemanden außerhalb der Kamera zu sich ran.

»Komm her, Liebes.«

Eine lange Pause entsteht. Wieder winkt Nari Kim jemanden herbei, lächelt. *»Alles gut.«*

Eine Gestalt kommt ins Bild, in derselben Zweifarbigkeit im Licht des Hologramms. Sie hat langes lockiges Haar, fast nur Silber und Weiß, ihre Haut ist runzlig.

Zuerst erkenne ich sie nicht. Dann murmelt Nari etwas Ermutigendes, und die Gestalt wendet mir ihr Gesicht zu, und dann erhasche ich einen Blick auf …

… Das kann nicht wahr sein.

Ohrringe, an denen kleine Falken baumeln.

Und als sie sich vor die Kamera setzt, wird mir klar …

Sie schaut auf, und ich kann sehen, dass ihre Wimpern voller Tränen hängen. Und dann erkenne ich sie, obwohl das nicht sein kann, trotz der Zeit, die zwischen uns liegt, trotz der Spur von Leid um ihre Augen.

»Zila …«, flüstere ich.

»Hallo, Tyler.«

Sie hält inne, als würde sie sich sammeln. Sie kommt mir so winzig vor, kleiner, als ich sie in Erinnerung habe. Neben ihr drückt Nari ihre Hand. Und diese Berührung gibt Zila Auftrieb, und sie atmet tief ein und findet die Kraft zu sprechen:

»Wenn du das hier siehst, hast du den Zeitpunkt meiner Abreise überlebt und bist nun auf völlig unsicherem Terrain. Ich bin so froh, dass du deine Gefangenschaft bei der GIA überlebt hast. Das bedeutet hoffentlich, dass mein Geschenk dir von Nutzen war. Verzeih mir, falls es nicht zu hundert Prozent geeignet war. Ich musste so viele Variablen einbeziehen.«

Sie runzelt die Stirn, reibt sich den Kopf, als würde er schmerzen.

»Während der Schlacht um Terra, als die Waffe der Eshvaren gezündet wurde, hat ein Aufeinanderprallen von übernatürlicher Energie und zeitlicher Verzerrung dafür gesorgt, dass ich, Finian und deine Schwester Scarlett zurück in der Zeit geworfen wurden, ins Jahr 2177.«

Ich reiße die Augen weit auf und sehe Adams an, aber sein Blick ist auf das Hologramm gerichtet. So interessiert wie er guckt, sieht er das auch zum ersten Mal

»Aufgrund von Ereignissen, mit denen ich dich jetzt nicht langweilen will«, fährt Zila fort, *»wurde ich gezwungen, in dieser Ära zurückzubleiben. Es ist mir zugefallen, zusammen mit Battle Leader de Karran und Nari den Weg für zukünftige Ereignisse zu bahnen und für den letzten Kampf mit dem Ra'haam. Wir haben unser Bestes gegeben, um dafür zu sorgen, dass alles so stattfindet, wie es stattgefunden hat. Wie es sein sollte. Sein musste, damit Aurora die Waffe der Eshvaren gegen den Feind einsetzen konnte. Aber …«*

Zila stockt. Sie sieht auf ihre Hände runter, schluckt schwer. Die Zila Madran, die ich kannte, war jemand, die sich hinter Mauern verschanzt hat. Die sich vor der Welt durch Logik geschützt, ihre Gefühle abgeschnitten hat, kalt und klinisch war.

Aber nun weint sie, Tränen laufen ihr übers Gesicht.

Wieder sehe ich, wie Nari Kim ihre Hand ergreift, ihren Arm um Zilas Schultern legt, sie an sich drückt und sie auf die Wange küsst, die Hände, die Lippen. Trotz dieser uralten Technik, trotz der schlechten Übertragung kann ich die Liebe in ihrer beider Augen sehen, so dass auch mir die Tränen runterlaufen, als mir klarwird, was sie einander bedeutet haben müssen. Dass meine Freundin jemanden gefunden hat, der zu ihr passt.

»Sprich einfach aus dem Herzen, Liebes«, sagt Nari.

Zila sieht wieder in die Kamera und redet mit zitternder Stimme weiter.

»Es … es tut mir so leid, Tyler«, flüstert sie. *»Wegen Cat. Ich habe jahrelang nach einer Alternative gesucht. Nach irgendetwas, das ihr dieses Schicksal erspart hätte. Mir hat immer vor dem Tag gegraut, an dem wir dir das sagen müssen. Aber das Risiko, so eine Katastrophe auszulösen, einen paradoxen Schmetterlingseffekt, der die Zeitachse unwiderruflich verändert hätte …«* Sie schnüffelt, schluckt schwer. *»Wir konnten das nicht riskieren. Ohne mich wäre hier niemand da gewesen, um Nari bei der Gründung der Legion zu helfen, um dafür zu sorgen, dass du Aurora begegnest, um euch in Emerald City zu schützen. Niemand, um für die Zukunft zu sorgen. Um sicherzustellen, dass das Ra'haam besiegt wird, musste alles ganz* exakt *so passieren, wie es passiert ist, bis hin zu dem Moment, wo ich eure Zeitachse verlassen habe.«* Sie sieht mich mit flehenden Augen an und schüttelt den Kopf. *»Alles.«*

Zila senkt das Kinn, ihre Locken fallen ihr ins Gesicht.

»Ich habe mein Leben so gut gelebt, wie ich konnte.« Sie drückt Naris Hand. *»Hier bin ich glücklich. Ich habe hart gearbeitet, bin auf Menschen und Orte gestoßen, die mich glücklich gemacht haben. Der Squad war wie meine zweite Familie, nachdem ich meine erste verloren habe. Ich habe mein Leben den Vorbereitungen gewidmet, die nötig waren, um euch zu helfen – aber Abenteuer gab es hier auch. Und gelacht haben wir. Jenseits aller Erwartungen habe ich hier eine dritte Familie gefunden. Ich glaube, du wirst dir Sorgen machen, wenn du weißt, wo ich bin. Ich will, dass du weißt, wie glücklich ich war. Aber bitte wisse*

auch, dass kein Tag vergeht, an dem ich nicht an Cat denke und an das, was ich mitverursacht habe.«

Sie hebt den Kopf wieder. Sieht mich über die Jahrhunderte hinweg an.

»Bitte verzeih mir. Ich hoffe, du verstehst, dass ich nur die besten Absichten hatte. Und ich weiß, dass wir durch dieses Opfer die Zukunft der Galaxis gerettet haben. Dein weiterer Weg ist unsicher. Ich weiß nicht, was von nun an geschieht. Aber ich weiß, dass ich dankbar bin, dich gekannt zu haben, Tyler. Es war mir eine Ehre, unter dir zu dienen. Und ich fühle mich mehr als gesegnet, dich meinen Freund genannt zu haben.«

Ich strecke meine Hand nach ihrem Bild aus, Tränen strömen mir über das Gesicht, während meine Finger durch sie durchgleiten. Was es wohl bedeutet hat, mit so einer Last, so einer Bürde zu leben? Mit dem Schicksal der gesamten Galaxis auf den Schultern.

»Zila«, flüstere ich. »Natürlich verzeihe ich dir.«

»Kommandant«, spricht Nari in die Luft. *»Ich gehe davon aus, dass Sie auch zuhören. Sie dürfen jetzt das Omega-Protokoll, Datensätze 6 bis 15 abrufen. Stellen Sie bitte sicher, dass Aurora O'Malley die Nummer 10 persönlich übergeben wird. Sie haben jetzt auch Zugang zu den Anlagen auf dem Epsilon-Deck, Bereich Null. Passwörter folgen. Bitte halten Sie sich genau an die Vorschriften. Das Leben von zwei sehr tapferen Soldaten hängt davon ab.«*

»Ich bin davon überzeugt, dass unsere Berechnungen stimmen«, sagt Zila. *»Und seit unserem Verschwinden ist nun genug Zeit vergangen, um zu gewährleisten, dass kein paradoxes Ereignis eintritt.«* Sie nickt, fast wie zu sich selbst, und kaut gedankenversunken auf einer Haarlocke, wie damals schon. *»Ja. Ja, es wird funktionieren. Es muss funktionieren.«*

Nari Kim sieht in meine Richtung, Lachfältchen um die Augen.

»Gib dem Bleichgesicht einen Klaps von mir, Jones. Und sag deiner Schwester danke. Weidmannsheil, Legionär. Wie ein Licht in dunkler Nacht.«

Zila blickt in die Projektion, streckt ihren Arm nach mir aus.

Meine Finger berühren ihre, über einen Ozean aus Zeit und Tränen hinweg.

»Leb wohl, mein Freund.« Sie lächelt.

Und die Übertragung ist zu Ende.

»Verdammt …«, knurrt Adams.

Ich sehe zu ihm auf, mein Auge voller Tränen. Mein Kopf dreht sich angesichts dessen, was ich da gerade erfahren habe. Es ist so unglaublich, so unfassbar – es ist mir fast zu viel. Aber der Ausdruck in Adams Augen holt mich wieder in die Realität zurück, weg von Verschwörungen, die sich über Jahrhunderte angebahnt haben, von Herzeleid und schwer erkämpfter Freude. Ich schnüffele laut und wische mir die Tränen vom Gesicht.

»Was ist los?«

Adams starrt den Holoplayer an, sein Gesicht eine grimmige Maske. Zila und Nari Kim sind verschwunden, stattdessen laufen Datensätze mit Passwörtern über den Bildschirm. »Ich werde das neue Datenmaterial, das wir freigeschaltet haben, durchgehen müssen. Aber so wie sie geredet haben … ich glaube, es ist so, wie wir befürchtet haben.«

»Hör zu, ich habe keine Ahnung, was zum Teufel hier los ist, aber …«

»Es ist so wie Gründerin Madran gesagt hat, Tyler.« Adams spricht Zilas Name geradezu mit Hochachtung aus. So wie ein Geistlicher den Schöpfer.

Sie betrachten sie als die dritte Gründerin, wird mir klar.

»Sie wusste nur bis zur Schlacht von Terra genau, was passiert«, fährt Adam fort. »Das war der Zeitpunkt, als sie unsere Zeitachse verlassen hat. Trotz ihrer Genialität konnte Zila Madran nicht wirklich die Zukunft voraussagen. Sie hat sich nur an das erinnert, was sie erlebt hat. Also konnte sie es nicht wissen.«

»Von dem Komplott auf der Aurora Station?«

Er nickt. »Aber nicht nur das. Alle Pläne, die wir von diesem Zeitpunkt an gemacht haben, alle Eventualitäten, die wir berücksichtigt haben, um sicherzustellen, dass wir das Ra'haam besiegen, beinhalten den Trigger und die Waffe.«

Er fährt sich mit einer Metallhand über den stoppeligen Schädel.

»Und sie sind *verschwunden*«, flüstere ich. »Bei der Schlacht um Terra.«

»Die Waffe, der Trigger, Aurora O'Malley.« Adams wendet sich der Fensterluke zu, der Dunkelheit dort draußen, die von Sternen übersät ist. »Wir haben *alles* dafür getan, um ihre Anwesenheit hier und jetzt zu gewährleisten, damit sie den letzten Schlag gegen den Feind ausführen können, bevor er erblüht. Und nach alldem, nach *Hunderten* von Jahren, von Nachrichten und Protokollen, die im Geheimen von den Gründern weitergereicht wurden, über Jahrhunderte, von Kommandanten zu Kommandant, haben wir nun *nichts.*«

Ich sehe auf das Gerät in meinem Schoß runter, meine Gedanken rasen. »Gründerin Kim hat eine sichere Anlage auf dem Epsilon-Deck, Bereich Null erwähnt.« Ich schlucke schwer, wage nicht zu hoffen. »Sie hat über meine Schwester gesprochen. Vielleicht …«

Adam klatscht auf sein Funkgerät, spricht schnell.

»Adams an de Stoy.«

»Ich kann dich hören, Seph«, kommt die Antwort.

»Ich habe weitere Informationen. Triff mich auf dem Epsilon-Deck. Ich bringe Jones mit.«

Eine kleine Pause entsteht, wir können sie atmen hören. In den sechs Jahren, in denen ich sie kenne, habe ich nicht einmal gesehen, dass Battle Leader de Stoy die Fassung verliert, aber als sie antwortet, jubiliert sie geradezu.

»Verstanden«, sagt sie. *»Ich treffe euch da.«*

Adams nickt und kappt die Verbindung.

»Betest du noch, Tyler?«, fragt er leise. »Ich weiß, wenn es dunkel wird, ist es schwer, den Glauben nicht …«

»Jeden Tag, Sir«, antworte ich. »Jeden Tag.«

»Gut«, nickt er. »Dann tu es jetzt.«

★ ★ ★

Ich habe mich schon gefragt, warum mir die Bezeichnung Epsilon-Deck so seltsam vorkommt. Als Adams mich in einem Krankenrollstuhl durch die Flure der Krankenstation schiebt und in einen Aufzug für Offiziere, wird mir klar, warum. Ich sehe mir die Leuchtkarte über der Schalttafel des Aufzugs an, die Hunderte von Ebenen, Zwischendecks und Bereiche, und begreife, dass es kein Epsilon-Deck auf der Aurora Station gibt.

Jedenfalls keins, das auf dem Plan verzeichnet ist.

Adams greift in seine Uniform nach einer bio-codierten Schlüsselkarte aus Platin. Er drückt seinen Daumen auf den Sensor und steckt die Schlüsselkarte in einen Schlitz in der Schalttafel. Ein Panel geht auf, ein Sensor tastet sein Gesicht, seine Iriden, seinen Handabdruck ab. Als das Bedienfeld grün aufleuchtet, lehnt er sich zurück und spricht.

»Adams. Eins-eins-sieben-vier-alpha-kilo-zwei-eins-sieben-beta-indigo.«

Es piept. Ich spüre, wie wir rotieren, als würde sich der Aufzug um seine eigene Achse drehen.

»Epsilon, Bereich Null«, befiehlt Adams. »Passwort: Wachsamkeit.«

Mein Bauch fühlt sich an, als wäre er voller Scherben, und die rechte Seite meines Gesichts tut weh – vielleicht hätte ich um ein weiteres Schmerzmittel bitten sollen, bevor wir losgegangen sind. Aber obwohl ich es kaum spüren kann, schlägt mein Herz bei dem Gedanken, vielleicht meine Schwester wiederzusehen, schneller. Ich habe keine Ahnung, was mit ihr passiert ist, nachdem die GIA Saedii und mich gefangen genommen hat. Der Gedanke, dass sie vielleicht tot ist, hat die ganze Zeit schwer auf mir gelastet, ein Gedanke, den ich immer schnell weggeschoben habe. Zu wissen, dass sie zusammen mit Zila und Fin in der Zeit zurückgeworfen wurde, ist kaum nachzuvollziehen.

Aber sie könnte noch am Leben sein.

O Schöpfer, bitte lass sie noch am Leben sein.

Die Aufzugtüren zischen auseinander, und vor uns sehe ich einen hell erleuchteten Korridor, der zu einer schweren Tür führt, die stark genug aussieht, um jedem Beschuss standzuhalten. Battle Leader de Stoy steht dort in voller Legionsmontur, in dem grellen Licht sehen ihre aschweiße Haut und ihr schneeweißes Haar noch bleicher aus als sonst. Sie sieht zu, wie Adams mich in dem Krankenstuhl nach vorne schiebt, nickt mir zu, als wir sie erreichen, und sieht mich ernst an.

»Sieht so aus, als wärst du im Krieg gewesen, Legionär Jones.«

»Nichts, was ich nicht verkraften könnte, Ma'am.«

Sie lächelt, mit schmalen, blutleeren Lippen. Battle Leader de Stoy lächelt *nie.*

»Gute Arbeit, Soldat. Wirklich gute Arbeit.«

Adams hat seine Schlüsselkarte durch ein Bedienfeld links von der Tür gezogen und nickt de Stoy jetzt zu. »Bereit?«

Battle Leader de Stoy zieht ihre eigene Karte durch und lehnt sich nach vorne, um ihre Handfläche auf den Sensor zu drücken. Wieder werden Gesicht, Iriden und Handfläche von Adams und de Stoy abgescannt, eine Nadel entnimmt Gewebe- und Blutproben, und schließlich geben sie die Passwörter von

Zilas und Naris Übertragung ein. Die Technik ist alt, aber wenn man bedenkt, dass diese Station vor zwei Jahrhunderten gebaut wurde, sind die Sicherheitsmaßnahmen ganz schön gut.

Was immer sich auch dahinter befindet, Zila wollte es gut schützen.

Die Tür prallt hörbar auf, kurz leuchtet ein Alarm auf, die Beleuchtung verwandelt sich in kaltes Dunkelblau. Die Luke geht auf, und die Düsternis im Raum dahinter wird hell, als die Deckenbeleuchtung summend anspringt. Als Adams mich reinschiebt, schnappe ich nach Luft und starre voller Ehrfurcht auf das, was ich da vor mir sehe.

Dicke Kabel schlängeln sich von uralten Computerterminals, die mit einem zylindrischen Tank aus durchsichtigem Plastahl im Herzen des Raums verbunden sind. Und innendrin, wie ein schlagendes Herz, das Lichtimpulse aussendet, ist …

»Eine Raumsonde«, flüstere ich. »Eine Raumsonde der Eshvaren.«

Licht blitzt in der Kammer auf und verbindet sich mit dem tropfenförmigen Kristall. Ich kann sehen, dass es beschädigt ist, die Spitze abgebrochen, das Licht spiegelt sich in dem Netz aus Millionen Rissen wider.

»Beim Schöpfer«, flüstert Adams.

Über den Computerterminals taucht ein Bild auf, und als ich Zila wiedersehe, schlägt mein Herz höher. Sie ist jünger als in der Aufzeichnung eben, etwa Mitte vierzig, der Rücken gerade, der Blick klar.

»Willkommen, Kommandanten. Wenn ihr diese Nachricht hört, ist die Schlacht um Terra vorbei, ich habe eure Zeitachse für das Jahr 2177 verlassen, und das Schleudertrauma-Protokoll tritt in Kraft. Bitte schaltet alle Kurzstrecken-Scanner auf der Aurora Station ein, maximale Stufe, überprüft die Flugbahnen. Sagt euren Scanner-Crews, dass sie nach einem Shuttle suchen, terranisch, Osprey-Serie, Modell 71-C.

Stellt ein Ärzteteam für die Insassen bereit, schaltet alle Geräte ein, um euch um einen männlichen Betrasker zu kümmern, neunzehn Jahre alt, der einen anaphylaktischen Schock erlitten hat und wahrscheinlich ein pharyngeales, laryngeales und tracheales Trauma hat.«

Als ich das höre, wird mir fast schlecht, mein Atem geht stoßweise.

»Ich habe die letzten dreißig Jahre damit verbracht, den Algorithmus zu perfektionieren«, fährt Zila fort. *»Als Kadettin habe ich von Einsatzmitteln von solchen Ausmaßen nur geträumt. Ich bedauere, nicht dabei sein zu können, um die abschließenden Ergebnisse zu sehen.«*

Einen Moment lang kann ich wieder das Mädchen sehen, dass ihren Disruptor viel zu sehr geliebt hat.

»Ich bin mir so sicher, wie ich nur sein kann, dass wir erfolgreich sein werden«, sagt sie. *»Aber ich bin nicht perfekt. Und nicht religiös.«* Ihr Blick wandert durch den Raum. *»Ich hoffe, du bist dabei, Tyler. Und wenn ja, dann würde ein Gebet nicht schaden. Du warst immer derjenige unter uns, der geglaubt hat.«*

Adams spricht in sein Funkgerät, weist das Scanner-Team an, befiehlt dem Ärzteteam, seine Position einzunehmen. Zilas Gestalt schwebt schweigend über uns. Während ich sie beobachte, fängt sie an, auf einer Haarlocke rumzukauen.

Nach ein, zwei Minuten pulsiert das Licht um uns herum immer stärker. Die Deckenbeleuchtung im Korridor draußen wird schwächer und geht dann ganz aus.

Ohne eine weitere Warnung schaltet sich das Netz der Station ab, die Schwerkraft fällt aus, und Adams flucht vor sich hin, als die Raumsonde der Eshvaren mit einer Intensität leuchtet, die einen geradezu blendet. Ich bekomme eine Gänsehaut. In meinem Kopf schwillt ein summender Ton an.

»Sie zieht die gesamte Energie aus dem Stationsnetzwerk«, zischt de Stoy.

Zilas holographische Lippen verziehen sich zu einem spitzbübischen Lächeln, und ich strecke meine Hand nach ihr aus, voller Angst, mit Tränen in den Augen, und aus irgendeinem Grund lächele ich mit ihr.

Und dann tue ich, um was sie mich gebeten hat, schließe die Augen, stelle mir Fin und Scar vor, meinen Freund und meinen Zwilling, und flehe den Schöpfer inbrünstig an.

Bring sie zurück.

Bring sie zu mir zurück, bitte.

Das Summen schwillt zu einem leisen Schrei an. Die Raumsonde der Eshvaren brennt so hell, dass ich sie durch mein geschlossenes Augenlid sehen kann, als ich den Kopf wende, und der Ton wird immer lauter. Die Station erzittert, die Kraft schwillt an, jeder Tropfen Energie wird aus dem Netzwerk gesaugt und in das glühende Herz der Raumsonde gezogen.

Das Kreischen fängt an, schmerzhaft zu werden, Adams brüllt, aber ich höre einfach nicht auf zu beten. Kralle mich an dem fest, was Adams mir von Anfang an eingebläut hat, als wir zur Sagan Station aufgebrochen sind, als wir Aurora noch gar nicht entdeckt hatten und in dieses Puzzle hineingezogen wurden, in diesen Krieg, diese Familie, in all das, was sich seit Hunderten, nein, seit Millionen von Jahren anbahnt.

Du darfst den Glauben nicht verlieren, Tyler.

Du darfst den Glauben nicht verlieren.

Der Schrei wird so hoch, dass man ihn nicht mehr hören kann.

Das Licht wird so grell, dass man vollkommen geblendet ist.

Und mit einem letzten, misstönenden Kreischen ist es vorbei.

Das Leuchten in der Raumsonde der Eshvaren stirbt ab und erlischt dann ganz. Draußen flackert die Deckenbeleuchtung wieder an, und als die Schwerkraft wiederkehrt, falle ich zurück auf meinen Rollstuhl, und Schmerz zuckt durch meinen geschundenen Körper.

Funksprüche prasseln auf Adams und de Stoy ein, eine Warnung nach der anderen, und werden durch ein knappes Kommando von de Stoy und Adams grummelndes Bellen zum Schweigen gebracht.

»Alle, die nichts Wesentliches beizutragen haben, halten die Klappe. Scanner-Crew, berichtet.«

Ich sehe ihn an, das Herz schlägt mir bis zum Hals, ich traue mich nicht zu hoffen.

»… Negativ, Sir«, kommt die Antwort. *»Kein Kontakt.«*

»Grenzt den Bereich ein, Leutnant«, befiehlt de Stoy. »Vielleicht hat das Schiff keine Energie mehr. Thermosensor, Bewegungsmelder, Strahlungsspektrum absuchen.«

»Ja, Ma'am, wir sind dran«, kommt die Antwort.

Jede Minute kommt mir wie ein ganzes Zeitalter vor. Ich starre auf die Stelle, wo eben noch das Hologramm von Zila zu sehen war, aber es ist fort, und nur noch das Nachbild der Raumsonde brennt auf meinem Auge.

»Irgendetwas?«, fragt Adams.

»Negativ, Sir«, kommt wieder die Antwort. *»Nichts auf dem Radar.«*

»Hier ist Raptor von der Randzone. Ich bestätige, Aurora. Kein Kontakt.«

Ich sitze da und starre auf das verschwundene Hologramm meiner Freundin, in dem Wissen, dass ich sie nie wiedersehen werde.

Und das wäre vielleicht gar nicht so schlimm – sie hat ja gesagt, dass sie glücklich ist –, wenn da nicht die anderen wären. Auri und Kal sind sonst wohin verschwunden. Zila ist seit über hundert Jahren tot. Cat ist fort. Und nun Finian und Scarlett …

Ich lausche den Berichten der Scanner-Crew und Piloten, die bestätigen, was schon gesagt wurde. Was ich schon weiß.

»Nichts auf dem Radar.«

»Kein Kontakt.«

Sie sind weg. All meine Freunde. Meine ganze Familie.

Nach all dem Leid und Verlust …

»Ich bin der Einzige, der noch übrig ist«, flüstere ich.

Squad 312 für immer.

Teil 4

Inmitten der Sterne werden wir uns wiedersehen

35 Tyler

Nie hätte ich gedacht, dass es einmal so enden wird.

Ich sitze in meinem Krankenfahrstuhl und starre aus dem Fenster auf den Aurora-Stern. Die Schmerzmittel, die sie mir geben, haben es in sich, und so spüre ich meine Wunden nicht. Aber irgendwie macht das alles noch schlimmer. Denn ohne den Schmerz fühle ich nichts als Leere. Die leere Stelle, wo mein Auge sein sollte. Die leere Stelle neben mir, wo meine Familie sein sollte.

Nie hätte ich gedacht, dass es einmal so enden wird.

Ich beobachte, wie sich an der Flanke der Academy die Flotte formiert, und ein Teil von mir ist bei dem Anblick nach wie vor voller Ehrfurcht. Die größte Armada in der Geschichtsschreibung der Galaxis stellt sich gerade auf. Eine Koalition der Völker, zehntausend Schiffe aus der gesamten Milchstraße, die sich der Bedrohung durch das Ra'haam entgegenstellen.

Chellerianer und Betrasker. Ishtarrier und Rigellianer. Gremps und To'Maris und Rikeriter und Freie Syldrathi. So etwas hätte ich mir nicht träumen lassen.

Adams und de Stoy waren alles andere als müßig in den Jahren, seit sie die Legion anführen. Nicht nur haben sie dem Squad 312 den Weg bereitet, um die Waffe zu entdecken und die Gründung der Legion einzuleiten, sondern haben auch andere Agenten ans Werk geschickt, um Informationen über das Ra'haam zu sammeln. Squads, die ausgeschickt wurden, heimlich abgeriegelte Grenzen und vergessene Raumfaltentore zu überqueren. Legionäre haben Beweise gesammelt, Bild- und Datenmaterial dieser verderbten Welten, dieser Brutstätten, wo unser Feind schläft, sich bereits regt und darauf wartet, zu blühen und zu bersten.

Das Filmmaterial, das ich im Reaktor von Cat gemacht habe – von einer demaskierten GIA-Agentin –, hat gereicht, um diese zerbrechliche Allianz entstehen zu lassen.

Der Trigger ist nicht da.

Die Waffe ist nicht da.

Aber wir haben Wasserstoffbomben. Streu-Disruptoren. Magnetbeschleuniger. Biowaffen. Sturmgeschütze. Reaktorpanzerknacker. Die kombinierte Wehrkraft von Hunderten von Welten macht sich bereit, unseren Feind in der Wiege zu ersticken. Der Kurs ist gesetzt, das erste Ziel anvisiert – der Ort, wo alles seinen Anfang genommen hat.

Ein Planet, der noch viele Jahr geschlafen hätte, wenn eine Gruppe von terranischen Kolonisten ihn nicht aus dem Schlaf geholt hätte.

Der Ort, wo das Ra'haam die ersten neuen Mitglieder seit Äonen in sich aufgenommen und alles in Bewegung gesetzt hat. Der Ort, an dem wir Cat verloren haben.

Der Planet Octavia.

Und ich sitze hier und gucke zu.

Hilflos.

Allein.

Ich beobachte, wie die Schiffe umeinandergleiten, sich zu Formationen bilden, wunderschön und elegant, mörderisch und todbringend; Hunderte von Völkern, Tausende von Modellen, Hundertausende Krieger sind am Aurora Raumfaltentor zum Angriff aufgestellt. Als Admiral Adams an Bord des Trägerschiffs *Relentless* ging, hat er mir gesagt, dass ich schon mehr als genug getan hätte. Dass ich mich entspannen soll. Dass ich eine Pause verdient hätte.

Ich weiß nicht, ob ich das glauben soll.

Ich weiß nicht, ob es das alles wert war.

Das Signal zum Aufbruch wird gegeben. Tausende von

Lichtern leuchten auf, als Gruß an die Station. Als die Flotte nach und nach im Raumfaltentor verschwindet, lege ich meine Hände auf das durchsichtige Plastahl, und mir wird schwer ums Herz.

Trotz all der Feuerkraft, all der Stärke wird das nicht so leicht sein, habe ich Adams und de Stoy gewarnt. Selbst wenn wir die Waffe hätten – die wir *nicht* haben –, planen wir diese Schlacht erst seit etwas mehr als zwei Jahrhunderten.

Das Ra'haam bereitet sich auf seine Rückkehr seit einer Million Jahren vor.

Auri, wo bist du?

Ein Schiff nach dem anderen durchquert das Tor, all unsere Hoffnungen, all unsere Leben hängen von ihnen ab.

Und dann sehe ich es, dort draußen im Dunkeln.

Einen winzigen Funken Energie, direkt neben der Station.

Das Herz schlägt mir bis zum Hals, und ich klebe geradezu am Plastahlfenster.

Und dann renne ich los – oder stolpere eher, scheiß auf die Verletzungen – und verziehe das Gesicht vor Schmerz, als ich in eine Gruppe staunender Kadetten knalle und in den Turbolift springe.

Ich rufe Adams an, aber bekomme nur wieder seinen Anrufbeantworter und schmeiße frustriert mein Uniglass gegen die Aufzugwand.

Der Aufzug erreicht die Docks, und ich stürze aus den Türen und brülle das Notarztteam an, das sich eine Pause neben einem Medevac-Shuttle gönnt. Sie sehen mich an, als sei ich irre, total durchgeknallt. Einer von ihnen sagt mir, ich soll zurück auf die Krankenstation gehen. Ich werde nicht wiederholen, was ich als Nächstes brülle, auf jeden Fall ist es aber deutlich, so dass sie ihren Arsch hochkriegen und mich in die Dunkelheit bringen.

Mein Herz hämmert wie wild, als wir losfliegen, die Schwerkraft aussetzt und Hoffnung ebenso in mir aufsteigt wie meine Eingeweide. Der Antrieb wirft mich in meine Beschleunigungsliege zurück, während ich auf den winzigen Fleck – »Da, DA!« – zeige, der dort inmitten dieses Nichts schwebt.

Anders als meine Schwester liebe ich Raumschiffe. Ich kann den Namen von jedem Schiff der Terran Defense Force seit ihrer Gründung im Jahre 2118 nennen. Ich kenne jede Marke. Ich kann die unterschiedlichen Modelle unterscheiden. Ich weiß, in welchem Jahr sie in Auftrag gegeben wurden und in welchem sie stillgelegt wurden.

Hey, ich mag Schiffe, okay?

»Osprey-Serie«, flüstere ich. »Modell 71-C. 2168 bis 2179.«

Entgegen den Einwänden der Ärzte bin ich schon vor ihnen in meinem Raumanzug. Mit nur einem Auge ist es schwierig – sie hatten noch keine Zeit, mir mein kybernetisches Auge einzusetzen –, meine Tiefenwahrnehmung ist im Arsch.

Ein netter, junger betraskischer Unteroffizier gibt mir zu verstehen, dass ich mich hinsetzen soll.

Ich gebe ihm höflich zu verstehen, dass er die Klappe halten soll.

Mit Hilfe eines Roboterarms legt der Shuttle langsam an die *Osprey* an, die Sekunden kommen mir wie Jahre vor.

Meine Zähne knirschen, weil ich sie so fest zusammenbeiße. Als wir fast nah genug sind, um an Bord zu gehen, sehe ich mir die *Osprey* genauer an. Auf dem Rumpf sind ab und zu Brandstellen, und das Metall hat sich zu seltsamen Wellen verformt, als wäre es in großer Hitze flüssig geworden und dann schockgefroren worden, bevor es auseinanderfallen konnte. Die Fenster sind angesengt, dunkel von verbranntem Kohlenstoff; ich kann nicht reingucken. Ich kann sie nicht sehen.

Ich kann sie nicht sehen.

Unsere Luftschleuse zischt, geht auf, und durch Kabel gesichert fliegen ich und das Ärzteteam in den Weltraum hinaus. Ich bin erfahren genug, um ihnen nicht im Weg zu sein, während die Technik-Spezialcrew erst versucht, die Elektronik zu hacken, und dann schließlich mit einer schweren Sauerstofflanze durch das Metall schneidet.

Mit Hilfe von Hydraulik brechen sie die Türen der Ladebucht auf, Kohlenstoffpartikel lösen sich von dem geschmolzenen Metall, mein Bauch ist voller Eisklumpen. Ich folge dem Ärzteteam nach innen, das Licht unserer Helme schneidet durch die Dunkelheit, und wir erreichen die innere Luftschleuse. Als das Team sich an die Abdichtung macht, drücke ich meine Hände gegen die Sichtluke und versuche, in den Bauch des Shuttles zu spähen.

Und dort in der Dunkelheit sehe ich sie, ich sehe sie, schlage mit der Faust gegen die Tür und rufe:

»Finian!«, brülle ich. *»Scarlett!«*

Sie schweben in der Schwerelosigkeit, Scars flammend rotes Haar und Fins milchweiße Haut stechen aus der Schwärze hervor.

Fin ist in eine Rettungsdecke gewickelt, und der Raumanzug, den er trägt, gehört eigentlich in ein Museum. Erschrocken sehe ich, dass in seinem Visier hellrosa Blutspritzer sind.

Scar schwebt in einem ebenso uralten Anzug neben ihm, ihr Körper hängt schlaff und leblos in der Dunkelheit. Um ihren Hals kann ich das Medaillon aus dem Dominion-Tresor in Emerald City sehen. Das Kristall leuchtet wie eine Kerze, das Licht verblasst immer mehr.

»BEEILT EUCH!«, brülle ich. *»MACHT SIE ENDLICH AUF!«*

Die Luftschleuse bebt, wieder bricht das Team den Zugang mittels Hydraulik auf. Ich liege auf dem Bauch und fange an, mich unter der Tür durchzuquetschen, als sie langsam hochgeht, ungeachtet des erwachenden Schmerzes in meinem Körper, dem Blut, das sich unter meinen Verbänden ansammelt.

Ich krabble über das Deck, richte mich auf und stütze mich an den Wänden ab, hake einen Arm um den Pilotensitz und ziehe mit dem anderen meine Schwester zu mir. Ihre Augen sind geschlossen, ihr Haar schwebt wie ein Heiligenschein um ihr Gesicht. Hier gibt es keinen Sauerstoff, keine Atmosphäre, nichts, was den Schall tragen könnte. Also schreie ich sie stattdessen in Gedanken an, über das Blut, das uns verbindet, und bete *Bitte, Schöpfer, bitte.*

Scar, kannst du mich hören?

Das Team wuselt hinter mir rein, sichert Fin. Werte werden kontrolliert, Vitalparameter überprüft. »Wir müssen beide zurück auf die Station bringen, *SOFORT.*«

Scar! Ich bin's, Tyler!

Sie schieben mich zur Seite, wickeln meine Schwester in eine elektrothermische Decke, schnallen sie auf eine Transportliege. Ich halte ihre Hand, während wir sie zurück in unser Shuttle bringen. Ich weigere mich loszulassen, aufzugeben. Nicht nach alldem.

Nicht auch noch sie.

SCARLETT, WACH AUF!

Regungslos liegt sie auf der Liege, die jetzt in unserem Shuttle gesichert ist, und wärmt sich nach der Eiseskälte des Alls wieder auf.

Aber sie bewegt sich immer noch nicht, atmet kaum, und ich kann sie nicht in meinen Gedanken *spüren*, diese seltsame Wir-sind-mehr-als-Zwillinge-Verbindung, die wir immer geteilt haben – diese Gabe von unserer Mutter, die wir nie gekannt haben, von unserem Vater, den wir verloren haben, der Familie, die wir einst waren –, all das ist mir wichtiger als je zuvor, bitte, Scar, bitte, ich kann dich nicht auch noch verlieren, *ich kann dich nicht auch noch verlieren.*

»Ty …«

Ich öffne mein Auge, mein Herz schlägt höher, als ich sehe, wie sie mich durch ihre dichten Wimpern anguckt, ihre Stimme belegt, die Augen umschattet. Ich kann das Ausmaß dessen spüren, was sie gerade durchlebt hat, welche Last sie gerade losgeworden ist, was sie durchgemacht hat. Aber trotz allem lächelt sie mich an.

»Hey … Baby-Bro …«

Ich lache, ich schluchze, beuge den Kopf runter. »Ich hasse es, wenn du mich so nennst.«

Ihre Lippen öffnen sich, Angst in ihrem Blick. »F … Finian?«

»Alles gut«, flüstere ich. »Sie kümmern sich um ihn, Scar.«

Ich will sie so unbedingt in die Arme nehmen, dass ich es kaum noch aushalte, will sie in meine Arme zerren und nie wieder loslassen. Aber ich kann sehen, was sie durchgemacht hat, und ich will sie nicht noch mehr verletzen. Also drücke ich einfach ihre Hand, beuge mich über sie, um ihre Stirn zu küssen, Tränen tropfen von meinen Wimpern und schweben in der geringen Schwerkraft empor. Ich lasse alles, was ich fühle, in ihren Kopf strömen. Die Trauer und die Angst, das Bedauern und den Schmerz, aber vor allem die Freude, diese überwältigende Freude, sie wiederzusehen.

Wir kennen uns unser ganzes Leben lang. Sogar schon bevor wir geboren wurden. Und bei allem, was ich getan, durchlebt, durchkämpft habe, auch wenn sie nicht an meiner Seite war, war sie doch bei mir. Ein Teil von mir.

Für immer.

Scarlett breitet die Arme aus, und ich halte sie ganz sanft, und sie streichelt mein Haar, als ich mich an sie drücke.

»Ich liebe dich auch«, flüstert sie.

36 Tyler

Für die, die nach Octavia wollen, ist es eine lange Reise durch die Raumfalte. So lang, dass meine Verletzungen anfangen zu heilen, während wir auf die Nachricht von der Koalitionsflotte warten, dass sie ihr Ziel erreicht haben. Die Reha ist anstrengend, und das kybernetische Auge fühlt sich noch seltsam an, aber die gute Nachricht ist, dass ich jetzt wieder ganz normal Nachrichten gucken kann.

Fin liegt noch auf der Krankenstation, aber als ich in sein Zimmer hinke, trennen sich Scarlett und er mit einem hörbaren Schmatzer, also kann es ihm wohl nicht allzu schlecht gehen. Meine Schwester richtet ihre Uniform, streicht sich eine Locke ihres frisch gefärbten Haars aus dem Gesicht und macht es sich auf dem Bett neben Fin bequem. Ich stehe vor ihnen und hebe eine Augenbraue, sehe zwischen den beiden hin und her.

Fin ist rot im Gesicht, was bei einem Betrasker total komisch aussieht.

»Du sollst dich doch ausruhen«, sage ich.

»Er ruht sich doch aus«, sagt Scarlett fröhlich.

»Du hast ihm einen Kugelschreiber in den Hals gerammt, Scar. Dann gönn ihm doch noch ein paar Tage, bevor du anfängst, seine Mandeln abzulecken.«

»Sehr lustig«, sagt sie und verdreht die Augen. »Und wirklich sehr anschaulich. Aber ich habe *keine* Ahnung, was du meinst.«

Ich zeige auf mein Gesicht. »Weißt du, dieses kybernetische Auge, das sie mir gegeben haben, ist wie eine Wärmebildkamera. Dein Gesicht wird fast um null Komma zwei Grad wärmer, wenn du lügst.«

Sie nimmt eins von Fins vielen Kissen und wirft es mir an den Kopf.

»Sie hätten dir mal lieber eine Augenklappe geben sollen.«

»Das würde die Sache mit dem Weltraumpiraten etwas zu weit treiben, sogar für mich.«

»Ahoi, Kumpel«, grinst sie.

»Beim Klabautermann«, sage ich und muss lächeln. »Hisst die Totenkopfflagge!«

»Yarr!«, knurrt Fin mit leiser, brüchiger Stimme.

Mit gespielter Entrüstung wendet sich Scarlett ihm zu und stupst gegen seine Brust. »Du sollst doch nicht sprechen!«

Fin zuckt mit den Schultern und grinst dümmlich. Sie legt eine Hand an seine Wange und küsst ihn auf die Lippen. Ich beobachte, wie sie langsam voneinander lassen, starre meinen Gearhead an. Fin tut so, als würde er meinen Blick nicht bemerken, aber schließlich sieht er mich von der Seite an.

»Weißt du«, sage ich. »Wenn all das hier vorbei ist, müssen du und ich mal ein Pläuschchen über meine Schwester halten, Kumpel.«

Fin zeigt auf die Verbände um seinen Hals, zuckt mit den Schultern und sagt lautlos *Darf nicht sprechen.*

»Mein starker Beschützer«, sagt Scarlett, Hand auf dem Herzen und mit klimpernden Wimpern.

»Um dich mache ich mir keine Sorgen«, spotte ich. »Sondern um ihn.«

Sie verdreht die Augen und blickt auf meine Tasche.

»Was hast du mir denn mitgebracht?«

Ich setze mich neben das Bett, wühle in der Tasche und werfe ihr dann ein paar Packungen Just like Real Noodelz™ zu. Meine Schwester starrt mich an und ist jetzt wirklich entrüstet. »Du hast mir *Schiffsverpflegung* mitgebracht?! Tyler, wir sind hier auf einer Station, hier gibt es *richtiges* Essen, was zum …«

Sie verstummt, als ich ihr eine Packung kaltes Viererlei-Schokoladeneis in die ausgestreckten Hände drücke und einen Göffel.

»Ooooh, du bist ein guter Mensch, Tyler Jones, ich verzeihe dir.«

Fins Gesicht ist schmerzverzerrt, als er flüstert: »Kann nicht glauben … dass du jetzt was essen kannst.«

»Du sollst nicht sprechen.« Scarlett öffnet die Verpackung, als würde sich da drin die Antwort auf alle Fragen des Lebens, des Universums, auf alles befinden. »Und wenn du nicht weiterweißt, hast du noch nicht gespeist.«

Fin sieht auf das Hologramm, das an die Wand projiziert wird, und murmelt: »Irgendwie komisch … jetzt zu feiern.«

Scar und ich folgen seinem Blick auf das Hologramm, nehmen den Anblick begierig in uns auf. Battle Leader de Stoy ist auf der Station zurückgeblieben, um den Angriff zu leiten. Aber Adams gewährt uns direkten Einblick in sein Flaggschiff *Relentless*. Er hat gesagt, dass wir uns einen Platz in der ersten Reihe mehr als verdient haben, wenn hier Geschichte gemacht wird.

Und was wir hier sehen, wird in die Geschichte eingehen.

Nach fast zwei Wochen in der Raumfalte haben die versammelten Schiffe der Koalitionsflotte endlich das Tor nach Octavia erreicht und sind nun zum Angriff bereit, um die erste Brutstätte des Ra'haam zu vernichten.

Wie Speere sammeln sie sich im Schwarzweiß der Raumfalte, ihre Umrisse heben sich vom Raumfaltentor ab. Wie bei allen Sonnensystemen, in denen das Ra'haam sich versteckt hält, ist das Raumfaltentor nach Octavia ein natürlicher Schwachpunkt in dem Gewebe zwischen den Dimensionen. Anstatt eines sechsseitigen Tors wie bei den Terranern oder eines tropfenförmigen Portals wie bei den Syldrathi sieht dieses hier aus wie ein schimmernder Riss quer durch die Raumfalte. Er ist

Zehntausende Kilometer breit, schwarze Quantenblitze sorgen dafür, dass sich die Ränder wellen. Die Horizontlinie ist dunstig, verzerrt, wie flimmernde Hitze, und dahinter erhasche ich einen kurzen Blick auf den Octavia-Stern, blutrot hebt er sich von der Farblandschaft des Echtraums ab.

Als wir das das letzte Mal gesehen haben, waren es nur wir sieben. Der Squad 312. Wir wissen alle, was wir auf diesem Planeten verloren haben. Was uns genommen wurde. Einen Augenblick lang überwältigen mich die Wut und der Schmerz so sehr, dass ich kaum atmen kann.

»Komisch, zu feiern, wenn das Ra'haam vernichtet wird?«, hakt Scarlett nach, lehnt sich zurück und schiebt sich einen Göffel Schokoladeneis in den Mund. »Soll das ein Witz sein? Wir sollten dazu noch ein paar Bier trinken.«

Das Knackzisch eines sich öffnenden Deckels hallt im Zimmer wider, und ich drücke Scarlett eine eiskalte Flasche Ishtarri-Bier in die Hand.

»Ooooh, du bist wirklich ein guter Mensch, Tyler Jones.«

»Dachte … du trinkst nicht«, flüstert Finian, als ich aus meiner Flasche einen langsamen Schluck nehme.

»Ich mache eine Ausnahme«, antworte ich. »Möchtest du auch eins?«

Fin schüttelt den Kopf und blickt wieder auf den Monitor. Ich spüre seine Beklommenheit, seine Angst, und ehrlich gesagt, teile ich sie sogar. Wenn die Eshvaren sich solche Umstände gemacht haben, um uns die Waffe zu besorgen und ihren Angriff auf ihren uralten Feind zu planen, scheint es mir etwas vermessen zu sein zu glauben, man könnte sie einfach mit roher Gewalt besiegen.

Aber wenn ich es recht bedenke, haben die Eshvaren, trotz ihrer großen Macht, vor einer Million Jahren gelebt. Wir wissen nicht, ob es damals auch schon andere bewohnte Planeten gab –

vielleicht waren sie ganz allein. Sie hatten wahrscheinlich keine Vorstellung davon, welche Feuerkraft eine Koalition aus ein paar hundert sternumspannender Spezies aufbringen kann, wenn sie motiviert genug sind. Diese Flotte, diese Stärke … so etwas hat die Galaxis noch nie zuvor gesehen.

Und außerdem sind sie sowieso unsere einzige Hoffnung.

Adams und die anderen Kommandanten sind keine Narren, und sie greifen nicht einfach blind an – sie haben bereits eine Welle von Kundschafter-Drohnen durch das Raumfaltentor geschickt, um das System zu überprüfen. Von dem, was berichtet wird, sieht Octavia III noch genauso aus wie damals, als wir sieben dort waren – ein ganz normaler Felsen der M-Klasse. Vierundsiebzig Prozent sind von Meer bedeckt, es gibt vier große Kontinente. Genauso langweilig wie ein Samstagabend im Wohnheim der Academy – außer man spielt gerne Schach, natürlich.

Aber ich weiß, dass diese grünblauen Landmassen und die blaugrünen Ozeane nicht mehr wirklich aus Erde oder Wasser bestehen. Sie sind die Haut des Ra'haam. Kletterpflanzen und Farnwedel und sich rankende Blätter, die sich in der Wärme des Planetenkerns aalen. Es ist eine Maske, die das Gesicht des Monsters, welches darunter wächst, verbirgt.

Aber all die Daten, all die Informationen sprechen dafür, dass …

»Es schläft noch«, murmelt Scarlett.

»Sieht so aus.« Ich nicke.

»Glaubst du wirklich, dass es funktioniert?«, fragt sie.

Ich presse die Kiefer zusammen, sehe, wie der Befehl gegeben wird und die Flotte durch das Raumfaltentor strömt. Ich versuche, nicht an all das zu denken, was wir brauchen, aber nicht haben, an all das, was wir verloren haben, um an diesen Punkt zu kommen. Cat und Zila und Kal und Auri.

»Es muss«, flüstere ich.

Die Vorgehensweise ist wie aus dem Lehrbuch, die Armada taucht aus dem Tor wie die Hand des Schöpfers auf. Welle um Welle von Schiffen, elegante Rigellianer, schnittige Chellerianer und flinke Betrasker schneiden durch die Dunkelheit wie Pfeile, die über ein Schlachtfeld aus alter Zeit fliegen, während die Krähen bereits das Gemetzel besingen.

Hinter ihnen folgen die Großkampfschiffe – die massigen Umrisse der orbitalen Kampfplattformen aus Ishtarr, aalanische Sternenjäger, die Kampfkolosse der Gremps, Zerstörer aus Nu-Laat und Frachtschiffe der Aurora Legion, begleitet von unzähligen Longbows. Dieser Anblick nimmt mir den Atem, verursacht mir eine Gänsehaut. Nichts wünsche ich mir in diesem Moment mehr, als dabei zu sein.

Stattdessen sitze ich in einem Krankenzimmer am anderen Ende der Galaxis fest.

Und kann nichts als zugucken, vollkommen hilflos.

»Das ist für uns alle, Ty«, sagt Scar und trifft meinen Blick.

»Ja.« Ich schlucke und nicke dann. »Das ist für Cat.«

Der Befehl kommt über Funk. Das Bombardement beginnt. Zehntausend Schiffe, zehntausend Schüsse, zehntausend Fäuste halten unser Licht dort draußen in der Dunkelheit hoch.

Als die ersten Bomben fallen, beginnt die Atmosphäre von Octavia zu brennen: Grellweiße Wasserstoffexplosionen durchzucken sie, orbitale Salven durchschneiden die Wolkendecke, Fusionsbomben lassen den Planeten erzittern. Zunächst erscheint es einem wenig. Der Planet ist so groß, die Ausmaße so riesig. Aber sogar ein Elefant kann durch Ameisen getötet werden. Es müssen nur genug sein. Und außerdem sind die meisten Ameisen nicht mit Nuklearwaffen ausgestattet.

Das Blaugrün verbrennt. Der kristallklare Himmel von Octavia wird immer dunkler, Milliarden von Tonnen Erde und

Asche werden in die Atmosphäre geworfen, während die Oberfläche in Flammen steht und der Planet in seinen Grundfesten erschüttert wird. Unablässig fallen die Bomben, ohne Ende in Sicht, die Macht der vereinten Völker der Galaxis auf ein einziges Ziel gerichtet – den Drachen in seiner Höhle zu erledigen, das Biest zu vernichten, während es noch schläft.

Und beim Schöpfer, ich habe ja nicht zu hoffen gewagt. Aber als die Bomben weiter fallen, übermächtig und verheerend, als die Himmel von Octavia III schwarz vor Asche werden, die Atmosphäre sich auflöst …

»Sie schaffen es«, flüstere ich. »Sie schaffen es tatsächlich …«

Zuerst ist es nur ein Flüstern. Unförmig und ausdrucklos irgendwo in meinem Hinterkopf. Erhebt sich dort, wo ich all meine Ängste aufbewahre, auch die, die ich als Kind hatte – Monster unter meinem Bett und die hässlichen Stimmen in meinem Kopf.

Ich sehe Fin an, aber ihm scheint nichts aufgefallen zu sein, seine großen schwarzen Augen sind noch immer auf den Angriff gerichtet, die brennenden Himmel spiegeln sich in seinen Kontaktlinsen wider. Aber als ich an ihm vorbei zu Scar gucke, sehe ich, dass sie eine kleine Falte auf der Stirn hat, ihr Gesicht sich verzerrt.

»Hörst du das?«, frage ich.

»Nein.«

Sie trifft meinen Blick und schüttelt den Kopf.

»Ich *fühle* das.«

Der Druck wächst, fährt mir den Rücken hoch, drückt so sehr von hinten auf meine Augen, dass ich sie schließen muss, während ich mir den Schweiß von der Stirn wische.

Dann entsteht eine kleine Pause, als würde etwas kurz Luft holen.

Und dann verwandelt sich das Flüstern in einen *Schrei* – einen

SCHREI, so markerschütternd und hungrig und hasserfüllt, dass er sich über die einsame Weite des Weltalls erstreckt, von meinem Herzen Besitz ergreift und es zusammenquetscht, so sehr, dass es fast stehenbleibt.

»Schöpfer, hilf …«

Scar gibt einen zischenden Laut von sich, Blut läuft ihr aus der Nase. »Was … passiert hier?«

Fin hebt eine zitternde Hand, sein Flüstern durchfährt mich eiskalt.

»… seht mal.«

Die Flotte. Der Angriff. Die Raketen, die Schiffe, die Bomben – alle sind plötzlich still. Als hätte Adams befohlen, das Feuer einzustellen, nur dass so ein Befehl über Funk nicht zu hören war. Tatsächlich ist gar nichts mehr über Funk zu hören, als würden alle in der Armada lauschen, entrückt oder entsetzt oder wie gelähmt angesichts dieses furchtbaren

SCHREIS.

Sirenen kreischen jetzt an Bord der Aurora Station, Befehlshaber werden zu ihren Gefechtsstationen gerufen, die Beleuchtung wird gelb, als wir in Bereitschaftsstatus 2 übergehen. Die gesamte Galaxis bekommt das durch die Übertragungen mit, und ich kann mir die Unsicherheit vorstellen, die Panik, die sich ausbreiten wird wie Gift, während die mächtigste Flotte aller Zeiten eingefroren und still dort draußen im Nichts hängt, schwarze Silhouetten vor einer brennenden Welt.

»Admiral Adams …«, flüstere ich.

Die Atmosphäre von Octavia III wallt und siedet, Feuerstürme wüten zwischen schwarzen Wolken, lodern Hunderte von Kilometern in den Himmel auf. Der Schrei wird immer intensiver, so hell und scharf, dass ich durch meine Tränen kaum noch etwas sehen kann, und Blut schießt mir aus der Nase und läuft mir übers Gesicht. Fin hat Scarlett an die Hand genommen und wischt ihr das Blut vom Kinn. Aber ich zwinge mich, meinen Blick wieder auf den Monitor zu richten, beobachte voller Grauen und wie vor den Kopf geschlagen, wie die wirbelnden Wolken über Octavia auseinanderreißen und das Ding darunter zum Vorschein kommt.

Es sieht nicht aus wie ein Monster. Auch nicht wie das Grauen und das Ende von allem. Das ist das Schreckliche – ich bin tatsächlich von Ehrfurcht ergriffen angesichts dieser *Schönheit*, als Milliarden von blauleuchtenden Sporen von der brennenden Haut von Octavia aufsteigen und in den Weltraum fluten. Während es herausströmt, reißt es den Planeten auseinander, zerstört ihn bis aufs Herz, lässt Gestein zersplittern, und dann blutet der flüssige äußere Kern, platzt auseinander in einer Katastrophe unvorstellbaren Ausmaßes.

Schreiend stirbt Octavia, genauso wie auch ich schreie und auch das Ra'haam jault, brüllt wie ein Neugeborenes, das aus dem warmen Schoß der Mutter in die kalte Welt gestoßen wird. Und das Herz schlägt mir bis zum Hals, als ich sehe, wie die glitzernden Sporen durch die Dunkelheit fallen, sich an die sich neigenden Schiffe heften, eindringen, Ranken suchend um sich greifen, Samenkapseln aufplatzen und diese Verderbnis sich in der mächtigsten Flotte ausbreitet, die die Galaxis je aufgestellt hat, und sie sich zu eigen macht.

»Nein«, flüstert Scarlett. »Schöpfer, nein …«

»Es ist aufgewacht …«, sage ich leise.

Ich sehe das Licht von hochgefahrenen Triebwerken, Schiffe, die wenden – die wenigen Crews, die so geistesgegenwärtig sind zu versuchen, ihrem Schicksal zu entkommen. Aber die meisten von ihnen schweben dort draußen, reglos und tot, während Octavia brennend stirbt, schreiend, und dieses Ding gebärt, dass eine Million Jahre lang in seinem Schoß gewärmt wurde.

Ich sehe zu, wie diese Sporen fallen, schweben, sich ergießen, wie winzige blaue Glaskugeln, und die Koalitionsflotte verschlingen und dann weiterziehen. Ich sehe zu, wie die Übertragungen anfangen abzubrechen, als ein Schiff nach dem anderen verschlungen wird, verseucht. Ich möchte mich abwenden, die Augen schließen, mir sagen, dass das Monster unter meinem Bett nicht echt ist, nicht echt ist.

Aber ich zwinge mich weiter zuzusehen, als das Ra'haam das Raumfaltentor erreicht – diesen schimmernden Riss zwischen den Sternen, der den Weg in die übrige Galaxis freigibt. Scarlett war in ihrem ganzen Leben nicht ein einziges Mal in der Kapelle, aber jetzt betet sie, als diese leuchtenden Kugeln anfangen, durch das Tor zu strömen. Fin greift nach meiner Hand und drückt sie so fest, dass meine Finger knacken.

»Ich habe das schon mal gesehen«, flüstert er. »In einem Traum …«

Ich sage das Einzige, was mir durch den Kopf geht.

Ich spreche seinen Namen aus.

»Ra'haam.«

Ein Schwarmbewusstsein, das einmal gedroht hat, jedes Leben in der Galaxis zu verschlingen. Ein ganzes Volk hat sich geopfert, um zu verhindern, dass es ein weiteres Mal aufblüht, weil dieser Feind so hungrig, so überlegen, so gefährlich ist.

Doch sie sind gescheitert.

Die Eshvaren sind gescheitert.

Und, Schöpfer, hilf, wir auch.

Ra'haam.

37 Tyler

Zehn Tage später, und die gesamte Galaxis ist in Panik.

So etwas habe ich noch nie zuvor gesehen. Wie ein Virus, das dem Ra'haam vorauseilt: Diese Welle aus glitzernden blauen Sporen, die sich in der Raumfalte ausgebreitet und die überwucherte Armada gleich mitgenommen hat.

Wir konnten nur Ausschnitte sehen, als der Feind vorrückt, aber genug, um zu wissen, dass die Flotte und alle, die dazugehörten, verschwunden sind. All diese Sternenjäger und Kampfkolosse und Frachtschiffe sind jetzt mit Sporen und Schimmel und blaugrünen Blättern überwachsen und ziehen lange Ranken durch die Raumfalte hinter sich her. Sie sehen aus wie Wracks auf dem Grund terranischer Meere, voller Seepocken und Unkraut, und mir schaudert, wenn ich daran denke, was aus all diesen tapferen Legionären geworden ist.

Aus Admiral Adams. Den anderen Befehlshabern.

Die Aurora Legion und jede Streitkraft in der Galaxis sind praktisch enthauptet worden.

Wo es noch vor ein paar Wochen versteckt und still geschlummert hat, kennt nun die ganze Galaxis seinen Namen, der nur im Dunkeln und hinter verschlossenen Türen geflüstert wird und über die Übertragungen gebrüllt.

Ra'haam.

Ein Feind, der ein Volk nach dem anderen dieser Galaxis verschlingen will.

Bis nichts anderes mehr übrig ist.

Soweit wir das sagen können, ist bisher nur die Brutstätte auf Octavia zum Leben erwacht. Vielleicht hat es etwas mit dem Angriff zu tun oder der terranischen Kolonie dort oder mit etwas ganz anderem. Wir wissen nur, dass, so schlimm es jetzt auch ist, es doch noch einundzwanzigmal schlimmer wird, sobald diese anderen Brutstätten aufwachen.

Dieser Krieg ist schon vorbei, bevor er begonnen hat.

Die Angst vor ihm breitet sich aus wie ein Feuer, fegt durch die Milchstraße, genau als der Feind in die Raumfalte vordringt. Die Völker verfallen in Panik, manche gehen sogar so weit, die Raumfaltentore zu ihren Systemen zu zerstören – ziehen sich lieber zurück, in ein neues, dunkles vorraumfaltisches Zeitalter, als dem Ra'haam zu erlauben, ihre Welten zu kolonialisieren. Und währenddessen quellen die Sporen weiter über und leuchten geisterhaft blau im Schwarzweiß der Raumfalte.

Ohne Ende.

Unaufhaltsam.

Die verderbte Flotte schwimmt auf der Welle der Sporen, wie ein dunkler Schatten inmitten eines glitzernden, schimmernden Sturms, der Milliarden von Kilometern breit ist. Und als ich mir die Übertragungen ansehe, überflutet von dem Grauen überall, werde ich von Hoffnungslosigkeit befallen.

Ich habe genau das getan, was mir die Vision gesagt hat. Ich habe die Zerstörung der Aurora Academy verhindert, die Katastrophe verhindert, die nach dem Auslöschen der Galaktischen Versammlung zwangsläufig eingetreten wäre. Ich habe getan, was man mir gesagt hat.

Und so habe ich dem Ra'haam eine riesige Flotte ausgehändigt, an das es sonst nie rangekommen wäre.

Scar und Fin haben einen Weg durch die Zeit gefunden, Zila hat in der Vergangenheit ihr Leben der Gründung der Aurora Legion gewidmet, um dieses Ding zu bekämpfen. Auri und Kal habe ihr Leben der Waffe hingegeben, und dennoch: Hier ist das Ra'haam, ergießt sich in die Raumfalte, genau wie es das immer wollte, genau wie es das immer geplant hat.

Vielleicht hat der Squad 312, nach allem, was er getan hat, es nur noch schlimmer gemacht.

Und nach allem, was ich getan habe, um die Aurora Station zu retten, war es doch umsonst. Denn die Aurora Station wird das nächste Ziel des Ra'haam sein.

Unser Spähtrupp hat das bestätigt. Der Kurs ist gesetzt. Die Daten abgeglichen.

Das Ra'haam kommt hierher.

Und es wird in weniger als vierundzwanzig Stunden ankommen.

Wir können auf keine Hilfe hoffen. Auf kein Wunder. Wir sind in der Unterzahl und unterlegen – obwohl wir noch Schiffe in Reserve haben und ein Schutzschild, ist die schlichte Tatsache doch, dass das Ra'haam mit so einer Flotte kurzen Prozess machen wird.

»Scar, du musst hier weg.«

Wir stehen auf der Promenade, ringsum wimmelt es von Leuten. Das, was vom Kommando der Station noch übrig ist, hat bestätigt, dass das Ra'haam auf dem Weg zu uns ist, und alles nicht benötigte Personal soll evakuiert werden. Händler mitsamt ihren Familien packen hastig ihre Läden und Habseligkeiten zusammen, während die Dunkelheit dort draußen von Hunderten von Triebwerken erleuchtet wird – Shuttles und Frachter strömen durch das Raumfaltentor und versuchen, sich soweit das möglich ist, in Sicherheit zu bringen.

»Bruderherz«, sagt Scarlett. »Du bist wohl nicht mehr ganz bei Trost.«

»Ich meine es ernst«, sage ich und zeige auf die Station um uns herum. »Die Zeit für Diplomatie ist schon lange vorbei, Scar. Es macht keinen Sinn, dass du hierbleibst.«

»Es macht keinen Sinn, dass überhaupt irgendjemand hierbleibt, wenn ihr mich fragt«, ruft Fin.

»*Danke schön,* Fin!«, sagt Scar mit einer dramatischen Verbeugung. »Endlich sagt hier jemand mal was Vernünftiges!«

»Ich dachte, du sollst nicht sprechen«, murmele ich.

Mein Gearhead grinst mich an, sein neuer Exoanzug zischt sanft, als er mit den Schultern zuckt. »Das wäre ja auch zu schön, um wahr zu sein.«

»Wirklich, Tyler, wir sollten mit …«

»Ich kann das nicht, Scar. Ich habe einen Eid auf die Legion geschworen, als ich eingetreten bin.«

»Die Legion?«, sagt sie verächtlich. »Tyler, fast alle Kommandanten sind tot, und wir haben fast all unsere Schiffe verloren, als Octavia aufgeblüht ist. Die Legion ist verdammt nochmal …«

»Ich weiß!«, sage ich und werde langsam wütend. »Das weiß ich besser als jeder andere! Glaub mir, ich habe es oft genug mit de Stoy durchgerechnet! Aber wenn ich schon sterben muss, dann will ich kämpfend untergehen! Und der beste Ort, an dem sich kämpfen lässt, ist hier.«

Sie trifft meinen Blick und zuckt einfach mit den Schultern. »Dann bleibe ich bei dir.«

»Scar, nein, nie im …«

»Ich will es nicht hören«, ruft sie. »Ich bin nicht der Legion beigetreten, um die Galaxis zu einem besseren Ort zu machen! Ich bin nicht beigetreten, um Heldentaten zu vollbringen! Ich bin beigetreten, weil du mein Baby-Bruder bist und ich auf dich aufpasse! Und ich habe meinen phantastischen Arsch nicht durch Zeit und Raum geschleift, nur um jetzt beim ersten Anzeichen einer Katastrophe, die die Galaxis vernichten könnte, auf dem Absatz kehrtzumachen und zu fliehen, hörst du?«

Ich gucke meiner Schwester in die Augen.

Ich kenne Scarlett Isobel Jones mein ganzes Leben lang. Ich kenne sie besser als jeden anderen in der Milchstraße. Ich weiß, dass sie sich durch die Academy gemauschelt hat, dass sie das nie so wirklich ernst genommen hat, dass sie vielleicht nicht die beste Rekrutin in der Legion war.

Doch ich kann sehen, wie sehr die Herausforderungen, mit denen sie konfrontiert war, die Schlachten, die sie geschlagen hat, sie verändert haben. Sie ist härter geworden als früher. Mutiger. Ich kann sehen, dass sie in den vergangenen Monaten in sich eine Kraftquelle gefunden hat, von der sie gar nicht wusste, dass sie sie besaß. Aber es gibt eine Sache an Scarlett Isobel Jones, die sich nicht verändert hat. Eine Sache, die all das Leid und der Verlust nicht verändern konnten.

Sie liebt mit einer Leidenschaft, die ich bei niemand anderem so kenne.

»Scarlett«, sage ich. »Wenn du hierbleibst, wirst du sterben.«

»Ich habe dich einmal verloren, Ty«, antwortet sie, mit hoch erhobenem Kinn. »Das passiert mir nicht noch mal.«

Fin tritt an ihre Seite und nimmt ihre Hand. »Sieht so aus, als würdest du uns beide nicht los, Boss.«

Ich seufze und sehe durch das riesige Fenster auf die Sterne dort draußen. Die fliehenden Schiffe. Den Untergang der Galaxis.

Ich weiß, dass es keinen Ausweg gibt. Ich weiß, dass wir in den Gewehrlauf unserer eigenen Hinrichtung schauen. Und ich weiß noch, wie es sich angefühlt hat, im Reaktor gegen Cat zu kämpfen. In diese glühenden Augen zu sehen. Dazuliegen und zu verbluten. Dieser schreckliche Moment, als ich überlegt habe, ob es nicht besser ist, im Ra'haam aufzugehen, anstatt allein zu sterben.

Ich weiß jetzt, wie dumm diese Angst war. Denn selbst in meiner dunkelsten Stunde war ich nie allein. Und so lege ich meine Arme um Scar, halte sie fest und greife nach Fin und ziehe ihn in unsere Umarmung.

Das ist es, was Familie ausmacht.

Dass man nie allein ist.

Die Beleuchtung ringsum schaltet auf Rot. Ein Alarm ertönt über die Lautsprecheranlage, eine metallische Stimme hallt über die Promenade.

»Aurora Station, hier ist Battle Leader de Stoy. Alarmstufe Rot. Unbefugte Schiffe auf dem Weg zu uns. Alle Mann auf Gefechtsstation.«

»Ach du Scheiße …«, flüstert Scar.

»Ich wiederhole, hier ist Battle Leader de Stoy. Zahlreiche unbefugte Schiffe dringen durch das Raumfaltentor ein. Alle Mann auf Gefechtsstation.«

»Es ist hier«, haucht Fin.

»Nein.« Ich runzle die Stirn, lasse beide los und blicke aus dem Plastahl-Fenster auf das Raumfaltentor. »Das Ra'haam ist noch neunzehn Stunden …«

»Legionär Jones, hier ist de Stoy, hörst du mich?«

Ich tippe auf das Funkgerät an meiner Brust.

»Verstanden, Kommandant.«

»Ab mit dir in die Kommandozentrale, Soldat, und zwar ein bisschen dalli!«

Ich werfe noch einen Blick auf das Raumfaltentor, und als sich dunkle Schatten durch den Riss ergießen, wird mir fast schlecht.

Ich lege meine Hand auf das Plastahl-Fenster, kann nicht fassen, was ich dort sehe, während mir das Herz bis zum Hals schlägt.

»Die Schiffe kenne ich …«, flüstere ich.

»Ty?«, fragt Scar. »Was ist …«

Aber ich renne schon los, rase durch die Menge die Promenade hinunter und brülle aus vollem Halse: »Scar, Fin, los geht's!«

»Wo, zum Teufel …«

»LOS JETZT!«

Scar und Fin folgen mir durch die flüchtende Menge und in den Turbolift. Schweigend fahren wir bis zur Brücke der Kommandozentrale hinauf. Fin und Scar sehen mich an, als hätte ich eine Schraube locker, während ich mich frage, ob bei mir nicht alle locker sind.

Ich habe nicht zu hoffen gewagt, doch als wir drei uns auf das dichtgedrängte Deck der Kommandozentrale drängen, wird mein Verdacht bestätigt. Ich habe Schmetterlinge im Bauch und grinse wie ein Honigkuchenpferd.

»Was ist das?«, fragt Fin, den Blick auf die Monitore gerichtet.

»Sie hat es geschafft«, sage ich lächelnd. »Sie hat es wirklich geschafft.«

Die Umrisse sind jetzt klarer zu erkennen, während sie sich durch das Raumfaltentor in das Aurora System ergießen. Eine Flotte von Kampfschiffen, schnittig und elegant und mit glänzend weißen Glyfen bemalt. Ein Volk, das mit dem Geschmack von Blut im Mund geboren wurde.

Ein Volk, für den Krieg gemacht.

Battle Leader de Stoy steht inmitten ihres Stabs und sieht so souverän aus, wie man das von einer Kommandantin mit null Schlaf inmitten einer galaktischen Katastrophe erwarten kann. Der Ausdruck auf ihrem schmalen, bleichen Gesicht ist finster und der Blick ihrer schwarzen Augen auf mich gerichtet.

»Sie funken uns seit fünf Minuten an«, informiert sie uns. »Sie wollen mit dir sprechen, Jones.«

Ich nicke, stelle mich etwas aufrechter hin. »Verstanden, Ma'am.«

Das Bild von der einströmenden Flotte auf dem Monitor löst sich auf, die gigantische Armada wird von einem einzigen Gesicht ersetzt. Ihr Haar ist so dunkel wie die Leere zwischen den

Sternen, ihre Augen leuchten wie dunkle Edelsteine, und ihre schwarzen Lippen verziehen sich zu einem kleinen Lächeln, als sie mich sieht.

Sie ist wunderschön. Wild. Unbarmherzig.

Wie niemand anders, den ich kenne.

»Saedii …«, flüstert Fin.

»Tyler Jones«, sagt Saedii.

»Es wurde auch Zeit.« Ich lächle, hebe eine vernarbte Augenbraue. »Ich habe mich schon gefragt, ob du den ganzen Krieg verschlafen willst.«

Scar und Fin sehen mich beide völlig verblüfft an. Saedii antwortet spöttisch: »Terraner, ich werde genug Zeit zum Schlafen haben, wenn ich in meinem Grab liege.«

»Hast du getan, was du tun musstest?«, frage ich. »Hast du es so hinbekommen, wie du wolltest?«

Saedii breitet die Arme aus, als wollte sie die Armada der Ungebrochenen unter ihrem Kommando umschließen. Ihr Lächeln ist triumphierend, und mir fällt auf, dass eine neue Kette um ihren Hals liegt, an der ein halbes Dutzend syldrathischer Ohren aufgefädelt sind. »Ich bin eine Templerin der Ungebrochenen, Tyler Jones. Ich mache, was ich will, gehe, wohin ich will, nehme mir, was ich will.«

»Du weißt, was auf uns zukommt?«

Sie nickt, grimmig und entschlossen. »Wir haben sie gesehen.«

»Dann weißt du auch, dass es keinen Ausweg geben wird«, warne ich sie. »Unser einziger Plan ist, so viel wie möglich zu vernichten, bevor wir uns alle endgültig verabschieden.«

»Wir werden zusammen mit euch den Tanz des Blutes tanzen. Wir werden am heutigen Tag die Sonne in Blut baden.« Sie schüttelt den Kopf. »Und wir Ungebrochenen verabschieden uns nicht.«

Bei ihrem Anblick schlägt mir das Herz höher. Bis zu diesem Augenblick war mir nicht bewusst, wie sehr sie mir gefehlt hat. Ich strecke meine Hand nach ihr aus, und sie hebt ihre eigene, als wollte sie ihre Handfläche gegen meine drücken.

Ich wünschte, wir hätten mehr Zeit, ich könnte sie noch besser kennenlernen, ich wünschte …

»Ich bin froh, dass du da bist, Saedii Gilwraeth.«

Ein kleines Lächeln huscht über ihr Gesicht. »Ich bin auch froh, wieder an deiner Seite zu kämpfen, Tyler Jones. Und …«

»Und?«

»… dich wiederzusehen.«

Saedii sieht mich noch einen weiteren unendlichen Herzschlag lang an, und dann ist die Übertragung beendet. Ich lasse die Hand sinken und stelle fest, dass mich die gesamte Besatzung der Brücke ungläubig anstarrt.

»Nicht dass ich undankbar wäre angesichts dieser Unterstützung«, sagt de Stoy. »Aber hätte ich nichts Besseres zu tun, würde ich ja zu gerne deinen Bericht dazu lesen, Legionär Jones.«

Irgendetwas zwischen Bewunderung und Schock zeichnet sich auf dem Gesicht meines Gearheads ab. Aber meine Schwester ist völlig ungläubig, sieht zwischen mir und dem Monitor hin und her.

»Du … und sie?«

Ich zucke mit den Schultern. »Die Grübchen halt.«

»Dass du überhaupt noch aufrecht gehen kannst …«, flüstert Fin.

Ich grinse. »Ja, für eine Weile war ich ganz schön schlaff.«

Fin legt sich eine Hand auf den Mund und mit der anderen klatscht er mich hinter Scars Rücken ab. Scar erwischt ihn dabei und sieht zwischen uns hin und her. »Wie alt seid ihr beiden eigentlich, zwölf?«

»Von zehn?« Ich zucke mit den Schultern. »Das könnte hinkommen.«

»O Schöpfer …«, stöhnt sie.

Doch unser Lächeln ist nur von kurzer Dauer, schon verschwindet das warme Gefühl in meiner Brust, und der Gedanke an das, was da auf uns zukommt, ist alles, was bleibt.

So froh ich auch bin, dass Saedii und ihre Armada gekommen sind, so wird es doch nicht den Unterschied zwischen Sieg und Niederlage ausmachen. Die verderbte Koalitionsflotte ist zu groß, das Ra'haam in der Überzahl – wie schon gesagt, das Einzige, was wir hier tun können, ist, möglichst viel Schaden anzurichten, bevor wir untergehen.

Aber wenn das so läuft, dann wollen wir das Beste draus machen.

Und wenn das wirklich das Ende ist, dann bin ich wenigstens nicht allein.

* * *

Siebzehn Stunden später stehe ich auf der Brücke einer vertrauten Longbow und starre auf unsere Verteidigungslinie. Hinter uns glitzert die Aurora Station wie bei Sonnenaufgang und strotzt nur so vor Kanonen und Raketenwerfern. Um uns herum formiert sich die Flotte.

Adams und de Stoy haben beim Angriff auf Octavia fast jedes Schiff, das sie hatten, eingesetzt, und es sind nur noch etwa vierzig Longbows übrig, die einen schweren Kreuzer flankieren, die *Invincible*, die unter dem Befehl von Battle Leader de Stoy selbst steht.

Und hinzu kommt Saediis Armada: die schwarzen Umrisse von Phantomen und Kreuzern, Frachtern der Banshee-Klasse und Zerstörern, Hunderte und Hunderte davon. Wir bilden eine geschlossene Schlachtreihe vor dem Raumfaltentor, bereit, Höllenkräfte zu entfesseln, sobald das erste Schiff das Tor passiert.

»Feindliche Schiffe im Anflug«, kommt die Meldung über Funk. *»Die feindliche Flotte wird in sechs Minuten ins Aurora System eindringen.«*

»Danke, dass du mich mitgenommen hast«, murmele ich, den Blick auf das Tor gerichtet. »Es hätte mir nicht gefallen, auf die Ersatzbank verbannt zu werden, Em.«

Neben mir zuckt Emma Cohen mit den Schultern, während ihr Blick über die Flotte wandert. »Na, ich schulde dir noch was, nachdem du verhindert hast, dass die Station in die Luft fliegt und so.«

»Du nimmst es mir nicht übel, dass ich dich auf deinem eigenen Schiff eingesperrt habe?«

»Kommt drauf an«, sagt sie und sieht mich von der Seite an. »Nimmst du es mir übel, dass ich dir ins Gesicht geschossen habe?«

»Wir haben beide das getan, was wir tun mussten.« Ich muss lächeln. »Wir die Legion.«

Sie nickt und lächelt zurück. »Wir das Licht.«

»Und es tut mir *wirklich* leid wegen Damon«, meldet sich Scar neben mir zu Wort. »Ich wusste damals echt nicht, dass ihr beiden miteinander ausgeht.«

Emma zuckt mit den Schultern, die Augen auf das Tor gerichtet. »Er war ein Arschloch.«

»Stimmt's?«

»Feindliche Flotte weiter im Anflug. Noch vier Minuten.«

»Neinneinnein«, sagt Fin gerade und setzt sich neben de Renn. »Deine dritte Mutter ist meine Tante ersten Grades auf der Seite meines zweiten Großvaters.«

Cohens Tank hört auf nachzurechnen, die Hände über den

Auslösern. »Aber mein zweiter erster Onkel ist dein Cousin dritten Grades, stimmt's?«

»Dariel ist dein erster Onkel?«

»Ja, zweiten Grades auf …«

»Wie sehen deine Berechnungen aus, de Renn?«, fragt Cohen.

»Wir sind startklar«, antwortet der Tank und richtet sich auf. »Wir sind bereit, Alpha.«

»Feindliche Flotte weiter im Anflug. Noch drei Minuten.«

Auf den Monitoren vor uns flackert das Siegel der Aurora Legion auf, und das Gesicht von Battle Leader de Stoy erscheint über den Konsolen. Die letzte überlebende Kommandantin der Aurora Legion sieht grimmig und entschlossen aus. Ihre Stimme schallt über die Brücke, über die Flotte unter ihrem Kommando.

»Legionäre der Aurora Station. Zum betraskischen Volk zu gehören bedeutet, dass man nie allein ist. Jeder von uns ist Teil eines weitläufigen Netzwerkes, eines Clans und eines noch größeren Clans aus Geschwistern, Eltern, Großeltern, Cousins und Cousinen und Hunderten von anderen, die unser Blut teilen.

Egal wo wir auch hingehen, wissen wir dies ganz gewiss: Wir sind eine Familie.

Mit diesem Vermächtnis kommen wir auf die Welt. Aber jeder von uns hier ist Teil von etwas Größerem, egal ob wir zu den Betraskern, den Terranern oder den Syldrathi gehören.

Wir sind alle Teil dieses Clans, den wir uns ausgesucht haben. Dieser Clan, der uns nicht über unser Blut verbindet, sondern über das Versprechen, das wir einander gegeben haben. Wir haben uns dieser Aufgabe verpflichtet, mit ganzem Herzen und einander.

Auch jetzt, in dieser dunkelsten Stunde, leuchtet das Licht der Aurora Legion. Auch jetzt stellen wir uns dem entgegen, was falsch ist, und kämpfen für Frieden. Diesen Eid haben wir abgelegt, dieses Versprechen haben wir der Legion und einander gegeben.

Das sollt ihr wissen: Heute Seite an Seite mit euch zu kämpfen, mit meinem selbstgewählten Clan – meiner Herzensfamilie –, ist mir die größte Ehre meines Lebens. Es gibt keinen Ort in dieser Galaxis oder jeder anderen, an dem ich jetzt lieber wäre als hier, bei euch.«

Ihre Stimme wird abgeschnitten und durch die roboterhafte des Lautsprechers ersetzt.

»Feindliche Flotte im Anflug, noch eine Minute.«

Und dann hallt eine vertraute Stimme über Funk, eiskalt, und doch weckt sie ein Feuer in mir.

»De'na vosh, aam'nai«, sagt sie. *»De'na siir.«*

Ich blicke auf Saediis Flaggschiff, das dort backbord in der Dunkelheit schwebt, und blicke dann Scar fragend an.

»Kennt keine Furcht, Freunde«, übersetzt Scarlett. »Keine Reue.«

»Dun belis tal'dun. Nu belis tal'satha.«

»Das Ende ist kein Ende. Und der Tod keine Niederlage.«

»An'la téli saii.«

»Inmitten …«

»Das verstehe ich.«

»… Ja?«

Ich nicke und sage mit leiser Stimme: »Inmitten der Sterne werden wir uns wiedersehen.«

»Achtung: Feindliche Flotte in Sicht. An alle Schiffe: Feindliche Flotte in …«

Im Raumfaltentor lodert es auf, ein Blitz fährt über den schwarzen Himmel, und das erste Schiff des Ra'haam dringt durch das brennende Tor ins Aurora System ein.

Es ist da …

Das Schiff ist ein terranischer Frachter, geschmeidig und schwer strotzend vor Waffen. Auf dem Rumpf wimmelt es nur so von Gewächsen, wie Pilzbefall auf einem gefällten Baum, blau und grün und geisterhaft blass, zieht es Ranken hinter sich her, als es auf uns zusteuert. Als ich den Namen auf dem Bug erkenne, kaum lesbar unter den Wucherungen des Ra'haam, stockt mir das Herz beim Anblick.

Die *Relentless*.

»Admiral Adams«, flüstert Fin.

»Nicht mehr«, sage ich leise.

Aber ich schließe die Augen. Nur für einen Augenblick. Ich weiß, dass wir jetzt auf ihn schießen werden. Versuchen werden, ihn zu töten, wie ich Cat getötet habe.

Doch bevor sie gestorben ist, hat Cat mich verteidigt. Das Ra'haam hat mich verteidigt.

Es hat mich geliebt, weil sie mich geliebt hat.

Das ist nicht mehr Admiral Adams …, sondern ein Teil davon …

»ALLE GEFECHTSSTATIONEN, FEUER FREI!«

Das Artilleriefeuer beginnt, blendet, brennt, Blitze leuchten, Raketen steigen auf und ziehen Kondensstreifen hinter sich her wie Banner am Föderationstag. Explosionen blühen lautlos auf, Wasserstoffbomben lodern so hell auf wie der Aurora Stern in unserem Rücken und bringen Schotten zum Schmelzen, reißen Metall auseinander.

Die *Relentless* pflügt sich durch den Feuersturm, Flammen und Kühlwasser dringen aus ihrer aufgerissenen Haut zusammen mit brodelndem Schlick, der aussieht wie Blut. Der Beschuss unserer Flotte reißt nicht ab, sie gibt alles, bis das Flaggschiff unter der Wucht nachgibt und in einem Flammenmeer auseinanderbricht.

Admiral Adams und ich sind jeden Sonntag zusammen in die Kapelle gegangen.

Ohne ihn hätte ich es nie so weit gebracht.

»Du darfst den Glauben nicht verlieren, Tyler.«

»Es tut mir leid«, flüstere ich.

Aber er ist nicht mehr da, um mich zu hören.

Und für Trauer ist jetzt keine Zeit. Weder für Totengesang noch für Salutschüsse. Denn hinter den brennenden Trümmern des Flaggschiffes unseres ehemaligen Kommandanten ergießt sich nun der Rest der Ra'haam-Flotte durch das Raumfaltentor.

Sternenjäger und Kampfkolosse und Frachtschiffe, Phantome, Tornados und Kreuzer reiten auf einer mächtigen, wogenden Welle aus einer Million glitzernder Sporen. Sie strömen in das Aurora System, Tausende über Tausende von Schiffen, die wir nicht werden aufhalten können, geschweige denn besiegen.

Cohen ruft Befehle, und unsere Longbow schlängelt sich durch die Feuersbrunst, durch diese schimmernden Kugeln, und zerschneidet die Dunkelheit mit ihrer Feuerkraft, wo sie nur kann.

Die Armada der Ungebrochenen brennt eine Schneise der Zerstörung durch die einströmenden Horden, die schwarze Leere des Weltraums ist voll vom Blut des Ra'haam, verderbt und glitschig. Aber seine Zahl ist endlos, seine Kampfkraft unerbittlich, und als das Ra'haam anfängt zurückzuschießen und die Schiffe ringsum eins nach dem anderen sterben, wissen wir alle, wie das ausgehen wird.

»Wie sieht es aus, Battle Leader?«, rufe ich.

»Kühlmittelpumpe ausgeschaltet«, antwortet de Stoy. *»Sicherheitsmechanismus außer Kraft gesetzt.«*

»Wie lange noch, bis es kritisch wird?«

»Drei Minuten. Hoffen wir, dass dein Plan aufgeht.«

»Wenn wir schon sterben müssen, dann wollen wir kämpfend untergehen.«

Schwache Strahlung tritt aus der Aurora Station aus, während der Reaktorkern immer heißer wird. Ich muss an die aufsteigende Hitze im Reaktorkern denken, an das flackernde Licht, an Cats Blut an meinen Händen. Und wieder sehe ich vor meinem inneren Auge, wie die Aurora Station in die Luft fliegt.

Das Ra'haam scheint zu spüren, dass etwas nicht stimmt, die Nachhut stellt ihr Manöver ein, die Vorhut ihren Angriff.

Aber wir können jetzt das Raumfaltentor sehen, gleich ist es in Reichweite, gleich schlagen wir zu und sprengen es in die Luft, so dass der Feind zusammen mit uns hier eingeschlossen ist.

»Noch zwei Minuten, bis es kritisch wird.«

Die Stimme in meinem Kopf hat mir gesagt, dass ich es aufhalten kann. Es in Ordnung bringen. Aber vielleicht sollte ich das gar nicht. Vielleicht ist das Beste, worauf wir hoffen können, dass die Station stirbt, zusammen mit unserem Traum von der Legion, inmitten der Feindesmacht explodiert und sie zu Asche verbrennt.

Ich greife nach Scarletts Hand und drücke sie fest.

Neben ihr legt Fin seinen Arm um ihre Taille.

Das Ende ist kein Ende.

»Noch eine Minute.«

Wir werden uns wiedersehen.

Inmitten der Ste…

Das Innere der Galaxis wird nach außen gekehrt.

Der Donner von Milliarden Stürmen hallt in meinem Kopf wider.

Angesichts dieser Macht strauchele ich, die Leute um mich herum ringen nach Luft, stolpern, und die Schlacht dort draußen steht plötzlich still. Ich sehe, wie das Medaillon um Scarletts Hals mit kaleidoskopischem Licht zu leuchten beginnt, das über die Brücke strömt wie ein Echo, ein Brüllen, ein Geburtsschrei, der die Dunkelheit zerreißt und alles in grelles Licht taucht.

Etwas kracht durch die Wände von Zeit und Raum, wird durch die Ewigkeit gezerrt, durch die Vergangenheit und die

Zukunft und durch unendliche Möglichkeiten, und kommt kreischend auf uns zu. Das Licht brennt nun so grell, dass es blendet, zerfällt in alle Farben des Spektrums, Rot und Gelb und Blau und Indigo, nein, kein Spektrum, sondern

EIN REGENBOGEN

ein Kristall, so groß wie eine Stadt, schwebt dort in der Dunkelheit vor meinen staunenden Augen.

Unglaublich.

Unmöglich.

»Beim Schöpfer«, keucht Fin.

»Die *Waffe*!«, ruft Scarlett.

Es ist nicht zu spät.

Sie ist gekommen.

»Aurora«, flüstere ich.

38 Auri

Ich bin alles.
Ich bin alle.
Ich bin überall.

Blitzartig sind wir genau da, wo wir sein sollen, und die Hymne der *Neridaa* schwillt allmählich zu einem leisen Akkord ab, der mir durch und durch geht.

Das Kristall der Eshvaren singt sein Lied, und die Kraft, die Caersan war, ebbt in mir ab, und ich hebe den Kopf, sehe Kal, verwundet mitten im Thronzimmer, liege zusammengekrümmt über ihm, mein Körper schützt den seinen.

Und wir sind allein.

Vom Ra'haam ist nichts mehr zu sehen. Caersan ist verschwunden.

Die Leichen der Wegewanderer sind noch da, aber die von Tyler und Lae sind weg, denn sie sind nicht länger Teil der Wirklichkeit, sondern nur noch … eine Möglichkeit.

Denn wir sind zu Hause.

»Be'shmai«, flüstert Kal und versucht, sich auf einem Ellbogen abzustützen.

»Ich bin bei dir«, sage ich ihm.

Und in Gedanken *Ich liebe dich.*

Das habe ich ihm immer wieder gesagt, als wir zurück durch die Zeit gerast sind, als ich ihn beschützt habe, und die Worte sind noch zwischen uns lebendig, und das ist mir nur recht, denn ich will sie nicht zurücknehmen. Ich will sie in der Zeit, die mir noch bleibt, so oft wie möglich aussprechen.

»Mir geht es gut«, sage ich und komme auf die Beine. Und

das tut es. Eigentlich sollte ich erschöpft sein, nach dem langen Kampf, um das Schiff zu reparieren, doch ich habe mich noch nie so stark gefühlt, noch nie so entschlossen wie gerade jetzt.

Alle Überlebenden aus der Zukunft haben ihr Leben dafür gegeben, um uns hierherzubringen. Um mir noch eine Chance zu gewähren, den Lauf der Geschichte zu verändern. Ich werde sie nicht verschwenden.

Auf meine Bitte hin projiziert die Waffe den Ausblick auf die Wände des Thronzimmers, gibt die Sicht nach allen Seiten auf die tobende Schlacht frei, als wären die Wände nicht aus Kristall, sondern aus durchsichtigem Glas.

Leben und Tod nehmen um uns herum ihren Lauf. Eine Longbow der Aurora Legion weicht in einem panischen Manöver der Waffe aus, gefolgt von einem Schiff des Ra'haam, das Ranken hinter sich herzieht, und als ich mich umschaue, sehe ich überall das Gleiche.

Seite an Seite mit einer Flotte von blutdurstigen schnittigen syldrathischen Schiffen mit weißen Glyfen an den Flanken kämpft die Aurora Legion ihr letztes Gefecht. Wer immer die Führung der Ungebrochenen von Caersan übernommen hat, scheint erkannt zu haben, dass das Ra'haam ein Feind ist, gegen den es sich zu kämpfen lohnt.

Zusammen stellt sich die Flotte gegen eine Armada, die weit in der Überzahl ist, gegen eine Armada, die in Größe und Form jenen Völkern entspricht, die es verschlungen hat, gegen eine Armada, die völlig überwuchert ist und fürchterlichen Hunger hat.

Die kleine Longbow fliegt um die Waffe herum, schwenkt ab, wie ein kleiner Fisch, der einen Schatten gesehen hat, und ich weiß genau, wie sich das Schicksal dieser Crew in den nächsten Sekunden abspielen wird.

Ich kann sehen, wie sie ihren Verfolgern hektisch ausweicht, versucht, das hungrige Ra'haam abzuschütteln, und dadurch direkt in die Flanke des Flaggschiffs des Ra'haam getrieben wird, um dann gleich in einer plötzlichen Explosion aus lautlosem Feuer zu zerbersten, mit nur einer Millisekunde Zeit, um ihr Schicksal gewahr zu werden, bevor sie im Nichts aufgeht.

Kal kann es auch sehen, reagiert genauso entsetzt wie ich. Und so strecke ich die Hand aus, schubse die Longbow in eine andere Richtung, korrigiere ihren Kurs, so dass sie über das Flaggschiff hinwegsegelt und sich schnell in den Schutz der eigenen Flotte begibt, während der blutige Kampf weiter um uns herumtobt.

Das Ra'haam ist so viel größer geworden, so viel mächtiger, reicher. Diese neue Armada ist aus unzähligen verlorenen Leben entstanden, die in einem Augenblick ausgelöscht wurden, als das Schwarmbewusstsein des Ra'haam sie aufgenommen hat. Doch als ich es mit meinem Geist streife und es erzittert, schaudert, sich mir zuwendet, da muss ich lächeln.

Ich lege meinen Kopf erst nach links, dann nach rechts, höre wie die Wirbel in meinem Hals knacken. Denn ich komme aus der Zukunft, und ich habe gesehen, wie das hier weitergehen kann. Und diese Version des Ra'haam, im Hier und Jetzt?

Ich spreche es laut aus, spüre wie die Kraft mich erfasst, mein rechtes Auge anfängt zu leuchten, die Risse in meiner Haut sich weiter ausbreiten, und fordere sie heraus.

»Mehr habt ihr nicht zu bieten?«

Meine Hände ballen sich zu Fäusten.

»Das könnte schlimmer sein.«

Kal kommt mühevoll auf die Füße, sein Violett und Gold verbinden sich mit meinen Gedanken. »So viele«, flüstert er, während er auf die Schlacht schaut, auf die Flotte, die einmal die Wehrkraft von Hunderten von Welten war. »So viele sind verschlungen worden.«

»Und so viele sind noch übrig, die wir retten können«, sage ich leise. »So viel mehr als in der Zukunft.«

Ich ziehe seinen Geist mit mir mit, um ihm das Ra'haam zu zeigen – die Tausende, die Millionen von Verbindungen, die Einzahl, das Wir, das aus so vielen einzelnen Individuen entstanden ist. Diese miteinander verbundenen Seelen, die nur ein Ziel kennen: sich zu vermehren, alles zu verschlingen.

Ich zeige ihm dieses prächtige Netz aus Geisteskraft, das alle diese Leiber miteinander verknüpft, jedes Schiff.

Eigentlich ist es schön.

Kal schreckt zurück, aber ich halte ihn fest und wende mich dann nach außen und zeige ihm, was ich selbst vorher nie sehen konnte – bevor ich anderswo, anderswann war und es aus nächster Nähe bekämpft habe.

Denn es führen noch weitere Verzweigungen davon ab, Nervenbahnen und Trampelpfade, geladen mit blaugrüner Energie, die sich in unvorstellbare Weiten erstrecken, sich auf Reisen begeben, die sich unser Gehirn gar nicht vorstellen kann. Reisen, für die wir in unseren kleinen Schiffen Millionen von Jahren brauchen würden.

Du siehst …. Er versucht, dem Ausmaß dessen, was wir da beobachten, auszuweichen, und dann nimmt er sich zusammen, versucht es wieder. *Du siehst es jetzt in Gänze.*

Ich sehe alles, stimme ich zu. *Und ich weiß, wie ich es töten kann.*

Die Waffe wurde von den Eshvaren dafür gebaut, zweiundzwanzig Brutstätten zu zerstören, eine nach der anderen. Aber dafür ist jetzt keine Zeit mehr. Und nach den vielen Schlachten weiß ich nicht, ob ich dafür überhaupt noch genug Kraft aufbringen könnte.

Doch was die Eshvaren nicht wussten, ist, dass wir über einen dieser Planeten stolpern würden. Dass wir Menschen, mit unserer unstillbaren Neugierde ein natürliches Raumfaltentor entdecken würden, das bisher keinen interessiert hat, weil es so weit weg lag. Dass wir es durchqueren und an einem Ort landen würden, den bisher niemand betreten hatte.

Sie wussten nicht, dass wir das Ra'haam vor seiner Zeit aufwecken würden.

Und nun, da dieser kleine Teil von ihm wach ist, wirkt er wie eine Verbindung zu dem restlichen Teil. Wenn ich diese Flotte vernichten kann – die Brutstätte, die zu früh aufgeblüht und geborsten ist und die Kolonie auf Octavia verschlungen hat –, dann kann ich die Zerstörung durch sein endloses Netzwerk weiterleiten, wie ein Virus, wie ein Feuer.

Ich kann die Brutstätten zerstören, bevor sie aufwachen.

Du kannst alles vernichten?, fragt Kal.

Ich kann alles vernichten, stimme ich zu. *Eine Flamme anzünden, um es von innen heraus zu verbrennen.*

Und ich werde der Brennstoff sein.

Ich fange an zu lachen, wische mir das Blut von der Nase und bereite mich auf den Angriff vor. Ich werde dieses Ding töten, hier und jetzt, und dieser Tod wird sich ausbreiten, wird alles anstecken, bis es *überall* stirbt.

Kal nimmt meine Hand und fragt nicht ein weiteres Mal, ob ich das überleben werde. Aber ich kann die Hoffnung in ihm spüren und verstecke die Wahrheit vor ihm.

Nur noch für ein paar Minuten.

Er verschränkt seine Finger mit meinen, fügt uns zusammen, entschlossen, so lang wie möglich bei mir zu bleiben.

Du bist nicht allein, gibt er mir in Gedanken zu verstehen.

Und ich nehme mir vor, ihn erst im letzten Moment loszulassen, freizugeben, damit er den Rest seines wunderschönen Lebens ohne mich verbringt, in der Welt, die ich für sie erschaffen werde – doch einstweilen behalte ich ihn an meiner Seite.

Es war sowieso von Anfang an klar, dass er ein Jahrhundert länger als ich leben wird, und es gibt noch so viel für ihn zu sehen und zu tun. Ich wünschte, ich könnte dabei sein, an seiner Seite. Doch ich opfere mich nur zu gerne auf, in dem Wissen, dass er dann weiterleben kann.

In der Ruhe vor dem Sturm strecke ich die Hand aus, um die Orte zu liebkosen, die ich beschützen werde, und stelle fest, dass ich mich unbegrenzt ausdehnen kann.

Ich lasse meine Finger über die glänzende Hülle der Aurora Station gleiten, über die Flotte, und dann dehne ich mich noch weiter aus, sehe Emerald City, sehe Sempiternity, wunderbar schmuddelig und voller Leben wie immer. Ich streife das massige Wrack der *Hadfield*, strecke mich zu den Welten hin, wo das Volk von Dacca und von Elin und von Toshh noch am Leben ist, in Sicherheit. Ich sehe zerstörte Raumfaltentore, die Planeten, die sich, in der vergeblichen Hoffnung zu überleben, abgeschottet haben. Und weit entfernt sehe ich die Erde, wo meine Geschichte ihren Anfang genommen hat.

Ich bin nun grenzenlos, und ich weiß auch, warum.

Ich halte nichts mehr zurück. Halte keinen Teil von mir mehr zurück, um in Sicherheit zu sein. Wenn das hier vorbei ist, muss ich nichts mehr übrig lassen.

Ich muss nur lange genug durchhalten, um das hier zum Ende zu bringen.

Geliebte, sagt Kal, der so klein in dieser unendlichen Galaxis ist, aber niemals ungehört. *Wir müssen handeln.*

Sanft, ganz sanft zieht er meine Aufmerksamkeit wieder auf den Ort zurück, wo sich mein Körper befindet, und ich sehe ihn – natürlich. Die Schlacht tobt weiter. Und um mich herum werden die winzigen Lichter, wie Glühwürmchen, eins nach dem anderen ausgelöscht.

Ein Schiff explodiert in Millionen glitzernde Bruchstücke,

und fünf kleine Fleckchen Leben sind nun auch verschwunden.

Als ich mich gerade wieder zusammenziehe, um mich auf diese Zeit und diesen Ort zu konzentrieren – auf die Aurora Station und die Armada des Ra'haam –, spüre ich ihn.

Fast hätte ich ihn inmitten des Chaos verpasst.

TYLER!

Er ist so, *so* jung, noch nicht so erschöpft, er ist, er ist, er ist
mein Freund
und er
leuchtet so hell
und noch existiert er in dieser Zeit und an diesem Ort,

und so sammele ich mich und zwinge alles um mich herum anzuhalten, indem ich sage:

STOPP.

Und alles bleibt stehen.

Die Verteidigung steht still. Niemand kann mehr schießen. Die Schiffe des Ra'haam sind wie eingefroren, können mit ihren endlosen Ranken nicht mehr nach ihnen greifen. Die Schlacht wird zu einem Gemälde, alles hängt in der Schwebe, beide Seiten starren sich an, ohne etwas tun zu können.

Und ich halte mich im Zaum, und vorsichtig, so vorsichtig, damit ich ihn auf keinen Fall verletze, lasse ich einen winzigen Teil von mir voller Freude auf Tyler treffen, und Kal kommt mit mir. Und Tylers gedanklicher Ausruf ist von wunderschönem, lebendigem Gelb, wie Sonnenschein, wie ein Weizenfeld, wie gesponnenes Gold.

Im Echo habe ich gelernt, wie man ein halbes Jahr in ein paar Stunden lebt, und jetzt, da ich stärker bin als je zuvor, kann ich eine Ewigkeit zwischen zwei Herzschlägen leben.

Also habe ich Zeit.

Ich kann mir die Zeit nehmen.

Es braucht nur einen winzigen Schubs ... und da sind wir. An einem meiner liebsten Orte, ein letztes Mal. Denn warum auch nicht?

Wir drei – Kal, Tyler und ich – sitzen an einem runden Tisch aus künstlichem Holz, in der Küche einer einfachen Wohnung, die Ad Astra Incorporated gehört. Die Arbeitsplatten stehen voller Gläser, und Behälter mit Essen und Töpfe hängen an Haken von der Decke. Meine Eltern haben immer gerne gekocht, auch um sich auf die Octavia-Mission vorzubereiten.

»Man braucht immer einen Platz, um seine Freunde zu verköstigen«, hat Mom Callie und mir immer gesagt, wenn wir uns darüber beschwert haben, dass wir uns jedes Mal an dem großen Tisch vorbeiquetschen mussten, um in den Flur zu gelangen.

Nun spielt leise Musik im Hintergrund, und das Sodabrot, das meine Mutter in den Ofen getan hat, duftet. Mitten auf dem

Tisch steht eine große Schale mit Erbsen, und ich ziehe sie zu mir ran und fange an, sie zu enthülsen. Dad hat sie am Fenster gezogen, und das war immer meine Aufgabe.

»Wo sind wir?«, fragt Tyler und sieht sich erstaunt um.

»Zu Hause«, sage ich leise. »Nur für einen Augenblick.«

»Es ist uns eine Ehre, deinen Herd zu teilen«, murmelt Kal, und weil unsere Gedanken so sehr miteinander verbunden sind, spüre ich, auf welche lange Tradition sich diese syldrathische Wendung bezieht.

»Warst du das?«, fragt Tyler, der noch immer seine Umgebung studiert. »Hast du alles angehalten?«

»Ja«, sage ich und sehe ihn an. »Hast du es gespürt?«

Langsam wird etwas zwischen uns sichtbar, bildet sich vor meinen Augen heraus. Es sind … Fäden. Meine sind mitternachtsblau, Kals violett und Tylers gelb. Sie sind wie ein Spinnennetz zwischen uns geknüpft.

Ich glaube, das sind unsere Gedanken – beziehungsweise so zeigen sie sich in diesem Augenblick, den ich für uns geschaffen habe.

Ich fahre mit meinen Fingern über Tylers wunderschönen gelben Faden, der an meinem Handgelenk befestigt ist, und erfahre etwas Neues über ihn.

»Es war nicht nur Lae! Du bist auch halb Syldrathi, aber du wusstest es lange nicht.«

»Wer ist Lae?«, fragt er und berührt den Faden zwischen uns.

Kal und ich wechseln einen Blick und ein trauriges Lächeln.

»Eine Verwandte von mir«, sagt Kal einfach. »Der Stolz meiner Familie, Bruder.« Er lächelt. »Ich hoffe, du lernst sie eines Tages kennen.«

Jetzt, da ich die Verbindung zwischen uns entdeckt habe, ist es einfach, auch die anderen Fäden zu sehen – wie ein Regenbogen, der sich von uns in die Unsichtbarkeit schlängelt. Also greife ich danach, folge ihm, suche den Rest unserer Familie.

Einen Augenblick später sitzt Scarlett mit uns am Tisch. Ein hellroter Faden verbindet sie mit uns, ihre erstaunliche Empathie ergibt endlich einen Sinn – das Erbe ihrer Wegewanderin-Mutter. Ihre Fäden binden sie an mich, an Kal und tausendfach komplizierter an ihren Zwilling, ein Gewebe aus Rot und Gold. Ich kann sehen, wie sich ihre Gedanken mit seinen verbinden, kann sehen, wie sie die Wahrheit über ihre Mutter entdeckt, höre, wie sie keucht, spüre ihre Trauer.

Dann taucht Finian neben ihr auf, smaragdgrün und voller Leben. Für ihn ist es schwerer – er hat kein syldrathisches Blut, wurde nicht von den Eshvaren ausgebildet, diese Denkweise ist ihm fremd. Aber er *ist* Betrasker, und hier am Tisch sitzt sein Clan, seine gewählte Familie, und das bindet ihn an uns, und sein kräftiger grüner Faden ist Teil unseres Ganzen. Er war immer schon so voller Liebe.

Jeder von uns hält genauso an ihm fest, und als er flackert, helfen wir ihm zu bleiben, stärken seinen Teil unseres Regenbogengewebes mit *unserer* Liebe.

Als Nächstes suche ich nach Zila, immer dringlicher, versuche, den Faden zu finden, der einfach da sein muss, aber das ist er nicht. Scarlett sieht mich an, mit Tränen in den Augen, und unsere Gedanken verbinden sich und

oh, Zila.

Zila.

Ich hoffe, du hast sie geliebt, ich hoffe, du warst glücklich.

Und gerade als ich denke, dass wir fertig sind, sehe ich noch mehr – schwarze Fäden, die sich von Tyler ausdehnen und von Kal, und als ich daran ziehe, sehe ich …

Saedii Gilwraeth, die mit hochgezogenen Augenbrauen mit am Tisch sitzt.

Ohne ein Wort zu sagen, greift Tyler in die Schüssel und drückt ihr eine Erbsenschote in die Hand, und schweigend verständigen sie sich über etwas. Weitere Fäden verflechten sich, gelb und schwarz wie ein Bienenschwarm – lebendig, doch gefährlich –, und sie nimmt die Schote und bricht sie auf.

Fast sieht ihr scharfer Verstand die Wahrheit über Lae in mir, während ich die beiden beobachte, doch ich schiebe den Gedanken daran an einen sicheren Ort. Manche Dinge muss man erst zu gegebener Zeit entdecken. Und wenn ich die zwei so sehe, habe ich das Gefühl, sie werden ihr eines Tages begegnen.

Niemand von uns benutzt Worte, um sich zu verständigen, weil es nicht nötig ist – wir tauschen uns blitzschnell aus, die Fäden gleiten zwischen uns hin und her, und ein wunderschöner, ungestümer, chaotischer und vollkommener Regenbogen entsteht zwischen uns allen, und

wir erzählen uns unsere Geschichten, und

wir sagen, ich liebe dich,

und das Gewebe wächst

und

und

und

… ich fange an zu sehen.

Oh.

Oh, ich *sehe* es.

Ich sehe etwas, was ich vorher, als ich mein Ende geplant habe, nicht erkannt habe.

Etwas Neues strömt durch mich durch, eine Möglichkeit, die ich nicht erahnen konnte, weil ich so mit der Schlacht beschäftigt, mich so eifrig verteidigt habe. Als würde ich langsam blinzelnd aus einem tiefen Schlaf aufwachen und versuchen, meine Aufmerksamkeit auf das zu richten, was direkt vor mir ist, und anfangen zu sehen …

Ich kann es an der Art sehen, wie Fin an uns festhält, obwohl er all seine Kraft aufbringen muss, um geistig mit seinem Clan verbunden zu bleiben.

Ich kann es an der Art sehen, wie Scarlett uns alle mit ihrer Liebe einhüllt, uns annimmt, wie sie das jeden Augenblick, in dem wir zusammen waren, getan hat.

Ich kann es an der Art sehen, wie Tyler immer zuerst an alle anderen denkt, an der Art, wie er, egal wie müde er auch ist, immer für das Richtige kämpft.

Ich kann es an der Art sehen, wie Kal immer versucht, die beste Version seines Selbst zu sein, an das Beste in uns allen glaubt, all das, was die Welt von ihm erwartet, beiseitelegt, um der zu sein, der er sein will.

Ich kann es an der Inbrunst von Saediis Liebe und Treue sehen, in ihrer entschlossenen Hingabe, wenn es darum geht, das zu tun, was getan werden muss.

Indem ich mit ihnen allen verbunden bin, helfen sie mir, etwas zu sehen, zu erkennen.

Etwas, das ich bereits wusste.

Ich wusste es bereits, als Esh mir gesagt hat, ich soll alles wegbrennen, all meine Bindungen, und ich mich dagegen aufgelehnt habe. Ich wusste es, als mir Caersan gesagt hat, die Mächtigen tun, was sie wollen, und ich ihn herausgefordert habe, die um uns herum zu verteidigen.

Ich wusste es die ganze Zeit, denn mein Squad hat es mir jedes Mal gezeigt, wenn er an meiner Seite war, und er zeigt es mir auch jetzt. Und sie waren nicht die Einzigen, die mir diese Lektion erteilt haben, die ich erst jetzt gelernt habe.

Tyler hat es mir in dem Moment gezeigt, als die Geschichte des Squad 312 ihren Anfang genommen hat, als er die Aussicht auf eine perfekte Auslese aufgegeben und das getan hat, von dem er wusste, dass es das Richtige ist, und mich gefunden hat … und dieser Moment war nur der erste einer ganzen Lawine.

Lae und Dacca und Elin und Toshh haben es mir auch gezeigt, als sie die Stellung gehalten und gekämpft haben, anstatt zu fliehen und sich noch ein wenig Zeit zu verschaffen.

Cat hat es mir gezeigt, als sie ihren Leib aufgegeben hat und ihre Zukunft, um den Squad zu retten.

Zila hat es mir gezeigt, als sie das Leben, das sie kannte, geopfert hat, um uns Leben zu schenken.

Caersan hat es mir gezeigt, mit seiner letzten Handlung, als er uns gerettet hat. Denn am Ende hat er aus Liebe gehandelt und war nie mächtiger als in diesem Moment.

Liebe ist stärker als Wut oder Hass.

Und das wird sie immer sein.

Die Liebe kann alles verändern.

Und ja, es würde funktionieren, wenn ich innerhalb des Ra'haam einen Brand lege und es von innen heraus verbrenne. Aber vielleicht, nur vielleicht …

Das Regenbogengewebe zwischen uns wird dichter, fast unerträglich schön, und nie waren wir mehr wir selbst als in diesem Augenblick. Keine witzige Bemerkung von Fin, keine Überheblichkeit von Saedii. Einfach wir selbst.

Wir, die wir darauf vertrauen, einander zu sehen und gesehen werden.

Das anzunehmen, was uns begegnet …

»Es muss aus Liebe geschehen«, sage ich und verstehe endlich, hier inmitten der eingefrorenen Schlacht.

»Cat ist noch da drin«, antwortet Tyler. »Sie ist ein Teil davon. Wir lieben sie. Und sie liebt uns. Das Letzte, was sie getan hat, war, mich zu beschützen.«

»Admiral Adams ist da drin«, sagt Scarlett.

»Die halbe Academy, mit denen wir all die Jahre trainiert haben«, ergänzt Fin. »Unsere Ausbilder, unsere Freunde.«

»Jeder, der Teil des Ra'haam ist, hat einmal jemanden geliebt«, sagt Kal und verschränkt seine Finger mit meinen. »Jeder davon ist ein Elternteil, ein Kind, ein Freund, ein Liebhaber, ein Nachbar …«

Eltern.

»Mein Vater ist ein Teil davon«, flüstere ich. »Noch ruft er nach mir.«

»Mit Gewalt ist es nicht zu machen.«

Saedii spricht es aus, wählt ihre Worte langsam. Ein Teil von ihr wehrt sich noch dagegen, doch sie sieht auf und trifft meinen Blick.

»Oder vielmehr, sollte es nicht sein.«

»Es gibt keine Liebe in Gewalt«, murmelt Kal.

»Kannst du es?«, fragt Fin und hält Scarletts Hand ganz fest.

»Du musst es nicht allein machen«, sagt Tyler. »Squad 312 für immer.«

»Be'shmai, schaffst du das?«, fragt Kal leise.

Ich komme auf die Füße. »Versuchen wir es.«

Ich wende mich der Tür zu, die in den Flur führt, und in dem Moment, als ich sie öffne, bin ich mitten in einem Dschungel.

Die Luft ist warm und schwül, meine Kleider kleben mir am Leib, und das Licht ist gedämpft. Über mir drängen sich Baumkronen dicht an dicht, tauchen alles darunter in Dämmerlicht, Reben ranken sich von Stamm zu Stamm. Auf dem Waldboden ist alles voller Laub und kleinen, hoffnungsvollen Schösslingen, die sich nach dem Licht strecken.

Und es ist vollkommen, unheimlich still – kein Rascheln im Unterholz, keine Vögel oder Affen, keine Insekten, die zirpen oder summen, keiner der Tausende von Lauten, die um mich herum ein Konzert geben sollten.

Ich blicke nach unten und sehe, dass die Regenbogenfäden an mein Handgelenk geknüpft sind, sich hinter mir ausstrecken, aber ich schaue nicht zurück.

Stattdessen mache ich den ersten Schritt.

Der Dschungel erwacht zum Leben, die Ranken winden sich und greifen nach mir, und ich bin *hier*, aber ich bin auch auf der Brücke der *Neridaa* und knie neben Kal. Und ich sitze am Küchentisch meiner Eltern, und ich beobachte ein eingefrorenes Schlachtfeld mitten im Weltraum, sehe die Schiffe, die wie Fliegen im Bernstein gefangen sind; ihre Crews sind noch am Leben, rufen einander zu, stellen alle die gleiche Frage, verlangen nach der gleichen Antwort.

Ich muss mir den Weg freischlagen, reiße mir Schlingpflanzen von den Armen, ducke mich unter dornigen Ästen. Aus den Augenwinkeln kann ich die eingefrorene Schlacht gerade noch sehen, den verlockenden Duft des Brotes, das meine Mutter gebacken hat, gerade noch riechen.

Und dann fange ich an, die Leute zu sehen.

Ich kenne sie alle nicht, und sie sind fast außer Sichtweite, versteckt hinter Ranken und Ästen und Bäumen, und als ich mich auf sie zubewege, sind sie nie da, wenn ich verschwitzt und zerkratzt aus dem Gebüsch platze.

»Wartet!«, rufe ich und schiebe mich zwischen zwei Baumstämmen durch, die so dicht nebeneinander wachsen, dass ich mich seitlich durchzwängen und die Regenbogenfäden in die Hand nehmen und vorsichtig durchziehen muss, damit sie nicht durchgeschnitten werden. »Wartet, ich will mit euch reden!«

Ein Mann dreht sich um, und um mich herum fangen die Raumschiffe, die ich festhalte, an zu zittern, und das Kristall der Waffe schimmert, und ich bin Aurora Jie-Lin O'Malley, aber ich bin auch Tyler Jericho Jones.

»Wir dachten, du kommst nie«, sagt Admiral Adams und verschränkt die kybernetischen Arme vor der Brust. »Es wird Zeit, dass du dich zu uns gesellst.«

»Nein«, sagen Tyler und ich gleichzeitig, meine Stimme hallt in seiner wider.

»Es ist alles gut«, sagt der Mann und klingt dabei so beruhigend, so sicher, während sich Reben um seine Schultern und über seine Brust ranken wie eine Schlange. »Du musst keine Angst haben.«

»Das ist so nicht richtig«, protestieren wir.

Er lächelt uns an und breitet die Arme aus, um den gesamten Dschungel mit einzuschließen. »Hier bist du genau richtig. Hier bist du mit uns zusammen, vereint, geliebt. Wir wissen, wie furchterregend es ist, zu springen. Aber manchmal muss man einfach glauben.«

Ich stolpere nach hinten und knalle nicht gegen den Baum hinter mir, sondern in eine menschliche Gestalt.

Ich wirbele herum, und da steht Cat, sieht mich mit ihren vollkommenen blauen Augen an, wie damals, als ich sie in meinen Armen gehalten und verzweifelt versucht habe zu verhindern, dass sie sich mit dem Ra'haam verbindet.

Und ich bin ich, und ich bin Scarlett, und Cats Geist ist genauso schön wie damals, ihre wirbelnden Rot- und Goldtöne erinnern mich an ihre Freude am Fliegen. Und ich spüre, wie tief die Liebe zwischen den beiden Frauen ist, wie stark ihre Freundschaft, ihre Schwesternschaft, und Cat hebt die Hand und greift nach uns.

»Wir lieben dich«, sagt sie, und ich wende mich ab, stolpere davon, meine Kratzer brennen vor Schweiß, als ich mich durch das stille Gebüsch schiebe, und nichts ist zu hören, außer dem Knirschen der toten Blätter unter meinen Füßen und meinem lauten, harschen Atem.

Instinkt treibt mich nun voran, und ich kann die *Neridaa*

nicht mehr sehen, nicht die eingefrorenen Schiffe, nicht die Küche meiner Eltern. Ich halte die Regenbogenfäden sicher in meiner Faust und gehe blindlings in die Richtung, von der ich weiß, dass ich dorthin gehen muss.

Weiter. Und noch weiter.

Hals über Kopf.

Ich schiebe Zweige beiseite, Blätter schlagen nach mir, und Baumstämme drängen mich ab. Ich werde schneller, hektischer, bleibe mit dem Fuß an einem Stamm hängen und falle keuchend der Länge nach hin, mitten in eine Lichtung.

Und als ich den Kopf hebe, ist er da und wartet auf mich.

Nicht Princeps, nicht einer von ihnen.

Nur mein Dad, mit seinen runden Wangen und seinem liebevollen Blick hält er das Märchenbuch in der Hand, das wir zusammen gelesen haben, als ich klein war, das wir zusammen im Echo gelesen haben, als die Eshvaren mir gesagt haben, dass ich mich für immer von ihm verabschieden soll.

Ich liege dort im Laub und Dreck und flüstere die gleichen Worte wie damals, während sich jeder Teil von mir danach sehnt, in seine Arme zu stürzen, mich von ihm halten zu lassen, noch ein letztes Mal diese Geborgenheit zu spüren, die ich für immer verloren glaubte.

»Ich liebe dich, Daddy.«

Und er antwortet fast genau wie immer.

»Wir lieben dich auch, Jie-Lin. Für alle Zeit.«

Wir.

Nicht *ich.*

Ich schüttele den Kopf, mein Hals wird eng, Trauer steigt in mir auf. »Das bist nicht du«, flüstere ich.

»Aber doch«, sagt er leise und lächelt immer noch. »Komm, wir lesen eine Geschichte. Wir können zusammen sein. Wir lieben dich so, so sehr, mein Liebling.«

Ich würde alles für einen weiteren Tag mit ihm geben. Für einen weiteren Tag mit meiner Mom, mit Callie. Um die Möglichkeit zu haben, ihnen noch einmal zu sagen, was ich ihnen im Echo gesagt habe. Um die Möglichkeit zu haben, mich wirklich von ihnen zu verabschieden.

Und ich will mir selbst sagen, dass es das nicht ist.

Doch je weiter ich hineingehe, desto mehr fange ich an zu sehen.

Das ist *nicht* er.

Aber gleichzeitig doch.

Cats Liebe zu Tyler hat dazu geführt, dass sie ihn beschützt hat. Die Liebe meines Vaters zu mir hat dazu geführt, dass das Ra'haam sich mit mir verbinden will, anstatt mich zu töten.

»Ich liebe dich«, sage ich. »Deswegen bin ich hier, um dir das zu sagen.«

Aber ihm das hier zu sagen, jetzt, auf diese Weise – das reicht nicht.

Ich muss weiter hinein. Hals über Kopf.

Ich muss den Punkt erreichen, an dem es kein Zurück mehr gibt.

Ich muss das tun, wovor mir so gegraut hat, das sehe ich jetzt.

Sich zu verlieben bedeutet, sich zu ergeben.

Und ich habe solche Angst, mich zu verlieren. Meine Hände zittern, als ich nach den Regenbogenfäden an meinem Handgelenk taste. Sie sind mein Weg zurück nach Hause, meine Spur von Brotkrumen, meine Verbindung zu allem.

Die Liebe sollte nicht von dir verlangen, alles andere aufzugeben; so funktioniert Liebe nicht. Aber so liebt das Ra'haam, und wenn ich mich weit genug darauf einlasse, kann ich ihm einen anderen Weg weisen, eine andere Art zu lieben zeigen …

Einen nach dem anderen binde ich los, während mir Tränen das Gesicht runterströmen, und ich lache, und ich weine, als ich meine Anker ziehen lasse, aber ich weiß, dass das richtig ist, und alles wird gut, wird gut, wird gut.

Und der letzte Faden, Kals Violett mit Gold gerändert, gleitet davon.

Und ich bin frei.

Und es ist berauschend.

Ich bin Teil des Ra'haam geworden, jeder meiner Gedanken geht in ihnen auf, entfaltet sich mit dem glorreichen Gefühl, geliebt zu werden und gehalten und gekannt, und Teile von mir sind lebendig, die ich mir nie vorstellen konnte.

Ich lebe Tausende von Leben, Millionen von Leben, und ich teile mein eigenes, und im glorreichen Verbund halten wir Zwiesprache.

Und als ich mich in ihm auflöse, entzünde ich den Funken, so wie ich das tun muss – aber ich setze das Ra'haam nicht mit Trauer und Wut und Hass in Brand.

Ich brenne es nicht von innen heraus weg.

Denn ich weiß jetzt, welchen Weg ich gehen muss. Und das war nicht der Weg der Eshvaren – jeder Einzelne von ihnen hat sich im Kampf verzehrt, und nur ein kleiner Teil des Ra'haam hat überlebt, und so begann der Kampf wieder von vorn.

Dieses Mal muss etwas anders sein.

Und dieses Etwas bin ich.

Stattdessen breite ich meine Flügel aus und werde ganz und gar Teil des Ra'haam und spüre, wie die Millionen von Verbindungen ringsum aufleuchten, als ich mich vereine, und ich kenne es, und es kennt mich, und wir kennen uns, und in Lichtgeschwindigkeit reise ich weiter und

wir

stürzen zusammen

verlieben

uns

Hals
über
Kopf.

Wie ein Lauffeuer breitet sich meine Liebe aus, und ich erzähle die Geschichte von Aurora Jie-Lin O'Malley, die an Bord eines Schiffs gegangen ist, um eine Reise in eine neue Welt anzutreten, und zwei Jahrhunderte später aufgewacht ist.

Und *ich* wird zu *wir,* und wir erzählen uns meine Geschichte, während ich immer weiter in uns aufgehe.

Wir erzählen uns die Geschichte von Tyler Jericho Jones, Sohn eines Kriegers und einer Wegewanderin, der uns schlafend inmitten der Sterne gefunden hat.

Von Saedii Gilwraeth, auch Tochter eines Kriegers und einer Wegewanderin, die gelernt hat, die Welt neu zu betrachten.

Von Finian de Karran de Seel, dem die Welt gesagt hat, er sei nicht genug, und der der Welt gezeigt hat, dass er alles ist.

Von Scarlett Isobel Jones, die ein so großes Herz hat, dass es für all ihre Freunde mitschlägt, wenn ihres droht stehenzubleiben.

Von Kaliis Idraban Gilwraeth, der Spott und Schläge ausgehalten hat, der geschworen hat, auch denen zu dienen, die ihn nie zurücklieben würden, weil es richtig war.

Von Zila Madran, die sich ein neues Leben aufgebaut hat und uns dieses geschenkt hat – ihre Liebe hat unserer Liebe den Weg bereitet.

Von Catherine »Zero« Brannock, die Teil von uns ist, die nie zurückgewichen ist, nie aufgehört hat zu kämpfen, zu lieben.

Von Caersan, Archont der Ungebrochenen, Sternentöter, der Unverzeihliches getan hat und dennoch geliebt hat.

Wir erzählen uns all unsere Geschichten, kleine und große, schöne und schreckliche, und zusammen sehen wir alle Farben unseres Regenbogens. Und noch ein winziger Teil von uns ist

Ich, nicht wir, und ich halte ihn am Leben, nur noch einen Augenblick lang, damit ich sprechen kann:

Es geht nicht um die Summe der Regenbogenteile, sage ich ihnen, *auch wenn die Summe schön ist. Es geht um jede einzelne Schattierung, und jede ist für sich genommen schön. In diesen Geschichten geht es darum, wie diese Menschen gelebt und geliebt haben, manches Mal haben sie ihr Leben gut und anständig geführt, manches Mal unvernünftig und manches Mal auf dunkle und schreckliche Weise. Doch jeder Weg war ihr eigener.*

Die Liebe sollte nie von dir verlangen, die Dinge aufzugeben, die dich von anderen unterscheiden. Die Wahrheiten, die nur über dich gesagt werden können und über niemand anderen.

Und gerade als der letzte Teil meines Ichs im Ra'haam aufgehen will, als mein Gedächtnis erlischt und den Weg frei macht für ein wunderschönes, unwiderstehliches *Wir*, da beginnt es …

Meine Liebe breitet sich wie ein Freudenfeuer in uns aus, und ich sehe wie

eine

nach

der

anderen

die Geschichten des Ra'haam aufwachen, aufleben, aufglühen, wie die Kohlen in einem Feuer, das erloschen zu sein schien.

Wie eine Galaxie voller Sterne, die einer nach dem anderen lebendig werden.

Das Ra'haam – oder vielmehr jeder einzelne Teil davon – erinnert sich daran, was es heißt, ein *Ich* und kein *Wir* zu sein.

Und in diesem Augenblick erinnert es sich daran, dass Liebe nicht eingefordert oder genommen werden kann.

Sondern nur gegeben.

Es erinnert sich daran, dass Liebe einem die Wahl lässt.

Dass die Liebe eine Wahl ist, die wir wieder und wieder treffen.

Wir wollen die Wahl haben, sage ich, als der letzte Teil von mir sich in überschäumende Freude auflöst. *Wir sind die Wahl.*

Und langsam, in einem Augenblick wie eine Ewigkeit, antworten die funkelnden Lichter. Jedes einzelne Licht, das nun etwas näher an der Person ist, die es vor der Verschmelzung war, bevor es ein *Wir* wurde. Von einem kleinen Licht, von zweien, und dann von Millionen kommt die Antwort zu mir zurück.

Wir … verstehen.

Und weil es, nein *sie*, nein *wir* so viele sind und Millionen von Leben gelebt haben, wissen wir, was zu tun ist.

Schlagartig bin ich wieder in meinem Körper und an Bord der *Neridaa.* Ich liege auf dem Boden und starre auf die Kristalldecke. Aber ich bin auch noch Teil des Ra'haam, noch immer Teil eines außergewöhnlichen, unaufhaltsamen Wir, das ich nie verlassen werde, und es ist wunderbar.

Es war es nicht nur wert, den Preis dafür zu zahlen. Das ist die schönste Erfahrung meines Lebens.

Kal sitzt neben mir, sein Kopf fährt nach oben, seine Augen sind nass, sein Gesicht voller Tränen.

»Du bist zurückgekehrt«, keucht er, hebt meine Hand an seine Lippen, und ich kann sehen, wie Hoffnung in ihm aufsteigt.

»Für eine Weile«, flüstere ich und lächele noch immer.

Ich kann die Flotte des Ra'haam spüren. Ich kann den Rest von mir dort draußen in der Dunkelheit fühlen, und ich will wie eine Pusteblume bersten und jeden Teil von mir davonwehen lassen und mich in das Wir versenken, das auf mich wartet. In diese Millionen von Leben und Lieben, zu denen ich nun gehöre. Für immer zusammen.

»Was soll das heißen?«, fragt Kal leise. »Für eine Weile?«

»Das heißt, dass wir bald gehen müssen.« Auch meine Augen sind nass, aber es sind nicht nur Tränen der Trauer. Ich liebe ihn so sehr. Der Gedanke, ihn zu verlassen, schmerzt. Aber ich werde nie allein sein.

»Wo gehen wir hin?«, fragt er.

»Nicht wir«, sage ich und verflechte meine Gedanken ein letztes Mal mit seinen, Mitternachtsblau und Silber, Violett und Gold. »Nicht du und ich.«

Und dann sieht er es.

Das Ra'haam wird gehen, und ich bin das Ra'haam, also gehe ich auch.

»Bitte, verlass mich nicht«, flüstert er, und seine Stimme bricht, seine Hand greift noch fester nach meiner.

»Du könntest mit mir mitkommen«, murmele ich.

Schweigend hilft er mir auf die Beine. Zusammen beobachten wir, wie sich ein einzelnes Schiff aus der Flotte des Ra'haam löst und ein einzelnes Shuttle aus der Flotte der Legion und beide in hohem Bogen durch die mitten im Kampf angehaltenen Raumschiffe fliegen und auf die Waffe von der Größe einer Stadt zusteuern, die Waffe, die sowieso nicht genug gewesen wäre.

Kal und ich gehen zusammen Hand in Hand zur Ladebucht, an der Stelle vorbei, wo unsere Freunde und Familie in der Zukunft sterben werden, um uns zu verteidigen.

Er wird mir so sehr fehlen.

Sie warten schon alle auf uns, als wir ankommen:

Fin und Scarlett, Tyler und Saedii, alle auf der Hut, alle hoffnungsvoll, die Gesichtsausdrücke von freundlich bis mürrisch. Die, die mich hierhergebracht haben. Und neben ihnen steht mein Vater, der langsam lächelt und die Arme ausbreitet.

Ich fange an zu rennen, und dieses Gefühl, von dem ich

dachte, dass ich es nie wieder empfinden würde, ist mein, wenn ich mag für alle Ewigkeit, und als ich meinen Kopf auf seine Schulter lege und er mich fest in seinen Armen hält, bin ich so glücklich, dass ich für immer in diesem Augenblick verweilen will.

Und das kann ich, das *kann* ich.

Aber die anderen müssen das nicht, denn die Liebe lässt einem die Wahl.

Mir … mir fällt ein, dass ich Kal nicht verlassen wollte.

Doch das ist, was ich gewählt habe, Teil des Ra'haam zu werden, damit ich uns klarmachen kann, warum diese Schlacht ein Ende finden muss. Und das kann ich nicht bereuen.

Scarlett ist diejenige, die schließlich das Schweigen bricht.

»Aurora? Was ist los?«

»Als du die Fäden abgeschnitten hast, dachten wir, du …« Fin verstummt und schluckt schwer.

»Sie will mit ihnen gehen«, sagt Kal mit angespannter Stimme. Ich kann spüren, wie die Regenbogen wieder nach mir greifen, während Tyler, Scarlett und Finian protestierend aufschreien.

»Alles wird gut«, verspreche ich. »Alles wird gut. Ihr wart zusammen, bevor ich zu euch gekommen bin, und ihr werdet zusammen sein, nachdem ich weg bin. Ihr werdet weitermachen und in Sicherheit sein. Ihr müsst Kal mit euch nehmen.«

»Nein.« Seine Antwort ist leise, aber hart wie ein Diamant.

»Kal, ich muss das tun«, sage ich, und das gesamte Ra'haam teilt meinen Schmerz, denn wir lieben ihn so sehr, so sehr, aber ich bin nun Teil des Ra'haam, und selbst wenn ich es wollte, kann ich mich nicht mehr von dem Ganzen trennen.

»Ist es das, was du tun *musst*?«, fragt er frustriert, mit lauter werdender Stimme. »Oder was du tun *willst*?«

Seine Gedanken greifen nach meinen, verbinden sich, so eng sie nur können, und mit diesen Worten sind wir wieder in der

Krankenstation an Bord von Sempiternity, und ich weiß, was er als Nächstes sagen wird.

»Im Feuer des Gefechts zu sterben ist leicht. In Frieden zu leben viel schwieriger.«

»Ich opfere mich nicht ohne Grund auf«, sage ich, ganz verzweifelt, dass er mich nicht versteht, und gebe den Kampf gegen die Tränen auf. »Das bin nicht nur ich, die sich entschließt zu sterben. Ich werde *nicht* sterben, ich werde ewig mit ihnen leben – das war der Preis, den ich zahlen musste, um dem Ra'haam zu zeigen, warum wir aufhören müssen. Ich musste ein Teil davon werden, damit wir das verstehen.«

»Aber es hat doch verstanden!« Er schreit jetzt. »Es hat verstanden, und trotzdem bist du weiter ein Teil davon! Bitte, Aurora, bleib bei *uns*. Bei mir. Lass das genug sein.«

»Es wird Zeit, Jie-Lin«, sagt mein Vater leise.

Und am Ende ist es ganz einfach.

Ein Vater und seine Tochter stehen zusammen in der Ladebucht eines Kristallschiffs. Sie sind nicht nur durch Familienbande miteinander verbunden, sondern auch dadurch, dass sie ein und dasselbe sind, zwei Leiber in einem Wesen. Und hinter ihnen, in der Dunkelheit, sind noch Tausende weitere Leiber desselben Wesens und Millionen von Gedanken.

Langsam und dann immer schneller und dann in einem reißenden Strom ergießen sie sich in den Körper ihres Vaters, und er wird ein Gefäß für alles, was das Ra'haam je war und ist und immer sein wird.

Der Geliebte der Tochter fängt sie auf, als ihr Körper, den sie nicht länger braucht, fällt, ihr Geist ist nun Teil des Ganzen. Er trägt sie in seinen Armen, als er und seine Schwester und sein Squad zurück zur Longbow rennen, während das Schiff aus Kristall um sie herum erzittert.

Ein Squad der Aurora Legion erwartet sie schon, führt sie an Bord, als sie durch die Luftschleuse stolpern, und die Longbow hebt von der *Neridaa* ab, die schimmert und bebt, während Kristallstücke von ihr abbrechen.

Und das ganze Ra'haam versammelt sich in einem Leib, als Aurora, das Mädchen, das aus der Zeit gefallen ist, der Trigger, ihnen mitteilt, was sie weiß, was sie kann, und zusammen sehen sie ganz genau, wie es sich abspielen muss.

Und an Bord der Longbow schreit der Syldrathi erschrocken auf.

»Sie hat aufgehört zu atmen!«

»Beim Schöpfer, wo ist Zila, wenn man sie braucht?«

»Wo ist der Sanitäter?«

»Wir brauchen ein Aufputschmittel!«

»Es ist nicht ihr Körper, ihr Narren, merkt ihr nicht, dass ihr Geist woanders ist?«

Es sind diese verächtlichen Worte seiner Schwester, die dafür sorgen, dass er den Kopf hebt, auf die Waffe zurückblickt, die keine Waffe mehr ist.

Und während sie noch einmal aufleuchtet und anfängt zu verblassen,

macht er

einen

Sprung

Und sein Geist findet ihren und hält ihn GANZ FEST.

Und mit einem Aufschrei werfen sein Squad und seine Schwester, einer nach dem anderen, ihren Geist hinterher, und sie bilden eine Kette, die einen kleinen Teil des Mädchens in dieser Zeit und an diesem Ort festhält …

Und alle sind bei ihr, als das Kristallschiff allmählich verschwindet, und sie sehen zu, wie es immer weiter in die Ferne rückt, in die Dunkelheit zwischen den Galaxien, wo es kein Leben gibt, wo niemand beheimatet ist.

Und sie sehen zu, wie das Schiff sich im Nichts auflöst und nur den Mann zurücklässt, der im Dunklen schwebt.

Und er lächelt, legt den Kopf zurück und atmet langsam aus. Und eine Million Sterne strömen aus ihm heraus, eine Million Seelen und mehr, bis die Dunkelheit so hell ist wie eine Galaxie, bis das Ra'haam tanzt, wie Glühwürmchen leuchtet, wie neue blaugrüne Sterne, in unendlichen Konstellationen, voller Leben, voller Liebe, für immer verbunden.

Und weil er nun nicht mehr gebraucht wird, zerfällt sein Leib zu Staub.

Und noch immer klammern sich die Fünf an einen Stern, halten ihn, so fest sie können, jenseits ihrer Belastungsgrenze, sind so voller Liebe, so wild entschlossen, nicht noch ein weiteres Mitglied ihres Squads zu verlieren.

Und dieser Stern bin ich.

»Be'shmai«, flüstert Kal. »Komm zurück nach Hause.«

»Wir brauchen dich noch«, ruft Scarlett.

»Es gibt noch so viel zu sehen«, sagt Fin.

»Du wirst nicht allein sein«, verspricht Tyler.

»Ohne dich wird er nicht auszuhalten sein«, murmelt Saedii.

Und da müssen wir alle lachen, und für einen Augenblick wünsche ich mir tatsächlich, ich könnte mich lösen, aber ich weiß nicht, wie.

Jie-Lin, flüstert das Ra'haam, jede Stimme stimmt mit ein, jede ist anders, jede Stimme schwelgt in dieser neuentdeckten Eigenständigkeit.

Was wünschst du dir?

Ich wünschte …

Besh'mai, komm zurück nach Hause.

Wir brauchen dich noch.

Es gibt noch so viel zu sehen.

Du wirst nicht allein sein.

Ohne dich wird er nicht auszuhalten sein.

Und dann ist da noch eine Stimme, von einem weiteren Mitglied unseres Squads.

Cat ist einer dieser wunderschönen Sterne, eine Stimme in meinem Kopf, eine raue Schulter, die gegen meine stößt, ein quecksilbriges Lächeln. Ein wiederentdecktes Selbst, das dort draußen ewig leben wird.

Ich glaube, es ist noch nicht an der Zeit, blinde Passagierin.

Und mit einem winzigen Schubser zeigt sie mir, wo die Schnittstelle zu finden ist, wo ich drücken muss, damit …

… Aber was wird mich das kosten?

Was wird es kosten?

Im Feuer des Gefechts zu sterben ist leicht. In Frieden zu leben viel schwieriger.

Ich greife nach Kal, der mir ins Echo gefolgt ist, in die Zukunft und wieder zurück nach Hause, und mein Mitternachtsblau findet sein Violett, und mein Geist streichelt seinen, versucht, sich alles zu merken, ihn auswendig zu lernen, damit ich ihn niemals vergessen werde.

Das Fenster beginnt, sich zu schließen, die Verbindung zwischen unserer Galaxis und dem Ort, den das Ra'haam aufgesucht hat, löst sich, und Cat ist mit mir verflochten und ich mit ihr, und eine Symphonie aus Erinnerungen durchströmt mich: ein blaugrüner Planet, auf dem sie gestorben ist und geboren wurde, und weiter zurück, zu einem Ballsaal unter Wasser und zu gestohlenen Stunden in Raumschiffen und zurück zu einer Nacht, die vollkommen sein sollte und voller Kummer endete, und weiter zurück, zu geliehenen Outfits und Witzen hinten im Klassenraum und Aufnahmeprüfungen, die Gesichter und Gefühle und Augenblicke ziehen an mir vorbei, bis sie ihren Höhepunkt erreichen und ein Junge ein Mädchen schubst, an ihrem ersten Tag im Kindergarten.

Sie zeigt mir, wie viele Erinnerungen ein einziges Leben enthalten kann.

Und sofort sehe ich die Harmonie des Ra'haam, und ich sehe die wilde, unvorhersehbare Schönheit eines Lebens, das allein gelebt wird – aber nie völlig allein.

Ich sammle die letzten Reste meiner Kräfte zusammen und wende mein Gesicht ab, damit ich nicht sehen muss …

… und kappe die Verbindung.

Ich setze mich auf, keuchend, als wäre ich unter Wasser gewesen, und sehe meine Freunde um mich herum versammelt, Ty und Scarlett und Fin. Saedii hat ihre Hand auf Kals Schulter gelegt, und ich versuche, nach ihm zu greifen, ihn zu beruhigen und …

Da ist nichts.

Wie als würde man direkt in eine Wand rennen.

»Be'shmai?«, fragt er eindringlich und fällt neben mir auf die Knie.

»Was hast du getan?«, fragt Saedii und starrt mich an.

»Sie ist weg«, haucht Scarlett.

»Was ist weg?«, will Fin wissen.

»Ihre Kraft«, antwortet Tyler leise.

»Anders war es nicht möglich«, sage ich.

In mir ist eine Leere, aber der Raum dafür ist unvorstellbar winzig. Ich war so groß – ich war unendlich.

Und nun bin ich nichts als gedämpfte Stille, wie an einem verschneiten Tag.

Ich habe … den Teil von mir abgeschnitten, der mit dem Ra'haam verbunden war, und ich kann keinen meiner Freunde mehr spüren, so wenig wie ich das damals konnte, als alles seinen Anfang nahm. Ich bin kein Trigger. Ich bin keine Erlöserin.

Ich bin ein ganz normales Mädchen.

Ich hätte für immer in diesem Augenblick verweilen können, als ich Millionen von ihnen zum Abschied geküsst habe, aber obwohl ich mich seltsam leer fühle, nur noch mit meinen Ohren hören kann, nur noch mit meinen Augen sehen kann, ist die schiere Freude, am Leben zu sein, als Kal mich mit einer leidenschaftlichen Bewegung an sich zieht und ich sein Herz laut und deutlich gegen seine Rippen schlagen höre, überwältigend.

Ich kann seinen Geist überhaupt nicht mehr spüren. Aber ich kann ihn sehen und berühren, und als ich ihn unter Tränen anlächele, lächelt er zurück, und ich weiß, dass ich richtig entschieden habe.

Ich werde in Frieden und für die Liebe leben.

Die Liebe lässt dir eine Wahl, und ich habe gewählt – die Wahl getroffen, die mir mein Squad in dem Augenblick, als wir uns begegnet sind, beigebracht hat. Deine Familie ist dort, wo du sie findest, und das hier ist meine. Wir sollten zusammen sein.

»Ist es verschwunden?«, flüstert Scarlett, und ich weiß, dass sie an Cat denkt.

»Es ist nicht mehr da«, antworte ich. »Aber verschwunden … ist es nicht.«

Unwillkürlich wende ich mich in die richtige Richtung.

Ich glaube, ich werde immer wissen, wo es ist.

Dort draußen gibt es einen Raum zwischen den Galaxien, wo eigentlich nur Dunkelheit herrscht. Und nun leuchtet es voller Leben und Erinnerungen, mit Sternen, die wie Glühwürmchen leuchten und die sich miteinander austauschen werden, solange sie wollen.

Sie sind weit weg, aber nicht verschwunden. Und ich sage die Worte, die ich von Saedii gelernt habe, in diesen Augenblicken, als wir alle miteinander verbunden waren.

Es scheint mir passend, und so flüstere ich zum Abschied:

»Inmitten der Sterne werden wir uns wiedersehen.«

39 Ein Jahr später

»Los, los, los, sonst kommen wir zu spät«, zischt Scarlett und macht schon Anstalten loszurennen, aber es gelingt ihr nicht so richtig.

»Da werden alle natürlich total geschockt sein«, antworte ich und greife nach ihrer Hand, um sie zu bremsen.

Wir sind gerade zurück von unserem Landgang, den wir auf Trask verbracht haben – Scar hat sogar meine dritte Großmutter rumgekriegt. Ich bin mir zum jetzigen Zeitpunkt ziemlich sicher, würden wir uns je trennen, dann würde meine Familie zu ihr halten und mich loswerden wollen, aber das kann ich ihnen nicht vorwerfen. Man kann ihr einfach nicht widerstehen. Wir waren nur drei Wochen weg, aber beim Schöpfer, ist es schön, wieder auf der Aurora Station zu sein.

Zuerst war sich keiner von uns sicher, ob die Legion uns wirklich die richtige Zukunft versprach, nach allem, was passiert ist. Aber zumindest Ty, Scar und ich bleiben erst einmal hier. Tyler sagt, so können wir am meisten Gutes bewirken, und das ist auch dringend nötig.

Fast alle Planeten haben im Kampf gegen das Ra'haam den Großteil ihrer Bevölkerung verloren. Ganze Zivilisationen haben sich hinter zerstörten Raumfaltentoren verschanzt. Aurora geht davon aus, dass in der Zukunft jemand kommen wird, der eine Lösung dafür weiß, aber mehr wollte sie nicht sagen.

Fürs Erste tun wir Gutes, wo wir nur können.

Und morgen wird *hier* etwas Gutes geschehen.

Scarlett und ich eilen die halbmondförmige Promenade hinunter, treten Hand in Hand in die Menge ein. Es ist brechend voll – Delegierte aus der gesamten Galaxis treffen nach und nach auf der Station ein, ganze Herden von Kadetten und Legionären und Zivilisten überfluten die Lokale und Bars, alle aufgeregt wegen der morgigen Zeremonie.

Ich sehe zur durchsichtigen Decke auf, das Licht des Aurora-Sterns fällt auf die Statuen der Gründerinnen im Herzen der Promenade. Einhundert Meter hoch ragen sie über diesen Ort auf, den sie aufgebaut haben, diese Legion, die die Galaxis gerettet hat.

Die erste ist aus schwarzem Opal von Trask, das Gesicht schaut weise und mutig und heiter in eine Zukunft voller ungeahnter Möglichkeiten. Die zweite ist aus Marmor von Terra, und ich muss lächeln, als ich in das vertraute Gesicht von Nari Kim blicke. Sie ist älter als das Mädchen, das wir kannten, ihre Brust jetzt mit Orden bedeckt, Admiralssterne auf den Schultern. Aber sie ist immer noch das Mädchen, das ich kannte.

»Sieht gut aus, Staubmädchen.« Ich grinse.

»Hey!« Scarlett kneift mir in den Arm. »Du sprichst mit einer Gründerin der Aurora Academy, Legionär.«

»Ja, aber sie hat dafür gesorgt, dass ich erschossen wurde. Und in die Luft gejagt. Und verbrannt. Und Admiralsstern hin oder her, ich bin mir sicher, dass sie trotzdem eine totale Nervensäge war.«

Scar lacht, drückt meine Hand und lächelt die Statue an. »Jetzt, wo du es sagst, sie sieht wirklich gut aus. Sie müssen sie poliert haben.«

»Nun, jetzt hat sie ja auch noch mehr Gesellschaft.«

Ich nicke in Richtung der dritten Gestalt, die zwischen den Gründerinnen steht. Sie ist mit einem riesigen grünen Tuch bedeckt, aber es ist nicht zu übersehen, dass eine dritte Statue erbaut wurde. Eine Statue, wegen der all diese Leute hierhergekommen sind.

Die geheimnisvolle dritte Gründerin. Die unbesungene Heldin des Krieges gegen das Ra'haam, die morgen mit großer Zeremonie enthüllt werden wird. Sie hat sich damit zufriedengegeben, ihre gesamte Existenz im Schatten zu verbringen, um der Geheimhaltung willen, der Vermeidung von Paradoxen. Sie hat ihr Leben der Rettung der Galaxis gewidmet, die nicht einmal von ihr wusste.

Doch morgen werden wir das ändern.

Morgen wird die gesamte Milchstraße ihren Namen kennen.

»Komm schon«, sagt Scarlett. »Wir sehen sie morgen. Die anderen warten schon.«

Wir schieben uns durch die Menge, die Leute, all diese Leben, und erreichen endlich die Turbolifts. Als wir nach oben schweben und ich durch die durchsichtigen Wände auf die Menge unter uns gucke, lässt mich der Anblick lächeln.

Mein Lächeln wird noch breiter, als wir unseren Besprechungsraum finden und Aurora, Kal, Tyler und eine mürrische Saedii Gilwraeth auf uns warten. Die Gruppe löst sich in Gequietsche und Umarmungen auf, als Scar sich Aurora in die Arme wirft, und ich muss zugeben, dass ich mitmache, und als dann Kal noch mit reingezogen wird, erträgt er das mit seiner üblichen Würde. Eine elegant angezogene, ernste junge Frau steht am Kopfende des Tisches, aber meine Überlegungen, wer sie wohl sein mag, werden unterbrochen, als Auri mich so fest in den Arm nimmt, dass mein Exoanzug auf Schutzeinstellung schaltet, um meine Lunge abzuschirmen, damit ich weiter atmen kann.

Ty lacht einfach nur und wartet, bis sich die Aufregung legt. Seine Hand liegt auf Saediis. Sie muss ganz schön verliebt sein, da sie keinerlei Anstalten macht, sie ihm gleich abzuhacken. Ihre Fernbeziehung scheint zu funktionieren.

»Du und Kal, was macht ihr hier?«, will Scarlett wissen und nimmt Auroras Hand, als wir uns alle auf unsere Plätze setzen. »Ich dachte, ihr wärt auf der anderen Seite der Galaxis!«

Die beiden arbeiten mit dem syldrathischen Aufbauprogramm zusammen – nun, da das Friedensabkommen zwischen den Ungebrochenen und der restlichen syldrathischen Bevölkerung unterschrieben wurde, wird es Zeit, sich um den unerfreulichen Kram zu kümmern, wie den, sich einen neuen Planeten zu erschließen. Eigentlich mögen die Syldrathi keine Außenseiter. Auri sagt aber, dass ihre Geschichte als übernatürliche Superheldin sowie ihre Verbindung zu den Eshvaren dafür sorgen, dass sie einigermaßen respektiert wird. Schadet bestimmt auch nicht, eine Templerin in der Familie zu haben.

»Ist das dein Ernst?«, sagt Auri. »Um nichts in der Galaxis hätten wir das verpasst.«

»Habt ihr schon gesehen, wie sie aussehen wird?«, fragt Scar.

»Tyler hat uns ein Bild geschickt«, sagt Kal und nickt unserem Alpha zu. »Wunderbare Arbeit, Bruder.«

»Ich finde trotzdem, ihr hättet ihr noch einen Disruptor in … AUA!«, jaule ich, als Scarlett mich unterm Tisch tritt, mir einen bösen Blick zuwirft und dann ihren Zwilling anstrahlt.

»Sie ist wunderschön, Ty, wirklich. Zila wäre sehr stolz.«

»Zila wäre gar nicht wohl dabei, das ist, was Zila wäre.« Ich grinse und reibe mir über mein ramponiertes Schienbein, während ich mich im Raum umsehe. »Na, kommt schon. Ihr glaubt doch wohl nicht, dass sich *Zila Madran* je vorgestellt hätte, hundert Meter groß und aus purem Gold zu sein. Beim Schöpfer, wäre das schön, wenn sie hier wäre und ich ihr Gesicht sehen könnte, wenn wir die Statue enthüllen.«

»Aaaaalso …«, sagt Tyler.

Alle Blicke wenden sich unserem Alpha zu.

»Also was?«, fragt Kal argwöhnisch.

»Ty?«, fragt Scar.

»Also, es gibt einen Grund dafür, dass ich euch alle gebeten habe, einen Tag früher zu kommen«, sagt er und nickt der Frau am Kopfende zu. »Und da ist sie.«

Jetzt wenden sich alle Blicke der Fremden zu. Sie ist Terranerin, vielleicht Mitte zwanzig, in einem ordentlichen grauen Anzug. Sie hat ein ernstes Gesicht, aber nach Militär sieht sie meiner Meinung nach nicht aus, also gehört sie wohl nicht zur Legion. Sie sieht jeden von uns an, ihre dunklen Augen bleiben schließlich an Aurora hängen.

»Wer bist du?«, fragt Auri.

»Eine Botschafterin«, sagt sie einfach und ruft eine Projektion an ihrem Handgelenk auf und lässt die für sich sprechen.

Aurora strahlt, Scarlett keucht, und ich spüre, wie sich meine Lippen erstaunt zu einem Lächeln verziehen.

Es ist Zila.

Sie ist eine alte Frau, ihr Haar ist silbern, und sie hat Lachfältchen um die Augen. Sie blickt direkt in die Kamera, und es ist so, als würde sie uns angucken.

»Seid gegrüßt, meine Freunde«, sagt sie, und obwohl ihre Stimme im Lauf ihres Lebens sanfter geworden ist, ist sie noch immer unverkennbar Zila Madran. *»Diese Nachricht soll ein Jahr nach den Ereignissen, auf die ich mich ein Leben lang vorbereitet habe, an euch übermittelt werden. Ich hoffe von ganzem Herzen, dass ihr alle da seid, um sie zu hören. Obwohl ich so viel weiß, wird mir das immer verborgen bleiben. Mein Alpha hat mir einmal gesagt, dass man nie den Glauben verlieren soll. Ich glaube an euch.*

Aurora, ich hoffe, es geht dir gut. Diese Nachricht gilt dir ganz besonders. Ich habe ein paar Jahre gebraucht, bis mir klarwurde, dass in meiner neuen Zeit deine Mutter und Schwester noch gesund und munter sein und um dich trauern würden. Ich weiß, dass du deswegen sehr traurig warst, also habe ich überlegt, welche Möglichkeiten mir zur Verfügung stehen, und habe dabei immer daran gedacht, dass es äußerst wichtig ist, auf der Zeitachse jegliches Paradox zu vermeiden.«

Auri legt sich die Hand auf den Mund, ihre Augen strahlen, und Kal rückt leise mit seinem Stuhl an sie ran, um den Arm um sie zu legen. Scar drückt ihre Hand.

Zila spricht weiter.

»Ich habe mit deiner Mutter gesprochen, kurz bevor sie gestorben ist, und ihr gesagt, dass es dir gutgeht. Es tut mir leid, dass ich das nicht früher machen konnte, aber die Gefahr, ein Paradox herzustellen, war einfach zu groß. Du sollst wissen, dass unser Gespräch ihr großen Frieden bereitet hat. Ich habe mir deine Schwester Callie lange angesehen, bevor ich entschieden habe, dass sie dazu in der Lage ist, sich an die Geheimhaltung zu halten, und schließlich habe ich ihr von deinem Schicksal erzählt.«

Aurora weint jetzt richtig, aber ich glaube, vor Glück. Die Frau, die uns die Botschaft gebracht hat, hebt ihr Handgelenk. Mit einem Schnipsen ruft sie ein weiteres Bild auf, und eine Frau sitzt neben Zila – eine Frau, die Aurora so was von ähnlich sieht, auch wenn sie älter ist. Auf ihrem Schoß sitzt ein Kleinkind.

»Das ist deine Schwester mit deiner Nichte Jie-Lin«, sagt Zila.

Die Frau ruft ein weiteres Bild auf – nun ist die Frau, die Callie sein muss, noch älter, und neben ihr steht eine Frau, die Jie-Lin sein muss, und es gibt ein neues Kleinkind.

»Und das ist ihre Tochter«, fährt Zila fort. *»Ich habe dafür gesorgt, dass mit jeder neuen Generation auch ein neues Bild ergänzt wird, und ich hoffe, dass diese Sammlung nun von … «*

Hier hält die Aufzeichnung an, und wir sehen alle auf die Botschafterin. Sogar Saedii sieht so aus, als hätte ihre Lieblingsserie gerade mit einem Cliffhanger aufgehört.

»Und ich hoffe«, sagt die Frau, und ihre Augen glänzen, »dass diese Sammlung nun von einer Nachfahrin von Callie übergeben wird.«

»Bist du …«, sagt Auri, doch dann versagt ihr die Stimme.

»Ich bin deine Großnichte sechsten Grades«, sagt sie leise. »Ich heiße Jie-Lin – das ist eine Familientradition.«

Aurora gibt einen Laut von sich, irgendetwas zwischen Schluchzen und Lachen, und der Betrasker in mir weiß, dass das ein Geräusch ist, das jemand von sich gibt, wenn ein neues Familienmitglied auftaucht. Als wäre sie teleportiert worden, ist Auri von ihrem Sitz aufgestanden und liegt in Jie-Lins Armen. Schweigend umarmen sich die beiden, als die Aufzeichnung erneut beginnt. Als ich meinen Namen höre, wende ich meine Aufmerksamkeit wieder der Projektion zu.

»Als er sich verabschiedet hat«, sagt Zila, *»hat Fin vorgeschlagen, dass ich mit Hilfe von Magellan Sportwetten abschließe. Ich bin noch immer nicht ganz davon überzeugt, ob das ethisch wirklich vertretbar ist, aber Nari meint, wir haben viel gegeben, da dürfen wir auch etwas zurückbekommen. Die Details zu einem Bankkonto sind auch in dieser Aufzeichnung enthalten. Ich habe zwei Bitten, und darüber hinaus könnt ihr mit dem Geld machen, was ihr wollt – es wird eine beachtliche Summe sein.*

Meine erste Bitte ist, dass ihr in Cats Namen ein Stipendium ins Leben ruft. Ich glaube an die Aurora Legion, und ich möchte es anderen leichter machen beizutreten.

Meine zweite Bitte ist, dass ihr eine Gelegenheit schafft, um gemeinsam Zeit zu verbringen. Ich würde vorschlagen, dass ihr Scarlett die Planung überlasst, da Nari und ich davon überzeugt sind, dass sie ein hervorragendes Reiseziel aussuchen wird. Und denkt dann einen Augenblick an uns, wenn ihr eure Reise antretet.«

Inzwischen weinen wir alle, außer Saedii natürlich, die eindeutig keine Tränendrüsen zu haben scheint. Sie nickt nur langsam vor sich hin, was wohl ihre Art ist, damit umzugehen.

»Ich habe hier meine Familie gefunden«, sagt Zila, *»auch wenn die, die ich zurücklassen musste, mir immer fehlen wird. Ich hoffe, dass ihr alle im Laufe eures Lebens auch euer Glück findet.«* Sie sieht

sich um, als könnte sie uns wirklich sehen. Und sie lächelt. *»Ich wünsche euch alles Gute, meine Freunde.«*

Und dann, einfach so, ist die Übertragung zu Ende, und Zila ist weg.

Aber nie vergessen.

»Holy Cake.« Aurora schnüffelt und löst sich aus Jie-Lins Armen.

»Das«, sagt Scarlett, »wird der Urlaub aller Urlaube!«

»Wir sind doch gerade erst zurück von unserem Landgang«, stöhne ich.

»Und ich kann jetzt wirklich nicht freinehmen«, sagt Tyler.

Scarlett stemmt die Arme in die Hüften. »Ist das euer Ernst?«

»Ja, natürlich«, sagt Ty und schüttelt den Kopf. »Nach der Enthüllung sind ein Haufen diplomatischer Gespräche geplant, dann kommen die neuen Kadetten, und de Stoy will die gesamte Kommandostruktur umbauen.«

»Genau.« Ich nicke. »Und wir haben noch immer viel zu wenig Mechaniker, ich muss meine Hilfe …«

»Oh, *beim großen Schöpfer* …« Scar stößt einen dramatischen Seufzer aus und sieht zwischen mir und Ty hin und her. »Ihr zwei seid wirklich solche Spielverderber.«

Ich zucke hilflos mit den Schultern. »Ich habe zu tun, Scar.«

»Hört mal«, sagt sie und rückt näher an mich ran. »Wenn ich einen Urlaub organisiere, bedeutet das, dass wir auch einen Pool haben werden. Und das bedeutet, dass ich nur einen Badeanzug einpacken werde. Denk darüber mal nach, de Seel.«

Ich halte inne und werfe Tyler einen Blick zu. »Ja, okay, du hast mich überzeugt.«

»Okay.« Scar sieht Tyler missmutig an. »Wie sieht es bei dir aus, Baby-Bro?«

»Du weißt schon, dass ich es hasse, wenn du mich so nennst, oder?«

»Du weißt schon, dass du mir total auf den Keks gehst, oder?«

»Menno.«

Tyler sieht Saedii nachdenklich an.

»Besitzt du überhaupt einen Badeanzug?«

Mit einem finsteren Blick sieht sie sich im Raum um. »Ich kann mir bestimmt ohne größere Schwierigkeiten einen aus der Haut von irgendjemand herstellen.«

»Einen Lederbikini …«, murmele ich, den Blick in die Ferne gerichtet.

»Ja, okay«, erklärt Tyler. »Du hast mich überzeugt.«

»Sind die immer so?«, fragt Jie-Lin leise.

»Mit der Zeit gewöhnt man sich daran«, sagt Kal ernsthaft.

Aurora umarmt sie einfach noch mal und lächelt.

»Willkommen in der Familie.«

Squad-Mitglieder

▶ **Blutschulden**

▼ **Danksagung**

Mit diesem Buch, das wir während eines Lockdowns in einer Pandemie geschrieben haben, kommen wir nun zum Ende unserer zweiten gemeinsamen Serie. Das hat uns manchmal ganz schön viel Einfallsreichtum abverlangt – der Squad 312 wäre stolz auf uns –, aber vor allem ist uns dadurch bewusst geworden, dass es ein Dorf braucht, um ein Buch zu schreiben. Es war uns eine Ehre, mit unserem zusammenzuarbeiten, um diese Geschichte zum Leben zu erwecken.

Ohne unser Verlagsteam wären wir nicht weit gekommen – sie haben dafür gesorgt, dass wir das beste Buch schreiben, das wir schreiben können, dass wir keine Fehler machen, dass unsere Geschichte in die Welt kommt und Bekanntheit erlangt. In den USA danken wir Barbara, Melanie, Arely, Artie, Amy, Nancee, Dawn, Kathleen, Jake, Denise, Judith, Emily, Josh, Mary, Dominique, John, Kelly, Jules, Sharon, Megan, Jenn, Kate, Elizabeth, Adrienne, Kristin, Emily, Natalie, Heather, Jen, Ray, Alison, Natalia und Dakota. Hier in Australien gilt unser Dank Anna, Nicola, Yvette, Simon, Sheralyn, Eva, Matt, Lou, Megan, Alison und Kylie, in unserem unermüdlichem Team in Großbritannien Katie, Molly, Lucy, Kate, Hayley, Julian, Mark, Paul, Laura und Juliet. Auch unseren phantastischen internationalen Verlagen und den Übersetzer*innen wollen wir dafür danken, dass sie uns geholfen haben, die Geschichte des Squad 312 in die Welt zu tragen.

Wo auch immer ihre Arbeit auf der Welt zu sehen ist, ein besonderer Dank geht an Charlie und Deb für die phantastische Umschlaggestaltung und das Design.

Die Hörbücher dieser Serie sind wunderbar, und wir können die Arbeit an diesem Buch nicht beenden, ohne Nick und dem gesamten Hörbuchteam zu danken, von den Produzenten bis hin zu den unglaublichen Sprecher*innen.

Und wieder möchten wir unsere Agenten Josh und Tracy Adams danken. Für euren Rat, eure Geduld und für eure Fürsprache. Ein Dank geht auch an Anna und Stephen und an unser bewundernswertes Netzwerk aus ausländischen Agent*innen, die dafür gesorgt haben, dass der Squad 312 überall auf der Welt ein Zuhause gefunden hat.

Wenn wir unsere Bücher schreiben, stehen uns Experten und Berater zur Seite. Wir möchten Dr. Kate Irving, Gary Braude, Megan und Hoonseop Jeong, Mikyung Kim, Oh Young Lee und vielen anderen, die hier nicht alle genannt werden können, danken. Ihr habt auf vielfältige Weise dafür gesorgt, dass dieses Buch besser wird. Und sollten wir trotzdem Fehler gemacht haben, sind wir allein dafür verantwortlich.

An alle Buchhändler*innen, Bibliothekare, Leser*innen, Vloggers, Bloggers, Tweeters und Bookstagrammer, die dabei geholfen haben, dass sich die Geschichte des Squad 312 herumspricht – danke schön. Ohne euch würden wir das nicht schaffen, und das wollen wir auch gar nicht.

Ein Dank geht auch an unseren ganz persönlichen Squad: Sam and Jack, Marc, B-Money, Rafe, Weez, Paris, Batman, Surly Jim, Glen, Spiv, Tom, Cat, Orrsome, Toves, Sam, Tony, Kath, Kylie, Nicole, Kurt, Jack, Max, Poppy, Meg, Michelle, Marie, Leigh, Alex, Sooz, Kacey, Soraya, Nic, Kiersten, Ryan, die beiden Cats, Flic, George, Cormac, Marilyn, Kay, Neville, Shannon, Adam, Bode und Luca. An The House of Progress: Ellie, Nic, Lili, Eliza, Dave, Liz, Kate, Skye und Pete. Ebenso an die Roti Boti Gang: Kate, Aimee, Emily, Kylie, Ned, Maz, Sashi und Emma, die wir jeden Tag vermissen. An unsere gesamte Crew: Ohne euch wären wir in dieser Galaxis vollkommen verloren. An die, die uns auf unserer Reise begleitet haben, ohne dass sie wussten, dass ihre Arbeit uns angespornt hat: Frank Turner, Joshua Radin, Matt Bellamy, Chris Wolstenholme, Dominic Howard, Buddy, Ben Ottewell, The Killers, Mark Morton, Randy Blythe, Tom Searle, Dan Searle, Sam Carter, Marcus Bridge, Jon Deiley, Winston McCall, Oli Sykes, Maynard James Keenan, Ronnie Radke, Corey Taylor, Chris Cornell, Ian Kenny, Trent Reznor. Und auch ein kleiner Gruß an Anne McCaffrey, eine Pionierin der Science-Fiction, deren telepathische Drachen die DNA dieses Buches auf viele verschiedene Arten beeinflusst haben.

Und schließlich ist dieses Buch unseren Ehepartnern gewidmet und Amies Tochter, die genau im gleichen Moment zu uns gestoßen ist wie das erste Buch in der Serie. Natürlich haben wir uns das Beste bis zum Schluss aufgehoben. Ihr seid unser Squad, und wir können uns glücklich schätzen, dass es auch umgekehrt so ist. Für immer und ewig.